La mujer de los ojos de jade

La mujer de los ojos de jade

Marta Cámara

Papel certificado por el Forest Stewardship Council®

MIXTO
Papel | Apoyando la silvicultura responsable
FSC® C117695

Penguin Random House Grupo Editorial

Primera edición: octubre de 2023

Printed in Spain – Impreso en España

ISBN: 978-84-666-7643-4
Depósito legal: B-14.741-2023

Compuesto en Llibresimes

Impreso en Liberdúplex
Sant Llorenç d'Hortons (Barcelona)

BS 7 6 4 3 4

A mis hijos, auténticos shanghailanders

Preámbulo

Era Shanghái.

Un paraíso que, con el correr de los años, había sido bautizado como «la perla de Oriente» por su belleza y, sobre todo, por su valor.

En sus comienzos, había sido un lodazal en las costas de la China imperial, donde las playas se inundaban con cada marea alta y cuyo interior estaba bañado por campos de arroz infestados de mosquitos. Cuando, tras las guerras del Opio, el emperador firmó la rendición con los ingleses y sus aliados, en las estipulaciones de los tratados de paz se lo obligaba a entregar a las naciones occidentales una parcela de tierra para su asentamiento comercial dentro de las fronteras del Imperio Qing. Como buen estratega que era, los terrenos concedidos fueron los peores de la zona; el emperador tenía la intención de matar a los demonios extranjeros de malaria y disentería a las pocas horas de que hubieran puesto sus sucios y enormes pies en tierra china. Y muchos perecieron, pero llegaron más. Lo curioso era que el propio emperador era un extranjero, un manchú, un bárbaro de las estepas del norte.

El mismo mes y el mismo año en el que nacía la mujer de los ojos de jade, también lo hacía Aisin-Gioro Puyi, último emperador de la dinastía Qing y de China. Este subiría al trono con tan solo dos años, bajo el nombre celestial de Hsuan-Tung, que significaba «el que trae la unidad», después de que su tío Guangxu fuera envenenado. Dados los acontecimientos, resultaba interesante que los sabios que habían leído la disposición de las estrellas y anunciado la esencia astral de su era no hubieran sabido otorgarle otro nombre, uno más acorde con el destino que le esperaba: la revolución.

Era este un mundo peculiar, el de las zonas de dominio extranjero en la ciudad: las concesiones. En ellas convivían reyezuelos forasteros, dueños de imperios comerciales, de mansiones y de un extenso séquito de empleados y sirvientes. Reinos regidos por sus leyes, con policía y juzgados también propios.

Se llamaban a sí mismos «shanghailanders», y contribuyeron a convertir Shanghái en una urbe moderna y a la vanguardia, aunque no por ello dejó de ser caótica y estridente. Gracias a ellos, se abrió una etapa esplendorosa de crecimiento acelerado que atrajo una gran afluencia de extranjeros de todas las nacionalidades, quienes desembarcaban en el puerto dispuestos a aprovechar las oportunidades de negocio que presentaba la ciudad. Aventureros, artistas, vividores y emprendedores osados que triunfaban y se llenaban los bolsillos de dólares mexicanos o fracasaban estrepitosamente al ritmo del charlestón. Y, a su alrededor, China se desangraba debido a los enfrentamientos de los señores de la guerra, ávidos por tomar el poder del emperador depuesto y hacerse con el control de tan vasto territorio.

Y de la perla de los shanghailanders.

Pero ellos no pensaban consentirlo.

PRIMERA PARTE

1

Eran los Long.

Los llamaban los «dragones llegados del oeste» y estaban destinados a heredar el paraíso de los aventureros, los intrépidos y los genios del comercio.

Dos años después de que Henry Long descendiera junto a su joven esposa de un vapor en el bullicioso puerto de Shanghái, nació su descendencia. Darlene Long asomó su cabecita cubierta de un vello dorado en el ocaso del inverno lunar, en el febrero ventoso de 1906. La recibieron unos diminutos y entornados ojos negros, los de su aya china. Aunque no nació sola ni fue la primera; su hermano mellizo, Gillian, se adelantó unos minutos, arrebatándole la corona de primogénita, aunque seguirían disputándosela porque esos minutos para ella no contaban. Eran dos pequeños emperadores en la corte de la familia Long. Rodeados de riqueza y sirvientes, crecieron sabiéndose los herederos del imperio comercial que había construido su progenitor a base de audacia y olfato. Habían cumplido los dieciocho años y a punto estaban de descubrir lo que les deparaba el destino.

Darlene estaba segura de que aquel verano sería el mejor de sus vidas. Las clases habían acabado hacía una hora escasa y todos habían recogido a la carrera los cuadernos de apuntes, los libros y los estuches con sus plumas y lapiceros, y habían salido disparados hacia el Cercle Sportif, donde se jugaba el último partido de la temporada, la final de la liga del colegio y, para su mellizo, Gillian, y sus amigos, el último partido como escolares.

Darlene, sentada en las bancas del campo de fútbol del centro deportivo junto a sus mejores amigas, Nina, Olive y Hazel, quienes gritaban a todo pulmón para animar a los chicos, experimentaba una embriagadora sensación; su joven y alocado espíritu se sentía capaz de alcanzar las estrellas. Llevaba años esperando el momento en que su vida empezara de verdad y pudiera tomar decisiones por sí misma, expandir su mundo hasta ahora conformado de horas lectivas, meriendas y juegos en el entorno seguro de la concesión. El aire olía a césped recién cortado, a violetas silvestres y a promesas.

El invierno había sido largo, frío y gris y, aunque parecía que no terminaría nunca, el día en que empezaban los exámenes finales del curso, la primavera había llegado de golpe y coloreado de un verde brillante las ramas torcidas de los chopos. Esa anticipación que trae el cambio de estación era la misma que Darlene sentía en ese momento latir en el estómago. El calor se había intensificado en las últimas semanas y sus ansias por ver cumplidas todas las expectativas que se dibujaban en el horizonte habían aumentado con cada día que pasaba recluida en aquella aula.

Ahora, por fin, se librarían para siempre del olor a tiza y madera húmeda. Tenían por delante un sinfín de días calurosos y noches ardientes para exprimir su juventud hasta la última gota, descubrir el mundo glamuroso de los *night clubs*, con sus bailarinas rusas y sus bandas de jazz, bailar hasta el amanecer, beber champán y aventurarse más allá de los límites de las cuatro calles que solían frecuentar.

El repentino ruido de los tambores de la banda de música la sacó de su ensimismamiento.

—¡Gillian ha marcado! ¡Ha marcado! —chilló Nina, que saltaba y aplaudía como loca.

Su hermano celebraba el tanto abrazándose con sus compañeros de equipo, que terminaron por derribarlo sobre la hierba y sepultarlo por completo. Las chicas reían y vitoreaban. Darlene se quedó mirando a su amiga francesa. A pesar de llevar uniforme, igual que ella y el resto, algo en la compostura de Nina la distinguía de las demás y tenía a su hermano babeando: una picardía elegante, una dulzura explosiva, un rostro lleno de contrastes con unos ojos grandes, una nariz pequeña y la barbilla altiva.

El equipo de Gillian se dispuso en el terreno de juego para frenar la avanzada del contrario, que pateó la pelota hacia la portería desde mitad de campo. Todos se lanzaron a por ella. Los muchachos proferían gritos, se empujaban y corrían de un lado a otro, persiguiendo el pesado y resbaladizo balón de cuero.

—¡Pásamela! —gritaba Nicolai. Dos jugadores rivales trataban de frenar su carrera hacia el arco.

Darlene distinguió a lo lejos a Narek, el armenio, quien elevó la pelota en el aire y la lanzó en la misma dirección en que corría el ruso, pero un contrario la interceptó de un cabezazo. Los *bleu et blanche*, como se conocía al equipo de Gillian, pelearon por hacerse con la pelota; fue uno bajito y flaco, al que llamaban «Patillas», el que se adueñó de ella momentáneamente. Corrió mientras esquivaba a uno, luego a otro e hizo un requiebro. Era muy rápido.

—¡Aquí, aquí! —pidió Timothy, el mejor amigo de su hermano.

El muchacho pateó el balón y este voló hacia el cielo, fuera del campo.

—¡Pero mira que eres bruto, Patillas! Te la has comido bien. —Su mellizo le dio un empujón amistoso y el otro se encogió de hombros.

—Nicolai se ha cortado el pelo —comentó Olive, al lado de Darlene. La dulce francesa solo tenía ojos para el ruso.

Nicolai Zavidich, perteneciente a una familia aristocrática de San Petersburgo, había llegado a la ciudad en el 19 en un barco de carga. Sus padres, sus hermanos y él escapaban de la represión de los bolcheviques después de haber pasado dos años escondidos en una de las propiedades de la familia. Desde la

Revolución de Octubre, miles de rusos se habían instalado en Shanghái y muchos de ellos habían abierto comercios en la avenue Joffre. Los Zavidich eran de los pocos rusos blancos que habían conseguido salvar parte de su fortuna escondiendo las joyas y el oro en los forros de las chaquetas y los dobladillos de vestidos y pantalones. Con ese capital, pequeño en comparación con la enorme fortuna que, en propiedades, habían dejado en Rusia, compraron una casa e iniciaron un negocio que, en poco tiempo, se tornó exitoso. Aunque Olive aseguraba que lo querría incluso si fuera un campesino, Darlene estaba segura de que el romanticismo de su título y su épica huida tenían mucho que ver en la fascinación de su amiga.

—A lo mejor esta noche se declara —la pinchó Nina.

—No lo creo. Me ve como a una amiga, nada más —aseguró Olive con un mohín de decepción.

—Pues yo creo que esta noche todo es posible —dijo Darlene convencida.

—¿Incluso que le des una oportunidad a Narek? —ironizó Nina.

—No seas mala —la regañó Hazel.

—Pobre Narek, a mí me da pena. Se nota mucho que le gustas, Darlene —apuntó Olive.

—Ya, es buen chico, pero es demasiado bajo para mí y huele a sopa de repollo.

Al escuchar los tambores de nuevo, las cuatro se volvieron hacia el campo, donde Timothy celebraba su gol.

—Nos lo hemos perdido por estar de cháchara —se quejó Nina.

—Si en algo conozco a mi hermano, antes de que termine el día relatará al menos una docena de veces todos los goles que han metido, con pelos y señales.

Veinte minutos de intenso juego después, en los que Gillian volvió a marcar y Nina dejó sorda a Darlene con sus alaridos, el árbitro pitó el final del encuentro: tres a uno para el equipo de los *bleu*. Gritos de júbilo llenaron el campo; los vencedores cantaban y saltaban en un corro, trotaban de una portería a otra y, sincronizados, se lanzaban al suelo y resbalaban sobre las rodillas. Se rebozaron en la hierba embarrada, entre risas y bromas mientras el equipo perdedor se retiraba cabizbajo.

Al final, se levantaron ayudándose unos a otros, y fue entonces cuando el americano las localizó.

—¡Mirad, tenemos visita! —gritó Timothy, y las señaló para llamar la atención de los demás. En pocos minutos avanzaban hacia ellas.

—Nada menos que cuatro bellas espectadoras. —Nicolai fijó la mirada en Olive un par de segundos y esta se ruborizó.

—¿No le vas a dar un beso al campeón? —preguntó Gillian provocador mientras se aproximaba a Nina.

—No te acerques, estás sudado y hueles horrible. —Pero él no le hizo caso, así que Nina echó a correr dando chillidos mientras Gillian la perseguía por el campo de fútbol con los brazos abiertos. Los demás aullaban y jaleaban al goleador del equipo. No le costó atraparla.

—¿Has visto el gol que he marcado? —preguntó Timothy a Hazel. Llevaban unas semanas tonteando, aunque aún no había cuajado el romance. A Hazel le gustaba hacerse la dura; además, decía que no le atraían los americanos, sus compatriotas, pero Darlene estaba convencida de que era pura pose.

—Nos lo hemos perdido por estar de charla —contestó Hazel con fingida indiferencia.

Cuando Gillian y Nina regresaron junto al grupo unos minutos después, seguían haciéndose arrumacos.

—¡Qué empalagosos sois! Dejad el besuqueo para más tarde y vámonos, que tenemos que arreglarnos. Mamá estará ya de los nervios. —Darlene tiró de la camiseta de Gillian.

—Nos vemos esta noche, muchachos —se despidió su hermano—. Va a ser una gran fiesta.

A la entrada del club deportivo esperaba el chófer de la familia Long. Las chicas se encaminaron a sus respectivos coches, aparcados a lo largo de la route Vallon.

Chao, el chófer de la familia, se inclinó para saludarlos y el sudor le chorreó por entre las cejas. Les abrió la portezuela y los hermanos se acomodaron en el amplio interior de cuero blanco del Rolls-Royce Phantom Limousine que su padre había importado de Estados Unidos.

Durante el trayecto a casa, Gillian le narró el partido al bueno de Chao sin que este diese señal de entender una sola palabra. Llevaba muchos años trabajando para los Long, desde casi la llegada de sus padres a Shanghái. Su madre, Clarisse Long, lo obligaba a vestir chaleco y gorro de tweed y el pobre olía siempre a armario cerrado.

Darlene asomaba la cabeza por la ventanilla y absorbía el alboroto de las calles y el aroma de la vía perfumada de árboles en flor. Al girar en la gran avenida, se fijó en que dos jóvenes del cuerpo de voluntarios pintaban de blanco una pared donde se atisbaban afiches rojos con letras negras. En las últimas semanas, se había vuelto más frecuente ver los muros de algunos comercios extranjeros empapelados con esos carteles que su padre consideraba «subversivos». Les había contado que la policía buscaba a los autores para castigarlos por atentar contra el orden público, pero aún no habían dado con ellos. Aunque preguntaron qué significaban las proclamas, su padre había evitado contestar y simplemente les había dicho que no se preocuparan.

—Va a ser una gran noche, Lin —dijo Gillian usando el apodo chino de su hermana otorgado por su aya. Lin 琳 significaba «bello jade», y Darlene sabía el afecto con el que Amah lo usaba. Se lo puso cuando era una bebé llorona de ojos verdes. A Gillian lo había apodado el «pequeño dragón», en honor a su título de heredero del apellido Long.

—Sí —confirmó esta con un suspiro—. El principio de una nueva vida.

Los hermanos guardaron silencio mientras Chao se abría paso a bocinazos entre los *rickshaws*. El tráfico de la ciudad era caótico. Culis corrían con sus carros, tranvías, bicicletas y enormes y lujosos automóviles circulaban por la misma vía y hacían sonar el claxon.

—¿Vas en serio con Nina?

—Todo lo que se puede a los dieciocho años. Así que no, no es nada serio.

—No te creo.

Gillian observó a su hermana y soltó una carcajada.

—Vale, me has descubierto. Me gusta, me gusta mucho. Creo... creo que estoy enamorado.

—¿Se lo has contado a los chicos?

—Por supuesto que no, ¿por quién me tomas? Se reirían y tendría que soportar sus bromas. No, ellos creen que es un juego, que nos estamos divirtiendo un rato. Un romance para pasar el verano. Y, por cierto, ellos también quieren participar en el juego; es más, alguien quiere invitarte a jugar.

—Si estás hablando de Narek, que ni lo intente.

—No hablo del armenio, sino del príncipe ruso.

—¿Nicolai? A Olive le gusta.

—Ya, pero él te prefiere a ti.

—¿A mí o al dinero de papá? No debe de ser fácil perderlo todo de la noche a la mañana. Sus palacios, las tierras...

—Supongo que hay un poco de las dos cosas. Es un buen partido, su padre ha demostrado tener ojo para los negocios y, en los pocos años que llevan en Shanghái, ha amasado una pequeña fortuna. En todo caso, Nicolai me ha dicho que te va a pedir que seas su pareja de baile esta noche.

—Puede que le diga que sí, ya que tú estarás muy entretenido.

Se quedaron de nuevo unos minutos en silencio.

—¿Gillian?

—Uh —contestó él distraído mirando por la ventana una fachada empapelada con anuncios de cigarrillos.

—Gillian. —Darlene le tocó el brazo para que prestara atención—. Esté Nina tan enamorada de ti como tú de ella o no, tienes que ir a la universidad. Por ti, pero también por mí, que me quedo aquí.

—Sí, hermanita, no te preocupes. Sé lo que tengo que hacer, y el amor no va a ser un impedimento.

Gillian se abstrajo una vez más con la mirada fija al otro lado del cristal. Al rato se volvió hacia su hermana.

—¿Crees que me esperará? ¿Que me esperará hasta que termine la universidad?

—¿Se lo has preguntado?

—Esas cosas no se preguntan, se sienten, y yo aún no sé si sus sentimientos son tan fuertes como los míos.

—¿Y cómo vas a averiguarlo?

—Hay formas, ¿sabes?

—No, no sé, y prefiero no saberlo. Pero no harás nada de lo que luego te arrepientas, ¿verdad? Esta noche habrá mucha gente, si te muestras tan efusivo como en el campo de fútbol, nadie te librará de los cotilleos. Vas a aparecer en la *Gazette Municipale*, y te pondrás tú solo en un aprieto. Tómatelo con calma, *d'accord?*

—Seré discreto.

El Rolls-Royce atravesó el pesado portón de forja de los dominios de los Long y Chao condujo hasta la entrada principal. Cuando los gemelos llegaron a la puerta, Amah ya estaba allí esperándolos. Los hermanos corrieron escaleras arriba a prepararse para la velada que los aguardaba: la fiesta de graduación.

La casa donde habían nacido y crecido los mellizos era una mansión color mostaza de estilo colonial español con arcadas. Pocas semanas después de desembarcar, y con la ayuda de un préstamo, Henry Long había contratado a un arquitecto español para que construyera el hogar perfecto que albergaría sus sueños y anhelos y donde vería crecer a su prole y sus negocios. Un refugio, un puerto seguro, un hermoso lugar en el nuevo mundo que pensaba construir para los suyos. Con tesón y astucia se había convertido en un exitoso shanghailander. Proveniente de una rica familia de Long Island, veinte años atrás, y siendo demasiado joven para asumir las responsabilidades que le imponía su progenitor, se había marchado con unos amigos para realizar un tour europeo. En una *matinée* parisina había conocido a una joven francesa y se había casado con ella, desencadenando una crisis en el seno familiar. El escándalo lo obligó a buscar nuevos horizontes, por lo que se lanzó a la aventura de construir su propia vida lejos de las influencias de su posición. En Shanghái había alcanzado cierta notoriedad al comerciar con algodón y madera para las enormes construcciones que empezaban a cambiar la fisonomía de la ciudad. Se levantaban edificios nuevos cada semana: mansiones para los extranjeros y los chinos ricos, así como amplias franjas de viviendas de dos pisos, erigidas en callejones oscuros y húmedos para albergar a los cientos de miles de trabajadores que llegaban a la ciudad desde el campo con el objetivo de trabajar en las fábricas o como culis. En algo había influido en su éxito el apellido Long, un patronímico nada resaltable en su lengua natal, pero que significaba «dragón» en el idioma local. El dragón era el animal más afortunado del zodiaco chino, y sus socios asiáticos consideraban un buen augurio hacer negocios con un dragón llegado del oeste.

Darlene bajó despacio los escalones sosteniendo el vuelo del vestido y envuelta en las notas alegres de un foxtrot que sonaba en el fonógrafo del salón. No solía llevar tacones y se sentía extraña desde esa altura. Un perfume de rosas, el cabello recogido en un complicado peinado a la altura de la nuca con ondas al agua que enmarcaban el lado izquierdo de su rostro y un tocado de pedrería que dividía la frente completaban su atuendo. Su madre, Clarisse, había insistido en que era la última moda en París, y se había pasado días instruyendo a Amah sobre cómo elaborar el recogido. Darlene miró atrás. Amah la contemplaba desde lo alto de la escalera y creyó percibir una leve sonrisa en sus labios finos.

Cuando alcanzó el umbral del salón, Gillian abrazaba a Clarisse y la hacía reír mientras seguían los pasos de baile. Su padre miraba divertido la escena al tiempo que fumaba un cigarrillo apoyado contra una ventana abierta. Él también vestía con elegancia; era alto y fuerte, pero más ancho de hombros, y llevaba el pelo hacia atrás, como Gillian. Darlene se sentía orgullosa de su familia.

Su padre fue el primero en reparar en su presencia. Permaneció serio unos segundos, como si no reconociera a la joven mujer que entraba en el salón. Alertados por la reacción del hombre, Clarisse y Gillian también se volvieron hacia ella. Darlene se quedó quieta estudiando sus reacciones. Después echó un vistazo a su vestido contrariada.

—Me queda mal. Le advertí a *maman* que el malva y el plateado no me favorecen.

Entonces, su padre sonrió y avanzó hacia ella mientras le tendía las manos.

—Darlene, hija, con ese vestido y el peinado, estás hecha toda una mujer. Y muy bella, además. ¿Dónde está mi pequeño y precioso jade? Esta mañana aún eras una adolescente y mírate ahora. Casi no te he reconocido. —Carraspeó exageradamente y se estiró para adoptar esa pose de caballero afectado que tanto la hacía reír—. ¿Sería tan amable de concederme este baile, señorita…?

—Long, Darlene Long —le siguió el juego.

Los dos se incorporaron al baile de Clarisse y Gillian. Su hermano estaba guapo esa noche. El esmoquin se ajustaba a la perfección a su cuerpo; el ondulado cabello, peinado hacia atrás con pomada, se arremolinaba en la nuca y añadía a su aspecto el elemento travieso e indomable que caracterizaba su personalidad. Era imposible sustraerse a su atractivo. Todas las chicas de clase suspiraban por él y se derretían cuando les regalaba una de sus incandescentes sonrisas, lo cual no era raro, ya que reía con frecuencia; era, tal vez, la persona más feliz que Darlene conocía. Tenía un hoyuelo adorable en la barbilla que en Darlene se había difuminado sin aportar demasiado a su cara, donde resaltaban unas pecas doradas que decoraban la nariz para mortificación de su madre. Los cuatro bailaron y rieron sobre la alfombra persa, que dificultaba los movimientos, hasta que terminó la melodía.

—Será mejor que nos vayamos, se está haciendo tarde —anunció Clarisse mientras miraba su delicado y carísimo reloj de pulsera de oro blanco con diamantes incrustados y zafiros. Había sido el regalo de su marido por su último cumpleaños.

—Antes, quiero darles el regalo de graduación. —Henry Long hizo un gesto al *houseboy* número uno, quien salió corriendo y regresó a los pocos minutos con dos paquetes, que entregó al *masta* de la casa—. Quiero que sepáis que estoy muy orgulloso de vosotros, y feliz de que a partir de esta noche os vayáis a unir a la diversión de los Long. Quemaremos las salas de fiesta de toda la ciudad. —Entregó un envoltorio a cada uno; el de Darlene era más grande. Los hermanos intercambiaron una mirada y sonrieron.

—¿A qué esperáis? Abrid los paquetes —los apuró Clarisse.

—Lin, haz los honores —invitó Gillian.

—Darlene, su nombre es Darlene. Ya tengo bastante con Amah llamándola así —lo regañó Clarisse.

Su madre intentaba por todos los medios que no se colara en su forma de vivir ninguna influencia externa, y mucho menos si venía de los chinos. Ella era Darlene, pronunciado además a la francesa. Gillian le plantó un sonoro beso en la mejilla y su madre soltó una risa chispeante; a Darlene la maravillaba cómo su hermano siempre conseguía aligerar los arrebatos maternos.

Rasgó el envoltorio y descubrió un estuche negro. El corazón se le aceleró al intuir lo que contenía. Desabrochó los botones y la tapa frontal dejó al descubierto el contenido.

—Oh, *daddy*. Es preciosa, el mejor regalo del mundo —dijo, y se lanzó a su cuello.

—Eloise Darlene, vas a arrugar el vestido. —Su madre solo la llamaba así cuando quería dejar clara su desaprobación. Ella lo odiaba con todas sus fuerzas, pero esta vez estaba demasiado contenta como para que le importara.

—Es una Vest Pocket, último modelo; ya tiene el rollo incorporado para que puedas estrenarla. La puedes llevar contigo a todas partes, mira, el estuche se sujeta con una hebilla al cinturón —explicó su padre mientras le colocaba la cámara de fotos en torno a la cintura.

—¡Queda perfecta!

—¡Queda horrible, arruina la elegancia del atuendo! —exclamó Clarisse—. Henry, dile que no puede llevarla esta noche, *s'il te plaît.*

—Por supuesto que voy a llevarla y os voy a retratar a todos. Es un momento histórico, *maman.*

—Henry, por favor.

—Coincido con Darlene, es un momento histórico. *My love*, ya verás como te va a encantar tener un recuerdo de esta fantástica fiesta en la que nuestros hijos se convierten en adultos.

Clarisse mascullό entre dientes, pero no contradijo a su marido.

—Gillian, ahora te toca a ti —lo apremió Darlene.

Él abrió su pequeño paquete, que contenía una caja forrada en seda azul con filigranas doradas; en el interior se hallaba un llavero de plata con una insignia del que colgaba una llave. La miró un momento sin entender, luego sus ojos se iluminaron y buscó en su padre la confirmación de que su intuición no lo engañaba.

Henry Long asintió.

—Está aparcado en el patio.

Gillian no podía hablar a causa de la emoción. Dio un sentido abrazo a su padre, que le palmoteó la espalda, y corrió a ver su nuevo automóvil. El resto de la familia salió detrás, atravesaron las puertas francesas hacia la galería de arcadas, bajaron las escaleras y cruzaron el jardín hasta llegar a la parte posterior de la casa, donde se ubicaba el aparcamiento.

Era un descapotable de cuatro puertas rojo magenta, modelo Lancia Lambda; una preciosidad llegada desde Italia. Se trataba del vehículo de las celebridades y las estrellas de cine de Hollywood, comentó su padre. Gillian abrió la portezuela y se sentó al volante. Darlene se acomodó en el asiento del copiloto. Los dos pretendieron, por unos instantes, que partían de viaje. Ella hacía como que el viento le desbarataba el peinado, y él aceleraba mientras imitaba el ruido del motor con la garganta. Henry le enseñó cómo arrancarlo, la máquina rugió y desató una ola de aplausos.

—Tienes que estar a disposición de tu hermana siempre que Chao no pueda acompañarla o que nosotros necesitemos el auto —dijo su padre.

—Sí, sí, claro.

—¿Has oído, hermano? A mi disposición.

—Como siempre, entonces —dijo Gillian guiñándole el ojo—. *Dad*, ¿podemos probarlo ahora? ¿Una vuelta rápida a la manzana?

—Será mejor que lo dejemos para mañana. Además, esta noche tenéis permitido beber champán y no quiero que lo estrelles a la primera.

—Si no nos vamos ya, seremos los últimos en llegar a la fiesta —insistió Clarisse.

Gillian saltó del vehículo y acarició la carrocería un instante. Después, los hermanos siguieron a sus padres hasta la puerta delantera, donde Chao los esperaba embutido en su sudado uniforme, mientras trazaban planes sobre los lugares a los que irían en los próximos días con el automóvil nuevo.

2

Los últimos vestigios de la tarde desplegaban una pegajosa humedad que impregnaba la piel y la fina tela de los vestidos y las camisas. El frondoso jardín los envolvió con sus aromas florales en cuanto traspasaron las puertas de hierro. El ocaso pintaba el cielo con una paleta de colores pastel, naranja, rosa y violeta sobre un azul apagado; la luna asomaba anunciando el sueño de una noche estrellada.

El jardín estaba muy concurrido, con corrillos de invitados que charlaban y bebían animadamente. Los Long se pararon a saludar, y Gillian aprovechó para perderse en la extensa pradera, que olía a césped bañado de rocío, mientras Darlene se encaminaba a la entrada principal del edificio. Se abrió paso en el extenso vestíbulo rebosante de gente. Todo parecía distinto: los mosaicos del suelo de terrazo; los techos, más altos, y los panelados de madera, más elegantes y olorosos. Las lámparas de cristal brillaban y proyectaban destellos sobre la elegancia de los invitados.

Darlene se detuvo un instante y se deleitó con el blanco, el dorado y el plateado de los vestidos de fiesta de las damas; también con las cinturas bajas, los cortes vaporosos con mucho vuelo, los flecos, los tocados con plumas y las deslumbrantes diademas, así como los rostros empolvados y los perfumes intensos, que se fundían con el olor de puros y cigarrillos sostenidos en largas boquillas, y con las fragancias florales de los inmensos jarrones distribuidos por los distintos espacios y como centros de mesa. Eran los años veinte y a su ciudad había llegado ya el nuevo estilo, más alocado, libre y glamuroso que el de años anteriores. Justo cuando ella hacía su debut en sociedad.

Los hombres también iban muy elegantes; la mayoría había optado por trajes formales y, en el caso de los padres de los graduados, por el esmoquin. También había quien vestía prendas color marfil, anticipando el atuendo característico del verano en ciernes.

Mientras se abría camino, Darlene recibió miradas largas y apreciativas que le hicieron sentir cosquillas en el estómago. Localizó a sus amigas en la segunda planta, en la balconada que se elevaba sobre el jardín.

—¡*Oh là là*, Darlene! ¿Qué te has hecho? —exclamó Olive.

—¿No os gusta?

—Estás muy diferente. Diferente para bien, quiero decir —puntualizó su amiga.

—Lo que quiere decir es que así vestida te pareces muchísimo a tu madre —dijo Hazel.

Darlene bien podría haber pasado por hermana pequeña de Clarisse Long. Tenía el rostro ovalado como ella, el tímido hoyuelo en la barbilla, la silueta espigada y el cabello trigueño y encrespado que Clarisse se empeñaba en alisar, pero que a Darlene le gustaba lucir suelto y alborotado para remarcar su personalidad y diferenciarse de su madre. Sin embargo, con ese atuendo, había cedido a sus presiones y se había disfrazado de ella. Mentalmente se prometió defender su individualidad y mantener su identidad a toda costa. Suspiró.

—Me lo voy a tomar como un halago porque estoy de muy buen humor. Aunque los zapatos me aprietan y me cuesta caminar con estos tacones.

—A mí tu madre me parece una de las mujeres más sofisticadas de Shanghái y con esa ropa eres su viva imagen —dijo Nina.

—Y, si quieres tener futuro con mi hermano, ganarte a Clarisse es la mejor estrategia —contestó Darlene—. Vosotras también estáis muy guapas esta noche.

La vestimenta de Olive era la más sencilla de las cuatro, con una camisa blanca y una falda azul marino, tocada por una flor blanca en el pelo. Nina brillaba con su vestido mostaza de tirantes con hilos dorados, y Hazel había elegido un verde pastel que le sentaba muy bien a su pelo rojizo, recogido en lo alto con un lazo.

—Presiento que esta noche puede pasar cualquier cosa —comentó Darlene.

—Por ejemplo, que Timothy se declare. —Nina picó a Hazel entre risas.

—Muy graciosa.

—O que Nicolai te invite a bailar, Olive —añadió Darlene.

—Eso sería un sueño —contestó su amiga.

—Por cierto, Nina, no es porque sea mi hermano, pero Gillian está guapísimo esta noche. En verdad, es el más guapo de la fiesta, te vas a derretir cuando lo veas. —Darlene empujó a su amiga ligeramente con el hombro.

Un camarero pasó ofreciendo copas de champán. Cada una cogió la suya.

—Brindemos —propuso Nina.

—Por un verano lleno de aventuras. —Darlene alzó con entusiasmo su copa.

—Y por que encontremos marido antes de que termine el año —añadió Olive, sin atreverse a pronunciar en voz alta el deseo al completo.

Todas entrechocaron las copas y bebieron el burbujeante espumoso.

—Lo que más me gusta de mi atuendo es este accesorio —dijo Darlene enseñando la cámara—. Este momento va a pasar a la posteridad. Vais a ser la primera imagen que capte esta noche, así podremos acordarnos siempre de ella. Colocaos ahí. —Situó a cada una de sus amigas en el plano; todas sonreían y posaban con coquetería mientras sostenían las copas. Darlene apretó el botón y dentro de la cámara quedó inmortalizado aquel instante de felicidad y dicha que no solo guardaría aquella foto, sino también el corazón de las cuatro amigas—. Será mi regalo de graduación, una foto para cada una.

—Si nos quedamos en el balcón, nadie nos sacará a bailar —se quejó Hazel.

—Coloquémonos cerca de la banda de música para que se nos vea mejor —propuso Olive.

—¿Dónde está tu hermano? —preguntó Nina.

—Creo que se ha quedado en el jardín. Ya subirá, vamos a bailar —dijo Darlene tirando de su mano.

Nina se deshizo de ella y se asomó a la balaustrada. Localizó a Gillian a lo lejos, junto al grupo de compañeros y entre los corrillos de padres. Movió los brazos para llamar su atención, pero ninguno pareció percatarse de sus aspavientos.

Nada más ver a sus amigos, Gillian agitó el llavero en el aire y, con gesto triunfante, exclamó:

—¡Regalo de graduación, muchachos!

—¡Genial, vamos a dar una vuelta! —dijo Timothy tras arrebatarle las llaves.

—Difícil, está aparcado en mi casa. Pero preparaos porque mañana nos vamos de excursión.

Nicolai le golpeó la espalda con ímpetu.

—¿Vendrá tu hermana?

—No me será fácil darle esquinazo, pero mañana está reservado para la exploración masculina en exclusiva. Hay algunos lugares no aptos para señoritas a los que quiero echar un vistazo.

—Vamos a por una copa. —Timothy dio una palmada a Narek en la espalda y guio al grupo hacia el vestíbulo principal del club.

Accedieron a la pista de baile y se abrieron paso entre los que observaban a las parejas que se desenvolvían con el vals.

—Ahí está Patillas bailando con la Ricot. —Timothy señaló a la desigual pareja.

—Y yo que pensaba que estaría feliz de perderla de vista... Lo ha torturado durante todo el curso.

—¡Vamos, Patillas! ¡Dale otra vuelta! ¡Ese pasito! ¡Menudo galán! ¡Demuéstrale quién manda en la pista de baile! —animaron a su compañero de clase haciendo que varias parejas de estudiantes que bailaban cerca se rieran con los comentarios. Mademoiselle Ricot, la maestra de Literatura, fijó la mirada en ellos por encima de los lentes y decidió tomárselo con humor y seguirles el juego.

—¿Sus amigos, monsieur Arnaud? —preguntó a Patillas.

—No, mademoiselle Ricot, no los había visto en mi vida. —El comentario hizo que la profesora estallara en una sonora carcajada. Había tenido que aguantar al grupo desde que comenzaron secundaria, y esa noche por fin acababa su tormento; tal vez ahora podría dormir tranquila y dejar de pensar en los cuerpos jóvenes, fuertes y resbaladizos que se adivinaban bajo las ropas pegadas al torso cuando entraban en clase después de un partido de fútbol, oliendo a sudor y revolucionándole el vientre con anhelos secretos que le aguaban la soledad a la que se había acostumbrado.

Gillian se acercó a la banda de música y solicitó un swing. Luego les dijo a los muchachos que lo siguieran; había localizado a las chicas, sentadas al otro lado del salón. Al llegar a ellas, cada uno de los cuatro se situó frente a la joven de su preferencia.

Gillian ofreció la mano a Nina.

—Prometo hacerte volar.

Ella la aceptó con una caída de párpados y una risa divertida, y se alzó para que la condujese a la pista de baile.

Timothy imitó el gesto de su amigo, pero no le dio tiempo a hacer la invitación porque Hazel se puso de pie y lo arrastró por el brazo hacia el centro de la pista.

—Sí, sí, hazme volar a mí también, aunque me conformo con que no me pises y, sobre todo, no me dejes caer.

—Darlene, ¿te gustaría bailar? —la invitó Nicolai.

Aquella noche, impecablemente vestido y con el pelo engominado y peinado con la raya al lado, resaltaba mucho más su porte aristocrático; era como si algo se hubiera iluminado dentro de él al hallarse en un ambiente de celebración y elegancia.

Darlene tanteó a su amiga por el rabillo del ojo. Le apetecía mucho bailar, pero no quería hacer daño a Olive ni tampoco darle esperanzas al ruso. Además, Narek, que se mantenía un par de pasos por detrás, no había hecho amago de querer sacar a bailar a Olive, y Darlene sabía que quedarse la última era de las cosas que más afectaban a la sensible francesa, mientras que a ella le daba igual.

—Me duelen mucho los pies con estos ridículos zapatos. Mejor baila con Olive —propuso.

Nicolai suspiró y esbozó una sonrisa contenida. Se volvió hacia la otra joven y repitió el ofrecimiento. La temblorosa muchacha solo pudo asentir con la mirada baja mientras se aferraba a su mano. De camino a la pista, Olive echó la vista un instante hacia atrás y pronunció un silencioso *merci* hacia Darlene, que correspondió con una sonrisa sincera.

Cuando las tres parejas se perdieron en el baile, Narek se sentó en la silla que había dejado libre Olive y le entregó un vaso de ponche.

—Gracias. Hace calor.

—Me quedo a hacerte compañía.

—Si quieres... Aunque hay muchas chicas sin pareja. Mira, allí está Becky; con ese vestido se la ve más delgada. —Señaló a su compañera de pie junto a la mesa de los canapés.

—No se me da bien bailar, prefiero quedarme y conversar contigo —insistió Narek—. ¿Qué tienes ahí?

—Oh, es mi regalo de graduación. Mira.

—Es muy bonita. En alguna publicación leí que muchos soldados llevaban una cámara similar durante la Gran Guerra. Por eso nos han llegado tantas imágenes del frente.

—Es preciosa. Estoy deseando revelar las fotos de esta fiesta; puede que sea la última vez que estemos todos juntos, alumnos, profesores y familias. Me da un poco de pena, pero a la vez tengo muchísimas ganas de descubrir lo que el futuro nos depara a cada uno.

—Sí, yo también. Por cierto, señorita fotógrafa, ¿te ha tomado alguien una foto a ti?

Ella negó.

—La chica más guapa del colegio no puede quedar sin retratar en esta noche especial. —Darlene sonrió a su pesar. Narek era un buen amigo; una lástima que no le gustara—. ¿Me la prestas?

Ella sacó el artilugio de la funda y se lo entregó. Mientras permanecía sentada, Narek, de pie, le hacía varias fotos desde distintos ángulos. Darlene se sintió un poco cohibida al ser el objetivo de su propia cámara. Estaba más cómoda al otro lado, poniendo su mirada sobre lo que la rodeaba.

Cuando agotó todas las poses, Narek le devolvió la cámara.

—¿Te puedo pedir una copia de una de las fotos? Para acordarme de esta noche y... de ti.

—Vamos a seguir viéndonos y espero que, aunque la vida nos lleve por caminos distintos, no te olvides de mí.

—Las cosas van a cambiar, y nosotros también. Quiero recordarte como esta noche.

—Tienes razón. Puedo hacerte una copia, no hay problema. Aún no sé dónde las voy a revelar, pero, en cuanto lo organice, te aviso.

—¿Todavía te queda carrete?

Darlene revisó el indicador.

—Sí, ¿por qué?

—Porque te estás perdiendo unas tomas fantásticas. Mira.

Darlene se levantó. Las piernas volaban y los *culottes* de encaje quedaban al aire; sus amigos y demás compañeros se dejaban el alma en la pista y lanzaban a sus parejas de un lado a otro. Ellas seguían los movimientos y se deslizaban entre las piernas masculinas saltando y agitando las caderas. Las faldas se arremolinaban en las cinturas y mostraban mucho más de lo decoroso; el conjunto era un torbellino de energía hecho de pasos rápidos, patadas y compenetración.

El baile terminó con un estallido de aplausos y gritos de alegría. La banda enseguida encadenó un son con otro. Darlene se desplazaba entre los extremos de la pista sacando fotos. Narek, de vez en cuando, le señalaba a alguien en particular, y ella se apresuraba para captar la imagen. Las parejas se mezclaban: graduados con profesores, padres con graduados, profesores con padres. Un revoltijo de gente que sudaba y disfrutaba como nunca.

El ruido de la fiesta se intensificó a medida que se sucedían los bailes, las rondas de discursos y los brindis. Varias horas después, los padres, muy borrachos ya, se seguían congratulando por el brillante futuro que esperaba a sus hijos bachilleres: planes grandiosos de educación en la vieja Europa, enlaces matrimoniales provechosos y un regreso estelar a su ciudad convertidos en la nueva generación de exitosos shanghailanders. Las mujeres reían con estridencia y bailaban con los tiernos muchachitos mientras recordaban tiempos no tan lejanos en los que ellas mismas habían sido unas jóvenes con la vida por delante.

El grupo de amigos estaba sentado alrededor de una de las mesas del salón, descansando tras varias horas de baile. Narek se había retirado ya con su familia, y también Olive; su madre no podía dejar desatendido el hotel tanto tiempo, o más bien no se fiaba del muchacho francés que trabajaba en la recepción y cuidaba de los huéspedes en su ausencia.

—Mirad lo que he encontrado —dijo Gillian tras incorporarse al grupo.

—¡Le has robado la pitillera y el mechero a papá!

—«Robado», ¡qué palabra tan fea, Lin! Los he encontrado ociosos y abandonados en el bolsillo interior de su solitaria chaqueta. Los pobrecitos llevaban ahí varias horas sin que nadie les prestase atención. No creo que los eche en falta. Salgamos a fumar.

El grupo abandonó el club y se adentró en el jardín para alejarse del ruido y en busca de un lugar oscuro y discreto. Se sentaron sobre la hierba bajo un magnolio gigante del que emanaba un aroma embriagador. Gillian prendió un cigarrillo, aspiró una potente bocanada que tragó y después se lo pasó a Timothy al tiempo que expulsaba el humo.

—Nosotras también queremos probar —dijo Nina.

—¿Qué decís, muchachos, dejamos que las chicas lo prueben? —preguntó Gillian burlón mientras les guiñaba un ojo.

—El champán se te ha subido a la cabeza, hermano. No necesitamos vuestro permiso, trae aquí. —Darlene le quitó la pitillera y el mechero de plata. Después, le cedió un cigarrillo y el encendedor a Nina, quien imitó cómo Gillian había encendido el suyo y acto seguido inhaló una profunda calada. Al instante le dio un ataque de tos.

—No tienes que tragar el humo la primera vez —explicó Hazel. Con una mano le daba palmadas en la espalda y con la otra le sostenía el cigarro—. Mira, se hace así, lo aguantas en la boca y luego lo sueltas. No es difícil.

Nina no paraba de toser y lagrimear, los ojos rojos. Gillian corrió al interior del salón a por un vaso de agua.

—¿Y tú cómo lo sabes? —preguntó Darlene.

—Lo he probado, ¿cómo si no? Pillé a estos hace dos años fumando en el pasillo que da al laboratorio de ciencias; expulsaban el humo por la ventana abierta, pero yo tengo buen olfato y, aunque disimularon, a mí no pudieron engañarme. Los obligué a que me permitieran probarlo a cambio de no delatarlos. Me pareció una cosa asquerosa. No sabe a nada, pero te deja mal gusto en la boca durante horas.

Gillian regresó con el vaso de agua y ayudó a Nina a beberse despacio lo poco que quedaba, pues había perdido la mitad del contenido por el camino debido a la carrera. Después de lo que había dicho Hazel, Darlene dio una calada y estuvo de acuerdo con ella, no resultaba muy interesante y no sabía por qué estaba tan de moda, especialmente entre las madres. Nina, a la que no le gustaba quedar como la tonta del grupo, se animó con una segunda calada. Esta vez no tragó el humo y consiguió exhalarlo sin atorarse, pero después desistió de seguir con ello.

Los hombres se fumaron los cigarrillos en silencio mientras contemplaban la noche estrellada tumbados sobre la hierba.

Los haces de luz anaranjados iluminaban sus rostros cansados con cada aspiración. Nina apoyó la cabeza sobre las piernas de Gillian y este le acarició el pelo, abstraído en sus pensamientos. A través de las ventanas y los balcones abiertos al jardín del club llegaban los acordes de una pieza de jazz, una melodía rota de vez en cuando por risotadas o algún grito femenino.

Minutos después, la voz de una mujer llamó a Hazel.

—¡Mi madre! Mañana hablamos —dijo, y salió corriendo antes de que la mujer los descubriera en la oscuridad fumando.

Al cabo de un rato, Timothy rompió la quietud del grupo:

—¿Volvemos a la fiesta?

—Mejor no, el salón empieza a estar demasiado cargado de madres efusivas y padres ebrios —apuntó Nicolai—. Además, la Ricot no ha tenido bastante con Patillas y me ha estado persiguiendo toda la noche.

—Tengo una idea, hagamos una carrera —exclamó Gillian.

—¿A estas horas? —preguntó Nicolai.

—Estás loco, Gillian. No me dan las piernas después de tanto baile, y eso sumado al partido de fútbol de esta tarde. En serio, tengo calambres —se quejó Timothy.

—Quien gane conduce mi coche mañana durante la excursión. —Gillian ignoró los comentarios.

—¿Qué excursión? No me has dicho nada —reclamó Nina.

—Cosas de hombres, nena. A vosotras prometo llevaros de paseo otro día. Vamos, será divertido; si seguimos aquí tumbados, nos quedaremos dormidos. Hay que terminar esta fiesta a lo grande —insistió.

—Correr ahora a estas horas y con la cantidad de champán que hemos bebido…, ¿acaso quieres matarnos? —discutió Nicolai.

—No vamos a correr nosotros.

—¿No? —se extrañó el ruso.

—¿Cómo vamos a echar una carrera sin correr? Gillian, estás más borracho de lo que pensaba —se rio Timothy.

—Ya lo veréis. Seguidme. Venga. —Tendió la mano primero a Tim y luego a Nicolai. Ambos se pusieron en pie.

—Vamos, Nina. A saber lo que se le ha ocurrido ahora al pequeño dragón —dijo Darlene en alusión al apodo cariñoso con el que lo llamaba Amah.

Las jóvenes se cogieron del brazo y caminaron tras los chicos. Salieron del recinto del club por los portones metálicos. Dos voluntarios del cuerpo de vigilancia de la concesión francesa charlaban en voz baja; al verlos llegar, se cuadraron y dieron las buenas noches en francés.

Al otro lado de la calle, dos culis dormitaban sentados sobre los reposapiés de sus ligeros *rickshaws*, apoyados en los codos en una postura de lo más inestable. Probablemente se habían quedado dormidos mientras esperaban para pescar a algún cliente trasnochado de la ruidosa fiesta que parecía no acabar nunca.

—Nosotros no corremos, corren ellos. —Gillian señaló a los dos hombres, quienes, al oír las voces de los extranjeros, se despabilaron y se apresuraron a brindar su servicio.

—*Ricshá*, barato, barato —ofreció uno.

—Mí, más rápido, muy rápido, *llevar* casa *masta* —se interpuso el segundo.

—Gillian, ¿has dicho en serio lo de que quien gane conduce tu coche mañana? —dijo Tim.

—Totalmente en serio.

—¡Entonces nosotros vamos en este! —Tim se subió en el *rickshaw* del culi que había afirmado ser más rápido y que, además, parecía un poco más fuerte y alto que el otro, aunque ambos eran bastante enclenques.

—Solo hay cuatro asientos y somos cinco —comentó Nicolai.

—Yo no monto. Aprovecharé para haceros fotos. Así inmortalizo el momento —resolvió Darlene.

—¿Estás segura, Lin? Les podemos pedir que vayan a buscar a un compañero. No me gusta dejarte sola aquí fuera.

—No hace falta, de verdad. No va a pasarme nada, las calles están desiertas. Además, voy a correr a vuestro lado. Estoy segura de que, de no ser por estos tacones, podría ganarles.

—Entonces das el pistoletazo de salida —dijo su hermano.

Nina se acomodó con Gillian en el *rickshaw* y Nicolai hizo lo propio con Tim. Indicaron a los culis dónde tenían que colocarse y en qué consistía la carrera usando algunos de los vocablos *pidgin* que conocían de hablar con los criados, un batiburrillo de distintos idiomas bastante incomprensible.

Los conductores parecieron entenderlo. Discretamente, Gillian le ofreció el mechero de plata de Henry Long a su culi si ganaba la carrera. Este sonrió con unos dientes torcidos y ennegrecidos de podredumbre y asintió con entusiasmo.

Darlene se ubicó delante de los vehículos y levantó los brazos.

—¡A sus marcas! ¡Listos! ¡Ya! —gritó con todas sus fuerzas mientras los bajaba.

Los culis entendieron el gesto y se lanzaron a la carrera cargando cada uno con su pareja de demonios extranjeros.

Darlene intentó mantener el ritmo de los corredores, pero, a pesar de que ellos cargaban con peso y de que ella solo debía equilibrarse sobre los tacones y tener cuidado de no torcerse un tobillo, pronto la dejaron atrás. Las voces de sus amigos se fueron desvaneciendo a medida que la distancia se agrandaba. Al final, decidió parar y caminar despacio de regreso; ya la alcanzarían. En algún momento tendrían que dar la vuelta y regresar al club francés.

En esa zona aún no abundaban las construcciones; las mansiones lucían desperdigadas a lo largo de la route Vallon, llamada así en memoria de un piloto pionero francés, René Vallon, quien desafortunadamente se había estrellado en el hipódromo unos años antes, cuando el motor de su avión se incendió en pleno vuelo, y había causado gran conmoción en la comunidad francesa, que aguardaba su llegada con entusiasmo.

Darlene paseó despacio mientras inhalaba el olor húmedo a campo, pues a pesar del desarrollo y de la expansión de la ciudad, aquella seguía siendo una zona de cultivos. Sus pasos resonaban en el pavimento. Se sentía muy bien, tranquila y en paz pese al dolor de pies. Se quitó los zapatos y caminó con ellos en la mano. Se detuvo un par de veces en su paseo e hizo unas fotos en la semioscuridad de la calle, intrigada por cómo quedarían al revelarlas.

Le llegó un eco lejano de ruedas y pensó que se trataba de sus amigos que retornaban de la carrera, por lo que se giró hacia el lado de la calzada por donde habían desaparecido, sin darse cuenta de que se encontraba en el cruce con una bocacalle. El chirrido de las ruedas la hizo reaccionar. Vio como un *rickshaw* que iba a gran velocidad se le echaba encima. No tuvo tiempo de esquivarlo, pero en esa milésima de segundo antes del choque pudo percatarse de que sus ocupantes eran desconocidos. Gritó al recibir el golpe y sintió un intenso dolor en la cabeza antes de perder la conciencia.

3

Darlene abrió los párpados despacio. Vio frente a sí, muy cerca, un rostro oriental. Estaba aturdida y su visión era un tanto borrosa, pero su cabeza identificó que el hombre era joven. Se fijó primero en sus pestañas, que le parecieron curiosamente largas a la luz que proyectaba el farol de una casa cercana. Enmarcaban unos ojos negros, tanto que la pupila se fundía por completo con el iris en esa penumbra. Luego observó sus labios, que emitían sonidos; eran gruesos y se movían con lentitud. De hecho, el cerebro de Darlene registraba cada palabra y comprendía a la perfección lo que decía, pero no sabía por qué entendía a ese culi mejor de lo que comprendía a su cocinero o a Chao, de los que apenas solía captar palabras sueltas y mal pronunciadas. ¿Sería a causa del impacto?

Le dolía mucho la nuca y alzó la mano con languidez para tocarse la zona que había recibido el golpe. Sintió algo mullido bajo la cabeza que la protegía del suelo; entonces reparó en que él llevaba el torso descubierto. ¿Se había quitado la camisa para atenderla? Su aturdimiento fue cediendo mientras el culi intentaba hacerla reaccionar abanicándola con la mano sin mucho éxito. No corría ni una brizna de aire y la humedad era sofocante. Cuando se despabiló del todo, Darlene se dio cuenta de por qué comprendía tan bien a ese extraño. Le hablaba en inglés, no en la mezcla extraña del *pidgin* que hablaban los locales. Eso le pareció curioso y trató de incorporarse. Él la ayudó a sentarse.

—¿Se encuentra bien? Pensé que la habíamos matado —dijo el conductor del *rickshaw*.

—¿«Habíamos»? —Miró en derredor en busca de alguien más a quien no debía de haber visto. Creyó recordar que justo antes del choque había distinguido al conductor y a un viajero, pero no podía estar segura, ya que no le había dado tiempo a ver bien sus caras.

—Quiero decir yo. Mi cliente se ha marchado. ¿Se ha hecho daño?

—Un poco.

—¿Puede levantarse? Ha estado inconsciente varios minutos.

—Sí, creo que sí.

Él la ayudó y la sostuvo cuando perdió el equilibrio y le fallaron las piernas. Cargó con ella en brazos y la dejó con cuidado sobre el asiento del carro. Darlene lo miraba mientras intentaba entender por qué ese hombre le resultaba tan extraño. Quizá fuese porque era alto, más de lo que acostumbraban a ser los culis con los que se cruzaba y que plagaban las calles de la concesión, pensó. Tampoco era tan delgado, apreció antes de que él recogiera la camisa que yacía enrollada en el suelo y se la pusiera. Los culis ganaban muy poco dinero y su delgadez era muy llamativa, pero este era diferente y para colmo hablaba inglés. Tal vez hubiera vivido fuera; muchos chinos emigraron a Estados Unidos por la fiebre del oro a mediados del siglo anterior y habían seguido haciéndolo como polizones incluso durante la vigencia del acta de exclusión que prohibió la inmigración china durante treinta años. Nada más abolirse la prohibición esta se había reactivado. Según *daddy*, los chinos no cejaban en el empeño de escapar de la pobreza y labrarse un futuro lejos de las penurias de su país. No sería descabellado pensar que este había estado unos años fuera y había regresado, tan pobre como salió, con la idea de aprovechar el nuevo desarrollo de Shanghái.

Con sobresalto, Darlene se acordó de su cámara y echó mano al cinturón; allí seguía. Comprobó aliviada que no había sufrido ningún daño. La sacó de la tira de cuero e hizo una foto al hombre que, al otro lado de la calle, recogía sus zapatos, que habían salido volando con el encontronazo.

—¿A dónde la llevo? —preguntó el culi mientras se los entregaba; uno había perdido el tacón.

—No he traído dinero.

—No se preocupe, el servicio es gratis. Es lo mínimo que puedo hacer después de haberla atropellado.

Darlene se preguntó dónde estarían su hermano y sus amigos, y por qué no se había cruzado con ellos aún. ¿Hasta dónde habrían llegado en la loca carrera que se le había ocurrido a Gillian? ¿Estarían de vuelta en la fiesta o se habrían marchado a casa directamente? Aunque sabía que su hermano estaría preocupado, se sentía muy cansada y adolorida y no quería empezar a buscarlos ni tampoco meter a Gillian en un lío por tener que explicarles a sus padres dónde estaba. Lo mejor sería regresar a casa y refugiarse en la cama. Amah se encargaría de esperar al resto de la familia, si no habían llegado, y avisarlos de que ella estaba ya durmiendo.

—¿Conoces la rue D'Arco? —preguntó Darlene.

—Creo que sí, espero saber orientarme desde aquí.

—Yo te indico.

Aunque en apariencia era más fuerte que los culis normales, le costó hacerse con las varas y avanzar rápido; se notaba que debía hacer mucho esfuerzo para tirar del carro. Menos mal que era de noche y no tenía que abrirse paso entre el denso tráfico de media tarde, con los tranvías y los automóviles pitando y avasallando. Eso, unido a su aspecto y a su conocimiento del inglés, asentó la teoría de Darlene de que provenía del extranjero y de que habría regresado hacía poco a Shanghái. Tomó unas instantáneas de la espalda del desconocido y después se recostó sobre el asiento e intentó relajarse.

A pesar de la extraña situación, del accidente y del pintoresco culi, disfrutaba del paseo. Con Chao llevándola a donde necesitara ir, no había tenido mucha oportunidad de subirse a un *rickshaw*. Su amigo Narek le había contado que no era un transporte local, como siempre había pensado ella, sino que un francés lo había importado de Japón (aunque los ingleses decían que habían sido ellos y que ya los usaban en la India varias décadas antes). A su madre, sin embargo, la horrorizaban. Decía que no tenía ninguna gana de tragar polvo y llenarse de suciedad, prefería ir en el automóvil y con las ventanillas cerradas.

A Darlene no solo le dolía la cabeza, parecía que también se había golpeado la espalda, ya que sentía una molesta presión en la parte baja. Tardó en darse cuenta de que había algo en el asiento. Se giró y palpó con los dedos, era un paquete rectangular. En ese momento el culi frenó en un cruce y echó la mirada atrás, y ella, en un impulso, ocultó el paquete. Cuando este reanudó la marcha, se lo metió bajo la falda y lo afianzó por dentro de la cinturilla de las enaguas.

El muchacho parecía desorientado y se paraba a estudiar los cruces antes de retomar el camino. Después de unas cuantas vueltas, ella misma no sabía dónde se encontraban, pero no le importó demasiado. Así tenía tiempo de pensar en ese largo día, y también de elucubrar lo que le esperaba a partir del siguiente. Hacía una noche deliciosa y nunca había experimentado la ciudad a esas horas, y a esa velocidad. Había algo especial en viajar en *rickshaw*, y eso a pesar del esfuerzo que tenía que hacer el culi para transportarla. Se lo notaba más cómodo ahora que cuando habían empezado el trayecto. Se cruzaron con algunos noctámbulos, que seguramente regresaban de alguna sala de fiestas de las muchas que abundaban en la ciudad y que ella aún no había tenido la oportunidad de conocer.

Casi una hora después, enfilaron su calle. Darlene lo hizo parar en la esquina trasera de la casa, junto a la puerta exterior por donde entraban los proveedores y los sirvientes. Prefería que Amah no la viera llegar, si no tendría que dar muchas explicaciones o inventar algo, y no le gustaba mentir.

El culi chorreaba de sudor. Se limpió la cara con la camisa y dejó al aire su abdomen bien definido. Después le ofreció la mano para ayudarla a bajar. No era áspera ni callosa, pero sí caliente y un tanto pegajosa de agarrar el tirador del *rickshaw*. Al apoyar un pie en el pavimento, Darlene gritó de dolor.

—Creo que me he torcido el tobillo. Necesito que me ayudes a llegar hasta la casa.

—Me va a meter en un lío. ¿Qué dirán sus padres si la ven con un sucio culi? —dijo con un deje que a ella le sonó entre sorna y acritud.

—Entramos por detrás. No te preocupes, nadie nos va a ver.
—Eso esperaba—. No hace falta que me cojas en brazos, déjame apoyarme en ti.

El hombre miró a ambos lados de la calle para asegurarse de que estaban solos y a continuación siguió las instrucciones de Darlene. La puerta de metal negro chirrió al abrirla y ella sintió que el culi se ponía nervioso.

—Dese prisa —dijo él acelerando el paso.

—No hace falta que camines tan rápido, terminarás tirándome. Me duele mucho y es por tu culpa.

El hombre suspiró y redujo el ritmo. Avanzaron por el vial de carretas hasta la puerta posterior de la casa, la que daba a los dominios de Amah. Rogaba por que no la escuchara llegar.

—Aquí la dejo.

—Espera, no me has dicho cómo te llamas. —La luz que había sobre la puerta de servicio iluminó el rostro joven del culi. Tenía unas facciones suaves y unos ojos inteligentes. Darlene intentó leer su expresión concentrada—. ¿Cómo te llamas? —preguntó en un susurro.

Él la observaba sin hablar.

—No voy a denunciarte, si eso es lo que crees. Ha sido un accidente y ha sucedido por mi culpa, yo estaba en medio de la calle. Venga, dime cómo te llamas.

—Rick —dijo pronunciando la «erre» a la perfección.

—¿Rick? —Y entonces cayó en lo ridículo del nombre; le estaba tomando el pelo—. ¿Rick como *rickshaw*?

Él sonrió, y aquello también era extraño, no tenía los dientes podridos.

—Rick —dijo sin más, y la «erre» bailó en su lengua.

—Curioso nombre.

—Me lo ha puesto mi jefe para que los extranjeros se acuerden. Tengo que irme. Llame a su médico para que la revise. El golpe ha sido muy fuerte. Siento de nuevo haberla arrollado, espero que me perdone. Adiós, missis. —Se despidió en *pidgin*.

Darlene bajó los ojos y reparó en los zapatos. Ese último elemento, junto con las formas educadas, casi elegantes, del sujeto la hicieron sospechar; ningún pobre podría permitirse unos así. ¿Sería un ladrón?, ¿un mafioso? Definitivamente, no era un culi, no podía serlo.

—¡Me pensaré si te perdono, Rick! ¡Tal vez nos volvamos a ver! —dijo alzando la voz, pero sin dejar de susurrar, mientras él se alejaba hacia la salida.

Se giró para mirarla una última vez antes de desaparecer. No contestó, sin embargo, en la penumbra le pareció que sonreía.

Darlene atravesó los dominios de Amah: la cocina limpia y recogida, ya que no habían cenado en casa; la zona de lavandería y plancha; la despensa, y los estrechos cuartos donde en ocasiones pasaban la noche los sirvientes que no pertenecían a la casa y acudían a ayudar cuando celebraban alguna *soirée* y los invitados se quedaban hasta tarde. Los criados internos dormían en una construcción en la parte de atrás, alejada de la zona noble de la vivienda.

Cuando entró al salón, encontró a su madre llorando ruidosamente y a su padre hablando con los gendarmes mientras les enseñaba un retrato suyo. Gillian consolaba a su madre sentado a su lado sobre el brazo del sofá.

—Buenas noches, ¿qué me he perdido? —dijo tras desplomarse en una butaca.

—¡Darlene! ¡Nos has dado un susto de muerte! ¡Creíamos que te habían secuestrado! —Clarisse sollozó contra el pañuelo—. ¡Cómo has podido hacernos algo así! Has arruinado la fiesta, y lo estábamos pasando tan bien... Las burbujas del champán se evaporaron de súbito con la noticia que nos trajo Gillian de que habías desaparecido.

—No había desaparecido. Tan solo sufrí un pequeño percance, nada más. Se me rompió un tacón, y estaba demasiado lejos como para regresar a la fiesta. Eso fue todo. Estoy bien.

—¿No habrás venido caminando desde allí? —dijo su padre.

—No, claro que no. Cogí un *rickshaw*.

—¡Virgen de la Madeleine! Sola a estas horas de la noche y en las garras de un sucio culi.

Darlene estuvo a punto de soltar una carcajada al escuchar la misma expresión que había dicho el misterioso conductor.

—La culpa es mía. No tendría que haberte dejado sola. La carrera fue una pésima idea, una tontería.

—Eso quiere decir que no la ganaste.

—No.

Darlene rio y su hermano la secundó. Lo conocía demasiado bien.

—Y encima os reís; a mí me va a dar algo con estos hijos —se quejó Clarisse.

—No me ha pasado nada, estás exagerando, *maman*.

—Lo importante es que no ha ocurrido nada grave —intervino su padre—. Monsieur Bergère, le agradezco su inmediata respuesta. Gracias a Dios, ha sido una falsa alarma. Para el camino —añadió, y le dio un par de puros que llevaba en el bolsillo de la chaqueta.

El gendarme francés hizo un saludo marcial y se marchó junto con los dos uniformados que lo acompañaban.

—Con el susto, me ha subido una jaqueca terrible. Me voy a la cama, *amour.* —Su madre se levantó del sofá y le dio un beso en la mejilla a su marido.

—Yo también voy. Tengo un dolor horrible de pies; los zapatos nuevos me han hecho heridas —se despidió Darlene.

—Los hombres de la casa nos vamos a tomar una última copa —anunció Henry.

Darlene vio cómo a Gillian se le encendían los ojos con el comentario. Se despidió de su padre con un beso y, al dar un abrazo de buenas noches a su hermano, este le susurró:

—Ya me contarás qué ha pasado. No me trago lo del tacón.

Ella sonrió con picardía y corrió escaleras arriba hasta su habitación, al entrar echó el cerrojo. Gillian era muy perceptivo, no en vano estaban conectados y casi podían leerse la mente el uno al otro. Metió la mano por debajo de la falda y liberó el misterioso paquete. Cogerlo había sido un impulso del momento. Estaba envuelto en papel de un periódico local. Lo abrió sobre su secreter y en el interior descubrió unos pasquines. Fondo rojo y letras negras. Eran del mismo estilo que los afiches que aparecían pegados en las fachadas de los comercios, esos que había visto esa tarde en el trayecto a casa desde el Cercle Sportif. ¿Y si el enigmático culi era el criminal que los distribuía? ¿Quería ese hombre promover la rebelión contra los extranjeros?

Sonaron unos suaves golpes en la puerta y a continuación escuchó la voz de Amah:

—*Xiao Lin*, *traer* taza de tisana, *abrir* puerta.

Agarró el paquete y lo escondió bajo la almohada. Fue hasta la puerta y descorrió el cerrojo.

—¿*Pasar* bien? —Amah entró en la alcoba con su andar arrastrado. Su niñera era, por lo general, la última persona que Darlene veía antes de acostarse y la primera al abrir los ojos. Le encantaba que le contara lo que había hecho durante el día, pero esa noche tenía mucho en qué pensar. Como tantos otros, Amah había llegado de una provincia interior a la ciudad en busca de un futuro mejor y de todas las niñeras que su madre entrevistó para que la cuidaran durante sus últimos meses de embarazo y luego a su retoño cuando naciera fue la única que consiguió su aprobación. A Amah la quería como a una madre y le contaba todo como a su mejor amiga. Pero esa noche había cosas que Darlene quería guardase para ella.

—Sí, muy bien.

—¿Por qué no *llegar* con tu hermano? *Estar* a punto de salir a *buscar*.

—A Gillian se le ocurrió hacer una carrera y me quedé atrás. Estaba cansada y, al pasar un *rickshaw* vacío, lo tomé.

El culi no llevaba mucho tiempo en la ciudad y se perdió. Nada más.

Amah la ayudó a desvestirse. Darlene colocó su regalo de graduación sobre la cómoda y después se sentó en el tocador, donde su aya le deshizo el peinado que ella misma había elaborado unas horas antes. Le desenredó el cabello, que le llegaba por la cintura, con el cepillo de cerdas de jabalí importado de Alemania, hasta que quedó suave y brillante. Mientras lo hacía, como cada noche, tarareaba entre dientes una melodía y la acariciaba con dulzura.

—Tengo sueño, me voy a dormir —dijo Darlene, y se levantó de la butaca del tocador.

Amah fue a abrirle las sábanas y a acomodarle las almohadas, como hacía todas las noches, pero Darlene se interpuso. No quería que descubriera los pasquines.

—Ya lo hago yo. Me he graduado, Amah, no soy una niña. Puedo meterme sola en la cama.

Los ojos de su aya se entornaron. Solía ser difícil leer la expresión de Amah, tal vez porque hacía un esfuerzo considerable para no delatarse, para mostrarse fría e indiferente como una roca. Darlene había crecido observando su expresión y nunca podía tener la certeza de lo que sentía, ni para bien ni para mal. Solo podía estar segura de su sentir cuando su rostro enrojecía ligeramente, justo antes de estallar y proferir un grito a uno de los *boys*, o cuando, mientras estaba en la cocina bebiendo un té por la tarde, en su descanso, alguna de las criadas contaba una anécdota que la hacía reír; entonces arrugaba los ojillos e incluso lloraba de la risa. A Darlene le gustaban esos instantes. En ese momento, sin embargo, mostraba una máscara inexpresiva, debajo de la cual la joven intuía su malestar porque dijo:

—Como tú *querer.* —La mujer recogió los zapatos rotos y el vestido y se encaminó hacia la puerta. Darlene corrió hasta ella y la abrazó por detrás.

—Gracias por ayudarme. La noche ha sido larga y estoy cansada; no quería ser tan arisca.

Amah acarició la mano de Darlene que le aferraba la cintura.

—Yo *saber*. Ahora *descansar*, precioso jade.

En cuanto Amah cerró la puerta, Darlene echó el cerrojo de nuevo. Rescató el paquete de debajo de la almohada y, recostada en la cama, permaneció un rato intentando descifrar lo que ponía en los panfletos. Los trazos eran gruesos y eso dificultaba la comprensión de los caracteres. No sabía mucho chino, aunque había estudiado por su cuenta algunas palabras y en la biblioteca de la escuela había encontrado un libro de gramática básica y lo había tomado prestado durante unas semanas. Narek tal vez sabría decirle qué ponía, pues conocía el idioma en profundidad; de hecho, era el único de su círculo que había mostrado interés en aprenderlo.

Los párpados le empezaron a pesar. Apagó la lámpara y se dispuso a dormir. En cuanto cerró los ojos, la invadieron las imágenes de la noche: la fiesta, los rostros alegres y sudorosos de sus amigos bailando, el jardín en penumbra y el humo de los cigarrillos, la carrera, y también los ojos negros del desconocido, y después su torso desnudo, el calor de su mano y su sonrisa torcida. El «sucio culi» a ella no le había parecido nada sucio, pensó mientras abrazaba la almohada. Esperaba encontrárselo de nuevo y descubrir quién era y qué hacía con esos pasquines.

4

¿Por qué se había dejado liar por Pang?, pensó Kai mientras se presionaba el tabique de la nariz para evitar que siguiera sangrando. Estaba contento de estar vivo y de haber conseguido escapar. No había corrido tanto en toda su vida. Primero al hacer de culi para la extranjera y, ahora, huyendo de los matones del sindicato de conductores de *rickshaw*. Se había librado por poco de terminar rajado y desangrado en una zanja de riego. Los matones, avisados por Pang o no, lo habían esperado, y, cuando estaba a punto de llegar y aparcar el *rickshaw* junto a los otros, le habían empezado a llover los golpes. Por suerte, había logrado zafarse y correr como si fuera el mes de los muertos y lo persiguieran los fantasmas del inframundo. Ahora le temblaban las piernas a causa del esfuerzo.

Habían caído sobre él como hienas mientras le gritaban «ladrón». Las luces en esa parte de Shanghái, cerca de la puerta norte de la ciudad, eran muy escasas y no había sido capaz de distinguirlos en la semioscuridad. Pang tenía que haberlos puesto sobre aviso. Y él debía de haber supuesto que su hermanastro había robado el vehículo para sus correrías y no que lo había alquilado para una noche, como le había dicho. Antes de largarse después de atropellar a la extranjera, le había dicho dónde tenía que entregar el *rickshaw*, y después había desaparecido como la rata que era, dejándolo con una mujer inconsciente tirada en la calle, en el dominio territorial de los franceses.

¿Y si algún gendarme del cuerpo de policía o alguno de los voluntarios que patrullaban por las noches lo hubiera encontrado con ella? Una mujer tan bien vestida, desmayada en brazos de un desarrapado culi... Ahora mismo estaría en el cuartelillo, sufriendo uno de los «amistosos» interrogatorios de esos demonios.

No le extrañaría nada que el ataque de los matones hubiera sido una de las jugarretas de Pang. Este odiaba a Kai casi con tanta fuerza como Kai lo odiaba a él; tendría que haber previsto que en algún momento de la noche el rencor se materializaría en una trampa, una encerrona en la que podría hasta perder la vida. Pang siempre lo llevaba al límite, al borde del precipicio, a un estado ciego de ira donde solo quería hacerlo sufrir. Debería haber ignorado su provocación, pero todavía ejercía demasiado control sobre su rabia y sabía cómo exacerbarla con sus odiosos comentarios.

A pesar de sus ataques directos, lo que Pang buscaba, en realidad, era una excusa irrefutable para que su padre se deshiciera de Kai de una vez por todas. Nunca quiso tenerlo cerca porque pensaba que rivalizaban por su atención. Sin embargo, en todos esos años, el bruto de su hermanastro no había sido capaz de ver que a Kai la opinión de su padre no le importaba nada, de hecho, lo odiaba con toda el alma. Pero no le interesaba seguirle el juego a Pang, él tenía sus propios planes, para su progenitor tenía preparada una venganza lenta y sobre todo inesperada. Quería devolverle todo el daño que había hecho y para eso debía ser paciente y aguardar su oportunidad. Entonces le asestaría un golpe letal del que no podría recuperarse. Su castigo sería el ostracismo social al que lo someterían los de su clase, y él dejaría de ser su hijo. Eso era lo que deseaba desde los siete años.

Era la primera vez que tiraba de un *rickshaw*, ¿en qué pensaba cuando ofreció a la muchacha llevarla a casa? El carro pesaba por lo menos cien *catties*. Era un trabajo duro que ningún hombre debería tener que hacer y, sin embargo, los campesinos, que habían vivido quién sabía cuántas penurias, lo preferían cien veces a volver al campo. A él, hacer de mulo le parecía inhumano, pero debía reconocer que era un trabajo honrado que permitía subsistir a aquellos que no habían aprendido ninguna otra habilidad, porque arar la tierra y atender los cultivos no era una cualidad que se pagara bien en la ciudad. Lo peor de aquel oficio era someterse al sindicato, una mafia encubierta que los esclavizaba bajo unas condiciones de las que jamás podrían escapar, ya que debían pagar ochenta cobres al día. Tenían que hacer muchos viajes diarios solo para cubrir la cuota; la mayoría de las veces no lo conseguían y la deuda crecía y crecía. Malvivían de lo que escondían, que les daba para un cuenco de arroz o una sopa aguada. Dormían arrebujados en el mismo aparcamiento donde estacionaban su *rickshaw* al finalizar la jornada.

En su cavilar sobre la rutina de los culis, Kai llegó a su casa. El resplandor naranja de un cigarrillo en la oscuridad delató la presencia de Pang. Respiró hondo para armarse de paciencia, a pesar de lo cansado que estaba; solo quería coger un poco de comida y marcharse de nuevo.

—Ya pensaba que te habían detenido.

—No iba a dejarla tirada en medio de la calle como hiciste tú.

—¿Por qué no? Ella no habría tenido compasión contigo. Debe de ser la hija de uno de esos ricos taipanes que van arrollando a la gente por la vía; a ti, en su lugar, te habrían pasado por encima con el automóvil. No es más que un demonio extranjero.

—Era una chica. —A Kai no le había parecido un demonio.

—¿Qué hiciste con el paquete?

—¿Qué paquete?

—Nada, olvídalo —dijo Pang—. Por cierto, no tienes buena cara. ¿Te caíste de morros? Eres muy torpe, hermanito.

—Tus amiguitos casi me matan. Debí haber sospechado que me habías tendido una trampa.

—Como siempre dice *baba*, las dificultades fortalecen el espíritu —rio Pang—. Deberías darme las gracias. Lo que no te mata te hace más fuerte. Y yo, como tu hermano mayor, tengo el deber de convertirte en un hombre y contrarrestar la sangre aguada que corre por tus venas.

—Yo lo que debería hacer es devolverte el consejo y partirte la cara, para que se fortalezca tu espíritu. No me vas a arrastrar más en tus correrías. Esta ha sido la última vez.

—Me debes obediencia y harás lo que te diga, hermanito, o podría averiguar dónde tienes escondida a esa fulana y hacérselo pasar mal. —Los ojos de Kai se abrieron en un gesto de incrédula ira—. Ya veo que te he sorprendido. ¿Pensabas que no me había dado cuenta de tus salidas nocturnas? Padre cree que tienes interés en alguna jovencita de buena familia a la que visitas a escondidas, pero yo sé que es a la ramera esa a quien ves por las noches, no puedes negarlo.

Kai se abalanzó sobre él y lo derribó. Lo agarró por el cuello y empezó a apretar, ciego de rabia.

—No se te ocurra volver a insultarla. Y, como te acerques a ella, te mato —amenazó Kai.

Lo soltó cuando estaba a punto de asfixiarlo. Pang, a cuatro patas, tosía y escupía. Una vez que se recuperó de la sensación de ahogamiento, recogió el cigarrillo del suelo y le dio una calada. Kai estaba listo para rematarlo.

—Así que has retomado el contacto con ella; lo sospechaba. Me pregunto qué pensará *baba* de ello —contraatacó su hermanastro.

Kai quiso pegarse a sí mismo, había vuelto a caer en la trampa, se había delatado solo. Ahora Pang tenía una importante carta en su mano y no dejaría de chantajearlo con ella.

—Puedes contárselo.

—Voy a guardarte el secreto, por ahora —dijo Pang, y se marchó sin perder la ocasión de darle un empujón al pasar por su lado.

Kai tuvo que controlar las ganas de matarlo. Respiró hondo varias veces y, cuando se sintió dueño de sus emociones de nuevo, se encaminó a la despensa en busca de comida.

Kai llegó al callejón cuando estaba amaneciendo. La ropa tendida opacaba la escasa luz de la aurora. El barrio aún no había despertado, pero pronto lo haría. Los trabajadores saldrían con las primeras luces hacia las fábricas, situadas en el distrito de Hongkew, a varias millas de distancia. El olor a letrina le revolvió el estómago. Era el único lugar donde los habitantes de las casas comunales podían evacuar y, por desgracia, quedaba demasiado cerca de la vivienda donde ella alquilaba un cuartucho. Un pequeño espacio en el que cabían apenas un camastro estrecho y un armario desvencijado que ni siquiera tenía puerta. Una pesada cortina separaba su minúsculo dormitorio del resto de la residencia, donde vivían otras siete personas. Al menos, la casera la trataba con respeto y, por unos pocos centavos más, le limpiaba el cuarto y le cambiaba las sábanas una vez al mes.

Justo cuando Kai cruzó el umbral del oscuro zaguán, donde además se ubicaban los fogones de leña, Mingyue atravesaba la cortina. Se anudaba a la cintura el lazo de la bata de seda, una prenda que desentonaba con la pobreza del lugar. Kai habría querido que se desprendiera de todo lo que le recordara su pasado, pero ella se aferraba a esos trapos lujosos como si fueran la única cosa por la que aún le merecía la pena seguir viva.

—Estaba preocupada, anoche no viniste. —La mujer se acercó a él y, tras agarrarle la barbilla, estudió su rostro—. Te has vuelto a pelear con Pang.

—Esta vez no fue él. Estaba distraído y no vi un agujero en la calzada; me caí de bruces. —Ella lo observó fijamente y Kai le sostuvo la mirada. Mantuvo una actitud serena para no preocuparla y no bajó los ojos, entonces ella sonrió—. Ten más cuidado la próxima vez. Eres guapo, pero si no te cuidas terminarás tan feo como tu hermanastro.

—Hay cosas más importantes que la belleza.

—Para los hombres sí, aunque un hombre guapo llega mucho más lejos que uno feo —dijo—. Anda, ven, siéntate, que te limpio la herida. —Extrajo un taburete de madera de debajo de la mesa donde los inquilinos se sentaban para comer algo antes de marcharse a trabajar.

Kai obedeció, estaba muy cansado después de pedalear hasta allí. Pang no sabía montar en bicicleta, así que era la mejor forma de darle esquinazo si se le ocurría seguirlo para averiguar dónde se reunía con ella. Ahora que sabía que se veían, tendría que doblar las precauciones y ser muy cauto. Pang era tan peligroso como una alimaña, atacaba cuando menos lo esperabas y a traición.

El muchacho puso sobre la mesa el hatillo que había llevado de casa de su padre.

—He traído comida —dijo Kai con cierta vergüenza.

—¿Lo sabe? —preguntó Mingyue.

—Por supuesto que no. ¿O crees que te lo envía él? Si se enterase de que nos vemos, me prohibiría venir o, peor aún, se encargaría de que desaparecieras de nuevo. —Estudió su rostro. Conocía cada línea de sufrimiento—. Sigues queriendo a ese miserable y, lo que es aún más incomprensible, esperas que vuelva a quererte.

—Fuimos felices, muy felices. Tú no te acuerdas.

—¡Él es el causante de todo lo que nos ha pasado! ¡Jamás lo perdonaré, y tú tampoco! —Dio un golpe en la mesa.

Ella no insistió. Salió al patio, cogió un poco de agua del pozo en una palangana de cerámica descascarillada en varias partes del filo, regresó al interior y, tras colocar el recipiente sobre la mesa, le lavó las heridas de la cara con suma delicadeza, usando el faldón de su bata de seda.

Justo cuando terminaba, un hombre cruzó la cortina y, al tiempo que se abrochaba los pantalones, dijo:

—Muchacho, podrías ser más silencioso. Me ha despertado el golpe. —Se acercó a la mesa, tomó uno de los panes blandos que había llevado Kai, un *mantou*, y un huevo duro, se metió la mano en el bolsillo del pantalón y dejó caer sobre la superficie unas monedas—. Por el desayuno, Mingyue —dijo, y le guiñó un ojo.

—Llévate tu asqueroso dinero, y no se te ocurra volver a aparecer por aquí. —Kai agarró el puñado de monedas y se las tiró a la cara.

—Qué mal genio tiene el chico, con la buena noche que he pasado.

Kai se levantó de golpe con los puños apretados y apartó la banqueta de una patada. El sujeto salió a toda prisa antes de que pagara con él su mal humor.

—¡Me habías prometido que no volverías a hacerlo! —Kai se encaró con la mujer.

—Deja de chillar, vas a despertar a toda la casa. Siéntate y cálmate. Seguro que tienes hambre.

—¡No me calmo! ¡Y no tengo hambre! ¡¿Cómo puedes humillarte así?! ¡Y con un individuo tan repugnante como ese! ¿Es por el dinero, es eso? Robaré si hace falta, pero no quiero que vuelvas a prostituirte. ¡¿Me has oído?!

—Tú no lo entiendes… ¿Cómo podrías, si eres solo un chico? Antes que una mujer repudiada y desamparada, soy persona. Quiero valerme por mí misma.

—¡Te están usando! Para esos hombres eres una puta pobre de la que pueden aprovecharse. ¡Maldita sea! —Se le escaparon unas lágrimas de impotencia que secó con furia. Se arrepintió de sus palabras al ver el dolor reflejado en los ojos de Mingyue; la había herido y eso era lo último que él deseaba, ya había sufrido bastante. Kai le dio la espalda y se apoyó con ambas manos en las jambas de la puerta. Respiró profundo para serenarse. Se sentía un miserable—. Es por mi culpa —susurró—, es todo por mi culpa. Debería dejar la universidad y conseguir un trabajo. Las prácticas apenas dan para pagar este apestoso cuchitril.

La mujer lo hizo girarse y le enmarcó el rostro con las palmas. Sus preciosos ojos marrones brillaban a través de las lágrimas.

—Escúchame bien, no vas a dejar los estudios. No vuelvas a decirlo, te lo prohíbo. Tienes que labrarte un futuro. Si de verdad quieres ayudarme, tienes que progresar, ser dueño de tu propio destino.

Kai se abrazó a ella y lloró con el alma rota. ¿Por qué la vida había sido tan injusta con lo buena que era Mingyue?

—Perdóname, no quería gritarte.

—Yo tampoco quería avergonzarte. Te prometo que voy a ser buena, buena y solo para ti.

Él se prometió encontrar la forma de conseguir más dinero para sacarla de ese lugar.

5

Los fuertes golpes en la puerta sacaron a Darlene del sueño. Se levantó aturdida, sin saber dónde estaba; solo quería que el ruido cesara para seguir sumida en la placidez que había sentido segundos antes. Corrió de puntillas hasta la puerta y abrió el cerrojo. Su hermano entró con ímpetu, ya estaba acicalado y vestido con un atuendo cómodo a la par que elegante, y olía a jabón de afeitar.

—Primer día del resto de nuestras vidas y tú lo quieres pasar durmiendo.

Gillian atravesó la habitación, fue hacia las ventanas y descorrió todas las cortinas. Después abrió las contraventanas de madera y el ruido del jardinero podando los setos se coló en la estancia. Darlene saltó de nuevo a la cama y se escondió de la luz bajo las frazadas.

—¡Gilliannn, es aún temprano! Déjame dormir un poco más. Ayer llegamos muy tarde de la fiesta.

—Sobre todo tú, Lin. —Darlene gruñó por respuesta—. ¿Qué es eso?

—¿Qué es qué? —preguntó mientras sacaba la cabeza por entre las sábanas. Ni siquiera podía enfocar la vista; había dormido poco, muy poco. Se frotó los ojos y soltó un sonoro bostezo. Y, de golpe, se acordó. ¡Los panfletos!

Su hermano bordeó el lado derecho de la cama y recogió el envoltorio del ahora desbaratado paquete y unos cuantos pasquines. Se le había olvidado guardarlo antes de quedarse dormida y, con la de vueltas que solía dar en la cama durante la noche, suponía que se había caído al suelo y los panfletos se habían desparramado por la alfombra.

—Esto —dijo mostrándoselo—. ¿Qué es y de dónde lo has sacado?

—Déjame ver —pidió Darlene. Gillian se sentó en la cama y le entregó uno de los folletos—. No sé, no los había visto antes. Ni siquiera entiendo lo que pone.

—No te hagas la tonta. Si no son tuyos, ¿qué hacen en tu habitación?

—No tengo la más remota idea. ¡Oh! ¿Habrá entrado alguien esta madrugada a mi alcoba a dejarme ese paquete? ¡Qué excitante! —dijo exagerando la emoción. Salió de la cama con un brinco y se asomó a la ventana—. Mira, allí, sobre el césped, creo que son pisadas.

—Muy graciosa. Pues si esto es lo que creo que es, padre va a querer saber cómo lo has encontrado. Me pregunto si será una coincidencia o tendrá que ver con tu desaparición de anoche.

—No sé de qué hablas.

—Me lo vas a contar, Darlene.

—No tengo nada que contar.

—Por supuesto que sí, suéltalo ya. Soy tu hermano mayor y te lo ordeno. —Alzó un poco la voz y cruzó los brazos para infundir autoridad.

—Nacer dos minutos antes no te da derecho a darme órdenes. Y ya te he dicho que no hay nada que contar.

Darlene no solía ocultarle nada importante a su hermano; como mucho, algunas tonterías entre las chicas, cosas que sus amigas le confiaban y le pedían que no se las dijese para que no se enterase el resto del grupo. Nada como callarse que había sido atropellada y que el hombre que la arrolló portaba ese paquete en el asiento. Se resistía a revelar el encuentro; primero quería averiguar quién era el misterioso culi y qué tramaba. Tal vez el paquete perteneciera al cliente que se había marchado mientras ella yacía inconsciente en la calle. Quiso convencerse de que mantendría el secreto por el momento y que tarde o temprano se lo contaría a su hermano, pero el mero hecho de pensar en indagar sola acerca del extraño de la noche anterior y lo que se proponía le aceleró el pulso.

—¿Por qué *discutir*? —preguntó Amah al entrar en la estancia. Ató las cortinas con sus correspondientes cintas y se dispuso a recoger la cama.

—No discutimos, solo intercambiamos opiniones —explicó Darlene.

—No *entender.*

—No es nada, Amah —afirmó Gillian, y, mientras apuntaba con el dedo a Darlene, le soltó—: Si no me lo cuentas, te quedas sin montar en mi descapotable.

—Serás… —Darlene le tiró una almohada, que Gillian cabeceó de vuelta, como si se tratara de la pelota de cuero de los partidos del colegio. Después, agarró el envoltorio y los pasquines.

—Vamos a ver qué piensa papá de esto —dijo, y se encaminó a la puerta con paso vivo.

—¡Gillian! —Antes de que su hermano se girara, Darlene ocultó, con disimulo, el volante que tenía en la mano—. No le digas que los encontraste en mi habitación.

—¿Qué ocultas, Lin?

—Nada, de verdad, te lo prometo. No quiero que piense que alguien del servicio los dejó aquí. La teoría de que pudieron entrar por la ventana es bastante improbable y papá la descartaría por descabellada. No quiero que acusen a un inocente.

Su hermano reflexionó un instante.

—Sí, tienes razón, pero ¿y si ha sido alguien del servicio? Esta propaganda debe de ser como todas las demás, seguro que contiene algo contra los extranjeros. Si tenemos al enemigo en casa, todos podemos estar en peligro.

—¿Y para qué querrían dejar unos panfletos en mi habitación? ¿Qué haría yo con ellos?

—Papá está en el consejo municipal, quizá alguien quería hacerle llegar un mensaje a través de ti.

—¿Y por qué no los dejaron en tu habitación o directamente en la suya?

—Mi sueño es más ligero, y entrar en la alcoba de *masta* y missis sería un pecado capital. Tendríamos que saber qué pone, pero el negro y el rojo auguran que se trata de una amenaza o una crítica contra las concesiones —afirmó Gillian.

—Me da rabia no haber aceptado las clases de mandarín cuando las ofrecieron en la escuela. Lo poco que estudié por mi cuenta con los libros de la biblioteca no me permite descifrarlo —dijo Darlene.

—Es un idioma imposible y nunca hemos necesitado hablarlo, con el *pidgin* es suficiente para hacernos entender. Si para ellos es difícil el nuestro y solo alcanzan a pronunciar alguna palabra mal dicha, imagínate el suyo para nosotros. Papá se encargará de pedirle a alguien que lo traduzca.

—¿Y si se lo preguntamos a…? —susurró Darlene mientras señalaba con la cabeza a Amah.

—Mejor no. No sabemos si podemos fiarnos.

—¿Cómo puedes decir eso? —Gillian podía ser tan francés para algunas cosas…, pensó Darlene.

—No seas inocente. Por muchos años que pasen entre nosotros, no dejan de ser quienes son —afirmó su hermano serio.

—¿Qué se supone que significa eso?

—Bajo a desayunar, no tardes —se despidió Gillian ignorando su pregunta.

Su hermano salió y Darlene se quitó el camisón con rapidez. Se puso el primer vestido que encontró en el armario y después se acercó al tocador y se cepilló el cabello pegándose unos cuantos tirones. No tenía tiempo para ningún ritual de belleza.

—Jade precioso no *deber volver* a casa con desconocido —dijo Amah a su espalda al tiempo que ahuecaba uno de los almohadones.

Darlene la observó a través del espejo mientras se incrustaba dos horquillas en el pelo para sujetar la maraña de ondas. Debió de preveer que la vería llegar, no había nada que se le escapara. Tenía que tener más cuidado si quería guardar algún secreto a salvo de su aya.

—Era solo el culi que me trajo a casa. Me dolía el pie y no podía caminar; me ayudó a llegar a la puerta.

Amah entornó aún más los ojos.

—Manos de culi sucias, no *poder tocar* a jade precioso.

Tendría que sugerirle a su padre que instalaran unos baños públicos junto a la central de los *rickshaws* para que se limpiaran. Caramba, empezaba a molestarle que se refirieran a esos pobres hombres de una manera tan despectiva.

—Ya, ya, no me des el sermón, tampoco tenía la lepra. Pero no le vayas a mamá con el chisme.

—¿Lepra?

Intentó explicarle en qué consistía la enfermedad, pero desistió.

—Simplemente, no le digas nada a mamá.

—Amah *callar*, y tú no *volver* más con ningún hombre desconocido. Chao *llevar* y *traer* en coche.

—Amah *callar* —Darlene hizo el gesto de silencio con el dedo índice— y Lin se porta bien. Voy a desayunar.

Los desayunos en familia eran una de las cosas que Darlene más disfrutaba. Sobre el mantel se entremezclaban las tradiciones culinarias de las que ella era hija: la francesa, por parte de madre, se reflejaba en la bollería recién horneada que mandaba todos los días a primera hora de la mañana la *boulangerie* de madame Chevalier, y entre la que el *croissant* coronado de almendras y azúcar glasé era el rey por tratarse del favorito de su madre; había *brioches* y pan crujiente para untar con mermelada casera y mantequilla, todo dulce, a excepción de la amplia selección de quesos. La tradición americana, de su padre, se veía en los *grits* que el cocinero preparaba siguiendo las instrucciones del *masta* —el resultado era una papilla entre grisácea y amarillenta elaborada a base de harina de maíz que importaba de su país natal— y en los huevos con beicon; incluso después de tantos años juntos, su madre todavía arrugaba la nariz cuando le llegaba el aroma de las lonchas fritas y grasientas que él le ofrecía cada mañana para estallar en carcajadas al comprobar la cara que ponía. En la esquina más alejada de Clarisse, el *boy* colocaba también una bandeja con cuencos grumosos y otra con *dumplings* fritos para los mellizos, ya que durante los primeros siete años de sus vidas habían comido aparte, con Amah, y esta, a pesar de las instrucciones de la señora de la casa, había compartido con ellos su desayuno e incluso les había dado de comer de su propio plato y con sus mismos palillos. Así, se acostumbraron desde infantes a empezar el día con *congee* muy caliente, un engrudo de arroz que Clarisse consideraba asqueroso y que sorbían ruidosamente para exasperar a su madre, tal y como habían visto hacer a Amah. Clarisse terminó cediendo a que el cocinero sirviera algunos elementos culinarios autóctonos en la mesa, ya que, de no ser así, Gillian y Darlene pasaban por la cocina para prepararse un plato a base de la comida de los empleados y regresaban después a sentarse con sus padres para desayunar. En lo único en lo que coincidía la familia entera era en el café, aromático y al estilo americano para Henry Long y sus hijos, y corto e intenso para la francesa.

—¿Qué tal funcionó la cámara ayer? —preguntó Henry.

—Creo que muy bien, hice muchas fotos.

—Estoy deseando verlas —terció Gillian—. Fue una gran fiesta la de anoche.

—Si quieres, dame la película y la dejo en algún estudio de camino a la oficina —ofreció su padre.

—Justo de eso quería hablarte. Me gustaría montar un cuarto oscuro en casa. No necesito mucho espacio.

—No creo que sea necesario. Es mejor contratar a alguien para que lo haga por ti —objetó su madre.

—*Maman*, la gracia es que sea yo quien las revele. Quiero aprender el oficio.

—Oficio es lo que tienen las secretarias, las lavanderas y las modistas. El único que debe interesarte a ti es el de mujer de tu casa, dueña y señora. Administrar una propiedad como esta no es fácil, requiere mucha mano firme para que los empleados no te roben y para que todo funcione como debe. Mi labor no es menos importante que la de tu padre; manejo un presupuesto, dirijo al servicio y obtengo excelentes resultados.

Henry se inclinó hacia ella y le besó la mejilla.

—Y además eres una gran patrona, justa y bella.

—Sííí, *maman* —aceptó Darlene con hastío. Sabía que Clarisse no tardaría en empezar a presionarla ahora que había terminado el colegio—. Entonces déjame hacerlo como un pequeño entretenimiento, un inocente *hobby*. En algo tengo que ocupar mi tiempo a partir de ahora.

—Oh, *chérie*, no tienes que dedicarte a tareas irrelevantes, yo me encargo de que estés ocupada. Estaba deseando que llegara este momento para que me ayudases con las obras de caridad y los eventos para recaudar fondos. Hay mucho que hacer.

Gillian se rio tapándose la boca con la servilleta y Darlene le propinó un codazo. Miró a su padre y le gritó con los ojos: «¡Auxilio!».

—En favor de la idea de Darlene he de decir que el mundo está cambiando —medió su padre—, y tal vez esta sea una habilidad que le sirva en un futuro. No le hace daño a nadie al montar el cuarto oscuro y aprender a revelar sus propias fotos.

Clarisse cuadró los hombros, estiró el cuello y, por último, suspiró.

—Está bien. Pero tiene que ser en la zona de servicio, no quiero pensar en lo que dirán las damas del club sobre su «nuevo oficio» si se enteran.

Darlene saltó de la silla para abrazar a su padre y luego lo besó en la mejilla. Hizo un amago de salir de la sala, pero la voz de su madre la detuvo:

—¿Y yo no me merezco un beso ahora que voy a perder uno de mis espacios por tu capricho?

—Por supuesto, *maman*. —Regresó sobre sus pasos y le dio un beso a ella también. A cambio, recibió un guiño de su padre—. Voy a ver dónde puedo instalarlo.

Al salir, escuchó a Gillian pedirle a su padre hablar en privado cosas de hombres. Darlene se giró hacia ellos y su hermano le hizo un gesto cómplice. Esperaba que cumpliera su promesa.

Darlene recorrió la zona de servicio en busca de la estancia adecuada; Amah, a su espalda, protestaba por que revolviera en su territorio. Al final se decantó por el cuarto de la plancha; pidió al *boy* que la ayudara a desalojar todo y aguantó los refunfuños en dialecto de la vieja aya mientras buscaba otro emplazamiento para los enseres. Cuando tuvo el pequeño espacio limpio y vacío, se subió en una banqueta y se dedicó a tapar con papel de periódico el tragaluz situado en la parte alta de la pared. Estaba terminando cuando oyó la voz de su madre llamarla. Sus amigas la buscaban.

—¿Dónde los has encontrado? —preguntó Henry Long.

No había calculado la respuesta, así que Gillian pensó rápido mientras su padre lo observaba con el ceño fruncido y los brazos cruzados sobre el pecho. Al cabo de unos instantes que le parecieron eternos, improvisó:

—En el jardín.

—Extraño lugar para unos panfletos subversivos. ¿Así que en el jardín?

Gillian carraspeó incómodo. Su padre era muy perspicaz e intuía que había algo raro.

—A pesar de que nos acostamos tan tarde, me he despertado muy temprano y, para no hacer ruido, he salido a airearme un poco. Caminaba despistado por el jardín cuando he pisado el envoltorio sin darme cuenta y, al cogerlo, el contenido se ha esparcido por el césped —aseguró Gillian.

—¿De dónde habrán salido? —preguntó Henry.

—Puede que los hayan lanzado a través de la valla o que se le hayan caído a algún repartidor.

—Quizá sean de alguien de la casa —dudó su padre tocándose el mentón.

—Llevan muchos años trabajando con nosotros, nadie se involucraría en algo así. Los tratamos muy bien —afirmó Gillian. Darlene tenía razón, su padre sospecharía primero del servicio. Agradeció haber sido discreto y guardarse que estaban en la habitación de su hermana.

—Tal vez pertenezcan a algún familiar que haya venido a visitarlos mientras nosotros hemos estado fuera. No podemos descartar ninguna posibilidad —dijo su padre—. Y, no te confundas, hijo, siempre nos verán como los usurpadores que humillaron al Gran Imperio del Medio. Por mucho progreso y riqueza que les traigamos, si no hay un verdadero cambio en la cultura, en su forma de pensar, no conseguiremos que acepten nuestra presencia así pasen cien años. Por eso es tan importante relacionarnos con la clase alta local y transformar sus creencias y su forma de vivir.

—Ha podido ser cualquiera —insistió Gillian.

—Sí, aunque en verdad eso no es lo preocupante. Lo importante es el mensaje y a lo que incita.

—¿Lo entiendes?

—No, pero llevamos meses limpiando las paredes de la concesión de otros parecidos. Se los llevaré a uno de los traductores de la municipalidad. La policía está siguiendo de cerca algunas pistas sobre quiénes pueden hallarse tras la incitación a la violencia contra los extranjeros. Yo tengo mis sospechas.

—¿Quiénes?

—Los comunistas.

—¿Comunistas? ¿Hay de eso en Shanghái?

—De momento son cuatro niñatos ricos que han estudiado en Francia y Japón, donde han absorbido la doctrina maligna de ese amargado de Engels y su amigo alemán. Mira lo que ha pasado en Rusia con los bolcheviques, ese tipo de ideas se expanden como la gangrena y pudren el cuerpo entero. No nos conviene que se extiendan, ni a nosotros ni al Gobierno en Pekín ni al partido que domina el sur liderado por Sun Yat-sen, el Kuomintang.

—No he oído hablar de él.

—Tienes que empezar a leer los periódicos, hijo, ya eres un bachiller.

—Sí, padre. Espero que la policía los encuentre pronto, entonces. Me gusta la vida que tenemos —manifestó Gillian serio.

Henry Long le dio una palmada en la espalda.

—No te preocupes, seguiremos siendo los shanghailanders durante muchas décadas. Hace un día espléndido. ¿No vas a estrenar el coche?

—¡Claro que sí! Ahora mismo. —La perspectiva de sentarse al volante de esa preciosidad despejó de golpe las sombras siniestras. —No me esperéis para cenar —avisó con una sonrisa pícara mientras se dirigía hacia la puerta.

Cuando estaba a punto de salir del despacho, su padre lo llamó:

—Gillian, no les comentes nada a las mujeres acerca de los panfletos. Tu madre lleva años presionándome para regresar a Occidente y no quiero darle ningún motivo para que deje de sentirse segura en Shanghái.

—Claro, padre.

—Ten cuidado y no atropelles a nadie.

—Por supuesto. *Bye.*

Henry Long se encendió un cigarrillo y se sentó en la butaca de cuero tras el escritorio. Fumó caladas profundas mientras sus dedos acariciaban distraídamente la piel rugosa del reposabrazos. Observó los pasquines sobre la sólida mesa, intentaba que no le preocuparan demasiado, ya que tarde o temprano darían con los responsables. En ese momento, los garabatos negros se le antojaron un enjambre de moscas molestas que, si bien podían contagiar alguna enfermedad, resultaban insignificantes en el esquema de las cosas. Pronto dejó de prestarles atención y su pensamiento derivó hacia el futuro de la familia.

Las oportunidades de comercio en Shanghái lo habían convertido en un hombre rico por derecho propio en las dos décadas que llevaba en la ciudad. Además, la fiebre constructora y la llegada de nuevos inversores presagiaba que sus negocios solo iban a crecer; no podía marcharse ahora, cuando estaba a punto de coronar la cúspide del éxito. No podía, y Clarisse terminaría por entenderlo. Al finalizar el verano, Gillian iría a la universidad y después, a su regreso, se haría cargo de los negocios familiares; entonces él podría volver a Long Island y tal vez reconciliarse con su padre. A lo largo de los años, no había dejado de mandarle con cierta frecuencia recortes de periódicos donde aparecía con su esposa en eventos de la alta sociedad; también aquellos artículos donde se lo citaba como el hacedor de importantes negocios o de avances tecnológicos en la ciudad, así como los referidos al cierre de importantes contratos con las constructoras más renombradas de la región. Se los enviaba con la esperanza de que terminaran por ablandar al viejo, aunque este era tan testarudo que se moriría sin dar su brazo a torcer. En ese caso, Henry podría comprar una bonita casa de campo en Francia y hacer feliz a su esposa, que añoraba la vieja Europa. Ninguno de los dos pensó que terminarían viviendo tantos años lejos de sus respectivas patrias, aunque tal vez había contribuido a ello lo fácil que era sentirse como en casa en el territorio de las concesiones.

Se decidieron a probar suerte en Shanghái un poco por casualidad. Todo había sucedido muy rápido, y de eso hacía ya dos décadas, reflexionó. Cuando empezó su tour europeo con sus dos mejores amigos de la universidad, Henry no imaginó que su deseo de volar libre de las responsabilidades familiares se materializase tan pronto.

Sucedió un día en las carreras.

Su padre, Kenneth Long, le había encargado que estuviese atento durante el viaje a la posibilidad de adquirir algún nuevo caballo para sus cuadras; a pesar de sus diferencias, ambos compartían la pasión por las carreras y, gustoso, Henry se prestó a la tarea mientras recorría el viejo continente y disfrutaba de todos los placeres que el dinero y la juventud le brindaban. El destino se cruzó en su camino en el Gran Premio de París, en julio de 1904, el día de la celebración de la fiesta nacional conmemorativa de la toma de la Bastilla. La carrera tuvo lugar en el hipódromo de Longchamp, situado en el boscoso enclave del Bois de Boulogne, que, de acuerdo con la prensa del momento, era una de las mejores pistas de Francia, el buque insignia del «galope francés». La competición, además, constituía la piedra angular en la cría de purasangres del país donde se exhibían las mejores cuadras y donde se avivaba el mercado equino, por lo que era el sitio idóneo para cumplir con la petición de su padre.

Hacía un día espléndido y un tanto caluroso, una perla escasa en el tiempo gris y lluvioso característico de París. Llevaban dos semanas en la ciudad; frecuentaban tertulias artísticas, cabarets, galerías de arte y demás distracciones culturales, y bebían mucho, demasiado. Henry tenía resaca y el intenso sol lo abrumaba. Mientras sus amigos combatían el dolor de cabeza con cócteles, el mejor remedio según su dilatada experiencia, él, a la espera de que comenzara la carrera, buscó la sombra y llegó a la zona de las cuadras. Se adentró contento de volver a respirar ese olor característico que había disfrutado desde su niñez y que lo había acompañado durante su adolescencia y su temprana madurez mientras formaba parte del equipo de polo de su localidad; con toda probabilidad el establo era el lugar de la mansión Long que más había frecuentado. De no haber sido tan alto, habría elegido *jockey* de carreras como profesión. La otra ocupación que de verdad le interesaba era seguir jugando al polo, solo eso, pero su padre jamás habría aceptado que la convirtiera en su única actividad pecuniaria. Sin embargo, apostar en las carreras, incluso perder grandes sumas de dinero, estaba permitido para los de su clase, y eso era lo que Henry había hecho hasta ese preciso momento para aguantar el tedio de su monótona vida.

Mientras meditaba sobre la pereza que le daba regresar a casa, se topó con un empresario oriental que intentaba hacerse entender, en un francés monstruoso, con el mozo que preparaba su montura de carreras. Henry había visto suficientes caballos desplomarse en plena pista por el esfuerzo para saber que el calentamiento previo resultaba esencial para que llegaran vivos y sin fracturas a la meta, y esa misma parecía ser la causa de la desesperación de aquel hombre. El francés de Henry era bastante decente, así que intervino para explicar lo que quería el dueño del animal y hasta se ofreció a realizar los movimientos de preparación que solía hacer con su propio caballo antes de un partido.

Se despojó de la chaqueta, dejó el sombrero, se remangó la camisa y se subió al equino. Al trote, se encaminó a uno de los cercados. El empresario oriental lo siguió hasta la valla acompañado del mozo. Henry dio varias vueltas sobre el lomo, después ejercitó al animal y estiró los músculos que más sufrirían durante la carrera.

Cuando estaba por concluir, vio acercarse a tres mujeres; eran jóvenes, vestían de luminoso blanco y se cubrían del intenso sol con parasoles del mismo tono, que les sombreaban el rostro. Paseaban charlando animadas. Una de ellas movió el parasol y se descubrió un instante; los rayos de luz le iluminaron la cara, donde destacaban dos enormes ojos verdes. Henry pensó que un ángel había descendido del cielo. Se enamoró al instante, fulminantemente. Duró tan solo un momento, pero el mundo de Henry se detuvo en ese segundo. Al verla alejarse, saltó del caballo, sorteó la valla y corrió detrás. Se situó frente al ángel, cortándole el paso. Sus dos amigas, que comprendieron la situación, se adelantaron con unas risitas coquetas; no debía de ser la primera vez que sucedía aquello.

—Buenos días, mademoiselle. Me preguntaba si aceptaría una invitación para tomar algo conmigo.

Ella lo observó de arriba abajo, con el verde del iris brillante por la sorpresa. Al cabo de varios segundos, irguió la pose y dijo amagando una sonrisa:

—Mozo, su atrevimiento es tal que me resulta hasta divertido, pero no acostumbro a frecuentar a los de su clase. Le deseo suerte la próxima vez.

Henry se quedó perplejo ante tal desplante. Sabía que las francesas eran presuntuosas e incluso caprichosas, pero esa reacción tan tajante no se la esperaba. Justo antes de retirarse, la joven le guiñó un ojo, y ese simpático gesto le atravesó como una flecha certera el corazón. Mientras la veía perderse tras las edificaciones de madera, se prometió buscarla de nuevo, y esa vez sería más convincente. En aquel momento, el hombre a quien había asistido llamó su atención desde la distancia con sus pertenencias en alto; Henry se miró y rompió a reír. Con razón lo había confundido con un mozo de cuadra, con las prisas por alcanzarla, se le había olvidado por completo recoger sus prendas y mostrarse frente a ella con su exquisito atuendo de caballero.

El empresario extranjero, que se presentó como James Ren, le agradeció enormemente su ayuda y lo invitó a su palco. Henry se reunió con sus amigos y, juntos, se abrieron paso hasta el lugar donde los esperaba su nueva amistad. El caballo del señor Ren, Furor Alado, quedó en tercera posición, y todos subieron a la tribuna de los vencedores. Cuál no sería la sorpresa de Henry al identificar en primera fila a la dama que le había robado el corazón, con los binoculares en la mano. Ella lo miraba sin entender por qué ese mozo celebraba junto a los señores. Él se alzó el sombrero a modo de saludo y ella rio.

En ese segundo encuentro, no le dio la oportunidad de rechazar su invitación. Aclarado el malentendido y hechas las pertinentes presentaciones, la dama no tuvo inconveniente en dejarse agasajar por semejante partido llegado de América. Cuando, esa misma tarde, Henry le pidió la mano, aceptó sin dudarlo. Se casaron por la noche en una pequeña capilla escondida en el barrio de Le Marais; los amigos del novio ejercieron de padrino y terminaron emparejándose temporalmente con las otras dos damas del parasol blanco. Como único invitado, presenció el feliz enlace el empresario chino, James Ren.

En honor a la inesperada amistad que se había forjado entre los dos en unas pocas horas y a la inestimable ayuda que le había prestado Henry con su caballo, el señor Ren invitó a la feliz pareja a pasar la luna de miel en Shanghái a gastos pagados. Durante el viaje en barco, que duró dos meses, Henry tuvo ocasión de conocer los pormenores sobre los negocios del chino, y además se enteró de las oportunidades que un americano de buena familia y con contactos podía explotar en el lugar. Se convenció de que esa ciudad iba a marcar su destino, y al desembarcar le envió una misiva a su progenitor para comunicarle las dos noticias: la primera, que se había casado con una adorable francesa, y la segunda, que no volvería para hacerse cargo de la empresa familiar. Lo compensaba con el billete de compra del grácil equino que había adquirido para él, pariente del ganador de la carrera, y le adjuntaba asimismo el recorte de periódico en el que aparecía brindando, junto a su joven esposa, con el dueño de los caballos, quien exhibía el trofeo. Esperó que ese gesto aplacara algo la furia que las novedades iban a desatar en su padre, ya de por sí de temperamento fácil de exaltar. Al menos, se ahorró leer sus insultos porque nunca contestó a su carta; de su reacción tormentosa supo por su madre, quien le explicó la orden que había dado su progenitor de no volver a mencionar nunca el nombre de Henry en su presencia, como si estuviera muerto o, peor aún, como si nunca hubiese nacido. Sin embargo, la dulce y candorosa Daisy pedía a su hijo que le escribiera secretamente para contarle los detalles de su viaje y su arrebatadora historia de amor; también, que enviara las misivas a casa de la tía Auguste, hermana mayor de su madre y soltera, quien profesaba un especial desprecio por su cuñado.

Henry Long quería ver mundo, pero, sobre todo, quería dejar su marca y sentirse dueño de su propio destino, así que no dudó en aceptar la propuesta de Ren. Era una puerta a un lugar desconocido que, no obstante, sonaba a ecos de aventura y superación, y que le daba la oportunidad de descubrir quién era él por sí mismo. Además, debía demostrar su valía a la hermosa mujer que le había robado el alma con un guiño y que, como él, se había dejado seducir por la locura de un encuentro inesperado.

Apagó el cigarrillo contra el cenicero de cristal labrado, dando por terminada la digresión nostálgica. Se encaminó a su habitación para alistarse y guardó uno de los pasquines en el bolsillo, por si coincidía con algún miembro del consejo municipal o de las fuerzas del orden comentarle el suceso. Había quedado para jugar al tenis en el club Columbia. Inaugurado un año antes, era el nuevo lugar de moda donde se reunían los americanos, aunque también atraía a los shanghailanders de otras nacionalidades. El edificio principal había sido diseñado al estilo español y, por ello, le recordaba a las construcciones de las misiones en California. Su propia casa tenía un estilo muy parecido, con sus arcadas y sus patios. Lo hacía sentir un poco más cerca de la patria lejana. Además, las instalaciones deportivas eran excelentes, e incluían una piscina al aire libre.

6

Narek escuchó la bocina y se asomó por la puerta del establecimiento de su familia. Era un local de comida armenia situado en la avenue Joffre, donde él había tenido que ayudar después del colegio y cada fin de semana. Una vez graduado ya no le libraba nadie de estar todo el día dedicado al restaurante. Por la avenida vio llegar el flamante descapotable rojo de Gillian. Timothy iba al volante, lo que le extrañó; Gillian, en el asiento del copiloto, se alzaba sobre la luna delantera y lanzaba, a las mujeres con las que se cruzaba, silbidos y piropos en francés, inglés y hasta en *pidgin* si eran locales. Al ver a Narek desde la distancia, agitó las manos y gritó su nombre. En el asiento trasero iba Nicolai con los brazos extendidos y un gesto divertido, el cual delataba que disfrutaba del paseo y del alboroto que generaba Gillian a su paso.

Timothy frenó frente a la puerta del restaurante armenio.

—¿Qué te parece mi nuevo coche? —preguntó jocoso.

—Anoche perdí una apuesta —explicó Gillian encogiéndose de hombros.

—¡¿Perdiste el coche?!

—¡No! —rio su amigo—. Solo el derecho a conducirlo hoy.

Narek puso cara de circunstancia. Sus amigos se retaban de continuo; sus estúpidas apuestas eran legendarias.

—Y bien, ¿qué te parece?

—Gillian, es impresionante, de verdad. Es el coche más espectacular que he visto.

El ego de su amigo se infló.

—Sí que lo es. Y con este coche vamos a ser los reyes de la ciudad. No va a haber mujer que se nos resista. Narek, hemos venido a buscarte, hoy toca excursión.

—No puedo escaparme del restaurante —dijo.

—Es nuestro primer día de libertad —afirmó Gillian.

—No es solo por el restaurante... —El armenio se ajustó el cuello de la camisa en un gesto nervioso—. He decidido alistarme en el SVC, el cuerpo de voluntarios de la concesión internacional. Y quiero hablar con el coronel Gordon, es el comandante en jefe del cuerpo y va a presentarme al *lieutentant* Pope, que se encarga de la academia, viene todos los días a desayunar. Hace unos meses le pregunté por los requisitos y me recomendó que esperara a graduarme. Pues bien, ya lo he hecho, y no pienso pasarme el verano limpiando platos y troceando repollo —sentenció.

—¿Tú, en la policía? Eso es para tipos duros, y tú eres un intelectual —se burló Timothy. Narek era quien sacaba las mejores notas de los cuatro y siempre, salvo cuando entrenaban o jugaban algún partido, solía tener la nariz metida en algún libro.

—¿Por qué no pruebas en la concesión francesa? También tienen cuerpo de voluntarios —sugirió Nicolai.

—Los franceses solo ascienden a sus nacionales, ya sabéis cómo son, aquí no puedo progresar. Mi familia no puede permitirse mandarme a la universidad, y en el SVC puedo hacer carrera y, si me comprometo lo suficiente, ingresar en la policía municipal, donde me pagarán un estipendio. Además, el cuerpo de voluntarios de la concesión internacional tiene mucho prestigio y cuenta con compañías especializadas. Es un buen plan. El coronel Gordon no ha venido hoy a desayunar. Algo ha debido de pasarle y quiero esperarlo.

—Puedes estar así todo el día. Venga, vamos a buscarlo. Sube —dijo Gillian.

Narek dudó un instante. Miró a su espalda, hacia el mostrador de la pastelería, que quedaba cerca de la puerta de entrada. Su madre atendía a una clienta habitual; su padre no estaba a la vista, seguramente se encontrara en la cocina. Era una buena ocasión para escabullirse.

—Madre, salgo un momento —dijo con rapidez, y sin aguardar respuesta saltó a la parte trasera del automóvil y se colocó junto a Nicolai.

Timothy arrancó. Narek se giró mientras se alejaban y vio a su madre asomarse a la puerta y hacerle señas.

—Acelera, acelera —dijo mientras se arrebujaba en el asiento. Le caería una buena bronca a la vuelta.

Recorrieron las calles sintiéndose los dueños, gritaban a los culis que tiraban de carros cargados de mercancía, a los transeúntes, a los ciclistas e, incluso, en un tramo de la avenue Edward VII, desafiaron en velocidad al tranvía, por lo que recibieron miradas y sonrisas de las señoritas que viajaban en su interior. Se cruzaron por delante atravesando las vías y justo antes de que se produjese el choque. El conductor hizo sonar el silbato.

—¡Esa ha estado cerca! —Timothy soltó una carcajada.

—Demasiado. No quiero ni un arañazo, Palmer.

Pasaron frente a la grandiosa estatua del Ángel de la Victoria, que, engalanada con las banderas de las potencias europeas, marcaba la entrada a la gran avenue Edward VII.

Llegaron al destino y Timothy aparcó en un lateral del impresionante complejo que ocupaba prácticamente media manzana. Era un edificio neoclásico de cinco pisos, con fachada de granito gris y elementos arquitectónicos de estilo renacentista inglés y barroco, columnas jónicas y ventanas arqueadas. En él se ubicaba el consejo municipal, órgano rector de la vida en la concesión internacional y sede del ayuntamiento, así como las oficinas de los distintos departamentos municipales, las salas donde se reunían los comités y el patio interior, que servía de área central de entrenamiento y ejercicios de simulacro al cuerpo de voluntarios de Shanghái.

Los jóvenes se apearon del vehículo y se acomodaron la camisa y el pelo, alborotado después del trayecto por media ciudad. Hacía calor, aunque no resultaba asfixiante. Soplaban ráfagas de viento que arrastraban una amalgama de olores provenientes del río Whampoa, el cual fluía cerca de donde se encontraban y por el que navegaban desde enormes barcos de vapor de mercancías hasta pequeñas barcazas y sampanes de comerciantes locales, quienes vendían fruta, flores y otros productos autóctonos.

—Las marchas en tu coche entran como la seda. Es mucho más divertido que conducir el viejo trasto de mi padre. Gracias, Long, eres un buen perdedor —dijo Timothy.

—Soy un mejor ganador; la próxima será mi revancha. Prepárate.

—Cuando quieras. —El americano no se amilanó.

Gillian pasó el brazo por encima de los hombros de Narek, a quien le sacaba media cabeza. El armenio, además, era de complexión delgada, por lo que, a su lado, parecía su hermano pequeño aunque ya hubiese cumplido los dieciocho.

—No te preocupes, cuando regresemos, haré un gran pedido de pasteles para mi madre y no te dirán nada.

—Tú todo lo arreglas con dinero.

—Para eso está.

—Se me va a caer el pelo de igual manera —suspiró Narek.

—Que no, hombre. Los armenios siempre tan negativos —afirmó Nicolai.

—No lo digo por haberme escapado, sino también por alistarme. No voy a poder ayudar en el negocio este verano.

—Pero es eso lo que quieres, ¿no?

—Sí.

—Pues ya está, no le des más vueltas, que vida solo hay una. Además, tus padres pueden permitirse contratar a un aprendiz para que los ayude en tu ausencia. Venga, vamos a buscar al coronel Gordon —concluyó Gillian.

Alcanzaron la entrada de la esquina suroeste y, tras identificarse ante el guardia de la puerta, accedieron al interior del mastodóntico complejo. Después de pedirle indicaciones, una amable secretaria los guio hasta el despacho del coronel.

—¡Qué alegría, muchachos! Pasen, pasen. Es un orgullo que lo primero que hagan tras graduarse sea unirse al cuerpo de voluntarios de la concesión internacional, nuestra milicia ciudadana profesional.

—Es un honor para nosotros que considere nuestra candidatura, coronel —dijo Gillian en tono solemne.

Los cuatro jóvenes quedaron de pie frente al escritorio del militar.

—Deben saber, caballeros, que el cuerpo de voluntarios lleva velando por la convivencia pacífica, el respeto de las leyes y la jurisdicción internacional de la concesión, y, sobre todo, por nuestro derecho de dominio sobre los territorios concesionados, desde el año 53 del siglo pasado. Nada menos que setenta años desde que las fuerzas del emperador manchú invadieron nuestro espacio y los caballeros de Shanghái tuvieron que hacer uso, por primera vez, de su derecho de autodefensa, luchando contra el mismo Gobierno chino que nos había concedido nuestros derechos. No olviden que ganamos dos guerras, y que seguimos en este país por ser los vencedores. Tampoco olviden nunca que los perdedores jamás nos aceptarán por las buenas, debemos defender lo que es nuestro, por la fuerza si hace falta. Mantener una milicia ciudadana bien formada, equipada y fuerte es la mejor estrategia, ya que disuade al enemigo de enfrentarse a los legítimos gobernadores de estas tierras. Y esa será su principal labor como voluntarios del cuerpo de policía: disuadir. Este año esperamos llegar a los dos mil voluntarios, la mayor milicia ciudadana de las Indias Orientales.

Los muchachos aguantaron la risa por la pomposidad marcial del coronel. Hacía muchos años que ya no se llamaba así a la región, pero los británicos permanecían fieles a las tradiciones y al honor que habían reportado al imperio sus colonias asiáticas.

—No podemos perder de vista que los nativos, en su ignorancia —continuó el coronel—, tienen una propensión natural al desorden y a la rebelión. La misión del cuerpo de voluntarios es muy importante, en su función de vigilar y de promover el orden, mantiene a los locales enfocados en trabajar y progresar, en respetar los valores de la civilización, la modernidad y la innovación que traen naciones avanzadas como las nuestras y cuyos frutos son beneficiosos para ellos y nosotros.

El coronel se acercó entonces a la pared que quedaba a la derecha de su escritorio, y de la que colgaban numerosas fotos de grupos uniformados.

—Aproxímense, muchachos. Las fotos no permiten distinguir los colores, pero cada compañía porta uno distintivo. Este es el cuerpo de infantería...

La perorata duró cerca de una hora y fue interrumpida abruptamente cuando Timothy no pudo reprimir un bostezo. Eso hizo reaccionar al coronel, quien dejó la frase a medias para pasar a lo que los había conducido hasta allí aquella mañana.

—Bien, hagan el favor de apuntar sus nombres... —revolvió entre los papeles ordenados con cuidado de su escritorio y sacó bajo el montón una libreta encuadernada en piel negra— aquí, y, junto a sus nombres, la edad y la nacionalidad. Contamos con compañías nacionales.

Narek se mostraba muy serio. Parecía estar conteniendo la respiración para no perderse ni una sola palabra de lo que les decía el coronel. Miró a sus amigos mientras estos firmaban sus respectivas inscripciones como voluntarios, sin poder ocultar el brillo de sus ojos. No esperaba que hubieran decidido enrolarse también para no dejarlo solo en aquella aventura. Cuando los cuatro terminaron de hacer las anotaciones, Gillian le entregó el cuaderno al coronel.

—Veamos qué tenemos aquí. Veo que han cumplido todos los dieciocho años, excepto usted, joven Palmer. ¿De qué mes es?

—De agosto, coronel.

—Supongo que, en su caso, podemos hacer una pequeña excepción, ya que está tan cerca que los habrá cumplido cuando hayan terminado el primer mes de instrucción. Tenemos dos americanos, un ruso blanco y un armenio. Nuestra fuerza se organiza en regímenes nacionales: ustedes dos ingresarán en el americano; usted, en el ruso, que además es el único que provee de estipendio a sus voluntarios. Pero, con usted —se dirigió a Narek—, no sé qué hacer.

—Con todos mis respetos, coronel, ¿sería muy descabellado que nos integrase en el mismo régimen? Nos gustaría estar juntos.

—Sería algo irregular, joven Long.

—A mí me parece bien ingresar en la compañía rusa —afirmó Nicolai.

—Entonces que Narek se una a nosotros dos —propuso Gillian.

—Está bien —concedió Gordon.

El coronel llamó a su secretaria y le indicó que acompañara a los nuevos voluntarios al chequeo médico y a recoger sus uniformes. Recibirían su primer entrenamiento esa misma tarde.

Darlene regresó a casa a media tarde después del paseo con sus amigas. Había insistido en tomar el té en el local de los padres de Narek porque tenía intención de pedirle discretamente que le tradujese el panfleto que se había guardado. Sus amigas habrían preferido la cafetería del hotel Palace, que era uno de los lugares de referencia que habían escuchado comentar tantas veces a sus madres, pero las convenció con el argumento de que en el restaurante armenio lo más seguro era que se cruzaran con los chicos y, de ese modo, podrían pedirle a Gillian que las llevara a dar una vuelta en su descapotable nuevo.

El restaurante estaba dividido en dos ambientes. En el lado izquierdo, la pastelería, con un ventanal a la calle desde donde se apreciaban los deliciosos postres característicos de la patria de su amigo, todos ellos con nombres difíciles de pronunciar: el *baklava*, el *nazook*, el *ponchik* o el *pryanik*, y el comedor, a la derecha, al que se accedía atravesando la pastelería. El grupo de amigos asistía con frecuencia a merendar a la salida del colegio, y también para acompañar a Narek, que debía ayudar a sus padres en el negocio después de las clases. Por eso los propietarios les tenían cariño y siempre los invitaban a algo.

Las jóvenes se quedaron poco tiempo allí, ya que Narek no estaba ni había rastro del descapotable rojo de su hermano, así que tuvo que tragarse la curiosidad de saber qué ponía el dichoso panfleto. Según la madre de su amigo, no se habían cruzado con ellos por poco, porque habían pasado a buscarlo un rato antes. No les supo decir a dónde habían ido porque Narek no lo había mencionado.

Después del té, Chao las llevó a Foochow Road, donde los estudios fotográficos abarcaban varias calles. Mientras ella se asesoraba sobre lo que debía comprar para montar el cuarto oscuro, sus amigas elegían los marcos en los que pondrían la foto de la graduación que les había prometido. Tras recorrer la zona, Chao condujo hasta el parque Koukaza, situado en las intersecciones de la avenue Dubail y la route Lafayette; allí se compraron unos conos de hielo picado, ya que hacía calor, y se sentaron en uno de los bancos cerca del jardín de las rosas a charlar.

A pesar de que disfrutaba de la compañía de sus amigas, Darlene estaba deseosa de llegar a casa, por lo que se despidió de Hazel, Olive y Nina hasta el sábado, en el que todas asistirían con sus familias a su primer baile en el hotel Astor House, donde conocerían lo más granado de la sociedad, ya como señoritas. Poco después, Chao la dejó en el portón de entrada. Accedió por la puerta de servicio para evitar cruzarse con su madre y que la enrolase en alguna de sus actividades sociales, y se dirigió directamente al cuarto oscuro con sus nuevas adquisiciones.

Repasó los preparativos para revelar su primera película; sentía que estaba a punto de emprender una aventura. No solo podría contemplar las fotos que había tomado en la graduación, sino que también volvería a ver al misterioso hombre que la había atropellado, e incluso puede que, en un golpe de suerte, las tomas descubrieran mucho más, algún detalle que hubiese escapado a sus ojos o que no recordara y que la ayudara a esclarecer la procedencia de los panfletos subversivos. Iba a desenmascarar a ese muchacho, al tal Rick, nombre que claramente se había inventado; estaba segura de que se había burlado de ella. También la emocionaba el hacer algo gratificante, aprender y ampliar sus conocimientos. Su padre había dado en el blanco con el regalo, mucho más modesto que el de Gillian y, sin embargo, con un inmenso valor para ella.

Al entrar en el antiguo cuarto de la plancha, la luz del pasillo iluminó el interior sombrío. Miró en derredor, el espacio era reducido, de unos siete metros cuadrados. Se encaminó a la cocina y se apropió de dos de las mesas auxiliares con ruedas en las que los *boys* llevaban las viandas hasta el comedor. Las empujó, una primero y luego la otra, hasta la estancia. Después, debido a que el cuarto de la plancha no disponía de lavabo, volvió a la cocina y cogió una jarra de barro, que llenó de agua para distribuirla en las bandejas de revelado. Una vez dentro del cuarto oscuro, separó la zona en dos partes diferenciadas, el área seca y el área húmeda, tal y como le habían recomendado, y puso una mesa en cada sector; usó la cuerda que había colgada de lado a lado de las paredes y que Amah usaba para estirar algunas prendas y marcar la división entre ambas. En el lado seco colocó los papeles fotográficos y, en el otro, las cubetas, el agua y los químicos. Por último, fue a su habitación a buscar una lámpara y la cubrió con un pañuelo rojo. Cuando todo estuvo preparado, cerró la puerta con pestillo para que nadie pudiera abrir desde fuera y estropear su primer revelado. Estaba nerviosa y muy entusiasmada también.

El señor que le había vendido los utensilios le había aconsejado usar el ventilador del techo cada cierto tiempo para airear un poco el espacio, ya que el olor de los productos químicos para el revelado era muy fuerte y podía causar mareos. Esperaba acordarse de hacerlo y no desvanecerse. El hombre le había explicado el procedimiento que debía seguir, y ella había hecho anotaciones en un papel de estraza allí mismo, en la tienda.

Cuando empezaba la ampliación del primer negativo, escuchó en el pasillo pasos apresurados que cruzaron por delante del cuarto. Poco después oyó con claridad gritos en francés y en *pidgin* y, finalmente, un portazo. Las voces se alejaron y pocos segundos más tarde reinó de nuevo el silencio. Darlene protegió los negativos, entreabrió la puerta lo mínimo y salió del cuarto. Corrió hasta la entrada de servicio y salió al jardín para averiguar qué pasaba. Se espantó al ver a dos gendarmes arrastrar a uno de los *boys* a través del vial. El muchacho se sacudía como una culebra para intentar zafarse del agarre de los policías franceses mientras soltaba una retahíla en chino que ella no entendía.

—¡¿Qué están haciendo?! ¡Suéltenlo inmediatamente! —gritó a su espalda.

Los hombres no reaccionaron a sus chillidos, así que corrió tras ellos y, al doblar la esquina de la casa, vio a su padre en el porche delantero, acompañado del gendarme al que había conocido la noche anterior en el salón de su casa, cuando pensaban que había sido secuestrada. Esta vez vestía de paisano y charlaba con Henry como si nada pasase. El resto del servicio empezó a salir al jardín para contemplar, sin intervenir, cómo los gendarmes reducían al chico tirándolo al suelo.

—*Daddy! Daddy!*

Henry Long se volvió hacia su hija.

—Pensé que estabas con tus amigas, no te he visto llegar.

—Quería empezar con las fotos. ¿Qué sucede? ¿Por qué están deteniendo al *boy*?

—Se ha metido en un lío —respondió con extrema serenidad.

Darlene sintió un estremecimiento en la boca del estómago. Tenía la intuición de que ella había provocado todo aquello.

—Él no ha hecho nada. Diles que es un error. Tiene que haber una explicación lógica.

—Están haciendo su trabajo.

—Pero él no ha sido.

—Claro que sí. Los tenía debajo del catre, en una caja de azúcar vacía.

—¿Cómo puede ser? ¿Han registrado la casa para encontrarlos?

—Tu madre lleva días buscándolos. Y no ha hecho falta registrarlo todo, él se ha delatado solo.

—Pero... no entiendo, ¿cómo iba a estar *maman* buscando los panfletos?

—¿Panfletos? —El gesto de su padre cambió—. Le pedí a Gillian que no dijera nada.

—Sabes que nos lo contamos todo.

—Esperaba más de él, la verdad. Se lo dije expresamente, no quería preocuparos a ti y a tu madre; por favor, no se lo comentes a ella.

—Pero sigo sin entender, ¿qué tiene que ver *maman* en todo esto?

El gendarme observaba el intercambio entre padre e hija mientras fumaba un puro que le había obsequiado el señor Long.

—Ah, lo dices por el *boy*. Todo ha sido una desagradable coincidencia, pero que ha dado sus frutos. Me encontré con el capitán en el club Columbia y le pedí que me acompañara para interrogar a los empleados sobre el paquete que Gillian encontró esta mañana en el jardín.

—¡¿En el jardín?!

—Por lo visto, no te ha contado todos los detalles.

—No, no todos. Pero ¿por qué interrogar a los empleados? Son de confianza, ellos no tienen nada que ver con los afiches.

—Aún no lo sabemos, el capitán no ha tenido tiempo de llevar a cabo el interrogatorio. Lo que sí es seguro es que al menos uno ha tenido que ver con la desaparición de algunas joyas de tu madre. Clarisse llevaba semanas diciéndome que le faltaban varias alhajas y yo no le presté atención. Pero, en cuanto el *boy* vio a los gendarmes, salió corriendo; uno de ellos se dio cuenta de su reacción y fue tras él. Lo encontró lanzando algo por la ventana de su cuarto, hacia la parte trasera del jardín. Era una caja de metal y dentro estaban las joyas de tu madre.

—Entiendo, pero al menos no ha tenido nada que ver con los panfletos; eso sería mucho más grave. Perdónalo, padre, es aún inmaduro. —El *boy* acababa de cumplir los catorce años—. Ha devuelto las joyas, eso es lo importante —dijo en un intento por restarle importancia al asunto. Se sentía muy aliviada, al menos por ese lado.

—Nos ha robado, Darlene.

—No sabía lo que hacía.

—Claro que lo sabía, y tiene que asumir las consecuencias de sus actos.

—Llévense al chico —dispuso el capitán mirando a Henry quien asintió.

Los gendarmes que lo retenían contra el suelo, a la espera de órdenes, lo esposaron para que dejara de pelear. Uno de los policías lo arrastró hasta el coche estacionado en la calle. El capitán organizó entonces, con el resto de sus hombres, a los empleados de la casa. A gritos y empellones, los alinearon en el jardín. Amah también estaba allí. A Darlene le entraron ganas de llorar; quiso correr hacia ella y abrazarse a su cuello como cuando era pequeña, pero su padre, al intuir su reacción, la sujetó por el brazo.

—*Daddy*, por favor, ¿es necesario hacerlos pasar por esta humillación?

—No los estamos humillando, mademoiselle, es una medida de precaución —se inmiscuyó el capitán—. Alguien del servicio podría atentar contra su familia o contra los intereses extranjeros en la concesión. Debemos acabar con el complot y encontrar a los responsables.

—Hija, cualquiera puede valerse de nuestra confianza para hacernos daños, no podemos bajar la guardia. Siempre serán ellos y nosotros. Lo entiendes, ¿verdad?

Pero no, ella no lo comprendía. Veía a parte de su familia alineada en el jardín; así los sentía Darlene. La mayoría de ellos habían llegado a la casa para servir antes de que ella naciera; habían sido su constante todos esos años, la habían sostenido cuando comenzó a caminar mientras sus padres pasaban tiempo en el club.

—No han hecho nada —balbuceó.

—Capitán, puede llevar a cabo el interrogatorio en mi despacho —dijo Henry Long tras ignorar su último comentario.

—Renault, mándame al primero —ordenó el capitán.

—Yo primera —dijo Amah, y dio un paso hacia el policía.

—¡No! Papá, Amah no es del servicio, pertenece a la familia, tú lo has dicho muchas veces.

—Todos sin excepción, señor Long —afirmó contundente el gendarme.

—Todo va a estar bien, pequeña. Si no han hecho nada malo y colaboran, no tienen nada que temer.

Darlene miró a su aya. Tenía la espalda muy recta y una expresión impenetrable en el rostro. Ni siquiera la miró cuando caminó hacia la entrada principal. Aunque se había ofrecido de forma voluntaria, la joven sabía que estaba dolida y decepcionada por el trato que estaba recibiendo, y todo era por su culpa. Tal vez Amah así también lo pensara.

Antes de que su padre entrase en la casa, lo llamó de nuevo:

—¡Papá! ¿Qué dice el libelo?

Henry la miró fijamente a los ojos. Creyó que no iba a contestar, pero al final suspiró con pesadez.

—Supongo que es mejor que lo sepas, ya no eres una niña. Dice: «No olvidemos el día de la humillación, acabemos con ellos». Se refiere a la derrota en las guerras del Opio y sus consecuencias. Por desgracia, los chinos nunca aceptaran por las buenas nuestra presencia.

A Darlene se le contrajo el estómago de nuevo.

Henry traspasó el umbral seguido del capitán de la gendarmería. Darlene rodeó la casa y regresó al cuarto oscuro, donde continuó con las instrucciones que había anotado para el revelado. Ahora tenía una razón mucho más poderosa para descubrir quién era aquel tipo y entregarlo a la justicia: su querida Amah estaba sufriendo las consecuencias de sus actividades delictivas.

Cuando todo estuvo listo, permaneció absorta observando los papeles sumergidos. No tenía que haber cogido ese paquete, se dijo. Tendría que haberlo dejado donde estaba, o al menos haberse deshecho de él una vez conoció el contenido. ¿Por qué no había dicho la verdad? Tal vez porque lo que temía ya había pasado: su padre desconfiaba de sus empleados y el hecho de que se hubiera descubierto que el *boy* había robado solo empeoraba las cosas para el resto. Además, si confesaba, dejaría mal a Gillian, que había cumplido con su parte de no delatarla. Terminó por convencerse de que su confesión no habría mejorado en nada la situación para ellos, solo la habría complicado.

Las imágenes empezaron a aparecer en los papeles sumergidos en las cubetas. Se quedó mirando una en concreto. En su fuero interno, sabía que ocultaba una razón última, una egoísta para no haber contado la verdad: no quería acusar al desconocido, aún no, no antes de conseguir saber quién era y qué pretendía; entonces lo denunciaría. Sí, lo delataría, se convenció mientras sus ojos absorbían cada detalle de su espalda.

7

Atardecía cuando Gillian, Timothy y Narek salieron de su primera instrucción. Se apoyaron en el descapotable rojo a la espera de que se les uniera Nicolai, quien regresó unos minutos después de una charla con el comandante de la que sería su compañía una vez que acabara la capacitación como cadete.

El capitán Baldwin, supervisor del cuerpo de voluntarios, y quien les había dado su primera instrucción en el patio del complejo municipal, les había explicado que, después de incorporarse al cuerpo y empezar a patrullar, su percepción de la ciudad cambiaría para siempre, pues iban a conocer los lugares más sórdidos, los burdeles, las salas de apuestas clandestinas, los fumaderos de opio ilegales ocultos en los callejones más oscuros de la concesión, los bajos fondos, el mundo donde reinaban los desesperados, los que no tenían nada que perder y estaban dispuestos a todo por sobrevivir y progresar; el mundo de los traficantes, los proxenetas, las prostitutas y los asesinos a sueldo. También los advirtió de la rivalidad con los franceses, quienes no solo concedían licencias legales de actividad a las mafias, sino que también miraban hacia otro lado cuando estas se enzarzaban en disputas por dominar y ampliar sus zonas de actuación.

—Pero qué se puede esperar de la policía francesa, la Sûreté y sus gendarmes, si son todos corsos.

—¿Corsos, capitán? —había preguntado Gillian.

—Sí, señores. Son tan mafiosos como aquellos a los que tienen que combatir. La mafia corsa está infiltrada hasta en los altos mandos de la policía francesa; me atrevería a asegurar, sin temor a equivocarme, que son los causantes de muchos de los delitos que se cometen en la ciudad y del fortalecimiento de las bandas. Sin embargo, la concesión internacional no va a permitir que el vicio y el crimen se extiendan como una mancha negra por nuestra jurisdicción. Y ustedes acaban de ingresar en la escuela de cadetes y dejarán de ser niños mimados con calcetines de colegiales. Los vamos a convertir en hombres rectos, defensores de nuestros derechos de territorialidad y de los confines de la concesión internacional. Y recuerden, no deben fiarse nunca de un gendarme francés. ¿Entiendo que viven en la concesión francesa?

—Correcto, capitán —contestó Narek.

—Tengan cuidado, esos corsos tienen sus mañas. Reporten cualquier movimiento sospechoso que detecten. Ahora son voluntarios del cuerpo de policía municipal; estén o no de servicio, no se olviden de que ante todo son caballeros, hombres de bien y de honor.

Del primer entrenamiento, Narek salió entusiasmado, Gillian con ganas de fumar, Nicolai mantenía la compostura imperturbable de la aristocracia (su entrenamiento había sido más charla que ejercicio) y Timothy encadenaba un bostezo con otro.

—Este no era el plan —se quejó el americano—. Vaya primer día de excursión. Estoy molido, se suponía que no debíamos entrenar hoy.

—Tengo una idea de a dónde podemos ir como compensación por nuestro primer día en el cuerpo de voluntarios. Así nos sacamos los calcetines de colegiales de una vez y nos hacemos hombres. —Gillian rio al imitar al capitán y su sermón—. Pero, primero, una buena cena con un buen vino. Necesitamos reponer fuerzas para la noche.

—Doy por cumplida tu derrota de ayer. Conduce tú; me tiemblan las piernas por culpa del ejercicio —dijo Timothy.

Gillian saltó al asiento del conductor y sus amigos ocuparon los suyos; Nicolai, delante esta vez, y Timothy y Narek, en la parte de atrás.

Arrancó y tomó la Kiangse Street. Siguió en dirección al río Soochow, cruzó la comercial Nanking Road y, después, la Peking Street hasta el extremo norte, un par de cuadras antes del arroyo. Necesitaban buena gastronomía y mejor ambientación; el lugar escogido por el pequeño dragón fue el restaurante ruso situado en Range Road, que publicitaba tener la mejor comida de la ciudad y poseía música en vivo. Sobre la puerta de la entrada, un cartel daba la bienvenida: CADA CLIENTE ES UN ENVIADO DE DIOS.

Gillian le dio un codazo a Timothy para que se animara. Entraron al local y los acomodaron en uno de los pabellones al aire libre. Comieron, bebieron y brindaron mientras el restaurante se iba llenando de gente y la música subía de intensidad.

Gillian se fijó en que a Narek se lo veía genuinamente contento, le brillaban los ojos y sonreía de una manera amplia; hasta su postura corporal, siempre un tanto retraída por andar con la cabeza metida en los libros, se había enderezado. Se sintió bien por estar cometiendo aquella locura juntos. Había notado un estremecimiento al sostener por primera vez un fusil en las manos; era una sensación que no podía describir.

—Sois unos grandes amigos, ¿sabéis?

—Narek se está poniendo sentimental —se carcajeó Timothy.

—Lo digo en serio. Significa mucho para mí lo que habéis hecho, y estoy muy contento de que vayamos a pasar el verano juntos. Veréis que no os vais a arrepentir.

—A ver si pensabas que te íbamos a dejar la diversión a ti solo, pasándotelo en grande mientras arrestas gente y te metes en todos los burdeles y casinos de la concesión —rio Gillian.

—Hasta que lo has mencionado, no se me había pasado por la cabeza, pero, después de hoy, creo que ha sido una gran decisión. Combatir el crimen y proteger los intereses de nuestras naciones, ¿qué mejor forma de pasar el verano? —afirmó con flema Nicolai.

—Bueno, a mí se me ocurren algunas formas más entretenidas —apuntó Timothy—, como salir a cazar, hacer pícnics junto al río con las damas, carreras de caballos, pasar fines de semana en el barco, partidas de polo, cenas y bailes en los lugares más chics de la ciudad, donde abundan las mujeres elegantes con suaves curvas cubiertas de sedas y perfume de gardenias, hijas de magnates ricos y poderosos...

—Vale, vale, ya nos hemos hecho una idea de tu verano perfecto —lo cortó Nicolai.

—Si os soy sincero, no estoy seguro de si voy a resistir todo el verano como voluntario —dijo Tim—. No sé, no me veo con el uniforme todos los días, llueva o truene, obedeciendo órdenes... Puf, me parece un aburrimiento total, y terminaré por mandar a paseo a mi comandante si se hace el listo. Creo que yo estoy hecho para los negocios.

—Espera a que hayamos empezado a patrullar, por lo menos. Eso será más emocionante —dijo Narek.

—Hemos sido los últimos en enrolarnos, nos tendrán poniendo multas por escupir o cerrando letrinas comunales ilegales porque no cumplen las mínimas medidas de higiene. No os imaginéis que nos van a confiar nada serio o realmente emocionante, sino todo lo que no quieran hacer ellos, y yo no estoy por la labor.

—Les demostraremos que pueden asignarnos tareas más peligrosas, que requieran de astucia y valor —sentenció Nicolai.

—No pienso arriesgar mi vida, en algún momento tengo que tomarle la posta a mi padre con el negocio. En todo caso, entre arriesgar la vida y realizar tareas más incómodas, prefiero las letrinas. De tirar abajo orinales nadie se ha muerto —dijo Timothy.

—Venga, que ni siquiera ha anochecido aún y ya no llevamos calcetines de colegiales —se burló Gillian.

—No debería volver muy tarde, aún tengo que hablar con mis padres —terció Narek.

—En una hora, como mucho, te dejamos en casa —sentenció Long.

Gillian aparcó en la avenue Edward VII, a unas manzanas de distancia del lugar al que pensaba llevar a sus amigos, y a pocas cuadras de donde habían cenado. Los cuatro caminaron hasta el cruce con la callejuela Pei Zhen, cerca de la rue du Consulat y la rue Petit.

—Tenía que ser donde se divierte el lumpen —dijo Timothy al reconocer el nombre de la calle por su terrible reputación.

—No estamos de servicio, somos clientes. Nos tomamos unos tragos y nos vamos. Siempre he tenido curiosidad por ver el ambiente.

Era uno de los callejones más conflictivos de Shanghái, donde abundaban las peleas y los choques entre mafias, y eso que era una de las calles más cortas. Unía las grandes avenidas delimitadoras de las zonas extranjeras: al sur, la avenue Joffre, en la ciudad francesa, y al norte, la avenue Edward VII, en la concesión internacional, bajo dominio británico, americano y de otras naciones en menor medida. A lo largo de la calle había burdeles, casas de juego, bares y salas de fiesta con música y bailarinas de alquiler. Pasearon por la vía, a esas horas animada con gente en las puertas de los garitos que hablaba y reía. El lío solía empezar de madrugada, cuando el juego en las ruletas y las mesas de apuestas alcanzaba su apogeo y las pérdidas y las ganancias acosaban a unos y sonreían a otros, y cuando el alcohol fluía como una riada por las venas de los habituales y la mínima chispa era capaz de prender fuego en los ánimos ya exaltados por la noche de juerga.

El grupo de amigos, liderado por Gillian, entró en uno de los garitos. El gorila de la puerta, con pinta de militar retirado, cicatrices en la cara, cuello fuerte y tatuado que apretaba la camisa abrochada hasta arriba y embutido en un traje negro que le marcaba los músculos de estibador portuario, los dejó pasar sin problemas. Su juventud y su evidente procedencia de la élite de la ciudad garantizaban que tenían dinero suficiente para gastar y poca experiencia en las mesas de juego, por lo que sobraban las preguntas. No les sorprendió descubrir allí a otros extranjeros de su mundo, hombres y mujeres que tomaban champán y disfrutaban de la música y del ambiente bohemio del local; pero también estaban los otros, los que no tenían nada que perder y habían llegado a Shanghái atraídos por los cantos de sirena, las promesas de ganancias rápidas y fáciles. Se los identificaba por la necesidad de aparentar lo que no eran: la piel abrillantada de los zapatos, que no ocultaba la mala calidad; los trajes con un corte burdo, y la vista de águila a la caza de una oportunidad esquiva. Con ese tipo de extranjero no se habían relacionado antes, aunque estaban en todas partes. Eran los que vivían en los apartamentos en los límites de las concesiones; los que trabajaban hasta altas horas de la madrugada en las oficinas de los bancos y compañías comerciales más renombradas o los que servían en algún puesto menor en la administración municipal.

También había locales, pero estos no vestían como la élite china, asidua al estilo occidental, sino con unos llamativos trajes tradicionales de colores fulgurantes; el amarillo dorado, el rojo y el morado resaltaban especialmente.

—Fascinante —dijo Gillian al mirar en derredor, pero su comentario no fue secundado por ninguno de sus amigos. Se notaba que se sentían incómodos, inmersos en aguas peligrosas donde abundaban unos animales marinos cuya capacidad depredadora desconocían—. Vamos, parecemos unos pardillos aquí parados. Cualquiera diría que tenemos miedo.

El mánager del establecimiento los saludó y se presentó. Su acento sonaba americano, pero no era de esos a los que su padre solía frecuentar en el club o en las *soirées* en el hotel Palace. Este, a pesar del traje caro y un perfume un tanto empalagoso, emanaba peligro y dominio; su mirada era fría aunque sonriese.

—Un placer recibirlos en mi local, pasen por aquí.

Los guio hasta una mesa y se acomodaron en el asiento circular, tapizado en un dudoso cuero granate. Sobre la mesa ovalada, cubierta con un mantel brillante y fucsia, llameaba una pequeña vela en el interior de un vaso de cristal tintado. El mánager chasqueó los dedos y un camarero se aproximó presto con una botella de champán en su cubitera y cuatro copas *coupé* de cristal labrado con recargados motivos florales, también de colores.

—Nuestras bailarinas son las mejores de la ciudad, estarán encantadas de acompañarlos. Cuando gusten, pueden adquirir sus tíquets. Y, si quieren probar suerte, en el piso de arriba los espera la dama fortuna. Disfruten —dijo el mánager, y se alejó hacia un nuevo grupo que entraba en el local.

—Brindemos. —Gillian alzó su copa.

—Nos acabamos la botella y nos vamos. —Timothy agarró la suya y la entrechocó con la de sus amigos. Luego se la bebió de un trago.

—No seas cobarde, Palmer.

—Me había imaginado este tipo de sitios como antros sucios y oscuros —confesó Nicolai—. Tiene cierto encanto.

—No está mal —dijo Narek escueto.

—Nos acaban de invitar a apostar —recalcó Timothy.

—Podemos subir y mirar simplemente. No hace falta que juguemos. ¿No tienes curiosidad? —preguntó Gillian, pero Timothy solo bufó como respuesta.

El ambiente estaba lleno de un humo azulado y olía al queroseno de las lámparas. Las conversaciones de las otras mesas, las risas de las bailarinas y la música de la pequeña orquesta inundaban el espacio en una estruendosa marea de sonidos.

Una mesa captó la atención de Gillian e hizo un gesto a sus amigos para que mirasen en esa dirección. En ella se congregaba un grupo de chinos muy ruidosos, que reían y hablaban a gritos. Parecían estar jugando a algún juego, porque cada poco alzaban las manos, enseñaban una combinación de dedos y a continuación bebían. Debían de llevar un buen rato en el local, a juzgar por la cantidad de botellas que había sobre la mesa. Uno de los hombres, el que parecía el jefe del grupo, hizo un gesto y varias chicas eslavas, que aguardaban para bailar con los clientes, se acercaron a ellos. Eran muy jóvenes y delgadas, de tez blanca y cabellos claros, rubios y castaños. Lucían escotados vestidos de noche, largos hasta los tobillos, pero con una abertura lateral para facilitar el movimiento durante el baile. Al cabo de varios minutos, quedó claro que los tipos no tenían intención de bailar; buscaban compañía femenina. Durante la conversación con las mujeres, se veía que ellas intentaban convencerlos y salir a la pista. El líder agarró por el brazo a una de ellas y la sentó en sus rodillas; el resto rompió a reír y, siguiendo el ejemplo, intentaron atrapar a las otras chicas, que se zafaron y se encaminaron hacia la pequeña pista de baile. La bailarina atrapada se resistió y forcejeó con el hombre, quien la aferró por la cintura y la pegó a su cuerpo. El ruido ambiental acallaba las palabras del tipo, pero ella negaba con la cabeza. Entonces él agarró con la mano libre uno de sus pechos.

Gillian se incorporó y sus amigos lo acompañaron. Se apresuraron a cruzar el bar para socorrerla; sin embargo, justo cuando estaban a punto de alcanzar la mesa, llegó el mánager con dos guardaespaldas y les hizo un gesto de que la situación estaba bajo control. Ellos regresaron a su mesa, pero no perdieron detalle. El mánager le dijo algo al oído al abusador mientras, con suavidad, tiraba del brazo de la mujer para liberarla. Ella se alejó rápidamente y, entonces, el mánager llamó al camarero y les ofreció a los chinos otra botella de licor, la cual aceptaron con muecas de desdén. El mánager se marchó y dejó a la seguridad a pocos pasos de la mesa, por si armaban jaleo de nuevo. Sin embargo, el incidente les había agriado el humor y, pocos minutos después, el grupo de chinos salía del local, llevándose la botella consigo.

Las bailarinas se acercaron a los muchachos para invitarlos a bailar, y Gillian y Nicolai aceptaron comprar unos tíquets mientras Timothy y Narek permanecían en la mesa y continuaban con el champán. Perdieron la noción del tiempo entre bailes y brindis y, cuando salieron de nuevo al callejón, había caído la noche, aunque era aún temprano. Caminaron en dirección a la avenue Edward VII, donde Gillian había aparcado el coche.

—¿Ves que no ha sido para tanto, Tim?

Al aludido no le dio tiempo a hacer ningún comentario porque, en ese preciso instante, escucharon el grito de una mujer. Se giraron hacia la oscuridad del callejón, tan solo iluminado a tramos por las luces de los locales. Contra la pared se distinguían unas sombras.

—¡¿Qué está pasando?! —preguntó Gillian al tiempo que se aproximaba.

El grupo, formado por cuatro hombres, se volvió hacia él. Al joven le sorprendió ver a un gendarme entre ellos.

—No es tu problema, inglés —masculló el policía en francés.

Gillian repitió la pregunta en el mismo idioma y la cara del policía se congeló.

—Estamos arrestando a esta mujer por prostitución —contestó.

—¿Y la paliza forma parte del procedimiento de detención?

El otro no respondió.

—¿Y estos quiénes son y qué hacen con la mujer? Porque no tienen pinta de pertenecer a la Sûreté —apuntó Nicolai.

—La han denunciado por robarles. Voy a pedirles que no se inmiscuyan, messieurs.

—¿Qué ha robado? —inquirió Gillian.

—¿Qué? —preguntó de vuelta el gendarme.

—¡Que qué ha robado!

—¡A ti qué te importa! —bramó uno de los matones. La chica se acercó despacio a Gillian para poner distancia con el agresor, pero este se dio cuenta y la agarró por los pelos y tiró de ella—. ¿A dónde crees que vas, zorra?

La mujer chilló y Gillian sacó el arma que les habían entregado ese mismo día. Apuntó al matón a la cabeza. Nicolai y Narek reaccionaron e hicieron lo mismo. Timothy, por su parte, se bloqueó; la situación estaba tomando un cariz muy peligroso.

—Suéltala. ¡Ahora! —ordenó Long.

El tipo obedeció lentamente y empujó a la mujer hacia ellos. El gendarme echó mano de su arma y fue Nicolai quien le encañonó.

—Ni se te ocurra.

—Coged a la chica y regresad al coche —dijo Gillian a sus amigos.

Timothy y Narek la sostuvieron. Sangraba por el labio y la nariz y caminaba con dificultad; los dos se marcharon, arrastrándola con ellos. Nicolai se quedó con Gillian y los matones.

—Ahora os vais a quedar tranquilos. Al primero que se mueva, lo lleno de plomo —amenazó Gillian para ganar tiempo y que sus amigos se pusieran a salvo. No pudo evitar sonreír, se sentía poderoso, era como participar en una función.

Nicolai y él echaron a andar hacia atrás sin apartar la vista de los hombres, quienes, a su vez, caminaron hacia ellos muy despacio. Los chinos sacaron las navajas y el gendarme desenfundó su pistola. Gillian miró por encima de su hombro y vio que tanto sus amigos como la mujer habían cruzado Edward VII y se encontraban ahora en la concesión internacional. Los perdió de vista cuando doblaron la esquina; se dirigían hacia el coche.

—A la de tres, echamos a correr —mascculló Gillian en inglés. El ruso asintió.

Salieron a toda velocidad. No habían corrido tan rápido en su vida, ni siquiera cuando se jugaban la medalla en las competiciones de atletismo del colegio. Detrás iban sus perseguidores. Escucharon los gritos de los matones y los disparos que siguieron después; tuvieron suerte de que esa zona fuera más oscura y el gendarme fallase los tiros. Alcanzaron la avenida en pocos segundos y se pararon.

El gendarme sonrió. Gillian le señaló el tótem que indicaba el cambio de territorio.

—Aquí no tienes jurisdicción y nosotros sí. —Mostró sus credenciales. Varios transeúntes se detuvieron a curiosear—. Adelante. Unos metros más y os arrestamos —dijo a los matones.

Recibieron unos cuantos insultos en la lengua local.

—Os denunciaré a vuestro superior —los amenazó el policía francés.

—Y nosotros al tuyo, corso.

—No soy corso.

—Como si lo fueras —contestó Nicolai, y Gillian rio.

El otro les escupió, los insultó en la lengua de Montesquieu y, finalmente, se dio la vuelta y se alejó, seguido de los mafiosos.

Gillian y Nicolai corrieron hasta el coche riendo y comentando el increíble suceso. Sentían la sangre bombear acelerada en las venas y una sensación extraordinaria de invencibilidad.

—¡Ha sido increíble! —exclamó Gillian al reunirse con los demás.

—¿Quién eres y dónde está mi amigo? —dijo Timothy—. ¡¿Te has vuelto loco?!

—Ha sido un impulso. Al escuchar los gritos de la chica y ver a esos tipos golpeándola, no lo he pensado. En una fracción de segundo he sabido lo que tenía que hacer.

Gillian sonrió a la magullada muchacha, pero ella bajó los ojos. Narek le había prestado su pañuelo y se sujetaba el tabique de la nariz para frenar el sangrado. Timothy temblaba y había perdido el color del rostro. Narek parecía tan sereno como siempre, aunque al armenio le costaba exteriorizar sus emociones, por lo que resultaba difícil leer sus parcas expresiones.

Se subieron al Lancia Lambda y Gillian arrancó, el motor rugió.

—¿Tenías que intervenir? ¿No podías dejarlo pasar? Nos acabamos de enrolar, somos cadetes, los más novatos del cuerpo, tenemos un día de entrenamiento. ¡Un maldito día de entrenamiento! No estábamos preparados para actuar. Podían habernos matado a los cuatro, y qué le hubiera dicho yo a mi madre si me matan. —Timothy casi no podía respirar a causa de la angustia.

Sus amigos, al oír la estupidez que acababa de decir, rompieron a reír.

—¡Estáis locos, completamente locos! De Gillian me espero cualquier cosa, pero de ti, Nicolai, el príncipe ruso, y de ti, Narek, el erudito, no. Me habéis decepcionado y no os lo pienso perdonar. —Estaba a punto de llorar.

—Tim, no ha sido para tanto. Hemos salido ilesos y hemos

rescatado a esta pobre chica. Quién sabe si la hubieran matado a golpes; eso sí que no nos lo habríamos perdonado, tú el primero. Mírala bien, es una chiquilla, si casi no tiene curvas.

—¿Habéis visto la cara de esos criminales? El capitán tenía razón, la policía francesa está podrida —dijo Nicolai exaltado.

—Yo estoy de acuerdo con Gillian, podrían haberla matado —intervino Narek—. Ha sido muy arriesgado, pero has hecho bien, Gillian. Esta es la razón por la que he querido unirme a los voluntarios, para defender a los más vulnerables.

Timothy negó con la cabeza. Estaba al borde del llanto, pero era demasiado orgulloso para quebrarse del todo.

—Eran los mismos tipos que estaban en el bar hace horas, ¿verdad? —apuntó Narek.

—No sé, a mí todos los chinos me parecen iguales —comentó Nicolai.

—Tim, eran el matón del bar y sus compinches; se quedó con sangre en el ojo por no haber podido catar a la bailarina y se estaba descargando con esta pobre chica. Ya ha pasado, y ha salido bien; venga, fúmate uno. —Sacó la pitillera de su padre, que aún no le había devuelto.

—¿Qué tratos tendrán esos tipos con el gendarme? —preguntó Nicolai.

—Deben de pagarle para que los deje hacer lo que les plazca. Seguro que están metidos en algún negocio turbio —sugirió Narek.

—Nuestro primer día en el cuerpo y ya nos hemos metido en un lío. Yo no voy a aguantar todo el verano, os lo dije esta tarde y lo repito. Esto ha sido muy fuerte —insistió Tim.

Gillian apretó el hombro del americano y amagó una sonrisa a la que el otro no respondió. Le encendió él mismo el cigarrillo mientras sujetaba el volante. Su amigo lo tomó y aspiró varias bocanadas. Gillian lo observó de reojo y comprobó que poco a poco se iba serenando.

—¿Qué vamos a hacer con ella? —preguntó Tim entonces—. Tengo un nudo en el estómago, ¿y si vienen a buscarla?

—Hay que esconderla bien y darle un nuevo nombre, así

será más difícil que la encuentren. Piensa alguno —pidió Gillian a Narek.

Dieron unas vueltas por la concesión internacional y, después, regresaron a la ciudad francesa.

—Se está haciendo tarde —se preocupó Narek.

—Te llevo a casa, como te prometí.

—¿Qué hacemos con ella? —insistió Timothy.

—Se me ocurre algo —dijo Narek—. Ahora que no voy a poder ayudar en el restaurante, mis padres van a necesitar contratar a alguien. Ella es joven, podría aprender. Tenemos un pequeño cuarto con un catre en la parte trasera de la pastelería.

—¡¿Cómo vas a involucrar a tus padres en este lío?! —Tim apuró el cigarrillo y se encendió el siguiente.

—No es ningún lío, es una pobre chica a la que habrán raptado de su pueblo o a quien sus padres han vendido a una de las mafias de prostitución de la ciudad. Como cristianos, tenemos la obligación moral de ayudarla. Mis padres lo entenderán, ellos me educaron —afirmó Narek convencido.

—Propónselo a ella, a ver si acepta —dijo Gillian.

Narek, que era el único que hablaba chino fluido, le explicó su idea a la chica.

—Habla en dialecto, no pillo ni la mitad de lo que dice, y creo que ella tampoco me entiende a mí del todo —explicó. Después de un breve intercambio, la chica asintió con una sonrisa torcida por el labio partido—. Déjanos en el restaurante —confirmó el armenio.

Narek pasó la noche en la cocina del restaurante enseñando a la muchacha en qué consistiría su nuevo trabajo. La apodó Xiao Feng, «pequeña abeja», porque no dejaba de murmurar en su lengua materna sin llegar a pronunciar palabra alguna; el resultado era una especie de zumbido que acompañaba a sus pensamientos. A Narek le habría gustado saber qué pensaba, pero ella solo asentía. Juntos, prepararon las principales recetas de la pastelería y del menú. Narek le mostraba cada paso y le explicaba con paciencia; luego dejaba que ella lo repitiera. Era espabilada y aprendía rápido. Cuando sus padres llegaron al local, de madrugada (solían empezar a hornear los panes y los pasteles sobre las cuatro de la mañana), se encontraron con que Narek y la nueva empleada tenían todo listo para la apertura de la tienda en tres horas. Los armenios escucharon las explicaciones de su hijo y tuvieron que asumir que, de un día para otro, se había convertido en un hombre y estaba tomando sus propias decisiones. Eran gente humilde y trabajadora, y su corazón cristiano aceptó contratar a la muchacha y protegerla. Trabajaría en la cocina, viviría allí mismo, en el cuartito, y no saldría mucho, por si los matones andaban buscándola.

Cuando Gillian llegó a casa, sus padres ya se habían retirado a descansar. Fue a la cocina y se sirvió un vaso de leche; después se encaminó a su habitación. Cuando entró, encontró a Darlene dormida en su cama con un libro abierto sobre el abdomen. Lo habría estado esperando para comentar el día, como solían hacer antes de acostarse. La tomó en brazos y ella masculló algo entre dientes acerca de lo tarde que había vuelto. Caminó hasta su alcoba, una puerta más allá, y la dejó sobre su propia cama. Estaba deseando contarle su aventura.

—¡¿De dónde han salido esos malditos demonios?! —gritó Pang, y a continuación vació de un trago el vaso de licor de arroz que se acababa de servir de la botella más cara del local y con la que intentaba calmar la ira, aunque lo veía todo rojo y solo tenía ganas de desquitarse por la humillación que había sufrido. Se la pagarían. Esos diablos extranjeros no sabían con quién se habían metido.

Después del encontronazo con esos malnacidos, había regresado al bar que regentaba, El Tigre Rojo, y había mandado a sus secuaces buscar a la chica. No descansarían hasta que no dieran con ella. Era la segunda vez que se les escapaba, pero esta se había librado de su castigo por la intervención de los extranjeros.

La desgraciada había huido del burdel cinco días atrás y se había ofrecido como una *sing song girl*, una cantante animadora de local de alterne, en uno de los antros regentados por marines americanos. La habían localizado, la habían estado siguiendo durante un par de días para conocer sus rutinas y escoger el momento adecuado para abordarla y, finalmente, habían esperado a que saliera del garito para darle su merecido. Al jefe no le gustaba malgastar su dinero, y esa era una de sus últimas adquisiciones. La zorra cantaba y bailaba, y sabía entretener a los clientes jugando al *mahjong* y haciéndolos beber y apostar casi sin que se dieran cuenta. Mantenía a la clientela contenta y consumiendo, y sus dotes sexuales habían sido bien entrenadas, aunque desconocían por quién. Sin embargo, no habían sabido ver que bajo la apariencia sumisa latía un residuo de rebeldía, no se conformaba con su suerte, y eso siempre era peligroso y debía ser extirpado de raíz, justo lo que estaban haciendo con ella en aquel callejón hasta que intervinieron los extranjeros. Tendrían que habérsela llevado a un lugar más discreto, pero ¿cómo iba a imaginar él que alguien osaría entrometerse en sus asuntos? Todos eran conscientes de para quién trabajaba. Esos hombres ignoraban cómo funcionaban las cosas, por fuerza tenían que ser nuevos en la ciudad de lo contrario no se hubieran atrevido.

Pensándolo con detenimiento, Pang estaba seguro de que no se había cruzado antes con ellos, no frecuentaban los antros habituales que les gustaban a los extranjeros ni tampoco los burdeles y clubes privados de las afueras. Los habría visto.

Sus hombres entraron en el local y les hizo un gesto para que se acercaran.

—¿Y bien?

—Jefe, no hay ni rastro de la chica, se ha esfumado. —Los había mandado patrullar y volvían con las manos vacías. Eran unos completos inútiles.

—La deben de tener escondida en algún lugar. Nos encargaron encontrarla y eso es lo que vamos a hacer —aseguró Pang.

—Ya la atrapamos y se volvió a escapar, jefe.

—¡Pues daremos con ella de nuevo! No puede estar muy lejos.

—Pienso que habría que avisar al señor Huang —se atrevió a sugerir Cebolla. Lo llamaban así porque le apestaba el aliento.

—No te pago para que pienses, sino para que hagas lo que te digo. Del señor Huang me encargo yo. ¡¿A qué estáis esperando?! —chilló Pang.

—Pero ¿por dónde la buscamos? Hemos ido a todas partes.

—Id casa por casa si hace falta, pero encontrad a esa sucia zorra y, de paso, averiguad dónde viven los demonios extranjeros. ¿Entendido?

—Sí, jefe.

—¡Pues largaos de una maldita vez!

—¡A la orden, jefe!

Miró en derredor, el establecimiento no tenía esa noche mucha clientela, aunque no faltaban los más asiduos. Agarró la botella de licor de arroz y chasqueó los dedos para llamar al camarero.

—Mándame a la zorra rusa arriba. —El otro asintió.

Pang subió a la habitación que le tenían reservada, se tumbó sobre el diván y bebió directamente de la botella de cerámica el fuerte licor de arroz.

Los extranjeros no tenían aspecto de refugiados eslavos ni de contables grises atados a una mesa de despacho como los que iban a desahogarse por la noche a los antros del *Alley*, reflexionó. Le habían parecido jóvenes, pero con una confianza en sí mismos que solo la da el dinero y el poder, conocía bien su arrogancia, tenían por fuerza que estar bien conectados, tal vez llevaban poco tiempo en la ciudad y por eso no los tenía identificados, de cualquier forma, iba a averiguar quiénes eran y a ajustar cuentas con ellos. No podía quedar mal ni mostrar debilidad con su superior, la mínima fisura se pagaba cara. Además, acabar con todos ellos, extirparlos como a verrugas de su amada patria, era cuanto deseaba.

El placer que experimentaba sometiendo a una de los suyos era indescriptible, y esa noche esperaba alcanzar cotas desconocidas.

La joven entró con sigilo.

—¿Me llamaba, *laoban*?

—Desnúdate, Natasha. —A todas esas rameras las llamaba igual. Para él no tenían individualidad, eran la misma basura.

Ella se desabrochó los botones del vestido, que se escurrió hasta el suelo. Se sacó la enagua y quedó desnuda. La chica empezó a temblar.

—Lávame los pies.

Ella hizo el amago de coger agua con la jarra que descansaba sobre el lavamanos de porcelana.

—Con la lengua.

Pang vislumbró su expresión entre asco y terror y rompió a reír. Y eso que aún no sabía lo que le esperaba. Esos desgraciados sabrían lo que significaba meterse en sus asuntos, y esa fulana iba a pagar por todos ellos.

8

—Darlene, ¿qué hacemos aquí? Pensé que veníamos a comprar un vestido para la fiesta de esta noche.

—Sí, sí, lo hacemos luego. Quiero tomar unas fotos. ¿No te parece fascinante?

—Todos juntos dan un poco de miedo. Parecen un hormiguero gigante, pero de esas hormigas que muerden y te dejan picazón durante días. Y huelen muy mal.

—Sí, eso es verdad. El olor es espantoso.

Chao las había dejado en la intersección de Honan Road con Bubbling Well Road, una de las avenidas comerciales de la ciudad. Habían caminado unas manzanas paseando y admirando los escaparates de las sastrerías mientras comentaban los colores y las texturas de las exquisitas sedas. A lo largo de la calle se sucedían los banderines comerciales, que colgaban de astas sobre las puertas de los establecimientos, acompañados de las proclamas de los vendedores y los gritos de los mercachifles ambulantes que transitaban por la calzada. Sin embargo, Darlene tenía algo más en mente y no había querido detenerse en ninguna tienda para medirse el nuevo vestido; en vez de eso, y con la excusa de recorrer la calle entera antes de decidirse, había conducido a Olive en dirección sur. Bajaron por Honan hasta la intersección con la gran circunvalación del boulevard des Deux Républiques, que delimitaba la concesión francesa y la separaba de la ciudad china. Diez años antes, una muralla había protegido ese extraño mundo antiguo, pero había sido derruida en gran parte dentro del plan de modernización de la ciudad por las autoridades locales.

Se encontraban en ese momento frente a uno de los aparcamientos de *rickshaws* más grandes de la ciudad.

—Serán apenas diez minutos, solo quiero sacar unas fotos, es una estampa muy pintoresca.

—Está bien, pero me ponen un poco nerviosa todos juntos. No tardes, *d'accord?* Haz las fotos rápido y nos vamos.

El gremio de conductores y su punto de reunión era la única pista que tenía para ubicar al hombre que la atropelló. No había captado su rostro con la cámara, pero lo había tenido muy cerca y recordaba cada rasgo. Si solo pudiera tener un poco de suerte y cruzarse con él de nuevo... Existía la posibilidad de que pasara por ese lugar para descansar o para recoger o dejar pasajeros.

En una de las esquinas, un vendedor de agua hervida, sentado sobre un ladrillo, servía cuencos de agua a los culis sedientos que llegaban de hacer alguna carrera. Arrodillados, recibían el bol a cambio de una moneda y se lo bebían de un trago, para seguir en la búsqueda del próximo cliente. Darlene se acercó a él y le hizo unas fotos.

Después de media hora caminando alrededor de los culis, observando las filas de *rickshaws* aparcados y los que iban y venían de transportar pasajeros, con el sol intenso de mediodía sobre sus sombreros, determinó que había sido una mala idea. Era prácticamente imposible encontrar a un hombre al que había visto durante una hora escasa entre los miles de culis que arrastraban carros en la ciudad. Era como querer cazar un pájaro que volaba con su bandada con un tirachinas. Además, Olive estaba cada vez más nerviosa e insistía en que se marcharan.

De pronto, en la acera contraria, localizó a un culi alto y de espalda ancha, que, por un momento, se giró de perfil mientras ayudaba a subir a un viajero.

—¡Es él! —gritó Darlene sin contenerse.

Tiró de Olive a la carrera y cruzó entre el tráfico. El culi estaba cuatro vehículos por delante; enseguida se incorporó a la circulación y empezó a alejarse. Darlene se apresuró a tomar otro *rickshaw* mientras metía prisa a Olive para que se subiera.

—¿A dónde vamos? —preguntó su amiga.

—Siga a ese coche —dijo ella al conductor señalando el carro. El culi entendió y se lanzó a la carrera.

El alto avanzaba a grandes zancadas y solo llevaba un pasajero; el suyo, por el contrario, portaba dos y era más bajito y delgado.

—¡Más rápido, más rápido! —gritaba la joven.

—¿A dónde vamos, Darlene?

—Creo que conozco a ese hombre; es una larga historia, prometo contártela. Necesito hablar con él.

—¿Con el hombre que va en ese *rickshaw*? No me he fijado, ¿es de nuestro círculo?

—Sí, sí, es un conocido de mi padre —mintió.

Por fin el *rickshaw* al que perseguían se detuvo y pudieron alcanzarlo. El viajero pagaba la carrera cuando llegaron a su altura. Darlene se inclinó sobre el lateral del asiento y lo llamó.

—¿Rick? —dijo sintiéndose ridícula—. ¡Rick! —repitió más alto.

El culi se volvió hacia ella y mostró un bigotito ralo y una sonrisa donde faltaba uno de los dientes delanteros. El pasajero, un extranjero orondo embutido en su traje de oficinista, la miró divertido.

—Me llamo Michael, pero usted puede llamarme Rick si quiere —le contestó este al pensar que se dirigía a él.

—Lo he confundido con otra persona, disculpe —dijo con las mejillas rojas de la vergüenza—. Vámonos —pidió Darlene a su conductor.

—¡Que tengan buen día, señoritas! —contestó el tal Michael.

—Parece muy importante lo que tenías que hablar con él —apuntó Olive.

—A Nanking Road —ordenó su amiga al culi. Estaba decepcionada, pero no por no haberlo encontrado, sino por haber creído que sería así de fácil toparse con él—. Quería hablarle de mis fotografías; tiene una revista y podría publicarlas. Fue una tontería. Habría sido una enorme casualidad, y las casualidades no existen.

Darlene guardó silencio mientras el culi las conducía de vuelta al área donde estaban las sastrerías. Aunque a ella no le apetecía, le había prometido a su amiga ayudarla a conseguir un elegante vestido para su primera fiesta; Olive quería impresionar a Nicolai y, con su acostumbrada sencillez, no iba a lograrlo. Mientras avanzaban despacio por las calles de Shanghái, Darlene aprovechó para preguntarle algo que llevaba un tiempo rondándole la mente.

—¿De dónde te sientes, Olive?

—Nunca me había planteado esa cuestión. Para mí es natural sentirme francesa, nuestro hotel es como un oasis francés dentro de la concesión, si es que eso tiene algún sentido. La mayoría de los clientes son franceses, la comida es francesa, el idioma que escucho y hablo a diario con los más cercanos también, así como el colegio donde hemos estudiado todos estos años. —Olive reflexionó un momento—. Sin embargo, creo que, a pesar de que mi entorno en Shanghái es sobre todo francés, lo que de verdad me dio el sentimiento de pertenencia a mi país fue el viaje que hice a Francia con mi madre cuando tenía siete años. Aunque solo estuvimos allí unos meses, me marcó mucho conocer a mis familiares, a las amigas de mi madre y todo lo demás. También me encontré con mi familia paterna, vi el álbum de fotos de mi padre; no sé, fue como si de pronto cada detalle de mi vida cobrara sentido y tuviera una explicación lógica. No sé si me entiendes. —Darlene asintió—. Me gustaría regresar, o tal vez vivir allí una temporada. Pero supongo que dependerá también del plan que tenga mi futuro marido.

—Tal vez tardes en encontrar al hombre adecuado.

—Creo haberlo encontrado, y espero que el vestido que me vas a ayudar a comprar surta efecto.

—Mientras el príncipe ruso se decide, podrías hacer tus propios planes y ver qué pasa.

—Sí, supongo. Aunque planear algo que no vas a poder

cumplir puede resultar frustrante. Prefiero esperar un poco y, si en dos o tres años sigo soltera, podría plantearme volver. Y tú, ¿te sientes más americana o francesa?

—No estoy segura. No he visitado ninguno de los países de mis padres como tú; supongo que, de haberlo hecho, tendría más apego hacia alguno de ellos.

Delante de las muchachas cruzaron la calle dos jóvenes autóctonos vestidos a la moda occidental.

—¿Qué te parecen los hombres chinos? —indagó señalándolos.

—¿Qué quieres decir?

—¿Te parecen atractivos?

—¡No! ¿Cómo se te ocurre? —respondió Olive risueña.

—Los hay de buena familia, educados en Occidente, que hablan idiomas y visten a la europea.

—Los de buena familia son como nosotros, se casan entre los de su misma clase y etnia. Muchos son matrimonios de conveniencia con las hijas de socios comerciales o pertenecientes a familias conectadas con el poder. Un matrimonio interracial es tan descabellado para ellos como para nosotros. A mi madre ya le cuesta considerar a un occidental que no sea francés; sin darle nombres, le he preguntado si aceptaría a alguien con el perfil de Nicolai y su respuesta fue muy clara: mejor no.

—Sí, eso es verdad.

—¿Y a ti te parecen atractivos?

—¡Mira, ya hemos llegado! ¡Vamos en busca del vestido más bonito de la fiesta! —exclamó Darlene para esquivar la pregunta—. Pare, pare. Aquí —indicó al conductor.

Pagaron al culi y, cogidas del brazo, se dispusieron a recorrer de nuevo la calle de los sastres.

Los taipanes extranjeros más ricos de Shanghái se daban cita esa noche en la tradicional velada de los sábados en el hotel Astor House. Henry Long le había dado la noche libre a su chófer y disfrutaba del trayecto hasta allí en el asiento del copiloto del deslumbrante Lancia Lambda que Gillian conducía sin prisas, con sumo cuidado y con la caballerosidad que él le había inculcado. En los asientos traseros, su preciosa esposa y su hija resplandecían bajo los colores del atardecer, que se difuminaban en el horizonte y teñían las esponjosas nubes que flotaban ociosas sobre el río. Enfilaron el último tramo, dejaron atrás el Quai de France y el consulado francés y entraron en la avenida del Bund; Henry admiró los grandiosos edificios que se sucedían frente a ellos en la primera línea del río. Cruzaron el Garden Bridge y torcieron a la derecha en la primera calle al norte del río Whampoa, pasando por delante de un bello jardín. Inmediatamente se pararon detrás de la fila de automóviles que llegaban a la velada. Era la primera vez que asistía toda la familia, y Henry se sintió orgulloso de presentar a sus hijos.

El Astor House era un veterano en la ciudad, uno de los primeros hoteles construidos que llevaba reinando en el frontal del cruce entre el arroyo Soochow y el río Whampoa desde el año 58 del siglo anterior. Era un impresionante edificio de piedra con ventanas arqueadas y balcones, de seis pisos de altura, y se equiparaba en sofisticación y lujo al Waldorf de Nueva York. En su primera época, había contado con un magnífico jardín delantero, pero parte del terreno fue vendido al Imperio ruso antes de la Gran Guerra para la construcción de su consulado. Aún se lo consideraba uno de los espacios más elegantes de Shanghái e, incluso, del este, y para el matrimonio Long era además un lugar muy especial, ya que se habían hospedado en él veinte años atrás, recién llegados a la ciudad. A pesar de la invitación de su anfitrión, James Ren, de hospedarse en su casa, habían preferido un poco de privacidad, por lo que pasaron allí días y noches, encerrados en su habitación viviendo la pasión de su reciente enlace. Después, a lo largo de los años, para celebrar su aniversario de boda, el 14 de julio, reservaban la misma habitación y rememoraban las mieles de los primeros meses de su historia de amor.

Mientras esperaban para poder acercarse a la entrada principal y dejar el automóvil con el mozo, Clarisse le contaba a su hija lo exquisito que era el servicio. Cuando se hospedaban en el hotel, si necesitaban algo solo tenía que abrir la puerta y hacer su petición al *boy* uniformado que esperaba junto a ella, día y noche, para cumplir con todos sus requerimientos.

Finalmente, llegaron frente a la gran entrada del hotel y Gillian frenó. Las mujeres, ayudadas por los mozos, descendieron del coche. Gillian lanzó la llave al aparcacoches, quien la cogió al vuelo, mientras su padre le entregaba una espléndida propina de un dólar de plata mexicano, y juntos accedieron por las puertas giratorias al soberbio vestíbulo, una combinación de tradición y elegancia lleno de gente.

Darlene se recolocó la cámara en la cintura.

—¿Tienes que llevarla a todas partes? —preguntó Clarisse.

—Las fotos son testimonios de nuestra vida, *maman*. Verás que te gustará ojearlas conforme pasen los años. Cuando seas una vieja decrépita, habrás olvidado todo de esta etapa de nuestras vidas, menos aquello que haya capturado mi cámara.

—No pienso ser una vieja decrépita nunca. La graduación os ha sentado muy mal a los dos. Tu hermano, de voluntario en la policía, y tú, de fotógrafa. ¿Qué voy a hacer con vosotros? —Y tras ese comentario, Clarisse se aferró al brazo de su esposo y ascendieron los pocos escalones que los separaban del salón de baile.

Darlene suspiró.

—Ya se acostumbrará —dijo Gillian, y le ofreció el brazo. Ella sonrió a su hermano.

A la entrada del salón, sus padres saludaron a algunos de los habituales, todos vestidos de noche y bebiendo whisky con soda; *stengah* lo llamaban. Ellos fumaban gruesos cigarros, y sus esposas, envueltas en raso y joyas, sostenían coloridos cócteles con una mano mientras fumaban de los largos portacigarrillos con boquilla de plata, de ámbar amarillo o incluso de marfil con la otra. También abundaban los invitados locales, la joven y moderna élite china de Shanghái, con la que ella no había tenido aún ninguna interacción.

Darlene se maravilló con la magnificencia del nuevo salón de baile. Unos meses atrás, su madre les había hablado de lo bonito que había quedado tras su reforma y reinauguración. La joven paseó la mirada para absorber cada detalle. Las ventanas recorrían toda la longitud de la sala, con grandes espejos de marcos dorados entre ellas. El techo era abovedado y estaba cubierto de vidrieras multicolores. Las paredes se hallaban pintadas de azul claro, con relieves de doncellas y sílfides que bailaban; las lámparas, grandes candelabros de cristal suspendidos de las vigas del techo, producían un ambiente cálido. Los palcos, sostenidos por pilares de mármol bellamente decorados con figuras femeninas, formaban una corona que circundaba todo el salón; supuso que se trataba de reservados para las ocasiones íntimas y románticas. Pero el elemento más original era una enorme concha de cristales tintados que imitaba la cola extendida de un pavo real y que abrazaba el escenario donde tocaba la orquesta. Las plumas formaban panales de distintos colores y su interior irradiaba una luz que se reflejaba en toda la sala como un mar hecho de cientos de arcoíris e iluminaba los rostros sonrientes de los invitados mientras trotaban al son de la banda de música.

El *maître* los acomodó en una de las mesas junto a la orquesta, y Clarisse se acercó para saludar a sus amigas, sentadas en mesas contiguas.

—¿Qué os parece el Peacock Lounge? —les preguntó su padre con una sonrisa.

—Es precioso —dijo Darlene.

Los músicos, nueve en total, iban todos vestidos de chaqué blanco. Le parecieron verdaderamente buenos, aunque ella no tenía mucho con qué comparar.

—Ese es Whitey Smith, el mejor músico de jazz de la noche shanghainesa. —Su padre señaló al líder de la banda, un hombre guapo de pelo rubio peinado hacia atrás y rasgos escandinavos—. No lleva mucho en Shanghái, pero ya es la sensación de la ciudad. Se lo trajo de San Francisco el viejo Ladow, el dueño del café Carter, en uno de sus viajes. Tuvo mucha intuición. Whitey se ha encargado de traer a más músicos de su tierra natal, y el conjunto es fantástico.

Sonaban los acordes de «No, No, North»; la gente bailaba y reía y también coreaba la canción. El suelo, de madera de roble pulida, refulgía. Su particular diseño mostraba un mosaico de tablillas finas y alargadas superpuestas que creaban distintas formas y daban sensación de movimiento y sonoridad; eran como rayos de sol entre los pies de los bailarines.

—¡Ahí está Nina! —dijo Gillian, y se alejó.

—¡Cena primero, hijo! —aconsejó su padre.

—¡En un rato! —contestó él, y le guiñó un ojo a su hermana.

—Yo también voy a saludar, pero ahora mismo vuelvo, *daddy*. Me muero de hambre. —Darlene caminó tras su hermano en dirección a sus amigas y se abrió paso entre las mesas.

Gillian se aproximó a Nina por detrás.

—Te he echado de menos —le dijo al oído.

Ella se giró hacia él y sonrió.

—¿Y de quién es la culpa?

—Toda mía —admitió, y le tendió la mano—. ¡*Ladies*, esta noche están radiantes! —gritó por encima de la música. Hazel y Olive le devolvieron el cumplido. Nina rio y tomó su mano; juntos se incorporaron a la pista de baile.

Darlene saludó a sus amigas. Apreció lo bien que le sentaba a Olive el vestido que habían comprado juntas y quedaron para hablar un poco más tarde, también saludó a los padres de ambas antes de volver a su mesa.

Disfrutaron de la exquisita cena y del buen vino; de vez en cuando, sus padres se levantaban para saludar brevemente a alguien que se acercaba a ellos. Darlene permanecía distraída mirando a los danzarines; Gillian no había dejado de bailar, pero al menos había tenido la prudencia de alternar a Nina con otras chicas, entre ellas Hazel y Olive, para regodeo de sus amigas, a quienes, aunque no estaban enamoradas de él, se les encendieron los ojos cuando les tocó el turno. Darlene podía percibir lo especiales que se sentían junto a él. Era una de las virtudes de

Gillian: sabía cómo hacer sentir única a cualquier mujer, por joven o mayor que fuera. Él era muy consciente del efecto que producía y lo explotaba al máximo.

—Se acercan los Tao —susurró su madre, y vio cómo su padre se limpiaba la boca con la servilleta y se ponía en pie para saludar a otra pareja más. Su madre hizo lo mismo.

Darlene suspiró. Le habían presentado a unas cincuenta personas en lo que iba de noche, y ya estaba un poco harta de tanto socializar. Su padre le hizo un gesto para que se levantara, así que esbozó la sonrisa más falsa que pudo, sin embargo, al ir a saludar a los conocidos de sus padres, se quedó de piedra. No podía creerlo. Debía de ser un espejismo; tanto había pensado en él esa semana que tenía que ser producto de su mente. Estuvo a punto de frotarse los ojos. Pero no, estaba ahí, delante de ella. Vestía con elegancia un traje oscuro y pajarita, igual que el resto de los caballeros de la sala y el hombre al que acompañaba, una versión mayor y más delgada de él. Llevaba el pelo peinado hacia atrás; parecía otro, pero era él. Y también la había reconocido, los músculos de la mandíbula se le contrajeron durante un instante y permaneció rígido. Ya sabía ella que no podía ser un culi.

—Rick, ¿no? —dijo al reponerse de la sorpresa.

Él se mantuvo serio, con la mirada fija en Darlene.

—¿Os conocéis? —preguntó Henry.

—No he tenido el gusto, señor Long —contestó él.

—Es mi hijo, Kai —explicó su acompañante.

—Lo habré confundido con otro entonces —se excusó Darlene con una sonrisa que no tenía nada de inocente.

Él asintió ligeramente.

—Mi hija, Darlene —la presentó a su vez su padre.

¿Cómo se suponía que debía actuar? ¿Tenía que darle la mano? Al final resolvió no hacer nada.

Su madre sostuvo las manos de la mujer que los acompañaba y la saludó con un beso volado. Darlene dedujo que era la esposa del señor Tao.

—Tu vestido es un sueño, Xixi.

—Gracias a ti, querida Clarisse; el sastre que me recomendaste tiene unos dedos de oro. Le encargué un ropero entero.

—Kai, saca a bailar a la señorita —ordenó el señor Tao.

—Padre, no imponga. No ha terminado de cenar.

—Claro que sí, muchacho, tienes mi permiso —dijo Henry Long—. Mientras, los mayores nos ponemos al día. Hacía bastante que no coincidíamos.

Kai la observó con fijeza durante unos segundos. Darlene pensó que desafiaría a los dos hombres y se negaría, pero finalmente extendió la mano.

—Señorita Long, ¿me concedería este baile?

Ella aceptó y él la condujo hasta la pista; se situaron en el lateral derecho de la orquesta. Sentía que le temblaba todo el cuerpo, no podía creer que de verdad estuviera ahí, que hubiese descubierto la identidad del hombre misterioso en quien no había podido dejar de pensar.

—¿Asiduo a las veladas en el Astor?

—No, si puedo evitarlo —replicó cortante.

—¿Y hoy no has podido evitarlo?

—Eso es.

—Me mentiste, Rick.

Él sonrió abiertamente y Darlene volvió a ver sus dientes blancos, propios de alguien sano y de un estatus social elevado.

—Y dime, ¿a qué se dedica tu padre? No recuerdo que haya sido mencionado en casa, aunque el mío conoce a mucha gente.

—Eso tendrá que preguntárselo a él, yo no lo tengo muy claro.

—¿Tal vez posee un negocio de *rickshaws*?

Esos ojos, de nuevo fijos en ella.

—Puede ser. De mi padre se puede esperar cualquier cosa.

—¿Qué hacías aquella noche conduciendo el *ricshá*? —dijo con pronunciación *pidgin*.

—Yo no conducía, era el cliente. Quise proteger al pobre diablo que te atropelló. Fue por mi culpa, yo lo distraje.

—Un gesto noble por tu parte, aunque lo hiciste fatal. Era obvio que no habías manejado uno en tu vida. Mientes muy mal.

Giró con Darlene por la pista de baile sin decir una palabra. No bailaba mal, pero se lo notaba incómodo, ¿sería por ella? ¿Bailaría igual de tieso con una de las jóvenes chinas?

—¿Te falta algo?

—Extraña pregunta, señorita Long. ¿A qué se refiere?

—Quiero decir que tal vez olvidaste algo en el asiento del *rickshaw* y lo has echado en falta.

—No, no llevaba nada conmigo aquella noche. Si encontró algo, pertenecería con seguridad a algún otro pasajero. Puede quedárselo.

—Te doy permiso para que me tutees, Kai.

Cesó la música y los bailarines aplaudieron a la banda de Whitey Smith.

—Gracias por el baile y por el interrogatorio, señorita Long.

—Puedes llamarme Darlene.

—Adiós, señorita Long.

—Como quieras —masculló—, señor Tao.

Él hizo una reverencia como despedida, pero no se alejó de inmediato, sino que se quedó mirándola como si quisiera leer dentro de sus iris. Ella no se amilanó y también indagó en sus ojos. Después, él se giró y se alejó dándole la espalda, esa de la que ella había memorizado cada minúsculo detalle que había quedado plasmado en su cámara.

Las respuestas habían sido escuetas y directas, ni un atisbo de duda, y todo lo que le había dicho resultaba razonable. Y sin embargo...

—No te creo. No te creo ni una sola palabra, Kai Tao —susurró.

Henry Long fumaba un puro mientras departía con sus conocidos al calor de una copa de coñac. Sus hijos no habían dejado de bailar y él se sentía muy orgulloso. Gillian destacaba por su porte, su atractivo y la energía que derrochaba; Darlene era, sin duda, la joven más bella de la fiesta, idéntica a su esposa cuando él la conoció, aunque más sofisticada. Y, a lo largo de la noche, numerosos amigos lo habían hecho notar.

—Espero que tengas un buen plan para ella; es muy hermosa —apreció el viejo Digby, un británico veterano en la ciudad y miembro del consejo municipal, como él, al que solía ver en el club de hípica y en eventos sociales. Henry conocía lo que se contaba de él. Hijo bastardo de un lord inglés, había medrado en el Raj indio, a base de tenacidad, por su inteligencia y capacidad de trabajo. Un tanto intrigante y muy celoso de su intimidad, no lo había visto nunca acompañado de una dama. Las matronas de la ciudad ponían en duda su hombría y, fuera cierto o no, estaba claro que sabía apreciar la belleza femenina, pensó Long.

—Es muy joven. Hay tiempo —contestó.

—Aunque supongo que es con tu hijo con quien debes tener cuidado, no queremos que se enamore de una tierna peonía —dijo, y dirigió su mirada en dirección al joven. En ese momento, Gillian bailaba con una muchacha china. Henry conocía al padre de ella, era uno de los directivos de la Shanghai Steam Navigation Company—. El otro día tuve que transferir de puesto, y devolver a Inglaterra, a un joven imprudente que no había respetado las reglas de la empresa y pretendía casarse con una de las virginales prímulas —continuó Digby—. Por supuesto, el permiso no fue concedido, y, como se necesitaban medidas para separarlo de las redes en las que el pobre había caído, no tuve más remedio que renunciar a él por su propio bien y mandarlo de regreso a Inglaterra con sus padres. Muchacho insensato.

—Los británicos sois demasiado estrictos con la pureza de la sangre —comentó monsieur Allard.

—Desde que gestionamos la concesión en Shanghái no se ha registrado ni un solo matrimonio interracial —se jactó Digby—. Es la única manera de mantener el Imperio tan inglés como el día que desembarcamos en las Indias Orientales y nuestras rosas inglesas tan bellas como las que crecen en un jardín en Sussex.

—Hablando de flores, el otro día estuve en Del Monte y ha llegado una remesa nueva de bailarinas, puras como los primeros copos de nieve en el Everest —comentó otro caballero.

—Tengo entendido que eran bailarinas profesionales del Real Ballet de San Petersburgo antes de la llegada de los bolcheviques —añadió el francés.

—A mí solo se me permite ir a los *night clubs* acompañado de mi bella y celosa esposa —rio Henry.

—Te has quedado anticuado, Long —lo picó Digby.

—Eso lo dices tú porque sigues soltero. Pero te diré que empieza a ser preocupante, tengo entendido que tu soltería es el tema de conversación favorito de las damas del club. Tienes que decidirte de una vez por todas y contribuir a la causa.

—Aún no he encontrado a ninguna mujer merecedora de mi afecto. Las más adorables están ya casadas.

—Ni que eso fuera un impedimento —se burló monsieur Toussaint.

—No quisiera tener que vérmelas con ningún marido cornudo y terminar con un tiro por la espalda —rio el inglés.

—Dejemos a las damas y sus cotilleos en paz —terció monsieur Allard—. Cambiando a temas más interesantes que la soltería de mister Chester Digby, y con su permiso, por supuesto...

—Lo tiene, Allard.

—... han vuelto a incautar un cargamento ilegal de armas en un barco con pabellón británico. ¿Qué dice, Digby? ¿Están sus compatriotas intentando proveer a los señores de la guerra de armas sin licencia de importación ni control aduanero?

—Bueno, tengo entendido que esas armas en concreto eran de fabricación francesa, monsieur Allard. Supongo que el contrabandista fletó un barco inglés para ocultar su mercancía, ya que tenemos una reputación intachable —justificó Digby con una sonrisa taimada.

—La policía municipal lo está investigando. Bien podría ser que el contrabandista fuera de cualquier otra nacionalidad; de hecho, leí en un artículo del *North China Herald* que se especulaba con que fuera belga —comentó Long.

—La situación empieza a calentarse de nuevo, y temo que tarde o temprano a alguno de esos generales se les ocurra venir a molestar —lanzó Toussaint.

—Aquí estás, *amour*. Señores, ¿no tienen ya el club para hablar de política? —los regañó Clarisse, aferrada al brazo de su marido.

—Mi esposa, Clarisse. ¿La conocen? —la presentó Henry.

Los caballeros franceses asintieron y besaron su mano enguantada.

—Yo no he tenido el gusto —dijo Digby tomando su mano—. Chester Digby, a sus pies, milady. —Y a continuación posó sus finos labios sobre la piel de Clarisse, quien a pesar de la tela pudo sentir el calor de su aliento—. Como advertí, las mujeres más adorables ya están casadas, Long.

Clarisse se ruborizó ligeramente y esbozó una sonrisa incómoda.

—Es una fiesta, *mon mari*, y aún no me has sacado a bailar.

—Si me disculpan, caballeros, voy a complacer a mi dama. Ya seguiremos con la conversación más tarde. Disfruten del coñac.

—¿A dónde vamos? —preguntó Nina.

—A un sitio tranquilo donde podamos estar a solas un rato, sin moscones que revoloteen a tu alrededor ni padres ni matronas cotillas.

Gillian se cercioró de que sus padres estaban entretenidos bailando y que ninguno de sus amigos estaba a la vista y se deslizó con Nina fuera del salón de baile. Atravesaron el vestíbulo de entrada, donde algunos caballeros conversaban, y la condujo por las escaleras alfombradas hasta la tercera planta; luego, por largos pasillos de vigas de madera oscura tenuemente iluminados, donde reinaba el silencio, con vitrales en el lado derecho. Se detuvo frente a una puerta también de madera oscura y sacó una llave del bolsillo del pantalón. Miró a Nina con ojos chispeantes. Ella contuvo el aliento.

—¿Confías en mí?

Nina asintió sin pronunciar palabra. Entonces Gillian insertó la llave en la cerradura y abrió. Se quedaron un instante inmóviles en el umbral. Él colocó una mano en la espalda de ella, a la altura de la cintura, y la empujó con suavidad al interior. Entró a continuación y cerró con sigilo.

La habitación era bonita, decorada con papel de pared azul verdoso y motivos florales en rosa y blanco. Una cama ancha con cuatro postes de madera oscura hacía juego con el resto del mobiliario: las mesillas de noche, el secreter, la butaca, el panelado de las ventanas y las vigas del techo.

Nina caminó hasta la amplia ventana y observó las tonalidades violetas y añiles que pintaban el cielo; la noche había caído ya sobre el río oscureciéndolo. Se veían las siluetas de los sampanes al surcarlo y detrás la inmensidad de los campos con construcciones bajas esparcidas aquí y allá, los *godowns*, los almacenes de los shanghailanders.

Gillian se acercó por detrás y depositó un beso en su pelo; olía a lirios. Ella no se movió. Después, las manos de él serpentearon por su cuello cálido y sintió su pulso acelerado en la yema de los dedos. Escuchó agitarse su respiración cuando posó los labios justo encima de la vena que palpitaba; la besó despacio mientras acariciaba con su boca la suavidad de la piel, que se erizó al contacto. Deslizó uno de los tirantes del vestido y este descendió por su hombro. Nina se giró hacia él y se lanzó a sus labios ansiosa. Gillian la rodeó y la besó con intensidad, como el hombre en el que se estaba convirtiendo, como el que vislumbraba que podía ser. La apartó un momento y Nina le deshizo el lazo de la pajarita, le desabrochó el botón del cuello de la camisa y el chaleco, le sacó esta del pantalón y metió las manos por debajo de la tela para rozar su piel caliente y abarcar su espalda musculosa mientras besaba su cuello y se apretaba contra él.

Gillian jadeó; empezaba a arder. No había estado antes con ninguna mujer, pero entendía lo que podía pasar entre ellos si se dejaba llevar, así que tomó una bocanada de aire y, ejerciendo toda su capacidad de control, se retiró con delicadeza.

—Uf, mejor paramos.

Nina tenía las mejillas sonrosadas y los labios enrojecidos. No dijo nada, pero él pudo leer su desconcierto. Gillian quería que la primera vez fuera especial, y que ocurriera con ella. Pero aún no. No estaba preparado para comprometerse todavía.

—Ven —dijo, y se sentó en la cama—. Cuéntame cómo ha ido tu semana. ¿Qué has hecho?

Nina se tumbó en el colchón, se giró hacia un lado y lo miró, las pestañas impregnadas de deseo.

—Tengo una idea mejor —susurró con picardía—. Acércate —ordenó.

Gillian respiró pesadamente.

9

Timothy miró a derecha y a izquierda del pasillo en penumbra para asegurarse de que no venía nadie. Solo entonces llamó a la puerta con suaves golpes de nudillos; no quería hacer demasiado ruido. Cuando Gillian abrió, llevaba la camisa por fuera del pantalón, sin chaleco ni chaqueta ni pajarita. En comparación con él, la apariencia de Tim era la de un perfecto caballero, y eso aun después de varias horas de baile y de no vestir chaqueta, ya que la había dejado en una silla mientras danzaba. Llevaba el pelo perfectamente peinado con la raya en el lado derecho; el pantalón, la camisa blanca y la pajarita negra, cuadrada impecable en el cuello, todo en su sitio, como tenía que ser.

—¿Qué haces aquí? Te hacía bailando con Hazel, os he visto muy compenetrados. ¡Ah, ya sé! —Long chasqueó los dedos—. Has venido a decirnos que te has decidido y le has pedido que sea tu novia. —Esbozó una de sus adorables sonrisas, pero Tim solo tenía ganas de partirle la cara. La impresión era tal que no le salían las palabras.

—¡¿Tim?! —se oyó la voz de Nina, y esta se asomó a la puerta. Tenía el peinado desbaratado y el pintalabios corrido—. ¡¿Te has declarado a Hazel?!

Timothy negó despacio.

—¿Cómo has sabido dónde estábamos? —preguntó Gillian.

—Nicolai entraba al vestíbulo y os vio subir a la zona de las habitaciones. Como tardabais en bajar... He preguntado en recepción. La habitación está a nombre de tu padre.

—Claro, hombre, no iba a dar el mío. La discreción es la principal cualidad del caballero.

Timothy tuvo que controlarse para no agarrarlo por la desarreglada camisa y plantarle el puño en la nariz.

—Voy a acicalarme un poco y nos vamos —dijo Nina al tiempo que se metía de nuevo en la habitación. Detrás de Gillian se oyó el ruido de la puerta del aseo al cerrarse.

—¿No la habrás seducido? —masculló Tim conteniendo la ira.

—No, claro que no, ¿por quién me tomas? Te acabo de decir que soy un caballero.

—Lo que acabas de decir es que la discreción es la principal cualidad del caballero.

—Sí, pero también lo es el honor. ¿Cómo se te ocurre siquiera pensarlo?

—¿Qué haces entonces en una habitación de hotel con ella?

—Pasa dentro, alguien puede oírnos.

—No, gracias, estoy bien donde estoy.

—Nina y yo no nos hemos visto en toda la semana, entre los entrenamientos y las rondas. Quería pasar un rato a solas con ella. No haría nada que la perjudicara.

—No lo parece. Cualquiera podría pensar lo mismo que yo al encontraros así, tú medio desnudo y ella con aspecto de haber compartido contigo más que unos besos...

—Lo que piensen los demás no me importa, pero lo que pienses tú sí. Creí que me conocías —dijo Gillian cortante. Estaba dolido.

—Te conozco, pero últimamente estás diferente, pareces otro.

Hacía escasos días, aún estudiaban en el colegio, jugaban al fútbol a diario e imaginaban cómo serían sus vidas de adultos. En muy poco tiempo, sin embargo, la realidad empezaba a distanciarse demasiado de la idea que Tim se había hecho sobre su futuro. En verdad, había pensado que cambiarían las aulas por las oficinas de sus padres y que seguirían jugando a la pelota y disfrutando de una vida de ocio, tranquila, segura y abundante.

—Soy el mismo, pero en dos meses me marcho a la universidad y quiero disfrutar al máximo del verano, de mi juventud. Siento que hemos vivido en una burbuja; hay tanto que aún no hemos hecho, tantos sitios a los que no hemos ido... Pero no quiero hacerlo solo, quiero tener a mi mejor amigo a mi lado.

A Timothy le afectó la emoción que teñía las palabras de Gillian. En unas semanas, sus caminos se bifurcarían. Gillian viajaría a Europa a estudiar, mientras que él lo más seguro era que se quedara en Shanghái y que aprendiera directamente de su progenitor. No lo habían hablado, pero su padre no había mencionado en ningún momento la universidad como un plan para él. Él también quería aprovechar al máximo el tiempo que le quedaba con Gillian.

—Sabes que sí —contestó Tim.

—Entonces no abandones el cuerpo de voluntarios. Quédate hasta que yo me vaya. Crezcamos juntos, cometamos locuras juntos, enamórate tú también.

—Ya estoy lista —los interrumpió Nina. Se había retocado el maquillaje y no quedaba rastro de los besos que habían compartido.

—Acompáñala abajo, Tim. Yo dejo todo como estaba y me arreglo un poco. —Empezó a remeterse la camisa por dentro del pantalón.

Nina soltó una risita y luego le dio un beso en los labios.

—No tardes. Ya te echo de menos.

Timothy y Nina emprendieron el camino de regreso. Avanzaron por el pasillo, sus pasos acallados por la mullida alfombra. Se cruzaron con una pareja que subía las escaleras entre risas y arrumacos y que, al verlos, se separó y los saludó con un formal «buenas noches». Las risas se perdieron escaleras arriba.

Timothy carraspeó.

—¿Ha pasado algo? —Confiaba en Gillian, pero una parte de él había comenzado a dudar y no era capaz de acallarla.

—¿Algo? —Nina rio—. ¡Ah, eso! —Le pegó un golpe en el

brazo—. Eres un cotilla, Timothy Palmer. Pero, como te interesa tanto saberlo..., no, no ha pasado nada de «eso».

Guardaron silencio mientras bajaban el último tramo de escaleras.

—¿Puedo confesarte algo, Tim? Tú no solo eres su amigo, también eres el mío, ¿verdad?

—Por supuesto, Nina, sabes que puedes confiar en mí.

—Lo he deseado. «Eso». Cuando Gillian abrió la puerta, pensé que había llegado el momento y, aunque estaba un poco nerviosa, sobre todo estaba convencida. Lo adoro. Haría cualquier cosa por él.

Timothy tragó saliva.

—¿Te ha pedido la mano?

—No exactamente. Tiene que hablar primero con su padre y luego con el mío. Espero que no tarde mucho; lo quiero y lo quiero ya.

—Gillian sabe lo que debe hacer, es un caballero —repuso con seriedad. Y ahora que tenía la confesión de Nina, sintió admiración y también envidia por su amigo. Esperaba poder despertar los mismos sentimientos alguna vez en una mujer. ¿Sentiría Hazel algo así por él?

—Sí, es un caballero, aunque a veces desearía que no lo fuera tanto.

Mientras hablaban habían llegado al vestíbulo del hotel y, de ahí, faltaban cuatro escalones más hasta la entrada del salón de baile. La música, las luces del pavo real y el alboroto de la fiesta los engulleron en cuanto pusieron un pie en el interior.

—¡Bailemos! —gritó Nina por encima del ruido, y lo arrastró a la pista.

Darlene no le quitó la vista de encima a Kai Tao en toda la velada, y esta vez se aseguró de captarlo con su cámara desde todos los ángulos. Él permaneció la mayor parte de la noche sentado a la mesa de su familia; de vez en cuando lo veía mover los labios, respondiendo a algún comentario que le hacían, pero el resto del tiempo parecía abstraído en sus pensamientos, con el rostro serio. Comió poco y no lo vio beber alcohol. Solo se levantaba a bailar cuando alguna amiga de su madre se acercaba con su hija para saludar y se veía obligado a corresponder la atención, igual que había hecho con ella, aunque en esas pocas ocasiones se lo veía más cómodo al deslizarse por la pista de baile que cuando bailaron juntos, e incluso le pareció que sonreía más y que hasta disfrutaba de la fiesta.

En algún momento, había alzado los ojos y la había pillado mirándolo. Ella había disimulado girando la cabeza hacia la banda de música de Whitey Smith.

Después de la cena, Hazel y Olive se acercaron a charlar un rato y a opinar sobre todos los jóvenes solteros de la velada. La información sobre las familias, los negocios de cada cual, las fortunas e incluso los secretos más íntimos aleteaban de mesa en mesa; los cotilleos también se escurrían por la pista de baile, de pareja en pareja, susurrados al oído, celebrados con risitas cómplices. Pero, a pesar de haber permanecido atenta a todo lo que se decía a su alrededor, Darlene no había escuchado ningún comentario sobre la familia de Kai Tao ni sobre ninguno de sus miembros. ¿Quiénes eran? ¿A qué se dedicaban? ¿Qué conexiones tenían con el Gobierno y los grupos de poder local, los imperialistas y los señores de la guerra, los cargos de la administración oficial y los grupos de la oposición? ¿Qué negocios los unían a la élite local y a los taipanes extranjeros? Nada, no se hablaba de ellos. De todas maneras, se encargó de fotografiarlos con las personas a las que saludaban y con las que bailaron durante la noche. El único dato que tenía sobre los Tao era el que habían intercambiado de forma natural sus padres: Kai tenía un hermano que no había asistido a la fiesta. Darlene tendría que averiguar más acerca de ellos de una manera casual, sin delatar su interés, en especial en lo referente al hijo.

Sin perder de vista al falso culi, ella también había bailado algunas piezas con Nicolai, otras con Timothy y una con su hermano, que estaba demasiado absorbido por las féminas de la fiesta para prestarle atención. También la habían sacado a bailar jóvenes y no tan jóvenes a los que no conocía, pero con los que Clarisse había insistido en que bailase, y cuyos nombres había olvidado tan rápido como hubo concluido la breve interacción.

La fiesta estaba en todo su apogeo cuando Kai se levantó, dijo algo a su madre al oído y se encaminó hacia la salida del salón. Darlene no lo pensó y lo siguió con disimulo, esquivando invitados y escabulléndose sin llamar la atención de su familia y amigos. Kai atravesó el vestíbulo y Darlene fue detrás; cuando él estaba a punto de salir por las puertas giratorias, alguien lo llamó desde el arco de entrada del Peacock Lounge. Darlene se escondió detrás de uno de los gruesos pilares, panelados con madera, que sostenían las arcadas del techo. Kai se giró al escuchar la llamada y se acercó al hombre que lo esperaba en los escalones y a quien Darlene no alcanzaba a ver desde su ubicación, ya que la entrada al salón estaba atestada de grupos de caballeros que fumaban gruesos puros de Manila y huían del asfixiante calor que empezaba a apretar en el salón de baile.

Aprovechando el barullo de gente que entraba y salía, Darlene se desplazó hacia el lateral izquierdo y entonces pudo ver al hombre con el que hablaba Kai. Lo identificó como el tal Digby, un británico conocido de su padre; lo había visto charlar con este y con otros caballeros, e incluso había sacado a bailar a Clarisse. Además, se había percatado de que él la había estado observando mientras bailaba. ¿De qué conocería a Kai?

La conversación duró escasos minutos, y después el muchacho se dirigió a la salida de nuevo. Traspasó la puerta giratoria y Darlene se apresuró tras él.

El joven chino echó a andar hacia el lado izquierdo del hotel en dirección al Garden Bridge.

—¿A dónde vas? —escuchó que alguien le preguntaba a ella. Alzó los ojos y se encontró de frente con Narek; iba tan pendiente de Kai que ni lo había visto.

—A dar una vuelta. Hace mucho calor dentro.

—Te acompaño.

—No, no hace falta. —Miró por encima de su hombro, Kai se alejaba—. Me tengo que ir.

—No voy a dejarte sola. —Narek la aferró por el brazo. Emanaba autoridad, un rasgo de su personalidad que ella no había vislumbrado hasta entonces y que la dejó sin habla por un instante.

—Entonces ven conmigo. Pero date prisa, lo vamos a perder —dijo, y echó a andar con grandes zancadas.

—¿A quién?

—A Kai Tao.

—¿Quién es Kai Tao?

—No lo sé, me lo han presentado hoy. Es el hijo de un chino rico, pero anda involucrado en algo raro, lo presiento, y quiero averiguar a dónde va. Lo vamos a perder, apresúrate —dijo, y echó a correr.

Llegaron hasta la esquina con el puente de Chapoo Road. Aquella era una intersección muy transitada y no lo veían.

—¿Por dónde ha ido? Es alto y va vestido de fiesta.

—¡Mira! ¡Tiene que ser ese! —apuntó Narek.

—¡Sí, es él, allá va! —Darlene lo localizó a unos trescientos metros de distancia. Había cruzado el puente y caminaba por la ribera opuesta del Soochow.

Corrieron tras él. Kai cruzó Soochow Street, paralela al arroyo del mismo nombre, y torció en Museum Road. Caminaba con paso vivo y les costaba mantener el ritmo. Cuando salieron a la avenida Peking Road, se paró.

—¿Qué hace?

—No sé. Tal vez haya quedado con alguien.

Pero, al cabo de unos minutos observándolo entre el bullicio de peatones, automóviles, bicicletas y *rickshaws*, lo vieron mirar hacia su izquierda. Llegaba el tranvía.

—¡Se va a subir!, ¡corre! —exclamó Darlene.

Se hallaban a bastante distancia para evitar ser vistos, así que se lanzaron a la carrera para poder alcanzar al tranvía, que frenaba en ese momento. Kai se subió y ellos llegaron a la parada al tiempo que el transporte reanudaba la marcha. Narek apretó el paso y saltó. Agarró el asidero metálico que sobresalía de la parte trasera, justo donde se hallaban los escalones de acceso. Después, se estiró todo lo que pudo hacia fuera para ofrecer la mano a Darlene. Ella corrió hasta el límite de sus fuerzas y, cuando estaba a punto de rendirse, saltó y se aferró a la mano de Narek, quien tiró de ella para estabilizarla.

—Si no hubiera sido por ti, lo habríamos perdido. Corres muy rápido —dijo sofocada, y sonrió.

Narek le devolvió la sonrisa.

—Gracias a los entrenamientos de fútbol y ahora como voluntario, que nos hacen correr mucho. Aunque, si lo hubiera sabido, no habría comido tanto, tengo la cena en la garganta —comentó él.

El tranvía estaba abarrotado, era fin de semana y empezaba la diversión en la ciudad, en las salas de fiesta, los cabarets, bares y restaurantes, teatros y clubes. Darlene y Narek se quedaron al fondo del vagón y ubicaron a Kai al otro lado. Miraba por la ventana y parecía distraído observando el ajetreo en la calle.

—¿En qué te basas para decir que anda involucrado en algo raro si lo has conocido hoy?

—Intuición femenina, supongo. O que estoy muy aburrida y necesito entretenerme en algo.

—Ya —fue lo único que dijo su amigo. Ella no iba a explicarle nada más, ese asunto era privado de momento, pero él la conocía lo suficiente para saber que no estaba contándoselo todo. A Darlene le gustaba ese rasgo de Narek: nunca forzaba, era fácil estar con él.

Atravesaron la ciudad y, casi al final de la línea, Kai accionó la cuerda para solicitar parada. Unos metros más adelante, el tranvía se detuvo. Él descendió y a continuación lo hicieron Narek y Darlene, que saltaron desde la puerta trasera.

—Nos hemos alejado mucho. Hay partes de la ciudad que son peligrosas. Al norte de la concesión están las fábricas textiles y el distrito de Chapei, fuera de la zona de control de los extranjeros —advirtió Narek.

—¿Cómo lo sabes?

—Nos lo han explicado en la escuela de cadetes. Tal vez me toque patrullar el área en algún momento, y tenemos que saber con qué nos podemos encontrar. Nos han recomendado ir siempre armados y con los seguros quitados para poder defendernos más rápidamente.

—No tenía ni idea. Entonces ha sido providencial que me acompañe un voluntario del cuerpo de policía. Me siento muy segura —dijo ella, y le guiñó un ojo.

—En verdad, no patrullamos solos, vamos en grupo, y nunca salimos de la concesión.

—Pero aún estamos dentro de los límites de nuestro territorio, ¿no?

—Eso espero. De todas formas, deberíamos dar la vuelta. Si está metido en algo turbio, nos estamos arriesgando mucho.

—Un poco más, solo quiero ver a dónde va.

Narek bufó ofuscado, pero continuó caminando en pos de Kai Tao.

Esa zona de la ciudad era mucho más lúgubre, no había comercios con grandes escaparates ni cafés ni grandes mansiones. Las construcciones eran bajas, de una o dos plantas, y estrechas; estaban pegadas unas a otras y eran de estilo oriental: paredes lisas de estuco con tejados curvos de tejas oscuras. La calle por donde transitaban tampoco era muy ancha y estaba surcada por callejas tenebrosas que se perdían hacia el interior y por las que salía y entraba gente. Las aceras eran muy angostas o inexistentes y estaban plagadas de vendedores ambulantes y pequeños comercios tradicionales, muchos de ellos, de comida. Los aromas tampoco eran iguales que en el territorio de las concesiones; el aire olía a ajo frito y a vapores picantes que se adherían a la garganta; a caldo de carne y también a incienso.

Pasaron por delante de un pequeño templo. A las puertas del recinto amurallado había vendedores ambulantes con sus puestos llenos de canastas de fruta, tiras de papeles rojos con inscripciones y paquetes de palitos de incienso, que Darlene intuyó que tendrían algún significado religioso. Todos ellos vociferaban para dar a conocer sus mercancías y se disputaban los pocos viandantes que se acercaban para orar a esas horas.

Narek la llevaba agarrada por el brazo en actitud protectora; ella, a pesar del nudo de nervios que sentía en el estómago, estaba fascinada con todo lo que veía. Las escenas callejeras eran similares a algunas que podían presenciarse en la ciudad francesa, pero a la vez resultaban totalmente distintas. En su territorio había también algunos vendedores ambulantes, pero ofrecían productos que se amoldaban a los gustos y a la cultura de los extranjeros. En esta otra zona, en cambio, no había ni un solo expatriado, por lo que ella y Narek atraían demasiado la atención no solo por sus rasgos occidentales, sino también por la elegancia de su indumentaria y el contraste tan radical respecto a la de los locales. Darlene llevaba un vestido de noche verde primavera con vuelo de seda hasta los tobillos, un elaborado recogido con pasador de plata en el lado derecho y los pendientes largos, que destellaban a la luz de los candiles colgantes de los comercios chinos. Narek vestía un traje azul marino con chaleco y pajarita. Menos mal que se había dejado el sombrero en el guardarropa del Astor, pensó ella al mirarlo. Los viandantes los señalaban y comentaban a su paso, sorprendidos por la inusual pareja.

Kai caminaba más despacio ahora, como si, al igual que ellos, estuviese absorbiendo las imágenes del vecindario. Se paró en un puesto callejero donde humeaba un gran caldero de sopa junto a unas sartenes en forma de cuencos gigantes, en las que chisporroteaban verduras mezcladas con tofu. Compró varias raciones y siguió adelante para detenerse de nuevo frente al surtidor de agua filtrada, al que compró medio bidón. Después continuó avanzando unos minutos más, cargado con sus compras, hasta uno de los callejones camuflados entre los carteles de tela colgantes de las tiendas y los carromatos de los vendedores. Torció a la derecha y se adentró en la oscuridad de la calleja.

Pocos pasos por detrás de él, Narek y Darlene accedieron también al estrecho callejón. Nada más entrar, los ruidos de la calle adyacente se apagaron casi del todo como por arte de magia. Parecía mentira que estando tan cerca de la calle principal no se filtrara ni un solo ruido. Las casas, de un lado, y el alto muro de ladrillos grises, del otro, insonorizaban el área. A medida que avanzaban siguiendo el resonar de los pasos de Kai, ya que apenas percibían su figura en la semipenumbra, e intentando ser sigilosos en su persecución, les llegaban los sonidos que surgían desde el interior de las viviendas: tosidos, carraspeos, murmullos ininteligibles de conversaciones y los acordes titubeantes de un *erhu*. El aire, antes inundado de aromas provenientes de la gastronomía callejera, olía ahora a humedad y a orines. Narek le entregó su pañuelo almidonado y Darlene se lo puso sobre la nariz y la boca.

—Deberíamos marcharnos —susurró él hacia ella.

—Aún no. Solo quiero saber a dónde va. Estamos muy cerca para dar la vuelta sin averiguarlo.

En ese momento, a unos metros de donde se hallaban, Kai se paró frente a una puerta abierta, cuya tenue luminosidad se reflejaba sobre el suelo de cemento como un rectángulo ocre. Habían llegado casi al final del callejón y al fondo se divisaba un muro grisáceo. Narek y Darlene se ocultaron en las sombras del extremo opuesto. A través de la puerta vieron cómo una mujer se abrazaba a él. Kai respondió y la envolvió entre sus brazos hasta despegarla ligeramente del suelo, ya que ella era mucho más baja. La mujer reía.

—Tiene una amante en el barrio pobre, ese es su secreto. Ahora vámonos —susurró Narek, y tiró de Darlene hacia la salida. Ella se dejó conducir de vuelta a la calle principal mientras procesaba lo que acababan de descubrir.

Había supuesto que se dirigía a un encuentro clandestino entre agitadores o a una guarida con una imprenta ilegal de pasquines subversivos.

Eso no se lo esperaba.

Kai Tao tenía una amante. Y saberlo la perturbó sobremanera.

10

—¿Qué estás haciendo, Darlene? —se preguntó a sí misma sentada en uno de los asientos de madera del tranvía. Le había costado varios intentos reconstruir el trayecto de la noche anterior. Durante el día, la ciudad parecía diferente, y los puntos de referencia que había creído recordar ya no estaban o habían mutado tanto a la luz del sol que eran irreconocibles. Había tenido que retroceder hasta el cruce cercano al Astor House en el que Kai había tomado el tranvía, y desde ahí le resultó fácil identificar parte del camino y la parada en la que se había bajado.

Ese día iba de incógnito, todo lo que podía ir una extranjera en una de las zonas locales de la ciudad. Se había puesto un vestido gris holgado, sencillo y sin ningún adorno, llevaba el pelo recogido y oculto bajo un sombrero *cloche* acampanado beis claro. Viajaba con su inseparable cámara y con una intención morbosa: conocer a la mujer que escondía Kai Tao en aquel callejón oscuro. Las emociones de la noche anterior y la penumbra del lugar no le habían permitido tomar ninguna foto, pero hoy esperaba poder hacerlo y desentrañar un poco el misterio en el que se había convertido ese hombre para ella. Seguía creyendo que Kai tenía alguna relación con los panfletos, pero había relegado tal suposición a una esquina de su mente porque otro pensamiento había ocupado su cabeza desde que había abierto los ojos esa mañana: Kai Tao tenía una amante. Aún retumbaban en su cabeza las palabras de Narek: «Tiene una amante en el barrio pobre, ese es su secreto», y claramente sus padres lo desconocían.

Ella y Narek habían regresado a la velada en el Astor House en un taxi Ford. El conductor gustaba de tocar el ruidoso claxon en cada intersección y la exasperó más de lo que ya estaba. Al llegar al salón del pavo real, el Peacock Lounge, los músicos de Whitey Smith seguían tocando incansables. Buscó a los Tao, pero no los encontró, así que dedujo que se habrían retirado ya. Narek y ella habían actuado como si nada hubiera pasado, pese a que tuvieron que aguantar las bromas de Gillian y del resto del grupo al verlos llegar juntos y, sobre todo, al haber desaparecido durante más de una hora.

—Vaya, hermana, no me habías dicho que le ibas a dar una oportunidad al armenio.

—Solo hemos estado fuera, hablando. Nada más, dos amigos que charlan.

Narek no dijo nada y aguantó las bromas de sus compañeros con una sonrisa apagada.

—Sin carabina. Suena al comienzo de un romance —se burló Hazel.

—Timothy, vamos a bailar. —Darlene tiró de su brazo solo para molestar a Hazel.

El resto de la noche se la pasó pensando en Kai y en aquella mujer a la que ni siquiera había visto bien. Habían vuelto de la fiesta cuando amanecía; Gillian, al volante, parloteaba sin cesar sobre voluntarios, entrenamientos, armas... y un montón de cosas que a ella no le interesaban lo más mínimo. Mientras sus padres, bastante ebrios, dormitaban en los asientos traseros, su mente giraba en bucle, como un remolino de agua, en torno a la misma cuestión.

¿Quién era esa mujer?, ¿dónde la había conocido?, ¿estaba enamorado de ella?, ¿qué haría el señor Tao si se enterara de su *affaire*? Tenía muchas preguntas y esperaba poder satisfacer alguna de ellas, aunque... «Uff...», bufó contrariada. Se dio cuenta de que no había calculado que la mujer podía ser local. No había podido distinguirla bien la noche anterior, estaba demasiado oscuro y Kai la tapaba casi por completo con su cuerpo. No sabía por qué asumió que era extranjera cuando estuvo pensando en ella a su regreso al Astor, tal vez era una de las rusas blancas que llegaban por cientos a Shanghái y vivían en los límites de las concesiones. Sin embargo, durante la fiesta en el hotel, Kai no había bailado con ninguna extranjera aparte de con ella, y lo había hecho obligado por la presentación. Lo más seguro era que su amante fuese china y, en ese caso, Darlene no sabía cómo iba a hacerse entender.

Accionó la cuerda de llamada y, cuando el tranvía paró, descendió por la parte delantera.

Antes de salir de casa había tenido la precaución de coger una de las ristras de céntimos que tenían en una bandeja sobre el aparador de la entrada para dar propinas y por si había que pagar alguna pequeñez. En los comercios, restaurantes y demás locales reservados a la élite extranjera no se pagaba en efectivo, sino que se firmaban los *chits*, las hojas de consumición, y una vez al mes se liquidaba la cuenta. Pero en aquellas calles llenas de puestos chinos dudaba de que aceptaran su palabra como promesa de pago. En el tranvía había tenido que pagar; la noche anterior ni siquiera se preocuparon por eso, aunque nadie les reclamó el pago.

Amah, el cocinero y los *boys* solían ir al mercado de Sanjiaodi, en el distrito de Hongkew, los domingos muy temprano. El resto de la semana, los vendedores ambulantes traían verduras y frutas frescas, pescado y carne a la casa, así el cocinero no tenía que desplazarse hasta el mercado cada día. Esperaba estar de vuelta en casa antes de que regresaran, no quería tener que darle explicaciones a su vieja aya.

Llegó al mismo callejón en cuya esquina el aguador vendía el agua filtrada que le ofreció y que ella rechazó con una sonrisa. Ya no parecía peligroso, solo sucio, y los malos olores persistían. ¿Cómo podía alguien vivir en semejantes condiciones? Lo extraño era que no enfermaran de disentería o cólera. A lo largo del pasadizo había enseres acumulados a los lados de las puertas de cada vecino y también enfrente; parecía que cada cual usaba el área como su patio personal. Cuando llegó a la puerta que identificó como la correcta, esta, al igual que la noche anterior, estaba abierta. Darlene se colocó justo delante de ella, del lado del muro, e intentó atisbar el interior. Y entonces, cuando estaba a punto de aproximarse para golpear el marco de la puerta, ella salió.

Mingyue vio a la mujer aparecer ante su puerta. El sol brillaba potente sobre el muro de piedra, la cegaba y convertía a la extraña en una silueta negra. Le dio la sensación de estar asistiendo a un teatro de sombras: el contorno de la misteriosa mujer le pareció, por un momento, una proyección irreal de su mente, y, como sombra, podía desaparecer en cualquier instante o transfigurarse en cualquier otra cosa, quizá en un perro callejero o en un viejo tañendo un gong. Pero la silueta seguía ahí, así que Mingyue salió al callejón. Bajo la radiante luz, la sombra se transformó en una mujer de carne y hueso, una chiquilla joven y bonita, pensó. Llevaba ropa sencilla pero de calidad, y su porte, observándola ahí parada, era elegante. Mingyue siempre había tenido buen ojo para esas cosas.

Las dos se miraron durante varios segundos, estudiándose con curiosidad. Pasada la sorpresa, Mingyue fue consciente de las diferencias entre ellas y sintió vergüenza de su ropa burda y rasposa, de sus alpargatas gastadas. Habían sido negras en alguna época lejana; hacía tiempo que habían perdido el tinte y ahora mostraban un color indefinido entre el gris y el marrón. La joven, por el contrario, calzaba unos hermosos zapatos de tacón. Su pelo, al menos los mechones que escapaban por debajo del sombrero, eran del color del trigo en verano, cuando el sol del mediodía lo hacía resplandecer.

Y entonces la muchacha habló:

—*Wǒ*, Darlene. *Nǐ?*

Sonrió al escuchar las palabras en su idioma. Aunque diminutas, significaban un mundo para Mingyue; eran el puente hacia otro lugar, el de las mujeres elegantes, jóvenes y bonitas, como ella había sido una vez.

—*Wǒ*, Mingyue —dijo, y dio un paso sobre aquel puente construido con palabras mientras se llevaba la mano al corazón.

—Mingyue... Mingyue. —La joven paladeó su nombre como si estuviera saboreando un bocado del manjar más dulce. Tenía una hermosa voz.

Entonces, la muchacha le enseñó un pequeño aparato que colgaba de su cintura y, mediante gestos y frases pausadas, trató de explicarle lo que era. En un rincón de su mente reconoció ese idioma que él le había enseñado hacía mucho tiempo y que había usado cuando tenía que agasajar a sus socios comerciales. Aunque Mingyue lo había escuchado después, de los extranjeros con los que se había cruzado las veces que se aventuraba en sus territorios, hacía mucho mucho tiempo que no lo empleaba. Nunca le había gustado, pero en ella sonaba como el aleteo de las hojas en otoño, como una cascada revoltosa y cantarina, incluso alegre.

Le ofreció el aparato y Mingyue, primero con timidez y luego con más valor, acercó las manos y lo observó de cerca. Entonces le vino a la mente la vez que se había puesto delante de un tubo negro semejante, solo que en aquella ocasión sobresalía de una enorme caja de madera. Entendía, era la máquina mágica para atrapar la realidad.

Se la devolvió y la joven pidió usarla con ella. Pronunciaba su nombre y luego levantaba el objeto hasta su ojo y preguntaba: «Shi?, shi?», pidiendo permiso.

Mingyue sonrió y contestó: «Shì de». Le gustó el esfuerzo que hacía por hablar su idioma y no quería revelar aún que entendía el suyo. No obstante, cuando la mujer alzó la máquina mágica, ella gritó: «¡No, No!», y a continuación añadió más calmada y gesticulando con las manos: «Děng yīxià, nǐ, děng yīxià». Quería que esperara. La muchacha la miró sin comprender. ¿Cómo se decía esa palabra? «Wait», dijo recordando de pronto. Corrió al interior de la casa, a su cuartucho; rogaba que la hubiese entendido. No quería ser retratada con esas ropas, pues quedarían atrapadas para siempre en el interior de la máquina mágica y se convertirían en una realidad que no podría cambiar jamás. Sería su final. Sentía en el pecho un nido de gorriones que piaban al amanecer, una emoción nueva y maravillosa. Rescató la voluminosa caja de cartón que ocultaba al fondo del desvencijado armario y revolvió entre los vestidos que llevaban guardados muchos años, desde aquello...

Se quitó el pañuelo de la cabeza. El cabello había crecido, pero tenía que peinárselo de cierta manera para que no se viera la horrible cicatriz. Su pelo volvía a ser largo, muy largo, ya que apenas se lo había recortado unas pocas veces a lo largo de los años porque ver las tijeras le provocaba escalofríos. Sin embargo, ya no era sedoso como antes, estaba áspero y maltratado por el jabón de lavar la ropa con el que se lo frotaba. Se lo peinó y se colocó una antigua horquilla metálica en forma de mariposa para inmovilizar los mechones en el sitio adecuado. Después sopesó qué vestido ponerse y se decantó por el vaporoso azul claro. Había sido uno de sus favoritos, aunque era el más sencillo de los que un día tuvo. Se lo había regalado él cuando la llevó por primera vez a su casa, al santuario que habían construido y que Mingyue pensó que duraría para siempre.

Cuando salió al patio de nuevo, deseando con todas sus fuerzas que ella siguiera allí, no solo comprobó que no se había ido, sino que también pudo presenciar cómo se le transformaba la expresión al ver a Mingyue. Sus ojos verdes refulgieron como dos jades puestos al sol, sonrió ampliamente y enseñó las pequeñas perlas blancas de su boca. Luego se quitó el sombrero y lo dejó sobre el poyete de la ventana. Tenía un cabello hecho de oro. Era preciosa, un ángel de esos que una vez Mingyue había contemplado pintados en el techo de la iglesia de la misión católica cercana a su poblado.

La joven le tomó la mano y la condujo hacia la pared de ladrillos grises, por cuyas junturas sobresalía el musgo tierno. Y entonces se alejó y empezó a disparar con su aparato mágico.

Cuando Kai llegó al final del callejón, lo que descubrió ante sí le cortó la respiración. No acertaba a entender lo que estaba pasando, pero era malo, muy malo. Sintió el mismo miedo paralizante que cuando Pang lo empujó al río con ocho años; la sorpresa de saberse de repente sumergido en agua, de no ver o escuchar nada, de no entender qué había pasado lo había dejado inerte y sin capacidad de reaccionar durante unos eternos segundos, hasta que el deseo de vivir, de respirar de nuevo, lo había impelido a patear y bracear hasta sacar la cabeza. Ahora también sentía que se ahogaba. ¿Qué hacía allí esa mujer? ¿Cómo, cuándo y por qué había conocido a Mingyue? La ira le trepó por el estómago y se le atascó en la garganta como una bilis amarga. Lo vio todo rojo.

Se colocó delante de ella para tapar el objetivo.

—¿Qué hace aquí? —siseó.

—Vaya, vaya, ¡qué casualidad! No esperaba encontrarlo en este lugar, señor Tao. ¿Frecuenta el barrio?

Kai se fijó, sin quererlo, en cómo el sol se reflejaba en sus cabellos y los hacía resplandecer, y eso lo puso de peor humor.

—¡¿Qué hace aquí?! —repitió fuera de sí, y apretó los puños.

—No hace falta que grite, no soy sorda. ¿Es necesario que se lo explique? ¿Acaso no lo ve? Le hago fotos a esta bella mujer. ¿La conoce? Se llama Mingyue. —Sonrió mientras la señalaba.

Deseó golpearla, arrancarle la cámara de las manos y estamparla contra el suelo. En vez de eso, se giró hacia Mingyue; al menos estaba casi seguro de que Darlene no entendería nada de lo que tenía que decirle.

—¿Qué significa esto? ¿Qué haces así vestida y qué hace esta mujer sacándote fotos?

—No te esperaba a estas horas. No puedes aparecer por aquí cuando te venga en gana. ¿No tienes nada mejor que hacer que venir a espiarme? —La respuesta lo pilló desprevenido. Era la primera vez que le hablaba con esa autoridad. Y él que había pensado en darle una sorpresa, en llevarla a almorzar a algún lugar fuera de esa calleja inmunda—. La chica pasaba por aquí; es muy bonita y educada y, aunque no habla nuestro idioma, nos hemos entendido bien. Recuerda que yo una vez también hablé el suyo. —Kai no quería acordarse de ese periodo y ella lo sabía—. Ahora te vas a quitar de en medio porque no hemos terminado. —Lo asió por los brazos y lo empujó fuera de la toma.

Mingyue sonrió a Darlene y, tras adoptar otra pose, le indicó con un gesto que continuara. Ella miró al joven un momento, sonrió con suficiencia y prosiguió.

Kai mascó su rabia e intentó buscar una explicación a la aparición de Darlene. ¿Acaso… acaso lo había seguido al salir de la fiesta en el Astor House? No podía haber otro motivo. ¿Y una casualidad?, ¿el destino tal vez? Le daba miedo pensar en esa posibilidad. No, tenía que haber una razón lógica. Mientras le daba vueltas al asunto y reconstruía el trayecto de la noche anterior en busca de algo extraño en su recorrido cotidiano, observaba cómo la extranjera hacía las fotos y cómo reaccionaba Mingyue a sus atenciones. Aunque la angustia le devorara las entrañas, debía reconocer que los ojos de la mujer desprendían un brillo especial y sonreía de una manera nueva, sin retraimientos, sin ese poso de tristeza que inundaba sus pupilas incluso cuando lo miraba a él.

Y, justo en ese momento en el que Kai miraba a Mingyue, Darlene apuntó el objetivo hacia él y empezó a disparar. Kai reaccionó tapándose, pero ella no se dio por vencida. Reía y revoloteaba a su alrededor, sin dejar de tirar fotos y, para colmo, Mingyue le apartaba las manos de la cara para que pudiera retratarlo.

Cuando Darlene se dio por satisfecha con las fotos, Kai la apremió a marcharse.

—Dile que vuelva a visitarme —pidió Mingyue.

—No, no va a volver —manifestó él tajante—. Y quítate esos trapos que llevas puestos. Prefiero no saber de dónde los has sacado.

—Estás insoportable. Vete ya, hoy no quiero verte más —contestó Mingyue, y le dio la espalda.

Darlene se despidió con un sonriente *xièxiè*, «gracias». Era todo lo que daba de sí su conocimiento del idioma, pensó Kai, y

Mingyue la aferró por las manos y le dijo que la había hecho muy feliz. La muchacha no entendió las palabras, pero estaba seguro de que había captado la intención porque soltó una corta carcajada. «Thank you», dijo Mingyue con esfuerzo. Darlene le correspondió con: «Xièxiè, xièxiè».

Kai acompañó a Darlene a la calle principal. Visto que Mingyue estaba enfadada con él y quería que se marchara, no desaprovecharía la oportunidad de averiguar qué pretendía la extranjera. A él no lo engañaba, buscaba algo. Además, lo hacía sentir incómodo que se expusiera de esa manera en una zona que no era la suya. Era peligroso, cualquiera podía aprovecharse de verla sola.

—No quiero que venga por aquí nunca más.

—¿Quién es usted para prohibirme a mí nada, señor Tao?

—Soy... soy...

—Sí, lo escucho.

—No quiero que se relacione con ella.

—No creo que pueda impedirnos que seamos amigas. Pienso traerle las fotos cuando las revele, y puede que hagamos más sesiones. Le pagaré bien, si es eso lo que le preocupa. Si las fotos quedan como espero, podría venderlas a alguna revista. Es una mujer muy bella, ¿no le parece? —preguntó con una sonrisa cínica en los labios.

—No, no me lo parece, y a no ser que usted sea fotógrafa profesional, cosa que dudo, y solo hay que mirarla para entenderlo, las instantáneas serán de mala calidad. Van a estar borrosas o veladas por la luz, o simplemente no captarán esa belleza de la que habla. Además, Mingyue no necesita su dinero, para eso me tiene a mí.

—Puede ser su benefactor, pero no es su dueño.

—Para usted, como si lo fuera. No se acerque más a ella.

—Pues vaya acostumbrándose a la idea de que voy a hacer lo que me plazca.

Kai se enfureció consigo mismo por ser tan obtuso. Los extranjeros eran unos engreídos, se creían los dueños de la ciudad; había sido una estupidez intentar imponerse, era obvio que la joven haría justo lo contrario a lo que él le dijera. Debía usar las técnicas de negociación que había visto emplear a su padre, por mucho que le pesase tenerlo como referencia de algo, así que lo intentó de nuevo:

—La zona no es segura para una extranjera, se está exponiendo mucho. Podrían robarle su preciosa cámara o incluso secuestrarla para alguno de los burdeles. Hay muchas emigrantes rusas que malviven en este barrio; podrían confundirla con una de ellas.

—A mí no me ha parecido tan peligrosa, pero gracias por su preocupación. La próxima vez me aseguraré de hacerme acompañar por un par de voluntarios del cuerpo de policía. No se inquiete.

—¿Qué puedo decir para que me haga caso y no regrese? —Esa chiquilla era exasperante y estaba haciendo que perdiera la poca paciencia que tenía.

Ella sonrió por primera vez desde que habían empezado a discutir. Parecía que existía la posibilidad de acercar posturas después de todo.

—Primero, nos tuteamos, tú me llamas Darlene y yo te llamo Kai.

—Está bien, Darlene.

—Perfecto, Kai.

—¿Y segundo?

—¿Segundo?

—Sí, ha dicho: «Primero...». Ahora viene lo segundo que me va a pedir a cambio de que no vuelva a ver a Mingyue.

—Ah. Bueno, no he pensado en lo segundo, pero prometo hacerlo —dijo con sorna—. Hasta entonces, y de momento, no me comprometo a nada. Ha sido un placer volver a verte. Hasta pronto. —Darlene apretó el paso para dejarlo atrás y Kai, en dos zancadas, se puso de nuevo a su lado y siguió caminando junto a ella. No se iba a ir así sin más; tenía que alejarla de Mingyue como fuera—. ¿Qué haces?

—Acompañarla a su casa, ya le he... —Darlene se paró y se cruzó de brazos—... te he dicho que no es una zona segura.

—Sé valerme sola, pero acepto tu ofrecimiento. Así me puedes explicar de qué conoces a Mingyue y por qué es tan importante que no vuelva a verla.

Demasiadas preguntas. Kai las ignoró y enseguida Darlene se entretuvo curioseando y preguntando sobre lo que veía. Bajaron por la calle, ahora muy animada, donde los vendedores voceaban sus mercancías y los viandantes negociaban y hablaban en corrillos.

—¿Qué hacen allí que hay tanta gente?

—No te acerques.

—¿Por qué no? —Obviamente, esa muchacha terca no iba a obedecer.

Darlene se abrió paso entre el gentío hasta quedar en primera fila. El carnicero estaba en plena faena, desangraba dos cerdos y descuartizaba otro; la sangre manaba a borbotones, caía en un cubo de metal y salpicaba todo alrededor. Las moscas revoloteaban furiosas en torno a la carne fresca y los vecinos se disputaban los primeros trozos, que el carnicero ponía en otro recipiente metálico colocado sobre el suelo de cemento. El olor era espantoso. La palidez de Darlene se acentuó, y estuvo casi seguro de que estaba a punto de desmayarse. Kai la agarró por el codo y la apartó del sangriento espectáculo. Caminó con ella calle abajo mientras la sostenía por el brazo por si se desvanecía. El único signo de que luchaba con todas sus fuerzas por controlar las arcadas era su respiración agitada, como si boqueara, y su mano sobre el estómago. No volvió a pronunciar palabra, y el resto del viaje Kai la condujo como una dócil y obediente oveja. Él supuso que todavía estaba reponiéndose de la impresión y del revoltijo en el estómago, aunque le asombraba que no hubiese vomitado ni se hubiese desvanecido. Era más fuerte de lo que aparentaba, además de terca, claro.

En la concesión francesa, las calles empezaban a estar concurridas, y a esas horas cabía la posibilidad de que algún conocido los reconociera, especialmente a ella. Darlene miraba abstraída por la ventanilla y parecía no darse cuenta de lo extraño que era verlos juntos. La gente los miraba y murmuraba.

Descendieron en una parada que él calculó cercana a la residencia de los Long. La ayudó a descender ofreciéndole la mano; ella se dejó ayudar a pesar de que se sentía mejor, ya que sus mejillas volvían a lucir un color sonrosado. Caminaron en silencio unas manzanas hasta que alcanzaron la esquina de su calle. La mansión quedaba a unos pocos metros.

—¿Te encuentras bien?

—Estoy perfectamente, gracias —respondió con voz áspera.

—Genial, en ese caso, como estamos cerca, me despido aquí —dijo Kai.

—Quiero enseñarte algo. Acompáñame, por favor.

Le sorprendió su tono serio. Las tres veces que se habían cruzado «casualmente», incluida esa, la voz de la extranjera había sonado jovial y despreocupada, como debía de ser su vida, abundante y sin inquietud de ningún tipo. Kai imaginó que le costaría borrar de su cabeza las imágenes de los cerdos ensangrentados.

—Pueden vernos, y vas a tener que dar muchas explicaciones —repuso él.

—Mi padre nos presentó anoche y algún trato tiene con el tuyo; no eres un extraño. Si coincidimos con mi familia, cosa que dudo, porque llegamos del Astor al amanecer y van a dormir hasta la tarde, les diré que me encontré contigo de casualidad.

—Haber sido presentados es una cosa y que yo entre a tu casa es otra muy distinta.

—Podemos acceder por la puerta de servicio si te hace sentir mejor. ¿Sí? Por favor, es importante para mí.

Kai suspiró. Definitivamente era muy terca, pero le picaba la curiosidad. Recorrieron los pocos metros que quedaban hasta la mansión. Darlene abrió la cancela de hierro y cruzaron el jardín posterior por el césped. Kai la siguió por el camino de grava y se paró frente a la puerta de servicio, que ella abrió despacio antes de asomar la cabeza.

—No hay nadie. Han ido al mercado. Vamos —susurró.

Dejaron atrás la cocina y salieron al corredor largo y en penumbra. Darlene se detuvo frente a otra puerta, sacó una llave que llevaba colgada al cuello, bajo el vestido, y abrió.

—Entra.

El espacio era pequeño y, cuando cerró la puerta, se quedaron completamente a oscuras.

—¿Qué te parece?

—No se ve nada, está todo negro.

—¡Exacto! ¿No es fantástico? —Kai escuchaba su voz muy cerca y sintió la mano de ella sobre su brazo. Empezaba a hacer mucho calor ahí dentro encerrados. Lo único que se oía eran sus respiraciones.

Darlene encendió una luz y el interior del cuarto se tiñó de rojo. Había cubetas y una cuerda de la que colgaban fotografías. Entonces Kai entendió.

—Lo he montado yo. ¿Qué te parece?

No dijo nada; ella esperaba su veredicto y quiso torturarla un poco. Ojeó los detalles sorprendido. Se aproximó a las imágenes que colgaban de la cuerda.

—¿Este soy yo? —Señaló la instantánea que reflejaba una silueta recortada contra el pavimento.

Darlene rio.

—Sí, son de nuestro primer encuentro. Casi no se ve nada, pero se adivina tu espalda.

Kai paseó la mirada por el resto de las fotos: jóvenes bailando, la mayoría, y también varios de ellos posando; incluida una de tres chicas en un balcón. Eran buenas, pero no pensaba decírselo.

—No entiendo de fotografía. Tendrías que preguntar a un experto.

—Sí, supongo. Acabo de empezar; en el futuro espero disponer de un cuarto más grande y mejores utensilios.

Kai curioseó un poco más y preguntó para qué servía cada cosa. Darlene respondió con detalladas explicaciones y la voz prendida de emoción. Cuando terminó de hablar, se quedaron un momento en silencio. Ella lo miraba directamente a los ojos. Estaban muy cerca, ahí solos, y lo observaba de una forma…

—Tengo que irme —dijo él abruptamente rompiendo el contacto visual.

—Ya sé qué es lo segundo que tienes que hacer para que yo no vaya más a ver a Mingyue.

—Te escucho.

—A cambio de no aparecer más por allí, tú me harás de guía y me enseñarás los sitios más pintorescos de la ciudad. Quiero hacer un reportaje sobre Shanghái, mostrar perspectivas diferentes.

Kai reflexionó un instante. Eso significaba seguir viéndola, y no era lo más sensato, más bien todo lo contrario. Pero ¿qué otra cosa podía hacer? Si se negaba, ¿cómo impediría que siguiera deambulando por la zona e indagando en la vida de Mingyue?

—Una salida.

—Cinco.

—Dos.

—Cinco.

Aquella muchacha era imposible. Ninguna táctica funcionaba con ella.

—Tenemos un trato entonces. —Kai le ofreció la mano—. ¿Eres una mujer de honor, Darlene Long?

—Por supuesto, te doy mi palabra. Si tú cumples, yo también. —Ella se la estrechó con una sonrisa espléndida—. ¿Cuándo empezamos?

—Estas semanas tengo cosas que hacer, pero te avisaré cómo y dónde podemos vernos. Recibirás una nota manuscrita que no firmaré para no comprometerme.

—¿Cómo sabré que es tuya?

—¿Es que acaso recibes muchas notas? —se le escapó sin querer.

—Puede ser. En todo caso, no es asunto tuyo.

—Mis notas serán diferentes. Sabrás que son mías, te lo aseguro —afirmó Kai con seriedad.

—Entonces así quedamos, yo no me acerco a ella y no frecuento esa zona tan pero tan peligrosa —dijo con teatralidad—, y tú me haces de guía por la ciudad. Pero tienes que llevarme a lugares muy tradicionales a los que un extranjero no tenga acceso.

—No te preocupes por eso. Serán tan chinos como cabe esperar.

—Y nada de animales descuartizados, ya he visto suficiente —dijo, y puso la mano en el abdomen.

Kai sonrió.

—Nada de animales sangrantes. A cambio, quiero que me des las fotos que has tomado hoy, y los negativos. Pagaré el coste de impresión.

—Me ofende, señor Tao. Será un placer satisfacerlo sin necesidad de pago. Considéralo un regalo de la casa. Te avisaré cuando estén listas.

Justo en ese momento sonaron unos golpes en la puerta y los dos saltaron del susto. Darlene, instintivamente, se inclinó sobre Kai y le tapó la boca con la mano.

—¿Sí?

—¡Ahí estás! Te he estado buscando por toda la casa. Aún no me has enseñado tu cuarto oscuro. ¿Por qué has cerrado con llave? Abre.

—Ahora no puedo, estoy en medio del proceso de revelado y la luz daña las fotos. Pensé que ibas a pasar la mañana en la cama —dijo esmerándose en sonar lo más desenfadada posible. Kai sentía su aliento agitado sobre el cuello—. Mi hermano —le susurró.

—Hoy no tenemos ronda, así que hemos quedado en el hotel de Olive. ¿Vienes?

—Adelántate, nos vemos allí. No puedo dejarlo a medias.

—Vale, no tardes. Tal vez salgamos de excursión.

—¿Y papá y mamá?

—Duermen como marmotas.

—*D'accord, à tout à l'heure* —se despidió ella.

Permanecieron a la escucha de los pasos de Gillian, Darlene le cubría aún la boca. Al percatarse, se apartó.

—Perdón, ha sido el susto. Casi nos pilla.

—No sabía que tenías un hermano. ¿No acudió ayer a la fiesta?

—Sí, pero estaba con su novia. Son más empalagosos que el merengue, no se separaron ni un instante. Parece que se ha enamorado —explicó aún en susurros.

—Por cierto, mientes muy bien —dijo Kai.

—Tengo mucha práctica. Gillian es mi mellizo y entre nosotros hay una especie de telepatía, ya sabes, me lee la mente. Tengo que ser muy convincente para que no me pille —dijo ella con una sonrisa. Abrió despacio la puerta—. Puedes salir, no hay nadie.

—Adiós, señorita Long.

—Hasta pronto, Kai. Esperaré tu nota con angustiosa impaciencia —añadió burlona.

De no haber sido por la interrupción de Kai, Mingyue habría pensado que lo había soñado.

Se sentó en la banqueta con la espalda contra la ventana y se quedó mirando el muro de ladrillos que tenía delante y que había servido de paisaje durante la sesión fotográfica con el ángel extranjero. El musgo verde volvía a crecer después del intenso invierno y le recordaba que, tal vez, al igual que la naturaleza, ella también podía renacer. Si era sincera consigo misma, el amor de Kai no le bastaba, pero eso no se lo podía decir, porque él era un joven muy posesivo y no quería que ella necesitara a nadie más. Al principio, cuando la encontró, Mingyue había pensado que su deseo de protegerla y de ayudarla estaba motivado, principalmente, por que ella no volviese a necesitar a ningún otro hombre, pero la forma en que había reaccionado al encontrarla con la extranjera y cómo se había llevado a la muchacha le habían hecho entender que lo que en verdad Kai temía era que Mingyue experimentara emociones hacia alguien que no fuera él. Que no lo quisiera únicamente a él. Le había confesado lo solo que se había sentido y, aunque Kai no llegó a decirlo, ella también había percibido en él la falta de afecto que había sufrido. Le dolía pensar en cómo las circunstancias lo habían convertido en un joven solitario, encerrado en sí y desconfiado de los demás.

Mingyue no quería depender de él, reflexionó. No era justo para ninguno de los dos, pero no sabía cómo hacérselo entender. Quería valerse por sí misma por una vez. Sí, eso quería. Había llegado el momento de levantarse sola. Si dejaba de depender de Kai, tal vez él se diera cuenta de que la necesitaba más que ella a él. Y quizá entonces se abriera al afecto de los demás y dejara de intentar controlar su vida.

Entró en el cuartucho y buscó con cuidado dentro de la caja de cartón que había dejado sobre el camastro. Sacó el trozo de espejo que con tanto mimo guardaba envuelto en un pañuelo de seda amarillo. Hacía años que no se contemplaba en él, ya que la aterrorizaba lo que pudiera encontrar en el reflejo, y aun así no había querido desprenderse de aquel objeto. Tenía demasiado valor sentimental, pues albergaba en su interior la imagen de la mujer que fue, y de la mujer que esa mañana, y gracias a la muchacha, había descubierto que aún latía dentro de ella, a pesar de los golpes de la vida y de los hombres. Esa chica, la extranjera, y su interés por retratarla le habían dado el coraje para desear volver a ver su rostro reflejado en ese espejo, en ese en el que antaño, en otra vida, se embellecía cada día para él.

Cerró los ojos y viajó con la mente. Se vio de nuevo frente al tocador donde se acicalaba esperando su llegada. En la imagen que le devolvía aquel espejo, su sedosa melena negra caía a ambos lados de su cara y perfilaba sus finos rasgos. Era joven, muy joven, y muy hermosa. Él siempre se lo decía. Anticipando sus caricias, se aplicaba los polvos de arroz pausadamente, como una caricia en su delicada piel; después se enrojecía los labios con el carmín de marca japonesa que le había obsequiado él y, al final, se maquillaba los ojos con kohl para hacerlos más redondeados y grandes gracias a las líneas negras sobre los párpados. Le gustaba su reflejo. Le gustaba sentirse tan deseada. De repente el espejo se hizo añicos y un agudo dolor le atravesó el corazón al tiempo que la imagen de su mente se desbarataba. Abrió los ojos y regresó al cruel presente.

Miró en derredor un momento, cuán diferente era su vida ahora comparada con la que un día había creído tener. Desenvolvió el pedazo de aquel espejo roto de la seda que lo cubría y salió con él al callejón, donde se sentó de nuevo en la banqueta. Lo sostuvo entre sus manos temblorosas, antes suaves y blancas como las plumas de un polluelo, ahora ajadas y ásperas de tanto fregar y de exponerlas a las inclemencias del tiempo. Lo mantuvo inclinado hacia arriba; alcanzaba a ver reflejadas las sábanas colgadas sobre su cabeza y el reducido parche de cielo azul celeste que no tapaban los trapos.

En su mente recreó la expresión de la joven extranjera al verla con su vestido azul, sus iris verdes resplandecientes y su sonrisa franca. Inclinó el espejo hacia ella mientras mantenía los ojos cerrados. Los abrió un ápice e intentó adivinar su imagen entre los párpados entreabiertos y sus cortas pestañas. Y ahí estaba, alguien diferente pero al mismo tiempo igual, eso le dio valor para observarse de cerca con los ojos bien abiertos. Recorrió cada poro de la piel, las finas arrugas de la frente; apenas había sonreído en esos años, por lo que el contorno de los ojos y la boca no presentaba demasiados cambios ni surcos profundos. Se apartó el mechón de pelo y contempló la cicatriz. La palpó de nuevo con la yema de los dedos y, ahora que pudo mirarla de frente, no le pareció tan terrible. La había imaginado como una grieta honda y ancha imposible de disimular que le había robado la belleza para siempre.

La muchacha hermosa a la que habían llamado «Claro de luna» se había transformado, pero su esencia pervivía dentro del espejo.

Hacía mucho que no volvía al pasado, que no recordaba nada de su vida antes de convertirse en Mingyue, pero en ese día tan especial sintió la necesidad de viajar a su hogar, a las colinas colmadas de vegetación de su pueblo natal, a un tiempo en el que la vida estaba marcada por las estaciones, por la llegada de las lluvias, por el ritmo de la tierra y su cosecha, por el ciclo de crecimiento de los arbustos de la camelia, con sus flores blancas y amarillas, que se extendían en terrazas hasta el horizonte en un espectáculo perenne de ondulaciones verdes. Donde la blancura de la piel no importaba, ni tampoco satisfacer a un hombre, porque su mundo estaba hecho de amaneceres rodeada de verdadera belleza, la que da la tierra, y ella se movía y crecía al amparo de aquellos que la querían tal y como era. Y recordó su nombre, su verdadero nombre. Ese que no había vuelto a pronunciar desde que su madre le dio un abrazo apretado y la despidió para siempre: Junjun.

Recordó el día en que la nube de polvo en el camino anunció la llegada del señor Wang, el comprador que los visitaba dos veces al año para negociar la adquisición de té para sus clientes de la gran ciudad. Y, en cada ocasión, su familia dejaba las cestas y corría al camino a recibir a tan ilustre visitante. Ella había cumplido trece años y su cuerpo había crecido con lentitud, casi sin apercibirse; la suya era una belleza serena de formas redondeadas. Aquella tarde, ella fue la que recibió el honor de servir el té al señor Wang y de explicar, con su suave voz, las propiedades de las distintas variedades que habían cultivado en el último ciclo.

Esa vez, el comprador realizó el mayor pedido hasta la fecha, y su padre, gran conocedor de la naturaleza humana, entendió que en parte se debía a los encantos inocentes de su hija mayor. Para celebrarlo, agasajaron al invitado con una fastuosa cena donde se sirvieron viandas que solo se preparaban para el festival de la primavera o en ocasiones muy especiales. Después de la cena, su padre se quedó a hablar con el señor Wang y mandó a su familia a descansar.

Al amanecer, cuando ella se alistaba para comenzar una nueva jornada de trabajo en las terrazas de té, su padre la hizo llamar. Cuando salió al patio de tierra pisada, la caravana del señor Wang, con el cargamento que había comprado ya empacado, estaba lista para partir; pensó que la habían avisado para que se uniera a la familia en la despedida, pero su padre la llevó aparte y le dijo que el comprador había hecho una oferta por ella y él había aceptado. La muchacha buscó a su madre con los ojos; esta lloraba calladamente y se limpiaba las lágrimas con el delantal. Su padre la animó alegando que viviría en la gran ciudad y conocería a personas distinguidas. Sus hermanos pequeños ya habían sido informados y, a un gesto del padre, rodearon a la muchacha y se abrazaron a ella comentando lo afortunada que era y lo mucho que la envidiaban. No se llevó nada consigo, solo lo que tenía puesto y la congoja de haber perdido de pronto todo cuanto conocía y a las personas a las que quería.

Lo último que recibió fue el abrazo de su madre. Esta le tomó la cara entre sus manos, encallecidas de arrancar hojas, y le dijo:

—Junjun, no nos olvides. Pase lo que pase, esta siempre será tu tierra y nosotros, tu familia.

Después, al oído, derramó unos rápidos consejos, de los que la muchacha solo entendió que dolería. Por último, su madre se apartó para que el padre la ayudara a subir al carro donde esperaba el señor Wang.

Sus hermanos corrieron en pos de la caravana, despidiéndose, hasta que esta se alejó del poblado y sus pequeñas figuras se perdieron en un recodo del camino.

El señor Wang tenía planes para ella, pero no eran los que la muchacha se había imaginado ni los que esperaba cada noche con temor, a raíz de los susurros apresurados de su madre. Con el pasar de los días, le quedó claro que no la quería para sí mismo, ella formaba parte del cargamento que llevaba a la ciudad para venderlo, y por el que pensaba conseguir mucho dinero.

Durante las semanas de interminable traqueteo que duró el viaje, a lo largo del día el señor Wang la aleccionaba en cuestiones de índole masculina. Le hizo saber lo que buscaban los hombres y lo que esperaban encontrar en una joven como ella. Le explicó que ya no tendría que pasarse horas al sol recolectando hojas de té ni cargando después los pesados fardos colgados del palo de bambú sobre sus hombros. Ella nunca había salido de su pueblo y solo conocía los modos de las recolectoras de té, las *caichanu*, además de las enseñanzas que le había inculcado su madre sobre cómo atender un hogar y una familia como la suya. El señor Wang le explicó muchas otras cosas y la obligó a cubrirse el rostro para no oscurecer más la piel. Por las noches, la muchacha se entregaba al llanto y a la nostalgia, al intenso dolor en el pecho que casi no la dejaba respirar a causa del miedo y la añoranza por los suyos.

Con el discurrir de las jornadas, otras emociones opacaron poco a poco la tristeza de alejarse cada vez más del lugar donde nació, como el temor paralizante que sentía cuando ascendían y luego descendían por los estrechos senderos de grava, bordeando las inmensas montañas que flanqueaban valles hundidos en un mar de nubes. O el asombro que la invadió cuando contempló el paisaje donde, de las laderas de las montañas, brotaban hilos de agua, o cuando el señor Wang le enseñó una enorme catarata que manaba de lo alto de un pico, en una de las paradas del camino. Cuando alcanzaron el puerto de Amoy, la muchacha había dejado atrás definitivamente su infancia y había aceptado el destino de la mujer en quien tenía que convertirse.

Mingyue volvió a mirarse al espejo. Ahora lo entendía, ella era igual de resistente que esos arbustos con sus pequeñas hojas verde oscuro entre los que había crecido y que custodiaban dentro de sí una infinita capacidad de regeneración.

11

Aunque lo que más le apetecía a Darlene en ese momento era quedarse en el cuarto oscuro, ahora impregnado del olor de Kai, y revelar las fotos que había hecho la noche anterior y esa mañana, en las que estaba segura de haber captado todos sus ángulos, no había dormido nada. Después de la fiesta en el Astor no había llegado a acostarse, y las emociones de la mañana la habían dejado aún más exhausta; además, el aroma de los fuertes químicos de revelado bien podía hacerle perder la consciencia, así que decidió que era más sensato ir en busca de sus amigos al hotel de Olive, visto que ese día ya había cumplido con su cuota de imprudencias y aún no era ni mediodía.

Cuando salió de la casa en dirección al aparcamiento, Chao abrillantaba el coche. Debía de ser por lo menos la tercera vez que lo hacía durante la larga mañana ociosa. Al ver a Darlene, se le iluminó el gesto y le sonrió con su mellada dentadura. Ella sabía que ir al volante de esa máquina era la tarea que más le gustaba. Lo informó de a dónde quería ir y se pusieron en marcha. Veinte minutos después, la dejaba a las puertas del hotelito de su amiga. Darlene lo mandó de vuelta a la casa por si sus padres lo necesitaban cuando despertaran, ya que ella pasaría el resto del día con Gillian.

Olive tenía razón, entrar en su hotel era sumergirse en un mundo puramente francés, mucho más aún que la concesión en la que estaba enclavado. El hotel Jeanne d'Arc era un bonito y pequeño establecimiento en la rue Massenet decorado con exquisito gusto, y donde la patria lejana se percibía en cada detalle: en los muebles importados, en los pesados cortinajes y alfombras llegadas de Indochina y en la recargada ornamentación, donde predominaban las bailarinas de porcelana, debilidad de madame Travers, quien había querido ingresar al ballet en su juventud. También se notaba en la cocina, auténticamente francesa, que, con el *chateaubriand* y el *coq au vin* como platos estrella, atraía a numerosos compatriotas, nostálgicos de las delicias culinarias de la niñez.

La recibió una suave música en la recepción, donde el joven de flequillo largo y lentes anotaba algo en el libro de registros. Al verla, se ajustó las gafas con el dedo y la saludó:

—*Bonjour*, mademoiselle. ¿En qué puedo ayudarla? ¿Busca alojamiento? Tenemos unas *suites* muy coquetas con un mobiliario bellísimo, aunque no tanto como usted, *bien sûr.*

Resultaba muy chistoso cómo hablaba para su juventud; debía de tener dos o tres años más que ella a lo sumo. También era muy despistado, porque ya la había visto unas cuantas veces en el último año.

—*Bonjour*, monsieur Benoît. Busco a Olive, ¿sabe dónde está?

—*Bien sûr*, *bien sûr*, es una de sus amigas. Enhorabuena por su reciente graduación.

—Muchas gracias. ¿Olive...?

—Oh, sí. Mademoiselle Travers está en la terraza con unos amigos. La acompaño.

—No se moleste. Sé dónde es.

Darlene atravesó el salón de té, con sus muebles estilo imperio francés, sus toques decorativos indochinos llegados de la colonia de Saigón, sus pesadas alfombras y la suave música del gramófono que flotaba sobre los huéspedes del hotel, quienes disfrutaban del copioso almuerzo de los domingos. Las puertas acristaladas estaban abiertas y entraba el aroma del césped recién cortado. Sus amigos se encontraban en torno a una de las mesas de la terraza: Gillian y Timothy, sobre la balaustrada, con la espalda apoyada cada uno en una columna; Nicolai, Hazel y Nina, sentados en los butacones de mimbre con mullidos cojines color marfil, y Olive llegaba en ese momento con una bandeja de zumos de naranja recién exprimidos, que colocó sobre la mesa. Sus amigos se sirvieron.

—¡Buenos días, muchachos! —saludó Darlene. Arrastró otra butaca de una mesa cercana y se sentó en una de las esquinas junto a Hazel.

—¿Qué tal han quedado nuestras fotos? —preguntó la americana—. Estoy deseando verlas.

—Para ser mi primera vez, están bastante bien. He tenido que hacer varias pruebas con la exposición de los negativos, pero creo que he sacado el máximo partido a las tomas. Os prometo las copias en unos días. Es un proceso bastante laborioso, pero me encanta ver cómo aparecen las imágenes en el papel sumergido. Parece magia.

—¡Quién lo iba a decir!, ¡mi hermana pequeña fotógrafa! —comentó Gillian burlón, y Darlene le sacó la lengua.

—¿Es fotógrafo quien hace fotos o quien gana dinero con su arte? —preguntó Nicolai.

—¡Quien gana dinero! —dijeron a la vez Timothy y Gillian, y entrechocaron las palmas entre risas.

—El arte no tiene precio, es la apreciación de la belleza lo que importa —apuntó Olive con timidez—. Seguro que tus fotos son preciosas. ¿Has traído tu cámara?

—Por supuesto —dijo Darlene, se giró el cinturón y mostró el pequeño aparato—. Se ha convertido en mi inseparable compañera.

—¿Qué te hace pensar que es femenino? —la picó su mellizo.

—Puede ser lo que uno quiera que sea, y para mí tiene la personalidad de una mujer: curiosa y con ojo para los detalles —concluyó Darlene con una sonrisa.

—Muy bien dicho —aplaudió Nina, que no paraba de reír con las ocurrencias de sus amigos.

—¿Dónde está Narek? —preguntó Darlene. Necesitaba estar segura de que no había compartido con nadie su aventura de la noche anterior. Deseaba pedirle que guardara el secreto; no quería ni pensar en lo pesado que se pondría Gillian si se enteraba, y la horrorizaba contemplar la posibilidad de que su padre llegase a saberlo; lo decepcionaría mucho su comportamiento. Sin embargo, Narek se había marchado de la fiesta poco después de haber regresado de su «paseo» y no había tenido ocasión de acordar su discreción.

—No va a venir. Debe compensar a sus padres por los días de ausencia —explicó Gillian. Les guiñó un ojo a sus amigos y estos ocultaron una sonrisa, carraspeando Tim y bebiendo de su vaso de zumo Nicolai.

—Estáis muy misteriosos. Venga, soltadlo. ¿Qué pasa con Narek? —los azuzó Darlene.

—Nada, no pasa nada —aseguró Gillian. Vació su vaso de un gran sorbo y saltó de la balaustrada.

—Te conozco, hermano. Algo ocurre y no nos lo queréis contar.

—¿Es verdad eso? —presionó Nina.

—Cosas de hombres —rio él.

—Te estás acostumbrando, Gillian —dijo Darlene.

—¿A qué?

—A excusarte con esa estúpida frase para no contestar.

—*Touché*, Lin —reconoció él con una reverencia.

—Dejemos de discutir y planeemos el día —terció Hazel con su practicidad habitual—. Aquí Long nos había ofrecido una excursión. ¿A dónde vamos?

—Propongo un pícnic. Esta mañana he mandado a los criados a que alisten el barco; podríamos remontar el río y encontrar un bonito lugar, explorar un poco, pescar, bañarnos... —sugirió Timothy.

—Con este calor espantoso, me parece un plan perfecto. Sobre todo lo de bañarnos en el río —aceptó Hazel.

—Fantástica idea, Tim —exclamó Nina.

—Supongo que tus criados llevarán comida, pero podemos aprovisionarnos de algunas cosas en el hotel —ofreció Olive.

—Claro. Firmaremos los *chits* como nuestros padres, Olive —dijo Nicolai, y ella rio.

—No hace falta, mi madre sabe dónde encontraros. Voy a hablar con ella para que me diga qué podemos llevarnos. Varios huéspedes van a pasar algunos días fuera, así que quizá podamos aprovechar la comida que estaba planificada para su estancia. Ahora vuelvo.

Los hombres pasaron la siguiente hora planeando la ruta con un mapa que les cedió el recepcionista del hotel, y las chicas, preparando las cestas con las provisiones y todo lo necesario para la excursión. La madre de Olive estuvo encantada de prestarles pañuelos para el pelo y bañadores; también les regaló todo lo que les gustase del gran baúl de objetos perdidos de los numerosos huéspedes que habían pernoctado allí. Pasaron un rato rebuscando entre el batiburrillo de cosas, donde encontraron gafas de sol, parasoles, sombreros de muy distintos estilos e incluso vestidos.

Cuando todo estuvo listo, metieron las provisiones en el maletero del automóvil y, después, se acomodaron todos en el descapotable rojo: Gillian, al volante, con Nina a su derecha, entre él y Tim. En los asientos posteriores, los cuatro amigos restantes: Hazel junto a la portezuela, Darlene a su lado, Olive a continuación y, junto a la francesa, Nicolai, en la puerta opuesta y detrás de Gillian. Los asientos eran lo bastante amplios como para que cupiesen los cuatro cómodamente, aunque iban pegados rodilla con rodilla. Darlene le propinó un suave codazo a Olive y, cuando esta miró, le guiñó un ojo y le susurró que no desperdiciara la oportunidad durante la larga hora que lo tendría a su merced. Las dos se taparon la boca para ocultar la risa. Nicolai iba inclinado hacia delante, charlaba con Tim y no pareció darse cuenta del plan que se fraguaba a su lado. Darlene se giró hacia Hazel y se pusieron a hablar, obligando a Olive a atreverse a charlar con el príncipe ruso.

Era la primera vez que salían solos de la ciudad y Darlene ni siquiera tenía claro que pudieran hacerlo. Ninguno había pedido permiso a sus padres, excepto Olive, aunque suponía que, de una manera u otra, las familias se enterarían, ya que irían al barco de los Palmer. Pensó por un instante en mencionar que podían meterse en un lío, pero luego prefirió no hacerlo, ya que ella misma había infringido esa mañana las normas, se había marchado sola y sin avisar a nadie a una zona claramente fuera del radio de protección de la jurisdicción territorial de las naciones extranjeras. Le parecía hipócrita censurar a su hermano y amigos.

Agnès Travers había sido muy generosa. Se había mostrado genuinamente contenta de participar en la alegría de los jóvenes, tanto que hasta les había obsequiado varias botellas de vino. Sería por su viudez, pero a veces Darlene envidiaba la relación que mantenía con Olive, la conexión profunda y la sintonía de la que hacían gala las dos. Ella, en apariencia, tenía una vida mucho más holgada que la de su amiga, y sin embargo nunca se había sentido así de unida a Clarisse. Y ahora empezaba a pesarle.

El ambiente durante el viaje por carretera fue festivo. El aire caliente soplaba con fuerza debido a la velocidad y les alborotaba el pelo; la música de la radio dejó de escucharse en cuanto salieron del área de cobertura de la emisora y dejaron la ciudad atrás; entonces los muchachos comenzaron a cantar y ellas los secundaron. Atravesaban extensiones infinitas de cultivos, arrozales, chamizos de barro y paja y campesinos que araban con sus gorros cónicos inclinados sobre la tierra. En algunas partes, la carretera discurría paralela a las vías del tren que conectaba Shanghái con Nankín, la capital del sur.

Tras la primera media hora de viaje, Darlene, que no había descansado nada, se acurrucó contra Hazel y se quedó dormida, a pesar del alboroto y entusiasmo de sus amigos.

La despertaron los baches cuando Gillian dejó la carretera y se adentró en la hierba. Estacionó el automóvil bajo la sombra de un sauce. Por un momento, Darlene no recordó dónde estaba, el sueño la había transportado de regreso a los sucesos de las últimas horas y su mente seguía invadida de las evocadoras imágenes.

Sus amigos descendieron del coche. Los chicos sacaron las provisiones del maletero y las cargaron hasta el barco.

—¿Te vas a quedar ahí? —preguntó Hazel.

—Me he dormido —dijo ella mientras se estiraba en el asiento.

—Nos hemos dado cuenta. Roncas.

—Mentirosa. Era el rugido del viento.

Bajó de un salto, sin abrir la portezuela. Aspiró el aire limpio. Olía de maravilla, a campo.

Los sirvientes habían colocado unas largas maderas que hacían las veces de pasarela, y al escucharlos salieron a recibirlos con vasos de agua fresca aderezados con hojas de menta y una rodaja de limón.

Eran muchas las fiestas de las que había sido testigo la embarcación de la familia de Tim; de hecho, muchos de los amigos de sus padres poseían también sus propios barcos, con los que salían a navegar o remontar el río para las partidas de caza. Durante la primavera y el verano, se sucedían las excursiones y las estadías en alguna de esas naves. Los invitados pasaban varios días acampados o durmiendo en los estrechos camarotes a bordo. De las salidas familiares que hacían los Long, esas excursiones eran las que Darlene más había disfrutado en veranos anteriores. Le gustaba la ciudad y el agitado ritmo al que vivían, pero estar en medio de la naturaleza sin gritos de culis ni cláxones del tráfico era muy relajante. Sus padres también se comportaban de modo diferente cuando acudían a una salida campestre, se relajaban las maneras afectadas de comportarse y la necesidad de estar perfectos a cada instante.

El capitán del barco era un chino flaco y fibroso de rostro apergaminado que vivía en un poblado cercano; gracias a eso, lo vigilaba y lo mantenía limpio durante las ausencias de la familia. Vestía unos pantalones de sarga holgados y una camisola que, de tanto uso, era casi transparente; poco tenía que ver con los capitanes occidentales que anclaban en el Quai de France o en las dársenas del área internacional de la ribera del Whampoa. Lo acompañaban su mujer y su hija, de unos ocho años; las dos eran igualitas, de baja estatura y constitución fuerte. Tenían el rostro muy moreno y dos coloretes redondos y rosados en las mejillas a causa de tanto sol. Se encargaban de los cabos durante la partida y el atraque y también fregaban arrodilladas y a mano la cubierta.

Las chicas entraron a los camarotes para cambiarse y salieron con los trajes de baño puestos y los pareos atados alrededor de la cintura. Los muchachos vestían bermudas largas de color marfil y camisas de manga corta con ridículos estampados. Tim dio la orden de partir y el capitán arrancó el motor, que soltó una humareda de ruidosos tosidos roncos, mientras su pequeña tripulación se encargaba del ancla y de desatar los dos gruesos cabos que los mantenían sujetos al pequeño muelle. En tanto los sirvientes preparaban los cócteles y los aperitivos, las jóvenes se recostaron en las sillas de tela plegables al estilo playero de la Costa Azul, y ellos, apoyados contra la barandilla, fumaban unos cigarrillos.

Darlene estiró los brazos y los dobló bajo la cabeza; hacía calor, pero se sentía bien. Nina, en voz baja, preguntaba a Olive por sus progresos con Nicolai, y después pasó a Hazel con Tim; ambas esperaban a que ellos hicieran el primer movimiento. Las cuatro los miraron, los muchachos reían por algún comentario de Gillian, ajenos a los latidos románticos de las chicas del grupo. Darlene era la única que no había sentido el aguijón del amor durante ese último curso escolar, y a veces se sentía un poco aislada. Narek solía mitigar con su presencia esa sensación, y le gustaba saber que al menos contaba con un admirador con quien, además, se podía conversar. Pero él no había venido esta vez, y Darlene intuía que andaba metido en algo. Su hermano no podía ocultarle nada y, a diferencia de ella, mentía muy mal.

Volvía a ser la que sobraba, la desparejada. Gillian con Nina, Tim con Hazel, Olive con Nicolai. Lo bueno, al menos, era que podía ser ella misma con todos, la de siempre. No tenía que arreglarse más ni comportarse con más pudor o emplear armas de seducción que ni siquiera poseía. Entre susurros y risitas, Nina les impartía una lección magistral de cómo enamorar; sin duda, era de las cuatro la más atractiva y la única que de momento había conseguido su objetivo.

Disfrutaron del paseo en barco, del discurrir de los meandros y de la vegetación cada vez más frondosa. El terreno, llano, empezó a elevarse y formó colinas y terrazas; el aire se llenó de olores y empezó a refrescar.

—Aquí es perfecto —dijo Tim, y corrió para avisar al capitán.

En cuanto se echó el ancla y el barco dejó de navegar, Gillian se encaramó sobre la barandilla y lanzó un silbido hacia las chicas.

—¡¿Qué haces, loco?! Bájate, te vas a matar —gritó Nina.

Él rio y saltó al agua. Nicolai fue detrás y Tim corrió por la cubierta, cogió impulso y se precipitó con una acrobacia. Las chicas aplaudieron y se asomaron a la barandilla entre risas.

—¡Sois unos locos! —dijo Nina. Los ojos le brillaban de emoción.

—Venga, os toca. Está buenísima. —Gillian intentó salpicarlas desde abajo.

Darlene se desató el pareo y, a continuación, pasó las piernas por la baranda y se sujetó con los brazos, de cara al agua.

—Vamos, Lin, atrévete.

Ella soltó las manos y cayó al agua con un grito.

—¡Los hermanos Long son tal para cual! —comentó Hazel entre carcajadas.

Las otras tres se tomaron su tiempo en desprenderse de pareos y sandalias, y luego descendieron por la escalerilla que se desplegaba en la parte trasera del barco.

Nadaron, chapotearon y echaron carreras hasta que, hambrientos, decidieron disfrutar del pícnic sobre la explanada de mullida hierba, bajo los cerezos que empezaban a amarillear. Los sirvientes colocaron el extenso mantel y distribuyeron las viandas en platos de cerámica china con bonitos estampados florales. Habían preparado algunas recetas sencillas en la cocina a gas del barco, y también les sirvieron parte de las provisiones que habían llevado del hotel de Olive. Brindaron por las aventuras del verano y, entre todos, se tomaron dos botellas de vino francés. Los muchachos amenizaron la merienda con anécdotas del cuerpo de voluntarios y, ya un poco ebrios, se les ocurrió jugar al tenis con unas raquetas de madera que encontraron entre los enseres deportivos del señor Palmer. Tim ejerció de juez, sentado en una de las sillas plegables, mientras Nina y Gillian competían contra Hazel y Olive.

Darlene se recostó sobre la hierba y, poco después, las voces de sus amigos se difuminaron. Cuando despertó, abrió los ojos y se quedó un instante contemplando el aleteo de las hojas sobre su cabeza; caía el sol y las voces de los demás se mezclaban ahora con el chapoteo del agua. Sentía la boca seca y mucho calor. Se incorporó y miró hacia el río, sus amigos se bañaban, pero cuando giró la cabeza vio a Nicolai sentado contra el tronco del cerezo leyendo el periódico. Estaban los dos solos.

—Hace mucho calor.

—Has dormido tres horas.

—Ha sido el vino. Tengo mucha sed y me duele la cabeza, ¿queda agua?

—Sí, espera. —Nicolai corrió al barco y regresó con un vaso de cristal en el que nadaban unas hojas de menta. Se lo sujetó mientras bebía y Darlene pudo apreciar sus ojos azules de largas pestañas y su piel blanca ligeramente enrojecida.

—Gracias. Estoy un poco aturdida.

Nicolai se sentó junto a ella y permaneció observándola mientras bebía despacio y disfrutaba del frescor. Su mirada concentrada empezó a ponerla nerviosa.

—¿Qué leías? —preguntó para generar conversación.

—El *North China Herald*.

—¿Algo interesante?

—Han encontrado el cuerpo de una joven rusa; presumen

que la han asesinado. Aunque no se conoce su nombre ni lo que ha podido pasar, se cree que es una de las refugiadas llegadas hace poco. Los testigos aseguran que alguien de aspecto similar trabajaba de bailarina y animadora en un antro llamado El Tigre Rojo —leyó Nicolai.

—Es terrible. Lamento que tus compatriotas tengan que sufrir tanto.

—Sí, esos malditos bolcheviques terminarán pagando lo que nos han hecho. No sabes lo que significa verte despojado de todo lo tuyo, tener que esconderte durante meses para poder sobrevivir y luego escapar a un lugar extraño sin dinero. Nosotros fuimos previsores y pudimos rescatar algunas joyas, pero la mayoría de los que consiguieron huir solo pudieron salvar la vida para terminar en una zanja pocos meses después, como esta pobre chica. Es una tragedia.

—Los bolcheviques son una plaga, pero los que se aprovechan de la vulnerabilidad de las personas necesitadas son el mismísimo demonio —sentenció Darlene con un nudo en la garganta.

Guardaron silencio unos minutos, conmovidos por la desgracia ajena.

—Darlene —Nicolai se aclaró la voz con un suave carraspeo—, desde que llegué a Shanghái hace ya cinco años, vuestra amistad ha supuesto una importante certeza en la incertidumbre de mi vida. Habéis logrado que ame esta ciudad como si fuese la mía y que desee formar parte de su crecimiento y esplendor. En el último año, he desarrollado sentimientos hacia ti, y quisiera saber si tú los compartes. He hablado con tu hermano y tengo su bendición.

Darlene estaba aún medio dormida, Nicolai había buscado un momento en el que estuviese sola para declararse. Tendría que haber estado más atenta para evitar su atrevimiento. Se sintió muy incómoda. Buscaba las palabras adecuadas en su mente soñolienta cuando escuchó a su espalda:

—¿Darlene? —¡Era Olive!

Se giró despacio y, al descubrir los ojos abiertos y acuosos de su amiga, supo que había escuchado lo que Nicolai le acababa de decir.

—Olive, yo... —No le dio tiempo a explicarse porque esta salió corriendo, subió al barco y se escondió en los camarotes bajo la cubierta.

12

Regresaron de la excursión dos días después, al mediodía. Habían disfrutado de una libertad absoluta, haciendo lo que les apetecía en cada momento. Darlene había conseguido aclarar con Olive el malentendido y esta le había asegurado que todo estaba bien, que la culpa era suya por haberse hecho ilusiones y que comprendía que no podía controlar los sentimientos de Nicolai. Le prometió que se le pasaría, pero el resto del viaje se mostró distante. A que su amistad volviera a ser como siempre no contribuía el hecho de que Nicolai se comportara de forma muy galante con Darlene, a pesar de que ella le hubiera dicho que no sentía lo mismo. Volvió a casa un poco triste por el incidente y por el daño que le había ocasionado a Olive sin pretenderlo.

Después de almorzar en familia, Darlene se encerró en el cuarto oscuro para revelar las fotografías. Aunque había disfrutado de los dos días alejada del mundanal ruido, en un rincón de su mente habían palpitado sin cesar las ganas de ver las fotos que había tomado durante la fiesta en el Astor y las de la mañana después, con Mingyue. Desde el atropello, había pasado días tratando de adivinar los rasgos del misterioso culi en la imagen borrosa y oscura de su espalda. Ahora tenía muchísimas tomas de Kai Tao y esperaba que la ayudasen a esclarecer un poco más su misterio. No quería reconocerlo, pero pensaba en él más de lo que le habría gustado, más de lo que sería prudente. Era un pensamiento recurrente, tal vez porque él aún no había cumplido su promesa. Cuando llegó a casa de la excursión, no había ninguna nota esperándola.

¿Quién era?, ¿cómo ocupaba sus días?, ¿visitaba todas las noches a su amante?, ¿sabría Mingyue que participaba en actividades subversivas?, ¿sería ella su cómplice y por eso él no quería que Darlene la frecuentara, por si descubría sus planes revolucionarios? Como no tenía forma de responder a todas sus preguntas, elucubraba cientos de hipótesis, a cual más descabellada, para llenar las incógnitas. Quería verlo de nuevo, y los días empezaban a hacerse eternos a la espera de que se comunicase con ella.

Según emergían las imágenes, y después de bañarlas en el fijador y, posteriormente, en la cubeta con agua para limpiar la acidez de los químicos, las colgó con pinzas de madera de tender la ropa en la cuerda que Amah había usado para ese propósito hasta hacía poco. Las colocó en el mismo orden en que las había tomado; juntas, contaban la historia de esa noche, de su primer e inesperado encuentro con Kai Tao; por fin poseía un nombre y un dato certero sobre quién era él después de tantas especulaciones acerca de su identidad. Las fotos narraban también su romance secreto con la mujer a la que escondía en los arrabales. Darlene no podía evitar experimentar un poco de pena por Mingyue, mezclada con un pellizco de envidia por lo que Kai sentía por ella y sumada a cierto afecto porque le había parecido buena persona. Una combinación de sentimientos contradictoria y extraña le bailaba en la barriga.

Se quedó mirando una de las fotos en particular, que había captado el rostro del joven. La intrigaban sobremanera los pensamientos que se ocultaban tras esos ojos oscuros como el ébano, donde la pupila se fundía con el iris negro. Su aire concentrado, serio, como si lidiara con muchas preocupaciones dentro de su cabeza.

—¿En qué piensas, Kai?, ¿qué te atormenta? —le preguntó a su imagen.

Las fotos de la graduación ya estaban secas, así que, con cuidado, las descolgó y salió a airearse un poco. Recorrió el pasillo de servicio hasta la puerta que daba al comedor, atravesó el salón y salió a la veranda por las puertas francesas.

Su padre, con los lentes sobre el puente de la nariz, leía el periódico sentado en una de las sillas de madera de bambú mientras tomaba un café con hielo y, seguramente, unas gotitas de licor, como gustaba decir. A pesar del calor, era la viva imagen de la elegancia, vestido impecable con un traje color marfil. El ventilador del techo giraba sobre él y a Darlene le llegó su perfume, muy varonil, que encajaba a la perfección con su porte fuerte y su carácter sólido. Darlene lo admiraba: era firme en sus convicciones, pero sabía escuchar, y tenía una inteligencia y una astucia que le habían permitido afrontar las muchas zancadillas que le habían puesto extranjeros y locales a lo largo de los años.

Se sentó a su lado y dispuso las fotografías sobre el cristal de la mesa redonda, del mismo material y estilo que los asientos. Aguardó ansiosa a que él reparara en su presencia.

Henry Long levantó la vista del periódico y sonrió al ver a la joven.

—Vaya, vaya. ¿Qué tenemos aquí? —Estiró la mano y cogió una de las fotografías. Darlene contuvo el aliento—. ¿Las has hecho tú?

—También las he revelado yo, en el cuarto de la plancha. Amah no para de refunfuñar.

—Meterse en los dominios de Amah es una temeridad —rio Henry. Se quedó mirando la imagen mientras la analizaba—. Pero están muy bien, Darlene. —Repasó las demás una por una, tomándose su tiempo—. Esta es fantástica —opinó. En ella se veían las piernas de una de sus compañeras de clase mientras su pareja de baile la alzaba en el aire a ritmo de foxtrot.

—No estaba segura de lo que saldría, es muy difícil captar el movimiento. —Aunque estaba desenfocada, el efecto de la imagen daba la impresión de que las figuras bailasen dentro del papel.

—¿Y este quién es?

Darlene se puso roja al darse cuenta de que se le había colado la foto del culi tramposo. Debía de haber quedado adherida a la anterior.

—Oh, creo que es el conductor del *rickshaw* que me trajo a casa. Esa noche hice pruebas sin mucha intención mientras venía de camino.

Tomó la foto y la apartó a un lado. Menos mal que las del baile en el Astor no se habían secado, en esas se reconocía perfectamente a Kai, y había muchísimas tomas. Casi todas las instantáneas de esa noche estaban dedicadas al objeto de su obsesión, y a su padre no se le habría pasado por alto tanto interés. Era justo lo que le faltaba a Darlene para que su madre la encerrase bajo llave o le arreglase un matrimonio a la carrera.

Henry continuó revisando las imágenes una por una, acercándoselas para apreciar bien los detalles. Cada poco movía la cabeza o comentaba algo.

—Son realmente buenas, Darlene.

—Gracias, *daddy*. Significa mucho para mí que te gusten.

—No solo me gustan, sino que creo que podrías publicarlas.

—¡¿Sí?! Eso sería increíble, pero ¿cómo?

—Conozco al dueño del *North China Herald*, Henry Morriss. ¿Qué te parece si lo invito a cenar a casa un día de estos? Se las enseñaremos a ver qué le parecen.

—¡Sería genial, muchas gracias! —celebró ella, y se lanzó a abrazarlo.

—¿Qué es este alboroto? —Clarisse apareció lista para salir en su impecable vestido de tarde, zapatos de tacón, peinado sencillo y maquillaje suave.

—¿Has visto las fotos que ha sacado Darlene?

—A mí no me las ha enseñado.

—*Daddy* acaba de verlas, se estaban secando —se excusó. Las tomó de la mesa y se las ofreció.

Su madre las ojeó rápido.

—Son simpáticas —dijo—. *Chérie*, venga, sube a cambiarte. Hoy vendrás al salón de té conmigo.

—Tengo cosas que hacer, *maman*. Voy a salir con las chicas.

—Nada de eso, mademoiselle. Debes empezar a relacionarte con las damas, ya que tienes que convertirte en una de ellas.

—Prefiero quedarme con *daddy*.

—Preciosa, yo tengo consejo municipal en una hora. Será mejor que acompañes a tu madre. Tú y tu hermano no paráis últimamente; tenéis que dedicar tiempo también a la familia.

—Está bien. Dame diez minutos. Bajo enseguida.

Ya había conseguido el apoyo de su padre con la fotografía; a cambio, no le quedaba más remedio que mostrarse colaborativa.

Stirling Fessenden, presidente del consejo municipal de la concesión internacional, dio por comenzada la sesión.

Un círculo bastante estrecho de intereses dominaba la representación en el consejo municipal. Las grandes empresas casi siempre participaban; aparte de la de Henry Long, gozaban de asiento un representante de Butterfield and Swire, de Jardine Matheson, de las entidades Hongkong Bank & Shanghai Bank y de la petrolera Standard Oil. Los miembros del consejo eran mayoritariamente británicos, aunque el presidente y el vicepresidente podían ser estadounidenses, como ocurría en ese momento, en el que Fessenden, quien tenía un despacho de abogados en la ciudad, ejercía como principal, y Long, de segundo. En el pasado también habían ostentado esos cargos alemanes, ya que las dos comunidades, la americana y la alemana, eran las más numerosas, después de los británicos, en la concesión internacional. También había un solo miembro japonés, que representaba a las empresas textiles, las cuales eran en su gran mayoría de origen nipón; estas generaban casi la mitad de los ingresos de la ciudad y gestionaban a miles de trabajadores locales, muchos de los cuales vivían en el extrarradio, pero dentro de los límites de la concesión. A pesar de la presencia habitual de chinos de clase alta con intereses comerciales y personales en la concesión internacional, su participación en los órganos de gobierno del consejo municipal estaba vedada.

El secretario leyó el orden del día. Entre los asuntos que iban a tratar se encontraba el tema propuesto por Henry Long de los panfletos encontrados por su hijo mayor en el jardín. Long explicó de forma breve las pesquisas realizadas para esclarecer la procedencia de los volantes y el mensaje contenido en ellos. Otro de los asuntos de mayor relevancia ese día eran las alarmantes noticias que llegaban de los informantes infiltrados en los ejércitos privados de los señores de la guerra en las provincias más cercanas a Shanghái, Kiangsu y Chekiang, y también de aquellos localizados en áreas más alejadas pero con capacidad de asestar un golpe a la ciudad en cualquier momento. Según el informe recibido, compraban armas, reclutaban a campesinos y parlamentaban con otros caciques. Eso, unido a la incautación de varios cargamentos ilegales de armas en los últimos dos meses, y los que suponían que no habían sido detectados y se les habrían colado en la inspección a los agentes aduaneros, hacía pensar que se estaba preparando una ofensiva.

—Seguramente las dos cuestiones no estén relacionadas, pero está claro que los agitadores sociales no van a desaprovechar ninguna oportunidad desestabilizadora para salir a la calle y levantar a los obreros contra nosotros —afirmó Chester Digby.

—Estoy de acuerdo con Digby —apoyó Henry Long—. A pesar de que los interrogatorios de la policía francesa no hayan aportado ningún dato sobre quién está detrás de las amenazas que contienen los volantes subversivos, mi intuición me dice que se fraguan revueltas. Debemos ser prudentes y valorar el peligro real y cuánta población local apoyaría un levantamiento.

—Ni siquiera tenemos censados a los miles de chinos que residen y trabajan en la concesión. Tan solo sabemos, gracias a los archivos del comité de vivienda, qué edificios son «chinos». ¿Cómo vamos a poder calcular las fuerzas que necesitamos para reprimir una posible agresión? —comentó el representante japonés.

—Disponemos de los registros policiales con las huellas dactilares de unos ciento cincuenta mil locales. Nuestra policía municipal se harta de arrestarlos de forma rutinaria por delitos de orden social como orinar o defecar en público, deleznable hábito cultural de estos bárbaros. Podríamos usar esos datos para estimar nuestros cálculos —afirmó Digby.

—También tenemos datos de los chóferes, los bomberos y todos los que han recibido una licencia de actividad comercial en la concesión —añadió el presidente.

—Los ánimos están revueltos. Otra semana en la que hemos recibido cientos de cartas, muchas de ellas anónimas: quejas y más quejas, peleas entre vecinos, disputas y pretensiones ridículas e interminables peroratas incomprensibles escritas en *pidgin* por personajes medio analfabetos —comentó el representante de Jardine Mathenson.

—Propongo hacer un barrido y limpiar las asociaciones clandestinas y los sindicatos ilegales. Abortar todas las reuniones de esos malditos comunistas; estoy convencido de que están organizando reuniones antiextranjeros —afirmó Digby—. Debemos reforzar la seguridad en las fábricas y en las universidades y colegios públicos. Presento la moción.

—La apoyo.

—La secundo.

—Yo también.

—¿Todos a favor? —preguntó el presidente.

—*Aye!* —exclamaron todos elevando la mano derecha.

—Se aprueba hacer una limpieza de asociaciones ilegales. El secretario informará al comandante del cuerpo de voluntarios para que apoye a la policía municipal en el cometido.

Después de discutir otras cuestiones menores, el tesorero presentó el balance de ingresos y gastos, se votaron aquellos extraordinarios y se dio por concluida la reunión.

Henry se despidió de los demás miembros y salió al gran vestíbulo.

—Long.

—Digby.

—¿Tienes tiempo para tomarte un coñac?

—Hoy no, voy a la oficina. Tengo que revisar unos contratos —contestó Henry.

—He oído que tu hijo se ha unido a los voluntarios. Buen muchacho.

—Gracias, sí. Espero que seamos capaces de mantener lejos de Shanghái la guerra civil que libran los generales. No me gustaría que Gillian se expusiera a tan pocas semanas de marcharse a la universidad.

—Verás que no. Tenemos que preservar la línea dura de gestión y hacer despliegue de fuerzas como medida disuasoria. Me reuní con el cónsul británico hace unos días y estamos en la misma sintonía.

—Es buena idea. Hace semanas que no veo al cónsul americano, contactaré con él.

—Y la jovencita encantadora, ¿qué está haciendo?

—Hoy madre e hija han asistido a una reunión de damas en el salón de té del Palace; el chófer las ha dejado allí hace un rato. Me voy, que quiero terminar temprano. Nos vemos en el club uno de estos días —se despidió del inglés.

Nada más entrar al salón de té, Darlene se sintió observada. Clarisse, a su lado, caminaba con la cabeza alta y el andar felino. Debía reconocer que su madre destilaba elegancia, y las mujeres cuchicheaban a su paso. Algunas con más descaro comentaban en voz alta los zapatos, la calidad del diseño o el cutis perfecto; Darlene también cazó algún dardo destinado a ella, que pudo resumir en que «se parecen mucho, pero la hija es más burda». Decidió no tomárselo a mal porque tenían toda la razón.

Al aproximarse a sus amigas, sentadas en su mesa habitual, Clarisse sonrió y le dijo entre dientes:

—Estírate y sé educada; nada de discusiones intelectuales, solo hablas si te preguntan. Y ni se te ocurra mencionar tu nueva afición a la fotografía.

Darlene suspiró con pesadumbre. Sin poder evitarlo, giró la cabeza y ojeó el reloj de pared situado sobre la puerta del salón; la tarde se le haría eterna. Al volverse, se encontró con cinco pares de ojos que la estudiaban.

—¡Clarisse, *divine*! No nos habías dicho que ibas a traer a tu hija.

Todas se levantaron por turnos y le dieron dos besos, uno por mejilla, sin llegar a tocar su piel. Era una costumbre muy francesa que a Darlene le resultaba incómoda. Su madre se saludaba así incluso con mujeres a las que acababa de conocer, si eran de su país de origen, como si eso las convirtiera en personas más cercanas o más dignas de confianza. Ella prefería el estilo americano de su padre, un poco más distante físicamente con los desconocidos.

—Oh, ha sido un impulso de última hora. Desde que era muy chiquita Darlene ha deseado formar parte del círculo de las mujeres. ¿Os acordáis de cómo se ocultaba debajo de la cama y nosotras hacíamos como que no nos dábamos cuenta? —Todas rieron y le dedicaron miradas tiernas. Cuando Darlene era niña, no le estaba permitido entrar a la alcoba de su madre mientras recibía visitas, pero Gillian y ella se escondían y espiaban lo que hacían las mujeres. Las veían desnudarse; los vestidos caían a sus pies y dejaban al descubierto piernas enfundadas en medias de seda, pies que paseaban de un lado al otro de la estancia de puntillas. También veían los del sastre, enfundados en alpargatas de tela negra. Escuchaban el descorchar de botellas y a las mujeres comentar lo rico que estaba el champán; los niños contenían las carcajadas con cada comentario que salía de boca de las damas. Contaban chismes y pasaban el rato probándose telas de distintos colores y texturas y tomándose las medidas para los atuendos elegidos. Después, bajaban al jardín a merendar y a charlar, y era entonces cuando los niños podían salir del escondite y beberse las sobras de las copas. Clarisse también miró a Darlene y alzó la barbilla; podía escuchar las palabras que su madre no pronunció: «Te he sorprendido, *chérie*, no lo puedes negar»—. Bueno, hoy me ha pedido venir con esos ojos preciosos y llorosos, implorantes, y, claro, una madre no puede negarle algo así a su principal discípula.

—Sería estupendo contar con ella en el evento de recaudación para el orfanato.

¿Por qué no le preguntaban a ella directamente? Todas sonreían y la miraban, y Darlene les correspondía con una expresión congelada en la cara. Se frotó las manos; tenía ganas de dar su opinión al respecto, pero justo en ese momento Clarisse le puso una mano sobre la rodilla.

—Estará encantada de ayudar, ¿verdad, preciosa?

—*Bien sûr*, queridísima madre —dijo, y forzó una sonrisa tan amplia como le permitían las comisuras de los labios.

Clarisse la miró fijamente y lanzó una corta carcajada que la puso en guardia, porque la conocía bien, pero que sus amigas secundaron con suaves aplausos de aprobación y sonrisas entusiasmadas.

Llegaron los tés y las tartas y las mujeres empezaron a compartir confidencias y cotilleos. Darlene desconectó del parloteo, más pendiente de comer; los dulces le encantaban, y el despliegue de merengues, *mille-feuille* de crema, tartaletas de frutas y un surtido de chocolates y pastas de té absorbió toda su atención durante un rato. Cada tanto escuchaba retazos de la conversación, decidía que no le interesaba lo que hablaban y seguía con su exploración pastelera.

—Les estaba contando a Lucille y Charlotte que ayer encontré al *cook* limpiando la mesa de la cocina con uno de mis pañuelos después de haber descamado el pescado. Quise matarlo. No puedo explicarme cómo pudo confundir un trapo de cocina con mi fular.

—Lo hizo aposta, seguro —comentó una.

—Siempre lo hacen a propósito —confirmó la segunda.

—Quise ahorcarlo con el mismo pañuelo que acababa de arruinar, pero solo le propiné una bofetada. Después respiré hondo y decidí darle donde más le duele: nada de salario hasta que haya pagado el daño.

—El otro día, mi marido invitó a unos clientes a cenar y la

aya tuvo que correr para pedir prestada la cubertería de la casa donde sirve su hermana pequeña porque estos sucios ladrones amarillos han estado robando los cuchillos y las cucharas de la sopa, y no teníamos un servicio completo. ¡El bochorno que sentí cuando, al sentarnos a la mesa, me percaté de que cada conjunto de cubiertos era distinto!

—¡Qué horror!

—Lo que es un horror es descubrir que entre esos desarrapados a los que ayudas hay un desagradecido que, en vez de trabajar y esforzarse, te roba. Los gendarmes detuvieron al *boy* segundo por haberme hurtado varias joyas. Llevaba días buscándolas. —Esta vez fue Clarisse la que intervino, y Darlene escuchó con la cucharilla suspendida en el aire, cargada con un trozo de tarta de chocolate.

—Tendrías que haber revisado sus cuartos; siempre son ellos. Yo, en cuanto me falta algo, los inspecciono de arriba abajo y encuentro lo que busco, y eso que son de lo más imaginativos y lo esconden todo, como las ratas.

—Pero ¿cómo me iba a imaginar que el ladrón estaba bajo mi propio techo —suspiró Clarisse con aflicción— y que era el mocoso de catorce años al que hemos criado nosotros? Llegó a casa desnutrido y harapiento; le dimos trabajo y cobijo, lo vestimos y hasta lo educamos en buenos modales. No los entenderé nunca. Lo obtienen todo de nosotros y, aun así, abusan y traicionan nuestra confianza.

Darlene comprendía la lógica de su madre, pero no pudo evitar un ramalazo de pena en el vientre. Le habría gustado justificar al chico, quien tal vez necesitaba el dinero con urgencia, pero se mordió la lengua y prefirió usarla para degustar la tarta. Al fin y al cabo, estaba pasando por ese aburrimiento mortal, que casi calificaba de tortura, para mejorar la relación con su madre, para descubrir algún punto en común, por pequeño que fuera, que pudiera acercarlas.

—Intentar entenderlos es volverse loca. A mí me duraron las ganas las primeras semanas tras mi llegada a Shanghái; enseguida me di cuenta de que es una guerra perdida. Ahora me enfoco solo en que hagan lo que les digo y me cercioro de que lo cumplen y, al primer desliz, los echo a la calle. Será por muertos de hambre en esta ciudad... Das una patada y salen cientos, como las cucarachas después de la lluvia.

—Y que lo digas, y cada día llegan más.

—Pues eso no es nada comparado con lo que me contó madame Sylvain... Por lo visto...

Venían más quejas sobre el servicio, por lo que Darlene se entretuvo examinando a los ocupantes de las otras mesas. La mayoría eran grupos de mujeres, muchas de ellas francesas, a juzgar por las palabras sueltas que le llegaban de las conversaciones, pero también reconoció, por la forma de vestir, los acentos y los rasgos físicos, a alemanas, italianas y portuguesas, entre otras. Su madre saludó desde la distancia agitando los dedos de una mano con discreción a varios grupos. La joven intuyó que formarían parte de los círculos habituales de su padre: esposas de socios comerciales, de clientes o de cargos administrativos dentro de la concesión internacional. Conocidas, pero no pertenecientes a su círculo cercano de amigas francesas.

Mientras que otros corrillos integraban mujeres de múltiples nacionalidades, a Darlene le llamó la atención que las francesas se sentaban juntas y aisladas del resto, como el grupo de su madre, exclusivamente *français*. Por cómo miraban a las demás y por los sutiles comentarios que vertían sobre el atuendo de una o el peinado de otra, Darlene dedujo que se sentían superiores y usaban sus defectuosas habilidades lingüísticas —hablaban un inglés espantoso— para no mezclarse demasiado. Clarisse debía de ser de las pocas que dominaban el inglés, ya que lo hablaba habitualmente en casa, aunque muchas veces prefería el francés, sobre todo cuando estaba enfadada o soltaba sus comentarios ácidos.

La mirada de Darlene se desvió hacia la puerta al ver que entraba un caballero. Y, como no abundaban en el salón, salvo por dos o tres, las damas también se dieron cuenta. Él la pilló mirando y, con una sonrisa, se acercó a la mesa. Darlene quiso refugiarse bajo el mantel. Esos ojos azules deslavados le producían desazón, así que apartó la mirada y se concentró en su plato.

—Qué rica está la tarta de chocolate —comentó con la dama sentada a su derecha.

—Yo prefiero el merengue de limón —contestó la otra.

—Buenas tardes, bellas damas.

—¡Lord Mildmay, qué agradable sorpresa! No suele frecuentar este establecimiento.

—Pasaba por la zona y el olor a pastel inunda la calle. —Entonces clavó la mirada en Darlene—. Veo que cuentan con una integrante tan joven y bonita como su madre. Missis Long, espero que me recuerde; nos presentó su marido el otro día.

—Sí, es verdad. Disculpe, pero no recuerdo su nombre —dijo Clarisse con una sonrisa contenida.

—Chester Digby, a sus pies. He venido a tomarme un té y a leer un rato el periódico mientras contemplo la belleza de la sala —explicó dirigiéndose al resto.

¿Cómo iba a leer y a admirar a las mujeres?, pensó Darlene. Era desagradable y además falso, pero el club de damas francesas no parecía estar de acuerdo con ella porque rieron ante el comentario.

—¿Quiere sentarse con nosotras?

—Le agradezco la oferta, madame, y sería como morir y haber llegado al cielo, pero de momento me conformo con admirarlas desde la distancia. Las dejo para que sigan con su animada conversación. Buenas tardes —se despidió con una inclinación pomposa.

—Ese ofrecimiento ha sido demasiado descarado hasta para ti, Sandrine. —Todas rieron.

—Cuentan que en verdad es un hijo bastardo del barón de Fitzwaler y que el título de lord Mildmay le corresponde a un primo tercero que vive en Inglaterra. Su padre prefirió pasar el título antes que reconocerlo como heredero —comentó una.

—Yo lo que he oído es que el viejo barón estaba totalmente arruinado y el primo iba a heredar solo deudas, por lo que le vendió el título —añadió otra.

—Pues mi marido ha preguntado a conocidos en Londres y no han oído hablar de él.

—En Shanghái uno puede ser rey si tiene súbditos.

—No sabía que tenía sangre aristócrata —comentó Clarisse.

—Bueno, si los rumores son ciertos, solo por parte de padre. Seguro que su madre era una de las sirvientas; la típica historia.

—Es bastante mayor ya. ¿No se ha casado nunca? —preguntó su madre.

—Eso parece, aunque, si no recuerdo mal, hace unos años cortejó a una mujer americana, hija de una de las grandes fortunas industriales del país. Parecía que existía interés mutuo, pero se produjeron ciertas desavenencias y aquello quedó en nada.

—Es un hombre muy discreto.

—Mi esposo tiene su propia teoría. Dice que no le gustan las mujeres.

—No lo creo, eso se nota. Aprecia a las mujeres, es galante y también atractivo y muy refinado, ¿no os parece? —dijo la tal Sandrine.

—Un tanto enigmático, diría yo —apuntó Clarisse.

Desagradable, pensó Darlene, quien lo observaba con disimulo. Chester Digby se sentó a una mesa junto al ventanal, pidió un té y abrió el periódico. Justo levantó la vista y, al ver que Darlene lo miraba, sonrió. Un escalofrío le recorrió la columna vertebral; ese hombre la inquietaba, y últimamente parecía estar en todas partes.

13

Después de reunirse con su director de tesis, Kai salió del campus de la Université l'Aurore. Quería graduarse para finales de año, como mucho para la primavera siguiente, pero a *le père* Julian le había parecido muy improbable. Le había vuelto a sugerir que avanzaría mucho más si se quedase en el campus de forma permanente. Le habían ofrecido una beca de estudios que cubría casi todos sus gastos, incluido el alojamiento, pero él había hecho un trato con su padre: este le permitía asistir a la universidad a cambio de seguir viviendo en casa y no en el hostal donde se hospedaban los estudiantes bajo la supervisión del jesuita chino *le père* Laurent Li. Aunque Kai había tenido una fuerte discusión con Wenzhao y había estado a punto de romper con él definitivamente, en aquel entonces, cinco años atrás, aún no había encontrado a Mingyue y necesitaba seguir pagando al detective. Ahora apreciaba tener libertad de movimientos, entrar y salir de la universidad sin cortapisas ni horarios de cierre de verja, y también gozar de acceso a la despensa de la casa y a las joyas de su madrastra. Nunca se sabía cuándo las cosas se iban a poner difíciles.

Kai caminó hacia el antiguo templo de Li Hongzhang, un edificio donado en el año 1912 por el ministro de Educación del Gobierno provisional, sito en Nankín. En él se ubicaba la Universidad de Fudan, donde estudiaba su amigo Lu, con quien había quedado para almorzar.

Lu y él habían ingresado juntos en l'Aurore, Lu en Medicina y Kai en la rama de *Lettres et droit*, pero el primer año de estudios, su amigo se había dejado seducir por los ecos de las voces estudiantiles más radicales y había terminado convencido de sus proclamas. Pasó a formar parte del grupo de doscientos alumnos que constituyeron un consejo estudiantil para votar su apoyo a las manifestaciones del 4 de mayo del 19 contra la presencia extranjera en Pekín y Shanghái. La reacción por parte de la administración de la universidad fue inmediata: les dieron un ultimátum para que abandonaran la rebelión, desintegraran el consejo y retornaran a las aulas, ya que los exámenes eran en pocas semanas; de lo contrario, serían expulsados. Un tercio de los estudiantes dejó las protestas; el resto fue expulsado ese mismo día y escoltado por las fuerzas del orden de la ciudad francesa fuera del campus, Lu entre ellos.

El curso siguiente, Lu había sido admitido en Fudan, creada por el mismo religioso de l'Aurore, Ma Xiangbo, junto con muchos de los expulsados, pero había tenido que renunciar a la medicina, ya que no era una de las disciplinas que se impartían en la institución china. En su lugar, se decantó por la literatura, la filosofía y la retórica. Con el paso de los años, se había radicalizado, pero aún conservaban la amistad; Kai sentía que, si se distanciaban y dejaban de verse, su amigo se perdería por completo en el extremismo ideológico. Aunque ahora tenía un motivo ulterior para estar cerca de él, pensó. En cierta forma, se sentía justificado en sus razones para hacer lo que tenía que hacer, si bien prefería no pensar en ello en ese momento, por lo que apartó la idea de su mente.

Kai estaba contento con su elección académica. Bajo el mando de los jesuitas, l'Aurore estaba enfocada en perseguir el más alto nivel de enseñanza profesional. Partía de un riguroso proceso de selección de estudiantes y profesores; el currículum seguía, fundamentalmente, los elevados estándares de la educación superior francesa, y eso le había otorgado, a lo largo de los años, gran prestigio. L'Aurore, además, contaba con una excelente biblioteca, un observatorio meteorológico muy activo, que daba partes varias veces al día, y hasta un museo de ciencias naturales que llevaba promoviendo la investigación y el intercambio de conocimientos desde su fundación el siglo anterior. A cambio de obtener la excelencia académica, los estudiantes tenían prohibido involucrarse en movimientos políticos o pertenecer a sindicatos o asociaciones ideológicas, así como participar en actividades revolucionarias, aunque sí podían tomar parte en labores grupales vinculadas con el estudio y la vida universitaria. Eso que era tan criticado por las universidades chinas era lo que a Kai más le gustaba. De los más de mil ochocientos alumnos que habían pasado hasta entonces por la Université, solo se habían graduado cien. Y esa particularidad, que amedrentaba a muchos de sus compañeros, a él lo motivaba a esforzarse cada día por convertirse en uno de ellos. No podía construirse una nación desde la ignorancia, que, por desgracia, era lo que imperaba en las guerras que tenían al país fragmentado en miles de pedazos.

Kai sentía que, de todo cuanto lo rodeaba, el estudio era lo único a lo que podía aferrarse para no volverse loco de desesperanza. Admiraba profundamente la disciplina y el amor de los jesuitas por el conocimiento. Por el contrario, Ma, el anterior presidente de la universidad, y su fundador, había chocado muy rápido con la concepción de educación de la orden religiosa, por lo que cedió la dirección y abandonó el centro para crear la institución donde ahora estudiaba Lu.

El lugar de encuentro con su amigo era un comedor estudiantil cercano al antiguo templo; en verdad era una casa de té donde servían algunos aperitivos locales, muy frecuentada durante el receso de las clases. Kai había acudido un par de veces, más por acompañar a Lu que porque le interesara departir con sus compañeros, con los que no compartía ni ideas ni aficiones. Cuando llegó a las proximidades del local, varios grupos de alumnos sentados en la hierba hablaban y comían; algunos leían en voz alta mientras el resto escuchaba. A las puertas de la tetería, más estudiantes hacían cola para acomodarse en los espacios exteriores, en unas cajas de suministro de madera, que hacían de mesas y de sillas improvisadas. La afluencia de clientes en ese día soleado, y cerca del fin del curso lectivo, era abundante.

Kai se abrió paso hacia el interior en busca de Lu. Subió las empinadas escaleras que ascendían al segundo piso y a la terraza. Localizó a su amigo en una de las salas, apoyado contra la pared y rodeado de sus compañeros. Lu, al verlo, le hizo una seña para que se acercara y, de un codazo, le exigió a quien ocupaba la banqueta contigua que se moviera. El otro no protestó, por lo que Kai supuso que era un novato de primer año que obedecía sin rechistar las órdenes de los estudiantes más veteranos, como su amigo, que llevaba ya cuatro años en la universidad y sin visos de graduarse aún. Kai estaba convencido de que a Lu le gustaba la vida universitaria más de lo que lo hacía el estudio en sí.

Preguntó a Lu cómo iba todo y este le respondió que hablaban luego y que se encontraban en medio de una sesión importante. Kai pidió un plato de fideos fritos al *laoban*, quien se acercó a tomar nota de la comanda. Su almuerzo llegó en pocos minutos, y mientras comía se dedicó a oír lo que hablaban.

De la perorata que daba uno de ellos, escuchó la parte acerca de la responsabilidad que tenían los estudiantes de «salvar la nación» de las amenazas que planteaba el seguir teniendo a los demonios extranjeros en territorio nacional, con sus pretensiones colonizadoras y expansionistas, y cuya presencia solo perpetuaba la humillación que había sufrido el pueblo chino. Otro criticaba la incompetencia interna, la corrupción y la falta de patriotismo real del actual Gobierno oficial; el oportunismo que hacía que la élite educada prefiriera su propio desarrollo económico, y pactara y negociara con los países occidentales, y su beneplácito de mantener el sometimiento de los más pobres en vez de hacer que el progreso se extendiera a todas las capas de la sociedad. Otro alumno proponía salir a las calles para denunciar el imperialismo de las potencias extranjeras y la indignidad de las autoridades locales, a quienes los estudiantes reclamaban estar demasiado dispuestas a adoptar tácticas represivas hacia su propio pueblo y ser demasiado débiles para proteger al país de amenazas externas.

—Las protestas del 19 no valieron para nada. ¿Qué conseguimos? Esta vez debemos ir un paso más allá.

—¿A qué te refieres? —preguntó Lu.

—A usar la fuerza, como hacen ellos.

—Eso son palabras mayores. Podemos provocar una masacre —razonó su amigo.

—Nos masacrarán de igual forma si nos oponemos pacíficamente.

—Hagamos un boicot a los productos extranjeros. Solo les importa el dinero, así que démosles donde más les duele —propuso otro, y se alzaron varias voces que apoyaban la idea.

—No podemos solos —dijo Lu.

—Sí, el camarada Lu tiene razón. Tenemos que unirnos a la clase obrera, a los más pobres: a los culis, a las hilanderas, a los mendigos que cada día llegan del campo por decenas. Ellos son nuestra fuerza; y elevar su existencia, nuestra razón de ser —dijo, usando el término francés *raison d'être.*

—Ha de ser una *sanba* bien organizada. —El estudiante se refería a una huelga general de todos los sectores de la sociedad: de los comerciantes locales que compraban y vendían mercancías a los extranjeros, de los estudiantes y, por supuesto, de los trabajadores, que podían paralizar la producción en las fábricas durante semanas y causar grandes pérdidas a las firmas occidentales.

Kai pensó que era la misma cantinela de siempre. Llevaban años dedicados a esos discursos patrióticos, pero no a estudiar y esmerarse en construir una sociedad mejor con su propio esfuerzo. Sorbió ruidosamente la sopa; lo hizo a propósito para acallar el soporífero discurso. Lu le sonrió; conocía de sobra su opinión.

Como parecía que iba para largo, Kai le pidió al camarero un trozo de papel. Al cabo de unos minutos, este le entregó una de las tarjetas de la tetería, que tenía forma de postal; en una cara, se veía un dibujo a plumilla, en tinta negra, del exterior del local, y en la otra, espacio de sobra para escribir. No podría haber encontrado nada mejor para la primera nota que escribiría a la extranjera.

Sacó su pluma Sheaffer, regalo de su padre. Aún se debatía entre venderla, como había hecho con todos los regalos de este, o seguir usándola; le gustaba, muy a su pesar. Comprobó que tenía tinta y se evadió de las voces, ahora enzarzadas en una agitada discusión. Se concentró en evocar la imagen de la muchacha a quien iba dirigida la nota. Su naricilla poblada de semillas de sésamo; sus pestañas curvas y coquetas custodiando los jades más verdes, y que se agitaban cada vez que osaba provocarlo con su lengua afilada. Rememoró sus labios rosados, que temblaban ligeramente cuando maquinaba alguna idea. ¿Cómo había aceptado hacerle de guía? Se estaba complicando la vida, lo sabía, pero sentía una inclinación suicida a estar cerca de ella. «Para controlarla y que no se acerque a Mingyue», dijo su yo precavido; «Para hacerle ver todo lo que los suyos han provocado con su avaricia y arrogancia», añadió su parte vengativa. Se pasó las manos por el pelo. «Para descubrir si tiene semillas de sésamo en alguna otra parte del cuerpo».

Pang se presentó ante las altas puertas negras que blindaban la mansión de su jefe. Plantado ante ellas se encontraba el vigilante que filtraba las visitas, un pequeño eslabón en la cadena de protección en torno al anciano. Lo conocía de otras veces. Sacó los cigarrillos y le ofreció uno. Se lo fumaron con tranquilidad mientras hablaban de banalidades: el calor, el monzón que empezaría en breve, la marca del tabaco; sabía bien, comentó.

—¿Y estas son nuevas? —preguntó, y señaló a las tres chicas que acompañaban a Pang y que permanecían detrás de él con las cabezas gachas en completo silencio.

—Sí, ¿qué te parecen? —Pang se paseó ante ellas y les alzó la barbilla para que el guarda las viera bien.

—Están bonitas, y muy tiernas. ¿Sabes a dónde las van a llevar?

—No lo sé, me imagino que la *tai tai* se encargará de encontrarles el lugar adecuado —dijo Pang refiriéndose a la mujer de su jefe.

—Sí, para eso tiene mucho ojo —comentó el vigilante.

—Si quieres, te aviso cuando me entere, pero no creo que puedas permitírtelo. Vienen del burdel El Loto Blanco.

El otro dio una calada profunda al cigarrillo y se mojó los labios.

—Pues tienen que ser muy buenas, de lo mejor de la ciudad. Esa madama sabe entrenar bien a las mocitas.

—Si acaso me mandan alguna a El Tigre Rojo, podría convidarte a una cata —ofreció Pang.

—¡Hermano mayor! —dijo—, eso no se me olvidaría, imagínate. Esta rolliza es mi favorita. —Acercó el dedo al brazo de la chica sin atreverse a tocarla. De momento, eran solo del jefe.

Apuraron el cigarrillo.

—Bien bonitas son —dijo de nuevo el guardia recorriéndolas de arriba abajo.

—Y flexibles como tallos recién germinados, además... —Pang se aproximó al vigilante y añadió en un susurro—: Están sin estrenar.

El otro meneó la cabeza incrédulo.

—Suertudo el que se coma el manjar.

—Mucho dinero ha de tener. La *tai tai* se encargará de que pague por ello. Voy a llevarlas con el jefe, a ver qué tal. —Pang terminó el cigarrillo y lanzó la colilla a la calzada.

—Adelante, hermano mayor, y a las órdenes para lo que necesites.

Pang sonrió. El primer escollo estaba salvado. A ese mentecato le prepararía una buena pipa de opio para hacerlo volar y, después, cualquiera de sus chicas le parecería la diosa Mazu.

Atravesó el patio de piedra y llegó a la escalinata de la mansión; otros dos guardias custodiaban la entrada. Ya lo habían visto antes, pero tuvo que explicarles quién era y a qué iba. Uno de ellos entró a la casa y regresó a los pocos minutos. Le indicó que lo siguiera y que llevara consigo a las mujeres.

Mientras caminaba hasta el gran recibidor, Pang calibraba con cuidado cada palabra que le diría al jefe. No podía dar otro paso en falso porque le podía salir muy caro. Ya llevaba dos: haber perdido el paquete sin distribuir y, ahora, a la maldita zorra traicionera. Esperaba que su estrategia le permitiera ganar un poco de tiempo hasta que hallara la forma de afianzarse a ojos del mafioso.

Una vez en la sala de visitas, se sentó en una de las grandes sillas de madera de estilo imperio y aguardó. Las tres chicas permanecieron de pie, con las manos enlazadas y las cabezas gachas.

Así esperaron una hora hasta que finalmente fue conducido ante el hombre.

—Maestro, mi agradecimiento sincero por aceptar recibirme.

—¿La has encontrado?

Pang tragó saliva y le sostuvo la mirada.

—No, maestro, ha desaparecido. Alguien la protege, alguien con poder, pero averiguaré quién es y dónde la tiene. Para compensarle por la pérdida económica le he traído tres vírgenes que han estado un año con madame Wang; están bien entrenadas y son sumisas y complacientes. Es un regalo, no tiene que pagarme, aunque han costado caras. Madame Wang garantiza su calidad y la inversión; con estas no tendremos problemas de fugas. —Chasqueó los dedos y ordenó a las chicas que se acercasen para que el jefe las pudiera estudiar bien. Ellas dieron un paso al frente y alzaron los rostros. Temblaban como hojas tiernas recién brotadas—. Espero que acepte el presente como forma de resarcirlo por haber perdido a esa zorra desagradecida y que acepte mis disculpas más sinceras, aunque le aseguro que no cejaré hasta encontrarla —dijo con una inclinación.

El viejo asintió y llamó a su mujer.

Lin Guisheng apareció tras una mampara de madera labrada con paisajes montañosos y Pang supo que lo había escuchado todo. La había conocido meses atrás y le había sorprendido encontrarse con una mujer simple, de apariencia tosca: llevaba el cabello corto, nunca se maquillaba y vestía ropas burdas. Pero no podía llevarse a engaños porque, bajo una fachada absolutamente vulgar, esa mujer poseía una mirada afilada y un olfato inigualable para los negocios. El jefe la había conocido en la ciudad de Soochow a finales de siglo y habían contraído nupcias en 1900. Llevaban más de dos décadas casados, y en ese tiempo habían amasado juntos una fortuna. El anciano se fiaba completamente de ella.

—Vengan por aquí, muchachas. ¿Cuándo fue la última vez que comieron? —Las jóvenes no se atrevieron a contestar—. Ya veo. Primero cenarán y luego tomarán un baño y descansarán hasta mañana... —fue lo último que escuchó Pang antes de que las cuatro mujeres salieran del vestíbulo.

—La confianza, en nuestro mundo, es un raro pájaro de bello canto; es muy difícil cruzarse con él, pero, cuando sucede, ya nada es igual. ¿Crees que vas a hacerme encontrar el pájaro, Pang?

—Lo buscaremos juntos hasta que lo encontremos, *shifu*.

—La fortuna ha jugado en nuestro favor esta vez. He recibido comunicación del capitán francés de que han encontrado unos «panfletos subversivos» y tienen orden de colaborar con la concesión internacional y desmantelar todas las asociaciones ilegales. Ha pedido nuestra ayuda para encontrar a las ratas rojas comunistas y a los revolucionarios que pretendan atentar contra la estabilidad de la ciudad. Pang intentó ocultar la sonrisa de satisfacción. El anciano asintió y bebió de su diminuta taza de té.

—Aunque no pensé que sucediera así —continuó—, te sonríe la suerte, y eso me gusta. Hasta de tus errores salen aciertos, y en un mundo donde el error acaba contigo en un instante, es una cualidad importante. Sí, muchacho, a ti te protegen los dioses.

Pang se mantuvo sereno, aunque tenía ganas de saltar y también de reírse ante la ingenuidad del viejo. Solo hizo un asentimiento ligero de cabeza; ya habría tiempo de recoger los frutos de su estupidez.

—¿Quiere que empiece esta misma noche con la caza de las ratas rojas?

—No, para esta noche te tengo otra tarea, y es un trabajo que solo encargo a mis hombres más cercanos. Vas a acompañar a Lin Guisheng al puerto. Ven, siéntate y escucha bien.

Pang se tensó. Se había entusiasmado demasiado rápido. Antes de confiar en él lo pondría a prueba nada menos que con su esposa.

Obedeció, se arrodilló al lado del viejo para que pudiera contarle el plan al oído e hizo gala de su mejor disposición, pues si quería progresar y alcanzar su objetivo tenía que demostrarle que podía fiarse de él siempre, especialmente en los trabajos más complicados; y acompañar a su esposa era sin duda uno de ellos.

14

Darlene esperó ansiosa la nota prometida, pero, cada día que se metía en la cama sin noticias de Kai, la desilusión la embargaba. Después de una semana, decidió que no pensaría más en él: habían hecho un trato y, si Kai no cumplía su parte, entonces ella tampoco la suya. Solo tenía que visitar a Mingyue y llevarle las fotos. Aunque, si era sincera consigo misma, lo haría para molestarlo, para hacerlo reaccionar, porque no sabía qué más podría descubrir de los misteriosos panfletos y de la conexión de Kai con ellos. En verdad los pasquines revolucionarios habían pasado a un segundo plano hasta que su curiosidad femenina estuviera satisfecha respecto a la relación de los amantes. Aún no sabía cómo se habían conocido ni cuán profundo era su afecto. ¿Lo querría ella o solo estaba con él por necesidad, para salir de la pobreza? Era difícil calcular la edad de la mujer, pero estaba casi segura de que debía de sacarle al menos diez años. A Kai le gustaban las mujeres mayores, estaba claro. Por qué preferiría a Mingyue por encima de una joven de su edad y de su clase la intrigaba. Era un tema que quizá podía hablar con Gillian, preguntarle algo genérico, a ver qué decía. ¿Le pasaría también a su hermano y al resto de los chicos del grupo? ¿Se sentirían atraídos por mujeres mayores y más experimentadas? Darlene no conocía ningún otro caso en el amplio círculo de amistades de sus padres, pero sí tenía numerosos ejemplos de lo contrario: hombres mayores interesados en muchachas veinte o incluso treinta años más jóvenes, de hecho, casados con ellas. Mingyue no era la novia ni la esposa, no era el tipo de relación que se publicitara, por lo que, si algún joven del entorno de Darlene se encontraba en la misma situación, seguramente hacía como Kai y la mantenía oculta.

Repasó las fotos, que ya casi podía visualizar de memoria. Había estado contemplándolas durante días desde que las reveló.

Amah entró a su alcoba y la avisó de que su madre la mandaba llamar porque los invitados estaban por llegar. Darlene escondió las fotografías en un cajón de su secreter y se echó un último vistazo en el espejo; ahora sí que parecía Clarisse con veinte años menos. Su madre había cumplido la promesa de renovarle el vestuario en una sesión maratoniana que había durado horas, a lo largo de las cuales el sastre la había pinchado en distintas partes del cuerpo mientras le probaba telas de diferentes colores y tejidos. También había tenido una sesión de belleza: le habían depilado las cejas y dejado una fina línea que se repasaba con un lápiz de color; le habían rascado la piel, aplicado afeites y otros potingues, y, por último, le habían cortado el pelo siguiendo los dictados de la nueva moda en una melena corta que le llegaba por la barbilla y le dejaba el cuello al aire, que le habían alisado con una pequeña plancha de acero. Se sentía rara, aunque guapa. ¿Qué pensaría Kai de su nuevo aspecto?

Su padre, cumpliendo su promesa, había invitado a cenar, entre otros convidados del trabajo y de la comunidad internacional, al dueño del periódico al que conocía, quien se había disculpado y mandado en su lugar al editor en jefe. El cónsul americano y su esposa serían los invitados de mayor rango, y Clarisse se había pasado la tarde ultimando los detalles para que todo estuviese en orden. Darlene, por su parte, había invertido la mañana en probarse los nuevos vestidos hasta que su madre estuvo satisfecha con la elección, y después había tenido que seguirla de un lado al otro mientras esta le explicaba la importancia de que todo quedara perfecto.

—Recuerda, *chérie*, el éxito de los negocios de tu padre pasa por mi buen hacer como anfitriona, y tú tendrás que aprenderlo para apoyar a tu futuro esposo. Que no te quepa duda de que somos imprescindibles.

Aunque le parecía muy aburrido ejercer de anfitriona, le gustaba escuchar el valor que sentía su madre hacia sí misma por la labor que desempeñaba al lado de Henry Long. Estaba hecha para ese papel y brillaba en él, pero Darlene no sabía si ella encajaría tan bien en esas tareas.

Mientras pasaba una tarde soporífera aprendiendo sobre vajillas, cristales y cubertería, y cómo diseñar un menú equilibrado y espléndido, Gillian entrenaba el tiro con los muchachos del cuerpo de voluntarios. Darlene y sus padres esperaban ya en el salón la llegada de los invitados cuando su hermano volvió, con el tiempo justo para cambiarse de ropa, e inundó la casa de su enérgica y alegre presencia.

Mientras los invitados empezaban a hacer aparición a través del portón abierto, su madre le susurraba a Darlene a qué se dedicaba cada uno. El *boy* sostenía un farolillo para iluminarles el camino, y los agasajados recorrían el sendero de grava hasta los escalones del porche, decorado exquisitamente por el jardinero, que había colocado macetas a los lados y a lo largo de la veranda. Sus padres los recibían con un cordial saludo y se referían a ellos por el apellido; entonces, los hacían acompañar por Gillian y por uno de los sirvientes al jardín posterior, donde se servirían el cóctel y los aperitivos mientras disfrutaban de las fragancias florales y el fresco de la noche.

Los Long habían celebrado cenas con anterioridad, pero los mellizos habían estado excusados de asistir cuando los invitados eran de alto rango y los asuntos que tratar resultaban relevantes para los negocios de su padre o para la estabilidad de la concesión —lo cual podía acarrear dificultades para las transacciones comerciales—, y esas solían ser la mayoría de las cenas. Sin embargo, aquella velada, además de para reunir a algunos contactos con los que su padre necesitaba hablar de temas importantes, según les había explicado, también se celebraba para ayudar a Darlene y Gillian en sus respectivas actividades.

La joven experimentó una honda satisfacción al ser presentada a personas sobre las que leía en los periódicos. El selecto grupo reunía a catorce invitados, entre los que se encontraban el cónsul americano y su esposa; el presidente de la empresa eléctrica más grande de Shanghái y su mujer, ambos de nacionalidad americana; el director de la aduana china, británico; los directores de varias firmas de arquitectos y de las principales constructoras americanas, acompañados también por sus parejas; clientes de la empresa de Henry, así como la viuda de un misionero y su hija, que había heredado una cuantiosa fortuna y que Clarisse pretendía captar para su club de damas y para financiar sus obras de caridad. Su padre también había invitado a varios miembros del cuerpo de policía de la concesión para presentárselos a Gillian; aunque no se lo hubiera dicho abiertamente, Darlene había escuchado una conversación entre sus padres en la que Henry le prometía a Clarisse encargarse de que Gillian no se expusiera demasiado durante sus turnos como voluntario y no pusiera en peligro su futuro y el de toda la familia. El editor en jefe del periódico fue el último en llegar cuando ya estaban con la segunda ronda de copas, excusó su retraso por una noticia de última hora. En cuanto hizo acto de presencia, todos se trasladaron del jardín al comedor.

Esa noche los sirvientes iban uniformados de blanco con chalecos de seda en color turquesa, que añadía un toque sublime de oriental elegancia a la recepción. Durante la cena, de exquisito menú, según comentaron las damas, y gustoso vino, los invitados charlaban con sus vecinos de asiento en animada conversación. De fondo, el gramófono no dejaba de entonar melodías de jazz.

Cuando llegó el turno de los postres, su padre se dirigió al militar sentado dos puestos a su derecha y justo enfrente de Gillian, el capitán Wilson. A Darlene le pareció que emanaba autoridad por sus gestos pausados y precisos y su aspecto fuerte y pulcro. Le preguntó sobre distintos aspectos del cuerpo de voluntarios, que la mayoría de los comensales desconocían, y también por las novedades para el verano. Las conversaciones paralelas cesaron y todos escucharon al capitán, que vestía el uniforme de gala.

—En breve comenzará la competición anual de fusileros. Animo al joven Long a que se inscriba junto con sus amigos. Esperamos que sea tan exitosa como el año pasado, en la que participaron doscientos setenta y cinco voluntarios en total, sumando tanto las intervenciones en las competiciones individuales como en los ejercicios en grupo. Este año esperamos llegar a los trescientos participantes. Yo mismo formo parte del comité organizador junto con el capitán Olsen, quien ejerce de presidente y a quien tendré a bien presentarle al joven Gillian —dijo con un tono afable y distendido que contrastaba con su imponente presencia.

—¿Y están los partícipes exentos de patrullar durante las competiciones? —preguntó Clarisse.

—Si todo está tranquilo, solemos permitir que los inscritos practiquen más en el campo de tiro y patrullen menos, a fin de que el juego sea lo más competitivo posible —contestó el capitán Wilson.

—Deberías inscribirte, Gillian, así mejorarías tu puntería —lo animó su madre.

—Desde luego, uno de los objetivos de la competición consiste en mejorar las habilidades de tiro de nuestras unidades, por lo que le damos mucha importancia a que los equipos tengan tiempo de prepararse a fondo. Es una forma entretenida de medir nuestras fuerzas y optimizar las habilidades militares de las compañías, que se ejercitan más incluso que durante los entrenamientos regulares.

Cuando se agotaron los comentarios al respecto, le tocó el turno al siguiente objetivo en la lista, el presente de Darlene. Y, para su sorpresa, su padre exhibió las fotografías que ella le había enseñado días antes. Por un momento, se le paró el corazón al pensar que su padre había entrado al cuarto oscuro y había descubierto todas las imágenes de Kai Tao que aún colgaban de la cuerda de secado. Pensó rápido y creyó recordar que había dejado aquellas fotos sobre la mesa del jardín y había olvidado guardarlas.

—Señor editor, me gustaría saber su opinión sobre la calidad de estas instantáneas.

Darlene contuvo la respiración y miró a su madre. La vio sonreír, pero la manera en que sus dedos tamborileaban en el mantel contradecía la expresión de sus labios.

—El fotógrafo es talentoso. El ángulo de la toma es atrevido y la composición, equilibrada. El tratamiento de las personas retratadas resulta, además, muy original.

—Me alegra que diga eso, ya que son de Darlene. Y pertenecen a la noche en que estrenó la cámara, cuando no tenía ninguna experiencia ni entrenamiento previo. ¿No les parece increíble? —Hizo circular las fotos entre el resto de los invitados.

—¡Señorita Long, tiene talento! La felicito —dijo el editor.

—Gracias.

—¿Cree que podría contar con una joven talentosa en su equipo? —preguntó su padre.

—Sería un honor, señor Long. Tenemos una sección de sociedad y eventos que, sin duda, se beneficiaría del buen hacer de su hija.

—No se hable más, entonces. —Henry dio una palmada en la mesa y estrujó con cariño el carrillo de su hija, sentada a su izquierda. En el otro extremo, Clarisse bebió de su copa y después, con extrema lentitud, se secó las comisuras en la almidonada servilleta.

—Se me ocurre que su hija, señor Long, podría venir y retratar a los cadetes mientras entrenan; también sería estupendo contar con ella para que tome unas fotos durante el evento. Siempre acuden las familias y los amigos para animar a los muchachos —añadió el capitán Wilson.

—Es muy buena idea, así Darlene puede contribuir con sus fotografías a la buena imagen y reputación de nuestro gobierno en la ciudad —aportó el cónsul americano—. Señorita Long, la tendré en cuenta para los eventos que organice el consulado, si está interesada en ayudar —puntualizó, y dirigió una mirada a su padre un instante. Este asintió con una sonrisa.

—Le agradezco mucho su consideración, señor cónsul, y a usted también, capitán Wilson. Será un honor.

Fiestas de sociedad, eventos del cuerpo diplomático y retratar a las fuerzas del orden no era lo que Darlene tenía en mente cuando descubrió su regalo de graduación. No quería seguir viendo, ahora en foto, a la misma gente de siempre. Deseaba retratar otras facetas de la ciudad que desconocía, explorar los otros mundos que escondía. Por eso también le molestaba que Kai no hubiera dado señales de vida; se había hecho ilusiones.

—Ahora pasemos al salón, donde nos amenizarán la velada tres talentosos artistas —anunció su madre, y su mirada se desvió por un segundo a Darlene—, una soprano italiana y el primer violín y el primer clarinete de la orquesta municipal. Mientras los hombres tratan sus asuntos y degustan los puros y el coñac, las mujeres podremos disfrutar de una partida de bridge. Si son tan amables —dijo poniéndose en pie.

Darlene sabía que su madre odiaba el juego, pero cuando las invitadas eran anglosajonas, no le quedaba más remedio que entretenerlas. Todas se levantaron de sus asientos y se encaminaron al salón cogidas del brazo de su compañero de asiento, que en ningún caso se correspondía con su marido. Clarisse tomó el del cónsul y Henry acompañó a la esposa de este. Gillian hizo lo propio con la viuda del misionero; y Darlene y la hija de la viuda salieron al final de la comitiva.

Darlene sintió un toque en el brazo y, tras pedir disculpas a su invitada, se giró hacia el *boy*.

—¿Qué pasa, Zhali?

—Missis, *llegar* carta para usted.

—¿Quién la ha dejado?

—Un culi, missis —dijo al tiempo que le entregaba la misiva.

—Gracias.

Darlene la sostuvo entre los dedos. No estaba sellada. Sacó la tarjeta del sobre y su corazón empezó a latir desbocado, pues, aunque no iba firmada, no albergaba dudas. Era de Kai.

El recital se le hizo eterno. Cuando finalmente terminó y los invitados se dieron por satisfechos con los licores y los puros, y las señoras concluyeron la última partida de bridge, comenzaron la retirada. Sus padres los despidieron a todos, excepto al cónsul y a su esposa, y mientras Henry Long se encerraba en su despacho con el mandatario americano y Clarisse entretenía a la esposa con jugosos cotilleos, sentadas las dos en la veranda, Gillian y ella aprovecharon para darles las buenas noches y subir a sus respectivas habitaciones.

Darlene se deshizo del tocado, que le estaba dando dolor de cabeza, y se cambió el vestido por uno de los suyos. Después se asomó a la puerta de la habitación de Gillian, que estaba entreabierta. Este se daba palmaditas en la cara mientras sonreía al espejo; la fragancia del perfume se expandía por toda la estancia.

—Pensaba que estarías poniéndote el pijama. ¿Vas a salir?

—Sí, he quedado con los muchachos. No recordaba que teníamos cena hoy; me esperan desde hace dos horas. No puedo defraudarlos.

—¿Te importa desviarte unos minutos y dejarme en el hotel de Olive? Necesito hablar con ella.

—¿Sigue enfadada?

—Sí. En verdad, no tengo claro cómo estamos; no he vuelto a verla, parece rehuirme. Quiero arreglarlo, si es que acepta hablar conmigo.

—Solo a ella se le ocurre pensar que tenía alguna posibilidad con Nicolai. El ruso busca a una reina, y Olive es plebe.

—No digas eso. Ni que yo fuera mejor que ella.

—Tú tienes dinero, y hoy en día eso compra cualquier título.

—Bueno, a mí Nicolai nunca me ha interesado. Deberías habérselo dejado claro.

—Ya lo tiene claro, no te preocupes. Pero no deja de pensar en sí mismo como en alguien que puede conseguir lo que se proponga, hasta conquistarte.

—No lo va a seguir intentando, ¿verdad?

—Puede ser.

—¡Gillian! —dijo con un empujón, y su hermano rompió a reír—. Dile que no me interesa ni lo hará; no quiero más problemas con Olive. Deseo que sigamos siendo amigos y sentirme cómoda cuando los vea a los dos.

—Valeee, hablaré con él. Vamos, pequeña, que la noche es joven y no me la quiero perder.

Salieron de la casa evitando toparse con sus padres. Subieron al automóvil de Gillian y, en menos de quince minutos, su hermano aparcaba frente a las puertas del hotel; contigua estaba la residencia de las mujeres Travers. Era una casa pequeña pero muy coqueta, que conectaba con la recepción del hotel a través de un corredor exterior.

—Gracias por traerme. Puedes irte.

—No, te espero. No quiero que vuelvas sola a casa.

—Me puede llevar el chófer del hotel.

—Ese hombre tiene que estar durmiendo ya. Venga, no tardes.

Darlene dio unos golpes secos con el llamador metálico de la puerta. Instantes después, escuchó unos pasos que se acercaban al otro lado y la madre de Olive abrió.

—Buenas noches, madame Travers. ¿Está Olive?

—Darlene, *fille*, ¿qué haces aquí a estas horas?

—He venido a traerle el regalo de graduación —dijo, y se lo enseñó—. Mi hermano está en el coche esperando, solo serán unos minutos. Hace días que no nos vemos.

Agnès debía de saber algo de lo que pasaba entre las chicas, porque sonrió con dulzura y no preguntó más.

—Claro, pasa, seguro que todavía está leyendo. Últimamente se acuesta tarde.

Darlene subió la estrecha escalera que partía del mismo vestíbulo de entrada. Los escalones de madera crujieron a su paso; olía a suelo encerado.

La joven alcanzó la puerta de la alcoba de Olive y puso la oreja para detectar algún ruido; le pareció escuchar la voz de su amiga que entonaba una tenue melodía. Llamó suavemente y, sin esperar respuesta, abrió despacio. Olive estaba sentada en el rincón de lectura de la ventana, recostada contra los almohadones con un libro boca abajo encima del regazo. Miraba al exterior oscuro mientras tarareaba la tonada; cuando escuchó la puerta, volvió la cabeza y, al verla, solo sus ojos denotaron una sorpresa momentánea. No se movió. Con rapidez, cogió el libro y se concentró en la lectura para tratar de ignorarla.

Darlene se aproximó despacio y se sentó en el lado opuesto del asiento de la ventana.

—*Salut.*

—¿Qué haces aquí? Estaba a punto de irme a dormir.

—Te he traído esto. Quería dártela antes, pero como no nos hemos visto desde la excursión…

Darlene le ofreció la foto que había tomado en la fiesta de graduación. Olive la miró de reojo y luego devolvió la vista al libro. Darlene la dejó sobre el asiento, frente a ella.

—Sé que estás enfadada conmigo. No sé lo que creíste ver o escuchar, pero ya te expliqué cómo sucedió la conversación con Nicolai. No he hecho nada para que me retires el habla.

Olive cerró el libro con un golpe seco y se volvió hacia ella.

—No, no has hecho nada, eso es lo que más rabia me da. —Levantó los ojos, los tenía a punto de desbordarse—. Sin hacer nada, Nicolai está loco por ti, y a mí, que solo me he esforzado por gustarle, ni siquiera me mira. No es justo y me siento una estúpida. Es horrible querer ser alguien diferente para poder atraerle.

—Eres suficiente tal y como eres. Ni Nicolai ni nadie merece que sufras.

Olive rompió a llorar.

—¡¿Cómo me arranco yo este sentimiento del corazón?! ¡¿Cómo?! Solo pienso en él, no puedo hacer otra cosa. Tengo el estómago cerrado y mi mente no para de recrear la escena unas cien veces cada día.

—No lo sé. —Darlene suspiró con pesadumbre. Ignoraba cómo consolarla, pero empezaba a entenderla—. Tal vez conociendo a otros chicos; estoy segura de que hay alguien hecho para ti. Y, aunque ahora te sea difícil aceptarlo, no es Nicolai.

Las dos guardaron silencio. Olive, con el rostro bañado en lágrimas y la nariz enrojecida, desvió la mirada al exterior de nuevo. Darlene quería sacarla de ese estado. Sabía que se estaba arriesgando, pero cuando salió de casa con Gillian, pensó que quizá, como último recurso, le enseñaría la nota, así que la había llevado consigo. Su amistad con Olive era más importante que su secreto, no soportaba verla sufrir, así que decidió que había llegado el momento de revelárselo a alguien, y ella era su mejor amiga.

—Mira, lee. —Le mostró la carta que había recibido durante la velada.

Olive se secó las lágrimas y contempló intrigada el papel. Tomó la nota y la leyó. Después miró a Darlene confundida.

—¿Es de Nicolai? —preguntó temerosa.

—No, por supuesto que no.

—¿De Narek?

—Tampoco, no lo conoces. Me veo con alguien. Es un secreto, no lo sabe nadie, ni siquiera Gillian, pero quería compartirlo contigo. Te lo cuento también para que te quede claro que Nicolai no me interesa.

—¿De verdad?

—De verdad. Ya te lo he dicho, jamás te traicionaría. Lo que él sienta por mí no es asunto mío, y creo que tampoco debería de ser el tuyo. Si es tan tonto como para no darse cuenta de la chica tan adorable que tiene delante de los ojos, no merece la pena, Olive.

Ella asintió, pero continuaba afectada.

—No sigas enfadada, ¿vale? Necesito que me ayudes, que me cubras para que nadie sospeche que me veo con él. Es importante.

—¿Quién es? ¿Dónde lo has conocido?

—Es un secreto. No puedo contar nada aún.

—¿Y por qué lo mantienes en secreto? ¿Es acaso un hombre mayor o está casado? —Bajó el tono de voz.

—¡Qué cosas dices! —contestó Darlene entre risas—. No,

nada de eso, simplemente no nos conocemos bien y no quiero crear falsas expectativas en nadie, especialmente en mi madre. No quiero sentirme presionada, sino ir a mi ritmo y descubrir cómo me hace sentir.

Darlene solo buscaba recuperar la amistad con Olive, y se le había ocurrido sobre la marcha que podía fingir mantener una relación secreta para demostrarle que a ella no le gustaba Nicolai ni lo haría nunca. Sin embargo, ahora que lo había dicho en voz alta, se sentía rara, como si tentara al destino al mentir sobre Kai. Porque eso era lo que hacía. Bueno, en parte, ya que sí pretendía reunirse con él en secreto, aunque tampoco le importaba que los vieran juntos; él estaba más preocupado por esa cuestión que ella. No sentía nada más que curiosidad y cierta sensación de imprudencia morbosa por verse con alguien que ocultaba algo que podía ser peligroso.

—Suena bien, pero esas cosas tarde o temprano se terminan sabiendo. Alguien podría veros juntos y comentarlo; ya sabes cómo corren los rumores. Y si tus padres se enteran...

—Si somos discretas, nadie tiene por qué saberlo. Además, acabamos de graduarnos, salvo el entorno del colegio, aún no nos conoce mucha gente en los círculos sociales.

Olive leyó la nota de nuevo.

—La cita es mañana.

—Sí. Había pensado que podrías venir a buscarme a casa una hora antes y salir juntas; después yo voy a mi cita, y acordamos un lugar y una hora para reencontrarnos y regresar también juntas. ¿Qué te parece?

—De acuerdo. Espero que sepas lo que estás haciendo. Puede ser arriesgado.

—No te preocupes. Es una salida inofensiva, pasearemos y tomaremos algo en un café. Una hora o dos como mucho.

Olive sonrió con ojos aún tristes. Darlene pensó que tal vez no había sido tan buena idea compartir su secreto; puede que su amiga se resintiera todavía más con ella por tener algo de lo que Olive carecía. Confiaba en que advirtiera las buenas intenciones tras su acto y lo mucho que creía en su amistad.

—¿Me dejas ver la foto? —preguntó Olive refiriéndose a su regalo de graduación.

—Es tuya. Espero que la enmarques —dijo. La cogió del asiento y se la tendió.

—Estamos muy guapas —comentó Olive—, aunque faltas tú. Tendríamos que haberle pedido a alguien que nos retratase a las cuatro juntas. —Acarició los rostros con un dedo—. ¿Sabes?, durante años deseé que llegara ese momento: terminar el colegio, hacerme mayor, pero ahora siento que hemos perdido más de lo que hemos ganado.

—Ya verás que ahí fuera hay alguien muy especial esperándote. Cuando salgas del hechizo del ruso, empezarás a verlo todo de manera más positiva.

—¿Tú crees?

—Estoy convencida.

Las amigas se abrazaron y derramaron unas lágrimas que sellaron su reconciliación.

—Gracias por venir —dijo Olive.

—Gracias por ser mi amiga. Me voy, que Gillian me está esperando abajo.

—Mañana paso por tu casa a buscarte entonces.

—¡Sí! *Merci, bonne nuit.*

15

Darlene corrió y se perdió entre los transeúntes. Miró atrás varias veces para comprobar que su amiga no la seguía y, después, se desvió a la derecha y continuó a paso vivo hasta el lugar de encuentro. Lo vio a distancia y su pulso se aceleró. A pesar de haber captado su imagen desde todos los ángulos, había algo en él que las fotografías no conseguían captar, y ella tampoco sabía cómo definirlo: un halo, un magnetismo extraño; tenía algo indescifrable que la inquietaba y la atraía.

Vestía informal, con una camisa remangada a la altura del codo y un pantalón ligero, al no llevar sombrero su pelo negro y corto peinado hacia atrás brillaba con la luz del mediodía. Ella se había pasado una hora junto a Olive para decidir qué se pondría y, al final, con las prisas, había optado por el primer vestido que había sacado del armario: uno ligero malva con manga tres cuartos, falda de vuelo y abotonado por encima del pecho, cuyo escote le dejaba las clavículas al aire. Su amiga había comentado que, con el nuevo corte de pelo, se le veía un cuello esbelto y la hacía bonita.

—Llegas tarde —dijo Kai a modo de saludo con seriedad. Le pareció que se le quedaba mirando el cuello y sonrió por el acierto de Olive.

—Solo veinticinco minutos, eso cuenta como puntualidad francesa. Una amiga me ha acompañado para no levantar sospechas, pero luego he tenido que despistarla porque, sabiendo lo curiosa que es, estaba segura de que me seguiría para ver a dónde voy y con quién.

—No me gusta esperar —insistió.

—Lo apunto para que no se me olvide —dijo ella, y sacó una libreta imaginaria del estuche de la cámara y escribió en el aire—. A Kai no le gusta esperar. Listo, queda anotado. —Hizo el gesto de cerrar el cuaderno invisible—. Ya nos podemos ir.

—Muy graciosa.

—Esa faceta me viene de padre, de la parte americana; los franceses no tienen mucha gracia. Toma, para que se te pase —dijo, y le entregó un sobre amarillo de abacá.

Él lo recibió y, al tacto, supo lo que era. Sonrió y extrajo las fotos del interior. Permaneció un rato contemplándolas. Darlene, frente a él, observaba su expresión mientras las miraba; aunque no delataba ninguna emoción, de vez en cuando se le escapaba un pequeño aleteo de la nariz o una vibración casi imperceptible de los labios.

—¿Qué te parecen? —preguntó cuando lo vio regresar a la primera foto.

—Han superado mis expectativas..., que eran cero.

—¡Ja! —Darlene soltó una escueta carcajada—. No sé si tomármelo como un cumplido. La estudiante modelo le dice, señor Tao, que superar un cero no es muy difícil.

—Lo has entendido a la perfección.

—No me importa lo que pienses, yo creo que han quedado estupendas. Y a Mingyue le van a gustar.

Kai guardó las fotos en el sobre.

—Quiero también las que me hiciste a mí sin permiso.

—No, esas son mías. Además, has salido horrible, califican como cero. No eres nada fotogénico. —Imitó su gesto serio.

—¿Para qué las quieres? —preguntó al tiempo que se acercaba y sondeaba en el fondo de sus iris, como si no confiara en sus palabras y necesitara leer en ellos el verdadero motivo.

Darlene se estremeció al percibir el aroma que desprendía su cuerpo, pero tenía que demostrarle que su cercanía no la afectaba. Dio un paso hacia él hasta que quedaron a una distancia donde solo cabía la brisa. Ella se preparó para memorizar su expresión cuando dijo:

—Para asegurarme de que cumples tu parte.

Le pareció que iba a sonreír. Sin embargo, Kai se retiró un poco y se cruzó de brazos, aún con las fotos en la mano derecha.

—¿Qué harías con ellas si no la cumpliera?

—Puedo ser muy imaginativa, créeme. Te conviene hacerlo.

—¿Me está amenazando, señorita Long?

—No, es una promesa. De las que sí se cumplen.

Kai se dio cuenta entonces de que varios lugareños curiosos y sin ocupación aparente asistían al intercambio entre los dos. Darlene ya los había visto, pero no le importó. Él echó a andar con grandes zancadas y ella corrió detrás hasta ponerse a su altura. Cuando lo alcanzó, mantuvo el ritmo acelerado del hombre.

—¿Se las darás a Mingyue?

—No lo sé.

—¿Por qué no?

—Porque no quiero que se haga ilusiones. Nada bueno puede salir de ellas.

—Al menos puede conservar un recuerdo bonito de ese día y de nuestro encuentro.

—Eso es lo que me preocupa.

—¿Por qué habría de hacerlo? Soy totalmente inofensiva.

Kai se paró y la agarró por el brazo para frenarla.

—Pertenecéis a mundos distintos: tú, al de los ricos taipanes del oeste; ella, al de la pobreza más extrema de la China rota en pedazos.

—Y, según tú, lo mejor es que no haya ninguna interacción entre esos dos mundos. Yo sigo en mi riqueza y ella, en su pobreza. —No podía estar de acuerdo con semejante estupidez; Kai no debía rechazar su ayuda solo porque fuera extranjera. Ella aún no había hecho nada para contribuir a la riqueza de la familia Long; de momento, todo lo que tenían era gracias al esfuerzo y la habilidad de su padre, que, además, había empezado con tan solo su tenacidad y su capacidad para fomentar la confianza en aquellos que habían podido brindarle su primera oportunidad en ese lugar lejano y extraño para él.

Kai tardó en hablar.

—Sí, al menos en lo que a Mingyue respecta. Debe salir adelante con sus propios medios, es la única forma.

—Son solo unas fotos, no hay nada de malo en eso. Además, ahora tú también posees un retrato suyo donde sale muy guapa. Seguro que no tenías ninguna foto de ella.

Kai no respondió, pero frunció el ceño sin poder evitarlo. Eso la hizo sonreír, ya que aquello rompía la máscara inexpresiva que lucía cada vez que estaba con ella, sobre todo cuando lo provocaba.

—¡He acertado! —Saltó a su lado—. Debes reconocer que estás feliz de tener una foto suya, y yo te he procurado tal dicha.

Kai echó a andar de nuevo. Darlene miró en derredor sin saber dónde se encontraba; concentrada como estaba en la conversación, no se había fijado en la ruta que habían seguido desde el punto de encuentro. Las calles eran estrechas y estaban muy concurridas; por la calzada desfilaban los *rickshaws* con sus jadeos y gritos para pedir paso, las bicicletas con su sonido de campanillas y los automóviles que tocaban el claxon.

—¿A dónde vamos?

—Ya lo verás.

—Enigmático. ¿Me va a gustar?

—No lo sé. Me pediste que te llevara a lugares donde no van los extranjeros.

—Sí.

—Pues en este te aseguro que no vas a ver ninguno.

—¿Falta mucho?

—Ya casi estamos.

Al doblar una esquina, Kai señaló la acera opuesta.

—Ahí es.

—¡Un mercado de flores!

Cruzaron la calle esquivando a los culis con sus carros y se detuvieron frente a uno de los accesos.

El recinto era un área grande de planta rectangular, techado y abierto por los cuatro lados. Los puestos no eran tales, apenas un cuadrado dibujado en el suelo separaba los espacios de los distintos vendedores, quienes hablaban con los compradores a voz en grito para que quienes pasaban por los puestos cercanos escucharan la cantinela de nombres de flores y plantas exóticas y los precios a los que vendían la mercancía. Había ejemplares que Darlene no había visto nunca, pues los parques de las concesiones estaban diseñados al estilo europeo y se habían traído muchas plantas de fuera. Kai tenía razón: era un lugar solo de chinos y para chinos, aunque estaba segura de que muchas de esas flores las compraban los sirvientes para los jarrones de los hoteles, restaurantes, salas de fiesta y también para los jardines y la decoración interior de las casas de los taipanes. Tal vez incluso Amah compraba en ese lugar las flores que adornaban su casa. Nunca había preguntado, pero la próxima vez le gustaría acompañarla para elegir los ramos.

En el ambiente se mezclaban miles de fragancias que conseguían camuflar el olor humano. Darlene se paraba a hacer fotos y a oler cada flor; después preguntaba el nombre: «Mingzi», decía, como Kai le había traducido la primera vez. Los vendedores la observaban como si hubieran visto un fantasma, les parecía imposible hallar en el mercado a una extranjera con el pelo de oro y que pronunciara una palabra en su idioma. Se quedaban mudos y la miraban, hasta que Kai repetía la pregunta y, entonces, respondían entusiasmados y le enseñaban las especies más singulares y caras; creían, seguramente, que Darlene podía gastar con extravagancia, y no pensaban desaprovechar la ocasión de hacer un buen negocio.

Recorrieron los distintos pasillos y, a medida que se adentraban en el mercado, empezaron a escuchar otros sonidos. Darlene prestó atención y miró a Kai.

—Dime que no están descuartizando un animal.

Él solo sonrió. Se aproximaron y entonces la joven pudo percibir con claridad la sinfonía de trinos que se elevaba por encima de las voces de vendedores y compradores.

—¡Pájaros!

Darlene corrió hacia el clamor de las aves que piaban en sus jaulas. Kai la siguió a grandes trancos. Algunas de las jaulas mostraban preciosos tallados en la parte superior e inferior y también en la pequeña abertura; le pareció que estaban confeccionadas con distintos tipos de madera. Las había en todas las tonalidades: casi blancas algunas; color caramelo o madera oscura, casi negra, otras.

—¿Puedes preguntarles de qué madera están hechas las jaulas?

—Esta es de marfil.

Ella miró maravillada el tallado tan exquisito y detallado.

—Y esta es de jade blanco.

—¡¿De jade?!

—Podría provenir del espolio de la Ciudad Prohibida; algunos sirvientes eunucos sacaron objetos preciosos del palacio imperial cuando los revolucionarios derrocaron al emperador. De vez en cuando aparece algo fuera de lo común y demasiado valioso en algún mercado, pero lo más seguro es que sea una imitación. Abundan los falsificadores.

—Los pájaros son preciosos, pero me da pena que estén encerrados.

—Sí, deberían ser libres. —Kai la miró con intensidad y Darlene creyó entender algo más sin que le diera explicaciones.

Avanzaron entre los vendedores de aves. La joven se acercaba a los más llamativos, por sus colores o por sus trinos curiosos, y se quedaba un rato observando los cuellitos alzarse antes del canto, los picos ganchudos en tonos amarillos y naranjas, las plumas moteadas que creaban unos dibujos maravillosos. Metía el dedo e intentaba tocarlos, los pájaros aleteaban en círculo para huir de su contacto.

Al final de uno de los pasillos un tumulto de gente gritaba.

—¿Es una pelea?

Se imaginó que algún comprador insatisfecho discutía para que le devolvieran su dinero. Darlene había observado en varias ocasiones entre los criados de su casa, y también en la calle, que los chinos podían ser muy ruidosos cuando iban en grupo, y estaban acostumbrados a hablarse a gritos. Como ella no entendía nada, le pareció que peleaban por algo.

—No, es un lugar de apuestas.

—¿Apuestas clandestinas?

—Sí, solo pueden ser clandestinas porque están prohibidas para los chinos. Somos de naturaleza jugadora y adicta, por eso los ingleses han amasado fortunas a costa de estos pobres diablos con el opio.

—Y ¿con qué se apuesta?, ¿cartas, dados?

—Para eso tendrás que acercarte.

Ella dudó. La última vez había visto a un cerdo siendo desmembrado y aún le entraban arcadas al pensarlo.

—Te va a gustar, confía en mí, pero mejor será que nos mantengamos juntos. —Kai pareció leerle la mente, porque le ofreció la mano. Darlene la miró un instante y luego se aferró a ella. Enseguida sintió calor, pero no solo en la palma de la mano, sino en el brazo entero, y este le trepó hasta el cuello y le bajó al estómago. Kai la asió con seguridad y se abrió paso entre los espectadores que gritaban sin cesar. El círculo de gente se cernía sobre una mesa baja, muchos llevaban botes de cristal, otros de madera, y varios sostenían unos lacados con bonitos dibujos de montañas o ramas de bambú. Las tapas de los recipientes tenían agujeros; algunas no eran más que una fina tela casi transparente. Darlene se fijó en el bote de cristal que portaba un señor a su lado y vio que en el interior había un insecto muy extraño.

—¿Qué son?

—Grillos.

—¡Grillos!

—Sí, es una pelea de grillos. Se trata de una tradición milenaria, de hace más de mil quinientos años.

Darlene abrió los ojos como platos y se tapó la boca para contener la carcajada. Era lo más absurdo que había visto en su vida, y también lo más maravilloso. Sacó la cámara y se lanzó a hacer fotos. Sobre la mesa había una caja de madera y, en el centro de esta, una muralla del mismo material separaba un grillo del otro. Los dueños de los contrincantes tenían cada uno una ramita larga, una especie de hierba seca, que agitaban frente a su grillo.

—¿Por qué hacen eso?

—Para enfadarlos y que se ataquen.

—No se matarán entre sí, ¿verdad?

—No, pierde el primero que se retire. Normalmente se muerden y se pinchan con las pinzas.

—Ah, y el que huye pierde.

—Eso es.

—Algunos son muy grandes. —Darlene señaló uno de los botes de cristal, donde un grillo verde y redondo aguardaba su turno para competir. Pensó que aplastaría al pobre bicho que se cruzara con él.

—Esos son los más caros. El precio también es más alto si tienen más pinzas. Pero las peleas se organizan según el peso de los grillos, para que sea más equilibrado, como en el boxeo. ¿Has ido alguna vez a una pelea?

Darlene negó.

—Podrías llevarme.

—Al boxeo sí van extranjeros, y mis servicios de guía están destinados únicamente a áreas de exclusión de los demonios del oeste —dijo con una sonrisa.

—Muy gracioso.

—Seguro que tu padre estará encantado de llevarte.

—Mi padre quizá, pero mi madre no lo consentiría, no es lugar para una dama. Ya me buscaré otro guía con menos escrúpulos.

Kai frunció el ceño de nuevo y Darlene rio.

—¿Y qué les dan de comer? A los grillos, quiero decir.

—Bueno, estos no pueden quejarse, se alimentan de verduras y frutas. No viven mucho, apenas unos meses, pero se compran y se venden durante todo el año. Hay criadores de grillos que hacen muy buen negocio. Esta es la estación de las peleas; en invierno se crían para escuchar su sonido, y también hay competencias por el grillar más elevado.

—Es fascinante. Aunque son muy feos, dan un poco de repelús.

—Mira, va a empezar una pelea.

—Quiero apostar. ¿Has traído dinero?

—Sí, pero no para jugar.

—Préstame y te lo devuelvo. —Extendió la mano y la dejó ahí. Lo miró concentrada en transmitirle el mensaje con sus ojos: «No vas a negarme la diversión, ¿verdad?».

Kai lanzó un suspiro, Darlene esbozó su mejor sonrisa y batió las pestañas provocadora. Él le dio unas monedas de cobre, unos centavos chinos. Los contendientes colocaron sus grillos dentro de la caja de madera, escenario de la batalla. El círculo de gente que rodeaba la mesa gritó sus apuestas y entregó el dinero.

—¡Ese! Apuesto por ese —señaló Darlene, y Kai avisó al anotador de los envites.

Cuando todo el mundo terminó de poner el dinero, se dio la señal de inicio. Los dueños agitaron las ramitas sobre sus grillos y entonces el juez retiró la barrera de madera y los insectos se enzarzaron el uno con el otro: tiraban de lado a lado, sacudían las patas y las antenas, y así estuvieron durante varios minutos, hasta que uno de ellos se liberó y se refugió en una esquina de la caja.

—¡Ha ganado! ¡Mi grillo ha ganado! —gritó Darlene. Los mirones felicitaron a Kai y este dio las gracias y recogió las monedas extras que les correspondían—. Quiero apostar de nuevo. Es muy divertido, pero dura muy poco.

—No, es suficiente, para ti y para ellos. No quiero terminar con una navaja clavada en el estómago. Hemos ganado lo justo para que a nadie le interese robarnos.

—Como diga, señor Tao. Pero pienso comprarme un grillo y venir a competir —afirmó retadora—. La emoción de la pelea me ha dado hambre.

—Hay un sitio cerca donde podemos comer algo.

Salieron del mercado de flores y caminaron por calles estrechas llenas de comercios locales. Aunque no era la temporada, Kai encontró un puesto ambulante donde asaban batatas.

—Suelen comerse en invierno porque mantienen el calor durante mucho tiempo y llenan el estómago. Son muy sanas y no te van a sentar mal. Tienes que saber dónde comprar en la calle para no enfermarte, así que, salvo batatas, no te aconsejo que te atrevas a elegir sola, excepto si vas con alguien local que sepa que no te matará. Y, claro, asegúrate de que sea alguien que no desee envenenarte.

—Va a ser muy difícil encontrar a otro local que no quiera eliminar a una extranjera incauta. Creo que seguiré tu consejo y solo compraré batatas si alguna vez me da hambre en la calle.

Kai pagó al vendedor y le tendió una batata envuelta en papel a Darlene.

Ella le dio un mordisco y enseguida escupió.

Kai se rio.

—La piel no suele comerse. Es muy gruesa y, además, puede estar sucia.

—Podrías haberlo dicho antes.

Cuando Darlene la probó, cerró un momento los ojos para saborearla bien y la invadió una sensación familiar; como en un chispazo, recuperó un recuerdo que creía olvidado. Amah solía darles batata blanda, de color morado y muy dulce, con una cuchara de madera, sentados junto a la lumbre de la cocina en los días de invierno, cuando sus padres habían salido a algún compromiso social. ¡¿Cómo había podido olvidarlo?! A ella y a su hermano les encantaba, y terminaban con la barriga hinchada de comer batatas asadas. Hacía mucho tiempo de eso.

—Está muy buena. —Sabía a invierno, a calles nevadas y a chimenea. Por un instante, sintió una punzada de nostalgia por la Navidad. ¿Cómo sería ese año sin Gillian? Su hermano se embarcaría al finalizar el verano, viajaría a Europa para estudiar en la universidad, y ella lo iba a extrañar muchísimo. Se llevaría sin duda un pedacito de su alma, esa que llevaban compartiendo desde que estuvieron juntos en el seno de su madre.

—Es barata y sacia mucho. Es un elemento muy importante en la dieta local, sobre todo del pobre. —La voz de Kai la sacó de sus cavilaciones.

Avanzaron despacio mientras ella degustaba el sencillo manjar. También comieron, en otro puesto cercano, una especie de buñuelos retorcidos bañados en canela. Caminando y charlando sobre algunos de los comercios locales que Darlene no había visto antes, llegaron a los jardines públicos del Bund.

—¿Te importa si entramos un rato y nos sentamos? Con el calor y la batata, me está entrando sopor y empiezan a fallarme las piernas —propuso Darlene.

—Claro, buscamos una sombra y descansamos un poco. Aunque no lo parezca, llevamos tres horas de pie.

—Han pasado muy rápido. —Era algo que ya había notado antes, la levedad del tiempo cuando estaba con Kai Tao.

Bordearon el perímetro del muro hasta la entrada principal; a las puertas había un guardia. A Darlene se le formó un nudo en el estómago al reconocer a Timothy. Él la vio enseguida, por lo que no tuvo más remedio que acercarse y afrontar la situación con naturalidad. No hacía nada malo, nada que no pudiera ser comentado en su círculo de amigos, aunque, si Tim contaba algo, Gillian la acribillaría a preguntas. Tenía que buscar una buena excusa para explicar qué hacía paseando tan lejos de su casa con un chino.

—Tim, ¿qué haces aquí?

—Me han asignado la vigilancia de la entrada de los jardines públicos.

—¿Dónde están Gillian y los demás? Pensé que andabais siempre juntos.

—Se han unido a una misión; sonaba peligroso y yo he preferido no apuntarme. Ya tengo bastante con que tu hermano me haya arrastrado al cuerpo de voluntarios cuando podíamos estar pasando el verano jugando al polo, cazando conejos o flotando en la piscina del club. Poner en riesgo mi vida son palabras mayores, y a eso no pienso ceder. Estar a la solana y con este uniforme ya supone suficiente peligro.

—¿Y qué misión era esa tan arriesgada?

Tim puso cara de circunstancias y después sonrió y se cruzó de brazos.

—No me lo digas, cosas de hombres.

Él se carcajeó.

—Algo así. Es confidencial.

—Bueno, vamos a dar un paseo. Te veo luego.

Tim se plantó delante de Kai.

—A él no puedo dejarlo pasar.

—¿Cómo que no?

—Son órdenes, Darlene.

—Es por ser chino —explicó Kai con serenidad.

—Pero es absurdo. Se trata de un parque público, y Kai es un ciudadano más. De hecho, no sé si te acuerdas, pero asistió al Astor con su familia el otro día. Su padre es amigo del mío.

—Yo no he escrito las reglas. No es nada personal, son los criterios de acceso, y solo cumplo con mi responsabilidad.

—Pero ¿de qué criterios me estás hablando? Nosotros no somos racistas. No se puede excluir a toda una comunidad así porque sí.

—No es porque sí, y no tiene nada que ver con la raza, sino con las costumbres. No se permite el paso a nadie que pueda actuar de manera inapropiada en un lugar público. La gente de bien sabe lo que no se debe hacer en los parques occidentales y se adhiere a un conjunto específico de reglas de decoro que los locales no entienden. Los chinos faltan a las más elementales, como la de no escupir u orinar en los árboles. No digo que usted, caballero, vaya escupiendo por ahí —dijo a Kai—. Podéis ir al parque Koukaza; está abierto a todos los que vayan correctamente vestidos. —Repasó el atuendo de Kai de arriba abajo para confirmar que lo dejarían pasar—. Al norte de la avenue Edward VII las cosas se hacen diferente —sentenció.

Darlene no salía de su asombro. Sobre todo, porque Kai no decía nada, solo miraba a Tim con la seriedad que tan bien conocía en él. No se mostraba ofendido ni enfadado; su reacción era imposible de leer.

—¿Y tú por qué no dices nada? ¿Por qué no te defiendes? —le recriminó Darlene.

—Porque, por mucho que yo diga, no van a dejar de considerarnos a todos unos salvajes, y tu amigo no puede hacer nada contra eso. Es un simple voluntario. —Remarcó lo de «simple», y Darlene vio cómo Tim se tensaba—. En todo caso, como el dinero lo compra todo, aquí tiene, señor guardia, mi pase especial para acceder al parque. —Lo sacó de la cartera que llevaba en el bolsillo del pantalón y se lo ofreció.

Tim lo tomó y lo inspeccionó durante un par de minutos.

—Es auténtico —dijo al fin.

Kai le sostuvo la mirada mientras Tim le devolvía el pase, cuando fue a cogerlo Tim lo sujetó con fuerza y los dos se midieron con los ojos mientras tiraban de cada extremo. Finalmente, Tim soltó el pase con brusquedad y Kai lo guardó en la cartera.

—Después de usted, señorita Long —dijo Kai exagerando sus modales.

—Hasta luego, Tim —se despidió la joven.

Él no le devolvió el saludó. Echaron a andar y Darlene miró atrás un momento. Su amigo los observaba mientras se alejaban hacia el interior del jardín.

Pasearon entre los parterres llenos de flores y arbustos. Los altos árboles empezaban a ver amarillear sus hojas con el calor del verano. Los jardines públicos se hallaban justo en la ribera del río Whampoa, por lo que corría un poco de brisa que aligeraba el calor pegajoso impregnado de humedad. Desde donde estaban, divisaban parte del paseo de la ribera, el Bund, donde se alzaban los edificios más imponentes y elegantes de la concesión internacional. Pasaron por delante del quiosco de música donde los fines de semana, a la caída de la tarde, se celebraban recitales.

—Podríamos venir alguna vez a escuchar un concierto —mencionó Darlene en un intento por recuperar el ambiente distendido del que habían disfrutado hasta llegar a las puertas del parque, pero Kai la miró de una manera que la hizo arrepentirse de haberle propuesto una actividad fuera del acuerdo al que habían llegado.

Esa forma que tenía de observarla le producía una sensación extraña en la boca del estómago. La interpretaba como una mezcla de censura por ser quien era, un toque de desinterés tal vez, y también incomprensión por que quisiera ahondar en algo parecido a una amistad. Darlene se recordó entonces que estaba paseando con ella por obligación, y se lo hacía saber con esos ojos negros que transmitían, además, el desprecio que su pueblo había acumulado hacia los vencedores durante ochenta años de humillación.

Avanzaron en silencio hacia el extremo sur del parque y llegaron a la estatua en memoria de los caídos en la rebelión Taiping. Había sido uno de los grandes enfrentamientos a los que los extranjeros habían tenido que hacer frente; el enemigo era una secta extremista de cientos de miles que sembraban el caos en la China imperial, y los shanghailanders estaban muy orgullosos de haberlos derrotado.

Kai se sentó en un extremo de uno de los bancos de piedra y Darlene lo hizo en el contrario para guardar las distancias. Él no parecía interesado en conversar, solo miraba a la lejanía; ella se preguntó en qué estaría pensando. Empezaba a detestar el silencio que se instalaba entre ellos, así que sintió el impulso de provocarlo de nuevo.

Se desplazó hacia él en el banco y el movimiento atrajo su mirada.

—¿Por qué no has enseñado el pase directamente?

—Porque no debería tener que hacerlo. Tengo la esperanza de que tarde o temprano a los chinos no nos traten como a ciudadanos de segunda categoría en nuestro propio país.

—Es orgullo, entonces.

—Es dignidad.

—Dignidad sería que no entraras al parque hasta que el resto de tus compatriotas puedan hacerlo.

Sus ojos negros brillaron esta vez con algo parecido a la ira.

—No tienes que pagarlo conmigo, yo no he establecido las reglas. Ni siquiera lo sabía —dijo Darlene.

—Hay muchas cosas que no sabes.

Esa acusación le sentó mal. Aunque la medida le parecía desproporcionada, reflexionó un instante sobre las razones que habría tenido el consejo municipal, entre cuyos miembros se encontraba Henry Long, para imponerla. Sentía la necesidad de justificar la postura de alguna manera.

—Debes reconocer que la norma tiene cierta lógica. —Kai, al escucharla, se giró por completo hacia ella—. Me explico: los campesinos que llegan por miles cuentan con un nivel educativo muy bajo y podrían acampar en los parques. Tampoco me resulta descabellado que las autoridades de la concesión piensen que muchos locales consideren el parque como la naturaleza y hagan sus necesidades entre los arbustos.

—¿Sabes? No todos los extranjeros que llegan a Shanghái son taipanes ricos. Los hay tan miserables y sucios como muchos de mis compatriotas, y esos sí tienen permitido el acceso solo por no poseer rasgos orientales.

—Nunca me he relacionado con ese tipo de extranjeros.

—Tal vez deberías ampliar tu círculo de amistades —comentó irónico.

—Tal vez lo haga. Pero tampoco te he visto a ti con tus amigos. ¿Frecuentas las barriadas para otra cosa que no sea visitar a Mingyue?

—No me conoces de nada, extranjera.

—Lo mismo digo, pero tú me juzgas por mis rasgos y pretendes que nosotros no te juzguemos a ti por los tuyos. —Recalcó la palabra «nosotros» a la vez que experimentaba una rabia inmensa que hizo que le temblara el cuerpo entero. «Siempre serán ellos y nosotros», había dicho su padre, y Kai pensaba como él.

Darlene sintió que se había estropeado la salida. Después de un rato sentados uno junto al otro sin hablar, le dijo que se marchaba. Kai no la detuvo ni la acompañó; tampoco se despidió, y lo prefirió así. Había quedado con Olive no muy lejos de allí para regresar a casa y no quería que ella también los viera juntos. Sin embargo, cuando miró atrás antes de perderlo de vista entre la vegetación de los jardines, él la estaba mirando.

16

Gillian no tenía claro cómo el cuerpo de policía podía estar tan seguro de que en la casa que vigilaban se reunían grupos de estudiantes y profesores radicales para tramar atentados contra los intereses extranjeros. El capitán había referido que la información provenía de la inteligencia; quiénes formaban parte de esta y cómo podían fiarse de ellos y no esperar una encerrona era algo que no había sabido responderle.

Estaba nervioso, con los músculos en tensión. Era una sensación parecida a la del inicio de un partido importante, aunque mucho más intensa porque el peligro indefinido al que se enfrentaban podía resultar mortal; suponía una posibilidad con la que siempre tenían que contar, les había repetido el capitán antes de desplegarse. Debían estar preparados para defenderse y repeler un ataque que podía venir de cualquier lugar o de la persona más inesperada, y mantener las armas con el seguro quitado para disparar con rapidez.

Por lo menos, contaba con Nicolai y Narek. Los tres se cubrirían las espaldas mutuamente si la situación se complicaba. Le faltaba Tim a su lado; era su mejor amigo, pero le había sido imposible convencerlo de que se uniera al operativo rutinario de cazar a estudiantes revoltosos. Su superior les había asegurado que era un buen ejercicio para que los voluntarios se curtieran en el oficio.

De momento, la orden consistía en esperar y arrestar solo a

los que saliesen de la supuesta reunión clandestina, sin levantar mucho revuelo. Varios jóvenes habían entrado, pero no había salido nadie en las horas que llevaban vigilando. Tampoco se percibía nada sospechoso desde el exterior.

Los cadetes no estaban solos, ya que el capitán había desplegado a la compañía americana. En total eran treinta efectivos armados, listos para asaltar la vivienda si se daba la orden, cosa que sucedería si caía la noche y los sospechosos seguían allí encerrados. El sol empezaba a descender y cubría de jirones naranjas las nubes bajas. El calor era aún asfixiante y todos sudaban a causa de la tensión y la inmovilidad.

Su jefe de unidad se les acercó, medio agachado, para avisarlos de que estuviesen atentos a la señal. Iban a entrar. El objetivo era detener a los cabecillas de la reunión; ellos esperarían fuera.

—¿Cómo sabremos quiénes son?

—Vayan a por los de más edad, los profesores, los que manipulan a los jóvenes para que se radicalicen. Pero, ante la duda, y para ir sobre seguro, los detienen a todos. Atentos a mi señal —susurró el capitán antes de reptar fuera de los arbustos tras los que estaban parapetados. Se alejó con el cuerpo doblado en dirección a la puerta principal, donde ya lo esperaban los veteranos de la compañía americana, agazapados en las esquinas de la casa.

Los amigos se miraron entre sí, las armas en alto y las respiraciones agitadas como cuando echaban carreras en la pista de atletismo del colegio, aunque esta vez era de puros nervios. Se giraron hacia el lugar donde el cordón policial empezaba a densificarse. Cada efectivo ocupó su posición. El despliegue formaba ahora dos anillos concéntricos: los que iban a entrar a la casa y los que atraparían a los que intentaran escapar.

El capitán alzó la mano y los policías corrieron hacia la puerta. Uno de ellos le dio una potente patada y partió la cerradura; entraron dando gritos de «alto a la autoridad». Los muchachos no tuvieron que esperar mucho para ver a los estudiantes saltar por las ventanas, incluso desde la segunda planta. Gillian, Nicolai y Narek avanzaron cada uno detrás de uno de los revolucionarios.

Gillian fue detrás de un muchacho delgado y un poco más bajo que él pero muy rápido. Este saltó sobre la valla de madera y Gillian llegó a tiempo de agarrarlo por el pantalón con una mano mientras con la otra sostenía la pistola. Pegó un tirón con fuerza hacia abajo; el estudiante se golpeó la barbilla con el entablado de madera y, debido a la inercia, Gillian cayó hacia atrás y perdió el arma. El chico se desplomó encima de él y le dio un fuerte golpe en el estómago que lo cabreó mucho. Se revolvía como una lagartija, pateaba e intentaba incorporarse mientras Gillian se afanaba en retenerlo sobre él mientras lo sujetaba con los brazos y las piernas. El chino le hincó el codo en las costillas y Gillian aflojó el agarre un ápice; el muchacho aprovechó esa ventaja para lanzarse hacia la valla de nuevo, pero Gillian echó mano de la pistola y la sostuvo en alto al tiempo que gritaba:

—¡Detente o disparo! —Pero el chico no detuvo su ascenso. Llegó arriba y saltó al otro lado en los segundos en los que Gillian decidía si le disparaba por la espalda—. ¡Maldición!

Enfundó la pistola en la cartuchera y trepó por la valla a su vez. Tras sortearla, corrió por una de las bocacalles, pero se frenó a los pocos metros porque no había podido atisbar en qué dirección iba. El chico había desaparecido. Desde la casa se escuchaban los gritos de sus compañeros, así que regresó junto a sus amigos y llegó justo a tiempo de ayudar a Narek a reducir a uno de los estudiantes, que tenía al armenio agarrado por el cuello a punto de ahogarlo.

Esa noche detuvieron a tres profesores y a catorce alumnos; calcularon que otros tantos habían conseguido escapar. Y Gillian aprendió que apretar el gatillo contra alguien era mucho más difícil de lo que había pensado durante los entrenamientos. Pero la próxima vez estaría preparado.

Ojos de Jade lo ponía nervioso. Kai se sentía torpe y zafio a su lado y, aunque jamás lo admitiría, en verdad se sentía un ciudadano de segunda clase cuando estaba con ella. Y lo peor era que sabía de sobra que nada tenían que ver el dinero ni el estatus del que gozaban los shanghailanders en la ciudad ni que ella fuera una de ellos. No, a su lado se cuestionaba todas sus creencias, sus valores y hasta la misma pertenencia a los suyos. Empezaba a desear ser otro, haber sido otro, haber nacido diferente para poder tener todo en común, para sentirse más cerca. Era un sentimiento atroz que comenzaba a devorarle las entrañas, y tan solo era la tercera vez que respiraba el aire que salía de sus labios cuando hablaba y que olía a magnolia. Y ese cuello... Se le estrujó el corazón al verla con ese corte de pelo; le aniñaba el rostro, pero la hacía aún más atractiva, si eso tenía algún sentido. No, nada tenía sentido cuando estaba con ella. ¿Es que acaso aquella joven no sabía que el cuello era la parte más erótica del cuerpo? Por eso las mujeres chinas lo llevaban cubierto con el característico cierre de las camisas locales. En su cultura, no se podía enseñar, era una zona que solo se descubría en la intimidad y para el hombre.

Se había quedado sentado en aquel banco varias horas, rumiando cada palabra y cada gesto, los de ella y los suyos. Durante el tiempo que habían pasado juntos había podido leer cada pensamiento que cruzaba la mente de Darlene cuando arrugaba esa naricilla que empezaba a volverlo loco; había luchado como una fiera herida para dominar las imágenes que le venían a la mente y la absurda idea de que ella albergaba un genuino interés por su mundo y, tal vez, por él. Sentado en el banco de piedra, durante esas horas de reflexión, mientras frente a él paseaban elegantes caballeros y damas que disfrutaban del atardecer, que empujaba el bochorno del día hacia el fondo del río, Kai había peleado para borrar las sensaciones que habían hormigueado sobre su piel, la suavidad de la mano de Darlene aferrada a la suya, la luminosidad de sus ojos cuando descubrió los pájaros, la excitación de su cuerpo cuando apostó por el grillo negro. Necesitaba regresar a la primera impresión que había tenido de ella. No la del accidente, en el que la oscuridad había jugado a su favor, velando su arrebatadora belleza, sino la de la fiesta en el Astor: una niña rica con una vida monótona y aburrida, repleta de celebraciones idénticas, en busca de diversión. Quería seguir creyendo que él formaba parte de su pasatiempo, que fingía interés solo para conseguir que jugara a su juego. Sin embargo, le costaba olvidar cómo había dado por terminada la salida, la forma en que lo miró cuando le dijo que se marchaba, dolida por su frialdad, por su mutismo.

Kai no abandonó la rígida posición hasta que no estuvo seguro de que en su ánimo no quedaba ni una brizna de esperanza; que recuperaba la visión de sí mismo y su propósito. No podía olvidarse de su razón de ser, de la venganza que estaba llevando a cabo. Salió de los jardines cuando el sol ya se fundía en las aguas pardas del Whampoa con la resolución de no verla más. Debía faltar al trato que tenían, era lo mejor, y buscar otro hospedaje para Mingyue, mudarla de barrio para que Darlene no pudiera encontrarla. Anduvo a casa; a pesar de estar lejos, pensó que el cansancio lo ayudaría a dejar de pensar.

Tras dos horas de caminata acompañado de los ruidos nocturnos de la ciudad, enfiló su calle. Al acercarse al portón, vislumbró una sombra contra el muro y se paró en seco. ¿Sería alguno de los matones de su hermanastro? ¿Le habría tendido una trampa de nuevo? Cruzó la calle y se aproximó despacio desde la acera contraria. La sombra se acercó a la farola situada en la esquina de su casa y la luz iluminó un rostro cansado, que comprobaba la hora en su viejo reloj de pulsera. Kai soltó el aire y corrió hasta él.

—Lu, ¿qué haces aquí?

—Te estaba esperando. —Tenía la voz fatigada y ronca, como si hubiera estado gritando, y ojeras dibujadas bajo los ojos rasgados.

—¿Quieres entrar a cenar? Ya sabes que me encanta molestar a mi madrastra y traerle visitas imprevistas.

—No. Ha pasado algo, por eso he venido. Esta tarde celebrábamos una reunión importante, por fin íbamos a dar un paso al frente después de peroratas infructuosas... —Se le quebró la voz.

Echó mano del bolsillo de la camisa y, con dedos temblorosos, sacó un paquete de cigarrillos, los más baratos del mercado; eran como fumar paja de granero. Kai solía robarle el tabaco a Pang y llevárselos a Lu cuando quedaban a comer o a tomar té; la última vez se le había olvidado, por lo que su amigo había regresado a aquellos horribles cigarrillos que podía permitirse y que, seguro, terminarían matándolo. Fumó con desesperación, como si así pudiera calmar el revoltijo de emociones que destilaban sus ojos: rabia, vergüenza, preocupación. El humo era gris y espeso y olía mal, como a bosta de cabra. Kai lo observó mientras aspiraba con fuerza, dos, tres veces, hasta que volvió a hablar:

—Nos estaban esperando. Fue una encerrona. Alguien de nuestro círculo nos ha traicionado. —Era eso lo que lo estaba destrozando, pensó Kai, que alguien de los que suponían suyos se hubiera aliado con los usurpadores, con los demonios de Occidente. Alguien de su grupo tenía sentido histórico y no creía que sin los shanghailanders pudieran estar mejor.

—Los extranjeros tienen informantes en todas partes, ha podido ser cualquiera: la que te sirve el té en el campus o el culi que recoge la basura. Una moneda reluciente es la patria del hambre, ya deberías saberlo —dijo Kai para amortiguar su desesperanza.

—No, no pudo ser nadie así. El lugar de la reunión se concretó dos horas antes, es imposible que alguien que no fuera uno de los convocados lo supiese. Hemos sido muy cuidadosos.

—¿Has venido a contármelo? Podías haberme mandado una nota para encontrarnos mañana en la tetería. Si temes a los espías, sabes que rondan cerca del señor Tao, por lo que no deberías estar aquí. Me estás comprometiendo, y eso no nos interesa a ninguno de los dos.

—He venido a pedirte un favor. Entre los detenidos están Sannai y Lishun; saben demasiado. Si los torturan, se van a quebrar. Necesito que hables con tu padre para que los liberen.

—No puedes pedirme eso. Tú más que nadie sabes lo que hizo, cuánto lo odio. No puedo pedirle ningún favor, sería una humillación insoportable. Supondría devolverle el poder sobre mi vida. Además, ¿qué te hace pensar que le interesará ayudaros?

—Lo hará si se lo pides tú. Solo por ti, por demostrarte que puedes confiar en él, por ganarse tu afecto de nuevo.

—No lo conoces. Es un lobo de las estepas, huele la mentira.

—Lo conozco lo suficiente para saber que es un hombre que vive con remordimientos, y tú no has dejado de avivárselos con tu odio. Lo hará si se lo pides, tiene que hacerlo. La vida de nuestros camaradas está en juego; no te lo pediría si no fuera algo vital. Es un favor especial. Es muy importante que no hablen; hay planes en marcha, planes fundamentales para el futuro de nuestra patria.

—¿Cuáles?

Lu se encendió otro cigarrillo y, entre el humo de la primera bocanada, contestó:

—No puedo contártelos. Tú... eres de l'Aurore. Hace tiempo que decidiste no unirte a la lucha, no estás involucrado.

—Entonces ve a pedirle el favor a uno de tus compañeros de Fudan. —Kai le dio la espalda y echó a andar en dirección a la casa.

—Espera. —Lu lo detuvo por el brazo. Sus ojos irradiaban desprecio; tenían el mismo brillo loco que Kai había visto en sus compañeros más radicales cuando lanzaban discursos encendidos durante las reuniones a las que Lu lo había invitado con la intención de que terminara entusiasmándose con la causa. En vez de eso, Kai se había reafirmado en que eran una panda de vagos que solo hablaban y que no tenían nada que aportar a esa patria más justa y avanzada que querían construir—. Eres el único que puede ayudarnos —repitió—. Tu padre tiene los contactos que pueden lograr que las cosas sucedan.

—Entonces merezco saber qué tramáis. Me estás involucrando y quiero saber dónde me estoy metiendo, solo así podré interceder por ellos.

—Si alguien descubre que estás al tanto, correrás el mismo

peligro que nosotros. Es por tu seguridad por lo que no debes saberlo.

—Sé cuidarme solo, te consta. Sacar a tus compañeros de la celda donde los hayan encerrado me va a poner en riesgo de todas formas. Tú eliges.

Lu escrutó la oscuridad que se abría en los extremos de la calle. Kai percibió su temor a que en las sombras se escondieran traidores que pudieran delatarlo, o quizá era a los perseguidores a quienes les tenía miedo.

—Está bien. Debes jurar por tu vida que no lo revelarás.

Kai asintió.

Se alejaron de la farola y, resguardados contra el muro que circundaba la casa de los Tao, en semipenumbra, Lu le susurró lo que se avecinaba. Después de unos minutos de confidencias, Kai aceptó ayudarlo.

—¿Has podido averiguar dónde los tienen? —preguntó Kai.

—En la comisaria de Louza.

Era un impresionante edificio de estilo gótico veneciano construido con ladrillos rojos y rematado con arcos y balaustradas en el frontal. Había sido una de las primeras edificaciones de la concesión cuando solo era británica, antes de que se sumaran los americanos y las otras potencias, financiada por el consejo municipal y erigida para mantener la ley y el orden durante los primeros años de presencia extranjera en Shanghái. Kai sabía que no era solo una comisaría, incluía también las barracas de los policías británicos y los odiosos sijes, los demonios de turbante rojo traídos de la India.

—Está bien. Vete ya, y no intentes contactarme en los próximos días. Te buscaré cuando la tensión se haya diluido. Si lo consigo, saldrán esta misma noche.

—Gracias, no lo olvidaré —dijo como despedida.

Kai esperó a que Lu se hallara lo suficientemente lejos para que no pudiera verlo y, entonces, en vez de dirigir sus pasos hacia la casa, en busca de su padre, recorrió el camino por donde había llegado media hora antes y se dirigió en busca de otro diablo diferente de su padre al que tendría que proponer ampliar el pacto establecido entre los dos, para ayudar a Lu y su vana causa. Estaba seguro de que el precio a cambio sería alto, pero estaba dispuesto a pagarlo.

El diablo había aceptado interceder y el precio que le había pedido era su mismo corazón, pero Kai se convenció de que era mejor así. Lo ayudaría a mantener la cabeza fría. Quiso cerciorarse de que cumplía su palabra y que lo hacía con la urgencia que habían acordado. Esperó amparado en la oscuridad de la medianoche hasta que vio salir de Louza a los estudiantes subversivos. Los rostros de los detenidos lucían desencajados por el miedo; habrían creído que los trasladaban a algún sitio más sórdido, tal vez que los llevaban a fusilar a algún descampado. Cuando los guardias les retiraron las esposas y los empujaron a la calle, se quedaron un instante paralizados. A los gritos de los sijes, salieron corriendo, trastabillaron con el miedo y la premura por escapar, con el cuerpo inclinado hacia delante para protegerse de las balas. Seguramente pensaban que les dispararían por la espalda y enmascararían su asesinato como un intento de fuga.

Kai suspiró. Había cumplido y ahora la deuda la tenía él. El diablo se aseguraría de que perdiera el alma por el camino. Cuando se metió en tratos con él, Kai supo que lo estaba apostando todo, y habría estado dispuesto a quemarse en el infierno con tal de conseguir su propósito. Sin embargo, ahora...

Se alejó de la estación de policía y caminó por las calles vacías. El toque de queda era a la una de la madrugada, faltaba poco menos de una hora y, aunque lo más prudente habría sido irse a casa —era demasiado tarde para visitar a Mingyue—, sus pies eligieron el camino más inconveniente.

Aquel hombre tenía ojos en todas partes. ¿Cómo había sabido que se veía con ella? ¿Tenía quizá alguna relación con el guardia del parque, el tal Tim? ¿Se lo habría contado él? ¿Tal vez algún transeúnte con el que se habían cruzado sin darse cuenta pertenecía al círculo de los Long? ¿Mandaba seguirla, la espiaba quizá?

Observó la casa un rato largo. No había movimiento ni llegaba sonido alguno salvo el enloquecido canto de las cigarras cobijadas en los árboles. Las ventanas eran oscuros rectángulos sin luminosidad alguna. Los habitantes de la mansión dormían. Probó con la puerta de servicio por donde había entrado las dos veces que se había aventurado a seguir a Ojos de Jade, pero estaba cerrada con llave. Se subió al muro de cemento y trepó por la verja de hierro; resbaló dos veces hasta que consiguió auparse sobre ella y descendió con rapidez por el otro lado. Corrió a través del césped hasta la puerta trasera. El picaporte cedió silencioso, no la habían cerrado con cerrojo. Aguardó unos segundos hasta que la vista se le acostumbró a la oscuridad casi absoluta. Era una locura lo que estaba haciendo, ella podía no estar allí, y Kai tenía claro que no se iba a adentrar en la casa. Si no estaba en el cuarto oscuro, daría la vuelta y se largaría.

Abrió la primera puerta de la derecha; por el olor a quesos fuertes y verduras, dedujo que se trataba de la despensa. Probó con la segunda y el pasillo se llenó de una luz roja. La silueta de la joven se recortaba de espaldas frente a la puerta. Kai entró con sigilo y cerró a su espalda; el clic del cierre lo delató y ella se giró hacia él. Pensó que se asustaría al verlo, pero se acercó despacio sin pronunciar una sola palabra y alzó la mano hacia su cara. Sus dedos le rozaron la mejilla y, solo entonces, dio un salto hacia atrás.

—¿Kai?

—Sí, soy yo. —El rojo se derramaba sobre el camisón de la joven, que Kai intuyó de un blanco puro, como un velo de fina seda que marcaba sus formas—. He pensado que eras una visión producto de mi imaginación o de los vapores de los químicos. ¿Qué haces aquí? Debe de ser tarde.

—Pasada la medianoche. No estaba seguro de que estuvieras aún despierta. No debería haberme arriesgado, no sé qué me ha pasado… —susurró, y por un momento pensó que ella no lo había oído.

—A estas horas no hay nadie despierto. Yo no tenía sueño y quería dedicarles un rato a las fotos de hoy. Suelo perder la noción del tiempo aquí metida. —Pareció acordarse de la forma en que se habían separado por la tarde, porque le dio la espalda y se puso a trajinar con las cubetas. Kai no se movió. Observó cómo la luz roja se escurría por su melena corta, por su cuello, su espalda y por las nalgas, que se marcaban a través de la vaporosa tela del camisón—. ¿A qué has venido? Ya te dije que no voy a darte las fotos que te hice.

¿A qué había ido? Ni él lo sabía. Se sentía solo en su traición, solo con el odio que llevaba clavado en el alma. Por lo menos quería poder aligerar el peso de su última conversación en los jardines públicos y hacer lo que debía antes de que fuera demasiado tarde.

—Quería disculparme. No fui justo contigo hoy, me porté como un idiota.

Darlene se volvió hacia él, el rostro iluminado por la luz roja.

—Vaya, señor Tao, puede ser humilde cuando se lo propone. Me deja sin palabras.

—¿Me perdonas entonces?

Lo miró con intensidad, pero seria, y al final sonrió para romper la tensión.

—Sí, aunque podrías haber esperado a mañana para disculparte, o a nuestro próximo encuentro. También podrías haber mandado una nota.

—Quería pasar por aquí porque he estado pensando que lo mejor es que no nos veamos más, y quería decírtelo en persona.

Sus facciones se tensaron de nuevo bajo la luz roja en una mueca que Kai no consiguió descifrar del todo, sumidos como estaban en el ambiente oscuro, pero que denotaba desilusión y enfado. Darlene le dio la espalda de nuevo.

—Ya he aceptado tus disculpas, puedes marcharte.

Pero él no se movió. Permaneció en silencio mientras la observaba, y ella ignoró su presencia durante un rato, ocupándose del revelado de las fotos que había tomado esa misma mañana. Kai se acercó con sigilo y se quedó a pocos centímetros de ella. Miró sobre su hombro y lo embargó el olor a jazmín de su pelo.

Sus manos delicadas, enfundadas en guantes, empujaban las láminas de papel hacia el fondo de la cubeta y, como por arte de magia la superficie se cubría de sombras que poco a poco se perfilaban hasta definirse y revelar la imagen.

—¿Puedo ayudarte?

Kai no sabía de dónde había salido su petición, por qué no se largaba de una vez y la dejaba en paz. Solo sería un rato, se dijo, unos minutos más inhalando el olor de su pelo. Pero estaba convencido de que Darlene se negaría, y tal vez fuera lo mejor.

—Si quieres —respondió ella, y se encogió de hombros.

Quiso decir que quería, ¡cuánto quería...! En ese momento era lo único que deseaba, aunque sería la última vez que estuvieran juntos.

—Están a punto de dar el toque de queda, y si me pillan por la calle me encerrarán en una celda en la *gendarmerie.* Me quedo hasta que amanezca. —Darlene no hizo ningún comentario y él se puso a su lado—. ¿Cómo te ayudo?

17

A pesar de los gruesos muros, el interior de la catedral de San Ignacio era un horno. La nave central y los espacios a los dos lados del altar estaban medio vacíos; se notaba que muchas familias habían empezado a abandonar la ciudad hacia las casas de campo en las montañas y la zona de los lagos en la concesión alemana de Qingdao y Weihai, o para pasar unas semanas en los barcos anclados río arriba, en áreas más frescas.

A Darlene le costó concentrarse en la homilía del padre jesuita mientras se abanicaba con ímpetu. A su lado, Clarisse lo hacía con la elegancia habitual, a suaves intervalos; «Así sudas más», le acababa de decir por enésima vez. Su hermano acercaba la cara a la trayectoria de su abanico y se secaba de vez en cuando la frente con un pañuelo; su padre aguantaba estoico el eterno discurso.

Con el calor, las palabras del cura se derretían en los oídos de Darlene y su mente vagaba hacia recuerdos pintados de rojo oscuro. Cerró los ojos para atrapar las sensaciones; los roces casuales de manos; sus ojos fijos en ella, que le producían una sensación eléctrica en la piel aunque apenas pudiera distinguir sus rasgos; la cercanía de sus cuerpos en aquel cuarto, donde sus respiraciones habían constituido la única conversación. De eso hacía ya dos semanas, de las que prácticamente no recordaba nada, tan solo suponía lo que había pasado: comidas en familia, visitas de cortesía, té con las amigas de su madre, unos días en la piscina del club con Hazel y Nina y una fiesta que había organizado el consulado americano y a la que había asistido, por primera vez, en calidad de fotógrafa. Había entregado varias fotos al editor y las habían publicado en el periódico, y eso, que tendría que haber supuesto un hito en su nueva vida, había quedado diluido, como todo lo ocurrido durante esas semanas, en un remolino pequeño y estéril de arenilla, que se desbarataba con la primera brisa veraniega y dejaba al descubierto la superficie compacta y ardiente de un único recuerdo: la madrugada que había pasado con Kai en el cuarto oscuro. Su absurda despedida, en la que había sido más comunicativo, aun sin hablar, que las veces anteriores en que se habían visto. Por primera vez Darlene no lo notó a la defensiva ni medio ausente u obligado a estar con ella; había creído estar con el verdadero Kai, el que había presentido que escondía en su interior. Y, desde esa noche, su fijación por él se había convertido en un sentimiento poderoso, extraño y agitado que le impedía comer y dormir, así como pensar en otra cosa que no fuera Kai Tao.

La sobresaltó su madre cuando le preguntó, en un susurro exasperado, a qué esperaba para comulgar. Darlene estaba en el extremo de la fila, y la monja que asistía en el oficio durante la comunión esperaba paciente a que saliese o permitiese salir al resto.

—*Chérie*, es para hoy.

En exquisito orden, los feligreses desfilaron frente al párroco y se arrodillaron para recibir el cuerpo del Señor. Los Long lo hicieron uno tras otro y, con las manos unidas delante de los labios, regresaron a sus asientos y se pusieron de rodillas para continuar rezando. Gillian, a su lado, le guiñó un ojo, como si intuyese que su mente no estaba en esa iglesia. Hacía mucho que no mantenían una de sus conversaciones nocturnas, en las que se hacían confesiones en voz baja y a la luz de una vela, «para darle más dramatismo», decía el truhan de su hermano.

Tras la bendición y el intercambio de saludos y parabienes a las puertas de la catedral, que llegaba a extenderse casi una hora —por gracia y por efecto del calor, ese día los feligreses se dispersaron mucho antes—, regresaron al automóvil, donde los esperaba Chao adormilado en el asiento del conductor.

Cuando el chófer se desvió de la ruta habitual hacia la casa y el coche subió hacia el norte por la avenida que delimitaba el extremo occidental de la concesión francesa y, tras girar a la derecha, enfiló la avenida Bubbling Well, su padre anunció que tenía una sorpresa que darles.

Chao paró frente a las cancelas negras de hierro forjado del club de equitación de la concesión internacional, que ocupaba unos extensos terrenos alfombrados de reluciente césped en el centro de la ciudad. El recinto estaba cercado por un muro bajo de ladrillos que, desde fuera, no ocultaba a la vista el vasto espacio, y contaba con dos puertas laterales con sus arcos de piedra, centinelas del portón central por el que accedían los vehículos de los miembros del club.

—Hoy no será día de carrera, ¿verdad, *amour*? No me he vestido apropiadamente —comentó Clarisse.

—No, pero tenemos que estar preparados para la próxima —dijo Henry con una sonrisa—. Así estás perfecta para recibir mi sorpresa —añadió, y le pellizcó la mejilla con cariño.

Entraron al edificio principal, donde se ubicaban las oficinas de administración del club de equitación y de la organización de las carreras de caballos. El club era exclusivo para la élite occidental y para unos pocos elegidos de entre las familias chinas más renombradas y adineradas, y estos últimos solo con una membresía que les permitía acceder al club y al palco de la tribuna los días de carrera. Atravesaron el amplio y luminoso vestíbulo, con su suelo de terrazo y sus columnas de mármol, y salieron por las puertas acristaladas que daban a la pista central. Henry canturreaba entre dientes mientras fumaba de su puro y lideraba a la familia hacia los establos. Un *boy* lo vio llegar a lo lejos y salió corriendo en dirección contraria.

—Henry, ¿qué le has hecho al pobre muchacho? Ha huido despavorido —rio Clarisse.

—Ya me conoce y sabe lo que tiene que hacer —repuso enigmático. Se detuvo al llegar al punto donde la pista se curvaba—. Esperemos aquí —dijo, y se situó bajo el alerón de una edificación baja.

Darlene y Gillian se apoyaron en el vallado de madera pintado de blanco y contemplaron la longitud de la pista. En el espacio interior se practicaban otros deportes los días que no había carrera: críquet, fútbol, polo, tenis e incluso hockey; deportes que contaban con campos designados para ellos. Por ese motivo, a ese espacio interior lo llamaban el «campo de recreación». La pista de carreras se usaba solo periódicamente; los grandes eventos tenían lugar en primavera, en abril o mayo, y en otoño, en torno a octubre o principios de noviembre, pero en verano, algunos fines de semana y en fiestas señaladas también se celebraban carreras. La próxima sería en unas semanas. El campo de recreación, por otro lado, se usaba casi todos los días y formaba una parte importante de la vida social de la élite en Shanghái. En ese momento, los miembros del club jugaban una partida de críquet, por lo que se escuchaba el entrechocar de las mazas de madera con las bolas y las voces de los participantes que comentaban las jugadas.

Según decían, la tribuna del hipódromo, donde tomaban asiento los miembros más destacados, era la más grande del mundo, y el club, uno de los más elegantes, con salas decoradas con paneles de teca, pisos de parquet de roble y un salón de té que era conocido por su enorme chimenea de piedra.

Algunos sábados, los mellizos iban con Henry a montar temprano, y también les encantaba asistir a las carreras.

—Gillian, puedes venir a jugar al polo cuando quieras. He firmado una autorización para que yo no tenga que acompañarte.

—Genial, muchas gracias. Tengo que decírselo a Palmer y a Nicolai. ¿Y cuándo podré hacerme socio?

—Cuando cumplas los veintiuno y te presente otro de los socios. ¿Crees poder ganarte el favor de alguno?

—Eso espero, aunque para entonces solo podré disfrutar de la membresía en vacaciones, cuando venga de visita de la universidad —dijo con una sonrisa.

—Nos estamos adelantando demasiado a los acontecimientos. Ya veremos cuando llegue el momento —terció Clarisse, e intercambió una mirada con su padre que intrigó a Darlene. Henry sonrió y aspiró de su puro.

El *boy* que había salido corriendo apareció acompañado del mánager de los establos mientras tiraba de las riendas de un hermoso caballo con manto negro brillante y una mancha blanca en la frente.

—No estarás pensando en comprarlo, Henry. Ya tenemos cuatro, y yo no monto —dijo Clarisse, quien se mantuvo a distancia.

—No lo estoy pensando, ya lo he comprado. Es nuestro. ¡¿No es una preciosidad?! —preguntó entusiasmado acariciándole la cerviz.

—Es precioso, *daddy*. El caballo más bonito que haya visto jamás —confirmó Darlene.

—Y va a ser el campeón de la próxima carrera. Es hijo del caballo del sultán de Brunéi, un purasangre árabe de noble pedigrí. Ha costado una pequeña fortuna que espero recuperar en unas semanas.

—¿Le permitirán competir con los ponis chinos? —preguntó Gillian haciendo referencia a la raza principal de caballos que competía en las carreras.

—Desde que se introdujeron, la raza ha cambiado mucho producto de los cruces; ahora son más altos y esbeltos, siempre para intentar mejorar las posibilidades de victoria y la emoción de las carreras. Ya he hablado con el comité de dirección y está inscrito en el club como parte de mi cuadra, por lo que está todo en regla, hijo, no te preocupes.

Clarisse hizo un mohín de descontento, pero no dijo nada.

—Larry —su padre se dirigió al mánager de los establos—, ¿qué tal ha pasado la noche?

—Ha estado algo inquieto, esta mañana lo he sacado a caminar para desentumecerse. Ha bajado un poco de peso, pero es joven y tiene una naturaleza fuerte. Estará preparado para el evento.

—Asegúrate de darle doble ración de paja durante unos días y agua filtrada, muy importante. No queremos que enferme. Pienso apostar una fuerte suma por él y, si gana, tú te llevarás una propina adecuada al triunfo.

—Así se hará, señor Long. Muchas gracias por su generosidad.

Clarisse permanecía apartada de la conversación; de la familia era la única que no montaba, aunque le gustaban mucho las carreras como eventos sociales: el glamour y la elegancia de los atuendos y el hecho de que al menos la entrada al club y a la tribuna fueran exclusivos, porque el acceso era libre los días de carreras y podía asistir toda la ciudad. Se perdían y ganaban auténticas fortunas en unas escasas semanas.

—Henry, *amour*, ven un momento.

Se alejó con su padre unos pasos y Darlene, con disimulo, se escurrió por la valla blanca y se acercó todo lo que pudo. Le llegaron algunos retazos de la conversación.

—¿Es necesario este gasto justo ahora?

—Es una inversión a corto plazo.

—A muy corto plazo, espero. Lo has prometido.

—Claro que sí, *darling*. Voy a triplicar el valor en unas pocas semanas, cuando gane la apuesta, y después lo venderé a un precio muy superior, como campeón. Lo tengo bien pensado. No voy a echarme atrás.

—Eso espero, esta vez…

Su marido le tomó la mano y se la besó.

—Lo sé, *darling*, confía en mí. Todo saldrá bien. —Le rodeó la cintura y le dio un beso en el cuello antes de conducirla de regreso junto al caballo.

—¿Me dejarás montarlo? —preguntó Gillian mientras lo acariciaba con ojos chispeantes.

—Después de la carrera, hijo. Ahora tiene que recuperarse de un largo viaje y entrenar para estar preparado para la próxima competición; empezará a correr con el *jockey* mañana mismo para que se conozcan y se compenetren. Queremos que sea su primera victoria de la temporada de verano.

—¿Crees que podrá ganar a Wheatcroft, de Jack Liddel? —preguntó Gillian. Wheatcroft era el campeón indiscutible de los dos últimos años. Imbatido, había ganado la Copa de Campeones y le había granjeado una fortuna a su dueño.

—Eso espero; es mejor caballo, sin duda. Aunque el animal de Jack conoce muy bien la pista y eso le da ventaja.

—Hay que pensar un buen nombre para él, un nombre ganador —afirmó Gillian—. ¿Qué tal Fuego?

—No, suena demasiado común —comentó Darlene.

—A ver, lista, di tú uno —la retó su hermano.

Darlene reflexionó un instante mientras miraba fijamente los pendientes de su madre.

—Zafiro —dijo al fin—. Es un diamante de caballo, y su pelaje desprende reflejos azules.

—Me gusta. Es un nombre muy elegante, como él —apoyó Clarisse, y Darlene la abrazó entusiasmada. No era muy frecuente que su madre se mostrara de acuerdo con ella—. Quita, loquita, que me arrugas el traje —la regañó, y se estiró la ropa.

—Zafiro pues —concluyó su padre—. Larry, encárgate del cartel y de inscribirlo en la próxima carrera con ese nombre.

—Enseguida, señor Long.

—Yo también quiero montarlo, *daddy* —afirmó Darlene.

—Es demasiado grande para ti, hermana.

—Monto mejor que tú y lo sabes, hermanooo.

—Podemos echar una carrera y me lo demuestras —la picó Gillian.

—Cuando quieras.

—¡Ahora!

—¡Ahora entonces!

—¡Chicos, por favor, vais vestidos de domingo! Henry, di algo —clamó Clarisse, pero los mellizos no la oyeron, pues corrían ya hacia los establos para ensillar sus caballos.

Su marido se encogió de hombros y se inclinó sobre la valla, listo para presenciar una entretenida carrera.

El campo de tiro estaba enclavado en el extrarradio de la ciudad, en el extremo occidental. Lucía un día de esplendoroso sol y cielo azul; al ser temprano, el calor aún no apretaba demasiado y el campo estaba cubierto de una fina capa de perlas de rocío que reflejaban los rayos del sol y evaporaban los aromas a hierbas y flores silvestres contenidos en la tierra.

La banda de música municipal marchaba encabezando el desfile de las distintas compañías que componían el cuerpo de seguridad de la concesión internacional. Con los uniformes distintivos de cada formación y las maderas en alto, las tropas paseaban frente a los espectadores y luego tomaban posiciones en el campo de tiro para las fotos oficiales. Gillian y los muchachos desfilaban con la compañía de cadetes, de la que su hermano era el abanderado.

Darlene corría de un lado al otro para tomar fotos y retratar los rostros sonrientes, las manos en los fusiles, las banderas con las insignias que representaban a cada nación dentro de la concesión, los tambores, los trompetistas... Hizo un sinfín de fotografías en un intento por plasmar la historia de ese día.

Cuando todas las compañías estuvieron formadas en el campo, el fotógrafo militar colocó en el centro la enorme cámara, que consistía en una caja de madera de caoba con una lente, una reliquia del siglo anterior. La encajó sobre el trípode, también de madera, y realizó las fotos oficiales mientras Darlene observaba el proceso absorbiendo cada detalle.

Cuando terminó la sesión de fotos, el capitán Olsen, presidente del comité organizador del torneo, dirigió unas palabras a la comunidad y después anunció el comienzo de las competiciones, que durarían varios días.

Darlene localizó a sus amigas en las gradas que se habían dispuesto para los espectadores y fue a sentarse con ellas.

—Clarisse debe de estar comiéndose las uñas al verte pasear sin pudor con esa cámara —dijo Hazel a modo de saludo. Dejó un hueco para que Darlene se acomodara.

—Mi madre jamás se comería una uña, pero, aunque no lo diga, sé que no le gusta. De todas maneras, mi padre ha debido de hablar con ella, porque, desde que el editor aceptó publicar mis fotos, al menos no muestra una oposición abierta. Simplemente ignora lo que hago, y lo prefiero así.

—Tal vez esté orgullosa de ti y no se atreva a confesarlo —sugirió Nina.

—Gracias, amiga, pero lo dudo.

—Los hombres con uniforme son divinos, hasta el más feo parece guapo. Fijaos en Narek: se lo ve más sólido, incluso más alto. —Nina señaló al armenio, quien cruzaba por delante de ellas en ese momento con el fusil sobre el hombro.

—Eso es por las botas —se burló Hazel.

—Gillian está guapísimo, y Nicolai, a caballo y con el uniforme de su compañía, parece hijo del zar.

—Tim tampoco está mal —comentó Darlene, y empujó ligeramente a Hazel con el codo.

—Supongo.

—¿Qué pasa con vosotros? Parecía que estabais a punto. Te ha pedido que seas su novia y lo has rechazado, ¿es eso? —preguntó Darlene.

—No se ha declarado, pero porque lo he estado evitando y ha entendido el mensaje.

—Pero Tim te gustaba. ¿Te has desenamorado?

—Aún me gusta; sin embargo, siempre he creído que el secreto de una mujer feliz es que sea amada. No siento que él esté muy enamorado, y yo quiero a alguien que me adore y me haga sentir que soy la única. —Hazel desvió la vista hacia Nina, que no perdía detalle de las rondas de participantes—. Mira lo que ha pasado con Olive. A mí eso jamás me va a ocurrir porque no pienso dar más amor del que reciba. Por eso prefiero que Tim y yo sigamos siendo amigos.

—No lo sé, Hazel. ¿Se puede ser feliz sin amar profundamente?

—Se puede ser feliz si se es profundamente amado, estoy convencida. Lo contrario solo te hace desgraciada —afirmó la americana.

—¿Y si los dos aman por igual?

—Eso nunca pasa, Darlene.

Las amigas permanecieron en silencio mientras continuaban las rondas de disparos. Cada compañía iba sumando puntos según las dianas de sus participantes; a mayor distancia, más puntos.

—¿Dónde está Olive?

No había visto a su amiga francesa desde que esta la había acompañado a su salida con Kai, y aunque las cosas entre ellas se habían resuelto bien, sentía que Olive seguía rehuyéndola. Darlene había pasado varias veces a verla y madame Travers le había dicho que no se encontraba en casa. Confiaba en esa mujer y le parecía muy improbable que le hubiese mentido; por otro lado, Olive no había ido a buscarla como solía, y tampoco habían coincidido en las salidas con las chicas.

—Mira, allí está. —Nina señaló a lo lejos, hacia el lado derecho de la grada, junto a la primera fila de asientos.

La francesa se guarecía del sol bajo una sombrilla de color marfil y hablaba con unos caballeros ataviados con sombrero canotier y traje blanco. Darlene no había visto nunca el vestido que llevaba puesto: era muy elegante, de muselina amarilla con pequeñas flores verdes. El peinado era también más sofisticado que de costumbre. Parecía otra Olive, pero se la veía guapa.

—¿Dónde se ha metido estas semanas? No he conseguido localizarla, nunca estaba en casa —se quejó Darlene.

—Desde la desilusión con Nicolai está saliendo mucho —apuntó Nina.

—Sí, por el día trabaja en el hotel y por la noche sale de fiesta —confirmó Hazel.

—¿Y por qué no sale con nosotras?

—Claramente, no quiere que le robemos la atención. Sobre todo tú, *petite* —dijo Nina.

—Está buscando marido, no nos necesita para eso —concluyó Hazel.

—Pero somos sus amigas. Además, solo tiene dieciocho años, ¿por qué tanta prisa? No la entiendo.

—Yo creo que quiere olvidar a Nicolai y nosotras se lo recordamos. Además, solemos salir todos juntos, y estoy segura de que no quiere cruzarse con él y por eso nos evita a todos.

Darlene suspiró con pesadumbre. De las tres, Olive siempre había sido su amiga más cercana, con la que tenía más sintonía. La echaba de menos.

—¿Y tú qué has estado haciendo estos días? —preguntó Hazel.

—No sé, esto y lo otro.

—¿Por qué no te unes al comité de donaciones? Nos reunimos los domingos por la tarde y planeamos los eventos de recaudación —la animó Nina.

—Mi madre lleva un tiempo insistiendo, puedo darle el gusto. —En verdad, no tenía mucho más que hacer, aparte de los eventos sociales de siempre, a los que ahora asistía con más asiduidad porque el editor quería fotos.

—Mañana nos pasaremos el día en la piscina; hace muchísimo calor y yo he tenido bastantes tiros por una temporada —dijo la americana.

—Me sumo a la piscina. Os veo más tarde; voy a hacer otra tanda de fotos.

Darlene valoró saludar a Olive y encararla de nuevo, pero, en cuanto vio que se acercaba, la francesa se escabulló entre los corrillos de espectadores que tomaban limonada y charlaban mientras los muchachos se batían en la contienda. Le dolió, pero se dijo que no era el mejor lugar para una discusión entre amigas.

—¡Señorita Long!

Se giró hacia la voz y vio aproximarse al editor del periódico.

—Señor editor.

—La estaba buscando.

—Aquí estoy, no podía faltar. Esa fue su petición.

—Por supuesto, por supuesto. La semana pasada se me olvidó entregarle esto. —Le ofreció un sobre—. Son dos entradas para el teatro; mañana se estrena la obra en el liceo y quiero que cubra la apertura. Acudirá lo más granado de nuestra sociedad.

Darlene sacó las entradas del sobre y leyó los detalles.

—No faltaré.

—Puede ir con alguna de sus amigas o con su bella madre.

—Gracias. Así lo haré, y prometo entregarle las fotos de hoy y las de mañana en unos días.

Se despidieron y el editor se alejó para saludar a algún otro conocido.

¿Con quién podría ir al teatro? Quizá con alguna de las chicas. Pensó en Olive, a la que vio charlar con otro caballero; una de sus nuevas amistades, seguro. Se dijo que empezaba a cansarse de pedirle disculpas, y no pensaba comprar su amistad premiándola con el teatro por ignorarla sin razón. Tarde o temprano se le pasaría.

Si la obra era tan buena, lo más seguro era que Hazel y Nina fuesen a asistir. Los padres de Darlene no lo habían mencionado, aunque era difícil seguirles el ritmo las últimas semanas, no paraban un minuto. Se abanicó un momento con las entradas, sopesando quién podría ir con ella. En su mente afloró otra persona, alguien a quien de verdad quería invitar, y una sonrisa le iluminó el rostro.

18

Por una vez desde el día en que lo había conocido, deseó no encontrarse con él. Por una vez, Darlene deseó hacer algo por alguien, algo importante, algo bello, y que nada ni nadie lo estropease, y él lo haría, seguro, o más bien lo iba a impedir. Esperaba no coincidir tampoco con ningún conocido, aunque sería complicado esquivarlos a todos, por lo que tendría que idear una buena excusa para cuando se encontrase con alguna de sus amistades y se viera forzada a presentar a su acompañante, se dijo mientras hacía el recorrido en tranvía hacia el extrarradio de la concesión, cargando con los regalos.

Aunque solo había pasado por allí dos veces, y de la última habían transcurrido semanas, todo le resultaba ya familiar. Hasta creyó identificar alguno de los rostros con los que se cruzó en su andadura por las calles atestadas de vendedores ambulantes y viandantes ociosos. Al pasar junto al carnicero, se tapó la boca con la mano enguantada y apretó el paso para escapar del olor a sangre coagulada.

La verja del callejón estaba entornada. La abrió con un sonoro chirrido y la empujó con una pierna mientras se equilibraba para no tirar los paquetes al suelo. Hacía una tarde espléndida y, a diferencia de las dos visitas anteriores, en esa ocasión el callejón estaba lleno de niños que jugaban y alborotaban mientras corrían a lo largo y ancho del espacio, y de mujeres sentadas a la sombra del murete preparando verduras para la cena.

Una pelaba mazorcas de maíz; otras dos abrían las vainas de las judías verdes y sacaban las habas, y otra cortaba en el suelo, sobre una tabla de madera, unas hierbas largas y olorosas, que lanzaba en el interior de una cazuela también colocada sobre el pavimento. Las cuatro parloteaban y reían mientras trabajaban; era una escena callejera que retrató con la mente a falta de manos para usar la cámara que llevaba en la cintura. Al verla, las mujeres callaron de pronto y los niños, tímidos ante la intromisión, se dirigieron hacia sus madres. Darlene pasó por delante del grupo con una sonrisa y saludó con un movimiento de cabeza, y enseguida escuchó risitas de los niños y los comentarios incomprensibles de ellas.

La puerta de Mingyue estaba cerrada, así que apoyó los paquetes en el alféizar de la ventana y llamó con los nudillos, pero nadie respondió. No había calculado que podría no encontrarla en casa; no sabía nada de ella, ¿qué le había hecho pensar entonces que estaría aguardando a que fuera a buscarla? Quedaban dos horas para que empezara la función, por lo que tenía margen para esperarla un rato. Sacó la cámara del cinturón y se entretuvo haciendo fotos a los niños y a las mujeres; también a algunos detalles del callejón en los que no se había fijado antes. Retrataba un árbol escuálido y retorcido, que había crecido rompiendo el cemento del suelo, cuando la tocaron en el hombro.

Mingyue sonreía, genuinamente contenta de verla.

—Eres tú —dijo en inglés.

—Hola, Mingyue. Ven, ven —dijo Darlene en chino, y añadió en inglés—: Quiero enseñarte algo.

Rescató los regalos y se los entregó.

—Para ti.

Mingyue alternó la mirada de Darlene a los paquetes y, después de unos segundos, negó con la cabeza; no podía aceptarlos. Abrió la puerta de la casa y entró. Darlene la siguió y colocó los objetos sobre la mesa. No iba a aceptar un rechazo. Empezó a abrirlos: primero, el vestido; lo sacó de entre los finos papeles protectores y el tejido cayó con la belleza de una cascada de agua. Era un precioso *cheongsam* azul marino con bordados plateados; parecía una noche estrellada, y por eso lo había elegido para ella. Mingyue abrió mucho los ojos y se acercó a acariciar la tela. Alzó la mano despacio, miró a Darlene y esta le sonrió para animarla. Entonces Mingyue deslizó los dedos por los bordados, por los botones de hilo plateado que cerraban el cuello, por la suavidad de la seda.

—Es para ir al teatro. —Había buscado la palabra en un diccionario. Por la expresión de Mingyue, dedujo que la había pronunciado bien. Darlene devolvió el vestido a la caja y extrajo las entradas de su pequeño bolso. A continuación se las enseñó—. Tú y yo vamos juntas —dijo despacio.

Mingyue no respondió. Tomó las entradas entre sus dedos y los ojos se le llenaron de lágrimas mientras las contemplaba. Darlene se preguntó si sabría leer; no había pensado en ello hasta ese momento, y sintió de nuevo el peso de la diferencia entre ambas. La mujer dejó las entradas en la mesa y le cogió las manos con una expresión dolorosa y a la vez emocionada.

—¿Vamos juntas? —preguntó la joven, temerosa de recibir otra negativa.

—¡Vamos juntas! —dijo con éxtasis—. Muchas gracias. —Y añadió en chino—: Eres un espíritu bueno, niña extranjera. —Le acarició la mejilla con ternura.

—Mira, hay más. —Darlene abrió el resto de regalos: un chal de muselina semitransparente a juego con el vestido tradicional, un perfume y un pasador de plata para decorarle el pelo. Había dudado si comprarle zapatos o no, pero como no conocía su número, había llevado un par de sandalias de su madre, de las cajas que aún no había estrenado y que resultaron quedarle grandes cuando se las probó. No podía ir con las alpargatas viejas que llevaba puestas.

Mingyue entró al cuarto contiguo y Darlene se asomó para ver qué hacía. La mujer abrió un viejo armario y sacó una caja que guardaba al fondo, entre la ropa. La depositó sobre la cama y extrajo unos chapines de seda azul claro que quedaban perfectos con el atuendo; se los mostró con una sonrisa. En un reflejo inconsciente, Darlene se preguntó dónde habría conseguido algo tan hermoso, y su mente respondió en el acto: Kai.

Había muchas más cosas en esa caja; eran los tesoros de una mujer pobre, los regalos de su amante. Un pinchazo de celos le punzó la boca del estómago, pero enseguida se disipó. Era mezquino pensar en Mingyue en esos términos.

Darlene le entregó el vestido y salió de la estancia. Corrió la cortina que hacía las veces de puerta para que la mujer se lo pusiera. Cuando salió con él, la joven se quedó con la boca abierta, parecía una de las señoras de la alta sociedad que frecuentaban a su familia, nada en ella desentonaba. Parecía que hubiera vestido de forma lujosa toda su vida; poseía una elegancia natural.

Sobre la desgastada mesa del área que hacía tanto de zaguán como de cocina, Mingyue colocó sus tesoros: una cajita de polvos, un colorete, un pintalabios y un delineador de ojos de kohl de una marca japonesa que a Darlene le sorprendió que tuviera. Sacó un trozo de espejo roto y se sentó en un taburete para maquillarse, ante la mirada de sorpresa de la muchacha. Esta había querido ayudarla a prepararse, segura de que nunca lo había hecho, pero la seguridad que desprendía Mingyue la descolocó. Se maquilló en pocos minutos y luego, en unos minutos más, se hizo un recogido sencillo que aseguró con el pasador que ella le había regalado.

Cuando terminó, devolvió todas sus cosas a la caja de los tesoros y se quedó frente a la joven, a la espera del veredicto.

Darlene aplaudió.

—Estás muy guapa. *Meili, hen meili*, Mingyue.

Ella sonrió.

Se pasó toda la obra mirándola. Hasta hacía poco, a Darlene los chinos le habían parecido muy inexpresivos, o al menos los que ella más conocía, los que trabajaban en su casa. Mingyue, por otro lado, era pura emoción: la expresión de sus ojos, cómo fruncía los labios, el enrojecimiento de su nariz por debajo de los polvos de arroz, las lágrimas que resbalaban por sus mejillas y que no se limpiaba, concentrada tan solo en el espectáculo. Durante el intermedio, no había querido salir del palco, el cual compartían con varios periodistas que escribirían la crítica para el periódico; había permanecido en su asiento, a solas, mientras observaba cómo la platea se vaciaba, digiriendo la belleza del momento mientras respiraba los vapores de los perfumes de las damas que habían salido a estirar las piernas y que aún flotaban sobre los asientos. Darlene la vio cerrar los ojos y suspirar levemente con una expresión de serenidad en la cara, como si su alma volase sobre el gran salón de butacas mientras su cuerpo descansaba de la inmensa satisfacción que la había embargado. La joven salió en busca de un refresco sin despedirse, para no interrumpir el apacible trance.

El pasillo exterior, de forma semicircular, estaba concurrido. Dedicó unos minutos a inmortalizar el ambiente. Tomó algunas fotos a personas a las que creyó reconocer de las páginas de sociedad: banqueros, empresarios, cónsules de varios países, representantes del consejo municipal, e incluso le pareció reconocer a alguno de los músicos del Astor. Charlaban y reían con discreción mientras sostenían sendas copas de champán.

Cogió dos vasos de té helado y regresó al palco con Mingyue. Las mujeres bebieron en silencio e intercambiaron sonrisas. Darlene se sentía bien sin la necesidad de hablar, era una experiencia diferente. Aunque le habría gustado preguntarle sus impresiones, resultaba demasiado complicado para su limitado nivel de chino e intuía que Mingyue tan solo conocía unas palabras en su idioma.

Sonaron las campanillas que anunciaban la reanudación del espectáculo y los asientos se llenaron de nuevo de elegantes señoras y sus maridos. Volvió a revisar la platea con los anteojos. Desde la distancia, no le pareció reconocer a ninguna de sus amigas. Sonrió con alivio. Todo estaba saliendo perfecto.

Una hora después, el segundo acto concluía, caía el pesado telón entre ovaciones y aplausos del público y Darlene tomaba las últimas fotos de la velada. Las mujeres esperaron a que la multitud se despejara antes de abandonar el palco. La joven se despidió de los periodistas y, tras tomar a su acompañante por el brazo, salieron al pasillo; Mingyue admiraba todo por segunda vez. Los caballeros las saludaban alzando los sombreros, formaban una pareja peculiar, una rubia y extranjera, la otra morena y local, las dos ataviadas con preciosos vestidos de noche.

Cuando estaban a punto de alcanzar las puertas, Mingyue se paró de repente y le apretó el brazo. Darlene siguió su mirada y lo reconoció de inmediato. Kai estaba a pocos pasos de ellas, acompañado por su familia, y justo en ese momento sus miradas se cruzaron. Las había visto. Darlene quiso darse la vuelta para no tener que enfrentarlo, pero estaban justo en la trayectoria de salida y no podía huir de la situación. Decidió que lo mejor era seguir el plan y tomarse el encuentro con naturalidad. Delante de sus padres, él no montaría ningún escándalo, no iba a delatarse solo; ella tampoco podía no saludar a los Tao, ya que eran conocidos de los Long y lo podrían interpretar como un desplante. Xixi Tao la había reconocido y tiraba de su marido hacia ellas para saludarlas.

—Señorita Long —dijo cuando llegó a su altura—. ¿No ha venido con su familia?

—No, mis padres tenían otro compromiso esta noche y no han podido asistir. He venido con una amiga de la familia recién llegada de Hong Kong, la señora Li. —Se inventó el primer apellido local que le vino a la cabeza.

—Un placer —dijo en chino la señora Tao, y Mingyue bajó los ojos sin responder al saludo—. A mi hijo Kai ya lo conoce, ¿verdad?

—Sí, coincidimos en el Astor hace unas semanas —dijo Darlene evitando mirarlo.

—Y este es mi otro hijo, Pang.

Eran muy diferentes; frente a lo alto y esbelto que resultaba uno, el otro era gordo y más bien compacto. Tenían unos ojos negros similares, pero Pang exhibía una expresión altiva, incluso turbia, que la incomodó.

—¿Les ha gustado la obra? —preguntó el señor Tao. Mientras hablaba miraba a Mingyue.

—Sí, mucho. Es mi primera vez y lo he disfrutado mucho —contestó Darlene.

El señor Tao no dejaba de observar a su acompañante, se diría que con cierto descaro, como si no pudiera apartar los ojos de ella. Y, aunque con ese vestido estaba muy guapa, a Darlene le resultó violenta la situación. La esposa del señor Tao estaba presente y se estaba dando cuenta del interés. Mingyue permanecía callada y muy tiesa, y Darlene entendió su incomodidad. Seguramente era la primera vez que tenía ante sí a la familia de su amante.

—Tenemos que irnos. Ha sido un placer saludarlos —apremió Darlene.

—Salude a la señora Long de mi parte —dijo Xixi.

—Así lo haré. Buenas noches.

En el breve intercambio, evitó mirar a Kai, que estaba justo detrás de su madre, pero podía sentir la furia de sus ojos. No había pronunciado una palabra.

Caminaron a paso rápido mientras notaban la mirada de los Tao en sus espaldas. Mingyue temblaba como una hoja; se tropezó y Darlene tuvo que sostenerla para que no cayera. A las puertas del teatro se alineaban los automóviles y los taxis; paró uno, le indicó la dirección de su amiga y suspiró en cuanto arrancó. Por la ventanilla aún le dio tiempo de ver a Kai salir a la calle y seguir con la mirada el vehículo, antes de perderlo de vista.

Durante el trayecto, Mingyue miraba por la ventanilla mientras se sacudía en un llanto silencioso.

—¿Qué pasa? ¿Estás bien? —preguntó, pero no obtuvo respuesta.

Darlene le dio la mano y la mujer se aferró a ella con fuerza. Cuando se detuvieron frente al callejón, Mingyue, aún visiblemente emocionada, le dio las gracias con las manos a la altura del corazón. Después salió del vehículo y se despidió por última vez antes de internarse sola en la oscuridad.

Con pies temblorosos y las últimas fuerzas que le quedaban, Mingyue se concentró en dar un paso tras otro sobre el pavimento. La niebla densa de los recuerdos amenazaba con devorarla. Cuando alcanzó la puerta de su humilde refugio, descansó la cabeza sobre la madera, apoyó las dos manos y sintió la aspereza de su textura. Necesitaba aferrarse a la realidad, a ese trozo de puerta, que era lo único que sabía cierto en ese momento, para no caer en el pozo del pasado. No quería regresar a ese tiempo que tanto daño le hacía recordar.

Empujó la puerta y esta se abrió con un chirrido; alguno de los inquilinos habría llegado ya de faenar. Cruzó el estrecho zaguán, traspasó la cortina de su cuarto y se tumbó en su camastro con la ropa puesta. Sabía que Kai no tardaría en llegar; disponía a lo sumo de unos minutos de soledad antes de que apareciera, los que hubiera tardado en despedirse de sus padres y su hermano y seguirlas. Pero no le importaba, no tenía nada que decirle. No encontraba fuerzas para hablar.

Había aceptado la invitación de la chica extranjera porque había querido, porque no iba a renunciar a ningún regalo que la vida le presentase, incluso aunque supusiese exponerse, arriesgarse a que sucediera lo que había sucedido: encontrarse con él en público. Eso era lo peor que podía pasar y ya había ocurrido. No tenía nada que temer a partir de ahora. Conviviría con el dolor como lo había hecho durante años. Al menos, había acontecido en un bello lugar, con ella luciendo ese precioso vestido. Si acaso la había reconocido, su dignidad había quedado a salvo.

Escuchó los pasos antes de verlo aparecer por la puerta abierta. Traía la respiración agitada, se imaginó que de correr los últimos metros, y la expresión dura. Estaba enfadado, pero ella no pensaba lidiar con su rabia.

Mingyue se giró y le dio la espalda.

—Vete, déjame sola.

Oyó sus pesadas inspiraciones durante unos minutos. De pie tras ella, se debatía, seguro, entre obligarla a plantarle cara o respetar su decisión y marcharse. Mingyue suspiró de alivio cuando oyó crujir el suelo y, después, sus pasos alejarse de nuevo. También él tenía miedo de las consecuencias, de lo que el destino podría depararles con ese encuentro.

Le había bastado un instante para descubrir que seguía perdidamente enamorada de él. Lo amaría siempre, y esa era su condena.

Un instante le había bastado también entonces, hacía tantos años, para saber que sus sinos se habían enlazado, como los hilos rojos de la leyenda. Había ocurrido tres meses después de llegar a la ciudad con el señor Wang. Tras descansar del viaje en un modesto hostal, la había llevado a La Casa de las Perlas, un lujoso burdel regentado por madame Wang. No le explicó si eran parientes o no; aunque tenían el mismo apellido, este era tan común que bien podían ser solamente socios, ya que el comprador entregaba muchachas jóvenes a la dueña del burdel varias veces al año.

Al tratarse de una hermosa adolescente, demasiado joven e inexperta para el oficio del amor, Junjun se desempeñó como prostituta en formación. No se esperaba que mantuviera relaciones sexuales con los clientes o que los entretuviera a solas hasta que la madama hubiera decidido vender su virginidad. Después de observar en silencio durante los primeros meses y de recibir formación en música, literatura y arte, madame Wang le encomendó entretener por primera vez a unos invitados. Su trabajo consistía en cantar para unos hombres ricos que celebraban una fiesta en el burdel tras haber cerrado un negocio importante. Antes de recibir a los invitados, la madama le explicó quién era cada uno y cuánta era su influencia y su fortuna; debía agasajarlos por orden de relevancia. Junjun no iba a estar sola, la acompañarían prostitutas veteranas, las *hsien-sheng* más bellas del local, que llevaban ejerciendo el oficio unos años y que, a pesar de que apenas habían cumplido los veinte, parecían ya mujeres maduras. Eran famosas en la ciudad por su belleza, por sus vestidos lujosos y por las elaboradas pipas de opio y tabaco que preparaban a sus clientes; también por su talento para cantar y acompañarse con instrumentos de cuerda, para recitar poesía y por su refinada sensibilidad artística y su habilidad para conversar sin llegar a decir nada. Lo importante no era el acto en sí, le habían explicado, sino la invocación, mediante la música, la poesía y el bello canto, del placer sexual, del deseo.

Dispusieron la gran mesa circular en el reservado más amplio, y madame Wang las hizo sacar la porcelana con filigranas de oro y faisanes pintados a mano; también los palillos rojos y plateados que se usaban solo para las grandes ocasiones. El cocinero había preparado una infinidad de platos, a cuál más delicioso. Cuando llegaron los invitados, él era el más joven de todos, y tal vez por eso le impactó en cuanto lo vio. Además, era el más importante del grupo, y eso le extrañó: se había esperado un hombre entrado en años, tal vez con pelo ralo y una barriga hinchada por los excesos de los que gozaban los ricos. Sonrió al darse cuenta de que se lo había imaginado como el buda al que madame Wang rezaba en el templete que tenían en la parte trasera de la casa. Era algo que Junjun solía hacer para controlar el miedo: imaginaba, proyectaba en su mente lo que pasaría; así, cuando llegaba el momento, todo solía resultar más amable.

Él le devolvió la sonrisa y, a partir de entonces, sus miradas se buscaron durante toda la velada.

Los hombres se dedicaron a comer, beber y jugar al *mahjong* mientras ella cantaba y sus compañeras la acompañaban con los instrumentos. Junjun aún no dominaba ninguno, pero estaba aprendiendo. La música era una de las armas de seducción más poderosas con las que contaba una mujer, podía dominar las emociones de los hombres y transformarlas en lo que quisiera, por eso las perlas de madame Wang eran todas virtuosas de algún instrumento tradicional.

Cuando llegó el cénit, las perlas condujeron a los hombres, abotargados de comida y bebida, a sus discretos santuarios de placer. Sin embargo, él rechazó el ofrecimiento y prefirió quedarse a escuchar a la joven. Al enterarse de que había rechazado a una de sus perlas, madame Wang se presentó en el reservado para sugerirle algún otro divertimento, por si no era una mujer lo que le interesaba, pero él insistió en que solo quería estar con la muchacha del rostro tan bello como la luz de la luna. Aquella noche, aquel hombre la bautizó como Mingyue. No se tocaron, solo hablaron los ojos y sus miradas estuvieron llenas de promesas.

19

Kai se había quedado clavado observando la espalda de Mingyue, aún enfundada en ese vestido que le habría gustado arrancarle porque le recordaba demasiado el pasado. Vio cómo su cuerpo menudo, excesivamente delgado, se sacudía por el llanto; le partía el alma verla tan afectada y solo deseaba tocarla, hacerle saber que él estaba a su lado, que todo iba a salir bien. Habría querido abrazarla, consolarla, pero por alguna razón ella no quería verlo, y eso le dolía. Él había sido su único apoyo durante ese tiempo. No pensaba reprocharle, ya nada se podía hacer; había sucedido lo que tanto había temido, pero no pasaría de nuevo. Eso quería decirle, que la protegería, que, si hacía falta, se irían lejos, donde los recuerdos no pudieran alcanzarlos.

La culpa la tenía esa extranjera tozuda y vengativa. Él sabía que negarse a seguir haciéndole de guía podría acarrear consecuencias, pero esperaba que hubiera entendido que dejar de verse era lo mejor, especialmente para ella. Era una inconsciente, se arriesgaba al ostracismo social, a un escándalo de las proporciones de un huracán, y, a pesar de todo, jugaba con fuego, y ambos saldrían ardiendo. La noche que habían pasado en el cuarto oscuro revelando las fotos de la excursión había sido una de las experiencias más intensas de la vida de Kai, y había estado a punto de traspasar una línea de no retorno. Cuando regresó a casa y reflexionó, su decisión era más firme que nunca: no debía volver a verla. Era lo mejor. Dos semanas de agonía al recordar cada gesto suyo, cada roce, el aroma de su pelo, el calor que irradiaba su cuerpo; dos semanas en las que había creído verla en distintos lugares: en un tranvía, en el escaparate de un café en la concesión francesa, a lo lejos en los jardines públicos del Bund, a los que había regresado para torturarse con su recuerdo. Le había costado no frecuentar su casa, no espiarla desde la distancia. Dos semanas después de su último encuentro, se había convencido de que sus destinos no volverían a cruzarse, de que estaba a salvo.

¿Cómo se le había ocurrido exponer a Mingyue a ese mundo de falsedades y gente cruel? Esta vez, Darlene Long iba a conocer su ira.

Media hora después, su taxi paraba frente a la mansión de los Long. Durante el trayecto había repasado en su mente los riesgos que entrañaba acceder de nuevo a la casa por la puerta de servicio. ¿Qué diría si se encontraba con algún criado? ¿Y si se topaba con algún miembro de la familia? ¿Lo esperaba ella en el cuarto oscuro? Sin embargo, en la acera, vestida aún para la ópera, estaba Ojos de Jade. Había sido tan inesperado verla en el vestíbulo del teatro con Mingyue que el enfado no le había permitido apreciar su belleza. Sintió una punzada en el estómago al acercarse a ella y aspirar de nuevo el aroma que emanaba de su piel. Alguien podría verlos.

—Sabía que vendrías. Estoy preparada. Ven, sígueme.

Esta vez, y por primera vez, Darlene lo condujo por el portón delantero. Aunque intentó restarle importancia y atribuirlo a su carácter irresponsable y tozudo, ese gesto provocador le llegó al alma. Darlene caminaba deprisa sobre los tacones mientras ascendía por el camino de grava que llevaba a los jardines frontales y a la puerta principal. Unos faroles alumbraban las flores dormidas y creaban un ambiente místico y etéreo entretejido de sombras. Lo guio después por un sendero más estrecho que se adentraba en la vegetación y que se abría a un cenador bajo una techumbre de madera cubierta de plantas trepadoras. Se sentó en una de las butacas de mimbre y, con la mano, le ofreció otra justo enfrente.

Él dudó y miró en derredor, se sentía incómodo, casi en peligro. Fue a decirle que estaban cruzando todas las líneas invisibles que separaban los dos mundos, pero Ojos de Jade lo miraba con tal intensidad, como desafiándole, que aceptó el reto. Entonces eligió la que estaba más cerca de ella, e incluso la arrastró un poco para que no quedara espacio entre ambos. Ella se lo había buscado, quería intimidarla, quería hacerle entender las graves consecuencias de sus actos. Se inclinó hacia Darlene y la miró directamente a los ojos en la penumbra del jardín.

—¿Por qué lo has hecho? —Su voz sonó dura a pesar de su esfuerzo por controlar las emociones.

—La culpa es tuya. Incumpliste nuestro trato, por lo que me liberaste a mí de cumplir el mío.

—¡¿Por eso lo has hecho, por venganza?! —Casi gritó—. ¿Para demostrarme que cumplirías tu amenaza de acercarte a ella de nuevo si no accedía a tus caprichos de niña mimada?

—¡No! —El insulto le dolió, o tal vez el que él pensase que existiese maldad en sus actos, que persiguiera dañarlo con su comportamiento—. No, no lo he hecho por eso. Me sigues juzgando a través del filtro de tus prejuicios. Cuando el editor del periódico en el que trabajo... —Kai la miró extrañado; eso no se lo había mencionado—... Da igual. Tenía que cubrir la inauguración, hacer fotos, ya sabes. Me habían dado dos entradas, y primero... primero pensé en ti, en que me habría gustado ir contigo, pero dejaste claro que no querías volver a verme. Entonces, por asociación de ideas, pensé en Mingyue, en que me gustaría que pudiera experimentar algo realmente bonito. Sé que solo la he visto una vez, pero, por alguna razón, desde que la conocí sentí aprecio por ella. No sé por qué, tal vez porque tú la quieres... —Se tapó la boca, como si hubiera pensado en voz alta, y sus mejillas se tiñeron de rubor—. Puedes creerme o no, me da igual, pero mi aprecio es genuino, y también supongo que me pesa en cierta forma que nuestras suertes sean tan dispares. Es la primera persona con la que me he relacionado viendo a lo que está expuesta, cómo vive. Yo no he hecho nada para tener esta vida, y supongo que ella es tan víctima de sus circunstancias como yo soy afortunada de las mías. Llámame estúpida, pero quería poder compensarla por tener menos que yo; no sé si tiene algún sentido lo que digo. —Kai asintió despacio—. Aunque yo no sea la culpable de su destino. —Suspiró y se apartó el pelo de la cara—. Y, por si te interesa saberlo, le ha gustado mucho la obra.

Mientras lo esperaba, Darlene había estado pensando que sentir aprecio por la amante de Kai había sido un recurso de su corazón para no desarrollar sentimientos por él. Si aceptaba a Mingyue, si aceptaba la relación que mantenían, su corazón estaría a salvo de sucumbir a su magnetismo.

Kai la miraba con los ojos encendidos.

—No te das cuenta de que tu caridad la ha expuesto a la mayor crueldad.

—No ha sido caridad, ha sido amistad. ¿Y cuál es esa crueldad, si puede saberse?

—Ponerle delante de los ojos todo lo que perdió.

—No te entiendo.

—Es la primera vez en dieciséis años que ha visto a su antiguo amo.

—¿Amo? ¿Cómo que amo?

—Mingyue era la concubina del señor Tao. Era de su propiedad, él era su dueño.

Darlene no cabía en sí del asombro, y tenía tantas preguntas..., pero había una que le quemaba en las entrañas, sabía que se iba a enfadar con ella por inmiscuirse en sus asuntos, pero tenía que saberlo, necesitaba saberlo.

—¿Cómo terminó siendo tu amante?

—¡Mi amante! ¡Eso es lo que crees que es para mí! ¿Me crees tan ruin como lo fue mi padre?

—Pensé..., os vi abrazados... y pensé...

Kai le sostuvo la mirada, sus ojos eran puro fuego y estaban llenos de ira, se le encogió el corazón.

—Mingyue no es mi amante —dijo con voz pausada, como si le costara pronunciar cada palabra—. Yo... yo soy el hijo bastardo de Wenzhao Tao. Mingyue es mi madre.

Un silencio, denso como el humo que emite la madera mojada, se instaló entre ellos. Kai creyó que Darlene expresaría su asombro, incluso su desprecio; conocía las creencias y costumbres de los extranjeros, la situación de su madre, en concubinato, resultaba abominable, un pecado mortal para los cristianos, y él, el fruto de ese pecado. Pero la joven no dijo nada.

—Hoy has abierto la tumba en la que habíamos enterrado los recuerdos. Y han salido todos a la vez y pueden destruirla. Tú no sabes lo que ha sufrido. Lo que aún sufre por ellos. Y yo no he conseguido arrancárselos de la memoria, siguen ahí enquistados.

Darlene se arrodilló frente a él y lo miró a los ojos, acogiendo el mundo de tristeza que contenían.

—Siento mucho haber dudado de tu honestidad hacia Mingyue, me imaginé lo peor. Era la explicación más fácil. Te conozco lo suficiente para saber que nunca te aprovecharías de la pobreza de una mujer. Cuéntame tus recuerdos. En voz alta tal vez no suenen tan terribles —dijo.

—No son asunto tuyo.

—Sí, lo son. —Posó una mano sobre su rodilla, sus ojos verdes cargados de lágrimas sin derramar—. Lo son.

Y él sintió que decía la verdad, que a esa muchacha desesperante le importaba y que no había ni un atisbo de censura en el jade brillante de sus ojos. Si le contaba la historia tal y como la recordaba, quizá ella entendiera, y tal vez él conseguiría al fin que regresara a su vida y se olvidara de ellos.

Kai recordaba cómo dieciséis años atrás todo había cambiado. Vivían en una bonita casa de dos plantas, de ladrillo, en la concesión internacional. La imagen del acceso, a través de un arco de piedra, así como el portón negro, de metal, con dos pesadas argollas como tiradores, seguía fresca en su mente; a esa edad le parecía la entrada de un castillo. Tenía un patio delantero decorado con grandes jarrones donde florecían orquídeas de distintos colores, moradas, blancas y fucsias, y en una esquina, un joven melocotonero que daba unas flores rosa pálido en primavera y olía muy dulce. Su madre amaba las flores, y lo llamaba a gritos para que se acercase cada vez que una nueva había florecido. También había una pequeña pecera de piedra donde flotaban dos carpas amarillas, a las que les tiraba semillas de girasol y que brillaban como si sus escamas estuvieran hechas de oro. La casa estaba protegida por un muro alto, también de ladrillos rojos.

Eran una familia feliz, o eso creía él. Su madre vestía lindos vestidos de vivos colores y en la salita de estudio le enseñaba a escribir caracteres con tinta y pincel sobre grandes hojas de papel de arroz translúcidas. Y mientras él practicaba los trazos, ella, sentada frente a su *guqin*, tocaba antiguas y hermosas melodías que evocaban la lluvia, las gotas de rocío al caer sobre las hojas tiernas del bambú, el discurrir del riachuelo por la falda de la montaña en perfecta armonía. Rasgaba las cuerdas del instrumento como si las acariciara, con delicadeza y veneración, y le explicaba lo que significaba la música con su voz dulce y serena. Kai podía visualizar en su mente las bellas imágenes que evocaban los acordes: todas las melodías hablaban de la magnificencia de las altas montañas y del poder del agua en movimiento. A veces, cerraba los ojos sin darse cuenta y la música lo transportaba a un lugar desconocido, luminoso y fresco. Cuando despertaba de la ensoñación, tenía que volver a empezar la planilla de caracteres porque la tinta había goteado del pincel y se había extendido por todo el papel de arroz.

Su madre siempre le decía que debían ser como el agua, tener intuición para fluir hacia su destino y horadar la piedra que se interpusiese en su camino.

Su padre aparecía sin avisar a cualquier hora del día y entonces se sentaban los tres en el patio central, donde su madre realizaba la ceremonia del té y la vieja Chuhua servía buñuelos dulces rellenos de judías rojas, así como frutos secos y otras delicias locales. Su padre siempre llevaba algún libro nuevo y leía en voz alta. Después de pasar un rato los tres juntos, Kai se quedaba practicando con su sable de madera en el patio mientras sus padres se perdían en el interior de la casa durante varias horas.

—Fue el periodo más feliz de mi vida —confesó Kai.

Tenía siete años el día en que llamaron al portón y, cuando Chuhua abrió, unas mujeres la empujaron y la tiraron contra el estanque de las carpas, y entraron en tromba a la casa. Kai las vio atravesar las puertas corredizas del salón, donde su madre y él se encontraban jugando al *mahjong*, y una de ellas, la que parecía liderar al grupo, se lanzó a por Mingyue. La agarró del cabello, largo y sedoso, y la arrastró varios metros por el suelo mientras gritaba como poseída por un diablo. El resto rompían todo lo que encontraban a su paso. Chuhua les plantó cara y a ella también le pegaron al tiempo que la insultaban y le chillaban que era una miserable vieja alcahueta. Entonces Kai se apresuró a auxiliar a su madre, pero de la nada apareció un niño gordo, mucho más alto que él, que le propinó un puñetazo en la nariz y le retorció el brazo hasta quebrárselo. Cuando su madre se defendió y respondió al ataque de aquella loca, todas las amigas de esta le cayeron encima: le dieron patadas, le arañaron el rostro y, finalmente, le cortaron la melena a ras de piel, abriéndole una horrible herida en el cuero cabelludo a la altura de la frente. Ese día nació el odio de Kai hacia aquel niño; poco después descubriría con horror que era su hermanastro, hijo de su padre, y que se llamaba Pang.

—Tantos años después, aún no he conseguido borrar la imagen de mi madre sangrando. Pensé que se moría; nunca había experimentado tanto miedo como en aquel momento al creer que la perdía. Lloraba abrazado a ella y le decía que no se esforzara en hablar, que padre regresaría y todo estaría bien de nuevo. —Darlene le apretó las manos. En el rostro de Kai volvía a dibujarse la angustia de aquel momento—. Pero ella hablaba y hablaba como si se estuviera despidiendo. Me contó que esa mujer, la primera esposa, la había odiado desde el primer día, cuando Mingyue entró a la casa y, como dictaba la tradición, le sirvió el té en reconocimiento de su posición y del respeto que le debía. Ella, en vez de bebérselo, se lo había tirado a la cara y le había quemado la mejilla. Por suerte, no le había quedado marca.

Para Mingyue fueron unas semanas horribles conviviendo con la vengativa primera esposa, hasta que el amo entendió que no podían vivir bajo el mismo techo y la llevó a aquella preciosa casa y la hizo su señora. Le dijo también que, según la ley, y aunque Mingyue era una concubina, él, su Kai adorado, era tan legítimo como el hijo de la primera esposa, y gozaba de los mismos derechos que su hermanastro. Lo hizo prometer que defendería su posición de heredero si ella faltaba. Fue la primera vez que Kai escuchó esa palabra, «concubina», aunque él ni siquiera sabía lo que significaba ese extraño vocablo ni cuál era la diferencia con ser esposa. Su madre le explicó también que, conforme a la tradición, el sucesor de su padre sería el hijo más capaz de todos, y no tenía por qué ser el primer hijo de su primera esposa. Mingyue estaba convencida de que Kai crecería más fuerte y más inteligente que la bola de arroz glutinoso de Pang; estaba segura de ello.

De alguna manera, Chuhua consiguió avisar al amo y este llegó menos de una hora después para socorrerlos. Se encargó de meter a la adolorida Mingyue, quien no paraba de llorar y le pedía que no la mirase, en la cama; le curó las heridas con mimo y veló por ella durante días. Pasaron las semanas, y las lesiones físicas sanaron. Su madre llevaba una peluca de cabello natural, casi tan bonito como el suyo propio, que Chuhua había comprado en algún lugar que no quiso revelar, y todos se comportaban como si nada hubiera ocurrido, como si hubiera sido una pesadilla que se hubiese esfumado al abrir los ojos, aunque los tres sabían que se trataba solo de un espejismo, ya que cada vez que sonaba la puerta se echaban a temblar. Sin embargo, cuando parecía que la pesadilla había quedado atrás definitivamente y se habían instalado de nuevo en los dulces días de la cotidianidad familiar, llegó el golpe definitivo.

El amo abandonó a su concubina. Le concedió un plazo de tres meses para buscarse otro lugar donde alojarse y se llevó a su único hijo a vivir bajo el mismo techo que su principal enemiga. Mingyue se aferró a Kai con todo su ser, suplicó que no se lo arrebatara, que no la separase de su hijo adorado. Se lo arrancaron de los brazos por la fuerza; ella, en un intento desesperado por tejer un hilo invisible que los mantuviese unidos en la distancia, le entregó en el último instante el broche de jade verde que siempre llevaba puesto y que había sido un regalo del amo cuando le comunicó que estaba esperando un hijo. Le pidió que no la olvidase. Ese día nació el odio de Kai por su padre.

Kai abrió la mano y le enseñó a Darlene el broche que siempre portaba con él. Cuando estaba nervioso, lo acariciaba dentro del bolsillo del pantalón.

A Darlene le dolía el corazón, podía sentir el desgarro que había experimentado ese muchacho asustado al ser arrancado de los brazos de su madre. Todo lo que le quedó de ella era ese broche. Alzó la vista con las lágrimas corriéndole por las mejillas.

—Gracias por enseñármelo.

—Es del color de tus ojos —dijo en un susurro antes de continuar con el relato.

Las semanas, los meses y los años que pasó lejos de su madre fueron los peores de su vida, a pesar de que su madrastra se empeñó en ganarse su afecto, e incluso solía defenderlo cuando Pang lo acosaba. A su padre lo despreciaba en silencio; se limitaba a obedecer sus órdenes sin pronunciar una sola palabra, hasta que pudo mirarlo de frente, de hombre a hombre. Por entonces, Kai había cumplido diecisiete años y era alto y fuerte. Se enfrentó a él y le pidió explicaciones por lo que había hecho. Le sorprendió el amago de justificación que le dio:

«Legalmente, eras hijo de mi esposa, le pertenecías, aunque en verdad te traje a esta casa para protegerla a ella, a mi Mingyue. No solo tú sufriste, yo también me quedé sin el brillo de la luna al separarme de ella». Ese era el significado del nombre de su madre, el que le había asignado su padre cuando la compró, porque su belleza resplandecía como una noche de luna llena.

«¿Para protegerla la abandonaste a su suerte?, ¿para protegerla te llevaste a su hijo y le rompiste el corazón?, ¿para protegerla no le permitiste verme nunca más? ¡¿Así la protegiste?!», le había dicho.

«Era joven y muy hermosa, la mujer más hermosa que yo he conocido. Sin tener que cargar contigo, podría encontrar otro protector, alguien que sí pudiera velar por ella. Alguien que no tuviera una esposa enferma de celos que, en un arranque, terminaría matándola».

«Eres un cobarde. Te odio y te odiaré siempre», había aseverado el joven.

Cuando Kai cumplió los dieciocho, le robó varias joyas a su madrastra, con las que contrató a un detective para que buscase a su madre. Tardó varios meses en dar con ella. Mingyue no había encontrado a un nuevo dueño después de haber sido abandonada por su primer amo, ni tampoco había sanado su corazón roto ni se había resignado a la ausencia de su único hijo. Malvivía en un antro de los Trenches, en Scott Road, en el distrito de Hongkew, la zona más siniestra de la ciudad, donde el vicio y la perdición eran las únicas monedas de cambio. Un lugar en los límites de las dos concesiones extranjeras, donde se cometían delitos casi cada noche y donde la impunidad era la justicia que recibían los criminales. De allí la sacó Kai como a un animal temeroso al que han golpeado tantas veces que ni siquiera levanta la vista cuando escucha una voz amable, y se propuso compensarla por todos los años de miseria y soledad. También se había prometido que se vengaría de todos aquellos que le hicieron daño y habían provocado su denigración. Su padre era el primero de la lista de ofensores y Pang, el segundo.

—Ahora ya sabes lo que ocurrió y has descubierto mi secreto. Odio a mi padre, odio a mi hermanastro, y el odio que guardo dentro lo destruirá todo. ¡Los odio, los odio con todas las fuerzas! —Se tapó la cara con las manos y respiró profundamente.

Darlene lo abrazó y Kai se aferró a ella con desesperación. La joven tuvo la sensación de que volvía a ser ese niño asustado que creía estar a punto de perder a su madre por la horrible paliza que había recibido. Se sacudía en un llanto silencioso, y el corazón de la joven se llenó de ternura por él y por el dolor tan inmenso que llevaba tanto tiempo anidado en su interior. La seriedad e incluso la seguridad que irradiaba eran una máscara para ocultar al verdadero Kai, el niño herido a quien habían arrancado de los brazos de su madre.

Le acarició la espalda y pronunció unas palabras de consuelo en francés con las que su madre la reconfortaba cuando ella era niña. Lo meció entre sus brazos como si en verdad acunara a una criatura.

Al cabo de unos minutos, Kai se retiró y la miró a los ojos. Estaban muy cerca, sus alientos enredados. Darlene alzó los dedos para limpiarle las lágrimas y, después, le dio un beso en la mejilla, y luego otro. Kai le agarró la cara con ambas manos y susurró su nombre. Sus labios se posaron despacio sobre los de Darlene, primero con inseguridad. Ella enlazó los brazos tras su cuello y lo atrajo hacia sí. Entonces se desató el frenesí entre los dos y se besaron con intensidad, sin saber muy bien cómo, respondiendo a la intuición, derramando el deseo contenido durante tantas semanas. El calor y la humedad del jardín los envolvieron e hicieron que olvidaran todo lo que acechaba en el exterior, quiénes eran y a dónde pertenecían. Por unos instantes, no importó nada más que ese fuego que consumía las entrañas, que devoraba los corazones y los fundía en un sueño de amor imposible.

Kai apoyó su frente en la de Darlene.

—Me has hechizado, extranjera.

—¿La culpa es mía entonces?

—Totalmente tuya —respondió, y sonrió—. ¿Qué vamos a hacer? Esto no está bien.

—¿No beso bien?

Kai estalló en una carcajada.

—Sabes a lo que me refiero. Si alguien nos ve aquí, estaremos en un serio problema.

—No, no lo sé y tampoco quiero pensar en eso. Por ahora, bésame de nuevo. Ya pensaremos luego.

Sin importarle que pudieran ser descubiertos, Darlene se sentó encima de él y posó sus labios en el cuello de Kai. Era una sensación tan ardiente..., como si nadara en una laguna de agua hirviendo. Y él cedió porque, a pesar de lo terca que era, también era valiente, osada y generosa; la persona más generosa que había conocido. Había algo genuinamente bueno en su interior, algo que brillaba con vehemencia a través de sus ojos, y Kai no podía controlar la ternura y la salvaje atracción que despertaba en él.

Y supo que había perdido. Que Darlene había aniquilado sus defensas y sus ganas de huir; que había resquebrajado la solidez de su voluntad de mantenerse alejado de ella y de su mundo, de permanecer fiel a la creencia de que los demonios del oeste solo estaban ahí para saquearlo todo, para chupar como murciélagos la sangre de su pueblo hasta dejarlo sin una gota. Darlene había cambiado todo. Primero, con sus preguntas inoportunas; después, con sus locas e inapropiadas propuestas, y ahora, con el calor de su boca, la tersura de su piel y la incandescente pasión de sus labios.

No se atrevía a tocarla porque, si empezaba, no podría parar. Sus dedos se anclaban a la cintura femenina para reprimir las ganas de explorar su cuerpo entero, y solo permitía que sus labios recorrieran los centímetros de piel de su esbelto cuello; del nacimiento de los pechos, cuyas curvas asomaban por el borde del escote; de su rostro pecoso y tan suave como la pluma de un polluelo.

Darlene se puso en pie y tiró de él hacia la oscuridad del jardín, donde se tendieron sobre la hierba y se abrazaron, deseando que la noche fuera eterna y ellos, dioses inmortales sin credo ni patria.

20

Darlene había llegado temprano a su cita con Kai. Estaba nerviosa, emocionada, tenía un revoltijo de sensaciones en el estómago; no sabía cómo habían conseguido separarse de él la noche anterior, y menos aún cómo había logrado sobrevivir todas esas horas sin tenerlo a su lado. Había sucedido tan rápido... O tal vez no. Tal vez había surgido desde el principio, desde el accidente, y había calado en su ser; cada cosa nueva que descubría de él se le había colado dentro, le había pellizcado el corazón. Su primer beso, y el segundo, y todos los demás.

Paseaba arriba y abajo por la calle, chocaba con los transeúntes sin darse cuenta y rememoraba cada palabra, cada caricia y cada sensación, hasta que lo vio acercarse y su pulso se aceleró. Sin embargo, no venía solo.

—Se ha empeñado en acompañarme y no he podido persuadirla de lo contrario.

—Ha hecho bien, quería hablar con ella. Hola, Mingyue.

—Quería darte las gracias por lo que hiciste ayer. Ha sido lo mejor que me ha pasado en muchos años. No te quedes ahí, traduce, hijo. Quiero que lo entienda bien.

Kai sonrió y obedeció a su madre.

—Me alegro mucho, me quedé preocupada.

Kai tradujo de vuelta, pero Mingyue le dijo que lo había entendido.

—He recuperado el deseo de vivir una vida bella, llena de

música, de arte. Ni él ni nadie va a arrebatarme ese deseo —dijo ella mezclando los dos idiomas.

—Sabe que te lo he contado todo. Lo que pasó con ese hombre, lo que nos hizo.

Darlene asintió.

—Ahora sí somos buenas amigas, no hay secretos entre nosotras y podemos conocernos mejor —dijo la mujer, y Kai explicó lo que significaban sus palabras.

—Eso me gustaría mucho.

—Y mi hijo no va a entrometerse más, ¿verdad, Kai? —Se cruzó de brazos.

—He prometido respetar tus decisiones y comportarme como un hijo y no como un marido posesivo y celoso —respondió en inglés, y luego lo repitió en chino para su madre.

—Y ahora que está todo aclarado, me voy al mercado a comprar las viandas. Y tú te comportas como hijo mío con la señorita extranjera.

—Por supuesto, madre. ¿Por quién me tomas?

—Por un Tao —repuso seria.

Kai apretó la mandíbula.

—No tengo nada de ese hombre.

—Eso espero —apostilló Mingyue.

Darlene miraba el rápido intercambio entre ellos sin entender nada. Kai no le tradujo las últimas palabras que pronunció su madre, quien se despidió y se marchó con una bolsa de tela colgando del codo.

—¿Qué ha dicho?

—Que me porte bien.

—¿Y le harás caso?

—Eso depende de ti —contestó con una sonrisa torcida.

Kai detuvo un *rickshaw*, le indicó al culi que subiera la capota para resguardarse del sol intenso y le dio la dirección. Darlene intuyó que también quería protegerlos de las miradas ajenas.

—¿A dónde vamos?

—A un lugar tranquilo donde no haya cientos de ojos observando lo que hacemos.

—Suena bien.

—Sabes que va a ser complicado estar juntos. La ley de tu país prohíbe las relaciones interraciales.

—Prohíbe los matrimonios interraciales, y de momento no tengo intención de casarme. Además, soy mitad francesa.

—Me escandaliza, señorita Long.

—¡Me alegro! Siempre he querido escandalizar, ahora tengo una oportunidad estupenda. Mi madre pondrá el grito en el cielo cuando se entere, pero estoy segura de que mi padre me apoyará si se lo cuento.

Sin embargo, la expresión de Kai era seria. Se había tensado al oír sus palabras.

—No te preocupes, no voy a decirles nada. Seremos discretos, ¿de acuerdo? —Darlene le tomó la mano y se la llevó a los labios.

Kai sonrió, pero la expresión no tocó sus ojos negros. Darlene intuyó que se guardaba sus preocupaciones para no estropear la salida. Ella flotaba en una nube y el mundo podía hundirse, en ese momento solo le importaba estar con ese hombre.

Además, no estaba preocupada en lo más mínimo. Le parecía una aventura como las que había soñado, y lo que sentía por Kai era tan intenso que le cortaba el aliento. Después de lo que había pasado entre ellos la noche anterior, no concebía estar lejos de él. Le resultaba increíble cómo unas horas antes habían sido casi unos extraños; si no se hubieran encontrado casualmente en el teatro, tal vez aún lo serían. Y, sin embargo, ahora sentía que todo su ser pertenecía a Kai, que era suyo. Cada inhalación que entraba en su cuerpo, cada pulsación que latía en sus venas, cada poro de su piel, todo vibraba para él, existía para él. ¿Era eso lo que llamaban amor? No quería ponerle ningún nombre, pero se sentía embriagada de vida. Y tenía tantas ganas de contarlo, de decírselo a Gillian y a las chicas, de gritarlo al mundo entero... ¿Qué sería lo peor que podría pasar? Que Clarisse se desmayara, que su padre hablara con el señor Tao para conocer las intenciones de Kai respecto a ella. ¿Aceptaría un compromiso formal? Soltó una corta carcajada que intrigó al joven.

—Nada, estoy pensando tonterías.

—¿Quieres compartirlas?

—No, te vas a reír.

—Pruébame.

—Estaba pensando en lo que diría mi hermano si se enterase.

—Me retaría a duelo.

—Sí, puede ser, es muy protector. Pero está enamorado, así que tal vez me entendería, no se puede controlar el corazón.

—No vamos a arriesgarnos a que no lo entienda.

—Lo sé.

Pero a Darlene le pesaba ocultarle cosas a su mellizo, no compartir con él algo tan excitante y novedoso, pedirle su consejo. También podría hablar con Olive; era la única que sabía que se veía con alguien, aunque ignoraba que era chino. Quizá eso las acercara de nuevo.

El *rickshaw* los llevó hacia el norte de la ciudad, por la ribera del Whampoa, hasta que perdieron de vista los edificios elegantes del Bund y solo quedaron los *godowns* de los almacenes de comercio y los campos de sembradío. El conductor frenó frente a un pequeño muelle de madera donde había amarrados varios sampanes de pescadores. Kai la ayudó a descender.

—Espera aquí un momento. —Se aproximó a una de las barcas y cruzó unas palabras con el hombre que descansaba sobre la cubierta. Poco después, hacía un gesto a Darlene para que se acercase—. Nos va a llevar a la ribera opuesta. ¿Has estado alguna vez en Pootung?

—No, nunca —admitió ella con una sonrisa.

—Pasada el área de los almacenes, es solo campo. Hay apenas algunos poblados de campesinos y de pescadores, y parches cuadrados con cultivos, sobre todo de arroz.

Kai ayudó a Darlene a subir a la barca y el sampán empezó a deslizarse sobre las aguas marrones del Whampoa, en las que se dibujaban las líneas de la corriente. La brisa arrastraba los olores de la ciudad y de las fábricas cercanas. Según se alejaban hacia el centro del río, los ruidos urbanos se fueron disipando y comenzaron a escucharse las aves chillonas y el fluir del agua bajo la embarcación.

—Mira allí.

Una bandada de patos flotaba en la superficie. Tras comprobar que el capitán de la barca permanecía absorto en el fluir cadencioso de las aguas, Kai la atrajo hacia sí y la besó en los labios, un beso breve pero intenso.

—Me moría por hacerlo —susurró con una sonrisa que le marcó los hoyuelos y que hizo saltar el corazón de Darlene.

Si para los extranjeros eran indecorosos los gestos de afecto en público, para los chinos suponían un tabú, como le había explicado Amah con un ligero regaño cuando, de niña, se le tiraba al cuello para darle un beso.

En cuanto el sampán los dejó en un estrecho muelle en la ribera opuesta, saltaron a tierra y, rodeados solo de vegetación y del murmullo de los insectos, Kai le rodeó la cintura y, entonces sí, la besó con intensidad.

Pasaron el día jugando como dos cachorros. Darlene saltó sobre la espalda de Kai y este echó a correr con ella encima; las risas y los gritos de júbilo reverberaron entre los juncos. Se adentró con ella en el río y salieron chorreando y con las ropas pegadas al cuerpo. Sembraron de besos los campos. Encontraron un pequeño poblado y almorzaron con una familia de campesinos, que compartió con la curiosa pareja sus viandas: un cuenco de fideos y verduras salteadas con trocitos de carne y arroz. Caminaron hasta hallar una amplia sombra bajo los sauces y se tumbaron para descansar.

—Cuéntame qué haces cuando no te veo.

—Estudio.

—¿En serio?

—Sí, estoy terminando los estudios de Derecho en la Universidad de l'Aurore.

—¡Es maravilloso! —Darlene no salía de su asombro.

—Gracias. Supongo que lo único que tengo que agradecerle al señor Tao es que no se haya opuesto.

—Gillian se marchará a la universidad al final del verano. Le tengo un poco de envidia.

—Estamos en el siglo XX, hay opciones para las mujeres.

—No sé, no es algo que me haya planteado. Supongo que he asumido que no formaría parte de mi futuro. Me gusta la fotografía.

—Pues yo creo que serías una buena alumna, tienes cara de estudiosa. Aunque también tienes talento con la cámara; podrías compaginar las dos labores.

Entre besos y caricias, se confesaron sus más profundos anhelos para el futuro.

Era sábado, y los Long se habían levantado temprano. Mientras vigilaba que los *boys* colocaran el desayuno adecuadamente, como le gustaba a la missis, Amah refunfuñaba sobre la hora larga que había pasado matando las hormigas y las termitas que se comían las provisiones; ese verano parecía peor que otros.

Era el día en el que Zafiro debutaría en la carrera del club. Su padre, aunque aparentaba tranquilidad, no dejaba de tamborilear los dedos sobre el mantel mientras se encendía un cigarrillo tras otro. Comió poco, casi tan poco como Clarisse.

La campana que anunciaba el comienzo de la primera carrera sonaría a la una del mediodía, pero acudirían antes, para que Henry oficializara sus apuestas y para darle las últimas instrucciones al *jockey*. Zafiro había demostrado tener madera de ganador durante las semanas de entrenamiento, estaba listo para alzarse con el trofeo de verano.

Todos estrenaban atuendo y sombreros. Clarisse se había ocupado de llamar al sastre y encargar trajes color marfil con chalecos a juego para los dos hombres de la casa, así como vestidos para las mujeres. Ellas lucían coquetos tocados, mientras que Henry y Gillian llevaban un sombrero canotier cada uno, fabricado en paja, chato, de copa y ala recta; según su madre, era el complemento indispensable del caballero *sportsman*. Se veía a la par informal y elegante. Era la opción preferida para el verano y el clima cálido de Shanghái, y muy utilizado para las excursiones del fin de semana, las comidas campestres y otros acontecimientos más formales, como ese día de carreras.

Estrenar atuendo era considerado un buen augurio, e imprescindible para el evento de la temporada, donde se reunía la flor y nata de la sociedad —pero también las clases más humildes— para disfrutar del espectáculo de glamour y diversión, que, en días como ese, estaba abierto a todo el mundo. Los periodistas cubrirían ampliamente el evento y se publicarían fotos y reseñas sobre la elegancia de las damas y los caballeros. Por eso, las mujeres Long también habían tenido sesión de peluquería y maquillaje antes del desayuno.

Se retocaron ligeramente el *gloss* labial, y Clarisse sacó dos flores de uno de los jarrones y se las colocó en la solapa a los hombres de la casa.

—Estáis perfectos.

Gillian condujo su coche, era una ocasión perfecta para exhibirlo. Las mujeres, sentadas detrás, disfrutaban del paseo con sendos pañuelos que protegían los peinados. Darlene se había dejado hacer sin oponer resistencia a las instrucciones de su madre; la habían vestido, peinado y maquillado como quería Clarisse. Cuando se había mirado en el espejo y se había visto convertida, una vez más, en una joven Clarisse, había sonreído y le había dado un beso en la mejilla a su madre. Se sentía flotar; su mente estaba aún entre los arrozales de Pootung, entre los brazos de Kai. Las calles de la concesión francesa le parecían más bonitas que nunca, más amplios y bellos los bulevares flanqueados de árboles; los escaparates de las tiendas brillaban en esa mañana de sol espléndido, y los olores de la ciudad parecían más amables. A su nariz llegaron los aromas a pan de una de las *boulangeries* frente a las que pasaron. Incluso los sonidos, como la campanilla del tranvía con el que se cruzaron, le sonaban más musicales.

Estaba deseando llegar porque él asistiría con su familia, y por primera vez se encontrarían en público y a la vista de todos. ¿Cómo la saludaría? ¿Mantendría el gesto serio y distante de las veces anteriores o se mostraría más cercano, aunque dentro de lo socialmente aceptado?

Gillian tomó Bubbling Well Road y aceleró, pasó por delante de uno de los guardias sijes, que, con su turbante granate, controlaba el tráfico en la última intersección. El club de carreras se ubicaba en el mismo centro de la ciudad, y ese día representaba además el punto de encuentro entre el este y el oeste. Las proximidades del recinto estaban llenas de gente que se encaminaba hacia los portones de acceso; pocos trabajaban esa jornada, ya que la mayoría de los comercios habían cerrado. Los vendedores ambulantes de comida y bebida habían arrastrado sus carros hasta la zona y ofrecían todo tipo de delicias locales. Los chinos, para los que estaba vedada la membresía al club, podían disfrutar ese día de una tarde en las carreras. También había un despliegue importante de policías para ordenar el flujo de peatones y vehículos y para impedir que los pillos se hicieran con un buen botín o que los mendigos se colaran en el club para pedir limosna.

Shanghái llevaba siendo testigo de la pasión por las carreras de caballos desde el siglo anterior. Poco después de la firma del Tratado de Nankín y del establecimiento de las concesiones, los británicos importaron los caballos y organizaron la primera carrera. El club se había fundado al poco tiempo, en 1850. Su enclave había cambiado durante los primeros años, hasta que la directiva adquirió los terrenos de su ubicación actual, al final de Nanking Road, casi en la intersección con Bubbling Well Road. Para los shanghailanders, especialmente los ingleses, era un paraíso dentro de la ciudad, un centro social donde se combinaban las soberbias instalaciones, la grandiosa tribuna y el elegante edificio del club para que los miembros socializaran. Durante muchos años había sido difícil importar caballos de las razas a las que estaban acostumbrados los europeos, y los contendientes eran más ponis que caballos, aunque eran unos especiales, resistentes a los cambios de estación y muy veloces; eran criados en las estepas de Mongolia y habían sido llevados por primera vez a Shanghái por un explorador en la centuria precedente. De igual forma, la multitud apostaba por los ponis y los jaleaba como si se tratara de auténticos purasangres.

Gillian accedió al recinto despacio, con el pie en el freno y la mano sobre el claxon para que los viandantes se apartaran. En el aparcamiento del club, entregó las llaves al mozo y después ayudó a su madre a descender del automóvil. Con una deslumbrante sonrisa, le ofreció la mano a Darlene.

Ese día no solo estaba en juego el dinero de las apuestas, sino que el premio para el ganador consistía en cincuenta mil dólares, una suma suficientemente sustanciosa para que todos los taipanes estuvieran nerviosos, frotándose las manos y pensando en el caballo por el que apostarían.

Era una carrera de poco más de una milla de longitud para declarar un solo vencedor. Las apuestas sumarían al menos un millón de dólares en total, una cifra un tanto inferior a la del día de los Campeones, que se celebraba en otoño y primavera, pero nada desdeñable para el evento del verano.

Henry dejó a su familia entretenida saludando a amigos y conocidos y fue directo a registrar su apuesta. Apostó fuerte, convencido de que sería una muy buena inversión y de que podrían poner en marcha el plan, tal y como le había prometido a su mujer. Después de repasar el tablero de las apuestas y comprobar el balance de los restantes caballos, se alejó de muy buen humor en busca del *jockey* para darle las últimas indicaciones sobre la estrategia de la carrera. Saludó a los contrincantes que se encontró a su paso con apretones de manos rápidos y devolviendo alguna broma sobre sus fracasos anteriores. Ya se había corrido la voz de que había inscrito un nuevo caballo para la carrera y todos estaban deseosos de verlo en acción, aunque, conservadores en sus elecciones, habían optado por caballos conocidos que se habían hecho con el triunfo en carreras previas. Ninguno de sus conocidos había apostado por Zafiro.

—Long, qué calladito te lo tenías —le dijo Chester Digby, con quien coincidió cerca de los establos.

—Zafiro llegó hace pocas semanas y no estaba seguro de si

estaría listo para la carrera. Pero lo está, es un purasangre, hijo de príncipes, y hoy va a demostrarlo.

—Siento admitir que no he tenido más remedio que apostar en contra —dijo Digby—. De hecho, la cuota está cien a uno.

—Tú y todos los incrédulos os arrepentiréis y yo me haré aún más rico. —Henry soltó una carcajada—. Si me disculpas, voy a ver cómo está mi campeón. Pásate después por el palco y te invito a una copa para celebrar la victoria —dijo jocoso. Los Long y sus invitados disfrutarían de un buen surtido de exquisiteces culinarias y del flujo ininterrumpido del mejor champán en el palco privado.

Se cruzó con varios mozos, los *mafoos*, que tiraban de las riendas de los caballos, vestidos estos con los mantones para mantener los músculos calientes mientras los ejercitaban ante las atentas miradas de entrenadores y *jockeys*. Le extrañó que Zafiro no estuviera ya calentando. Se encaminó a su establo y se encontró al *jockey* en la puerta, vestido para la carrera y abrazado al cubo metálico que servía para alimentar al caballo.

—¿Qué te pasa?

El *jockey* levantó la cara del cubo y fue a decir algo, pero le sobrevino una arcada y vomitó en el interior del balde. Henry puso cara de horror.

—¡¿Has bebido?!

—No, señor Long. Se lo juro —dijo mientras se secaba la boca—. Algo me ha sentado mal. Me duele mucho el estómago, no creo que pueda correr.

—¡Tienes que poder, maldita sea! ¡He apostado mucho dinero! —Agarró el cubo y lo lanzó contra el suelo.

—No puedo. —El *jockey* cayó de rodillas agarrándose el estómago y rompió a llorar—. Creo que me estoy muriendo.

—¡Maldito escocés! A saber la porquería que has comido. Alguna basura de los puestos callejeros, seguro —gruñó.

Se quitó la chaqueta, el chaleco y el corbatín y los arrojó a un lado. Después se remangó la camisa y entró al establo en busca de Zafiro; solo esperaba que el equino no estuviera aquejado del mismo malestar o pensaría que alguien los había envenenado a los dos para impedirles participar. Su alivio fue mayúsculo cuando Zafiro le respondió con un relincho. Parecía en perfectas condiciones.

—¿Cómo estás, muchacho? —preguntó, y le acarició la cerviz.

El mozo que estaba limpiando una de las cuadras le aseguró que la paja y el agua estaban limpias. Por lo menos, Zafiro estaba ya ensillado y con la gualdrapa puesta; esta era de un tono azul turquesa, con el escudo de armas de los Long que Henry había mandado hacer en su segundo año en Shanghái para establecer su reputación entre los extranjeros y los compradores locales. Lo miró un momento, era un animal magnífico, bello, de altas patas, fibroso y muy joven. Se revolvía nervioso; seguramente podía percibir la inquietud de su dueño y también lo mucho que los dos se jugaban en esa carrera.

Lo condujeron al exterior y el mozo lo ayudó a montar. Henry dio un paseo con él para que se acostumbrara a su peso y calentara un poco.

—Vamos a ganar, ¿verdad, precioso? —susurró en su oreja inclinándose hacia delante.

—¿Henry? ¿Qué se supone que estás haciendo? —Clarisse lo observaba bajo la sombrilla. Junto a ella estaban Gillian y Darlene—. No es momento para montar; además, vas a arruinarte los pantalones nuevos.

—*Darling*, el inútil de Simon se encuentra indispuesto, dice que no puede correr, así que voy a hacerlo yo en su lugar. No queda otra.

—¡Te has vuelto completamente loco! Dime que es el calor, que te ha reblandecido la sesera.

—Es eso o perder cientos de miles de dólares. Ahora no nos lo podemos permitir. Zafiro tiene que correr.

—Alguien habrá que pueda sustituir a Simon. Contrata a alguien más, no sé, este mozo, por ejemplo. —Lo señaló con la sombrilla.

—Limpia cuadras. No sabe nada de carreras ni de cómo manejar a un purasangre.

—¿Y tú? Henry, visitas el club para leer el periódico y hablar de política con los socios.

—Yo monto desde antes de aprender a caminar. Soy un poco pesado, pero Zafiro va a compensarlo con su juventud y rapidez. Voy a correr, y no se hable más.

—Decidle algo a vuestro padre.

—Padre, ¿no sería mejor que lo hiciera yo? —se ofreció Gillian—. Soy más ligero.

—Tú llegarías el último —se burló Darlene—. Yo soy mejor opción, pero ¿dejarían que corriera una mujer?

—¡Decidle algo sensato! —clamó Clarisse—. Solo se os ocurren estupideces. ¿No se puede cancelar la apuesta?

—No, claro que no. Además, no pienso hacerlo, está en juego mi honor —dijo Henry. El caballo empezaba a impacientarse y cabeceaba y batía las pezuñas contra la tierra.

—Henry, por favor te lo pido, busquemos a alguien más. Tal vez uno de los jinetes de la compañía de caballería de la policía. He visto al coronel que vino a casa, ¿cómo se llamaba?

—Coronel Gordon —respondió Gillian.

—Ese mismo. Seguro que puede hablar con alguno de sus muchachos.

—Clarisse, no conocen a Zafiro. Necesita una mano firme que lo guíe a la victoria.

—¿Y qué hay de los *jokeys* que compiten? Ofréceles duplicar su sueldo y seguro que alguno acepta correr con Zafiro.

—No puedo hacer eso, tengo una reputación que mantener. No puedo dejar sin jinete a otro caballo y a uno de los miembros del club. *Darling*, confía en mí, todo va a salir bien.

—Desisto; me habéis dado dolor de cabeza. Voy a refrescarme con una copa de espumoso —dijo Clarisse, y se alejó.

—Decidme qué tal se ve.

—Está precioso —comentó Darlene.

—Tenemos tiempo de dar unas vueltas por el picadero —dijo Henry, y, tras quitar el manto, que lanzó a la hierba, puso el caballo al trote.

Desde los asientos en primera fila del gran palco, con los prismáticos que había pedido prestados a su madre, Darlene oteaba los corrillos de espectadores que charlaban animadamente a la espera de que comenzara la carrera. Kai le había asegurado que su familia no iba a perdérselo y que él tendría que acompañarlos. Desplazó los anteojos y recorrió los balcones cercanos: en total eran seis reservados, separados por columnas blancas y un vallado de madera para los miembros del club y sus invitados. Después se asomó a la barandilla y enfocó los prismáticos hacia arriba, hacia la zona de la azotea de la gran tribuna, desde donde las autoridades de la ciudad, incluidos los cuerpos de seguridad, disfrutaban de la carrera. Su vista desfiló rostro a rostro de un lado al otro de la tribuna y, cuando terminó, enfocó hacia el área inferior, adyacente a la pista, donde empezaba a densificarse la masa de espectadores.

Después de un largo rato mirando, consiguió localizar a Xixi Tao entre un grupo de mujeres locales que vestían elegantes *cheongsams*; detrás de ellas, en otro grupo de hombres, cuyos rostros había oteado ya, se dio cuenta de que estaba él, ahí mismo, y su corazón se aceleró. Casi no lo reconoció, no desentonaba nada con el ambiente de lujo y celebración. Iba vestido con una elegancia impecable y, al igual que muchos de los caballeros, también llevaba un sombrero veraniego a juego con el traje de tonos claros. Se lo veía distinto, o más bien idéntico al Kai reservado y silencioso al que había conocido en el Astor; en nada se parecía al muchacho que soñaba con ser abogado y que se había precipitado al río con ella subida a su espalda unos días atrás. Se quedó pegada a los prismáticos espiando sus gestos. Parecía no prestar ninguna atención a la conversación que mantenía su padre con otros dos caballeros. De vez en cuando miraba a su alrededor con disimulo, ¿la estaría buscando? Se lo notaba aburrido y acalorado, pues de tanto en tanto se secaba la frente bajo el sombrero.

—¿Qué miras? —La voz de su madre sonó junto al oído de Darlene y, del susto, casi se le caen los prismáticos.

—Nada en particular, solo admiraba el glamour de los espectadores. Acabo de ver a tu amiga, la señora Tao. ¿Vamos a saludarla?

—Oh, no, *chérie*, ahí abajo hay demasiada gente. Aquí corre un poco más de brisa y tenemos bebida y comida en abundancia. Además, estoy muy nerviosa y no soy buena compañía en estos momentos. Solo puedo pensar en el ridículo que va a hacer tu padre. ¿Cómo puede hacernos esto? —dijo mascando las palabras con rabia.

—No es para tanto. Es muy buen jinete, verás que lo hace genial.

—Es un caballero y debería estar en el palco con los caballeros. *Mon Dieu*, su hazaña va a estar en boca de todos, y no admirativamente. Va a ser el hazmerreír de la comunidad.

—Solo si pierde.

Clarisse la miró fijamente y torció la boca.

—Sí, supongo que tienes razón.

—Voy a dar una vuelta. Aún quedan unos minutos para que empiece la carrera.

Le devolvió los prismáticos a su madre y tuvo que aguantarse las ganas de correr hasta Kai; debía disimular. Bajó los escalones de la tribuna y se abrió paso entre el gentío. Como si estuviera vagando sin rumbo para entretener la espera mientras saludaba a sus conocidos, se acercó al corrillo del señor Tao y, cuando llegó a la espalda de Kai, fingió que alguien la empujaba y se chocó contra él.

—Oh, disculpe, he tropezado —se excusó con una cándida sonrisa al tiempo que el joven se volvía hacia ella—. Es usted, señor Kai Tao. No lo había reconocido de espaldas.

—Señorita Long. Padre, caballeros, voy a escoltar a la dama a por una limonada.

Recibió un asentimiento y una mirada curiosa de su padre.

—Hace mucho calor hoy, le vendrá bien beber algo fresco —dijo Kai mientras se alejaban del grupo, pero todavía lo bastante cerca como para que pudieran oírlo. Después susurró—: Te he estado buscando. Estás preciosa, aunque te prefiero con los tobillos desnudos. —Amagó una sonrisa y miró hacia delante mientras lo decía.

Darlene lo empujó con el hombro.

—Indecente, señor Tao. —Sonrió—. Yo también te buscaba, pero así vestido me ha resultado muy difícil reconocerte entre tanto sombrero canotier.

Llegaron al puesto de los refrescos y tomaron dos limonadas. Siguieron caminando en dirección a la valla, desde donde se tenía una excelente panorámica de la pista de carreras y también del portón por donde iban a entrar los caballos.

—¿Sabes montar? —preguntó Darlene.

—No, los caballos me dan miedo, aunque admiro a quien puede manejar a un animal tan soberbio.

—Puedo decirle a mi padre que te invite al club un día de estos. Podrías venir con el tuyo. Quiero... que mi padre te conozca mejor.

—No es buena idea. Ya sabes la relación que tengo con el señor Tao; si intuyese que me interesas, me haría la vida imposible. Además, tu padre también podría sospechar. —Mientras hablaba, observaba el espacio abierto frente a ellos, los cuidados campos de deportes, la pista de césped por donde correrían los caballos.

—Tienes razón.

—¡Lin!

Darlene se volvió hacia la voz de su hermano.

—Aquí estoy. ¿Te acuerdas de Kai Tao?

—No exactamente, aunque me suena su cara. Encantado. —Gillian le estrechó la mano.

—¿Has disuadido a *daddy*?

—No, lo he apoyado, como hace un buen hijo. Está listo; va a ser muy emocionante.

—Mi padre va a correr —le explicó Darlene a Kai.

—¿Cómo que va a correr?

—Justo eso.

En ese momento sonó la campana. El portón de madera pintado de blanco se abrió y fue atravesado por los jinetes sobre los caballos, quienes, guiados por sus respectivos *mafoos*, accedieron a la pista y, al paso, avanzaron hasta la zona donde daría comienzo la carrera.

—Estoy muy nerviosa —admitió Darlene, y Gillian le apretó la mano.

—Vamos a ganar; tenemos que ganar. Ahí está. —Señaló su hermano.

—Tu padre va a correr —dijo Kai entendiendo por fin lo que había dicho Darlene un minuto antes.

Henry pasó por delante de ellos montado sobre Zafiro mientras saludaba a los espectadores; su sonrisa era radiante. Sus conocidos empezaron a arremolinarse alrededor de los mellizos, junto a la valla, para preguntarles qué hacía el señor Long ejerciendo de *jockey*. Darlene delegó en Gillian la tarea de dar las convenientes explicaciones. Ella miró atrás, hacia el palco de la familia, que también se había llenado de gente. Su madre era el centro de atención de sus amistades; se la veía incómoda, casi mortificada con la situación, y bebía de su copa continuamente mientras sus ojos no se apartaban de su marido a lomos de Zafiro.

Los mozos se retiraron de la pista y dejaron a los jinetes alineados en sus respectivas calles. Desde esa distancia, y a pesar de los colores distintivos y el número de cada participante, resultaba difícil distinguir quién era quién.

—¿Cuál de todos es papá?

—Creo que el que va a correr por la calle interior, ¿lo ves? —Aquel jinete parecía más voluminoso que el resto de fibrosos y delgados *jockeys*.

Sonó el pistoletazo de salida y los caballos se lanzaron a la carrera. A Darlene enseguida la envolvió el clamor, y sus propios gritos y los de su hermano se diluyeron en el estruendo circundante. Zafiro parecía tomar ventaja por momentos, para ser adelantado poco después por el caballo que corría a su izquierda. Los espectadores se dejaban la garganta para animar al animal por el que habían apostado.

Todo pasó muy rápido. Kai le agarró la mano y le entregó

una nota. Los caballos pasaron volando frente a ellos, los espectadores enloquecieron y los gritos se intensificaron a medida que se aproximaban a la meta, ella ni siquiera apreció bien quién la cruzaba primero y se hacía con el trofeo. Bajó la mirada a sus manos entrelazadas y leyó la nota que le había entregado: «Te espero en el cuarto oscuro a medianoche». Cuando alzó la vista, vio que Zafiro seguía corriendo y que, justo al llegar a la valla de madera, frenaba en seco y el jinete salía volando y se estrellaba contra el suelo de tierra unos metros más allá. Darlene gritó con todas sus fuerzas. Los espectadores invadieron la pista y en pocos segundos perdió de vista el cuerpo de su padre. Gillian saltó la valla y corrió hacia el tumulto que comenzaba a formarse en torno al lugar donde había caído. Kai ayudó a Darlene a pasar por encima del vallado y juntos corrieron hasta donde yacía su padre. Gillian abrazaba su cuerpo y lloraba. Entonces escuchó un disparo; se giró hacia el ruido y vio que un caballero sostenía una pistola humeante; había matado a Zafiro.

Henry Long se había partido el cuello en la caída.

21

Clarisse esperó a que la casa estuviera en silencio para salir de su alcoba con una pequeña maleta. Bajó despacio las escaleras alfombradas y, al llegar al salón, dejó la nota que había escrito para sus hijos. No se sentía capaz de consolarlos, necesitaba estar a solas con sus recuerdos.

Chao dormitaba en el interior del Rolls-Royce; Clarisse le había hecho saber durante la tarde, y a través de Amah, que requeriría de sus servicios y que no debía marcharse. La casa había estado llena de gente todo el día en un ir y venir continuo de buenas intenciones y sentimientos de pesar, un arroyo de murmullos que recordaban las bondades de su marido con anécdotas detalladas acerca de esto y lo otro; comentarios que la herían profundamente, que hacían que su tristeza mudara en ira, contra él, contra el amor que sentía por él. De la multitud de visitantes, no recordaba a nadie en particular. Sus ojos miraban, pero no veían; sus labios se movían, pero no recordaba haber pronunciado una sola palabra; sus sentidos estaban llenos de su ausencia, vacíos de todo lo demás.

Indicó a Chao el lugar a donde quería ir. Él se encargó de su maleta y también de ayudarla a entrar al automóvil. Le fallaban las fuerzas, estaba a punto de desvanecerse por el intenso dolor que albergaba en el centro del pecho y que le robaba el aire. Apoyó la cabeza en el respaldo y cerró los ojos para contener las lágrimas. «Henry, ¿qué nos has hecho? ¿Cómo has podido traicionarme así?». Las calles estaban desiertas y la neblina tornaba todo de un gris opaco. Las escasas luces alumbraban los comercios dormidos; las vías del tranvía parecían culebras de plata bajo su reflejo.

Chao paró frente al hotel Astor House y le abrió la portezuela para que descendiera. Clarisse rebuscó en su interior los últimos vestigios de dignidad que le quedaban y se apeó pretendiendo ser la señora Long de siempre. Atravesó las puertas giratorias y caminó hasta la recepción. El recepcionista del turno de noche la saludó afable, pero pudo atisbar que en sus ojos destellaba la lástima. Los periódicos se habían hecho eco del accidente y fallecimiento de Henry Long, y los empleados del Astor debían de saberlo ya.

Pidió su habitación habitual. El empleado le entregó la llave con una mueca extraña que amagaba ser una sonrisa, y a la que ella no respondió. Un *boy* agarró su maleta y lideró el camino por las escaleras y, luego, a través de los pasillos enmoquetados en absoluto silencio.

Al entrar en la estancia donde habían celebrado juntos los últimos veinte aniversarios, Clarisse se derrumbó. Se ovilló sobre la cama y lloró, aullando como un recién nacido a quien acabaran de arrancar del seno cálido de su madre; así se sentía. Había perdido la seguridad y el calor de la vida junto a Henry. Odió saberse tan desvalida. Se quedó dormida.

¿Había sido un error?, se preguntó al despertar. ¿Cómo habría sido su vida si no se hubiese dejado llevar por el impulso?, ¿si no hubiera sucumbido a las pulsaciones alocadas que le produjo aquel desconocido, su apostura, su riqueza, su cultura y sus ansias de ver mundo? Le había bastado un solo día para convencerla, para llevarla al altar y unir sus vidas. Ambos se habían dejado seducir por un canto imaginario que solo resonaba en sus oídos y que prometía una vida grandiosa, llena de lujo, viajes y aventura. Clarisse creyó que compartirían el mismo afán, sus deseos, dar la vuelta al mundo, vivir en países diferentes, aprender idiomas.

Shanghái iba a ser solo el primer destino, y el entusiasmo de emprender esa aventura juntos la hizo amar la ciudad enseguida, sobre todo porque formaba parte de la larga lista de lugares donde habían acordado que vivirían durante el largo trayecto en barco, negociando entre las sábanas, con besos y piel. Henry prometió cumplir todos sus sueños.

Henry.

Pero el joven ambicioso y osado se transformó rápidamente en un marido responsable, dedicado en cuerpo y alma a construir un negocio y a demostrarse a sí mismo su propia valía. Más tarde llegaron los niños, dos años escasos después, y ese canto aventurero se apagó hasta quedar convertido en un recuerdo amargo para ella, y en una anécdota de juventud para Henry. Para compensarla, cada año le prometía que realizarían un gran viaje, incluso que podrían ir a París o pasar unas semanas del verano en la Costa Azul. Y ella se aferraba al espejismo y continuaba soñando con que cumpliría la promesa y ocupándose del día a día de la familia mientras intentaba olvidar el runrún de su imaginación para poder, al menos, disfrutar de las pocas cosas que le ofrecía Shanghái: la comunidad de mujeres que, como ella, habían seguido a sus maridos hasta el otro lado del mundo y con las que quedaba para charlar, organizar fiestas o actividades caritativas. Ellas sí viajaban, y traían al regreso chucherías y anécdotas. Clarisse solo podía contar las peripecias de aquel primer viaje, el de su luna de miel: el vapor, las tormentas, los puertos que habían explorado en las pocas horas que les permitieron bajar.

Se había sentido tantas veces atrapada a lo largo de aquellos años..., como si le faltara el aire. En Shanghái solo se podía respirar la contaminación, el humo negro de las fábricas, el hedor humano de los miles de pobres harapientos y el caos de las calles. Ansiaba ver montañas verdes, cumbres nevadas, ríos caudalosos, mares azul oscuro de rizada espuma y, sin embargo, estaba rodeada de asfalto y ruido. En ocasiones, se encerraba en su alcoba y pasaba horas contemplándose en el espejo, en busca de la joven llena de vida y esperanzas que había sido.

Cuando, por motivos de negocios, quedaba descartado un

viaje que supusiese una larga ausencia de la ciudad, Henry le proponía visitar Hong Kong o Singapur; estaban a pocos días en barco y eran suficientemente exóticos para que Clarisse se entusiasmara con la idea. Pero, al final, siempre pasaba algo: un nuevo cargamento que se demoraba o un trato importante a punto de cerrarse o... o... Había perdido la cuenta de los impedimentos y de los viajes pospuestos para más adelante. Poco a poco, incluso el recuerdo del canto se difuminó hasta extinguirse por completo, y entonces ya no deseó viajar y explorar lugares nuevos. Simplemente quiso regresar a casa, a Francia. Quería marcharse de China, como habían hecho tantos conocidos y amigos a lo largo de los años; cerrar esa etapa definitivamente. Regresar junto a los suyos y enseñar a sus hijos quiénes eran y a dónde pertenecían. Esos hijos que se le antojaban extraños, y con quienes, salvo por la apariencia, no tenía mucho en común.

Y tras llantos y amenazas, Henry había accedido. Se irían al final del verano. Sería una sorpresa, cuando Gillian marchara a la universidad, viajarían todos juntos, y entonces, ya en Europa, Henry les contaría que no volverían a Shanghái. Solo faltaban unas semanas, y ella, en secreto, había empezado con los preparativos, las últimas compras. Como era su último verano en la ciudad, se sentía de muy buen humor y todo a su alrededor había cobrado una nueva luz: disfrutaba más de las tardes en el club con sus amigas, de los cotilleos y las noches jugando a las cartas; incluso se sentía más benevolente y tolerante con los fallos de los sirvientes. Todo iba bien, y pronto empezarían una nueva vida lejos de las hordas de culis hambrientos.

Sin embargo, a pesar de los días luminosos y de la paz que había experimentado, una sombra acechaba. Sus sueños nocturnos eran agitados, como si presintiera que algo malo iba a pasar, algo que impediría que se marcharan. Soñaba con muros invisibles que no la dejaban salir de la ciudad.

¡Qué absurda era la vida!

Había creído que cerraban una etapa en Shanghái, pero lo que se estaba cerrando era el círculo de su relación con Henry.

Lo había conocido en el hipódromo y ahora lo perdía en el mismo lugar. El principio y el fin de su historia de amor por una carrera de caballos.

Henry había faltado de nuevo a su promesa. Se había marchado solo y la había dejado atrás en esa maldita ciudad. Y ahora, ¿qué iba a hacer?, ¿cómo saldrían adelante?, ¿qué iba a ser de ella y de sus hijos?

Estaba paralizada por el miedo y detestaba Shanghái con todas sus fuerzas. Era la tumba de su esposo en la muerte y la suya en vida.

Sonó el teléfono de la habitación y la sobresaltó en la quietud en que llevaba sumida horas, tal vez días. Había perdido la noción del tiempo. El recepcionista la informó de que un caballero había ido a buscarla para llevarla al funeral de su esposo.

Lo había olvidado mientras recordaba todo lo demás. Cogió la maleta, que seguía en el mismo sitio donde la había dejado al entrar, y la abrió sobre la cama. Rebuscó algo que ponerse. Había tenido la lucidez de meter solo prendas negras, aunque no recordaba exactamente el proceso de selección.

La pena que la invadía no consiguió opacar su coquetería, y se esmeró en lucir lo mejor posible con lo que había traído. Toda la comunidad asistiría al sepelio y la viuda de Henry Long sería el foco de todas las miradas.

Pidió al *boy* que bajara su maleta y se encaminó hacia el vestíbulo. Al llegar, buscó a su hijo Gillian entre los rostros de los huéspedes del hotel. Ni siquiera se había planteado preguntar al recepcionista quién había ido a recogerla.

—Missis Long.

Se volvió hacia la voz y se encontró de frente con alguien a quien no esperaba. Se fijó en su atuendo inmaculado, igual que las últimas veces que lo había visto: traje impoluto de una calidad superior (italiano, tal vez), camisa con cuello estilo club, corbata negra, zapatos relucientes y sombrero.

—Señor Digby.

—Pasé por su casa para darle el pésame y sus hijos me informaron de que lleva dos días aquí. Están muy preocupados. En una hora se celebra el funeral y he venido para acompañarla. No debe faltar; por ellos, por usted y por la memoria de su esposo. Espero que sepa disculpar mi atrevimiento.

—No sé cómo agradecérselo. No creo que hubiera salido nunca de esa habitación, es demasiado…

—Doloroso.

—Absurdo iba a decir, señor Digby.

—Llámeme Chester, somos amigos.

—Gracias. Es un consuelo saber que cuento con su amistad.

Él le ofreció el brazo y ella lo tomó con una sonrisa apagada en los labios. Por un instante en esas terribles horas de zozobra, sintió cierta tranquilidad.

Los socios chinos de Henry Long organizaron, con el permiso de sus hijos, su cortejo fúnebre al estilo tradicional para honrar su memoria y los muchos años de amistad y de negocios. El cortejo estaba compuesto por numerosos dolientes vestidos de blanco que cargaban el ataúd, el cual había sido colocado dentro de un gran cofre recubierto de seda. Lo acompañaba un grupo de músicos que tocaban los timbales, tambores y otros instrumentos típicos, los cuales, con gran estruendo, ahuyentaban a los malos espíritus a su paso por la ciudad. Caminaban, detrás de los dolientes, los amigos y conocidos del difunto, junto a sus dos hijos, todos vestidos de inmaculado blanco. Un gran despliegue para honrar por última vez al que había sido uno de los shanghailanders más carismáticos.

Los Tao también habían asistido, y aunque Kai no se había acercado a ella, a Darlene la reconfortaba pensar que estaba cerca. El ruido de la música reproducía en su mente agotada los chillidos de los espectadores de la carrera, así como sus propios gritos. Por un momento, perdió la noción del tiempo y del espacio, y se vio de nuevo agarrada a la valla presenciando el accidente. Miró en derredor confundida. ¿Se estaría volviendo loca? Gillian debió de notar su malestar.

—¿Necesitas sentarte?

—No, estoy bien.

—Ya queda poco.

Habían mandado aviso al Astor House para que su madre supiera lo que iban a hacer, en espera de hacerla reaccionar, pero Clarisse no apareció cuando los dolientes acudieron para preparar el cuerpo y envolverlo para el ritual. Seguía encerrada en la habitación del hotel, y los mellizos ya no sabían qué hacer para que saliera de su aislamiento. Sentían que habían quedado de pronto huérfanos de padre y madre.

Con su estridencia de timbales y tambores, el cortejo fúnebre recorrió las principales calles de la concesión francesa y, a continuación, de la internacional hasta alcanzar el cementerio de Bubbling Well, conocido por los locales como «la colina de las tumbas extranjeras». El lugar era un remanso de paz situado en el sector meridional de Bubbling Well Road, después de Hart Avenue hacia el oeste, y hasta avenue Foch por el sur. Al llegar a las puertas del lugar del descanso eterno, los músicos dejaron de tocar y los dolientes cedieron su lugar a los mozos del cementerio, quienes cargaron con el ataúd. Gillian agradeció al «comprador» de su padre la deferencia y recibió el pésame, junto a Darlene, de la comunidad china que tanto lo admiraba.

Cuando los Tao se acercaron a ellos, Darlene quiso olvidarse de todo y refugiarse de nuevo en los fuertes brazos de Kai. No lo veía desde la noche del accidente. Había pasado horas consolándola en el cuarto oscuro. Hacía tan solo dos días, pero parecía una eternidad. Lo había extrañado tanto. Tuvo que conformarse con el tacto de su mano al sostener la suya por un instante y su escueto pésame. En esos escasos segundos ella intentó decirle con los ojos lo que no podía pronunciar en público. «Te necesito». Lo observó alejarse, ajena al gesto de las personas que le daban el pésame en chino, hasta que lo perdió de vista entre la gente que se marchaba.

En el cementerio esperaban ya las familias de los shanghailanders, los amigos del club americano, del club Columbia y del de equitación, los miembros del consejo municipal, el cónsul americano y varios representantes consulares europeos; en fin, todos los conocidos occidentales de Henry Long. Los amigos de los mellizos, Tim, Nicolai, Narek, Nina, Hazel e incluso Olive, los rodearon, y se sucedieron los abrazos y los llantos de las chicas. Ellos dos eran los únicos vestidos de blanco, en representación de esa otra cultura que su padre tanto había apreciado.

Desde la entrada principal, dos filas de palmeras escoltaron el cuerpo del difunto hasta la capilla situada al final de la avenida. Darlene, que caminaba del brazo de su hermano tras el ataúd, sintió alivio al ver a su madre a las puertas. Tenía la cara cubierta por el velo semitransparente del sombrero, que disimulaba las profundas ojeras y las lágrimas que se escurrían por sus mejillas. Chester Digby la sostenía por el brazo, y Darlene sintió una punzada incómoda en el estómago. Clarisse, al verlos llegar, se acercó a ellos y se agarró al otro lado de Gillian, y así los tres entraron a la capilla. Recorrieron el corto pasillo central alfombrado; a ambos lados había seis filas de bancos de madera oscura. Se sentaron en la primera, en el banco de la derecha, cerca del altar. La capilla no había sido consagrada a ninguna religión en particular, por lo que cada comunidad podía oficiar los funerales siguiendo sus propias tradiciones.

La familia había asistido cada año al cementerio y a su capilla para la celebración del día de los Caídos, la conmemoración nacional de Estados Unidos a los muertos al servicio de la República, que se celebraba el 31 de mayo de manera solemne por toda la comunidad estadounidense en Shanghái, de la que Henry Long era un miembro comprometido. Darlene nunca se habría imaginado que ese año regresarían menos de tres meses más tarde para enterrar a su padre. Se sentía anestesiada; llevaba tres días llorando y había agotado su capacidad para sentir. Estaba exhausta mentalmente y aún no conseguía acostumbrarse a la idea de que no iba a volver a verlo. ¿Cómo podía la vida cambiar en un instante? ¿Por qué Dios les había infringido un dolor tan inmenso?

Al casarse con Clarisse, su padre se había convertido al catolicismo, por lo que Gillian le había pedido a *le père* Pierre, quien celebraba las misas en la catedral de San Ignacio, que oficiara el rito. El padre de Tim, y mejor amigo de Henry Long, pronunció unas palabras en nombre de todos, y después habló Gillian, que no pudo acabar el discurso que había preparado porque la pena le cerró la garganta.

Concluida la liturgia fúnebre, los Long y el resto de la comunidad siguieron al ataúd hasta el lugar donde sería sepultado. La fosa estaba ya abierta y los enterradores aguardaban la oración final para descender el féretro. A su alrededor, se multiplicaban las lápidas de mármol blanco, muchas de ellas con cruces y flores frescas que cada mañana temprano colocaban las damas del club de mujeres americanas, como parte de su servicio a la comunidad.

Tras el padrenuestro, Clarisse, Gillian y Darlene recibieron los pésames junto al sepulcro mientras la tierra cubría poco a poco el cuerpo de Henry Long. Cuando el cónsul americano les dedicaba unas palabras de consuelo, fue interrumpido por su secretario:

—Telegrama urgente, señor cónsul.

—Disculpen un momento.

Justo detrás del cónsul, esperaban para dar el pésame Chester Digby y los demás miembros del consejo municipal.

—¿Pasa algo, señor cónsul? —preguntó Digby.

—Lo que tanto temíamos —respondió este mientras doblaba de nuevo el telegrama—. Ha empezado. Señor presidente —se dirigió a Fessenden—, convoque de inmediato una sesión extraordinaria del consejo. Los veo en la municipalidad en treinta minutos para rendirles cuentas del contenido del telegrama.

Todos transmitieron un pésame rápido a la viuda y los hijos y se alejaron en dirección a la salida. Cuando le tocó el turno a Digby, este se mostró muy sentido con su madre; le pidió a Darlene que cuidara de Clarisse y, por último, se dirigió a Gillian:

—Aún no se ha votado el reemplazo de tu padre en el consejo. Quiero que, en su nombre, me acompañes a la reunión.

Gillian parpadeó en un intento por contener las lágrimas.

—Será un honor.

Clarisse sonrió con tristeza. El joven se despidió de su madre y su hermana con un beso y siguió a Digby fuera del cementerio.

Aunque el consejo municipal poseía autoridad suprema sobre la concesión internacional, dada la seriedad de la situación se había llamado a los cónsules de las demás comunidades de la concesión y al francés, representante de la concesión francesa, para pactar una decisión unánime de todos los estados miembros de la comunidad internacional de Shanghái.

Todos tomaron asiento frente a la mesa de plenos. El presidente informó del asunto del día, el telegrama urgente que había recibido el cónsul americano de su homólogo sito en Nankín. Saludó formalmente a los asistentes a la reunión y cedió la palabra al cónsul estadounidense.

—Hace dos días recibí un telegrama del cónsul americano en Nankín que reportaba que veinte mil soldados de Kiangsu se estaban desplazando y empezaban a rodear Chekiang entre Ihsing y Kunshan, cerca de Soochow. Las hostilidades entre los señores de la guerra de ambas áreas eran casi seguras, aunque el comienzo del enfrentamiento podía demorarse días, incluso semanas.

»Hasta hoy, se ha mantenido el servicio de trenes de Shanghái a Nankín sin interrupciones. No obstante, y como medida de precaución, Estados Unidos, a quien represento, decidió enviar de inmediato a la zona una fuerza naval de dos destructores, fuerza que podría incrementarse rápidamente en caso del estallido del conflicto. He recibido una segunda comunicación hace menos de una hora, que paso a leerles a continuación:

»“El servicio ferroviario Nankín-Shanghái se ha interrumpido, y la lucha entre las tropas del general Chi y el general Ho Feng-lin ha comenzado. Todas las fuerzas están listas para reaccionar en caso de que la guerra se expanda en las cercanías de Shanghái".

Gillian escuchó atentamente la discusión que se abrió entre los distintos cónsules y los miembros del consejo. Le había resultado casi imposible seguir la política china y los múltiples enfrentamientos entre una y otra facción a lo largo de los años. Su padre les había explicado durante las sobremesas familiares, con esa capacidad suya para simplificar hasta lo más complejo, que, desde la caída del emperador Puyi y tras el breve gobierno provisional del doctor Sun Yat-sen, se había abierto la era de los señores de la guerra, que se disputaban el poder en la política y en el campo de batalla. En los últimos diez años había habido ocho presidentes, con gobiernos que duraban unos pocos meses. Actualmente, ostentaba el cargo el general Cao Kun, representante del Gobierno oficial de Beiyang, nombre proveniente del ejército de Beiyang, compuesto por muchas facciones cuyos generales se alternaban en el cargo, en un juego militar y político interminable. Los señores de la guerra de las regiones colindantes de Kiangsu y Chekiang se habían rebelado y estaban a punto de enfrentarse para desgajar ese territorio del control del Gobierno oficial.

Digby de tanto en tanto le susurraba quién era el que intervenía y, cuando le tocó al inglés el turno de dar su opinión, hizo referencia a lo que habría dicho Henry Long de estar presente; Gillian agradeció silencioso su deferencia. Después del intercambio de pareceres, el presidente tomó la palabra:

—Debido a la proximidad de los combates entre los generales de Chekiang y Kiangsu, y debido al peligro de una afluencia de soldados chinos en retirada de las fuerzas que sufran la derrota, el consejo presenta una moción para declarar el estado de emergencia, que mantendrá a toda nuestra milicia preparada para la posibilidad de que Shanghái sea atacada. Todos los que estén a favor que alcen la mano derecha y digan «aye».

A una, los miembros del consejo emitieron sus votos.

—La decisión se aprueba por unanimidad. Se declara el estado de emergencia —informó el secretario tras contabilizar los votos.

El cónsul francés aseguró que hablaría con su superior y que la concesión francesa se sumaría a la medida.

—Señor secretario, comunique al coronel Gordon la decisión. Que mande aviso a todos los voluntarios para que se presenten a las seis de la mañana en sus puestos. La reunión ha concluido.

—*Meeting adjourned!* —exclamó el secretario golpeando el mazo contra el mallete.

SEGUNDA PARTE

22

Un mes después

La melancolía no se había extinguido para Darlene, tan solo se había adormecido en ese mes turbio en el que las mujeres Long habían permanecido aisladas del resto de la comunidad, guardando el luto por su querido padre. Le parecía que su hermano sobrellevaba la pérdida mejor que ella, ocupado como estaba en la defensa de la ciudad. Salía muy temprano y regresaba agotado bien entrada la noche; la mayoría de los días francos, en los que permanecía de guardia por si requerían su apoyo, se ofrecía para realizar cualquier tarea militar fuera de la casa, salvo cuando Clarisse le echaba en cara su falta de sensibilidad hacia ellas y su responsabilidad como cabeza de familia; entonces Gillian se quedaba unas horas y, en esas breves ocasiones, Darlene podía contar con su consuelo y compañía.

Por él y por los periódicos que llegaban a la casa sabían cómo avanzaba la guerra cercana entre los generales de Chekiang y de Kiangsu, quienes se disputaban el control sobre el comercio con Shanghái y las rutas de suministro, especialmente en lo relativo a la venta de opio. También era una guerra estratégica para controlar las fábricas de munición, el puerto, los barcos y los arsenales que existían en la ciudad gracias a las fuerzas militares de los extranjeros. El Shanghái chino se hallaba bajo la jurisdicción del Gobierno oficial provincial de Beiyang en Nankín, y su dominio era clave para hacerse con el poder en la región y anexionarse la ciudad más rica y próspera de toda China.

A pesar del estado de emergencia y del toque de queda nocturno, la vida en las concesiones seguía más o menos igual. Nina y Hazel pasaban a menudo para contarle las fiestas a las que habían asistido y las parejas que se iban formando. Olive había ido una vez, con su madre, a los pocos días del funeral, pero su distancia le producía resquemor y Darlene sintió alivio cuando no volvió a aparecer. Nicolai, Tim y Narek estaban igual de ocupados que Gillian y apenas los veía, aunque sabía de ellos por su hermano.

Las concesiones se habían blindado y las barricadas marcaban el perímetro del dominio de los shanghailanders, ya que el enfrentamiento estaba provocando una inmensa ola de refugiados en Shanghái. No solo eran pobres campesinos los que huían, espantados de la muerte y la destrucción, los cultivos arrasados y los pueblos saqueados, también llegaban muchas familias ricas, terratenientes, industriales que habían abandonado todo para salvar la vida. Llegaban por cientos cada día y se los acogía en zonas al aire libre, atendidos por voluntarios, por los clubes de damas y por los religiosos de todos los credos y las nacionalidades.

Darlene escuchaba las explicaciones de su hermano cuando este estaba en casa, como si le relatara algo lejano y ajeno a su existencia. Ella estaba inmersa en un dolor espeso a veces, anestesiante otras, mezclado con muchos otros sentimientos la mayor parte del tiempo, pero siempre presente. Pensar en su padre le producía un choque de emociones: penosa alegría cuando se acordaba de alguna anécdota, nostalgia por un tiempo precioso que no pensó que pudiera terminar tan pronto y tristeza por la decisión que había tomado su madre.

Vagaba por el jardín o se sentaba largas horas a observar el vuelo de las abejas y pensaba, sobre todo pensaba en qué habría podido haber hecho ella distinto para evitar el accidente. Clarisse lo había intuido, con esa conexión premonitoria que da el amor verdadero, y no la escucharon, y eso le pesaba como una losa porque la distancia con su madre, su falta de esfuerzo por entenderla y conectar con ella era lo que había impedido que se opusiera a que su padre corriera esa estúpida carrera. Si la hubiera apoyado, a lo mejor entre las dos podrían haberlo convencido.

Su gran consuelo era Kai. Sin su padre, Darlene tenía miedo de la reacción de Clarisse si se enteraba de que se había enamorado de un chino. La osadía y la seguridad de aquel día en el jardín habían muerto con su padre. No poder disfrutar de la compañía de Kai a la luz del día ahondaba su desconsuelo. Se veían en el cuarto oscuro por las noches cuando la casa dormía. Ese pequeño espacio se había convertido en su refugio, en el único lugar donde se sentía a salvo de la incertidumbre del futuro. Darlene había llevado unas sillas y se sentaban en ellas para conversar; le hablaba de los días felices de su niñez, de todo lo que recordaba de Henry, y él le compartía también aquellos años de inocencia en los que aún quería a su padre y se sentía seguro y contento. Se dieron cuenta de que habían tenido una crianza parecida, ya que los niños extranjeros solían pasar los primeros años de vida con la aya y metidos en la cocina y la zona de servicio de la casa. Su afecto por Kai había crecido en esas noches hasta convertirse en lo único a lo que podía agarrarse para no sentirse tan sola y desesperada.

Y ahora, debían empacar y abandonar el hogar en el que Gillian y ella habían nacido y crecido, lo que significaba también dejar atrás todos los recuerdos de su padre. Albergaba una rabia intensa que crecía y amenazaba con ahogarla, pero había decidido tragársela y apoyar a su madre aunque fuera por una vez en su vida. Quizá, al igual que con la carrera, tenía razón y necesitaban un protector.

Además, de nada habían servido sus berrinches, sus reclamos ni las amenazas de Gillian de incapacitarla por enfermedad mental. Solo había pasado un mes desde el accidente. El cuerpo de su padre seguro que estaba aún incorrupto en su tumba. Habían intentado disuadirla, pero ella no atendía a razones.

—¿Cómo puedes hacernos esto? Estás fallando en tus responsabilidades como viuda de Henry Long. ¡Le debes respeto, maldita sea! —había gritado su hermano.

—No soy yo quien os está fallando. Ha sido él, vuestro padre; él nos ha fallado a todos. Él ha incumplido las promesas que me hizo. Y me deja aquí, en esta ciudad llena de amarillos que nos odian, donde terminarán comiéndonos vivos. ¡Necesitamos protección!

—No, podemos solos, los tres juntos. *Maman*, vendamos todo y vayamos a América, a Nueva York. Empecemos una nueva vida. Somos ricos, podemos hacer lo que nos plazca. ¿Qué dices?

—No quiero ir a América, solo deseo regresar a mi hogar, a París.

—Vayámonos a Francia entonces. Si es tu hogar, también es el nuestro. Podrías enseñarnos dónde naciste y dónde conociste a *daddy*.

Su madre lo había mirado confundida, como si no hubiese concebido esa posibilidad, la de contar con sus hijos para salir adelante. Movió la cabeza como ida.

—No, no es posible, cómo vamos a poder sin él..., no..., no —decía mientras se mordía los dedos, casi la mano entera.

—Pero... yo no me quiero ir. Este es nuestro hogar, *maman*, Gillian. Aquí están todos nuestros recuerdos y nuestro pasado junto a papá, todo lo que hemos vivido hasta ahora. Para nosotros dos representa toda nuestra vida desde que nacimos. Si nos vamos, lo dejamos todo atrás, él se queda enterrado aquí, y destruiremos todo lo que hemos sido hasta ahora. No quedará nada de nuestro legado, como si nuestra familia no hubiese existido. Seremos algo distinto, pero ya no seremos los Long de Shanghái. Le debemos a *daddy* continuar su labor, seguir adelante en la ciudad que amó y ayudó a construir.

Clarisse tenía los ojos arrasados de lágrimas. Se había limpiado el llanto con violencia.

—¡¡¡No quiero recordar!!! ¡Duele demasiado! ¡Odio lo que

nos ha hecho, solo quiero olvidarlo o no podré continuar! —Había salido corriendo y se había encerrado en el baño.

De eso hacía cuatro días. ¿Cómo podía? ¿Cómo podía ella querer olvidarse tan pronto de toda una vida? A Darlene, recordar las discusiones con su madre la dejaba extenuada, y hasta la rabia empezaba a enfriarse. Ahora tan solo le quedaba el deseo de que Clarisse se hubiera tomado más tiempo para reflexionar sobre su decisión.

Ese era el día señalado para que abandonaran la casa de su infancia y empezaran una nueva etapa, y sentía que el corazón se le resquebrajaba de nuevo.

—Coloca esas toallas sobre la cama para que Amah las envuelva en el papel de seda. —Darlene se había quedado absorta, algo que últimamente le pasaba muy a menudo, y la sobresaltó la voz de Clarisse a su espalda.

Entre las cosas que Amah dispuso sobre la cama, reconoció uno de los pañuelos que su padre solía llevar al cuello cuando iba al club. Lo tomó con delicadeza entre las manos y se lo acercó a la nariz. Aspiró aquel aroma tan querido; olía a maderas nobles, a bosque de pinos, a robles, a fortaleza. Desde que tenía conciencia, aquel aroma había significado refugio, y las lágrimas que había contenido desde que empezaron a empacar sus pertenencias resbalaron por el pálido rostro de Darlene. Se metió el pañuelo por dentro del vestido y lo guardó junto al corazón.

Chester Digby sonrió al espejo mientras el mayordomo le abrochaba los botones de la camisa; después lo ayudó a ponerse el chaleco y también se lo abotonó; le ató el lazo de la pajarita; le sostuvo la chaqueta, que se ponía por primera vez, cosida por el mejor sastre de la ciudad, y finalmente le colocó una rosa amarilla en el ojal. Digby vestía completamente de blanco; aún hacía calor, aunque el verano se iba apagando. Se miró más de cerca en el espejo de la cómoda alta: se había afeitado meticulosamente y recortado el bigote. Llevaba la raya en medio, como siempre, pero, con la frente despejada, le aportaba distinción e incluso le quitaba años. Se sentía rejuvenecido, como un muchachito con la vida por delante, y era consciente de a qué se debía. Era el sabor de la venganza que por fin podría cumplir.

—Está muy elegante, milord, si me permite decírselo.

—Por supuesto, Theodore, y con tu inestimable ayuda. Gracias. Me siento bien. —Miró su reloj de leontina—. Aún es pronto. Sírveme un coñac.

—Ahora mismo, milord.

Había llegado la hora de cumplir la promesa hecha a su padre: lo despedazaría. Compraría todos sus bienes y luego los vendería por partes; borraría su apellido de los anales de las familias ilustres de Inglaterra y, en unos años más, nadie recordaría su nombre, ni siquiera que existió.

Aprovecharía esta oportunidad que le había brindado la diosa fortuna. Ya podía acariciar con las yemas de los dedos lo que esa mujer le estaba sirviendo en bandeja y que necesitaba para llevar a cabo su plan.

Con quince años, su padre, Benjamin Mildway, heredero de lord Mildway, barón de Fitzwaler, había dejado embarazada a su profesora de piano, Louisa Digby, cinco años mayor que él. Había sido un amor adolescente, apasionado, enloquecido y, sobre todo, lleno de promesas, que ella se creyó. Cuando los abuelos paternos de Chester, lord y lady Mildway, se enteraron del desafortunado desliz, despidieron a la profesora, a la que acusaron de seducir a su inocente e inmaduro hijo.

Sin embargo, Benjamin no estaba dispuesto a renunciar a ella, ya que aseguraba amarla profundamente. La instaló en uno de los *cottages* que los Mildway poseían en sus muchos *estates*, y que solían utilizar como alojamiento los capataces. La mantuvo, la apoyó durante el embarazo y el parto de su hijo, al que llamaron Chester, y al que prometió dar su apellido en cuanto heredara el título de su progenitor. Después los visitó periódicamente mientras se aseguraba de que su hijo recibiera una educación tan exquisita como la que había tenido él. Chester creció alimentado por las promesas de su padre, sostenido por el amor que este les profesaba y con la perspectiva de que tarde o temprano no tendrían que separarse, pues, en cuanto Benjamin heredara el título, los llevaría a vivir a Blandford Manor, la residencia principal de los Mildway, le daría su apellido y finalmente podría casarse con su primer y único amor: Louisa.

Lord Mildway falleció cuando Chester tenía doce años. Su padre mandó nota para informar de la noticia en la que prometía ir a buscarlos en breve. Pasaron los días, las semanas, y su madre, sumida en la desesperación, pasaba las horas mirando por la ventana a la espera de verlo aparecer. Al cabo de tres meses, llegó una nueva carta, esta vez del secretario, que anunciaba que lord Benjamin Mildway, barón de Fitzwaler, había contraído nupcias con lady Alicia Cecil, hija del conde de Egrement, y adjuntaba un pequeño caudal para que se reinstalaran en alguna de las localidades cercanas.

Chester era fuerte y alto para su edad, y había heredado el carácter de su abuelo materno, un marino pendenciero y con temperamento explosivo. Rompió todo lo que encontró a su paso. Tras el arrebato, acompañó a su madre a casa de una tía y después se puso en marcha. Durante tres semanas caminó por dehesas y atravesó campos y villas, viajó en carreta cuando algún alma caritativa se prestó a acercarlo un poco más a su destino y, tras cientos de kilómetros, llegó a Blandford Manor.

El muchacho esperó la mejor ocasión para enfrentarse a su padre, y la encontró cuando este salía de cacería. Le recriminó sus falsas promesas, y Benjamin, montado en el caballo, le cruzó la cara con la fusta. Le alcanzó el cuello, la oreja y parte de la sien, ya que Chester consiguió girarse a tiempo. Le escupió que siempre sería un bastardo y que no quería volver a verlo nunca más.

Chester no reconoció a ese individuo altanero y desdeñoso en quien se había convertido el hombre que había llamado padre durante doce años, pero entendió que tanto su madre como él habían vivido de una fantasía porque esa persona no existía, solo la máscara de sus mentiras. El verdadero Benjamin Mildway era de la misma calaña que lo había sido el anterior barón de Fitzwaler.

No volvió a verlo.

Desde el día del enfrentamiento, se prometió que regresaría para destruir el legado de los Mildway. Se prometió que saldría adelante y que a su madre no le faltaría de nada, y también que amasaría una gran fortuna y, como una mano invisible, tendería trampas a Benjamin Mildway hasta dejarlo sin nada. Para un chico de su educación y sus modales, las colonias de las Indias Orientales prometían un mundo de oportunidades, así que, después de cerciorarse de que Louisa Digby se encontraba atendida, se marchó a Liverpool, y tres años más tarde se postuló para un puesto administrativo en el Raj británico y fue enviado a Bombay; gracias a su ambiciosa determinación progresó en pocos años. Tras su impecable servicio en la India, sus superiores lo ascendieron y lo enviaron al puerto más lucrativo para el Imperio británico en la región: Shanghái.

Para principios del siglo XX, la aristocracia inglesa empezaba a mirar allende los mares en busca de fortunas que pudieran mantener sus decadentes propiedades y devolverles el brillo de antaño. Chester Digby empeñó todo su esfuerzo por atraer uno de esos enlaces, pero su fortuna era insuficiente y en los dos intentos en los que la dama quedó prendada de sus cualidades no consiguieron la aprobación paterna, por lo que los compromisos privados se rompieron.

Poco después, le llegó la noticia de que el barón había muerto de una pulmonía sin descendencia y que las propiedades y las tierras habían sido heredadas por un primo en línea cuarta, ya que ni siquiera en su lecho de muerte lo reconoció como hijo.

Ese año había cumplido los cincuenta y su padre llevaba más de una década bajo tierra. Se había resignado a que no cumpliría su juramento. Hasta ahora.

Miró por la ventana mientras saboreaba el coñac. Con la mano libre, se acarició la cicatriz de la oreja, que solo se veía cuando lo miraban de perfil; la del cuello, mucho más profunda y rugosa, no se percibía con la camisa puesta, y solía llevar cuellos altos y abotonados. «Ha llegado la hora», se dijo, y justo en ese momento Theodore llamó a la puerta de su alcoba y entró con su permiso.

—Ya lo están esperando en la sala de recibir, milord.

—¿Los has instalado en sus habitaciones?

—He subido las pertenencias a las alcobas asignadas, como ha ordenado milord, pero solo la señora ha querido ver su nuevo aposento.

—Está bien. Ya se acostumbrarán a su nueva situación.

Se estiró el chaleco, volvió a consultar el reloj y se pasó la mano por el cabello. Estaba listo para dar el paso. Salió de su estancia y bajó las escaleras alfombradas, se paró un instante frente al retrato de su madre fallecida de influenza dos años atrás.

—Madre querida, esto va por usted.

Cuando llegó al salón y vio a los hijos de Henry Long de pie junto a Clarisse, apretó los dientes. Iban de negro, los muy osados.

—No es un funeral —dijo con la mirada fija en el hijo mayor y el gesto sobrio.

—No se ofenda. Aún estamos de luto, señor Digby.

—Chester, por favor —susurró Clarisse. Estaba bella pero ojerosa, y se la veía nerviosa por cómo se apretaba las manos.

Él tomó aire y sonrió, pero la expresión no llegó a sus ojos, azules y fríos como un invierno eterno. Pudo comprobar el efecto que causaba en la hija de Long: le imponía su presencia, la achicaba, y eso le gustaba. Con Gillian había ganado cierto respeto cuando lo invitó a la sesión del consejo —en un claro incumplimiento de las estipulaciones de gestión— y lo hizo partícipe de su nueva posición en sociedad; no le sería difícil tenerlo bajo control. Y Clarisse..., qué decir de la elegante y contenida viuda de Henry Long. Era una delicia que esperaba degustar muy pronto.

—¿Vamos, querida?

Clarisse asintió y se asió de su brazo.

Darlene se aferró al de su hermano. Se la veía frágil y asustada, al borde del llanto. Miró a Gillian, quien estaba muy pálido y ojeroso, pero asintió con un gesto de cabeza. Y los cuatro salieron en dirección al Majestic.

23

El corazón de Darlene se estrujó un poco más cuando llegaron al lugar elegido para el enlace. Ubicado en la esquina de Gordon Road y Bubbling Well Road, aproximadamente una milla al oeste del hipódromo y el campo de recreación, su lujo exuberante robaba el aliento. En cualquier otra circunstancia, se habría maravillado de lo que tenía delante, pero ese era tal vez el momento más triste de su vida, después de la muerte de su padre, y estar ahí, frente al majestuoso edificio que parecía el palacio de un virrey, con sus pasillos exteriores, lámparas enormes, todo de mármol blanco, con sus columnas, sus grandes espacios y los jardines extensísimos, dolía, dolía mucho.

—¿Qué os parece? —preguntó Digby al ver su expresión.

Los hermanos intercambiaron una mirada y no dijeron nada. Darlene podía sentir el corazón de Gillian latiendo dolorosamente junto al suyo. No solo percibía su aflicción a través del contacto con su brazo, donde estaba apoyada, sino también en los latidos que compartían. Una ira silenciosa crecía dentro de ellos. Los dragones del oeste tenían fuego en sus entrañas y querían abrasarlo todo a su paso. Si las miradas pudieran quemar...

Si su madre no estuviera involucrada y no fuera la principal culpable de esa atrocidad, ninguno de los dos permitiría tamaña falta de respeto hacia Henry Long. ¿Cómo hacerle entender a Clarisse que solo añadía peso a sus corazones en vez de aliviarlos? Esa seguridad de la que ella hablaba, y que estaba convencida de que recobrarían, no volvería a existir; su padre estaba muerto y ante ellos se abría un camino de incertidumbre que tendrían que recorrer, le gustase a ella o no. Darlene tenía la intuición de que tarde o temprano su madre se arrepentiría de haber traicionado de esa manera la memoria de su esposo, justo un mes después de su trágico fallecimiento. Estaba actuando guiada por el miedo, y nada bueno podía salir de una decisión precipitada y absurda. Darlene quería creer que todas sus amistades pensaban lo mismo, porque desde que se anunció el compromiso no dejaban de escuchar cuchicheos allá donde fueran; aunque nadie hubiera expresado en voz alta su desacuerdo o rechazo, hablaban a sus espaldas y, por primera vez en su vida, a Clarisse Long, pronto Clarisse Digby, no le importaba lo que dijesen de ella, prueba clara de que no estaba en su sano juicio.

Ella fue la que respondió, en nombre de la familia, a la pregunta de su futuro esposo, pues lo que los mellizos habrían querido decirle a ese hombre no le iba a gustar.

—No podías haber elegido un lugar mejor. Sin duda es el más grandioso de la ciudad —dijo Clarisse, y por un momento sus ojos tristes brillaron con la chispa de antaño. Eso confundió a Darlene. ¿Se habría equivocado en su juicio y no era desesperación, sino ambición, lo que había guiado la decisión de su madre?

—No solo de la ciudad, querida, de toda Asia, y me atrevería a decir que puede competir en lujo con los mejores hoteles del mundo; por eso lo han llamado Majestic. Podrás comprobarlo tú misma cuando viajemos a Singapur y conozcas el hotel Raffles, también muy bonito, pero nada en comparación con esta grandiosidad. Los invitados han sido convocados hace media hora, todos nos esperan. ¿Preparada?

Ella asintió y, de su brazo, se dejó conducir al interior del hotel.

En cuanto accedieron al vestíbulo, los invitados aplaudieron y se acercaron a saludarlos. Después siguieron a la pareja hasta la sala donde se celebraría el enlace, que oficiaría el cónsul británico.

Al menos, Digby había tenido el tino de no pedirles a los hijos de Henry ejercer como testigos de esa monstruosidad, y dos de sus amigos serían los que firmaran el acta matrimonial. Gillian y Darlene se quedaron al fondo de la sala, de pie junto a la puerta; ese, además de sus ropajes negros, era el único signo visible de oposición al matrimonio.

La madre de Tim se aproximó a Darlene para preguntarle cómo estaba.

—Hablé con Clarisse —le susurró con discreción—, traté de disuadirla, al menos para que esperase unos meses más. Lamento no haber sido de ayuda.

—Gracias por intentarlo —respondió la joven, y se sintió reconfortada al saber que sus amigos más cercanos sentían lo mismo que ellos.

Tim permaneció junto a Gillian mientras sus padres tomaban asiento entre el resto de los invitados. Los demás amigos, al entrar a la sala y verlos, se colocaron a su lado también. Darlene se sintió bien en el grupo, todos de pie, como un pequeño ejército, centinelas del honor de los Long. Solo faltaba Olive, pero eso, por una vez, la alegró. Era la única que no había respondido a la invitación; madame Travers había mandado una nota excusándose y deseando felicidad a su madre. Se dijo que pasaría a ver a Olive para arreglar su distancia, a partir de ese momento necesitaría de todo el apoyo con el que pudiese contar.

El rito civil duró poco. El cónsul leyó las obligaciones y deberes de los cónyuges, confirmó sus voluntades y después les dio a firmar el acta matrimonial. A Darlene le pareció un acto frío y transaccional, desprovisto de afecto y romanticismo, pero adecuado a las circunstancias, porque su madre no podía haberse enamorado de ese hombre en tan poco tiempo. A pesar de lo que él afirmaba sobre haberla admirado de lejos y haber envidiado a su padre por tener a su lado a una mujer tan extraordinaria, Darlene estaba segura de que era pura espuma; no había verdad en sus pomposas palabras. Después de las firmas y las felicitaciones, los invitados fueron conducidos al salón principal, igual de desproporcionado en sus dimensiones y lujo que el resto del hotel. Tenía forma de hoja de trébol y contaba con una fuente de mármol y bronce de cuyo centro salía una sirena. Había estatuas de estilo renacentista y grecorromano distribuidas por todo el espacio. La orquesta tocó la marcha nupcial cuando los novios entraron al salón y, a continuación, sonaron los acordes de un vals para que los recién casados abrieran el baile.

Las mesas estaban engalanadas con jarrones de rosas rojas y rosas. La vajilla era de exquisita porcelana con filigranas de oro, un despilfarro obsceno que Darlene esperaba que no estuviera saliendo de las arcas de la familia Long. Se sucedieron los platos de exquisiteces y el mejor champán mientras la banda tocaba música y los invitados llenaban la pista de baile.

Los recién casados y los mellizos permanecían sentados a la mesa principal mirando cómo el resto se divertía. Gillian pronto se excusó y se paseó por las mesas asignadas a las familias de sus amigos para intercambiar saludos y recibir aún condolencias por su padre y apoyo por cómo se habían desarrollado los acontecimientos desde su deceso; después se sentó a la mesa donde estaban Nina y sus padres. Ahora más que nunca, Gillian deseaba casarse con ella y empezar su propia vida. Se lo había confesado a su hermana la noche anterior, daba por arruinados los planes de universidad, así que buscaría trabajo e intentaría estudiar en Shanghái y hacer su vida junto a la chica que lo había enamorado. Para él, Nina constituía su esperanza de futuro, y Darlene lo envidiaba por eso. Ella ni siquiera podía soñar algo parecido con Kai porque la convivencia entre los dos mundos se sostenía en un frágil equilibrio de intereses que podía quebrarse en cualquier momento. Incluso aunque ella estuviese dispuesta a cualquier cosa por él, Kai repetía que no podía ser, que hacer pública su relación los condenaría al ostracismo, especialmente a ella y que no había lugar para su relación salvo en la clandestinidad.

Darlene se quedó sola con los novios. Pensó en su hogar,

ahora vacío de todas sus pertenencias, y en su cuarto oscuro, al que no se había atrevido a entrar para recogerlo porque estaba segura de que su madre no habría consentido mover todas esas cosas a la mansión de su nuevo esposo. ¿Qué iba a ser de ella, de su vida, de su corazón herido y del consuelo que había encontrado en ese pequeño espacio de color rojo? Miró a la pareja con disimulo. Digby susurraba al oído de su esposa y esta sonreía ante todos sus comentarios. Esperaba que Kai cumpliera su promesa, su familia también había sido invitada al enlace y él le aseguró que no faltaría. Se había convertido en su principal apoyo en ese mes impregnado de dolor. Lo localizó entre los cientos de invitados y tuvo ganas de romper a llorar y correr para abrazarse a él.

—*Maman*, ahí están los Tao. Voy un momento a saludar a sus hijos —dijo con disimulo al incluir al odiado hermanastro de Kai, que también había asistido y a quien no pensaba acercarse.

Digby se puso de pie y la retuvo por el brazo.

—Te prohíbo que te acerques a ellos.

—No veo la razón; los Tao son amigos de mis padres desde hace tiempo. Además, si han venido será porque han sido invitados, ¿no es así? *Maman*, ¿no vas a saludar a Xixi Tao?

Pero Clarisse no contestó. Solo miró a Digby y se mantuvo callada, como a la espera de alguna instrucción. ¿Qué le pasaba? ¿Por qué se comportaba de una forma tan extraña? Darlene pensó que debía de ser el *shock*, o tal vez al fin había caído en la cuenta de lo que acababa de hacer y se sentía desorientada, como si hubiera perdido la capacidad de comportarse en sociedad, que era su principal atributo, siempre liderando conversaciones y sabiendo el lugar que le correspondía y cómo afrontar las relaciones con los demás. Aún ignoraba qué lugar debía ocupar la esposa de Chester Digby y cómo tenía que actuar en público.

—El señor Tao es un mal necesario y hay que tenerlo cerca, pero sus hijos no entran dentro de la consideración, especialmente en lo que a ti y a Gillian respecta. No quiero veros cerca de ellos; manteneos a distancia.

—¿Puede darme una razón de peso para que les haga semejante desplante como invitados? Mi propio padre me presentó a su hijo menor en una velada en el Astor House.

—Supongo que Henry desconocía que el mayor es un mafioso metido en negocios turbios y el pequeño, un comunista que, con su grupúsculo de revolucionarios, planea atentados contra las concesiones. Están en la lista de la policía de individuos bajo vigilancia. Al gordo lo tenemos controlado, pero contra el más joven aún no disponemos de evidencias que lo incriminen directamente. Sin embargo, las encontraremos, y entonces será arrestado como lo han sido muchos de sus amigos.

Darlene palideció al escuchar sus argumentos. Hasta ese instante, y desde que su relación con Kai se había transformado, no había vuelto a pensar en los volantes subversivos que había encontrado en el *rickshaw* la noche de su graduación, pero ahora que Digby lo mencionaba... ¿Sería cierto que sí estaba relacionado con ellos?

—¿Lo has entendido?

—Sí, no se preocupe. Me mantendré alejada de ellos.

A través de la sala, Kai advirtió su reacción y la miró muy serio. A ella le pareció, desde la distancia, que sus ojos se quedaban fijos en la mano de Digby en su brazo; al darse cuenta de que seguía agarrándola, Darlene se separó y se alejó de su padrastro. Observó a Kai e intentó hallar todo lo que veía en él cuando estaban a solas. Creía conocerlo bien, haber llegado a su corazón. ¿Tan equivocada estaba? ¿Y si la verdadera razón de que no quisiera que nadie se enterara de lo suyo era que él no la aceptaba totalmente, que seguía luchando consigo mismo, que no podía entregarse por completo, como hacía ella, sin reservas, porque la veía aún como a una extranjera, como a una enemiga? O lo que era peor, ¿y si la estaba usando para acceder a información sobre las concesiones y en verdad estaba detrás de la propaganda que por las noches inundaba las calles con eslóganes de rechazo a los extranjeros? ¿Y si planeaba un ataque contra sus compatriotas y Darlene lo estaba ayudando sin saberlo? Su corazón se estrujó todavía más al pensar así de él.

Las dudas debieron de reflejarse en su rostro, porque Kai frunció el ceño y movió la cabeza hacia ella, como preguntándole qué le pasaba. Darlene lo ignoró. Lo que sentía por Kai era la única certeza a la que se había aferrado para soportar la muerte de su padre y, ahora, ese matrimonio. No podía enfrentarlo en ese momento, se sentía a punto de quebrarse. Se giró hacia su madre.

—Voy a hablar un rato con mis amigas.

Quería esconderse en algún lugar y llorar. Disimuló unos instantes mientras hablaba con Hazel y Nina y, en cuanto vio que Digby y su madre se entretenían charlando con algunos invitados, se escabulló del salón y corrió hacia el jardín.

—¿Qué te ha dicho ese hombre? —La voz de Kai sonó a su espalda, pero ella no se movió. Estaba abrazada a sí misma, demasiado avergonzada de sus pensamientos y de sus miedos para mirarlo a la cara. Se había escondido a conciencia tras recorrer el laberinto de pasillos y el inmenso jardín; no quería que nadie la encontrase así, pero él debía de haberla seguido en cuanto salió del salón. Kai se puso frente a ella y le levantó la barbilla—. ¿Qué te ha dicho para que estés así?

Darlene tragó saliva. Le quemaban las palabras en la lengua y sabía que no podía guardárselas dentro, pero tampoco pudo enfrentar sus ojos negros. Habló con la vista puesta en las puntas de sus zapatos, que sobresalían por debajo del vestido negro.

—Que eres un comunista, que planeas atentados contra los extranjeros y no debo acercarme a ti.

—Mírame. —Ella siguió contemplando sus zapatos—. Darlene, mírame. —Estaba enfadado. Su voz temblaba de ira, pero habló casi en un susurro para no asustarla.

Ella alzó los ojos, rojos de llorar. Él le tomó la cara entre las manos y, con los dedos, le secó las lágrimas que brotaban sin cesar.

—¿Le crees? —Ella hipó y soltó un sollozo—. Darlene, ¿le crees?

—No lo sé. ¿Por qué diría algo así si no fuese cierto?

—Porque es un paranoico y cree que todos los universitarios chinos somos comunistas. Él es uno de esos extranjeros que pretende seguir prohibiéndonos el acceso a los parques y que se cree con más derecho que cualquier local a vivir en Shanghái. Los comunistas le están dando la excusa perfecta para atacarnos a todos.

—¿Lo eres?

—No, no lo soy.

—¿Quieres hacernos daño?

—No, por supuesto que no. He sido honesto contigo, no me gusta cómo muchos extranjeros explotan a los chinos, cómo nos tratan en nuestro propio país, pero jamás usaría la violencia para resolver un problema. ¿Cómo iba a hacerte daño a ti y a los tuyos? ¿Es que aún no me conoces?

Se quedó prendida de sus ojos negros. Eran sinceros, quería creer que eran sinceros. Kai se aproximó más a ella.

—Darlene.

—Te creo, y lo que es peor, yo... te quiero, te quiero mucho —dijo, y rompió a llorar de nuevo. Kai la atrajo hacia sí y la abrazó.

—No llores, Ojos de Jade. —Acarició su espalda y su pelo. Cuando ella se calmó, le buscó los labios y se besaron con ímpetu.

Kai la tenía envuelta en sus brazos y ella temblaba mientras dejaba que todos los miedos se fundieran con el calor de su boca. Después, se refugió en su pecho y se quedaron quietos sin moverse mientras escuchaban el latir atronador de sus corazones hasta que se acompasaron a un solo ritmo.

—Me siento perdida. No sé lo que va a pasar con mi familia y ese hombre me da miedo, no entiendo cómo mi madre nos ha hecho esto. Lo echo tanto de menos... Mi vida se derrumba y no sé cómo hacer frente al vacío aterrador que se abre ante mí.

—Tu madre tiene el corazón roto, no sabe lo que hace, y ese hombre se ha aprovechado de su debilidad. No debes juzgarla duramente. Cuando se calme el dolor, tendrá que afrontar las consecuencias de sus actos y, entonces, será importante que os tenga a su lado.

—No lo sé, no sé nada. Me da la sensación de que es una extraña. He hecho lo que he podido para estar cerca de ella, pero nosotros somos los hijos, los que necesitamos de su consuelo y apoyo, de su fuerza y seguridad. No la conozco, creo que no la he conocido nunca. Era una mujer diferente junto a mi padre. Ahora es una persona egoísta que solo piensa en ella misma, en su propia supervivencia; le damos igual. Mi familia se ha desintegrado.

—Aún tienes a tu hermano. Él es tu mejor amigo y, ahora, el cabeza de familia.

—Gillian planea marcharse de casa, no aguanta la situación. Le ofende profundamente que Clarisse no le haya permitido ocuparse de la familia y de los negocios de mi padre. Ella incluso llegó a echarle en cara que nuestro padre había muerto por su culpa, por no haberse opuesto a la locura de que corriera, que es un irresponsable y no confía en él para protegernos. Gillian va a casarse con Nina y empezará su vida. ¿Y yo? ¿Qué voy a hacer? ¿Qué será de mí?

—No estás sola, lo sabes, ¿verdad?

Ella escondió la cara en el torso de Kai. ¿Lo sabía? No estaba segura, no estaba segura de nada, y tenía tanto miedo de perderlo, de que todo fuera mentira, un espejismo bello pero irreal que se desvaneciese y le dejase el corazón roto en muchos más pedazos. Le había confesado lo que sentía, y ahora tenía miedo de que él no pudiera corresponder a ese amor que escapaba a toda lógica y medida. No entendía cómo, en tan poco tiempo, la curiosidad e intriga del primer encuentro había derivado en algo tan intenso que le cortaba la respiración. Cuando no estaba con él, se sentía aún más perdida.

—Hoy nos hemos mudado a casa de ese hombre. ¿Cómo nos encontraremos tú y yo? —Necesitaba estar a solas con él sin el peligro de que alguien los descubriera.

—Buscaré un sitio seguro. Ahora, será mejor que vuelvas al salón antes de que Digby mande a buscarte; ese hombre es muy suspicaz. Y pasa por el aseo para lavarte un poco la cara, que no note que has llorado.

Kai le dio un beso en la nariz y luego le besó los labios una última vez antes de dejarla marchar.

Darlene permaneció el resto de la fiesta sentada con sus amigos. Los muchachos hablaban del estado de emergencia, que parecía cerca de acabar, y de las misiones a las que habían sido encomendados durante ese periodo; las chicas charlaban sobre ropa y las relaciones que iban consolidándose desde que se habían graduado. Ella escuchaba sin participar y sonreía de vez en cuando si contaban algo gracioso. Nina les confesó en voz baja que Gillian había hablado con su padre durante la celebración y que el compromiso era ya casi un hecho. Kai se había marchado poco después de su encuentro, para evitar comprometerla, y Darlene temía el momento de regresar a esa casa inhóspita y desconocida junto con su hermano.

Cuando alzó los ojos, vio al hermanastro de Kai delante de ellos, vestido con su traje tradicional de un brillante rojo con hilos dorados. Este se dirigió a su mellizo.

—Creo que nos hemos visto antes, pero no recuerdo exactamente dónde. Enhorabuena por la boda —dijo con una sonrisa siniestra.

Gillian se puso en pie. Le sacaba media cabeza, y ambos se midieron con la mirada. Algo raro debió de ocurrir, porque, de pronto, Nicolai, Tim y Narek lo rodearon. Ellos sí parecían recordar de qué se conocían.

—Ah, sí, ya me acuerdo —dijo Pang Tao—. Fue una noche en la que yo estaba en compañía de una de mis mujeres —comentó con ironía.

Nadie respondió. Las chicas miraban la escena sin entender, y Nina le preguntó al oído a Darlene:

—¿De qué hablan?

—No tengo la más remota idea —contestó.

—Están invitados a El Tigre Rojo; allí hay muchas como

ella, donde elegir —dijo, y se alejó mirando por encima de su hombro.

—¿Lo conoces, Gillian? —preguntó Darlene—. Es el hijo mayor del señor Tao, el amigo de papá.

—Solo lo vimos una vez y no conocíamos su identidad. No tiene importancia.

Los chicos intercambiaron una mirada, pero no hubo forma de sacarles una sola palabra al respecto. Al cabo de unos minutos, se olvidaron del siniestro hermano de Kai y siguieron hablando.

La fiesta terminó a la caída de la tarde. Los hermanos, junto con los invitados, se despidieron de los novios a las puertas del Majestic, a donde el mayordomo del señor Digby había llevado el equipaje. Chao esperaba en el automóvil de Henry Long y condujo a los recién casados al puerto, ya que partirían en un vapor a Singapur para disfrutar durante unas semanas de las mieles del matrimonio. La joven sintió alivio al saber que la convivencia con su padrastro se posponía.

Gillian rodeó la cintura de su novia.

—El padre de Nina ha dado su consentimiento para que la corteje formalmente —anunció.

Los muchachos le dieron la enhorabuena y Nina les guiñó un ojo a ellas, que ya conocían el secreto.

—A pesar de los tiempos tan convulsos y tristes, mi padre habría estado feliz de verme sentar cabeza con la mujer a la que amo. Aunque nos han obligado a empacar nuestras pertenencias esta mañana y mudarnos a casa de ese hombre, vamos a celebrarlo vaciando el mueble bar y la reserva de coñac de mi padre antes de que Digby se haga con ella. Será la última fiesta en la mansión de los Long, donde tantas veladas han tenido lugar a lo largo de los años, antes de que abandonemos el hogar donde mi hermana y yo crecimos. Y qué mejor que hacerlo con nuestros amigos y para festejar que empieza una nueva etapa.

Gillian miró a Darlene, quien tenía los ojos encharcados y asintió con una sonrisa triste. Él soltó a Nina y abrazó con fuerza a su hermana.

—No voy a dejarte sola con ellos. Si madre ha decidido pensando solo en ella, nosotros vamos a hacer lo mismo. Juntos.

A las puertas del Majestic los esperaba el mayordomo de Digby.

—Señorito Long, tengo órdenes de llevarlos a la casa.

—Puedes irte a descansar. Quedas liberado de tus responsabilidades hacia nosotros.

—Al señor Digby no le va a gustar que se salten sus instrucciones.

—Pues tendrá que acostumbrarse —replicó Gillian mientras caminaba de la mano de Nina, con Darlene y sus amigos tras ellos.

El chófer de los Palmer aguardaba para llevarlos a donde quisieran, y el grupo se acomodó en el interior del automóvil. A Darlene le tocó sentarse sobre Narek. Hacía tiempo que no hablaban como antes y en ese momento se dio cuenta de que había echado de menos su amena conversación y su amistad.

—Hace mucho que no nos vemos con tranquilidad —comentó ella.

—Sí, es verdad. Entre las misiones y el restaurante, los días libres me queda poco tiempo.

Se acordó de que le había prometido darle una foto suya, pero Narek no había vuelto a mencionarlo. ¿Se habría fijado en alguna otra chica en ese tiempo? Saber que la miraba de una manera especial no había tenido importancia para ella en el pasado; sin embargo, en esos momentos, presentir que a Narek ya no le interesaba no sabía por qué, pero la hacía sentir más vulnerable.

—¿Aún quieres la foto que me pediste el día de la graduación?

—Sí, me gustaría alguna del grupo para tenerla de recuerdo.

Ella se acordaba perfectamente de que le había pedido una suya. Le entristeció comprobar que Narek había superado su enamoramiento. ¿Le habría dejado de interesar también su amistad?

Cuando llegaron a la mansión Long, no quedaba nadie del servicio, pues su madre los había mandado a la casa nueva. Encendieron las luces y Gillian les dio permiso para que buscaran en la cocina y en la despensa bebida y comida. Puso el gramófono y la música empezó a sonar.

Gillian sirvió licor para todos, incluida Darlene, y ella, aunque no solía beber alcohol, encontró consuelo en el ardor que le bajaba por la garganta hasta el estómago. Experimentó alivio cuando todo lo que sentía dentro se fue difuminando y se notó más ligera. Devoraron las provisiones que eran comestibles sin tener que cocinarlas: los frutos secos, los embutidos y los quesos. Bailaron y rieron, y brindaron por Henry Long y por lo que sus herederos harían a partir de entonces. Los mellizos, ya muy ebrios, juraron a gritos, delante de sus amigos, no dejarse aplastar, seguir siendo los dragones del oeste en memoria de su padre y no permitir que el legado de su vida se perdiese. Darlene rio y bailó y, durante unas horas, se olvidó de todo lo malo.

El amanecer los encontró a todos dormidos sobre la alfombra, en un revoltijo de piernas y brazos.

24

Gillian fue a ver al padre de Tim, Steve Palmer, abogado de la familia Long y quien había protegido sus intereses desde hacía más de quince años, casi desde que Henry había comenzado sus negocios, para saber cómo había quedado la herencia y si podía evitar que Digby se apropiara de todo y para que él pudiese continuar con los negocios de su padre. El señor Palmer fue honesto con él y no edulcoró su respuesta:

—Desafortunadamente, Clarisse no pidió mi consejo y ha firmado un poder para traspasar la gestión de todos los bienes de Henry a Chester Digby. El abogado del inglés me mandó una copia.

—¿Y nuestra parte, nuestra herencia?

—Hasta que cumpláis los veintiún años, la gestionará el esposo de vuestra madre. Además —le enseñó otro documento—, comparte la tutela legal sobre vosotros con Clarisse. Con todo el afecto que yo le tenía a Henry y el inmenso dolor que siento por su pérdida, os recomiendo que os llevéis bien con vuestro padrastro. No os interesa enemistaros con él hasta que se efectúe el traspaso de los bienes y seáis independientes. Clarisse le ha entregado las riendas de la familia. Esperemos que sea un buen gestor.

Gillian salió de la reunión descorazonado. No había nada que hacer, todo era legal y constituía una traición más de su madre, que ni siquiera les había consultado su decisión. Por lo visto, y según la fecha que aparecía en los documentos, los había firmado durante la fiesta en el Majestic. No sabían cómo había hecho Digby para lograrlo sin que ellos se dieran cuenta. ¿Sabría su madre lo que estaba firmando? ¿Tan poco confiaba en Gillian? Con su autorización, podría haberse emancipado antes y haberse ocupado de los negocios de la familia. Ahora estaban atados de pies y manos a la autoridad de su padrastro.

Los mellizos aprovecharon al máximo su completa libertad, que duraría pocos días, hasta que regresasen su madre y su nuevo esposo a Shanghái y tuvieran que someterse a las rutinas del inglés. Así, hicieron lo que les dio la gana y esquivaron al mayordomo de Digby. Amah y el resto de los empleados de los Long vagaban por la zona de servicio de la nueva casa desorientados y sin saber qué hacer. Darlene le había dicho a su aya que todo mejoraría cuando su madre volviera, pero la mujer tenía los ojillos más cerrados que nunca y mascullaba entre dientes su descontento mientras pasaba el día en la cocina criticando al cocinero.

Darlene se reunió con Kai en el cuarto oscuro, aprovechando la soledad de la casa familiar ahora podía hacerlo a cualquier hora del día. Incluso, y a pesar de las reticencias de él, consiguió que la besara en cada una de las estancias mientras le hacía el tour que le habría gustado realizar delante de su familia con Kai como invitado. Al menos había tenido la oportunidad de enseñarle cada rincón de su hogar mientras le contaba anécdotas de las travesuras que había hecho con su hermano. Con sus descripciones, rellenaba los huecos de las paredes donde habían estado los cuadros y la decoración que ahora faltaba.

Cuando entraron a su alcoba, le pidió que se tumbara junto a ella en su cama. Kai negó con la cabeza. Su romance estaba llegando a límites que no debían traspasar; ella lo sabía y apreciaba que él consiguiera dominarse, pero no sabía cuándo podrían volver a estar así, solos y tranquilos, en un lugar seguro. Si Digby cumplía su amenaza de no dejarla acercarse a los Tao, sería muy difícil verse.

—Si no te tumbas conmigo, me empiezo a desnudar.

Él bufó.

—Puede venir alguien. Algún criado o tu hermano. Tiene novia; lo más normal es que haga como nosotros y aproveche que la casa está desierta.

—Viene con ella por las noches, me lo ha dicho. A estas horas no va a aparecer nadie. Quiero cumplir mi sueño. Incluso antes de nuestro primer beso, soñaba sobre esta cama cada noche que estabas conmigo, que podía mirarme en tus ojos y averiguar quién eras. Quiero que se haga realidad. Solo abrazarnos, nada más.

Kai sonrió al escucharla. Echó un último vistazo a la puerta para comprobar que no había nadie y después apoyó una rodilla sobre la cama, desnuda de sábanas, y se acercó a Darlene despacio. Se tumbó a su lado y ella se recostó sobre su torso, con la nariz pegada a su garganta. Estuvieron unos minutos sin moverse mientras las respiraciones se agitaban y el deseo se encendía. Ella dio el primer paso, besó su cuello y, después, el lóbulo de su oreja. Sintió cómo su piel se erizaba al contacto y Kai soltó un gruñido que la hizo reír. Entonces, se reclinó sobre él y lo besó en los labios. Kai se resistía sin responder a su beso, con los brazos flácidos a los lados del cuerpo, y eso a Darlene la encendió más; le encantaba comprobar el poder que tenía sobre sus sentidos. Jugó con su boca hasta que venció su voluntad, Kai agarró su cintura, giró con ella sobre la cama y la atrapó entre el colchón y su cuerpo, lo que la hizo reír. Le sujetó las manos sobre la cabeza.

—Ahora estás a mi merced.

—¿Estás seguro de que no es al revés? —Sonrió al atraparlo con sus piernas y apretarlo contra ella. Notó su excitación contra el vientre. Kai jadeó y se abalanzó sobre su boca.

Por un segundo, pensó que el sonido que escuchaba eran los latidos de su corazón; al siguiente, los leves chirridos que emitía la cama bajo el peso de sus cuerpos abrazados. Pero, de pronto, Kai dejó de besarla y, en ese momento, escucharon un ruido más cercano y nítido, un crujido en la escalera que ascendía a las habitaciones.

—Hay alguien —dijo Kai en un susurro.

Se incorporaron con rapidez. Darlene abrió las puertas del balcón y tiró de él hacia el exterior. Se asomó al jardín, desde allí no se veía nada.

—Tenemos que bajar por aquí —anunció.

—Es demasiado alto, nos partiremos una pierna.

—Sígueme. Lo he hecho cientos de veces en los últimos años para escaparme con Gillian.

Darlene se descolgó por el lateral del balcón mientras se agarraba a las raíces crecidas de un ficus, que trepaban por la pared adyacente y que, junto con las enredaderas, formaban un asidero firme. Kai la siguió en el descenso y en pocos minutos habían llegado abajo. Darlene le dio la mano y corrieron hacia la parte trasera de la casa. Vieron un automóvil aparcado y a un hombre vestido de uniforme apoyado contra la carrocería leyendo el periódico.

—¿Quién será? —preguntó Darlene.

—No lo sé, pero, si tú no lo conoces, debe de tener permiso de tu madre para entrar a una propiedad privada.

—Tengo que contárselo a Gillian. Pero antes necesito sacar todo lo que tengo en el cuarto oscuro por si no puedo volver.

—Pueden vernos.

—No me importa. Esta es mi casa, y a nadie le va a sorprender que tenga un sirviente chino —dijo con una sonrisa. Kai entornó los ojos—. Es una broma. Vamos.

Se colaron por la puerta de servicio para rescatar todas las fotos y los materiales de revelado de Darlene.

Llegó el día en que los Digby regresaron a la ciudad. Siguiendo el consejo del padre de Tim, los mellizos se quitaron el negro y los esperaron vestidos con elegancia en el salón de la casa. Theodore los avisó de que el automóvil había estacionado frente a la puerta.

Todo lo luminosa, amplia y sofisticada, a la par que colorida, que era su casa lo tenía de oscura y recargada la de Digby.

Darlene miraba a su alrededor con el corazón encogido, ese era su nuevo hogar ahora que su madre regresaba. Los muebles eran grandes y pesados, de madera oscura, como del siglo anterior, y las paredes estaban empapeladas con estampados de colores sombríos o paneladas con maderas igual de lúgubres que los muebles. Los numerosos cuadros de paisajes de la campiña inglesa y las cabezas de animales disecados le provocaban una sensación de ahogo. Todos los suelos estaban cubiertos con pesadas alfombras, y las ventanas, ataviadas de gruesos cortinajes granate oscuro. Olía a humedad, a encierro y a soledad.

—¡Hijos! —Clarisse abrió los brazos y ellos se acercaron a ella y se dejaron abrazar.

—Señor Digby —saludó Gillian, y le ofreció la mano. El inglés la aceptó.

—No hace falta ser tan ceremonioso, ahora somos familia. Puedes llamarme Chester, o padre, como prefieras —dijo de buen humor.

Aunque Darlene había percibido cierto temblor al abrazarla, en apariencia su madre parecía la antigua Clarisse, no la viuda de Henry Long. Amah apareció al escuchar su voz, y su madre le dedicó una sonrisa.

—Ha sido un viaje maravilloso. Venid, acompañadme a deshacer el equipaje. Tengo regalos para vosotros y muchas cosas que contaros.

Theodore le entregó a su señor un coñac y este se sentó en la que debía de ser su butaca.

—¿Cómo se han portado? —alcanzaron a escuchar antes de seguir a su madre a la planta superior.

—No sabéis lo bonito que es Singapur, aunque hace calor, un calor húmedo que huele a selva y a frangipanis; son las flores de la plumeria, y desprenden una fragancia maravillosa, toda la ciudad huele a ellas. En el próximo viaje, voy a pedirle a vuestro padrastro que vayamos todos juntos. También estuvimos en Malaca, una coqueta ciudad portuaria con vestigios de la época colonial portuguesa y, sobre todo, holandesa, pero con la eficiente administración británica, y también visitamos una plantación de caucho. Tengo que decir que el olor era de lo más desagradable, pero Chester se empeñó en ir.

Los mellizos permanecían callados mientras Amah y ella colocaban los vestidos en el armario. Su madre parloteaba acerca del hotel, lo que habían comido, los espectáculos a los que habían asistido y la sociedad que habían conocido.

—Amah, ten cuidado con ese vestido, que es muy delicado. Es nuevo —comentó, y miró a Darlene—. Mira el que te he comprado a ti, ¿no es precioso? —dijo mientras se lo ponía por encima del que llevaba. La joven cayó en la cuenta de que su madre aún no había hecho ningún comentario desdeñoso sobre su aspecto, lo cual era una novedad—. Realza el color de tus ojos, *chérie*. Y esto es para ti, Gillian. —Le mostró una pitillera de plata con tapa de marfil labrado—. En cuanto la vi, quise traértela. Toma, cógela.

Él obedeció con una sonrisa contenida. Darlene sabía que su hermano usaba la pitillera de su padre desde la noche de la graduación, y ahora más que nunca estaba muy apegado a ella. Por lo menos, su madre se había percatado de que desde que habían acabado el colegio su hermano fumaba abiertamente.

Clarisse se tapó la boca con la mano para ocultar un bostezo.

—Creo que voy a descansar un rato antes de la cena. Os he echado de menos, hijos —dijo a modo de despedida.

Darlene y Gillian salieron de la alcoba mientras la vieja aya cerraba las contraventanas, corría las cortinas y sumía el espacio en la oscuridad.

—Vayamos a mi habitación. Tengo que contarte algo.

Los dormitorios que les habían asignado eran igual de tenebrosos que el resto de la casa y su dueño. Todo era idéntico a como Darlene imaginaba los días de lluvia en Inglaterra.

—No voy a pegar ojo. La casa cruje —dijo Gillian tirándose en la cama.

—¿Cómo ves a *maman*?

—Parece que no hubiera perdido nada, actúa como si papá

no hubiese existido. Me dan ganas de agarrarla y zarandearla para que reaccione.

—¿Y si está actuando?, ¿y si todo es una puesta en escena para soportar el dolor? No puede ser tan insensible.

—Yo no me hago muchas ilusiones sobre recuperarla. Prefiero creer en lo que veo y, aunque nos duela, tenemos que reconocer que nuestra madre es una mujer fría y con gran capacidad para la supervivencia. Eran el amor y la mirada de *dad* sobre ella lo que la hacían mostrarse diferente.

Gillian guardó la pitillera que le había regalado su madre en un cajón de la mesilla y después sacó la de su padre y se encendió un cigarrillo.

—¿Qué querías contarme?

—El padre de Nina me ha ofrecido trabajo. Voy a dejar el cuerpo de voluntarios y aceptarlo. En cuanto haya ahorrado un poco, fijaremos la fecha de la boda. ¿Vendrás a vivir con nosotros?

—No lo sé. Por un lado, me horroriza esta casa, y ese hombre me pone nerviosa con sus ojos deslavados y su bigotito; todo en él me repele. Pero, por otro, creo que *maman* nos va a necesitar. Tarde o temprano, el dolor al que no se está enfrentando brotará violentamente.

—Ahora tiene un marido que vela por ella. Tú eres mi responsabilidad, no voy a dejarte sola con ellos. Tenemos que pensar en nosotros.

—¿Y si Digby se opone?

—¿Por qué habría de oponerse a deshacerse de nosotros? Hasta los veintiún años no suponemos más que una incomodidad. Y estoy seguro de que, cuando llegue ese día, no quedará nada que heredar, ya se están encargando de ello. Cuando me dijiste que habías visto a alguien en nuestra casa fui a enterarme. Una familia vive ahora allí. *Maman* ha debido de alquilarla, se nos acabó el tenerla para nosotros solos.

Su hermano se levantó de la cama y abrió la ventana. El aire cálido de la tarde penetró en la estancia y aligeró la pesadez del ambiente.

—¿Cuándo empiezas a trabajar?

—La semana próxima. Hablaré con Digby en cuanto encuentre el momento adecuado.

—¿Estás seguro del paso que vas a dar? Quiero decir, solo tienes dieciocho años, ¿no te parece un poco pronto para casarte?

—Si sintieras por algún hombre lo que yo siento por Nina, tú también querrías construir tu vida junto a él. Me habría gustado que fuera de otra manera, un noviazgo largo y casarnos cuando volviese de la universidad y me incorporase a la empresa familiar, pero ese futuro ya no existe. Murió con papá.

Darlene bajó los ojos al regazo. Lo entendía, sabía lo que significaba que el tiempo se hiciera corto, la desesperación de estar sin Kai, pero Gillian era su hermano, su mellizo, y pasaría a ser el marido de alguien. Las cosas cambiarían entre ellos, estaba segura, y por ahora no quería perderlo ni tener que compartirlo. Todavía se preocupaba por ella y por su futuro, pero, cuando se casase con Nina, ella y la familia que formasen pasarían a ser su prioridad. La relación con su hermano era cuanto quedaba de la familia que fueron, y Darlene necesitaba que siguieran juntos, los dos, luchando por reponerse de la ausencia de su padre.

Siguieron hablando en voz baja hasta la hora de la cena. Ambos se cambiaron la ropa según los dictados de las convenciones sociales que, estaban seguros, Digby exigiría de ellos, pero al tiempo que respetaban el luto en la medida de lo posible, y bajaron al comedor cuando Theodore los avisó.

—¿Son las habitaciones de vuestro agrado? Por supuesto, podéis acondicionarlas y decorarlas a vuestro gusto. No han sido ocupadas permanentemente por nadie, solo por huéspedes temporales, amigos y conocidos de visita en la ciudad. Ahora son vuestras, quiero que os sintáis a gusto en ellas.

—Esa es una fantástica idea. Muchas gracias, Chester. Darlene, *chérie*, mañana podríamos empezar con la tuya —dijo Clarisse. Iba vestida de dorado, peinada y maquillada como si fuera una estrella de Hollywood.

—Theodore se encargará de llamar al tapicero y al marchante de muebles —concluyó Digby.

Los mellizos no hicieron ningún comentario, únicamente Darlene asintió. Durante unos minutos solo se escuchó el entrechocar de los cubiertos con la loza de los platos, y se dio cuenta de lo que faltaba, en su casa siempre sonaba música, era un ambiente alegre. En ese lugar, era el silencio el que reinaba.

—*Maman*, pasé por nuestra casa para encargarme de organizar su mantenimiento y hay una familia viviendo en ella. ¿La has alquilado? —preguntó Gillian.

Clarisse miró a Chester con ojos turbados.

—La ha vendido, muchacho.

—¿Por qué? Es nuestra herencia, no tenías derecho —dijo Gillian ignorando al marido y mirando a su madre con intensidad.

Las pupilas de Digby quedaron fijas en el rostro acalorado del joven. Clarisse puso una mano sobre la de su esposo.

—Tu padre no solo perdió la vida en esa carrera, sino también la apuesta que había hecho. Se endeudó mucho; era vender la casa o su negocio. Hemos hecho lo más conveniente para salvar el resto —explicó Clarisse.

Gillian bebió de su copa para aplacar la ira. A Darlene el corazón le latía en la garganta. Su casa, su hogar.

—Gracias por la cena. Tengo reunión de voluntarios, llegaré tarde. —Gillian lanzó la servilleta sobre la mesa y salió con pasos apresurados del comedor.

Darlene se excusó poco después y se apresuró a encerrarse en su habitación antes de que Amah apareciese. Se metió en la cama; quería llorar en soledad la pérdida de su hogar. Gillian tenía razón, no podían contar con su madre. Ella también debía pensar en cómo salir adelante, y hacerlo rápido.

25

A la mañana siguiente, Amah tuvo que zarandearla para que saliese de la cama porque Darlene no se sentía con fuerzas para levantarse. Intentó olvidar dónde estaba y dejó que su aya la ayudara a lavarse, a vestirse y luego a peinarse, como había hecho desde siempre. El día había amanecido nublado y eso añadía oscuridad a la habitación.

Bajó al comedor y lo encontró vacío. El vetusto reloj de pared dio las diez de la mañana y, como si hubiera estado sincronizado con él, el mayordomo hizo acto de presencia.

—¿Va a desayunar, señorita?

—Sí, gracias.

Se arrepintió cuando Theodore le puso delante el engrudo del *porridge* y un plato con huevos y salchichas, acompañados de una taza de té negro y denso.

—Quisiera café, fruta y tostadas con mantequilla y mermelada. Supongo que sería mucho pedir un surtido de *boulangerie*, *croissants* y ese tipo de cosas.

—Ah —dijo contrariado, y estirando la pose añadió—: déjeme ver cómo puedo complacerla.

No podía creer que su madre hubiera desayunado esa comida grasienta y tan británica.

—Estás aquí, *chérie*. —Clarisse miró el plato y soltó una risita—. Vamos a tener que cambiar algunos hábitos; a mí también me ha costado desayunar hoy.

Se la veía espléndida; maquillada, peinada y con un elegante vestido de dos piezas color marfil y un largo collar de perlas.

Theodore apareció con un plato con uvas y un *scone*, una especie de galleta dura y gruesa.

—Es lo único dulce que he encontrado, señorita. Mañana me encargaré de que haya un mejor surtido —dijo, y se retiró.

Darlene mordió la dura pasta y se la tragó con el amargo té. Después se comió las uvas.

—Esta tarde viene el decorador a tomar notas para renovar tu habitación. Hay mucho trabajo por delante. Chester tiene un gusto muy peculiar, ¿no te parece? —rio.

La decoración de su alcoba era su última preocupación, pero no dijo nada. Al menos una de las dos estaba de buen humor.

—¿Dónde está Gillian? —preguntó Darlene.

—Salió temprano. ¿Te apetece que vayamos al club?

—*Maman*, han pasado menos de dos meses, deberíamos estar aún de luto, la sociedad no va a aceptar la falta de respeto a *daddy*. Era un hombre muy querido en la comunidad.

Clarisse mudó el gesto alegre.

—Como quieras. —Se levantó y se fue.

Darlene suspiró con pesadez. No quería herirla, pero su actitud despreocupada, como si su padre no hubiera existido, resultaba abominable. Ella había pasado parte de la noche dando vueltas a sus opciones y había decidido que sus fotografías constituían su mejor salida. Hablaría con el editor del periódico para que la empleara a tiempo completo.

Dejó el desayuno a medias y se encaminó a su habitación. Al fondo del pesado armario había escondido algunos de sus enseres de revelado; las cubetas estaban debajo de la cómoda y las fotografías, en uno de los cajones del tocador. Seleccionó las últimas que había hecho y que quería enseñarle al editor, y de ahí bajó las escaleras a la carrera hacia la puerta principal.

En el exterior se encontró con un guardia indio uniformado. Era alto y fuerte, la tez de ese color tan peculiar entre el café y el granate; se trataba de un sij de turbante rojo y bigote espeso, de los que solían abundar en la concesión internacional, sobre todo, para controlar el tráfico. Calculó que tendría unos diez años más que ella.

—Buenos días —dijo cuadrándose frente a Darlene—. Soy Falgu. Tengo instrucciones de escoltarla.

—¿Cómo dice?

—Soy su escolta, señorita. Órdenes de mister Digby.

—Esto es ridículo. —Entró de nuevo en la casa—. *Maman!, maman!*

—¿Qué pasa, *ma fille*?, ¿qué son esos gritos?

—Hay un soldado sij en la entrada que dice estar a cargo de mi seguridad. ¿Qué es todo esto? ¿Ahora no voy a poder moverme sin tenerlo pegado a mis talones?

—Ya sabes que tu padrastro está en el consejo municipal, como lo estuvo Henry, y hay rumores de posibles atentados contra los extranjeros. Simplemente se preocupa por nosotros y no quiere que nos pase nada; es por tu bien. Puedes salir a donde quieras, solo que, vayas donde vayas, estarás protegida.

Y vigilada, quiso decir Darlene.

—¿Gillian también lleva escolta?

—*Petite*, él va armado y patrulla con otros voluntarios. No la necesita, pero tú sí. Tu padrastro no quiere que te suceda nada.

Darlene pensó en Kai y en cómo se reuniría con él sin que Digby se enterara. Tenía que hallar la forma de avisarlo.

—Está bien.

—Acuérdate de la cita con el decorador.

Darlene volvió a salir y el soldado sij la siguió a varios pasos de distancia. Chao limpiaba el Rolls-Royce de la familia y sonrió al verla; ella también se alegraba de tener cerca a los sirvientes con los que había crecido, la consolaba en cierta manera. Le abrió la portezuela del automóvil. Falgu se sentó delante, junto a Chao. El turbante tocaba el techo del vehículo y su cuerpo sobresalía a ambos lados del asiento delantero. Ella le dio al chófer la dirección del periódico y partieron.

El indio tenía una mirada inquietante y la observaba a través del retrovisor; le pareció que sus ojos se detenían a la altura de sus pechos. Unos veinte minutos después, Chao frenó en el número 17 de la avenida del Bund. Ese año el periódico había trasladado su sede al nuevo edificio, conocido ahora como el North China Daily News. Era el edificio más alto de Shanghái, y donde se encontraban las oficinas centrales y la redacción del *North China Herald* y de su gaceta. Su dueño, H. E. Morriss Jr., era uno de los hombres más ricos de la ciudad.

El chófer se apeó para abrirle la portezuela.

—Tal vez tarde un poco —le dijo ella a Falgu.

El guardia no respondió. Se cruzó de brazos y se apoyó contra la carrocería del automóvil. Tendría que aprender a ignorarlo y también a esquivarlo, aunque su actitud dejaba claro que no se lo iba a poner fácil.

Darlene miró hacia arriba y admiró las dimensiones del edificio. En lo alto se alzaban dos torres barrocas, pilares neoclásicos y relieves renacentistas. Los primeros siete pisos estaban revestidos con granito, el cual había sido tallado en los dos inferiores. La entrada era toda de mármol y estaba flanqueada por dos estatuas de diosas de indefinido origen. La joven aspiró profundo y entró al edificio.

El interior era sencillo a la par que lujoso. Darlene estudió el tablón para saber a dónde dirigirse. Subió en el estrecho ascensor, toda una modernidad de madera con un espejo y botones dorados. La redacción del periódico era una gran sala llena de escritorios y máquinas de escribir, repleta de gente que hablaba por teléfono, tecleaba y se comunicaba a voces. Le encantó la vivacidad y camaradería que se percibía. Si se le hubiera dado bien escribir, le habría gustado ser periodista en vez de fotógrafa.

Le indicaron un despacho vacío y le pidieron que esperase. El hombrecillo, con la camisa remangada hasta los codos y con tirantes de cuero marrón, llegó a los pocos minutos, sudando y dando instrucciones a uno de los redactores.

—Señorita Long, nos honra con su presencia aquí durante su duelo. Reciba de nuevo mi más sentido pésame. Una trágica noticia; espero le haya agradado el respeto y admiración con que cubrimos el suceso en el periódico. Siéntese, por favor. —Retiró una torre de ejemplares de una silla frente a su escritorio.

—Sí, gracias —dijo cohibida por la efusividad, y tomó asiento.

—Dígame en qué puedo ayudarla.

Un reportero irrumpió en el despacho.

—Ha llegado otro grupo de refugiados. Serán unos quinientos. Lo añado al artículo.

El editor lo alejó con la mano.

—Bien. Disculpe, ¿decía?

—Verá, venía a pedirle trabajo. Como sabrá, mi madre ha contraído nupcias, y mi hermano y yo debemos empezar nuestras vidas y conquistar nuestra independencia ahora que falta mi padre. Había pensado convertir mi colaboración en algo más permanente. ¿Qué le parece? ¿Me contrataría a tiempo completo como fotógrafa?

—Señorita Long, me honra con su petición, pero desafortunadamente tengo la plantilla completa. En verdad, nuestra sección social no es muy extensa, y en el resto del periódico no publicamos muchas fotos. Nuestro estilo es más de caricaturas, como las que dibuja Sapajou. Acepté su colaboración como un favor especial a su difunto padre, que en paz descanse... Pero tal vez a Geo Bronson podría interesarle.

—¿Geo?

—George Bronson Rea; es el editor en jefe de la *Far Eastern Review*. Su publicación incluye fotos de buena calidad, reportajes enteros ilustrativos. Déjeme darle la dirección. —Rebuscó en sus libretas, desperdigadas por el escritorio bajo legajos de papeles—. ¡Ajá! —exclamó al dar con lo que buscaba. Le apuntó la dirección en un trozo de papel y se la entregó.

—Muchas gracias, y avíseme si necesita que cubra algún evento. Aún me interesa seguir colaborando con su periódico, así sea esporádicamente.

—Lo haré, señorita Long, y de nuevo mis más sinceras condolencias.

Las oficinas de la *Far Eastern Review* eran mucho más modestas que las del periódico en inglés con más tirada en la ciudad. Estaban situadas en Jinkee Street, en el número 16, entre Peking y Nanking Roads. Era una calle corta perpendicular al Bund; la sede de la revista estaba ubicada unos edificios más allá del impresionante palacio del club Concordia, donde se reunía la comunidad alemana, situado justo en la esquina de la intersección.

Al tratarse de una publicación mensual, y no diaria como el *North China Herald*, el ambiente era más distendido. Cerca de las ventanas había grandes mesas con mapas y planos de artefactos que le llamaron mucho la atención. No se le había ocurrido preguntar qué tipo de revista era ni cómo encajarían sus fotos con la línea editorial. Sin embargo, ya que estaba ahí, no perdía nada por intentarlo.

Uno de los empleados se acercó al verla.

—¿Puedo ayudarla en algo?

—Busco al señor Bronson Rea.

—¿Tiene cita?

—Soy Darlene Long. Vengo por recomendación del señor Peamont. —Al leer en su expresión que no identificaba el nombre, añadió—: El editor del *North China Herald.*

—Ah, sí, claro. Siéntese, por favor, voy a avisar a Geo.

Las conversaciones eran pausadas, no a voz en grito como en la redacción del periódico, y el teléfono no sonaba constantemente. Todos eran hombres. Captó algunas palabras de la charla que mantenían en grupo mientras repasaban un plano; no entendió ni una sola. Parecía como si hablaran en otro idioma, pese a que estaba segura de que era inglés.

—Geo la recibirá ahora. Venga por aquí, por favor.

Darlene siguió al caballero hasta una sala acristalada, con una gran mesa también cubierta de amplias láminas de papel.

—Así que la envía mi buen amigo Reinald.

—Soy Darlene Long..., soy fotógrafa. —Al decirlo, la recorrió un escalofrío. La fotografía era la única afición interesante que tenía, pero ella sabía que estaba mintiendo. Unos cuantos eventos sociales no la convertían en profesional, así que sintió que le subían los colores.

Sin decir nada más, le ofreció a mister Bronson las fotos que había traído. Este las tomó y las desplegó sobre la mesa, una al lado de la otra. Las ojeó de corrido. Darlene se apretaba las manos, a la espera de sus comentarios.

—No cabe duda de que sabe contar historias —afirmó—. Entiendo que está buscando trabajo.

—Sí, eso es. El señor Peamont pensó que tal vez a usted le podría interesar contratarme.

—Si me permite la pregunta, ¿cuántos años tiene?

—He cumplido dieciocho.

—Es usted muy joven. ¿Cuánto tiempo lleva sacando fotografías?

—Tres meses más o menos, desde que me gradué en el colegio. —Le enseñó la cámara que llevaba a la cintura y que se había convertido en un elemento indispensable de su atuendo, como lo eran los zapatos o la ropa misma.

—Talento y juventud. Estoy seguro de que llegará lejos.

Se quedó mirándola. A Darlene le entraron ganas de llorar. ¿Era una forma amable de decirle que no podía contratarla? El editor recogió las fotos de la mesa y se las tendió. La joven las tomó con el corazón en un puño. Iba a darle las gracias por su tiempo cuando escuchó:

—¿Cuándo puede empezar?

La pregunta la hizo dar un salto a causa de la impresión.

—¡Mañana mismo!

—Perfecto.

—Señor Bronson, ¿podría pedirle que mi nombre no saliese publicado? Es que...

—Entiendo, prefiere usar un pseudónimo.

—Sí, eso es.

—No hay problema. Piense en uno y comuníquemelo cuando lo tenga decidido.

—Muchísimas gracias. —Le ofreció la mano.

—¿No va a preguntarme por las condiciones?, ¿su paga?, ¿esas cosas?

—¡Oh, sí, por supuesto! —respondió enrojeciendo como una granada madura.

Mister Bronson rompió a reír y Darlene lo secundó. Era una novata en toda regla. Fue un alivio que quedara claro desde el principio, así no tendría que aparentar lo que no era.

—Venga, voy a presentarle al equipo y le explico lo que hacemos.

Darlene salió flotando de la sede de la revista. ¡Había conseguido trabajo! ¡Su primer trabajo remunerado! Gillian estaría muy orgulloso de ella. Tenía que contárselo a Kai, pero para ello debía librarse del sij. Pensó rápido en una manera de despistarlo.

Buscó la salida de incendios en los bajos del edificio, en la parte trasera, por donde sacaban la basura y entraba y salía el personal de limpieza. Daba a la calle adyacente. Se asomó despacio, miró a ambos lados y echó a correr mientras se alejaba del lugar en dirección a la parada del tranvía. Gracias a sus correrías por la ciudad desde que había terminado el colegio, empezaba a conocer muy bien la zona y la red de transporte de Shanghái. No sabía dónde vivían los Tao y apenas tenía una vaga idea de lo que hacía Kai durante el día, por lo que encontrarlo a esas horas resultaría difícil. Solía visitar a su madre a la caída de la tarde, y, ya que hacía tiempo que no veía a Mingyue, le pareció una buena oportunidad para visitarla. Así podría dejarle una nota para él si no lo encontraba y pedirle que se vieran al día siguiente en la sede de la revista.

En el corto trayecto en auto esa mañana había advertido un impresionante despliegue de soldados casi en cada calle y esquina. En la concesión francesa, aparte de los gendarmes también patrullaba la policía colonial llegada de Indochina para reforzar la defensa del territorio francés con sus anamitas de gorros cónicos y uniformes beis claro. Cuando accedieron a la concesión internacional tras cruzar la barrera, vio marines americanos con sus gorros redondos y sus uniformes azul marino, *bobbies* ingleses, incluso coches de policía recubiertos con grandes paneles metálicos, todos ellos patrullando las calles. Para Darlene, era el primer día que viajaba por la ciudad desde el fallecimiento de su padre y desde que se había declarado el estado de emergencia, ya que las semanas de ausencia de su madre las había pasado en su antigua casa rememorando y aprovechando para recorrer cada espacio y disfrutar de la compañía de Kai sin peligro de ser descubiertos. A pesar de lo que le había contado Gillian, no se había imaginado lo que el enfrentamiento entre los señores de la guerra había provocado en Shanghái.

El tranvía pasó cerca de una de las alambradas que protegían esa parte de la ciudad; del otro lado, el campamento de acogida de refugiados que huían de las zonas en guerra se extendía hacia el interior. Hasta donde alcanzaba la vista, había casuchas improvisadas hechas de latón y cartones y tiendas de campaña militares. No se había imaginado el hacinamiento y las condiciones de vida de los refugiados. En los límites de las concesiones se concentraban aún más soldados extranjeros y voluntarios con sus rifles en ristre; compañías de varias decenas de hombres marchaban en formación, exhibiendo las insignias de la nación a la que representaban. Darlene pudo imaginar a su hermano y sus amigos patrullando por las calles; debían proteger el territorio de la incursión de soldados chinos desertores, de forasteros locales no registrados en la ciudad y de agitadores comunistas que aprovechaban la coyuntura para agitar a la masa de campesinos hambrientos y asustados de la que los separaba una valla de metal. Su hermano le había contado que los refugiados con dinero empezaban a comprar accesos a la concesión, y que debían localizar y neutralizar a las células mafiosas que los introducían ilegalmente en el territorio internacional. Darlene sacó su cámara y tomó unas fotos desde el tranvía.

Se bajó en la parada más cercana a donde vivía Mingyue y caminó en dirección al callejón. Las mismas escenas callejeras se repetían: vendedores ambulantes con sus carros repletos de mercancías; el carnicero; las tiendas y los pequeños restaurantes a lo largo de la calle con sus carteles de madera; los comerciantes que voceaban sus productos y regateaban con los compradores; el aguador que vendía el agua filtrada, en la misma esquina; el puesto de los *dinsum* y el enorme caldero de sopa y fideos. Sin embargo, algo había en el ambiente que la inquietaba, la gente la observaba ya no con curiosidad, como las veces anteriores, sino con una mezcla de miedo y rechazo. Ella sonreía y saludaba con la cabeza, pero se apartaban a su paso. Incluso tuvo la sensación en varias ocasiones que miró hacia atrás de que la seguían unos hombres. Un poco más allá de la calle, un vendedor llegó a escupirle al pasar; al principio creyó que era una coincidencia, pero cuando lo hizo el segundo, después de soltarle una retahíla de palabras en mandarín, a un metro de ella, se dio por aludida y se sintió insegura. Apretó el paso y no se detuvo hasta alcanzar el callejón. No había niños jugando ni mujeres preparando la comida. La puerta de la pequeña casa de Mingyue estaba cerrada y nadie respondió a su llamada. No tenía con qué escribirle una nota, pero guardaba el papel donde el editor del *North China Herald* le había apuntado la dirección de la revista, así que lo coló por debajo de la puerta junto con una de sus fotografías, esperando que Kai entendiera que venía de ella.

Caminó de vuelta a la parada del tranvía.

Envalentonado, el *laoban* de la tienda que le había escupido se plantó delante de ella y empezó a gritarle. En pocos segundos la gente se había arremolinado a su alrededor y todos le increpaban a la vez. Ella no entendía nada y pugnaba por abrirse paso entre la muralla humana que la rodeaba, sintió que alguien la agarraba por el pelo y de pronto a su espalda sonó un disparo y la muchedumbre se dispersó a gritos y corrió a esconderse. Se apresuraron hacia ella tres voluntarios uniformados con sus rifles.

—¡Gracias a Dios! —exclamó la joven temblando.

—¿Qué hace en esta zona?

—He venido a visitar a una de mis criadas, que está enferma —improvisó.

—No debería haberse aventurado sola. Si no llegamos a estar cerca y a oír los gritos, habría salido malparada.

—Gracias, lo tendré en cuenta para la próxima vez.

—¿A dónde va?

—Al Bund.

—La acompañamos para que tome un taxi. Algunos amarillos empiezan a mostrarse agresivos con los extranjeros, sobre todo en las zonas del extrarradio. Es por la guerra civil de Nankín —explicó—, cada vez hay más pobres y empieza a faltar la comida. Las redes de suministro han sido interrumpidas y no tenemos más remedio que confiscar parte de las mercancías para las concesiones.

Pararon un taxi para ella y la ayudaron a subir.

—¿Cómo se llaman?

—Yo soy el teniente Arthur Riley; ellos, los cadetes Charlie Sinclair y Saul Thomason.

—Darlene Long. Muchas gracias por su ayuda, teniente. Tengan cuidado, muchachos —se despidió al tiempo que entraba en el vehículo. Le dio la dirección de la revista al conductor y, ya segura, se le escaparon unas lágrimas por la angustia acumulada. ¿Qué le estaba sucediendo a su ciudad?

26

Cuando Gillian llegó a casa esa tarde, Theodore lo recibió en la puerta.

—Milord lo espera en su despacho.

—Dígale que iré enseguida. Voy a cambiarme. —Gillian quería hacerlo esperar, le fastidiaba su actitud de señor de la casa.

Se demoró todo lo que pudo, se tomó su tiempo para cambiarse el uniforme de voluntario y ponerse una camisa limpia, chaleco y corbatín; también se acicaló frente al espejo. Media hora después, bajaba por las vetustas escaleras, estudiando los cuadros y retratos que asfixiaban la pared empapelada.

La puerta estaba entornada. Se asomó y vio a Digby sentado en un sofá de cuero contra la ventana entreabierta mientras leía. A su lado había una mesita auxiliar, donde reposaba una botella con el contenido muy mermado y un vaso corto y grueso de cristal labrado vacío. Gillian se había fijado en que el nuevo marido de su madre bebía en abundancia, y desde primera hora de la mañana. Era meritorio que no estuviese completamente borracho a esas horas de la tarde.

—Chester, ¿me buscaba? —se anunció Gillian al tiempo que daba unos golpes en el marco de la puerta y se tomaba la libertad que le había brindado.

—Adelante, y cierra la puerta —dijo este sin despegar la vista del libro.

Gillian hizo lo que le pedía y se aproximó hasta quedar a un metro de él. Se agarró las manos a la espalda, se cuadró como hacían en el cuerpo de voluntarios y esperó.

—¿Lo conoces? —le preguntó Digby tras cerrar el libro y enseñarle el título.

—No.

—Se puede aprender mucho de la vida de lord Nelson. Yo lo he leído infinidad de veces y siempre encuentro algo nuevo que no había comprendido con anterioridad. Te lo recomiendo. Puedes tomarlo prestado cuando gustes.

—Se lo agradezco, aunque no soy muy de libros.

—Las estrategias que puso en práctica lord Nelson pueden aplicarse a cualquier área de la vida y de los negocios.

—Lo leeré entonces; gracias por la recomendación. ¿Quería hablar conmigo?

—Sí, siéntate.

—Estoy bien así. —Mantuvo la pose erguida.

Digby se levantó y se acercó a su escritorio. Abrió una caja de madera y sacó un puro; se lo ofreció, pero Gillian lo rechazó con la cabeza. Él lo prendió con un pesado mechero de mesa y soltó varias bocanadas de humo que impregnaron el espacio de un dulzón olor a vainilla y madera.

—Tengo una buena noticia que darte. Lo he arreglado todo con unos contactos en Inglaterra y te han aceptado en Cambridge.

—¡¿Cómo dice?!

—Tu madre me comentó durante nuestra luna de miel que estaba muy apenada porque la muerte de Henry hubiese quebrado tus sueños de ir a la universidad. Ya no van a ser solo sueños —dijo—. Además, tendrás la oportunidad de codearte con las mejores familias de Inglaterra, y con tu apostura e inteligencia espero un buen *match*. Queremos que traigas a casa un título nobiliario.

—¿Para qué querría yo un título? Los Long nunca han necesitado un título para pertenecer a la aristocracia económica de esta ciudad. Eso es lo que cuenta, el esfuerzo personal y lo que se consigue por uno mismo.

—Grandes ideales, sin duda. Yo mismo he llegado a donde estoy sin ayuda, pero no te engañes: un apellido de abolengo nos abrirá todas las puertas que han estado cerradas hasta ahora. No vamos a quedarnos por siempre en Shanghái.

—Mi padre quería que estudiara en la Sorbona. Esos fueron los planes que se truncaron con su muerte.

Digby ignoró su comentario.

—Cambridge es la mejor universidad del mundo, eres muy afortunado. Tu madre y yo tenemos grandes expectativas puestas en ti, no nos defraudes. El vapor zarpa en tres días. Theodore te ayudará a empacar.

—No. —Tensó los puños a su espalda.

—¿No? —Digby apagó el puro contra el cenicero de cristal y se aproximó a él. Gillian retrocedió hacia la salida sin darse cuenta.

—No. Tengo mis propios planes: he aceptado un trabajo con un conocido de mi padre y voy a casarme con Nina Allaire; querría haber hecho el anuncio durante la cena, pero me veo obligado a...

No pudo continuar. Digby lo agarró por el cuello y lo empotró contra la puerta cerrada. Acercó su rostro, amoratado por la ira, y el azul aguado de sus ojos se clavó en las pupilas de Gillian.

—No se te va a ocurrir desobedecer nunca más una orden mía. Vas a hacer lo que yo te diga, cuando yo te lo diga. Estudiarás en Inglaterra y te casarás con una aristócrata; allí abundan las zorras de familias arruinadas. La fortuna de los Long va a traerme un título y, cuanto más alto sea, mejor.

Gillian luchaba por respirar mientras intentaba apartar las manos de ese miserable de su cuello. Digby aflojó un poco, pero no lo soltó.

—Y para que quede claro y no haya malentendidos entre nosotros, me he casado con tu madre por su dinero, y prometo hacerle la vida un infierno si osas desobedecerme. A tu hermana la casaré con algún viejo depravado, y te aseguro que conozco unos cuantos en la ciudad. —Lo liberó y, acto seguido, se estiró el chaleco y la chaqueta—. Bien, me alegro de que estemos de acuerdo.

Gillian salió al pasillo entre toses. Subió los escalones de dos en dos hasta su habitación, pegó un portazo y se derrumbó en el suelo llorando.

—Te mataré, bastardo, juro que te mataré.

Lo despertaron unos golpes en la puerta y la voz de Darlene. Se había quedado dormido después de vaciarse por completo de todos los sentimientos que tenía atascados dentro desde que su padre salió disparado del lomo de Zafiro.

—Gillian, ¿estás bien? —preguntó su hermana al otro lado de la puerta.

Se levantó del suelo y la abrió, después se alejó hacia la ventana. Darlene entró y cerró tras de sí. Se sentó en la cama, como solía hacer hacía una eternidad. Él no la miró, no quería preocuparla.

—No has bajado a cenar, ¿estás enfermo?

—Solo cansado. Salí muy temprano a hacer mi ronda —dijo él girándose hacia ella.

—No tienes buena cara. Si quieres, me voy.

—No, quédate. Hablemos.

Sacó la pitillera de su padre y la observó un instante. Darlene presintió lo que notaba al mirarla: nostalgia, rabia y una inmensa pena. Se encendió un cigarrillo y aspiró con vehemencia.

—Cuéntame qué has hecho hoy.

—Oh, Gillian, estoy muy contenta. Me han contratado en una revista como fotógrafa; me van a pagar un salario, a mí. Empiezo mañana. ¿No es maravilloso?

Su hermano se sentó en la cama, a su lado, y le tomó las manos.

—Lin, tienes que mantenerlo en secreto, nadie debe saberlo, especialmente *maman* y ese hombre. Debes tener cuidado; no me fío de él.

—Estaba a punto de pedirle permiso para instalar mi cuarto oscuro en la casa.

—No, tienes que hacerlo en algún otro lugar. Tal vez la revista te ceda un sitio.

—Sí, puede ser, pero soy nueva y no quiero imponer condiciones. Además, de cualquier manera, necesito mi propio espacio.

—Podrías pedírselo a madame Travers; estoy seguro de que dispone de algún cuarto de servicio que podrías acomodar.

—Es una buena idea, aunque hace semanas que no hablo con Olive. Continúa esquivándome. No quiero incomodarla.

—Quizá sea un buen motivo para que retoméis el contacto.

—Sí, tienes razón. Mañana cuando salga de la revista me acercaré a verlas. Aunque tengo otro problema, Digby me ha endilgado un escolta. Uno de esos demonios con turbante me sigue a todos lados. Dice *maman* que es por mi seguridad... y, bueno, puede que tenga algo de razón. Hay mucha tensión ahí fuera, no podía imaginar que el estado de emergencia estuviese afectando tanto los ánimos de los chinos.

—Es culpa de los rojos, los malditos comunistas, que alientan al populacho contra nosotros. Debes tener cuidado y no alejarte del centro. Tal vez no sea tan mala idea que tengas al sij contigo; me siento más tranquilo.

—Sí, pero ¿cómo me las arreglaré para que Digby no se entere de lo que hago? Estoy segura de que, en parte, el guardia está ahí para controlar mis movimientos y contarle todo a ese hombre.

—Tienes que ver la forma de ganártelo para que solo le cuente lo que nos interese que diga. Ofrécele dinero; he oído que son fácilmente corruptibles —aseguró su hermano.

—Lo intentaré.

—¿Cómo se llama?

—Falgu.

—Indagaré sobre él. Tenemos que cerciorarnos de que es de fiar.

Permanecieron en silencio un rato. Gillian prendió otro cigarrillo y se lo fumó absorto, asomado por la ventana con la mirada fija en la oscuridad del jardín. Se oía el zumbido de las cigarras, interrumpido por algún lejano claxon.

—Lin. —Se volvió hacia ella.

—¿Sí?

—Sabes que no haría nada que te perjudicase, ¿verdad?

—Claro.

—Todo lo que hago es para protegerte, no lo dudes nunca.

—Lo sé, no tienes que decírmelo. ¿Qué te pasa?

—Nada, solo estoy cansado.

—Te dejo que duermas entonces.

Darlene salió silenciosa. Gillian se desplomó en la cama; le faltaban tres días para abandonar la ciudad y, lo que le habría producido entusiasmo hacía unas semanas, asistir a la universidad, abrazar su libertad, conocer Europa, ahora le atenazaba la garganta como habían hecho unas horas antes las sucias manos de Chester Digby. Lo odió como nunca había odiado a nadie.

Ese día los muchachos lo tenían franco y habían quedado en el club Columbia para pasar el día en la piscina y, por la noche, acudir a alguna sala de fiesta.

Gillian se sentía agotado, abotargado de rabia y desesperanza. Había pasado la noche en blanco, dándole vueltas a lo que podía hacer para cambiar su suerte: rebelarse contra el inglés suponía dejar desamparadas a su madre y su hermana; seguir sus órdenes, condenarse en vida a un destino que en esos momentos se le antojaba muy oscuro. Al amanecer se quedó dormido y despertó sobresaltado por una pesadilla que se esfumó en cuanto abrió los ojos. Miró el pesado reloj sobre la chimenea —cada habitación tenía una según la tradición británica, le había explicado su madre—: eran las once. Pensó en bajar a desayunar algo, pero tenía el estómago revuelto, y eso que no había comido nada desde el frugal almuerzo con los voluntarios el día anterior. Solo quería olvidarse de todo, tumbarse en una de las sillas *lounge* de tela del club y beber cócteles hasta que la angustia se le escurriera del cuerpo. Se tomó su tiempo en arreglarse y, después, pasó por delante del salón sin pararse; lo más seguro era que hubiesen desayunado ya, pero prefería no toparse con el demonio inglés, y sabía que Darlene se había marchado temprano a su primera jornada de trabajo. Salió por la puerta delantera y se estiró ruidosamente, bajó los cuatro escalones de acceso y caminó hacia el estacionamiento, situado en un lateral de la casa. Se quedó perplejo al ver que faltaba su descapotable. Regresó a la casa a grandes zancadas.

—*Maman! Maman!*

—Aquí, en el salón, *mon fils*.

—¿Dónde está mi automóvil?

—No lo sé, *chéri*.

Theodore carraspeó a su espalda. Ese hombre estaba en todas partes y empezaba a exasperarlo.

—¿Y tú qué quieres?

—Milord se lo ha llevado.

—¡¿Con qué derecho coge mi Lancia?! —dijo ignorando al mayordomo y gritando hacia su madre.

—Como te has levantado tan tarde, tal vez pensó que no lo usarías hoy.

—Tiene que pedir permiso para tocar mis cosas.

—Yo no voy a salir, así que puedes usar a Chao. —Su madre bebió de su taza y continuó con la lectura de la revista de moda, dando por terminada la conversación.

¿Y Gillian debía sacrificarse por ella cuando no hacía nada para protegerlos del abusador de su marido?

—Malnacido, bastardo —masculló mientras se alejaba.

Al llegar al club, localizó a Tim, quien tomaba el sol con los brazos detrás de la cabeza y las gafas de sol puestas. Se tiró sobre la *lounge* a su lado.

Tim se levantó las gafas.

—¿Mala noche?

—No tienes ni idea. *Garçon* —llamó al camarero—, un martini.

Se deshizo de la ropa y se lanzó a la piscina. Buceó hasta que no le dieron los pulmones. Emergió y se tumbó de nuevo junto a su amigo. A su alrededor el ambiente era alegre y desenfadado, con numerosos compatriotas que descansaban como él. Saludó desde la distancia a otros voluntarios; el club Columbia era un oasis en el extremo occidental de la ciudad y le apenó no haberlo disfrutado más. Cuando le trajeron la bebida, se la terminó de un trago y pidió otra.

—¿Nico y Narek?

—Llegan a la hora de almorzar.

—Estoy famélico, voy a empezar. —Llamó al *boy* de nuevo y ordenó del menú tantos platos como para alimentar a un regimiento.

—¿Qué pasa?

Cuando estaba de mal humor, Gillian comía y bebía sin freno, como si ese placer pudiera hacerle recuperar el buen humor y la ligereza que había experimentado en su vida hasta hacía poco.

Se incorporó y se inclinó hacia Tim. Lo soltó todo de golpe, su pelea con Digby y que tenía que marcharse.

—Si no obedezco, le hará la vida imposible a mi madre y se encargará de concertar un matrimonio para Darlene con alguien tan mezquino y agresivo como él. No puedo exponerlas.

—¿Y qué vas a hacer?

—Seguirle el juego y ganar tiempo. Terminar la universidad y conseguir un trabajo; después, regresar para enfrentarme a él de igual a igual. No me casaré con nadie que no sea Nina.

—Eso puede llevarte tres o cuatro años.

—¿Qué otra opción tengo? Mi madre ha firmado un poder que lo habilita para administrar la empresa y los bienes de la familia; ya ha vendido la casa familiar. Además, de todas maneras no seré libre hasta dentro de tres años, Darlene y yo no hemos cumplido la mayoría de edad todavía. Tu padre me informó de que todo es legal. No podemos hacer nada contra él.

—¿Y qué pasará con Nina? ¿Crees que te esperará?

—Sí, me quiere, estoy seguro. Es mi mujer y eso no va a cambiar. Estamos prometidos. Hablaré con su padre; entenderá que quiera prepararme mejor para ocuparme de su hija. Seguiremos escribiéndonos y ella intentará convencerlo de que la deje viajar a Europa; vendrá a visitarme y se quedará conmigo. Separarme de ella me va a costar mucho. Siento un vacío horrible en el estómago.

Gillian se echó las manos al cuello y reclinó la cabeza.

—No sé qué haría en tu lugar —dijo Tim—. Lo único bueno es que quedo liberado del cuerpo de voluntarios. He cumplido mi promesa de acompañarte y, tras tu partida, solo diversión y negocios.

—Te va a ser difícil renunciar ahora. Aguanta un poco más hasta que se termine la dichosa guerra de los generales y Shanghái vuelva a la normalidad.

—Qué remedio —suspiró su amigo—. A pesar de las circunstancias en las que se están dando las cosas y la violencia con la que Digby te ha impuesto sus planes, te envidio. Cambridge es muy buena universidad y conocerás a gente muy interesante.

—Supongo. Lo que más me inquieta es abandonarlas con ese depravado. Me ha dejado claro que se ha casado con mi madre por la fortuna de los Long. Voy a necesitar que cuides de ellas, sobre todo de Darlene. Y que me mantengas informado.

—Cuenta con ello.

—Pero, Tim, no puedes decírselo a nadie, esto queda entre tú y yo. Para el resto serán buenas noticias: una oportunidad única, un regalo de mi padrastro por haberlo aceptado tan rápido en la familia. Mi hermana no debe sospechar nada. La conozco, se enfrentaría a Digby y, con tal de someterla, él hará de su vida un infierno.

—Por supuesto.

—Gracias. Siempre has sido como un hermano.

Al poco tiempo llegaron Nicolai y Narek. El armenio se les unía por primera vez; últimamente estaba muy apegado al restaurante de sus padres y todos se preguntaban si sería por la mujer a la que habían rescatado y a la que habían visto de pasada en alguna ocasión desde aquel día; recuperada de los golpes, tenía un rostro bonito y unos ojos inteligentes y cautivadores. Estaban seguros de que Narek se había enamorado de ella, pero él seguía negándolo.

Durante unas horas, se bañaron, jugaron al tenis y disfrutaron de su amistad, olvidándose del estado de emergencia, de los campos de refugiados, de los ajusticiamientos de los agitadores y de todo el caos y la incertidumbre que reinaban fuera de ese paraíso de shanghailanders.

Su fiesta de despedida tuvo lugar dos días después y una noche antes de su partida, en el Peacock Lounge del Astor House. Se había corrido la voz de que Gillian Long se marchaba a la universidad y esa noche la sala de baile estaba muy concurrida.

Había dejado que su madre y los sirvientes se encargaran de los preparativos, de empacar sus cosas, comprar lo necesario para el viaje y avisar de su partida a amigos y conocidos. Él había intentado ausentarse de la casa todo lo posible para no cruzarse con el demonio de su padrastro; había renunciado al cuerpo de voluntarios y aprovechó los días previos a su marcha para pasar el máximo tiempo con Nina durante el día. Por la noche llegaba pronto para disfrutar de un rato con Darlene y los dos, encerrados en su habitación, charlaban como antaño. Le consoló saber que estaba muy contenta con su nuevo trabajo y también que madame Travers le había cedido un espacio pequeño pero suficiente para instalar su cuarto oscuro. Olive había aceptado su presencia habitual en el hotel sin problemas y la relación parecía reconducirse para alegría de su hermana.

Esa última noche, el grupo de amigos bailó como si no hubiese un mañana; así se sentía Gillian. Los Digby, como empezaban a referirse a ellos los shanghailanders, hicieron acto de presencia poco antes de la medianoche; su padrastro tuvo el atrevimiento de subirse al reducido escenario desde el que tocaba la banda de jazz de Whitey Smith y usar el micrófono para desearle buena suerte y una provechosa estancia en su país. Los invitados aplaudieron y, después, la pareja se marchó alegando que la noche era de los jóvenes; sin embargo, Gillian intuía que el demonio inglés quería evitar que el alcohol le soltara la lengua y lo acusara en público de ser un abusador y destapara así la verdadera razón por la que tenía que abandonar Shanghái tan precipitadamente. Esa noche, en efecto, bebió en exceso, rio con desesperación y rompió a llorar en varias ocasiones entre abrazos de despedida y menciones a lo orgulloso que estaría Henry Long de verlo partir a la universidad.

—Ven, vamos a que te dé un poco el aire. —Nina lo sacó del salón. Gillian le echó el brazo por encima y, trastabillando, se dejó guiar.

Bajaron los escalones que los separaban del gran vestíbulo y avanzaron entre las columnas paneladas, bajo las centelleantes lámparas de cristal, envueltos en el humo de los puros de Manila y las conversaciones de los caballeros.

Cuando Nina enfiló las escaleras alfombradas de rojo que subían a las habitaciones, Gillian se paró y recuperó por unos instantes la sobriedad.

—¿A dónde vamos?

—A donde podamos estar tranquilos y en privado. ¿Es que acaso me tiene miedo, señor Long? —Parpadeó con coquetería y se tocó el cuello.

Él esbozó esa sonrisa de hoyuelos y ojos traviesos que Nina hacía tanto que no veía. Ella se adelantó y Gillian la siguió escaleras arriba. Llegaron a la puerta de la habitación que habían reservado sus padres en el pasado y donde, en aquella primera fiesta en el Astor, pasaron una hora de caricias y besos. Esta vez era Nina quien tenía la llave y la que abrió y entró sin ninguna señal de nerviosismo. Cerró la puerta con el pestillo interior y se acercó a él.

Gillian seguía sonriendo cuando ella lo besó con urgencia; cayeron sobre la cama debido al impulso. Él la rodeó con los brazos y se entregó al remolino que los hacía girar y girar. Nina empezó a desnudarlo, lo liberó del corbatín, le desabrochó el chaleco y la camisa y dejó al aire su torso joven, delgado y más musculoso por los entrenamientos. Besó y lamió su piel desde el cuello hasta el ombligo y, cuando echó mano al cinturón, Gillian la frenó. Estaba a punto de estallar de deseo, pero, a pesar de los cócteles y del fuego que sentía dentro, aún era capaz de entender lo que estaba a punto de ocurrir.

—¿Estás segura?

—Así sé que volverás a mí —dijo ella con los ojos vidriosos.

Gillian habría querido tener más experiencia para saber lo que debía hacer, pero solo contaba con el deseo y el instinto para guiarse. La habitación siguió girando a su alrededor mientras se convertían en amantes y unían sus cuerpos entre jadeos, lamidos y caricias. Él creyó que se le atravesaba el alma cuando estuvo dentro de ella, y Nina agradeció que el dolor físico fuera tan intenso como el que sentía en el corazón.

Al día siguiente, los Digby tuvieron el buen tino de despedirse parcamente en la casa antes de que Gillian y su hermana salieran hacia el puerto. Al menos, su padrastro había consentido que embarcara el descapotable, aunque la razón respondía a su maquiavélico plan. Le dijo que así nadie dudaría de la fortuna de su familia y sería la envidia del campus. Su madre lo abrazó y lloró contra su torso un momento, pero Gillian no encontró dentro de sí el afecto para devolverle el gesto; se quedó rígido frente a ella, con el cuerpo estirado y la vista en Darlene mientras Clarisse le mojaba el chaleco con sus lágrimas. Todo era por su culpa. Si hubiera estado a la altura como la viuda de Henry Long, no se encontrarían en esa situación. Digby le dedicó una última sonrisa de suficiencia mientras soltaba una bocanada de humo de su puro. Darlene lo tomó del brazo y caminaron hacia la entrada. Amah lo esperaba para despedirse, y Gillian estuvo a punto de lanzarse a abrazarla y romper a llorar.

—*Wǒ de xiǎolóng, yīlù píngān.* —«Mi pequeño dragón, buen viaje». Sabía que los Digby lo observaban, pero le dio igual. Gillian le dio un beso en la mejilla y dijo:

—*Wǒ àixīn de amah, xièxiè nǐ.* —«Mi querida Amah, gracias».

El Whampoa estaba militarizado; grandes buques de guerra, ingleses, americanos y franceses permanecían anclados a poca distancia de las dársenas, listos para desembarcar refuerzos en el caso de que los generales cercaran Shanghái. A su lado, el vapor de pasajeros parecía insignificante.

Aguantar las ganas de vomitar y el dolor de cabeza que le martilleaba las sienes debido a la borrachera y las emociones de la noche anterior le proporcionó a Gillian algo en lo que concentrarse para no quebrarse delante de sus amigos. Los tres habían pedido permiso a sus superiores para incorporarse a sus turnos más tarde y poder estar ahí para decirle adiós. Los abrazó uno a uno e intercambió algunas bromas para aligerar el ambiente.

A Narek le deseó suerte con su carrera como policía y le agradeció que hubiera querido sumarse a los voluntarios; había sido la mejor experiencia de su vida. Al armenio lo conmovieron sus palabras. Gillian también expresó el orgullo que sentía al ser amigo de un auténtico príncipe ruso cuando dio un abrazo a Nicolai, del que había aprendido las maneras de comportarse de la realeza; esperaba que tarde o temprano los bolcheviques ardieran en el infierno y ellos pudieran recuperar sus posesiones. Cuando le llegó el turno a Tim, se le formó un nudo en la garganta que no le permitió hablar. Su amigo lo hizo por él:

—Todo saldrá bien, volverás convertido en un caballero. Estoy orgulloso de ti.

A los tres los hizo prometer que cuidarían de Darlene y la protegerían de todo mal. Pronunciaron el juramento de los voluntarios y rompieron a reír entre lágrimas contenidas mientras se empujaban y palmoteaban en la espalda.

Los culis del puerto empezaron a embarcar los baúles mientras el resto de los pasajeros subían por la pasarela. El muelle estaba lleno de gente que despedía a sus seres queridos.

—Ha llegado la hora —dijo Darlene, y le dio un último abrazo.

—¿Me escribirás, Lin?

—Cada día, hermano.

Gillian le dio un beso en la frente y se volvió hacia Nina,

que lloraba contra un pañuelo de lino bordado, preciosa y suya. Se alejó con ella unos pasos.

—No olvidaré lo que pasó anoche.

—Más te vale —dijo Nina, y soltó una risita en medio del llanto.

La atrajo hacia sí por la cintura y la besó por última vez, con ardor, con desesperación, aspirando su olor.

—Espérame.

—Siempre —prometió ella.

Sintió que el corazón le estallaba de emoción; después se aproximó a la pasarela. Echó una última mirada a sus amigos, a Lin y a su primer y único amor. Se tocó el ala del sombrero a modo de despedida y entregó su identificación y pasaje al marinero.

—¡Envía un telegrama cuando llegues! —le gritó Tim.

Se asomó por la barandilla del buque, donde los pasajeros empezaban a apiñarse para sacudir sus pañuelos. Vio que Nina redoblaba el llanto y que Tim la consolaba abrazándola mientras todos agitaban la mano y le decían adiós.

—Escribidme a menudo. No me olvidéis —fueron las últimas palabras que arrastró el viento hasta ellos antes de que sonara el silbato de vapor del barco y se soltaran las amarras.

Agazapado entre la muchedumbre, Pang Tao observaba la escena.

—No te preocupes, demonio. Cuidaré de tus mujeres —dijo, y escupió al suelo.

27

El estado de emergencia terminó en noviembre. Fue una guerra corta, violenta y destructiva la de los generales de Chekiang y Kiangsu, que, aparte de los muertos, la ola de refugiados, la pérdida de cosechas y de las fortunas de la élite de las dos regiones, no obtuvo ningún otro saldo.

Miles de desplazados malvivieron en los campamentos mientras el verano daba paso al otoño y las hojas de los árboles en los bulevares de la ciudad francesa mudaban del dorado de la estación calurosa a brillantes naranjas y rojos en octubre, hasta caer al suelo, marrones y crujientes, cuando empezaron a soplar los vientos del norte. Ninguna de las dos facciones consiguió ampliar sus territorios ni, mucho menos, hacerse con la «perla de Oriente». Poco a poco, muchos de los campesinos movilizados retornaron a sus poblados; las alambradas y barricadas se desmantelaron, los buques de guerra se dispersaron por los dominios asiáticos de las potencias europeas y Shanghái regresó a la normalidad y a ser el lugar ideal para tramar cualquier empresa —lícita o ilícita— política o económica. Abiertas las vías de transporte con el resto del país, las tejedurías, las hilaturas de seda, las fábricas de jabón, productos químicos, papel y harina, las curtidurías, los molinos de aceite, las fábricas de fósforos y tabaco y las imprentas volvieron a producir al máximo de su capacidad las veinticuatro horas del día en turnos ininterrumpidos. Tenían que hacer frente a los pedidos recientes y compensar, además, a los clientes por los meses de incertidumbre. Se retomaron las obras portuarias, de ingeniería y construcción naval. Shanghái, con su posición a la entrada del valle del Yangtsé, siguió ocupando un puesto de preeminencia sobre todos los puertos y enclaves competidores.

Tanto las fábricas como las obras públicas acomodaron a muchos de los refugiados que se negaron a volver a sus miserias en el campo, pero la mendicidad aumentó para aquellos que fueron incapaces de colocarse en alguno de los oficios.

La guerra demostró a los extranjeros, una vez más, la necesidad de mantener en la región unas fuerzas militares sólidas y un cuerpo de voluntarios numeroso y bien entrenado y equipado. En Shanghái cabían todos, siempre y cuando no se enfrentaran a los que aseguraban la estabilidad y la convivencia entre las facciones locales, los shanghailanders, con sus emporios económicos, sus bancos y sus ejércitos nacionales formados por miles de voluntarios.

A finales de noviembre, se reanudaron las competiciones de fusileros que habían quedado suspendidas por el conflicto, y Darlene cubrió la entrega de trofeos con su cámara. Le gustó ver entre los ganadores a su amigo Nicolai, el príncipe ruso, como lo llamaba Gillian, a quien tomó una foto junto a sus orgullosos padres.

Tim había, por fin, abandonado el cuerpo de voluntarios y se había incorporado al despacho de su padre para aprender el oficio de amanuense. El señor Palmer había organizado una velada en su casa para celebrar el esfuerzo de su hijo y el de sus amigos en la defensa de la ciudad y el comienzo de una nueva etapa, y le había entregado a Tim como regalo una pluma Montblanc Meisterstück con pistón en plata y oro rosa para que se desempeñara en su nuevo empleo. Darlene pensó que, de haber vivido Henry Long, habría organizado una fiesta por todo lo alto al levantarse el estado de emergencia y condecorado a los bravos y jóvenes voluntarios en nombre del consejo municipal de la concesión internacional.

Gillian había mandado un telegrama desde cada puerto en

el que había descendido. A pesar de la amarga despedida, su hermana percibía entusiasmo en las entrecortadas frases que le enviaba. Nombraba lugares que solo vivían en la imaginación de Darlene, y despertó en ella el deseo de hacer un viaje así algún día. Cuando su mellizo llegó a Inglaterra y se instaló en el *dormitory* de la universidad, mandó una carta un poco más larga, aunque no tan sustanciosa como Darlene habría querido. Ella se acercaba a la central de correos cada día y le enviaba la carta diaria prometida. Gillian nunca había sido muy aplicado con la escritura y sus cartas eran breves, pero ella, al leerlas, podía escuchar la voz de su hermano en su cabeza y se emocionaba cada vez que llegaba una a la sede de la revista, a donde le había pedido que le escribiera. Con el paso de las semanas, las misivas se volvieron más escasas, pero ella mantenía su rutina de una carta al día; era la única forma de sentirlo cerca.

En ellas, Darlene le hablaba, sobre todo, de su trabajo en la *Far Eastern Review*. Le agradaba lo que hacía, se sentía cómoda y aprendía algo cada día; también visitaba zonas de la ciudad que nunca antes había visto. La línea editorial de la revista se hallaba muy alejada de los eventos sociales que había fotografiado para el *North China Herald*. El primer día de trabajo había descubierto que la *Far Eastern Review* era, en verdad, una publicación técnica sobre ingeniería, industria y comercio. Al principio, se sintió insegura e ignorante, rodeada de expertos en las distintas áreas, pero, cuando perdió el miedo a lo que pudieran pensar de ella, empezó a preguntar y a aprender de cada tema que cubrían, así como a disfrutar de sus pausados intercambios de ideas y experiencias. Geo, como también ella se acostumbró a llamarlo, escribía los editoriales, a menudo extensos, mientras que los artículos técnicos eran redactados por un grupo de ingenieros con experiencia en diversos campos; algunos de ellos incluso estaban empleados en distintos proyectos en la ciudad o habían colaborado, en el pasado, en otros localizados en la India, Hong Kong o Singapur. Se sentía orgullosa cada vez que aparecía un nuevo número de la revista y se publicaba algún artículo al que había contribuido con sus fotografías. En la contraportada, las imágenes aparecían atribuidas a su pseudónimo: Mei Lin.

Siguiendo el consejo de su hermano, había llegado a un acuerdo con Falgu, su guardia sij, a quien le entregaba parte de su salario a cambio de que le contase a su padrastro que había estado con una amiga tomando el té o merendando, viendo escaparates o preparando algún evento caritativo, asistiendo a un cumpleaños, de compras... Cada día se ponían de acuerdo y, hasta el momento, el indio había mantenido su palabra de cubrirla en sus correrías y Digby no la molestaba. Aunque ella le decía una y otra vez al escolta que no tenía que seguirla, él cumplía sin fisuras, hasta el punto de que Darlene llegó a olvidar que vigilaba sus pasos, con su mirada intensa e inquietante, y actuaba como si estuviese sola.

Gracias a las visitas a su nuevo cuarto oscuro en el hotel de madame Travers, la relación con Olive se había tornado más afable, casi como cuando estaban en el colegio. A Olive le gustaba recluirse con ella en el pequeño espacio y observar el proceso de revelado. Las fotos por las que le pagaban en la revista no le resultaban muy interesantes a su amiga: maquinaria, puentes, fábricas y obras públicas, entre otras cosas, pero le agradaban las que seguía tomando en algún evento social o las que capturaba cuando paseaba por las calles de la concesión. La foto que había hecho de las chicas en la fiesta de graduación estaba ahora enmarcada y colgaba sobre la cama de Olive.

Lo único que Darlene no hacía en ese cuarto oscuro era encontrarse con Kai, ya que, por respeto a la confianza que habían depositado en ella, no se atrevió a que la visitara a escondidas. Sus encuentros con Kai ocurrían en los breves ratos en que conseguía escaparse de casa o de la revista por la puerta trasera. A veces se encontraban a la luz del día; él la esperaba en una tetería cercana a las oficinas de la *Far Eastern Review*, un sitio discreto al que solo iban locales; se sentaban al fondo, a una pequeña mesa, y hablaban. Aunque Darlene extrañaba estar entre sus brazos, Kai aún no había dado con un lugar donde verse en la intimidad; además, estar con él por el día la hacía sentir un poco más normal y alimentaba la esperanza de que en algún momento pudiera pasear públicamente con él de la mano, incluso presentárselo a su hermano y amigos. Su pasión por Kai era tal que no le habría importado nada con tal de poder mantener una relación normal, pero él seguía convencido de que ser descubiertos era lo peor que podía pasarles. Ella, en un rincón muy profundo de su mente, empezaba a dudar de sus razones.

Las cenas en casa eran tensas. Clarisse intentaba animar la conversación preguntándole por sus amigas, pero Darlene no quería ser pillada en una mentira y no comentaba mucho. Su madre se había vuelto solitaria, ya casi apenas salía; ella lo sabía porque, en todo ese tiempo, no le había pedido que la acompañase al club o a tomar el té al hotel Palace, ni siquiera a las reuniones del comité para recaudar fondos para obras de caridad. Que Darlene supiera, y Amah solía hacer comentarios al respecto, tampoco recibía a sus amigas como antaño; por lo que le había dicho su aya, Clarisse se pasaba el día leyendo revistas o en el balcón de su alcoba con la mirada fija en el horizonte. A su hija le apenaba la situación, pero su aislamiento era un signo más de que, al casarse al mes de enviudar, su madre se había saltado todas las convenciones sociales que ella misma tanto había defendido, y la élite de Shanghái aún no se lo había perdonado. Ella sola había elegido su propio destino.

Su padrastro, sin embargo, pronunciaba cada noche un discurso aburrido en el que se alababa a sí mismo y la labor que hacía en el consejo municipal. De los negocios de su padre no hablaba nunca, pero Darlene sabía por su madre que había contratado a un gestor que acudía a rendir cuentas semanales. Y, cuando a Digby no le apetecía departir, abría el periódico y leía mientras comían, ignorándolas a ambas.

Desde que Gillian se había marchado, los fines de semana, sus amigos, a veces en grupo y muchas otras por separado, iban a visitarla. Tal vez intuían su soledad, sobre todo en esa casa a la que aún no se había adaptado. También recibía constantemente invitaciones para todo evento, fiesta o reunión, por íntima que fuera, en sus casas o en los múltiples clubes y salas de fiesta de la ciudad.

La Navidad fue un periodo especialmente triste. Tuvo que acompañar a su madre y a su padrastro a una cena que había organizado el consulado británico para la comunidad inglesa; ni ella ni su madre conocían a muchos de los asistentes, por lo que se sintió fuera de lugar. Después, a medianoche, asistió sola a la misa del gallo en la catedral de San Ignacio, pues Clarisse tuvo que acompañar a Digby al servicio en la iglesia anglicana. Darlene se sentó en el banco que había ocupado su familia en el pasado y se pasó la misa llorando de nostalgia. A pesar de lo ocupada que había estado en esas semanas, sentía la ausencia de Gillian como si le hubieran mutilado la mitad del cuerpo.

Kai le mandó una nota a la revista con la dirección donde la esperaría a la hora del almuerzo. Darlene, que se había vuelto una experta en escabullirse del indio sin ser vista, escapó de la vigilancia de Falgu y paró un taxi, ya que no estaba segura de en qué parte de la ciudad se hallaba el lugar de la cita. El automóvil la condujo al distrito de Hongkew, al barrio donde se asentaba la comunidad japonesa. Darlene había oído mencionar que a la zona la llamaban «el pequeño Tokio», y al bajarse del vehículo entendió por qué. Aunque también había tiendas locales, la mayoría de los comercios exhibían carteles en japonés, donde se anunciaban productos del país nipón. Caminó en busca del número de la calle que le había indicado Kai en su nota y se detuvo frente a una pajarera. Era un puesto abierto del que pendían jaulas de madera, algunas sencillas y otras más elaboradas. A las puertas, dos pajaritos con las plumas grises y azules se arrebujaban en un rincón mientras temblaban de frío.

Miró la nota y de nuevo la tienda, era pequeña y en el interior no había nadie. Decidió entrar para refugiarse del intenso y helador viento.

—Hola —dijo en chino—. ¿Hay alguien?

No hubo respuesta, así que se puso a curiosear y a admirar las jaulas.

—Hola, Ojos de Jade.

Se volvió a su voz y se abrazó a su cuello. Hacía tanto que no podía sentirlo así de cerca...

—Ven. —Él la tomó de la mano y la condujo al fondo de la tienda; a la derecha había una estrecha escalera disimulada entre un montón de jaulas, apiladas unas sobre otras.

Accedieron a la planta de arriba por un espacio abierto en el forjado. Era una especie de buhardilla. Kai casi rozaba el techo.

—Es nuestra —dijo con una sonrisa.

Había cumplido su promesa de encontrar un lugar seguro para ellos y el corazón de Darlene se aceleró.

—Es un poco pequeño. En verdad es un trastero, espero que no te importe. Se lo he alquilado al vendedor de jaulas de pájaros. También he comprado lo poco que ves.

En una esquina había lo que parecía un colchón vestido con sábanas color marfil y una manta gris oscuro, así como dos sillas de bambú contra la pared. Un ventanuco filtraba la luz que llegaba desde el callejón.

Kai parecía un poco avergonzado, pero ella se consumía de deseo.

—Es perfecto —dijo mientras se acercaba.

Se contemplaron unos minutos, buscándose en el fondo de los ojos del otro. Kai le acarició con un dedo las pecas de la nariz.

—Semillas de sésamo —dijo en un susurro, y después le dio un beso en la punta. Siguiendo el trazado de sus pecas, le besó las mejillas y las pestañas. Bajó hasta sus labios y se fundieron en un beso apasionado; ambos querían borrar todas las semanas de desierto, de espera, de agonía. Desde que los Digby habían vuelto de su luna de miel, ellos solo habían podido tocarse discretamente una mano o una rodilla en la tetería.

Kai se separó de ella. Darlene permaneció muy quieta mientras él se arrodillaba al frente y le desabrochaba el cinturón que ajustaba la cámara a su cintura. La dejó a un lado sobre el suelo. Metió la mano por debajo de su falda en busca de su piel, pero hacía mucho frío y ella llevaba mucha ropa encima. La hizo reír con las cosquillas.

—Si quieres, te ayudo. —Sonrió.

Pero él negó. Hizo que se sentase en la improvisada cama y le sacó las botas sin apartar los ojos de los suyos. Darlene temblaba y sentía que el calor crecía dentro de ella. Después, le retiró las medias. Besó sus tobillos y recorrió su piel, que se erizaba con la suavidad de sus labios y su lengua.

La alzó sobre las frías tablas del suelo y se colocó a su espalda; desde atrás la liberó del grueso abrigo y de la chaqueta. Darlene sintió la yema de sus dedos en su cuello y un escalofrío la inundó cuando el vestido empezó a abrirse a su espalda hasta dejarla desnuda. Kai se deleitaba con cada centímetro de piel que quedaba al descubierto; ella se dejaba guiar y se abrazaba a sí misma conteniendo la ola de deseo que la embargaba.

Cuando estuvo completamente desnuda, Kai la contempló un instante.

—Eres el ser más perfecto que yo haya visto nunca.

—Espero que no hayas visto a muchas mujeres desnudas.

—Solo a ti —sonrió—, pero en mi mente te he imaginado un millar de veces, y en ninguna eras tan perfecta como en la realidad.

Darlene buscó su calor y se apretó contra él. Kai no tuvo tanta paciencia con su propia ropa, que se arrancó a tirones. Desnudos y abrazados cayeron sobre el colchón de lana.

—Desde que te conocí, he soñado con este momento —confesó él.

—Yo también —dijo ella con la respiración agitada y sin poder reprimir un jadeo.

Y se amaron como locos hambrientos, como si sus vidas no albergaran nada más, como si no tuvieran nada que perder.

Muchas horas después, con Kai dormido entre sus brazos, Darlene reflexionaba sobre los pasos que los habían llevado hasta ese momento. Había creído que el atropello del *rickshaw* había unido sus destinos, pero aquel día, llena de él, supo con certeza que sus vidas se habían anudado mucho antes, con el hilo rojo de la leyenda de los amantes eternos. Mientras repasaba cada episodio vivido a su lado, sus dedos se deslizaban sobre la piel caliente de la espalda masculina, nudosa y fuerte, y los rayos de luna, que se filtraban tímidos desde el ventanuco, iluminaban el barullo de sábanas entre las que se habían amado por primera vez. En ese momento supo que no había marcha atrás. Había comprometido mucho más que su piel y su honra, había comprometido su propia identidad y, desde ese día, la aceptación de Kai lo significó todo para Darlene. Significó su pertenencia al lugar en el que había nacido.

28

La *Far Eastern Review* fue la encargada de mostrar, en una serie de artículos, los adelantos tecnológicos con los que los extranjeros contribuían al bienestar de los chinos en Shanghái. Formaba parte de la estrategia del consejo municipal para recuperar las buenas relaciones con el Gobierno oficial y el resto de las facciones tras la guerra de los generales.

Darlene llegó a la revista temprano. Geo ya estaba en su despacho repasando los periódicos. Al verla entrar a la sala de redacción, golpeó la vidriera de su oficina y le hizo un gesto con la mano para que se acercara.

—Buenos días, Geo —saludó ella tras abrir la puerta.

—Buenos días, Mei Lin —contestó su jefe, y la hizo sonreír—. Pasa. —Darlene entró y permaneció de pie—. Hoy te voy a mandar con Pietro y Fodor a una fábrica textil japonesa; queremos mostrar los avances de la maquinaria y los procesos productivos, sus instalaciones y su modelo operativo. Apunta el objetivo hacia cada detalle. Necesitaré al menos treinta fotografías de buena calidad donde elegir.

—Estupendo. No se preocupe, tendrá un extenso reportaje —dijo ilusionada con la perspectiva de una nueva visita.

Pocos minutos después, llegaron los dos ingenieros, que recibieron las instrucciones del editor, y los tres se pusieron en marcha. Pararon un taxi en la calle. Fodor, de origen húngaro, abrió la portezuela galante y le cedió el paso a la joven; Pietro entró el último y la cerró. Falgu se coló en el asiento delantero, junto al conductor.

—¡Eh, tú! ¿No ves que está ocupado? —exclamó el italiano.

Falgu miró a Darlene a través del retrovisor.

—Es mi escolta. Espero que no os importe que nos acompañe.

Sus compañeros intercambiaron una mirada divertidos.

—No sabía que era una persona tan importante, miss Long —comentó Fodor con su peculiar acento.

—Mi padrastro está en el consejo municipal y es un poco paranoico. No le prestéis atención, es lo mejor.

El taxi los condujo hasta la zona este del Whampoa y, de ahí, tomaron una embarcación hasta la ribera de Pootung. La fábrica había enviado una camioneta a buscarlos. Los tres se apiñaron en la cabina delantera junto al conductor, uno de los supervisores japoneses, mientras Falgu trepaba en la parte trasera.

La empresa tenía en total cuatro fábricas, dos en Robinson Road y dos en Pootung, les explicó de camino, pero la que iban a visitar era la más grande. Los dueños habían invertido millones de yenes en ellas. Esta en concreto contaba con una enorme chimenea que se elevaba hacia el cielo blanquecino y expulsaba una bocanada de humo ininterrumpida, y que producía la energía necesaria para tener en activo más de cincuenta mil husos de algodón y unos cuatrocientos telares. El conjunto de las instalaciones ocupaba treinta y ocho mil pies cuadrados de superficie, y eso sin contar el espacio para almacenes y otros edificios no destinados a la producción textil.

No tardaron en comprobar con sus propios ojos lo que el empleado les explicó en el corto recorrido. Sus compañeros comentaban cuestiones técnicas que querían verificar mientras ella observaba desde la ventana el paisaje tras haber dejado atrás la zona de *godowns* de otras empresas paralelas a la ribera.

Cuando llegaron frente al edificio principal, bajaron de la camioneta y el operario se despidió. Les dio la bienvenida el gerente, que los estaba esperando. Era un japonés bajo y delgado, con un traje ajustado a su flexible cuerpo, pelo peinado hacia atrás y lentes redondos y dorados; de no haber sido por el polvo en los zapatos, habrían pensado que se trataba del dueño o de un visitante destacado de la comunidad japonesa. Hizo una inclinación con el cuerpo, se presentó y enseguida comenzaron el tour. Falgu les siguió a pocos pasos de distancia. Fodor les explicó en susurros que les había hecho un saludo *keirei*, una reverencia tradicional que los japoneses realizaban ante personas de rango superior. El comentario los hizo sonreír.

El gerente les enseñó primero el recinto dedicado a los empleados, punto fundamental del artículo: los dormitorios comunales, separados por género; una escuela para enseñarles a escribir y a leer, e incluso una pequeña capilla con un religioso que dispensaba los sacramentos, ya que la mayoría de los trabajadores habían abrazado la fe católica. Después, les mostró la planta generadora de energía; era la primera fábrica de Shanghái que operaba con electricidad, un avance inigualable sobre el que sus compañeros se mostraron muy interesados.

En la sala de hilados, pasearon entre las grandes máquinas mientras el gerente les explicaba el funcionamiento. El hombre se detuvo junto a una de las operarias y pudieron ver con detalle lo que hacía. Resultaba de lo más impactante que la mayoría de los empleados fueran mujeres y, de ellas, dos tercios eran niñas entre los ocho y los catorce años. Estas miraban a Darlene con curiosidad y respondían a su sonrisa tapándose la boca con la mano para acallar cualquier ruido que saliese de sus gargantas infantiles.

—No sabía que en las fábricas trabajaban niños —dijo Darlene. Sacó varias fotos de las operarias, todas vestidas con uniformes de estilo oriental confeccionados en algodón crudo.

—No creo que Geo acepte esa foto —señaló Pietro.

—Tenemos que retratar la realidad —replicó la joven.

—Geo quiere un artículo para alabar las virtudes de la gestión japonesa, y lo tendrá.

Mientras sus compañeros continuaban la visita, ella se quedó rezagada mirando los rostros pálidos de las niñas, con sus ojitos negros y sus cabellos enrollados en la nuca. Le rompió el corazón pensar que, en vez de estar en la escuela, pasaban tantas horas de pie, moviendo los hilos en las máquinas. Había leído en alguna parte que la mitad de la riqueza de Shanghái procedía de las fábricas textiles, que empleaban a más de la mitad de la mano de obra de la ciudad, y ahora entendía la razón.

Por una vez, a Darlene le interesaba conocer la opinión de Chester Digby y del consejo municipal respecto a la explotación infantil. Porque, por muy higiénico y ordenado que lo pintasen, eso era lo que estaban haciendo.

Después de los meses que Pang Tao llevaba sirviendo a la esposa de su jefe en el contrabando de opio, había ganado posiciones en la confianza del viejo. Ese día esperaba de nuevo en la sala de visitas a que este apareciese para exponerle el asunto urgente por el que lo había mandado llamar.

Su plan de futuro marchaba como Pang quería. Se había convertido en uno de los mejores informantes del anciano Huang Jinrong, quien no solo lideraba el grupo mafioso más poderoso de la ciudad, sino que, además, lo hacía siendo jefe de detectives de la concesión francesa.

A Pang no se le escapaba nada; era él quien solía conseguir la información más jugosa sobre lo que sucedía tanto en las altas esferas como en los bajos fondos, ya que se movía como pez en el agua en ambos ambientes. Se relacionaba con la élite gracias a que tenía uno de los apellidos más influyentes, adinerados y con más conexiones, tanto entre las actuales facciones políticas como con los generales y las familias cercanas a los manchúes y al emperador depuesto. Esos linajes de poder ancestral habían amasado cuantiosas fortunas durante la era imperial, pero habían perdido influencia tras la caída de esta, ya que sus empresas habían sido confiscadas y sus antiguas formas de progresar se habían malogrado. Su padre los ayudaba a invertir discretamente en rentables negocios, salvando las prohibiciones impuestas por el nuevo Gobierno. Vivían en ostentosas mansiones, pero mantenían un perfil social bajo; se relacionaban, principalmente, con los forasteros y con los seguidores del emperador Puyi, y conservaban una red de apoyo en el extranjero que habían gestado durante sus numerosos viajes a Occidente, donde habían trabado amistad con los mandatarios de las principales potencias. Sometidos ahora al ostracismo social y económico en su propio país, necesitaban de hombres como Wenzhao Tao para adaptarse a las nuevas circunstancias políticas.

Su padre también tenía importantes contactos en el actual Gobierno, así como entre los líderes de las principales facciones de la oposición; en particular, con el del partido Kuomintang, Sun Yat-sen, quien planeaba subyugar a los señores de la guerra, que tenían fragmentada la joven república, y hacerse con el poder total de la nueva China desde el sur del país mediante un gobierno establecido en Cantón. Su círculo cercano mantenía la residencia en Shanghái, donde buscaba tanto apoyos políticos como financiación para la campaña militar que iba a emprender, y Wenzhao Tao era un facilitador. En un gesto que muchos dentro del partido criticaban, Sun Yat-sen había conseguido aunar el apoyo de las ratas rojas. Contaba, pues, con la ayuda de los dirigentes comunistas, algunos de los cuales se encargaban de importantes cuestiones, como el reclutamiento de soldados, el aleccionamiento de las masas o el espionaje.

Para Pang además era fácil moverse también en los tugurios, fumaderos de opio, burdeles y entre el hampa de la ciudad, porque no tenía escrúpulos ni falsa moral, y sí dinero para comprar voluntades y el halo de poder que le daba saberse superior.

Pang había entendido enseguida que, si quería ganarse la confianza del hombre responsable de todo lo que pasaba en la ciudad francesa y crecer a su sombra, debía proclamarse el principal gestor de sus negocios turbios, que incluían no solo casas de té, clubes, baños, prostíbulos y bares, sino también la lucrativa distribución de opio, y para ello tenía que ofrecerle la única moneda de cambio con la que negociaba el detective: información privilegiada. A Huang Jinrong, su capacidad para oír, ver y estar en todos los lugares le había permitido resolver los casos más jugosos y obtener ventajas de los franceses a cambio de su inestimable ayuda. Y los franceses, agradecidos, habían convertido al anciano en el hombre más poderoso de su concesión y en el dueño de los negocios más rentables, legales e ilegales. Pero mantenerse en lo alto requería de una red cada vez más extensa y con mayor capacidad de penetración, y Pang había sabido posicionarse como alguien capaz de llegar a donde pocos podían. Usar a los extranjeros en su propio beneficio y allanar la caída de los que se creían invencibles era algo que tenía en común con su jefe, pero emperador solo podía haber uno y, tarde o temprano, el orden natural volvería a imponerse. Él era alguien superior y, por tanto, le correspondía erigirse como el hombre más poderoso de la ciudad y quedar al mando de la tríada. Esa era la verdadera ambición de Pang.

Tenía que esperar la ocasión propicia y aprovechar que los mandos franceses empezaban a sentirse incómodos con el desmesurado poder que había acumulado el viejo. Además, Pang había sabido por su padre que la administración central en París ejercía una enorme presión sobre el Gobierno municipal para que limpiara de una vez por todas la concesión francesa de criminales.

Como cada vez que iba a verlo, el viejo apareció en la sala varias horas después tras poner a prueba su paciencia. Le entraban ganas de despedazarlo por la falta de respeto, pero se cuidaba mucho de no mostrarlo. Ya le llegaría el turno.

Dos de sus eunucos lo acompañaron hasta la silla sobre la tarima y Huang se sentó. Pang esperó aún a que lo llamara. Entonces, el anciano hizo un gesto con la mano y Pang se arrodilló a su lado, como en cada ocasión.

—Tenemos un encargo especial, y voy a darte la oportunidad de demostrarme una vez más que mi confianza no está mal invertida.

—Le he servido fielmente, maestro. Déjeme probarle que soy el hombre indicado.

—La alianza entre el Kuomintang y los comunistas debe

acabar. Los extranjeros temen perder sus privilegios y, de momento, a la tríada no le interesa que eso suceda.

Después le habló al oído para que nadie más que Pang escuchara los planes. Espías había en todas partes, y el anciano bien sabía que podían haberse infiltrado entre el servicio de la casa.

—Ha de quedar claro que son ellos y deben pagar por las consecuencias, que esperemos que sean graves.

—Así será.

La paciencia de Pang iba a dar frutos de nuevo. Aquel era el momento que había estado esperando para darle el golpe de gracia a su hermano pequeño y acabar con él de forma definitiva.

Cuando Pang por fin tuvo la oportunidad de seguir a Kai hasta aquel mugriento lugar, apostó un hombre frente al callejón, y este acudía cada noche a El Tigre Rojo a contarle lo que había visto: «Cuestiones sin importancia, un aburrimiento, jefe», se quejaba el mentecato, pero para Pang esa información era como jade de la mejor calidad. Sabiendo lo que hacía a diario esa zorra, podía atacar sin hacer ruido, sin ser descubierto hasta que él mismo se lo confesara a su odiado hermanastro cuando este hubiera perdido lo único que le importaba: a la furcia de su madre.

Lo tenía todo preparado para, ese mismo día, poner en marcha la rueda del destino y acabar con dos serpientes a la vez: la misión que le había encomendado su jefe y la mujer que había arruinado su felicidad y la de su madre para siempre.

Esperaba que los inútiles de sus secuaces ejecutaran sus órdenes sin desviación.

La mujer salía al mercado; él la observó desde el otro lado de la calle. Tenía que caminar algunas manzanas, por lo que la siguió mientras maldecía por lo bajo al chocarse con apestosos pobretones que empujaban para hacerse con las migajas que no cabían en las mesas de su familia y de los de su clase y que otros como ellos vendían en los puestos callejeros. Cuando llegaron a la esquina, vio a su hombre de confianza que repartía los volantes. Pang lanzó el silbido de aviso que habían ensayado y el secuaz se giró y se encontró con que la mujer llegaba de frente. Hizo un gesto de asentimiento y, cuando la tuvo a unos pasos, anunció en voz alta para atraer su atención:

—¡Se buscan operarias! ¡Fábrica textil con las mejores condiciones laborales de toda la ciudad! ¡Se ofrecen almuerzos y descansos cada dos horas! ¡Sala de recreo con té caliente! ¡No encontrarán una oferta mejor! ¡Se buscan operarias! —arengó repitiendo de nuevo toda la retahíla y, justo cuando pasaba la mujer, le tendió el volante.

Ella lo tomó y se paró un momento a leerlo mientras el hombre voceaba las bondades del trabajo.

—Disculpe, ¿está muy lejos de aquí? —preguntó la mujer.

—No, señora, mire. —Dio la vuelta al panfleto y le mostró en el mapa dibujado en él el distrito donde se localizaba la planta.

—¿Cree que aceptarían a alguien como yo? No tengo experiencia.

—Por supuesto. Con que tenga dos manos es suficiente; es un trabajo sencillo y está bien pagado. Le darán formación al incorporarse, pero no tarde, porque las plazas son limitadas. —Dicho esto, continuó dando voces sobre las vacantes.

Cuando la mujer se alejó de él, el anunciante se cercioró de que no lo vería y cruzó la calle hacia su jefe.

—Más fácil que atrapar a un gorrión recién nacido, jefe.

—Eso ya lo veremos.

29

Mingyue dejó dentro del armario de alambres la canasta con las verduras y los huesos que había comprado para preparar la cena y, con rapidez, se metió en su cuarto y se cambió la ropa. Rebuscó, entre las pocas prendas que tenía, algo austero pero aún decente, para que no se le notasen la desesperación y la pobreza. Se peinó el cabello y se lo recogió en una larga trenza, que luego sujetó en un rodete bajo con horquillas, asegurándose de cubrir la cicatriz. Se colocó un sencillo sombrero *cloche* de fieltro oscuro y, después, estudió el mapa sobre la mesa de la cocina. Cuando estuvo segura de cómo llegar hasta el lugar, tomó el papel, se puso su desgastado abrigo y salió tras cerrar la puerta con llave.

El área donde estaba situada la fábrica lindaba con la orilla este del río Soochow y se extendía desde Broadway Road a lo largo de Mokangsan Road, en los límites de la concesión internacional. Mingyue no solo encontró en ella los ingenios textiles, también había otro tipo de fábricas, talleres de ingeniería, muelles, almacenes y viviendas de trabajadores. Era una zona industrial inmensa. Buscó el nombre de la fábrica impreso en el volante, y tuvo que consultar un par de veces a dos carreteros que transportaban mercancía hasta dar con ella.

Con timidez, preguntó por el anuncio al guardia apostado en los portones abiertos, y este le indicó que caminase hasta un galpón cercano. Mingyue se asomó con timidez, dentro se almacenaban enormes rollos de algodón. Le extrañó no ver a nadie más y temió haber llegado demasiado tarde y que ya hubiesen contratado al personal. Al cabo de un rato, que se le hizo eterno, apareció una mujer japonesa y le preguntó con fuerte acento chino qué quería. Mingyue repitió lo del anuncio de trabajo, y entonces ella asintió y le pidió que la siguiera.

Sin preámbulos —se notaba que tenía prisa y quería acabar rápido—, le enseñó las dependencias y vertió numerosas explicaciones. A Mingyue le costaba seguir todos los detalles porque la mujer hablaba muy rápido, con frases un poco raras, y eso, sumado al acento y a palabras técnicas que ella no había escuchado nunca, le dificultaba aún más la comprensión. Lo que entendió, a grandes rasgos, era que la fábrica estaba separada en dos grandes áreas: las hilanderías de algodón y las filaturas de seda. Le agradó constatar que la mayoría de los trabajadores eran mujeres y niñas; todas tenían, según le explicó su guía, turnos de doce horas. Les daban dos comidas diarias y alojamiento en los dormitorios comunitarios femeninos. Si estaba conforme con ello, entonces podía confirmar la contratación.

Todo fue muy rápido. Tanto que a Mingyue le costó asimilar que, por primera vez en su vida, había conseguido trabajo por sus propios medios y sin ayuda de nadie, salvo por el providencial anuncio del repartidor de volantes. Aunque el estipendio no era muy elevado, por fin sentía que podía valerse por sí misma. Pese a que estaba nerviosa porque iba a hacer algo que jamás había hecho, también estaba excitada porque aprendería un oficio y dejaría atrás, de una vez por todas, a la mujer que había vivido de su belleza y de la admiración de los hombres, y que había terminado como un desecho en las calles.

Otra mujer, esta vez de origen chino —su supervisora de ahí en adelante—, le entregó el uniforme y un cartón que tendría que picar a la entrada y salida de su turno, y dárselo para que lo firmara después. La llevó al dormitorio, le asignó una de las camas vacías y le entregó un juego de sábanas tiesas y una pastilla de jabón. Lo último que le dijo fue que su turno comenzaba a las seis de la mañana del día siguiente y, sin despedirse, se marchó.

Mingyue permaneció un instante sentada sobre la cama desnuda, asimilando su nuevo estatus. Al cabo de un rato prolongado de mirar a su alrededor e imbuirse de todos los detalles, se puso en pie y, con una sensación de asombrosa ligereza en el corazón, salió despidiéndose con entusiasmo de cada persona con la que se cruzó.

Kai no se lo iba a creer. Tenía que darse prisa si quería estar preparada para cuando llegara.

—*Muqin*, madre, te traigo una visita —escuchó la voz de su hijo en el callejón unas horas después. Ella estaba inclinada sobre la hornilla preparando la cena especial. Había regresado al mercado tras salir de la fábrica y había gastado casi todo lo que tenía en otras muchas viandas.

Darlene asomó su cabello de oro y sonrió. Mingyue se secó las manos en el delantal y apretó las de la joven con cariño.

—Pasa, siéntate. Ya está casi listo.

Sobre la pequeña mesa había multitud de platos. Kai la miró con recelo.

—¿De dónde ha salido todo esto?

—Del mercado, ¿de dónde si no? —dijo, y le dio la espalda. Ocultó una sonrisa mientras revolvía el guiso que faltaba.

—Huele muy bien —comentó Darlene en chino. Había mejorado bastante su nivel del idioma desde que Mingyue la conoció, y ella a su vez también había recuperado parte de la fluidez de antaño respecto al inglés. La joven observó la variedad de platos humeantes, pero, al ver el ceño fruncido de Kai, añadió—: ¿Pasa algo?

—No estoy seguro, pero ha gastado mucho en la cena, y no sabía que venías.

Mingyue terminó de volcar el contenido del sofrito de verdura y huevos en otro cuenco y lo colocó sobre la mesa. Repartió los palillos y unos pequeños platos; había tenido que pedir prestados a sus vecinas los utensilios. Aunque solían tratarla con desconfianza, al explicarles que quería celebrar con su hijo que había conseguido trabajo, estas habían aceptado dejarle todo lo que requería, pensando que estaría en deuda con ellas y, tal vez, tendría que presentarles a la señora japonesa cuando quisieran cobrarse el favor. No le importaba. Estaba tan contenta que lo único que quería era que la cena fuera perfecta.

—Siéntate, *xiao* Kai. —Sonrió ante el recelo de su hijo y tiró de la manga de su camisa.

—¿Nos vas a contar ahora a qué viene todo esto?

—¿No puedo querer agasajarte por todo el esfuerzo y los cuidados que me dedicas? Empezad, que se enfría —dijo, y metió los palillos en uno de los guisos y se sirvió en su plato. Animó a Darlene, y ella, gustosa, comenzó a comer también.

—Está buenísimo —dijo la joven en chino, y Mingyue soltó una escueta carcajada de alegría que hizo que Kai pegara un golpe en la mesa.

—¿De dónde has sacado el dinero? —preguntó controlando el tono de voz.

—Te vas a comportar como el hombre que eres y vas a cenar si quieres saberlo. Solo lo contaré cuando no quede nada en los platos —respondió mientras lo miraba con fijeza.

Kai debió de entender que no cedería, porque empezó a comer con fruición, casi a la carrera, pero como tenía hambre, al cabo de un rato se le olvidó seguir enfurruñado y mantuvieron una conversación a tres en dos idiomas. Su hijo incluso la alabó por lo rico que estaba todo; bien sabía ella que Kai era más dócil con el estómago lleno.

Cuando terminaron la cena, Mingyue se levantó de nuevo y abrió una caja de cartón. Dentro había cuatro pastelillos chinos gomosos rellenos de judías rojas dulces. Se atareó durante un instante encendiendo el gas para calentar agua en un recipiente de metal. Preparó tres vasos de té y los colocó junto al postre.

Darlene había puesto una mano sobre la de Kai. Ambos miraban a Mingyue expectantes.

—Ahora, la noticia que merece la cena que he preparado:

¡he encontrado trabajo en una fábrica textil japonesa! Empiezo mañana.

—¿Qué ha dicho? ¿Qué ha dicho? Algo de un trabajo..., ¿no? —preguntó Darlene dándole a Kai en el brazo para que contestara.

Este tradujo mientras los ojos se le llenaban de lágrimas. Se levantó, le ofreció la mano a su madre y la alzó. La abrazó durante largo rato. Mingyue entendió que aún le costaba confiar en que hubiese dejado el pasado atrás. Había pensado lo peor, que se había vuelto a prostituir. Pero ella lo había sorprendido y ahora su pequeño lloraba de la vergüenza y del orgullo que sentía por su madre.

—Chis, chis, todo está bien. Mamá se va a ocupar de que todo esté bien —dijo mientras le acariciaba la espalda.

Kai acompañó a Darlene hasta la parada del tranvía. Ella no le había contado lo que le había sucedido la última vez que se aventuró sola para citarlo en la revista, pero él era consciente del clima de tensión que vivía la ciudad y nunca la dejaba sola. Se despidieron con una larga mirada; era viernes por la noche y, durante el fin de semana, les sería imposible verse. Él caminó deprisa siguiendo el recorrido del tranvía y Darlene no apartó los ojos de la ventana hasta que lo perdió de vista entre la gente. Al menos, había podido evadirse de Falgu y pasar un par de horas con él. El sij echaría humo por el enfado, y de alguna manera se lo haría pagar. Esperaba que esta vez tampoco le fuera con el cuento a Digby.

A Darlene, la noticia de Mingyue le preocupaba. Justo había tenido que encontrar trabajo en una fábrica textil. Le parecía mucha coincidencia, pero se dijo que, como había averiguado durante la visita a la planta japonesa, el sector constituía el cincuenta por ciento de la industria de la ciudad y, por lo tanto, la probabilidad de que la hubiesen contratado en una era igual de alta. De cualquier manera, por la ubicación, sabía que era una fábrica diferente a la que ella había visitado con sus compañeros de la *Far Eastern Review*, la cual estaba más avanzada tanto en tecnología como en el trato a los trabajadores.

Después de su visita, había comentado con disimulo, durante la cena con los Digby, que le había sorprendido leer en el periódico que hubiera tantas niñas y tan pequeñas en las fábricas. Su padrastro había alegado desdeñosamente que los chinos eran así, preferían tenerlas trabajando que educándose en las escuelas. Ella había preguntado si el consejo municipal no podía intervenir, pero él le dijo que, mientras hicieran un buen trabajo, los dueños de las fábricas no tenían inconveniente en contratarlas. Ahora que Mingyue iba a empezar a trabajar, Darlene quería asegurarse de que no recibiría abusos, que la tratarían con dignidad y que no sufriría violencia ni penurias; la pobre mujer ya había pasado suficiente. Pensó que tal vez en unas semanas, cuando se hubiera adaptado al ritmo de trabajo, ella podría ir a visitarla y cerciorarse de que le dispensaban un trato decente. No había querido mencionárselo a Kai porque estaba tan conmovido con los esfuerzos que hacía Mingyue para salir adelante que preocuparlo era lo último que Darlene quería.

Ese día no había recibido ninguna invitación de sus amigos, por lo que se fue directa a casa. Falgu apareció justo cuando doblaba la esquina, y Darlene apretó el paso, incómoda ante la posibilidad de una reprimenda. Sentía sus ojos clavados en la espalda, pero él la siguió sin hablar. Al llegar, Amah la esperaba en la entrada de la mansión. En cuanto la vio ascender por el camino de gravilla con el sij a su espalda, salió a buscarla.

—Tarde para cena. *Cambiar* ropa rápido, Lin.

—¿Hay invitados?

—Sí, importantes.

Darlene soltó un gruñido. Solo quería meterse en la cama y leer un rato; después de la fantástica cena que había preparado Mingyue, no tenía ni pizca de hambre. Amah la llevó de la mano, casi corriendo, escaleras arriba. Tenía ya el vestido preparado sobre la colcha. Darlene estaba segura de que lo había elegido su madre, era uno de los que aún no había lucido del nuevo y extenso guardarropa que le había mandado confeccionar Clarisse durante el verano. Lo consideró un poco escotado para las temperaturas, aún invernales; esa casa resultaba todavía más inhóspita durante la estación fría.

Depositó la cámara con mimo sobre el tocador y se dejó hacer. Unos minutos después, bajaba al comedor. Theodore le apartó la silla para que se sentara. Los invitados estaban perfectamente equilibrados; mismo número de hombres que de mujeres, sentados de forma alterna hombre y mujer, con Chester Digby en la cabecera de la larga mesa y, en el lado opuesto, su esposa. Había catorce comensales en total, contándolos a ellos.

—Mi hijastra, Darlene, por fin se digna a aparecer.

—Siento la demora. Me entretuve con mis amigas; no sabía que teníamos invitados —se disculpó.

Para su alivio, el murmullo de conversaciones que se había interrumpido con su llegada recobró fuerza, y pronto se vio ignorada por completo. Jugó un poco con la comida que tenía en el plato, troceándola y repartiéndola aquí y allá. Se fijó en su madre, situada cuatro puestos a su derecha. Clarisse reflejaba la viva imagen de la perfección; cualquiera que no la conociera podría decir que era una magnífica anfitriona, pero Darlene notaba que aún se sentía insegura y no intervenía mucho en las conversaciones, salvo que se dirigieran expresamente a ella. A la joven todavía se le hacía raro verla comportarse de manera tan diferente a como había sido con su padre.

Lo único que podía agradecerle a su padrastro era que se hubiera dado cuenta de que Clarisse apenas salía de casa y por ello, en las últimas semanas, había empezado a obligarla a organizar cenas y *soirées* casi cada fin de semana, cuando no salían ellos a cenar. Aunque su intención no solo consistía en devolverle la vida social a su esposa, sino también en presentarle a ella candidatos para desposarla, de momento, al menos, la mayoría de las veces había sido bastante sutil.

Darlene miró a su alrededor en un intento por identificar al potencial pretendiente de esa velada. Ninguno de los caballeros sentados a su lado le había dirigido la palabra, más allá de un escueto saludo al sentarse, inmersos como estaban en disquisiciones políticas aburridísimas.

Cuando se agotaron los platos y el murmullo se fue apagando, llegó el momento de servir el té en el salón. Las mujeres tenían la mesa preparada para una partida de bridge, y los caballeros fueron invitados a fumar unos puros en los sofás de cuero, en el extremo opuesto de la estancia. Todos, excepto uno.

—Darlene, durante la cena, mister Ferries me ha preguntado por la colección de libros de Henry que hemos trasladado a la biblioteca. ¿Serías tan amable de mostrárselos? —le pidió Chester.

La joven ocultó su turbación. No había caído en la cuenta de que ese miserable se había apropiado de absolutamente todo lo que antes pertenecía a su padre. Ella no había entrado en ese espacio donde Digby pasaba horas fumando puros, bebiendo brandy y, ahora Darlene lo sabía, regodeándose en los libros de los que se había adueñado sin derecho. Además, ahí estaba la encerrona de la noche. Dos dolores en uno: recordarle todo lo que había perdido y obligarla a aguantar la compañía de otro mentecato con quien querían casarla. Al menos, Darlene no había tenido que soportarlo durante la interminable cena, ya que este había estado sentado en una esquina junto a Clarisse. Era igual de viejo y repeinado que su padrastro, pero más gordo y con barba.

—Si me acompaña, por favor —dijo con frialdad el tal Ferries.

Enfilaron el pasillo. Él caminaba un paso por detrás de ella, demasiado cerca. Darlene sentía su aliento en la nuca.

—Y, dígame, señorita Long, ¿qué libros le interesan?

—Los de los exploradores intrépidos, supongo. Narran aventuras en tierras lejanas y son amenos; se aprenden muchas cosas.

—Muy interesante, sin duda. A mí me gustan los de estrategia militar. Tengo entendido que Long poseía una buena colección.

—No sé si voy a saber dónde los ha colocado el señor Digby.

Llegaron ante la puerta de la biblioteca y entraron. Darlene caminó directa hacia una de las paredes cubiertas de estanterías con libros forrados en cuero. Ferries fue a cerrar la puerta, pero se encontró con una anciana china que lo miró con los ojos entornados. Antes de que pudiera dejarla fuera, esta se coló en el interior e impidió que se quedara a solas con Darlene. La joven se dio la vuelta y sonrió al verla. «Gracias, Amah», susurró para sí.

No sabía qué se traía entre manos aquel caballero, pero la presencia de su aya junto a la puerta, que había vuelto a abrir, hizo que a Ferries le durase el interés por los libros de su padre escasos minutos.

—Nos estamos perdiendo la velada. Regresemos al salón; ya volveré con más tiempo otro día —se excusó, y a Darlene le sonó a amenaza.

—Como quiera —contestó, y lo precedió de vuelta al salón.

Mister Ferries se unió a los hombres. Desde donde estaba, Darlene pudo percibir el gesto de Digby al verlos regresar tan pronto. El caballero negó con la cabeza y los ojos deslavados de Digby se clavaron en ella un instante; luego dio una calada al puro y devolvió su atención a la conversación que mantenían los invitados.

Se estremeció. Algo le decía que no se libraría de las consideraciones de Ferries tan fácilmente.

30

Tim se había quedado en la oficina hasta tarde para terminar un memorándum que tenía que entregarle a su padre a primera hora de la mañana del lunes. Solía sentarse a una mesa junto al resto de aprendices y asistentes en un área común, pero, por ser el hijo del dueño del bufete de abogados, podía usar el despacho de su padre fuera del horario de oficina, y por eso no era raro que los viernes se quedara un poco más de tiempo para poder disfrutar del estatus del que no podía alardear entre semana y delante del resto de sus compañeros.

El joven se encendió uno de los puros de *masta* Palmer y se sirvió una generosa copa de coñac. Se sentó en la mullida silla rotatoria de cuero para disfrutar de ambos mientras releía lo que había escrito a mano, y que una de las secretarias pasaría a máquina.

—Señorito Palmer, tiene una visita —se oyó la voz de la secretaria de su padre desde el interfono.

—¿Quién es?

—Prefiere que no lo revele. Me ha pedido que le permita darle una sorpresa.

—Está bien. Hágala pasar, por favor.

—Muy bien. Yo he acabado ya. Si no me necesita, me voy a casa.

—Vaya tranquila, Gertrude. Buen fin de semana.

—Buen fin de semana, señorito Palmer.

Se oyeron unos ligeros toques en la puerta. Tim dejó el documento que había estado revisando sobre el amplio escritorio y, con el puro en la mano, se acercó a abrir.

—*Surprise!* —exclamó Nina teatralmente y rizando la erre con exageración—. ¿Me invitas a pasar?

—*Avec plaisir*, mademoiselle —dijo él imitando su acento. Tim le cedió el paso cortésmente y le ofreció una copa. Ella negó con la cabeza.

—Esta noche todo el mundo tiene compromisos varios y no quiero quedarme en casa. ¿Me llevas a cenar? —preguntó Nina con un coqueto aleteo de pestañas. Debía saber que los hombres perdían la capacidad de pensar cuando hacía eso. Él miró sus inmensos ojos, embobado. Estaba más bonita que nunca, y experimentó una punzada de incómoda envidia por su amigo ausente, aunque le halagaba que lo buscara a él en lugar de a Nicolai o a Narek—. *Please, please* —suplicó juntando las manos.

—Por supuesto. Ya casi he acabado. Dame unos minutos para que recoja. A mister Palmer le gusta ver el escritorio completamente despejado.

—Y luego, ¿a bailar?

—Veré lo que se puede hacer —contestó Tim con una sonrisa.

Nina se sentó en el sofá de dos plazas donde solían acomodarse los clientes más importantes cuando los atendía el señor Palmer. Observó a Tim llevar papeles y gruesos volúmenes legales de vuelta a su mesa. Luego él apagó el puro en el cenicero y apuró el coñac. Colocó tanto la copa como el cenicero sobre la mesa de Gertrude para que se encargara de ambas cosas a su regreso el lunes.

Tim ofreció la mano a Nina para que se levantara y la escoltó fuera del despacho. Cogió su abrigo y su sombrero del perchero antes de salir.

—¿Has pensado a dónde quieres ir? —le preguntó Tim mientras enfilaban el pasillo hasta las escaleras centrales. La decoración interior del edificio, al igual que la de las oficinas de la firma, era elegante a la par que funcional. Nada de estatuas ni yesería recargada. Líneas rectas y recubrimiento en madera, así como apliques dorados para las lámparas y los pomos de las puertas.

—Podríamos ir al Majestic. No he estado allí desde la boda de Clarisse Long, y he oído que es el lugar más glamuroso de la ciudad, además de tener la mejor pista de baile. Gillian... —suspiró Nina— no quería ni oírlo mentar, pero a mí me despierta mucha curiosidad.

—Al Majestic entonces.

Salieron a la calle por la puerta giratoria. Principios de febrero era una época especialmente fría en Shanghái. Aunque el ciclo de la luna anunciara el comienzo de la primavera, según la tradición china, en verdad era pleno invierno en la ciudad. Se arrebujaron en los abrigos de piel. Tim se alzó las solapas y se caló el sombrero; después paró un taxi que circulaba por la avenida. Le cedió el paso a Nina y entró en el habitáculo tras ella. Le dio la dirección al taxista y, al hacerlo, un vaho salió de su boca; dentro del vehículo también hacía frío, aunque al menos estaban a resguardo del viento gélido.

Permanecieron un rato en silencio. Tim se sentía un poco tenso. Era la primera vez que estaba a solas con Nina, ya que siempre quedaban en grupo. Volvió a pensar que estaba muy guapa esa noche, tenía un brillo especial. En el colegio, la francesa siempre se había disputado con Darlene el primer puesto en belleza, aunque Nina ganaba en elegancia. Si Gillian no se hubiera fijado en ella..., tal vez...

—¿Has recibido alguna noticia de Gillian últimamente? —le preguntó Tim para aplacar la ligera picazón por su mala conciencia. Era absurdo pensar en esas cosas, y justo en ese momento.

—Hace una semana, una carta breve —dijo ella escueta. Miró por la ventanilla y se quedó callada de nuevo.

—Nunca se le dio bien escribir; hay que valorar el esfuerzo que hace por mantener la comunicación con todos nosotros. Por lo que sé, Nicolai y Narek también reciben cartas suyas, y

Darlene, claro. Mucha escritura para un solo hombre —rio Tim. Nina lo miró y le sonrió, pero no hizo ningún comentario—. Aunque entre nosotros dos prefiere el telegrama, más inmediato. Estaría bien organizar un viaje para ir a visitarlo, ¿qué te parece?

—No creo que yo pueda viajar en estos momentos.

Tim recordó lo que Gillian le había dicho al despedirse sobre que Nina pediría permiso a su padre para viajar a Inglaterra y quedarse con él. Por su contestación, parecía que el señor Allaire no había accedido. Tal vez él pudiera convencerlo. ¿Y si iban todo el grupo de amigos? ¿Le permitiría su propio padre tomarse unos meses para viajar? No estaba seguro; tenían mucho trabajo en el despacho. La vida se complicaba.

Continuaron en silencio el resto del camino. Tim sintió alivio cuando por fin vio las luces del grandioso edificio blanco recortado contra la oscuridad de la noche y el taxi enfiló el vial de entrada del Majestic y atravesó los jardines de elaborada arquitectura vegetal. El aroma de Nina, concentrado en tan pequeño espacio, empezaba a aturdirlo.

El botones les abrió la portezuela. Tim salió primero, le tendió la mano a Nina y después colocó la suya en su brazo doblado para guiarla al interior del hotel. La música y el rumor del salón de baile, con capacidad para mil personas, les llegó desde que pusieron un pie en su interior.

El *maître* les dio la bienvenida y los condujo a una zona cerca de la banda de música.

—¿Podría darnos una mesa un poco más discreta? En la parte de atrás, si puede ser —pidió Nina, y Tim la miró extrañado—. No vamos a poder hablar nada si estamos tan cerca de la orquesta —explicó.

El señor asintió y los guio entre los comensales hacia un extremo más oscuro, opuesto a la pista de baile. Después, les recitó las *delicatessen* de esa noche y les ofreció una botella del mejor champán de la casa. Tim supuso que para ella también resultaba un poco extraño que estuvieran los dos solos, pues durante unos largos minutos apenas hablaron, pero en cuanto se tomaron un par de copas del espumoso y les sirvieron la comida, Nina se animó y empezó a parlotear como solía. Durante la cena, entre plato y plato, se levantaban a bailar, y tras degustar el postre apenas se sentaron. Tim comenzaba a sentirse mareado, por lo que en la pista de baile le susurró al oído que descansaran un rato.

En cuanto tomaron asiento en el rincón alejado, Nina se le vino encima y lo besó. Todo el alcohol se esfumó del cuerpo de Tim en cuanto sintió sus labios ansiosos. La retiró con fuerza y se quedó mirándola a los ojos.

—¿Qué haces?

—¿No te gusto? —preguntó la joven con la lengua un poco atorada.

—Eres la prometida de mi mejor amigo, no se me está permitido pensar en ti de ese modo.

Ella se apartó, pero lo miró con intensidad.

—Me siento sola. Y tú también lo estás. ¿Por qué no te has echado novia aún, Tim? ¿Por qué no te decidiste por Hazel? No soy tonta, siempre he sabido que te gustaría ocupar el lugar de Gillian por cómo me miras, por cómo llevas mirándome desde hace tiempo, antes de que él y yo fuéramos novios.

Tim suspiró con pesadez. Se sirvió otra copa de champán de la tercera o cuarta botella, había perdido la cuenta, y la vació de un trago.

—No es razón para ser deshonestos. Yo no soy así, nunca traicionaría a mi mejor amigo. Pensé que tú tampoco.

Nina cambió de expresión. Se apretó las manos y bajó la cabeza avergonzada. Tim le sirvió una copa del espumoso y se la entregó; ella bebió un sorbo.

—Ha sido un momento de debilidad, perdóname. No volverá a pasar.

—¿Por qué lo has hecho? ¿Ya no estás enamorada de Gillian? ¿Es eso?

Ella negó con la cabeza.

—Nina, sabes que puedes contarme cualquier cosa, ¿recuerdas? También soy tu amigo.

—¡Oh, Tim! He hecho algo terrible. Estoy metida en un buen lío y no sé qué hacer —dijo, y se echó a llorar en sus brazos.

Tim no había pegado ojo en toda la noche, parte de la cual había pasado consolando a Nina y la otra mitad cavilando qué hacer. La única persona con la que podía hablar era Darlene, pues estaba seguro de que guardaría el secreto y, tal vez, pudiera hacer algo por su amiga. Él estaba muy ofuscado por la falta de sueño, el alcohol ingerido y la atroz noticia. Solo se le ocurría una salida, y podía suponer perder a sus amigos.

Paseaba de un lado al otro de la sala, a la espera de que Darlene bajara a atender su visita. Miró a través de una de las ventanas, el sol había despuntado ya, pero aún era muy temprano para estar despierta un sábado por la mañana. El mayordomo le había informado, con su estirada pose y flema británica, que no eran horas para molestar, pero él le había transmitido la urgencia de verse con la señorita y el hombre había ido a llamar a una de las criadas para que la despertara.

—¡Tim!

—Hola, Lin. Gracias por recibirme tan temprano.

—Desde que Gillian se fue, nadie me llama así, salvo Amah. Estás muy pálido. Ven, siéntate. —Eligió un rincón de la sala equipado con unas butacas y una mesa redonda de madera oscura. Tim obedeció, y sintió que se le caía el cansancio encima.

—¿Se les ofrece algo? —Theodore apareció de nuevo.

—Trae café, por favor.

El mayordomo hizo un gesto de asentimiento y volvió a salir.

—¿Pasa algo? ¿Te encuentras bien? Por lo que veo, anoche saliste de fiesta y aún no te has acostado —comentó con una sonrisa.

Tim cayó en la cuenta de que no se había cambiado la ropa antes de salir. Debía de presentar un aspecto horrible.

—Salí anoche, pero no es lo que piensas. No estoy nada

bien. Estoy muy cansado, y creo que aún bastante borracho. Pero no podía esperar. Lo que tengo que contarte ha de quedar entre nosotros dos. Esperemos a que se haya retirado el bretón —añadió en voz baja.

Guardaron silencio. Tim se frotaba las manos. Tenía frío y también había olvidado coger el abrigo antes de salir de casa. Theodore regresó con una bandeja; sobre ella, dos tazas de porcelana y una cafetera de plata, de la que sirvió un oloroso café. Tim agarró una taza con las dos manos y suspiró tras beber un sorbo.

—Enciende la chimenea, Theodore, por favor.

—Ahora mismo.

Los jóvenes se quedaron absortos mirando las llamas crecer. El hombre se retiró. Tim se levantó, caminó hasta la puerta para asegurarse de que no se quedaba escuchando y después regresó junto a la lumbre. Permaneció un rato en silencio mientras contemplaba el fuego y Darlene se tomaba el café.

—Nina está embarazada —dijo de pronto y sin volverse a mirarla.

—¡Tim! —A su espalda, oyó un fuerte golpe en la mesa cuando la taza chocó contra el platillo—. ¡¿Cómo has podido involucrarte con la prometida de mi hermano?!

Él se giró hacia ella con los músculos del rostro contraídos de espanto.

—¡Está de más de cuatro meses! ¡El bebé es de Gillian!

—¿Voy a ser tía? ¡Oh, Dios mío, voy a ser tía! —exclamó Darlene, y se llevó las manos a la cara.

—Shhh, shhh. Baja la voz; nos van a oír. Sí, vas a ser tía, bueno, no. No puedes ser tía porque... porque he decidido reconocerlo como mío. Le he estado dando vueltas, de hecho, no he dormido, y creo que la única solución es pedirle a Nina que se case conmigo. Es lo mejor para todos.

—Claramente estás muy borracho y no estás pensando con la mente despejada. Además, creí que te gustaba Hazel.

—Sí, me gustaba, un poco. Es divertida, pero al final ninguno de los dos se animó, y en parte fue porque en el fondo...

en el fondo... siempre me gustó Nina. No me he atrevido a admitirlo hasta esta noche, he pensado mucho y es la verdad. En comparación con tu hermano, nunca tuve opción; Gillian era más rico, y derrocha esa seguridad en sí mismo que atrae como a una polilla el fuego. Nina era suya, así que descarté mis sentimientos por imposibles. Estoy desvariando... El caso es que ella me ha pedido ayuda, y no se me ocurre ninguna otra manera de hacerlo. He buscado en lo más hondo de mi corazón y creo que podría ser feliz con ella, y hacerla feliz también.

—¿Tú te escuchas? Es una locura. Gillian tiene que saberlo. Él lo arreglará, no tienes que ocupar su lugar.

—Está a miles de millas de distancia. No puede hacer nada. Nina necesita una solución con rapidez. Se le empieza a notar, por eso ha acudido a mí. Creo que, de alguna manera, quiere que sea yo quien la saque del problema. Sí, es eso —dijo Tim con ojos enrojecidos.

—No puedes casarte con ella, Tim. Ellos se quieren. El amor es lo más importante. No puedes hacerle eso a Gillian. Pensé que eras su amigo. Hablan el alcohol y el cansancio, después de unas buenas horas de sueño lo verás todo diferente.

—Hablo muy en serio. Y claro que soy su amigo, lo soy más que nunca. ¿Cómo si no aceptaría darle mi apellido a su hijo? ¿No te parece la señal más evidente de mi amistad?

—Pero Nina es su novia.

—Tu hermano se marchó a estudiar, Lin, y no puede volver en varios años. ¿Qué va a ser de ella? ¿Lo has pensado? No puede esperar tres años a que termine sus estudios. Si Digby no los apoya, ¿de qué van a vivir?

—Mi hermano es inteligente, puede encontrar un trabajo y...

—Él mismo me contó que había hablado con mi padre y este le explicó que, hasta que no cumpláis la mayoría de edad, Digby tiene vuestra tutela. Además..., hay otra cosa...

—¿Más?, ¿qué?

—No pensaba decírtelo, pero no quiero que creas que me

estoy aprovechando de que está lejos. Si ellos no hubieran hecho lo que no debían, no estaríamos en esta situación; yo solo intento ayudar, que conste. Mira, léelo tú misma. Cuando llegué a casa de madrugada, después de pasar horas consolando a Nina, estaba sobre la bandeja de la entrada.

Timothy se sacó del bolsillo del pantalón un papel doblado y se lo entregó. Era un telegrama.

HE CONOCIDO A ALGUIEN. STOP. ARISTÓCRATA. STOP. CONTACTO DIGBY. STOP. NO MENCIONARLO. STOP. ABRAZO

Los telegramas eran caros y se pagaban por palabras, de ahí lo parco de la comunicación.

—No especifica que sea una mujer. Puede ser un nuevo amigo o alguien que puede ayudarlo con sus estudios. No se entiende bien.

—Es una mujer, Darlene —dijo Tim, que le arrebató el telegrama y lo leyó de nuevo.

—Si así fuera, no puede tratarse de nada serio. Gillian está enamorado de Nina. Seguro que lo hace para que Digby lo deje tranquilo; a mí también me anda buscando marido entre sus amistades. Ayer mismo...

—El tiempo se agota. Nina no puede esperar —la interrumpió.

—Nina tiene que escribirle, tiene que decírselo. Gillian volverá en cuanto se entere, y Digby tendrá que aceptar la reparación. Por muy desalmado que sea, conoce las reglas de la sociedad. Deben casarse.

—¿No te das cuenta de que no hay forma de comprobar que Gillian sea el padre si lo niegan? Nina quedará deshonrada y sin reparación, será un escándalo, y entonces no podré ayudarla; mi familia no me permitiría involucrarme con ella. La única forma de hacerlo con discreción es que yo asuma la paternidad y me case con ella, y que la verdad no salga de las dos familias.

—Gillian jamás negaría a su hijo, estoy segura.

—Pero Digby sí —afirmó Tim.

—Yo puedo hablar con mi madre y pedirle que interceda con su esposo para que acepte que Gillian se case con Nina —insistió la joven sin mucho convencimiento.

Darlene tenía que entender que Tim estaba siendo muy razonable. Mucho más que eso, estaba siendo un gran amigo. Asumir algo así con tan solo dieciocho años, incluso aunque acabase de revelarle que albergaba sentimientos por Nina, era un gran signo de amistad, y esperaba que ella así lo creyese.

—¿Estás segura?

—Es la única opción. Digby tiene que aceptar, y lo hará si Clarisse se lo pide. Parece quererla —aseguró Darlene.

—¿Cuándo podrías hablar con ella?

—Dame unos días. Debo pensar en cómo dar la noticia a mi madre. También voy a escribir un telegrama urgente a Gillian; tiene que regresar. Tiene que asumir su paternidad.

Tim se dejó caer sobre la butaca y cerró los ojos unos minutos. Durante ese rato, solo se oyó el crepitar de las llamas.

—Está bien. Pero, si Digby se opone, quien asumirá la responsabilidad seré yo y me casaré con Nina. Le diremos a su padre que el bebé es mío y ya no habrá marcha atrás.

—¿Has pensado en lo que dirán tus padres?

—No, no quiero pensarlo ahora. Pero solo pueden apoyarme, soy su único hijo. No cambiará nada. Seguiré trabajando en el despacho y puede que hasta viviendo en la residencia de los Palmer. —Tim le tomó las manos y la miró con ojos enrojecidos tras la noche en vela—. Lin, tienes que guardar el secreto. Nadie puede saberlo. Prométeme que solo se lo contarás a tu madre y a Gillian. Si se sabe, Nina quedará arruinada y yo no podré ayudarla.

—Sí, por supuesto.

—Eso incluye a Hazel, Olive y los muchachos.

—No lo comentaré con nadie, lo prometo.

—Siento haberte despertado tan temprano. Tienes ojeras.

—Has hecho bien, no te preocupes. —Darlene acarició su mano y, tras ponerse en pie, añadió—: Ahora vete a casa, Tim.

Te avisaré en unos días cuando haya hablado con Clarisse. Dile a Nina que confíe; todo se arreglará. Iré a verla cuando tenga noticias.

Darlene acompañó a su amigo a la puerta y lo observó mientras avanzaba cabizbajo por el camino de grava hacia la salida.

31

Darlene no supo cuánto tiempo pasó contemplando las llamas consumir los leños en la chimenea. El chisporroteo la hipnotizaba, y la luz y el calor que desprendía el fuego la adormecían en esa mañana gris de cielo encapotado.

Echaba mucho de menos a su hermano. ¿Qué estaría haciendo?, ¿sería feliz como estudiante?, ¿pensaría en ella?, ¿y en Nina? ¿Qué sentía por esa nueva joven a la que había conocido?, ¿se habría olvidado de su primer amor? Darlene también había entendido que era una mujer a la que hacía referencia el telegrama de Gillian, pero había preferido negarlo. Conocía a su hermano, y estaba segura de que no podía haberse despojado del afecto que sentía por Nina en unos pocos meses, sobre todo, después de lo que habían compartido. Gillian no era así, no podía ser así. Pensó en sí misma. No podía juzgar a ninguno de los dos cuando Darlene también se había dejado llevar por un arrebato ciego teñido de intensos sentimientos; el miedo a perder a Kai, la necesidad de ser solo para él y un deseo incontrolable de sentir su cuerpo desnudo sobre ella.

Oyó pasos y murmullos, pero nadie entró al salón. Imaginó que los sirvientes estarían empezando los quehaceres. Temía el momento en el que los Digby bajaran a desayunar; repararían en su estado de ánimo, y no creía que fuera el momento de dar la noticia. Tenía que pensar en la mejor forma de contárselo primero a su madre, pero, para su consuelo, cuando Theodore reapareció para servir la mesa, le informó, con su habitual pomposidad, de que «milady y milord» desayunarían en su estancia, así que Darlene se ahorró fingir delante de ellos que todo iba bien, al menos durante unas horas.

La noche anterior, se había retirado antes de que la velada terminase, aunque ya pasada la medianoche. Después de la incómoda situación con el señor Ferries, no consiguió relajarse, y terminó aduciendo un terrible dolor de cabeza para marcharse a descansar. Ellos se habrían acostado muy tarde, y de ahí la mañana en la cama. Darlene desayunó en soledad mientras daba vueltas a lo que había propuesto Tim. Gillian no lo consentiría. Nina era su mujer, ¿cómo iba a permitir que se casara con otro, así fuera su mejor amigo?

Cuando estaba terminando, desde el pasillo le llegó la voz de su padrastro dando instrucciones a Theodore. Apretó los ojos y deseó que no se asomara al salón; poco después la puerta principal sonó con un contundente portazo. Respiró tranquila. Calculó que, como cada sábado, Chester Digby iba al club inglés para reunirse con sus pares. Darlene aprovechó para subir a su habitación y prepararse para dirigirse a la central de correos y enviar el telegrama urgente a Gillian. Después vería cómo presentarle el asunto a su madre; tenía que pillarla en un buen momento. En las escaleras, se cruzó con una de las sirvientas que subía unas sábanas, y le pidió que avisara a Amah para que la ayudara a peinarse, pero la muchacha le dijo que no la había visto esa mañana. Darlene llamó a la puerta de la alcoba de su madre.

—*Maman*, soy yo.

—*Entre, chérie.* —Clarisse todavía estaba en la cama, recostada ligeramente sobre los almohadones, con una mesita de desayuno encima de las mantas y la comida a medias.

—Estoy buscando a Amah, ¿la has visto?

—Se ha marchado.

—¿Al mercado?

—No, Darlene. Tu hermano no está y tú ya no eres una niña, no necesitas un aya que te cuide. Además, está vieja y refunfuña todo el día; los criados se han quejado. Voy a asignarte a Mimi como tu sirvienta personal. ¿Qué te parece? —Darlene no acertaba a entender lo que le estaba diciendo; la sangre se le había subido a la cabeza y estaba a punto de estallar. Su madre debió de intuir su estado, porque añadió—: Pero no te preocupes por ella, se fue como una señora. Chao la llevó anoche a casa en el Rolls-Royce y le dimos una paga extra.

—¡¿Anoche, cuándo?!

—No hace falta que levantes la voz, *chérie*. Me duele un poco la cabeza. No sé exactamente, puede que ya hubieses subido a descansar.

—¡¿La despediste en mitad de la noche?! —Los ojos de la joven echaban chispas.

Clarisse se aclaró la garganta.

—Chester pensó que... él...

—¡¿La ha despedido él?! ¿Cómo has podido consentirlo? ¡Y a mis espaldas, y en mitad de la noche! —repitió sin dar crédito—. ¡¿Te das cuenta de la atrocidad?! —Las lágrimas le abrasaban las mejillas—. ¡¿Cómo podéis ser tan desalmados?! Ella me ha cuidado como una madre.

Clarisse endureció el gesto.

—Madre solo hay una, Darlene.

—Exacto, solo he tenido una. De ella es de quien he recibido el afecto y los cuidados. ¿Cómo has podido echarla? ¡Esto no te lo voy a perdonar nunca! —dijo, y salió de la habitación con un portazo. Corrió a su alcoba y se tiró en la cama entre lágrimas. ¡La odiaba, oh, cómo la odiaba!

Solo después, cuando el llanto y la rabia se calmaron y se hubo tranquilizado, se dio cuenta de que su arrebato había, tal vez, estropeado la única posibilidad de que Gillian regresara. Reflexionó. Tarde o temprano tendría que pedirle perdón a su madre por lo que había dicho, aunque tuviera que envenenarse de ira e impotencia, fingir lo que no sentía y proponerle ir de compras o a tomar una merienda al Palace para compensarla. Solo entonces podría contarle el predicamento en el que se hallaba Nina. Pero, en ese momento, lo más importante era acudir a la central de correos y enviarle un telegrama a Gillian y, luego, buscar a Amah para asegurarse de que se encontraba bien. Podía pedirle a Nina que la empleara en su casa; en vista de las circunstancias, tal vez accediera y pudiera hacerle ese favor a su aya. Sobre todo, Darlene quería que Amah supiera que ella no había tenido nada que ver con la decisión; quería decirle que la quería mucho y que apreciaba todos los años de dedicación, y que, a pesar de todo, siempre serían familia. De hecho, estaba segura de que Gillian y ella eran su única familia porque Amah así lo había dicho muchas veces. Darlene había sido la hija que no tuvo, y por cuidarlos había renunciado a formar su propia familia. Lo recordaba bien, tendría ocho o nueve años cuando se lo preguntó por primera vez.

—¿Por qué no te has casado, Amah?

—Porque tenía que cuidar de tu hermano y de ti.

—¿No te habría gustado tener tus propios hijos?

—Ya tengo hijos, dos niños que salieron con los ojos grandes y verdes como el jade más precioso, mi *xiao* Lin.

Tal vez por eso ninguno de los dos había sentido la falta del afecto materno, pues, a pesar de su carácter arisco, Amah los había tratado con cariño y los había llenado de mimos y caricias, muchas más de las que habían recibido de Clarisse. Cómo detestaba a su madre. En ese momento de ira explosiva, deseó que hubiera sido ella quien hubiese fallecido, y no su padre, ya que él nunca habría hecho algo tan descarnado, aunque inmediatamente después se sintió peor por pensar algo tan terrible.

Se puso un sombrero para cubrir las ondas rebeldes del cabello, que no se había vuelto a cortar; cogió su cámara y un poco del dinero que guardaba escondido en su secreter y que era parte del estipendio que recibía de la *Far Eastern Review* por cada artículo al que contribuía, y salió en busca de Chao.

El impresionante nuevo edificio de correos había sido inaugurado unos meses atrás en una localización estratégica dentro de la concesión internacional, entre el distrito financiero del Bund y la estación de tren del norte de Shanghái. Aunque Darlene había ido muy a menudo para enviar las cartas para Gillian, aún se maravillaba de que semejante mole de piedra, con sus inmensas columnas, pudiera seguir en pie a pesar de ubicarse en la ribera del Soochow. Cuando se inauguró el edificio, la *Far Eastern Review* había dedicado un amplio artículo alabando al estudio de arquitectura que lo había diseñado, Stewardson & Spence, y explicando cómo los cimientos se habían afianzado con un ingenioso sistema de tanques, que se llenaban con el agua del río y volvían a drenarse a medida que los niveles de esta subían y bajaban debido a las lluvias y las corrientes del Whampoa, que lo alimentaban. El artículo explicaba que eso aseguraba que el edificio permaneciera estable y sin venirse abajo.

Durante el trayecto hasta allí, había estado pensando en qué le diría a su hermano. Tenía que ser breve y muy clara, hacerle entender que debía regresar con urgencia a Shanghái, y para eso debía revelarle lo que pasaba. Chao paró el automóvil frente a la puerta principal que hacía esquina. Darlene miró a lo alto, a la torre del reloj, que remataba la grandiosidad del edificio. Tomó aire y entró. Se dirigió a la ventanilla para poner el telegrama. Escribió en una hoja de papel que le presentó el telegrafista:

> NINA EMBARAZADA. STOP. TÚ EL PADRE. STOP. REGRESA SIN DEMORA. STOP. LIN

Dudó si añadir la intención de Tim de casarse con ella, pero al final concluyó que tener un hijo era una razón lo suficientemente poderosa como para que su hermano dejara todo y comprara un pasaje en el primer vapor a Shanghái.

—Es muy urgente —dijo, y el telegrafista asintió.

Pagó el coste del telegrama y esperó a que lo hubiese enviado. Necesitaba estar segura de que no se perdía en una de las canastas de correspondencia sin enviar. Después, salió de nuevo a la calle y respiró hondo; a pesar del mal olor procedente del río, se sintió un poco más tranquila. Su hermano regresaría.

Chao fumaba un cigarrillo apoyado en la carrocería del coche. Al verla, lo tiró, se colocó la gorra y abrió la portezuela para que entrase; después, montó él al volante.

—¿A casa, missis?

—No, Chao, llévame a ver a Amah.

—¿Amah?

—Sí, tú sabes dónde vive, la llevaste anoche a su casa. Arranca.

—Missis Clarisse no contenta.

—Tú no te preocupes por eso. Venga, vámonos.

Aunque Falgu no estaba esperándola cuando había salido de casa, no podía confiarse; no quería que le fuera a su padrastro con la historia de que había visitado a Amah. El sij era un fantasma que aparecía y desaparecía. Estaba segura de que la vigilaba, aunque, no sabía por qué, de unas semanas a esa parte no la acompañaba tan visiblemente como desde que le habían asignado su protección y vigilancia. ¿Qué tramaría? ¿Estaría metido en algún negocio a espaldas de Digby o era por servirle a él por lo que de vez en cuando la dejaba tranquila y en aparente libertad? Al pensar en su padrastro, se le ocurrió que quizá el repentino despido de su aya podía haber sido desencadenado por su actitud con Ferries. Ahora que lo pensaba, la forma en que la había mirado el marido de su madre la noche anterior no había augurado nada bueno, y ese era el resultado. Darlene debería tener mucho cuidado de no caer en ninguna encerrona, pues, aunque no tenía pruebas, percibía algo siniestro en ese hombre.

Chao estuvo mascullando entre dientes su descontento todo el camino hasta que llegaron a un distrito fuera de la concesión internacional. El chófer se bajó del vehículo, que destacaba por su elegancia y magnificencia en un barrio local tan pobre, y le abrió la portezuela a Darlene al tiempo que le ofrecía la mano para que saliera. La acompañó a través de un laberinto de calles estrechas y torcidas, con las casas pegadas unas a otras. De vez en cuando, les salía al encuentro un pequeño templo escondido en un hueco entre dos viviendas o un altarcito con la estatua de algún dios taoísta y varias cestas de fruta y humeantes palitos de incienso.

Chao se detuvo frente a una puerta de madera, desgastada y abombada por la humedad, y llamó con la voluminosa aldaba. Abrió una mujer con la piel prematuramente envejecida, a la que Chao saludó y a quien explicó la razón de la visita; debió de mencionarla a ella, porque la mujer sonrió y la saludó con varias reverencias y los invitó a entrar.

La vivienda solo contaba con una habitación y un patio trasero. Amah estaba sentada en una silla baja de bambú y observaba cómo jugaban en el suelo dos niños vestidos con gruesas ropas, los cuales, al ver entrar a los desconocidos, corrieron a esconderse tras ella.

Amah se puso en pie. Su expresión relajada se tensó al verla.

—¿Por qué *venir*? No lugar para Lin.

—No me regañes, estaba preocupada. —Miró en derredor—. ¿Quiénes son?

—Son mi hija y mis nietos —dijo en chino, y miró a Chao, apuntándolo con la barbilla. Darlene miró también al chófer, que bajó la vista.

—¿He entendido bien, Amah? ¿Son tu familia? Pensé que no tenías. —Debería haberse sentido contenta de que la mujer no fuera a quedarse sola, de que tuviera seres queridos, y, sin embargo, se sintió traicionada en su afecto y, sobre todo, en el lugar que había creído ocupar en el corazón de su aya—. ¿Por qué nunca los mencionaste, Amah?

—No *necesitar saber* —dijo seca mientras su hija entregaba a Darlene un vaso con agua que había estado calentando sobre un fogón, bajo el cual había carbones prendidos—. *Beber*, hace frío —ordenó, y Darlene se lo acercó a los labios y dio un sorbo. El agua sabía a ahumado y a metal. Lo dejó sobre la única mesa que había.

—Solo quería comprobar que estabas bien; no me enteré de que te fuiste. No debieron hacerlo. Ha estado muy mal. Lo siento.

—No *importar.* Amah *buscar* otro trabajo.

—Puedo ayudarte. Mis amigas...

—No *necesitar* ayuda —la interrumpió.

Creía conocerla bien, sabía que era orgullosa, pero nunca lo había sido con ella. ¿Habría cambiado de pronto o Darlene no había sabido ver que ocultaba sus verdaderos sentimientos y, en el fondo, los mellizos eran tan solo su responsabilidad laboral y la trataba bien para conservar su trabajo? Le costaba creerlo, pero la actitud de Amah no ayudaba. Sentía una congoja horrible en el corazón. Una decepción más, un espejismo desbaratado en un momento, triste y difícil de asimilar. Necesitaba salir de allí.

—Me alegro de que estés bien. Si necesitas algo, puedes mandar un culi a buscarme.

Amah asintió.

No pudo reconocer, como antaño, el afecto verdadero en los ojos entornados y rodeados de arrugas de su vieja aya cuando acariciaba su cabello al peinarlo, como si fuera un material precioso y delicado. La mujer que era Darlene, en parte, había sido obra de Amah, pues ella la había cuidado desde que era una bebé. Quiso decirle que la quería, que había sido una de las personas más importantes en su vida, pero no se atrevió. Los ojos se le llenaron de lágrimas.

—Adiós, Amah —dijo con la voz ahogada en la garganta, y salió rápido de la estrechez de la covacha antes de romper a llorar.

Desde su llegada, Gillian se había empeñado en odiar Inglaterra y todo lo que tenía que ver con su nueva vida. Había deseado que el vapor que lo trasladó a Liverpool naufragara o se averiara en mitad del recorrido con tal de no tener que afrontar en soledad el destino que le esperaba lejos de su hogar, de Darlene, de Nina y de sus amigos.

Ese *impasse* por medio mundo, rodeado de océano, con el balanceo constante de las olas, el olor a salitre y el ritmo pausado de la vida a bordo, los paseos por cubierta, las siestas en las tumbonas de tela en los días de sol y las noches en el restaurante, donde solía tocar una banda de música y los pasajeros bailaban hasta la medianoche, había apaciguado en cierta manera su soledad y la inmensa impotencia que lo acuciaba. Había bebido, comido, fumado y mantenido conversaciones insustanciales, llenando de placeres inmediatos las largas horas teñidas de azul. Aunque nunca lo reconocería, porque eso habría sido igual que darle algún crédito al miserable del nuevo marido de su madre, según pasaban los días había sentido cada vez con mayor frecuencia una libertad desconocida, unas ansias de ver el mundo y descubrir horizontes nuevos; unos sentimientos que había creído sepultados junto al cuerpo sin vida de su padre, y que habían despertado poco a poco durante los más de dos meses que duró la travesía.

Después de dejar atrás la costa suroriental de China, la primera parada fue Hong Kong. Le gustó su frondosidad selvática y cómo los extranjeros habían construido sus mansiones en las laderas de las montañas, desafiando a los elementos. De ahí, el vapor puso rumbo al suroeste, hacia el mar de la China Meridional. Uno de los marineros había comentado que esa zona solía ser traicionera por las fuertes corrientes, los tifones y la abundancia de islotes y bajíos, que representaban un peligro para la navegación, pero los días permanecieron luminosos y soleados, y el viento, amable y colaborador, por lo que en poco tiempo alcanzaron la segunda parada del viaje.

En Singapur, Gillian apreció la amalgama de culturas y de lenguas, el olor que emanaba de los frangipanis y de los puestos de comida en el puerto, y las hermosas aves que sobrevolaban el cielo. Le habría gustado quedarse unos días y participar en una de las cazas del tigre de las que les había hablado el capitán durante las veladas. Enfilaron después el estrecho de Malaca hacia el océano Índico. Los vivos colores de la naturaleza en el sudeste asiático, el verde de la selva, el rojo, el rosa y el naranja intenso de las flores de la plumeria se fueron transformando, según navegaban hacia el continente africano y se acercaban al canal de Suez, en dorados y ocres. En Singapur habían embarcado numerosos devotos musulmanes que realizaban el *hach*, una peregrinación a la ciudad de La Meca, en la península arábiga. Los peregrinos descendieron en el puerto de Yeda, en el mar Rojo, donde atracaron unas cuantas horas para reponer víveres, carbón y cargar mercancías.

Gillian y sus compañeros de travesía tuvieron ocasión de pasear por las calles estrechas del centro histórico de Yeda, que, desde el siglo VII, se había convertido en una importante ciudad portuaria por la que transitaban las mercancías llegadas por las rutas marítimas del océano Índico con destino a La Meca. Al joven lo cautivó el ambiente de comercio, similar, a la par que tan diferente, al que se vivía en Shanghái. También pudo comprobar que los mercaderes constituían la clase social más pudiente, hecho evidenciado por las preciosas casas con torres de una blancura reluciente, construidas con las rocas coralinas extraídas del mar Rojo.

Una vez que atravesaron el canal, el vapor penetró en las aguas del mar Mediterráneo y, de ahí, en el Atlántico, donde se dirigieron hacia el norte, al puerto de Liverpool, en ese momento uno de los más activos del mundo.

Un caballero de refinado atuendo, con bastón y bombín, y que se presentó como míster Locktrom, lo estaba esperando. Explicó que había sido compañero de Digby en la administración del Raj en sus años en la India, y que cuidaría de que su estancia diera los frutos esperados. Le explicó que se aseguraría de que siguiera la disciplina de la universidad, y que Gillian tendría que rendirle cuentas de su desempeño tanto en las aulas como entre la alta sociedad de Inglaterra.

El primer mes en Cambridge había sido el más duro, pues todo en ese ambiente tan inglés, de rígidas convenciones y cielos grises, le recordaban al desalmado de Chester Digby. Se esforzó en odiar su suerte y cuanto lo rodeaba. Durante ese tiempo no hizo ningún amigo; tan solo asistía a clase, pasaba una vez a la semana por la oficina de míster Locktrom para firmar la entrega del dinero que le enviaba su padrastro junto con instrucciones de las relaciones que debía entablar o los eventos a los que tenía que asistir, escribía cartas a su hermana, su novia y sus amigos y esperaba ansioso las respuestas, que recibía en su casillero para la correspondencia.

Las cosas empezaron a mejorar cuando se presentó a las pruebas de selección del equipo de fútbol de la universidad. Fue seleccionado, por supuesto, ya que siempre había destacado en ese deporte. El tiempo dedicado a los entrenamientos, los partidos y las competiciones con otras universidades propiciaron que forjara amistad con sus compañeros de equipo, algunos de los cuales, descubrió, iban a clase con él y se alojaban en el *dorm*, y poco a poco el muchacho risueño y encantador de otra época comenzó a resurgir y a opacar al joven herido de nostalgia.

32

Desde el despido de Amah, la relación de Darlene con su madre se había tornado tan tensa que ni siquiera se hablaban, pero ella había prometido que intercedería por Nina y había pasado ya una semana desde que Tim le diera la noticia. El tiempo se agotaba, y su amiga necesitaba saber a qué atenerse, así que, tragándose sus sentimientos, Darlene llamó a la puerta de la alcoba donde Clarisse pasaba las tardes, ahora que su vida social se había reducido a las cenas que organizaba en casa con los amigos de Digby y a las que asistía, también en el círculo de este. Abrió y se asomó.

—*Maman*, ¿puedo pasar?

—¿Qué quieres, Darlene?

Ella entró y caminó sobre la mullida alfombra persa azul cobalto, uno de los elementos de la nueva decoración que había llevado a cabo su madre. Se había librado casi por completo de la sensación de ahogo y del aspecto sombrío que lucía la casa cuando se mudaron.

Su madre ojeaba una de sus revistas, aún en bata de seda. Darlene se arrodilló junto a ella y extendió las manos sobre el artículo que leía para que le prestara atención. Clarisse levantó la mirada.

—Lamento mucho lo que te dije. Tú eres mi única madre, pero a Amah la quiero como a alguien cercano que ha cuidado de mí. Mentí al decirte esas cosas; estaba enfadada. Las dos sabemos que, por mucho que yo la aprecie, no puede compararse con el afecto que te tengo a ti, *maman* —dijo en un intento por sonar sincera y mientras se aferraba a la lógica de su argumento aunque no lo sintiera.

—Está bien, *chérie*, te perdono —dijo con una sonrisa forzada—. Sé que te sentó mal descubrir que Amah se había ido. Debimos decírtelo, pero pensé que te dolería más despedirte de ella que simplemente aceptar que había llegado el momento de dejarla marchar.

—Fue muy inesperado. Tal vez habría necesitado hacerme a la idea primero, pero ahora lo entiendo, puedo cuidarme sola, y me siento mal por mi arrebato. —Sonrió—. Hace mucho que no hacemos nada juntas, ¿quieres que vayamos a merendar a algún lado?

—No, *chérie*, no me encuentro con ánimo.

Clarisse echó mano de un vaso que tenía en la mesita auxiliar. Por la tonalidad y el olor de su contenido, Darlene dedujo que era brandy. No se había percatado de que su madre bebía en soledad. En eventos sociales, en el pasado, le encantaban el champán y los coloridos cócteles, pero nunca antes la había visto beber licor fuerte, y menos sin la compañía de alguien con quien socializar.

—*Maman*?

No sabía si era el mejor momento para contárselo, pero el tiempo se agotaba. No tenía opción.

—*Maman* —empezó de nuevo—, ha pasado algo.

—¿El qué? Dime.

—Es Nina, la novia de Gillian.

—Me gusta esa chiquilla. Es elegante, muy guapa y vivaracha. Y, además, piensa lo mismo de mí —rio—. Me lo ha dicho varias veces. Hace mucho que no la veo, desde nuestra boda en el Majestic. Podrías invitarla a merendar.

—Sí, es una buena idea; a mí también me gusta, y quiere mucho a Gillian. El caso es que… está embarazada…, esto… va a tener un hijo de Gillian.

Clarisse abrió los ojos y se llevó una mano a la boca.

—¡¿De Gillian?! ¡Imposible!

—Es suyo, *maman*. Calculamos que está de más de cuatro meses; tuvieron relaciones antes de que él se marchara. Mi hermano debe regresar y asumir la responsabilidad.

—No puede ser de Gillian, lo hemos educado bien —insistió Clarisse.

—No hay duda, él es el padre. Gillian tiene que volver.

—En el supuesto caso de que fuera de Gillian, ¿cómo va a regresar ahora si se fue hace escasos meses? No puede interrumpir sus estudios, se está labrando un futuro. Y, si es cierto lo que dices, razón de más para que termine la universidad; luego tendrá muchas más posibilidades de colocarse bien o incluso Chester podría ponerlo al frente de los negocios.

A Darlene se le ocurrió una idea, algo en lo que no había pensado hasta ese preciso instante.

—Podríamos viajar con ella a Inglaterra y que se casen allí. ¿No sería estupendo ver de nuevo a Gillian? Tú querías viajar, ¿verdad? Podemos acompañarlos en su luna de miel, un tour por Europa. ¿No te gustaría? —la tentó.

—Podría ser una idea, pero tendría que hablar con Chester.

—Sí, *maman*. Sería de gran ayuda si puedes convencerlo. Sería lo mejor. Vas a ser abuela, y yo, tía. ¡¿No te parece maravilloso?!

Clarisse no contestó, tan solo le dio otro largo sorbo al brandy.

Darlene dejó a su madre en el reducido mundo de su alcoba y le pidió a Chao que la llevara al hotel de las Travers. Los fines de semana era cuando más tiempo podía dedicar al revelado de sus fotografías, y estaba deseando recluirse en su refugio rojo.

Saludó al muchacho de la recepción y le pidió que avisara a Olive de que estaría en el cuarto oscuro. El tiempo dejaba de importar, y también las preocupaciones, cuando se concentraba en las imágenes que emergían en el interior de las cubetas.

Un rato después, Olive llamó a la puerta, pero no le abrió,

conocedora del daño que la luz podía causar en las fotografías. Le anunció, desde el pasillo, que Nina y Hazel habían ido a pasar la tarde.

—¿Te queda mucho, Darlene?

—En veinte minutos estoy con vosotras.

Por un lado, deseaba ver a Nina y darle un abrazo y, por otro, temía el momento de enfrentar su desesperanza, ya que ella aún no tenía modo de amortiguarla. Había mandado otros dos telegramas a su hermano y no había recibido respuesta. ¿Dónde estaría Gillian? ¿Por qué no contestaba? Quería pensar que se encontraba ya en un vapor de camino a casa, pero no podía estar segura. Pese a que siempre había tenido una conexión muy especial con él y percibía sus sentimientos como si fueran los suyos propios, e incluso era capaz de adelantarse a sus pensamientos, en ese periodo no le llegaba nada. Era como si estuvieran desconectados, como si se hallaran en dos mundos paralelos.

Dejó la última tanda de fotografías secándose y se encaminó a la sala del té, el lugar más acogedor del hotel cuando hacía frío fuera. La chimenea crepitaba, el olor a azúcar tostado inundaba el ambiente, la voz melosa de los cantantes franceses sonaba sin cesar desde el gramófono y la decoración asiática en tonos ocres se fundía sin estridencias con los detalles más europeos. Sus amigas estaban sentadas junto a la cristalera. Nina la vio primero y se atragantó con el té. Debía de estar tan nerviosa como ella por el encuentro.

—*Salut, les filles* —dijo Darlene, y se sentó en la butaca vacía.

Olive les hablaba sobre el último potencial candidato a marido, al que había conocido hacía poco. Seguía saliendo mucho, pero no parecía que ninguna de sus amistades masculinas quisiera aún formalizar nada; al menos, se lo tomaba con humor y había perdido la tristeza que la había acompañado durante meses tras la desilusión con Nicolai, que también seguía soltero. Darlene no había vuelto a mencionarle sus encuentros clandestinos con Kai y, cuando Olive le había preguntado, había alegado que no era lo que ella esperaba y que no habían vuelto a verse. Se sentía mal al mentir a sus amigas, y en muchas ocasiones había estado tentada de contarlo, pero luego le venían a la cabeza las palabras de Kai sobre que nunca aceptarían su relación y callaba.

Madame Travers entró a la sala del té, saludó a los huéspedes del hotel que disfrutaban de la tarde resguardados del frío del exterior y, después, se acercó a la mesa de las chicas.

—Han abierto una *boulangerie* nueva y la dueña me ha traído una enorme bandeja con todo el surtido que ofrece. ¿Me ayudáis a decidir para hacerle un pedido para el desayuno de mañana?

—¡Por supuesto, madame Travers! —dijo Hazel con entusiasmo. Era la más golosa de las cuatro.

—Olive, ayúdame a servirlos.

—Yo también voy —se animó Hazel.

Darlene y Nina se quedaron solas en la acogedora sala. El chisporroteo de la chimenea y la música del gramófono, que en ese momento reproducía un disco de canciones populares, mitigaban el silencio que se había instalado entre ellas.

—Lo sabes, ¿verdad? —preguntó Nina, e instintivamente se puso la mano sobre el vientre todavía plano. A Darlene se le ocurrió que quizá llevase algún tipo de contención. ¿Se habría puesto una faja para disimular el abultamiento? Se fijó con atención en el rostro de su amiga, tenía ojeras y había adelgazado.

—Sí, Tim me lo ha contado. Aunque me habría gustado que lo hicieras tú.

—Le pedí que no dijera nada. Nadie puede saberlo. Me siento muy avergonzada —dijo con las mejillas coloreadas y los ojos vidriosos.

—Estoy de tu lado. Ese bebé también lleva mi sangre. —Posó una mano sobre la otra de Nina, que descansaba en la mesa—. Además, Gillian tenía que saberlo.

—¡¿Le has escrito?! —preguntó Nina con la voz embargada de esperanza.

—He enviado un telegrama.

—¿Ha contestado? —Por un momento, su mirada brilló esperando la confirmación.

—Aún no, pero lo hará, estoy segura. —Darlene prefirió no mencionar que en verdad eran tres los telegramas sin contestar. Nina bajó los ojos.

Darlene había estado tan enfrascada en sus propios asuntos que no se había preocupado por cómo habría llevado Nina todos esos meses sin su hermano. Ella se había dejado cuidar por sus amigos, sin plantearse cómo les afectaba a ellos la ausencia de Gillian. Había vivido para su nuevo trabajo y para sus encuentros con Kai; el resto había permanecido envuelto en una especie de nebulosa de salidas, meriendas y charlas que no recordaba bien, desdibujadas en su mente.

Nina, al creer que meditaba sobre su problema, dijo:

—No pienses mal de él. Fui yo la que quiso. Fue un impulso desesperado: el alcohol, el baile, saber que me quedaban tan solo unas horas a su lado... No sé, pensé..., pensé que, si me quedaba embarazada, él volvería a mí. Busqué el bebé, Darlene, lo deseé con todas mis fuerzas. Pero cuando, dos meses después, confirmé mis sospechas, me di cuenta de lo estúpida que había sido. ¿Cómo iba a volver si se acababa de ir, si estaba empezando la universidad al otro lado del mundo? ¿Y con qué dinero nos mantendría si no tiene nada a su nombre? Yo sola me he metido en este lío. Tu hermano no habría dado el paso si yo no lo hubiese seducido. He sido una estúpida. ¿No te avergüenzas de mí?

—No, claro que no. Estás enamorada.

—Loca de amor es lo que estoy, Darlene. No sé cómo he podido soportar estos meses sin él, han sido horribles. A veces, el dolor es tan intenso que no puedo respirar. Y, aunque estoy muerta de miedo, ha empezado a moverse, ¿sabes? —Sonrió y se acarició el vientre—. Y ahora siento a Gillian más cerca. Parte de él está en mí. Por eso..., por eso, ¿cómo voy a mirarlo a la cara después de lo que tengo que hacer?

Darlene le apretó la mano.

—Espera a Gillian, no te cases.

—¿Y ser madre soltera durante tres años? Mis padres me

repudiarán en cuanto se enteren, me quedaré sola, y entonces ¿cómo saldré adelante con un bebé en mis brazos? Tim me está ofreciendo una salida y no puedo rechazarla. Mis padres se van a enfadar, pero al menos no habrá un escándalo, y creo..., creo que Tim será un buen compañero; es un buen amigo. Cuidará de los dos.

—Dame unos días más. Mi madre ha prometido convencer a Digby para que os apoye. Y, si eso no funciona, podemos marcharnos las dos a Inglaterra a buscarlo. ¿Qué dices?

—¿Y si Gillian no me quiere ya?

—¿Cómo no va a quererte?

—No lo sé, estamos tan lejos, y sus cartas son cada vez más cortas y escasas. Creo que lo he perdido, la distancia ha apagado lo que sentía por mí. Es un presentimiento, no sé cómo explicarlo, pero siento una angustia aquí. —Se tocó a la altura del corazón—. No puedo arriesgarme. Perdería todo y me vería en un país extraño sin ayuda.

—Estaríamos juntas.

—Dos mujeres y un bebé. ¿Qué íbamos a hacer nosotras solas? Darlene, si hace unos meses llevábamos calcetines de colegialas. Es muy arriesgado, no puedo hacerlo. Lo siento —dijo, y bajó la vista.

—Déjame al menos que hable con Digby.

—Pero date prisa, por favor...

—¿Para qué tiene que darse prisa? —preguntó Hazel, que se acercaba a ellas con una bandeja de pasteles variados.

—Solo pensaba ir un momento a ver cómo sigue el revelado, pero puedo dejarlo para más tarde —disimuló Darlene, y Nina le sonrió.

—¿Habéis visto algo más delicioso? —preguntó Hazel, y colocó la bandeja sobre la mesa—. Se me hace la boca agua.

Olive también regresó con varios platos más de pastas y merengues y una tetera nueva llena. Madame Travers se sentó con ellas y pasaron un rato degustando y eligiendo sus favoritos.

Darlene llegó temprano a casa porque no aguantaba la incertidumbre. Necesitaba averiguar si Clarisse había obtenido el apoyo de su marido. Aunque le producía desazón sacar el tema delante de Digby y tener que justificar la debilidad de su hermano, se animó al pensar que tal vez encontrara a su madre entusiasmada preparando el equipaje para el viaje a Inglaterra y así ella no tendría que enfrentarse a él.

Cuantas más vueltas le daba, mejor le parecía la idea; de hecho, se le antojaba la única salida posible. Gillian jamás negaría a su hijo ni rechazaría casarse con Nina, y mucho menos delante de ellas. Los enamorados se reunirían, y su hermano podría continuar sus estudios y buscar un trabajo a tiempo parcial, o incluso Digby podría adelantarle su herencia. Por alguna razón, Gillian no contestaba a los telegramas, pero Darlene lo atribuyó a que no le habrían llegado. Estaban tan lejos que cualquier descuido podría haber impedido que leyera los mensajes y, en consecuencia, que respondiese a ellos. Estaba segura de que había una buena razón para la ausencia de noticias; era cuestión de días. Todo iba a salir bien, tenía que salir bien, se dijo.

Le extrañó escuchar música al acceder al vestíbulo. Theodore se ocupó de su abrigo y la saludó con su cortante gentileza. A Darlene todavía le parecía mentira que no fuera a ver a Amah nunca más al llegar, esperándola como había hecho siempre. La música la guio hasta la sala. Se asomó despacio y suspiró aliviada al comprobar que esa noche no recibirían a ningún invitado. Su madre arreglaba un ramo de flores en uno de los jarrones, con ayuda de una de las sirvientas, mientras Digby fumaba en su pipa y leía el periódico.

—*Salut, chérie*. Pensé que cenarías fuera.

—Estaba cansada. He preferido venir a casa y cenar en familia —dijo mientras sondeaba por el rabillo del ojo la expresión de su padrastro al escucharla. Le supo a hiel pronunciar aquellas palabras, pero tenía que hacer todo lo que estuviese en su mano para conseguir su apoyo.

—*Bien sûr* —aceptó su madre con una sonrisa.

—Hacía mucho que no escuchabas ese disco —comentó, y se acercó al gramófono. Darlene sintió un remolino de nostalgia en el estómago. Extrañaba tanto el tiempo en el que habían estado los cuatro...

—Sí, es cierto. Lo vamos a escuchar más a menudo a partir de ahora —afirmó Clarisse.

—Voy a cambiarme para la cena. Bajo enseguida.

Sabía que su padrastro apreciaba ese tipo de gestos, y ella había descuidado bastante las formas desde la partida de su hermano.

Cuando regresó al salón, el matrimonio ya estaba a la mesa. Pidió disculpas y se sentó. Comieron en silencio durante un rato. Digby se había llevado el periódico y seguía leyendo mientras comía. La música aliviaba el silencio entre ellos. Clarisse picoteaba con desgana y parecía abstraída en sus pensamientos. Darlene no podía más con la incertidumbre, así que decidió sacar el tema de una vez por todas.

—*Maman*, ¿le has comentado a Chester nuestra conversación? —preguntó en francés, pues sabía que su padrastro no lo hablaba bien.

Clarisse no alcanzó a responder porque Digby lo hizo por ella.

—¿Sobre el bastardo? —contestó en inglés, y apartó la vista del periódico un instante para meterse en la boca una cucharada de sopa.

—Si se casan, no habrá problema —apuntó Darlene con un nudo en la garganta. El hijo de su hermano nunca sería un bastardo para ella.

—He visto a esa joven. Tiene ese halo de seducción que delata a las mujeres demasiado alegres —continuó Digby.

—¿Qué quiere decir?

—Que ese niño puede ser de cualquiera.

—*Maman, s'il te plaît* —buscó su ayuda.

—*Chérie*, tú sabes que aprecio a esa muchacha, y en otras circunstancias... —Dejó la frase a medias, como si no supiera cómo terminarla—. Chester tiene razón, ¿cómo podemos estar seguros de que no ha cometido un desliz en estos meses, fruto de la soledad, y ahora quiere endilgarle el bebé a tu hermano? ¿Por qué no lo ha dicho antes?

—No lo sé, pero conozco a Nina, es sincera. Está muy enamorada de Gillian; el niño no puede ser de nadie más. Tienen que casarse.

—Eres aún muy joven, no sabes nada del amor ni de la desesperación, Darlene —dijo su madre tajante y, a pesar del tono brusco que empleó, su hija creyó percibir algo más en sus palabras.

—No se hable más de este asunto. Tu hermano está estudiando y esa muchacha no va a arruinarnos... arruinarle el futuro a Gillian, faltaría más —sentenció Digby.

—Será un escándalo, quedará deshonrada para siempre. Es mi amiga. *Maman*, tú la conoces desde que nació. Tenemos que apoyarla.

—Ese es su problema, no el nuestro. Nadie le mandó abrirse de piernas antes del matrimonio —insistió su padrastro con desprecio.

Darlene sintió que le subía una arcada. Se llevó la mano a la boca, arrastró la silla hacia atrás y salió corriendo del comedor.

33

Después de mucho esfuerzo y horas de estudio, Kai había conseguido presentar la tesis a su tutor y, tras recibir el visto bueno, la había defendido ante el comité examinador para su aprobación. Esa mañana, su tutor, *le père* Julian, lo había citado en el despacho donde Kai realizaba las prácticas, y él intuía que era para darle el veredicto en persona antes de que saliese publicado. Estaba muy nervioso, pues podían ser malas noticias; no se le ocurría otra razón por la que el fraile prefiriese decírselo cara a cara.

A la hora del almuerzo, se trasladó hasta la zona de Ziccawei y, desde la parada del tranvía, caminó hasta el campus de la Université l'Aurore. Atravesó el elaborado portón de hierro de la entrada y cruzó la gran extensión de terreno a paso vivo, mientras esquivaba a los estudiantes que jugaban a la pelota a pesar del frío, en dirección a la facultad de Derecho.

El despacho de *le père* Julian estaba cerrado, pero no tardaría en llegar. Kai calculó que debía de estar terminando de almorzar en la cafetería de profesores. Al cabo de un rato, lo vio aparecer por el pasillo con las manos a la espalda imitando el sonido de una trompeta con los labios. Al encontrarlo parado frente a su puerta, el religioso sonrió, y Kai apretó la mandíbula a causa de los nervios. Llegaba la hora de la verdad.

—¿Cómo has estado, hijo? —preguntó mientras sacaba la llave del bolsillo de la sotana y abría el despacho—. Entra, que en el pasillo hace frío.

En efecto, el interior del pequeño cuarto estaba caldeado con una estufa de carbón. El fraile se aproximó a ella y puso las manos cerca de la superficie.

—Acércate para calentarte un poco.

—Estoy bien, padre, pero, como siga demorando la noticia, voy a sufrir un colapso. Suéltelo de una vez. —Kai frunció el ceño.

Le père Julian lanzó una carcajada.

—No es para ponerse así, hombre. A ver dónde lo he dejado... Ay, sí, en el cajón —dijo, y dio la vuelta a su escritorio—. Toma. —Le entregó un sobre.

Kai lo miró, extendió la mano despacio y lo cogió; sintió que le quemaba al contacto. Su futuro estaba dentro de ese sobre. Si había suspendido, no sabía dónde iba a encontrar las fuerzas para ponerse con ello de nuevo.

—Ábrelo de una vez, que me estás poniendo nervioso a mí —lo apremió *le père*.

Kai abrió el sobre y sacó lo que contenía. Cerró los ojos y retuvo el aliento. Contó hasta tres: uno, dos... y lo sacó. ¡Era su título de doctor en Letras y Derecho!

Su visión se emborronó, así que se concentró en que no se le saltaran las lágrimas y lo guardó de nuevo para no mojarlo.

—Gracias, *père* Julian. Sin usted no lo habría conseguido. Nunca lo olvidaré.

—Bueno, muchacho, no te despidas tan rápido. Celebraremos una ceremonia en unas semanas y espero que asistas. Además, quería proponerte que te incorporaras como asistente en el departamento y empezaras a enseñar. Eres muy buen estudiante, y creemos que serías un gran académico. ¿Qué me dices?

—Usted conoce mis circunstancias, necesito ganar dinero, necesito hacer una fortuna.

—Tú también sabes lo que pienso respecto a tus motivaciones.

—Lo sé, pero tengo mis propias cuentas que ajustar y, por mucha caridad cristiana que me haya instilado usted durante estos años, mi sentimiento hacia él no ha cambiado. Sabe lo que quiero, *père*.

—Sí, lo sé, y me preocupa que caigas en la desesperanza. Pero rezaré por ti, hijo, como llevo haciendo desde que nos conocimos aquella tarde lluviosa. Espero que vengas a visitarme de vez en cuando.

—Cuente con ello.

—Tal vez, con el tiempo, consiga convencerte para que cambies de opinión y regreses a l'Aurore como profesor. Solo recuerda que tu conocimiento tiene que estar al servicio del bien y de la verdad.

—Lo tendré en cuenta, padre. No se preocupe.

—Que Dios te bendiga, hijo. —*Le père* Julian le dio un abrazo.

—A usted también —dijo él con los ojos encharcados. Abrazó el sobre y salió del despacho.

Kai recorrió el camino hasta la salida principal del campus sintiendo una ligereza que no había experimentado en mucho tiempo, solo igualable a la que lo había embargado en aquella época perdida de la infancia. Había alcanzado una meta que podía parecer común para algunos compatriotas de la élite de la ciudad o para los shanghailanders, pero para él poseía un valor inconmensurable, equivalía a su libertad y a su independencia.

A pesar de su éxito académico, no había disfrutado mucho de la vida universitaria, concentrado solo en los estudios y en arañar un poco de dinero para poder mantener a Mingyue en ese apestoso agujero. En muchas ocasiones durante esos años, le había pesado. Si hubiera tenido otro padre, otras circunstancias, habría asistido a fiestas y habría competido en algún deporte como un estudiante más, despreocupado y disfrutando de la oportunidad única de vivir los años de juventud rodeado de eruditos y otros jóvenes interesados en avanzar en conocimiento y libertad. No obstante, su esfuerzo no había sido en vano. El empeño siempre merecía la pena, traía cosas buenas, le decía su madre, tarde o temprano llegaba la recompensa. Sin embargo, él era mucho más pesimista. Solo tenía que mirar a su alrededor para comprobar que no todos los esfuerzos sacaban a las personas de la miseria. ¿De qué le valía al culi arrastrar el *rickshaw* durante dieciséis horas al día o al que se rompía el lomo en el puerto cargando fardos? Esos esfuerzos no eran recompensados, sino que perpetuaban a las personas en la miseria. La educación era la única salida, era la que brindaba esa oportunidad; solo la educación.

Para él, suponía un gran triunfo, sobre todo, sobre su padre. No se lo contaría, quería arrebatarle el privilegio de saberlo, y esperaba no tener que decírselo hasta que hubiera ganado el suficiente dinero para irse de su casa y mudarse a una propia donde su madre podría, por fin, llevar la vida que merecía. Cada vez estaba más cerca de cumplir su objetivo. También esperaba que su título le permitiese librarse de colaborar con Nariz Grande; ahora podría ganar su propio dinero y dejar de vender su conciencia.

Caminó hasta la parada del tranvía, de regreso al bufete de abogados. Llevaba un año de prácticas con uno de los socios, pero esperaba que su nuevo estatus le otorgara la posibilidad de convertirse en asociado júnior con un salario adecuado a su cargo.

Cuando llegó al despacho, dejó el sobre con el título dentro del primer cajón de su escritorio y cerró con llave, la cual se guardó en el bolsillo. La secretaria del abogado principal de la firma le avisó de que este quería verlo de inmediato. Kai había salido aprovechando la hora del almuerzo, pero se le había alargado mucho la salida; esperaba que no fuera a despedirlo justo ahora. Se encaminó al piso superior por las escaleras y avanzó hasta el final del corredor. Llamó a la puerta con los nudillos y, a continuación, abrió.

—¿Quería verme, señor?

—Pase, mister Tao, ¿o debería decir doctor Tao?

—¿Cómo se ha enterado?

—Acaba de llamar *le père* Julian para darme la buena noticia.

—No sabía que se conociesen.

—Fue mi profesor hace casi veinte años y, además, fue él quien nos lo recomendó a usted cuando estábamos buscando pasantes entre los estudiantes del último curso.

A Kai le molestó enterarse de que la influencia del fraile había estado detrás de su contratación. Querría haberse ganado la oportunidad por mérito propio.

—Solo deseaba darle la enhorabuena personalmente. Vaya a celebrarlo con sus amigos; tiene el resto de la tarde libre. Mañana hablaremos de su futuro en la firma.

—Muchas gracias, es muy amable.

Kai recogió su abrigo y salió de nuevo a la calle un tanto desorientado por la intensidad de las últimas horas. Paseó sin ver a los transeúntes con los que se cruzaba; el barullo de automóviles, bicicletas, *rickshaws* y viandantes formaba un murmullo que le resultó apenas perceptible. Paró en un semáforo, frente a un cabeza roja de grueso bigote y amplia envergadura, y planeó en voz alta cómo invertir las horas que le quedaban hasta su encuentro con Darlene en la buhardilla.

Pensó en su amigo Lu, al que hacía tiempo que no veía, cada uno ocupado en sus asuntos como estaban. Lu lo había invitado en numerosas ocasiones a visitar un nuevo proyecto social, una escuela de trabajadores que había abierto su partido, pero, entre el estudio, el despacho, Ojos de Jade e ir a ver a su madre, Kai no había encontrado tiempo de hacerlo. Apreciaba a Lu, y cuando se juntaban solían recordar con nostalgia su primer año de universidad. Aunque los dos eran conscientes de que cada vez tenían menos en común, el proyecto de la escuela agradaba a Kai. Lu seguía intentando sumarlo a su causa, y él no se engañaba, no habría insistido tanto si Kai no fuera hijo de quien era. Pero tal vez sí podía echar una mano dando clase y sorprender a Lu al ofrecerse como voluntario. Se dijo que ese era un momento ideal para darle la sorpresa a su amigo, ya que Lu solía colaborar en el turno de tarde. Le había asegurado que, a partir de las siete, podría encontrarlo allí cualquier día.

La escuela de trabajadores se situaba en la zona oeste de la ciudad, cerca del arroyo Soochow, en un área conocida como el

Huxi Rojo, donde se ubicaban muchas de las fábricas textiles, principalmente japonesas. Su madre trabajaba ahora en una de ellas, aunque en otra zona. Él aún no había ido a comprobar en qué condiciones se encontraba por estar concentrado en terminar la tesis; aunque cansada, Mingyue parecía contenta y solo comentaba cosas positivas de su nuevo trabajo cuando salía en su día libre, por lo que Kai no le había dado prioridad.

Recordaba vagamente las indicaciones que le había dado Lu. Se habían instalado en un antiguo templo, así que únicamente tuvo que preguntar por él para dar con el lugar. Solo la apariencia externa del edificio recordaba la función espiritual que había desempeñado en el pasado. Las estatuas de dioses habían sido retiradas, y también los tablones con las inscripciones; todos los signos religiosos habían sido eliminados.

Aún faltaban unos veinte minutos para las siete, así que se quedó junto a la puerta observando el ir y venir de gente. Cerca había algunos puestos de comida y una lavandera. A los pocos minutos, empezaron a aproximarse varios grupos de operarios de las fábricas, que lo saludaron al verlo en la entrada, creyendo tal vez que sería un nuevo profesor. Lu llegó al trote un par de minutos antes de que empezara la sesión de estudio de la tarde, a punto de dar las siete. Sonrió abiertamente al descubrirlo allí.

—Nos honra con su presencia, señor Tao. —Le dio una palmada amistosa en la espalda—. Entremos, que llego tarde. Hoy viene un camarada del comité a darles una charla.

Al espacio se accedía a través de un arco de piedra. En el patio interior del templo habían colocado unos veinte pupitres de madera con sus banquetas; una tarima ubicada frente a los alumnos elevaba al profesor ante sus pupilos.

Al verlos entrar, los obreros se pusieron en pie con respeto. Kai permaneció junto al acceso, apoyado contra la pared. Lu saludó a todos y presentó a Kai como un camarada que estudiaba en la universidad. «Un erudito del Derecho», dijo, aunque Kai sabía que lo decía para provocarlo, ya que lo consideraba más una burla que un halago, pero los obreros no lo entendieron así y aplaudieron. Una de las mujeres le preguntó, sonrojándose ligeramente, cómo tenía que llamarlo, y él respondió:

—Pueden llamarme doctor Tao.

Los ojos de Lu se abrieron con sorpresa y Kai esbozó una amplia sonrisa. No había tenido la intención de compartirlo con su amigo tan pronto porque habría preferido decírselo primero a otra persona, pero había fluido de forma natural.

Justo en ese momento, llegó el visitante que había mencionado Lu, acompañado de dos esbirros más jóvenes, aprendices de comunista, todos vestidos con el traje tradicional de paño gris y abrigos del mismo estilo. Kai sabía lo que pensaban los compañeros radicales de Lu, vestir a la extranjera era de burgueses, de imperialistas, aunque su amigo seguía llevando un jersey grueso, una chamarra de paño y un pantalón.

Lu se acercó a ellos y se deshizo en saludos y halagos. Les explicó cómo habían suprimido todos los signos religiosos del templo para reconvertirlo en un aula educativa y recibió reconocimiento y consejos. Subió a la tarima de nuevo, acompañado de su visitante de honor, y lo presentó. Los obreros volvieron a aplaudir. Después, Lu le cedió la palabra, bajó de la tarima y se colocó junto a Kai en la entrada del patio.

Según hablaba el comunista, Kai se encendía por dentro, hasta que no pudo más.

—Me voy —susurró a Lu, y salió con premura. Escuchó los pasos apresurados de este a su espalda.

—¡Espera un momento! ¿Te marchas ya? Pensé que íbamos a cenar juntos; tengo mucho que contarte. Y tú también a mí. Has tenido suerte de ver a los camaradas explicando...

—Tus camaradas me asquean —le cortó Kai—. Os aprovecháis de la ignorancia de esos hombres y mujeres humildes para manipularlos con vuestra ideología.

—Defendemos sus derechos y los hacemos conscientes de ellos.

—Los arengáis, cuando lo que necesitan es aprender a leer y a escribir, humanidades, matemáticas, ciencias, artes, conocimiento y habilidades para salir de la pobreza y construir una nación avanzada. La ideología no los sacará de la miseria, solo hundirá este país más aún en el fango. Y a ellos los estáis empujando a la primera línea de fuego, y lo sabes. Son pura carnaza para vuestra lucha.

—Hablas como un asqueroso imperialista, doctor Tao. Has llegado a la altura de tu progenitor.

—Vete a la mierda, Lu. Y no vuelvas a buscarme cuando uno de tus amiguitos radicales se meta en líos.

Se fue directo a la buhardilla para esperar a Darlene. El enfado le había revuelto las tripas; odiaba cómo las facciones políticas de uno y otro signo manipulaban a los ignorantes y se aseguraban mientras tanto de que siguieran siendo igual de ignorantes y hambrientos y, por ende, mucho más fáciles de manipular. Su padre jugaba en los dos bandos, vendía y compraba información e invertía el dinero donado a cada causa para engrosar los bolsillos de sus miserables líderes. A Kai se lo llevaban los demonios; no podía entender cómo Lu era tan obtuso y no lo veía. Su amigo estaba convencido de que todo quedaba supeditado a la causa. Pues él y su maldita causa podían irse al diablo.

Echó a andar y, una hora después, llegó a la tienda de jaulas. Deambuló por la calle en busca de algo caliente que llevarse al estómago. Entró en un pequeño comedor con dos mesas estrechas y unas sillas bajas y pidió unos *dahuntun.* Cenó con calma y reflexionó sobre los pasos que quería dar en las próximas semanas. Estaba ansioso por avanzar en sus planes ahora que había salvado el gran escollo, su titulación. Después de cenar, y tras calcular que Darlene no tardaría, se situó cerca de la entrada de la tienda de jaulas para verla llegar.

Le gustaba observarla sin que ella se diera cuenta. Sus gestos, cómo su rostro reflejaba sus pensamientos. Especialmente, le encantaba verla bajar del taxi y dirigir la vista hacia la parte alta de la pajarería, entonces sonreía. A Kai le calentaba el corazón ese gesto, evidenciaba la anticipación del encuentro con él. ¿Qué pensaría ella en el preciso momento en que sus labios se curvaban?

Empezó a chispear y después a llover con fuerza. Cuando el taxi se detuvo frente al establecimiento, Darlene se bajó de él y corrió los pasos que la separaban de la tienda. Kai salió de la penumbra y la envolvió en un abrazo que la sorprendió. La besó con pasión.

Saludaron al *laoban* de la tienda y subieron a su refugio. Con el frío, a sus dedos torpes les costaba desabrocharle el vestido, y terminó rasgándolo a causa de la desesperación. Cayeron sobre el colchón encendidos de deseo, temblando de anticipación y frío.

Después de amarse, creyó que Darlene se había quedado dormida sobre su pecho, hasta que la escuchó.

—¿Qué soy para ti? —preguntó.

—¿A qué viene esa pregunta?

—Contéstame, por favor. —Alzó sus ojos verdes hacia él, las pestañas brillantes, las mejillas coloradas por la pasión.

—Eres mi amante —dijo, y le dio un beso en los labios.

Darlene se tensó a su lado. El verde de sus ojos, incluso en la penumbra, brilló con una profunda tristeza que lo estremeció. La respuesta no había sido la que habría querido dar. Hasta ahora, Kai no había puesto en palabras lo que había entre ellos; prefería vivirlo sin nombres, solo con los sentidos.

Percibió que Ojos de Jade se alejaba de él, aunque su cuerpo desnudo seguía pegado al suyo. Lo intentó de nuevo.

—Eres mi amada. —Entonces la besó en la nariz—. Eres quien da esperanza a mis días. —Ella suspiró, casi aliviada—. Antes de conocerte, el sentimiento que predominaba en mi vida era el odio.

—¿Y ahora?

—Ahora siento una especie de calidez aquí dentro. No sé cómo explicarlo, pero es algo muy importante. Tú eres muy importante para mí.

—¿Cómo de importante? —inquirió con voz trémula.

—Tanto como para que verte y tenerte así sea cuanto desee

desde que abro los ojos por la mañana hasta que los cierro por las noches. Y los días que no nos vemos, no los cierro, sino que me quedo evocándote hasta que amanece.

Darlene se acercó más a él y susurró contra su boca:

—Gracias.

Se sumieron en un silencio sereno.

—Me he graduado —dijo él después de un rato.

Darlene se incorporó.

—¡Kai! Eso es fantástico, ¿por qué no me lo has dicho antes? Podríamos haberlo celebrado por todo lo alto, ir a cenar y a bailar.

—Estar aquí contigo es como quería celebrarlo. Espero que entiendas ahora lo mucho que significas para mí.

—¿Se lo has contado a tu padre?

—No, no voy a hacerlo. Aún me queda mucho para poder librarme de él, aunque estoy cada vez más cerca. Pero no hablemos de ese hombre. Ven aquí, acuéstate de nuevo. Todavía faltan muchas horas hasta el amanecer para que podamos celebrarlo.

34

Pasaron dos semanas y Gillian seguía sin responder. Darlene estaba desesperada y se sentía más sola que nunca en esa casa sombría, sin su padre y sin su hermano, y sin Amah. Desde la última conversación con los Digby, no le había vuelto a dirigir la palabra a su madre, salvo los monosílabos que exigía la educación para responder a sus requerimientos. Hacía lo mínimo por esa familia que ya no era la suya porque no quería tener problemas con su padrastro, y los esquivaba el resto del tiempo, dedicada en cuerpo y alma a la fotografía y a su relación con Kai.

No había tenido corazón para encarar a Nina y transmitirle la contestación de su madre y su padrastro. Dejó pasar los días a la espera de que sucediera un milagro que no llegó. Quienes sí llegaron una tarde fueron Olive y Hazel.

La aguardaron en la sala de recibir, a donde Theodore las había hecho pasar antes de avisarla de su presencia. Ella se preparaba para ir al hotel de las Travers.

—*Les filles!* —exclamó Darlene al entrar a la sala contenta de verlas. Se saludaron con dos besos al estilo francés—. Chicas, ¡qué bien veros! El día está gris y feo; gracias por venir a verme. Estaba a punto de salir hacia el hotel, Olive.

—Tenemos que contarte algo en privado. No estaba segura de a qué hora pasarías por allí y no podíamos esperar más para decírtelo —dijo Olive en voz baja.

—Subamos a mi habitación, entonces.

Al salir de la sala se cruzaron con Theodore, acompañado de una criada que cargaba el servicio de té. Darlene pidió que lo subieran a su habitación y siguieron a la sirvienta por las escaleras hasta la segunda planta.

Las tres se sentaron en un acogedor rincón, producto de la remodelación que había llevado a cabo Clarisse; una mesa de madera clara con cuatro butacas azul cielo, a juego con las cortinas y el edredón de la cama.

La criada colocó el servicio de té sobre la mesa y, después, avivó el fuego en la vetusta chimenea de piedra gris, tras lo cual se retiró silenciosa y cerró la puerta al salir.

—Ha pasado algo. No te lo vas a creer; nosotras no podemos creerlo todavía. Es... es demasiado fuerte —dijo Olive.

—¿Qué ha pasado? —preguntó Darlene intrigada.

Hazel le tomó la mano y se la estrechó.

—Es Nina. Se va a casar con Tim —anunció la americana.

Darlene se llevó una mano a la boca y se le saltaron las lágrimas. Imaginaba que tarde o temprano harían el anuncio, pero, aun así, saber que ya no había nada que pudiera impedirlo le dolió; sobre todo, por Gillian, pero también por esa criatura que llevaría su sangre y que su mellizo no podría reclamar como suya. «¿Dónde estás, hermano? ¿Por qué no escribes?». ¿Estaría enfermo?, ¿habría sufrido un accidente? Algo grave debía de haber provocado su silencio.

—Por tu expresión, está claro que tú tampoco lo sabías —dijo Olive.

Darlene negó con la cabeza incapaz de hablar.

—Yo no me he dado cuenta de nada. ¿Cuándo se hicieron novios? —preguntó Hazel—. Siempre hemos sabido que Nina era una coqueta incorregible, pero pensábamos que era un juego, ya que tonteaba con todos: con Nicolai, con Narek y con todos los jóvenes de buen ver en las fiestas. Parecía algo inocente, un pasatiempo mientras regresaba tu hermano, porque, cuando estaba Gillian, solo tenía ojos para él.

—No lo sé, pero no puedo culparla. Gillian lleva varias semanas sin mandar noticias. Son muy jóvenes, y la distancia tal vez ha enfriado ese primer amor —comentó Darlene sin poder librarse del sentimiento de culpa. Si ella hubiera conseguido convencer a su madre…

—De todas formas, podrían esperar un poco más, no entiendo las prisas —apuntó Hazel.

—Se casan en tres semanas, acaban de llegar las invitaciones para la fiesta de compromiso que es el sábado. En mi sobre venía la tuya, Darlene —explicó Olive—. ¿Por qué no te la habrá mandado a ti directamente?

—¿Por vergüenza? —sugirió Hazel—. Y no lo digo porque a mí me gustara un poco Tim en el pasado. Es muy precipitado incluso para Nina, y, bueno, no ha sido muy honesta al serle infiel a Gillian cuando todos pensábamos que seguían juntos.

—Nina ha debido de pensar que yo me encontraría en el cuarto oscuro; paso más tiempo allí que aquí —defendió Darlene—. No la juzguéis, nadie sabe lo que pasa por la cabeza de una mujer enamorada que ha perdido a su amado. Mirad si no a mi madre; parece una desconocida, y yo quiero pensar que es una forma de sobreponerse al dolor. Nina se ha quedado en Shanghái y todos podemos ver lo que hace mientras Gillian está en la otra punta del mundo él solo; a saber qué andará haciendo. Tal vez sea lo mejor —concluyó con aire ausente intentando convencerse a sí misma.

—Sí, será por eso —contestó Olive.

—Bueno, merendamos y nos vamos a comprar los vestidos. Tenemos que ser las más guapas de la fiesta de compromiso y de la boda. No sé si sabéis que en esos eventos es donde más fácil se pesca marido —dijo Hazel con entusiasmo—. Puede que hasta Olive tenga suerte y conozca al hombre de su vida —se burló.

Darlene secundó a sus amigas cuando se echaron a reír, aunque solo tenía ganas de llorar.

Darlene se contempló en el espejo de su cómoda después de que Mimi terminara de peinarla y maquillarla, y reconoció que, a pesar del buen trabajo que había hecho esta, no había podido ocultar la palidez del rostro ni el malestar que sentía en el estómago. El vestido nuevo era de un elegante gris perla, pero austero, porque en cierta forma ese día ayudaba a enterrar la bella historia de amor de su hermano. Completaba el atuendo un largo collar de perlas al que había dado dos vueltas alrededor del cuello.

Ojeó el pesado reloj sobre la chimenea. Iba a llegar tarde.

—La señora la está esperando —anunció Theodore.

—¿Para qué?

—No estoy seguro, señorita Long, pero será mejor que baje.

—Dígale que ya voy.

Clarisse se encontraba al pie de la escalera. Se había arreglado mucho para la hora del día que era y consultaba su reloj de pulsera cuando la vio descender.

—¿A dónde vas así vestida? —preguntó cortante Darlene.

—«Vamos», querrás decir. A la fiesta de compromiso de Nina, *chérie*, nos han invitado. ¿Estás lista?

—No, no vais a asistir. Solo yo estoy invitada.

—No seas insolente, Darlene. Madame Allaire vino de visita y me entregó la invitación en mano. Mira si no me crees. —Abrió su pequeño bolso redondo y extrajo la tarjeta—. Theodore, vaya a la biblioteca a decirle al señor que ya estamos listas.

—Si tuvieras un poco de vergüenza, te excusarías.

—No veo por qué. Al final, tu padrastro y yo teníamos razón, el bebé era de otro, y no de cualquiera, ¡de Timothy Palmer! Esa muchacha no esperó mucho para reemplazar a tu hermano, y nada menos que con su mejor amigo. Bueno, no pasa nada; de todas maneras, eran demasiado jóvenes para casarse. Me alegro de que Gillian se haya marchado a estudiar, si no, él sería el atrapado hoy. Los ímpetus de juventud pueden hacernos tomar decisiones precipitadas y...

Darlene soltó un gruñido de exasperación, pero no dijo nada más. Era mejor así. Si su madre quería convencerse de lo que no era, que así fuese; solo ella en Shanghái sabría la verdad. Ya no había más remedio que aceptar la penosa situación y apoyar a sus amigos. Al menos, podría estar cerca del bebé y darle todo su cariño y sus mimos.

—Os espero en el coche.

La celebración de la fiesta de compromiso congregó solo a los amigos más cercanos de las familias de los dos jóvenes en el club francés. Darlene no había regresado a aquel lugar desde la noche de la graduación, y habría preferido no hacerlo, los recuerdos estaban demasiado vivos. Aquella noche tan lejana ya en el tiempo había sido la más feliz de su vida, el comienzo de una nueva etapa que prometía ser dichosa, llena de aventuras y belleza, de alegrías y libertad. Aquella noche también había sido atropellada por un *rickshaw*. Era lo único bello que conservaba de aquella mágica velada, había perdido todo lo demás.

Darlene bajó del Rolls-Royce y se agarró del brazo de Hazel, que llegaba en ese momento para atravesar juntas la verja de entrada del club francés. Se dejó conducir por su amiga hasta uno de los salones, engalanado para la fiesta. Le gustó volver a ver a Nicolai y a Narek; hacía bastante que no coincidían en ninguna salida, y ella pasaba poco por casa como para que le hicieran visita. Narek apareció acompañado de una muchacha local, y sus amigas empezaron a cuchichear sobre si era o no una presentación en sociedad. El armenio pertenecía a un estrato más bajo entre los comerciantes de la ciudad, por lo que su comportamiento no se consideraba tan escandaloso como hubiera sido el de cualquier miembro del círculo de exitosos magnates al que los Long pertenecían.

Darlene buscó un rastro de alegría dentro de sí, al menos porque la difícil situación de su amiga se hubiera solucionado, pero no encontró ni un ápice. Imitó las expresiones y gestos de las demás, e intentó mantener una sonrisa en los labios. También cruzó varias y significativas miradas con Tim durante la fiesta. Él estaba muy serio y parecía nervioso, tal vez incluso un poco avergonzado, ya que ante todos había traicionado a su mejor amigo. ¿Cómo les habría explicado lo que había sucedido entre él y Nina desde que Gillian se había marchado?, se preguntó Darlene.

Después del discurso de bienvenida del padre de Tim y de que brindara con el de Nina para sellar el compromiso, la pareja paseó por el salón para saludar a los invitados y brindar por su próxima unión. Al llegar a su grupo, Nina miró a Darlene con los ojos vidriosos por la culpa. Esta se acercó a ella y le dio un sentido abrazo, y las dos rompieron a llorar.

—Lo lamento tantísimo —susurró Darlene en su oído—. Vas a ser la novia más bella de la ciudad. Te deseo toda la felicidad del mundo. Siempre me tendrás a tu lado para apoyarte en lo que necesites.

Cuando le tocó el turno a Tim, este le pidió hablar a solas un momento. El resto de amigos, a juzgar por las miradas que cruzaron, debieron de deducir que quería explicarle por qué le había robado la novia a su hermano. Tim le dio un beso en la mejilla a Nina y le aseguró que volvería enseguida.

Salieron a uno de los balcones que daba al extenso jardín y tenía vistas sobre el parque público.

—Siento haber fallado a Nina y que hayas tenido que sacrificarte —dijo Darlene.

—Como te dije, creo que podemos ser felices. Somos amigos, nos conocemos desde niños, nuestras familias se aprecian; además, la circunstancia ha favorecido que nazca entre nosotros una confianza y un afecto especial, que, con el tiempo, espero que se convierta en un amor parecido al que ella compartía con Gillian. Pero no quería hablar a solas contigo por eso. Quiero enseñarte algo, Lin. Es el regalo de bodas que les he pedido a mis padres para Nina. Ella lo sabrá el día de la boda.

Tim echó mano al interior de su chaqueta y sacó unos pliegos. Se los ofreció. Eran las escrituras de una propiedad.

—Una mansión como regalo. Nina es afortunada, Tim.

—No es una cualquiera. Fíjate bien.

Darlene leyó el documento con más detalle y se tapó la boca con la mano para ahogar un grito.

—Sí, es vuestra casa. Quiero que el hijo de Gillian crezca en vuestro hogar.

A Darlene se le encharcaron los ojos y no pudo decir nada. Tim esperó a que se calmara para seguir hablando:

—Lamento mucho cómo se han dado las cosas. Yo también he escrito a Gillian, pero no me ha contestado. No sé qué pensar.

—Yo tampoco. Esperemos que mi hermano entienda que su silencio nos ha conducido a todos a esta situación. Aunque, si te soy sincera, empieza a preocuparme que haya podido pasarle algo.

—Sí, es extraño que no haya dado señales de vida. Miremos hacia delante, Lin, por el bien de todos. Ya no hay otra opción.

—Tienes razón.

—No hace falta que te diga que podrás venir a ver a tu sobrino siempre que quieras. Es más, puedes quedarte con nosotros si las cosas no marchan bien con Clarisse y el inglés.

—Te lo agradezco mucho. Eres un buen amigo, Tim —dijo, y le dio un abrazo que le oprimió el corazón.

—Solo te pido que nunca reveles el parentesco del bebé, para todos será mi hijo.

—No, por supuesto que no lo haré.

—Gracias, Lin. Voy a buscar a mi prometida.

—Ve. Yo me quedo un poco aquí y entro enseguida.

A través de la cristalera Darlene lo vio adentrarse en el salón y no pudo evitar pensar que Tim se había quedado con la novia de Gillian y con su hijo, aún en el vientre, y ahora también era el dueño de su casa. Si no lo conociera de toda la vida, habría pensado que, en el fondo, siempre había deseado ocupar el lugar de su hermano y lo había conseguido.

Esa misma tarde, Darlene se escabulló de la fiesta temprano y se acercó a correos para poner un último telegrama a su hermano.

NINA Y TIM COMPROMETIDOS. STOP. LO SIENTO MUCHO. STOP. LIN

35

Antes de cumplir con el encargo de su jefe, Pang tenía un par de cuentas personales que saldar y ese día se ocuparía de la primera de ellas. No pensaba delegar el trabajo en sus secuaces. Se daría el gusto de hacerlo él mismo, se dijo mientras esperaba el momento justo para atacar. Había aguardado bastante para vengarse del demonio extranjero por haberse metido en sus asuntos y haber rescatado a aquella zorra desagradecida.

—Te fuiste sin despedirte de la fiesta. —Darlene se volvió hacia la voz justo cuando estaba a punto de entrar en el edificio de la *Far Eastern Review*.

—Nina, ¿qué haces aquí?

—Te he seguido.

—¿Has venido sola? —dijo Darlene mirando en torno.

—Sí.

—¡¿En tranvía?!

—Si tú puedes, yo también —dijo con una sonrisa apagada.

—Pero en tu estado…

—No me ha pasado nada —le cortó—. Ha sido divertido. —Sonrió y Darlene casi pudo ver a la muchacha de antaño que pugnaba por seguir viva bajo la tristeza que emanaba de su mirada.

Un silencio incómodo se instaló entre ellas. Nina tenía el

rostro cansado y los ojos un tanto hinchados, como si no hubiera dormido bien o hubiese pasado horas llorando. Su aspecto tampoco era tan cuidado como solía.

—¿Te encuentras bien?

—En verdad, necesito hablar contigo en algún lugar discreto.

Aunque Darlene tenía que entregarle a su jefe un nuevo reportaje para la revista, se dijo que atender a Nina era más importante. Le dio pena cómo la vida había cambiado para las dos en unos pocos meses cuando había estado llena de promesas. La tomó por el brazo y empezaron a caminar.

—No vayamos a ningún sitio conocido, por favor, no quiero cruzarme con nadie —dijo Nina.

—Conozco un sitio perfecto que no frecuentan los shanghailanders —contestó Darlene pensado en la tetería donde se encontraba con Kai.

Desde que él se había graduado y lo habían ascendido en su trabajo unas semanas atrás no podía escaparse tan a menudo como antes en mitad de la jornada, por lo que se encontraban por las noches en la buhardilla, así que no había peligro de que se toparan con él a esas horas.

Al entrar a la tetería Darlene saludó al *laoban*, quien las condujo a su mesa habitual al fondo del local.

—¿Has estado aquí antes? —preguntó Nina mirándolo todo con extrañeza. Darlene sonrió. Era muy diferente a los salones de té que frecuentaba su amiga.

—Queda cerca y a veces bajamos con mis compañeros a tomar un té —improvisó ella.

Se sentaron en las banquetas de bambú, pocos minutos después les servían el humeante té que Darlene había aprendido a pedir en chino.

Nina lo olió antes de tomar un pequeño sorbo.

—No puedo dormir, ahora que está todo decidido siento una angustia horrible. —Sus ojos se encharcaron de llanto en segundos—. Me estoy condenando a la infelicidad y mi hijo jamás sabrá quién es su verdadero padre, se lo he prometido a

Tim. ¿Cómo voy a poder soportarlo? En cuanto cierro los ojos veo el rostro de Gillian, me odia, me desprecia, puedo escuchar su voz dentro de mi cabeza, lo estoy traicionando y no me lo perdonará jamás —dijo entre hipos de llanto—. He pensado mucho en él y tiene que haberle pasado algo, estoy segura, el Gillian Long que yo conozco no permitiría que ningún otro ocupara su lugar.

Darlene no sabía qué decir, era demasiado tarde para esa conversación después de la fiesta de compromiso y de que las páginas sociales se hubieran hecho eco del feliz e inminente enlace, pero entendía perfectamente la angustia de su amiga. La animó a que se tomara el té aduciendo que la calmaría. Darlene también se sentía mal por no haber podido ayudar a Nina y tenía que darle la razón, era muy raro que Gillian no se hubiera comunicado, empezaba a estar muy preocupada por él, no era normal su falta de noticias.

—Ojalá pudiera haber convencido a mi padrastro. Habríamos viajado a Inglaterra a buscar a Gillian. Siento mucho haberte fallado.

—Soy una cobarde, Darlene. Si fuera la mujer que Gillian se merece a su lado, aceptaría tu loca propuesta de viajar las dos solas, lo encararía y lo arrastraría si hiciera falta hasta la iglesia para que cumpliera conmigo, pero tengo tanto tanto miedo, no me reconozco... —dijo casi ahogándose con el llanto.

—Es normal, Nina. No te pongas así, no te hace bien. Ahora tienes que pensar en el bebé. Ya veremos qué hacemos cuándo llegue el momento. Tim es un buen hombre, cuidará de los dos. Creo que incluso está enamorado de ti.

—Pero no es Gillian. No soporto que me toque, Darlene —dijo bajando la voz—. Una caricia suya hace que me sienta sucia, como si estuviera cometiendo un pecado terrible. Estaba tan desesperada cuando se lo conté a Tim, no veía otra salida, pero ahora... ahora no sé si he hecho bien. Me tortura la duda.

—Están siendo muchas emociones. Vamos, tómate el té. Después te vas a casa a descansar. Y sobre todo intenta no pensar.

Nina obedeció dócilmente. Las dos pasaron unos minutos

en silencio mientras dejaban que el líquido caliente y oloroso las reconfortara.

—Ya me siento mejor, perdona por haberte molestado. No puedo compartir lo que me pasa con nadie más. No me odies, Darlene.

—No podría, somos amigas y, aunque tengamos que mantenerlo en secreto, también seremos familia en cuanto nazca mi sobrino.

—Si es niña, la llamaré Linette, la pequeña Lin, como tú.

Las dos se abrazaron y a Darlene se le saltaron las lágrimas. Después dejó unas monedas de cobre sobre la mesa, tomó del brazo a Nina y se encaminaron hacia la salida de la tetería.

Callejearon absortas en el rumor de la calle y al cabo salieron a la avenida del Bund, cerca de la bocacalle donde estaba ubicada la sede de la revista.

—No puedes regresar en tranvía, mejor paramos un taxi —dijo Darlene.

—¡Mira, ahí viene uno! —Nina se precipitó a cruzar la calle para frenar al auto que venía del lado opuesto de la avenida, pero no vio el coche que se le echaba encima a gran velocidad.

—¡Nooo! ¡Espera! —Darlene sintió que la realidad a su alrededor se ralentizaba mientras ella suspendida en el aire intentaba alcanzar a Nina, a quien logró empujar fuera de la trayectoria del automóvil justo antes de que impactara contra ella. Con el impulso, su amiga se precipitó al suelo, se golpeó la cabeza y perdió la conciencia. Darlene se arrodilló a su lado y pidió ayuda a gritos mientras la sangre empezaba a empapar el empedrado. No pudo evitar pensar en su padre.

Era sábado y Gillian regresaba del entrenamiento con dos compañeros, Eric y Ronald, bajo una suave y fría llovizna. Los tres bromeaban y charlaban sobre el periodo de exámenes, que estaba próximo. Entraron al vetusto edificio de la residencia y, con una rutina establecida hacía meses, se dirigieron a sus respectivos casilleros para comprobar si habían recibido alguna noticia de sus familias. También se dejaban mensajes entre sí cuando no coincidían durante el día.

Gillian halló su casillero vacío y lo invadió una profunda tristeza. Llevaba semanas sin saber nada de los suyos. ¿Tan pronto se habían olvidado de él? Pensó en su querida Lin, su alma melliza. Durante el primer mes desde su marcha le había escrito una carta diaria, luego una semanal, no había fallado ni una sola vez y de pronto nada. ¿Cómo podía ser? ¿Y Nina, Tim y el resto? Era verdad que no eran tan constantes como Darlene, pero al menos cada dos o tres semanas había recibido noticias suyas. Algo estaba pasando. Lo presentía.

—¿Quién reparte el correo? —preguntó a sus amigos.

—Miss Estela —contestó Ronald con su acento escocés.

—Tengo que hablar con ella.

—Es fin de semana, pregunta por ella el lunes —sugirió Eric.

—No puedo esperar, tengo un mal presentimiento. ¿Sabéis dónde vive?

—En el pueblo —dijo Eric.

—Ya, pero ¿dónde exactamente?

—Una vez me crucé con ella; yo había salido temprano a correr y volvía al campus cuando la vi salir de su casa. Te llevo —se ofreció Ronald.

—Yo también voy —dijo Eric.

El descapotable de Gillian estaba en el taller esperando un repuesto de Italia, que estaba por llegar, por lo que los tres jóvenes tuvieron que correr hasta el pueblo bajo la lluvia, que se había intensificado y empezaba a encharcar el pavimento. Ronald señaló una vivienda en una de las calles empedradas del centro. Había luz en el interior. Gillian llamó a la puerta con fuertes golpes y miss Estela apareció cubierta por una bata gruesa de felpa rosa y con el pelo envuelto en una redecilla negra.

—¿Qué hacen aquí, muchachos?

—Este es Gillian, el nuevo —lo presentó Ronald.

—Ya sé quién es, ya no es tan nuevo. ¿Qué pasa?

—¿Qué ha hecho con mi correspondencia? —preguntó Gillian sin poder disimular la ansiedad en la voz.

—¿Qué quiere decir? —se ofendió miss Estela.

—¿Dónde ha puesto mi correspondencia, las cartas de mi familia? Llevo semanas sin recibir nada.

—Las dejo en su casillero, como hago con las del resto de sus compañeros —replicó la mujer, y se cruzó de brazos en actitud defensiva.

—¿Se las entrega el cartero directamente?

—Bueno, sí, en general sí, aunque las suyas en particular me las entrega el profesor Locktrom. ¿Ocurre algo?

—No, nada, le preguntaré a él entonces. Perdone por molestarla a estas horas —dijo Gillian con una punzada de angustia en la boca del estómago.

—Miss Estela, no deberíamos estar fuera del campus tan tarde. ¿Sería tan amable de guardarnos el secreto? —rogó Eric, quien dibujó su mejor sonrisa, de labios carnosos y dientes perfectos.

—Está bien, pero no vuelvan a hacerlo. Váyanse ya —los instó ella, y cerró con un contundente portazo.

—Bastardo —masculló Gillian entre dientes y echó a andar de regreso. Sus amigos lo acompañaron en silencio. Cuando estaban llegando al *dorm*, Gillian se desvió.

—¿A dónde vas? —preguntó Eric.

—A buscar mis cartas. Las debe de tener ese pervertido de Locktrom. —Además de someter a Gillian a una estricta vigilancia, el profesor tenía fama de acosar a las féminas de la universidad.

—¿Por qué querría quedarse con ellas? —preguntó Ronald.

—Es una larga historia.

A pesar de llevarse muy bien con ellos, hasta ese momento Gillian había omitido los últimos meses de su vida y solo había compartido con ellos la buena vida que llevaban los shanghailanders en su ciudad natal y algunos recuerdos de su infancia. Sería el cansancio, la desagradable sensación de tener la ropa empapada y fría pegada a la piel o la terrible soledad que sentía lo que lo hizo mostrarse vulnerable. Les narró a sus nuevos amigos lo que había preferido olvidar durante esos meses: la muerte de su padre, el vuelco que había dado su vida, el precipitado matrimonio de su madre con un malnacido y su obligado viaje a Inglaterra dejando atrás a su novia, a su melliza y a sus amigos de toda la vida.

Cuando llegaron al edificio donde estaba localizado el despacho de Locktrom al que Gillian acudía una vez a la semana para recibir su asignación, el vigilante nocturno escuchaba la radio en el cuartito contiguo a la puerta principal. Los jóvenes pasaron agachados por debajo de su ventana y se colaron en el interior del edificio. Subieron por las escaleras y recorrieron los pasillos a oscuras. Los tres dejaban a su paso un reguero de agua sobre el suelo de madera. Alcanzaron el despacho de Locktrom. Gillian tiró del pomo; la puerta estaba abierta. Ronald se quedó un momento en el pasillo para vigilar por si el guardia aparecía haciendo la ronda. Gillian entró seguido de Eric y ambos se pusieron a registrar los cajones en busca de la correspondencia de Gillian. No les costó mucho encontrarla. En el cajón inferior del escritorio, debajo de varias carpetas de papel marrón, estaban sus cartas. Había por lo menos media docena, así como numerosos telegramas. A riesgo de ser descubiertos, Gillian encendió la lámpara de escritorio y volcó el cajón sobre la mesa. Todas las cartas habían sido abiertas, había numerosos telegramas de Darlene, y uno de Tim.

En cuanto leyó el primero su corazón se congeló un instante y, después, latió con fuerza dolorosamente. Observó el rugoso papel con el alma en un puño. ¿Qué quería decir Darlene con que Nina y Tim estaban prometidos?, ¿qué demonios había pasado en esas semanas en las que no había recibido ninguna respuesta a sus mensajes, en las que no había habido ninguna correspondencia? Buscó respuesta en el resto de telegramas y a medida que recomponía las piezas del puzle su rabia iba en aumento.

A su lado, Eric leyó también el contenido de la correspondencia y, cuando terminaron, colocó una mano sobre su hombro.

—¡Reverendo hijo de puta! —exclamó Eric.

Ronald entró y con el asentimiento de Gillian leyó también las misivas.

—¿Nina no es tu novia? —preguntó el escocés.

Gillian asintió despacio.

—¿Qué quiere decir tu hermana con que no contestas? Si te pasas el día escribiendo —comentó.

—Las tuyas también tienen que estar aquí —dijo Eric, y se puso a rebuscar en el mueble clasificador de madera que había a la derecha del escritorio. En uno de los cajones su amigo encontró todas las cartas que Gillian había escrito en esas semanas. Locktrom se había asegurado de que no se enterara de la situación. Dadas las circunstancias, Digby debía de saber que ninguna de sus amenazas habría podido evitar que regresara a Shanghái y convirtiera a Nina en su esposa.

Gillian se derrumbó en la silla, ocultó la cara entre las palmas y rompió a llorar. Nina esperaba un hijo suyo e iba a casarse con Tim, su mejor amigo. Las cartas que había recibido con anterioridad también debían de haber sido abiertas y hábilmente cerradas de nuevo. ¿Cómo no se había dado cuenta? ¿Cómo no había calculado que Digby se la jugaría? A ese miserable sin honor no le convenía que se casara con Nina, arruinaría sus planes de grandeza.

Gillian se encendió un cigarrillo y contempló por la ventana los surcos de gotas que dejaba la lluvia mientras a su espalda sus dos amigos no dejaban cajón sin inspeccionar.

—Mira esto, Gillian —llamó su atención Eric.

Dentro de un cartapacio había unos documentos que a simple vista parecían importantes, pero que en cuanto los hubo leído resultaron sorprendentes y de suma conveniencia para la venganza que Gillian pensaba llevar a cabo contra Chester Digby. En una de las cartas, su padrastro daba instrucciones de los pasos a seguir y a quién tenía que contactar Locktrom para destruir el legado de Lord Mildmay, barón de Fitzwaler. Dentro de un sobre había una importante suma de dinero que Gillian supuso bastante mermada, ya que había varios títulos de propiedad a nombre de Digby. Pruebas y dinero. Era cuanto necesitaba para presentarse ante el actual barón y contarle quién, desde la sombra, trataba de destruirlo.

Se guardó el dinero por dentro del pantalón.

—Se va a dar cuenta —dijo Eric.

—Este dinero pertenece a Henry Long y por ende a su heredero, que soy yo. Chester Digby deseará no haberse cruzado nunca con un Long. Esto también me lo llevo —dijo, y agarró el cartapacio con los documentos.

Oyeron un ruido.

—Viene alguien —siseó Ronald, quien se asomó al pasillo y vislumbró la tenue luz de una linterna en la distancia—. Tenemos que irnos.

Gillian sacó el mechero de plata.

—Sujétalo un momento. —Le entregó el cartapacio a Eric, y a continuación vació todos los cajones sobre el escritorio, los devolvió a su sitio vacíos y prendió fuego a los papeles. Las llamas consumieron los documentos con rapidez y empezaron a devorar la madera.

—Viene el guardia —avisó Ronald en un ronco susurro.

Los amigos corrieron hacia la salida, a lo lejos escucharon los gritos del guardia. «¡Fuego! ¡Fuego!».

En el exterior la lluvia arreciaba.

De vuelta en el *dorm*, mientras Gillian empacaba, los tres planeaban los siguientes pasos. Eric tenía un tío en Newcastle, a unas horas en tren. Escribió una nota a su pariente para que su amigo se la entregara al llegar, lo recibiría encantado, aseguró, así Gillian podría encargarse de su venganza y planear su viaje de vuelta a Shanghái desde un lugar seguro y donde Locktrom no pudiera encontrarlo. Lo primero que haría Gillian al bajarse del tren en Newcastle sería mandar un telegrama a Darlene para que impidiese la boda de Nina, tenía que saber que regresaba y que cumpliría su promesa, pero, antes de partir hacia Shanghái, aplastaría a esa cucaracha sucia y tramposa. Y haría del peor enemigo de Digby su mejor aliado.

Unas horas después, Gillian se despedía de sus amigos en la

estación. Eric se comprometió a recoger su automóvil, que estaría listo en los próximos días, y conducirlo hasta donde se encontrase, una vez Gillian hubiera confirmado su plan.

Darlene llevaba dos semanas esperando para poder ver a Nina. Sus padres habían rechazado las visitas desde que su amiga había salido del hospital, decían que necesitaba tranquilidad para recuperarse. Esta vez al menos había conseguido que la criada le permitiera pasar a la casa y esperar en la sala de recibir mientras buscaba al señor Allaire. Le había informado de que Nina y su madre no se encontraban, pero no había sabido decirle a dónde habían ido ni a qué hora regresarían.

Darlene leyó una vez más el telegrama de Gillian, que había llevado consigo y que había recibido en la redacción de la revista, como todas las comunicaciones anteriores de su hermano. Había sido un alivio entender por qué no había contestado a sus mensajes sobre el embarazo de Nina. Chester Digby se había propuesto frustrar la relación de su hermano y había estado a punto de conseguirlo. Tenía que contárselo a Nina. En su situación actual, recibir la confirmación de que Gillian se encontraba bien, que la amaba y regresaba por ella, la ayudaría a recuperarse. También le pedía que mantuviera su retorno en secreto y que solo lo compartiera con ella.

El día del accidente, la espera en el hospital fue una agonía. El servicio médico avisó a los padres de Nina y ellos se encargaron de hacerlo con Tim y los Palmer. El doctor les informó de que había perdido al bebé. La caída había precipitado el parto y había nacido demasiado pronto. Darlene estaba desolada. Tim tampoco pudo evitar el impacto y rompió a llorar abrazado a ella. Aunque él no lo mencionó en ese momento, tal vez intuía lo que iba a pasar. Días después su amigo había ido a verla. Nina había roto el compromiso. Ya no había nada que ocultar, no existía ninguna razón por la que seguir adelante con la boda, le había dicho en una de las visitas de Tim al hospital. Ese amor, que Tim había mantenido oculto mientras Gillian y Nina estaban juntos, había sido alimentado durante el breve tiempo que había durado el compromiso y ahora el americano resultaba inconsolable. «Gillian no va a volver hasta dentro de tres años al menos, y yo estoy aquí. ¿Es que no me merezco una oportunidad de demostrarle que podemos ser felices, con o sin bebé?», le había dicho con la voz transida de desesperanza. Darlene había intentado explicarle lo poderoso que era el sentimiento que unía a Nina con su hermano, ni la distancia ni las dificultades podría destruirlo. En esa conversación estaba pensando cuando apareció el señor Allaire.

—Darlene, ¿qué haces aquí?

—He venido a ver a Nina.

—Creo que ya te han informado de que no está en casa.

—Me gustaría esperarla.

—Eso no es posible.

—Tengo que hablar con ella, es muy importante. Sé que le va a alegrar lo que tengo que decirle.

Monsieur Allaire soltó un pesado suspiro, se lo veía cansado. La preocupación por la salud de Nina sin duda había hecho mella.

—Nina se ha marchado a Francia con su madre. Se va a quedar unos meses en casa de mi hermana, vive en el sur y es viuda sin hijos, cuidará de ella hasta que vuelva a ser la muchacha alegre de antaño.

—¡A Francia!

—Sí, lejos del dolor y del escándalo.

Tenía que avisar a Gillian antes de que embarcara. Aunque Darlene no podía estar segura de que no estuviese ya en un vapor de camino a Shanghái.

—¿Puede darme la dirección, por favor? —pidió Darlene.

—No creo que sea adecuado.

—¿Por qué?

—¡¿Y tú me lo preguntas?! —estalló perdiendo la compostura que lo caracterizaba.

—Yo...

—Nina nos ha contado la verdad, el bebé era de tu hermano, ¿no es cierto?

—Sí, él…

—No lo reconoció y la empujó a mentirle a sus padres y a toda la sociedad para ocultar lo que Gillian Long le había hecho mientras los Palmer asumían las consecuencias de su deshonor.

—No es así, si me deja explicarle…

—Ni tú ni tu hermano sois bienvenidos en esta casa. Habéis hecho bastante daño ya a Nina. Alejaos de ella. —Dicho lo cual se marchó a grandes trancos sin darle opción a explicarle y defender el honor de su hermano.

Sin perder un minuto, Darlene salió corriendo para tomar el tranvía en dirección a la sede de correos, debía enviarle un mensaje urgente a su hermano. Deseó con todas sus fuerzas que esta vez el destino jugara a su favor y lo recibiera a tiempo.

NINA PERDIÓ BEBÉ. STOP. BÚSCALA EN FRANCIA. STOP. CHEZ MADAME ALLAIRE. STOP. LIN

No era mucho, puede que existieran cientos de Allaire en el país, pero era lo único que podía hacer. El resto estaba en manos de Gillian y de la providencia.

36

Para complicar aún más el enredo de poder en el que China estaba inmersa, en esos días murió el líder de una de las principales facciones, con Gobierno provisional en el sureño Cantón y fuerte presencia de su élite en Shanghái: el doctor Sun Yat-sen. Desde la fundación del partido con la caída del Imperio Qing hasta su fallecimiento, había unido bajo su mando el nacionalismo y, en los últimos meses, había obtenido la colaboración de los comunistas, que se habían incorporado a sus filas. Un frente unido para contrarrestar el poder creciente de los shanghailanders. Aunque con mucha más discreción que el Partido Comunista, el KMT, como se abreviaba el nombre chino del partido de Yat-sen, también trabajaba para ver el día en que los extranjeros abandonaran su tierra y les cedieran los frutos de todos los años de trabajo y avances.

Su muerte era muy comentada en los periódicos en lengua extranjera, y los gobiernos de las concesiones permanecían atentos al resultado de las pugnas internas por nombrar al nuevo líder para empezar a pactar acuerdos que mantuviesen la estabilidad y seguridad de sus zonas de dominio. Pese a que se deseaba que la transición fuera pacífica y no afectara a la vida de los extranjeros en Shanghái, los consejos municipales se encontraban preparados para elevar la alerta en caso de que se produjesen problemas. Pero, mientras tanto, la vida transcurría con normalidad.

Los Digby obligaron a Darlene a asistir a una velada organizada por el consulado británico. Su padrastro había insistido en que el evento tendría especial interés para ella y, a pesar de las sonrisas de su madre y de la buena disposición de Chester, temía descubrir la trampa que le habían tendido. Ninguno de los dos había querido revelar por qué requerían su presencia en otra de las aburridísimas reuniones que celebraban los ingleses. Esperaba no encontrarse de nuevo con el señor Ferries ni tener que huir de sus atenciones. Habría preferido refugiarse en la buhardilla de la tienda de jaulas, entre los brazos de Kai.

Sin embargo, al menos en esa ocasión, se equivocó. La reunión se había organizado para dar la bienvenida y agasajar a lady Adelaide Anderson. El cónsul pronunció un discurso alabando su vida y trabajo, y entonces Darlene entendió por qué su padrastro había pensado que conocerla podría resultar de interés para ella.

La mujer había accedido como funcionaria a la Comisión Real del Trabajo varias décadas atrás, y después había sido nombrada entre las primeras mujeres inspectoras de las fábricas inglesas en el extranjero, lo que la había llevado a trabajar en las colonias asiáticas durante varios años. En su labor, había abarcado numerosos aspectos del empleo de mujeres y niños, incluida la salud y la seguridad industrial, los oficios peligrosos, los horarios y el bienestar de los empleados. Mientras Darlene escuchaba los muchos logros de la dama, la observaba con admiración. Esta se mantenía seria, casi cohibida por el despliegue de alabanzas que recibía. Había viajado a Shanghái porque quería conocer de primera mano las condiciones laborales en China.

Digby se acercó a Darlene por detrás y le dijo:

—¿Me he equivocado al insistir en que vinieras?

—No, ha hecho bien. Se lo agradezco.

El cónsul terminó de hablar y todos aplaudieron y se aproximaron a saludar a la ilustre dama, Digby entre ellos. Le presentó a su esposa y a su hijastra, mencionando que Darlene le había hecho abrir los ojos sobre la situación de los niños en las fábricas.

—¿Por qué Shanghái, lady Adelaide? —preguntó Clarisse, como si no pudiera creerse que alguien quisiera, de forma voluntaria, quedarse allí tras una breve escala.

—Leí un artículo en la *Far Eastern Review* que incluía unas fotos muy elocuentes sobre una fábrica textil; en ellas se veía a niñas muy pequeñas manejando los telares. Me llegó al alma, y, aunque cuento ya sesenta y dos años y estoy retirada del servicio, aquí me tiene.

Darlene sintió que le subían los colores. Digby la miraba fijamente. ¿Habría descubierto dónde trabajaba y pretendía hacérselo saber?

—El consejo ha pedido a lady Adelaide que elabore un informe sobre el trabajo infantil en las fábricas textiles y que recomiende mejoras en la regulación laboral. No queremos darles ningún motivo a esos rojos para acusarnos de explotadores, y ella nos ha honrado al aceptar la propuesta.

—¡Eso es estupendo! —exclamó Clarisse.

Enseguida otros invitados reclamaron a la mujer para preguntarle por sus múltiples viajes y Darlene pudo aislarse junto al ventanal y observar desde la distancia. Aunque había pensado que tal vez se había equivocado al juzgar a su padrastro y que no era solo pedante y egoísta, con su último comentario había dejado claro que la motivación última detrás del informe no era el bienestar de esos niños, sino un beneficio político más.

Le quedaba la duda de si había descubierto dónde trabajaba ella o había sido una coincidencia. Tenía que hablar con Falgu para cerciorarse de que no la había traicionado.

Unas semanas después de haber recibido las conclusiones de la inspectora, el consejo municipal de la concesión internacional aprobó una ley que prohibía el trabajo a menores de doce años. Las protestas empezaron casi de inmediato. Las fábricas despidieron a los niños y las familias chinas se encontraron con el estipendio seriamente mermado de un día para otro. Los trabajadores clamaron por un aumento de sueldo que compensase la pérdida de los salarios infantiles, pero las fábricas se negaron y los obreros convocaron huelgas para protestar. Los supervisores aplicaron mano dura para controlarlos y la violencia se extendió de fábrica en fábrica.

Darlene se enteró de los sucesos al llegar una mañana a la sede de la revista, donde sus compañeros comentaban uno de los innumerables artículos del *North China Herald*, que se hacían eco de la noticia. Una trabajadora había muerto debido a los golpes recibidos y varios operarios habían resultado heridos cuando se enfrentaban a los capataces. El Partido Comunista comandaba la formación de sindicatos y, a la salida de los turnos de trabajo, los obreros se reunían en lugares discretos para organizar las protestas y emprender acciones contra los demonios imperialistas. Y, como a río revuelto ganancia de pescadores, los nacionalistas del Kuomintang, aún sin un líder claro desde la muerte de Sun Yat-sen, se unieron en contra de las potencias extranjeras. Los medios locales narraban con nitidez los abusos y agresiones que habían sufrido los trabajadores durante décadas. Los portavoces de las facciones políticas iban aún más lejos y empezaban a presionar a favor del fin de las concesiones y la nacionalización de las industrias.

Pero había más.

Geo llamó a Darlene a su despacho.

—Buenos días —saludó la joven—. ¿Ha leído los periódicos? No imaginé que pudiera suceder algo así. ¿Por qué protestan contra la medida? Los niños tienen que educarse. Es por su bien, ellos son el futuro de sus familias y de la nación; si no, nunca saldrán de la pobreza. Puede que haya excesos en cómo algunos capataces ejercen su poder, pero la nueva ley supone, sin duda, un avance en la dirección correcta. No los entiendo —comentó.

—Los chinos no piensan en el futuro, solo en el ahora. Los niños son bocas que alimentar y, si no pueden aportar nada a la economía familiar, solo estorban —dijo el editor con acritud—. La ciudad se va a llenar de niños mendigos, solos y abandonados, ya lo verá. Pero quería hablarle de otra cosa. —Hizo una pausa—. Junto con la nueva ley de protección de la infancia se ha aprobado otra regulación que afecta a todos los medios de comunicación.

—No he leído nada sobre ello, ¿de qué se trata?

—Con el jaleo que están montando los obreros, ha pasado desapercibida para el ciudadano de a pie, pero no para los periódicos y demás publicaciones. Se nos exige dar el nombre verdadero de todos nuestros articulistas y colaboradores. Queda prohibido publicar bajo pseudónimo.

Darlene palideció. Temía qué pasaría si Digby se enteraba de que llevaba meses mintiendo y metiéndose en todos los recovecos de la ciudad. Era muy capaz de arreglarle un matrimonio con mister Ferries y forzarla a aceptar.

—No puede ser.

—De momento, estamos firmando un manifiesto de oposición, y un grupo de medios nos reuniremos con el consejo municipal para defender el derecho de los periodistas a permanecer en el anonimato si es lo que desean. Muchos de ellos investigan casos de corrupción, delitos y abusos perpetrados por miembros poderosos de la comunidad o por mafiosos que campan a sus anchas por las calles de las concesiones, y desvelar sus identidades los condenaría a represalias contra ellos y sus familias. Y ya sabemos cómo se las gastan los gánsteres en esta ciudad.

—¿Entonces?

—Entonces, de momento, no vamos a cumplir la normativa. Puede que nos cierren la revista, pero Mei Lin sigue estando segura —afirmó Geo.

—Esperemos que el consejo recapacite en ese aspecto. —Darlene lo dijo por decir. Si todos sus miembros eran tan desaprensivos y testarudos como Chester, no había nada que hacer. Sintió desasosiego. La revista no solo le aportaba cierta independencia económica, sino que también nutría su intelecto y permitía que expresase su creatividad a través de la fotografía.

—Veremos qué sucede.

—Gracias, Geo.

—Gracias, señorita Long, por las fantásticas fotos con las

que ilustra nuestros artículos. Seguiremos como hasta ahora; la avisaré si hay novedades al respecto.

A la caída de la tarde, Darlene se aseguró de que Falgu la esperaba en la puerta y salió de la redacción por detrás. Querría haber visitado la fábrica de Mingyue mucho antes, pero con el asunto de Nina, los problemas en la comunicación con su hermano y su día a día entre el trabajo, los eventos familiares y sus visitas esporádicas a la buhardilla y a la tetería con Kai, había tenido un periodo muy ocupado. Ahora la urgía cerciorarse de que Mingyue se encontraba bien y de que en su fábrica las cosas permanecían tranquilas. Cogió un taxi y le dio la dirección al conductor. Tiempo atrás, Mingyue le había entregado el panfleto de la fábrica, y ella lo había doblado y guardado en el estuche de su cámara.

Por el camino, pensó en cómo justificaría su presencia si no la dejaban entrar. Las proximidades de la fábrica estaban desiertas, no se veía a nadie y, sin embargo, era una calma extraña. Algo flotaba en el aire, una tensión similar a la que antecede a una tormenta, cuando el cielo está contenido, el viento aún no ha empezado a soplar y la naturaleza parece a la espera de una señal para desatarse.

El recinto de la fábrica estaba cerrado con unos altos portones de metal, las hojas unidas con una gruesa cadena y un candado. No parecía haber llamador. Darlene forcejeó y consiguió separar las hojas lo suficiente como para colarse por el hueco que dejaba la cadena, amarrada a los tiradores de ambos portalones. Dentro de la garita, un guardia dormitaba con los brazos cruzados en el torso y la cara al sol que entraba por la ventana. Darlene se encaminó hacia uno de los edificios en busca de alguien que pudiera darle señas de Mingyue. Se le ocurrió que, si cuestionaban su presencia, podía argumentar que su revista la había mandado para escribir un artículo sobre las óptimas condiciones laborales de la fábrica. Ahora más que nunca necesitaban buena publicidad para contrarrestar todo lo que se alegaba sobre los abusos.

Por lo que le había contado Kai, Mingyue trabajaba en una

de las salas de hilatura, así que Darlene continuó el periplo y se metió por hangares, pasillos y salas con maquinaria y muchas trabajadoras. Preguntó varias veces por ella y creía estar pronunciando bien los vocablos en chino, pero en cuanto veían que era extranjera la ignoraban por completo. Siguió buscándola con tenacidad hasta que la vio en una de las filas de máquinas. Se dirigió a Mingyue con una sonrisa en los labios.

—¡Mingyue! —gritó por encima del ruido estruendoso de la maquinaria.

La mujer giró la cabeza al escuchar su nombre y abrió mucho los ojos.

—¿Qué haces aquí? —preguntó en inglés con su característico acento sin dejar de estar pendiente de los hilos.

—Quería ver cómo estabas.

Mingyue pidió a una de sus compañeras que la cubriera durante unos minutos y tomó del brazo a Darlene. La condujo por entre las enormes máquinas de camino a la salida.

—No puedes estar aquí. El jefe se va a enfadar.

—¿Estás bien de verdad?

—Sí, estoy bien.

—¿No ha habido problemas? ¿Peleas? —preguntó acompañando sus vocablos con gestos.

—Aquí todo tranquilo. Se fueron los niños y llegaron más obreros. Pero hay mucho trabajo, no tiempo de problemas. Tienes que irte.

Mingyue la guiaba con suavidad pero con firmeza. A su espalda sonó un grito en chino.

—¡¿Qué hacéis fuera de vuestro puesto?!

Las dos mujeres se giraron al grito del supervisor. Este mantenía una porra en alto, a punto de descargarla sobre Mingyue, pero el gesto quedó congelado al darse cuenta de que la otra mujer era extranjera. Darlene se colocó delante de la madre de Kai.

—¿Qué está haciendo? ¿Cómo se atreve? —le espetó en inglés.

El hombre bajó el brazo y se enganchó la porra en el pantalón.

—¿Qué hace aquí? Esto es una propiedad privada. ¿Cómo ha entrado?

—Soy periodista y venía a tomar nota del buen trato que dispensan a sus obreros. Ya veo que mi editor estaba equivocado.

—Los tratamos bien, pero esas malditas ratas rojas jalean a los trabajadores y hay que mantener el orden. La acompaño a la salida —dijo.

—Permítame hacerlo a mí, *laoban.* Enseguida regreso —intervino Mingyue en chino.

—Date prisa. Pienso descontarte el tiempo.

Mingyue bajó los ojos y asintió. El supervisor se alejó a paso rápido, no sin antes echarle un último vistazo a la supuesta periodista.

Caminaron en silencio. Esta vez Darlene tardó escasos minutos en hacer el recorrido, ya que Mingyue la llevó por una ruta distinta. Enseguida salieron del edificio y avanzaron por el espacio exterior, de terreno arenoso, hasta el portalón.

—Ven conmigo, no puedes seguir aquí —dijo Darlene en chino—. No es seguro.

—Es mi trabajo, y no me va a ocurrir nada. No nos tratan tan mal.

—Pero ese hombre te habría pegado si no hubiera estado yo.

—Estaba fuera de mi puesto; si sigo instrucciones, no pasará nada. Ahora que los niños se han ido, hay mucho trabajo y nos pagan más por las horas extras.

Mingyue despertó al guardia con unos golpes en el cristal. Este se incorporó sobresaltado, sin saber ni dónde se hallaba, y en un acto reflejo echó mano a la pistola que llevaba al cinto. Al ver a las dos mujeres, salió del pequeño habitáculo y preguntó qué hacían ahí y qué querían.

—La visitante ya se va. Abra.

El hombre se rascó la cabeza bajo la gorra. Darlene estaba segura de que intentaba acordarse de en qué momento la había dejado entrar. Sacó un manojo de llaves y rebuscó hasta que dio con la que abría el candado. Desenroscó la cadena y abrió el portón lo justo para que las mujeres salieran.

Mingyue se asomó y vio que que no la esperaba ningún automóvil.

—¿Has venido sola?

—Sí.

—Te acompaño a la parada del tranvía.

—No hace falta. Mejor regresa antes de que ese hombre saque la porra de nuevo. Tomaré un taxi o un *rickshaw*.

—Por esta zona no pasan muchos. Quédate aquí, voy a buscar uno.

—Mejor vamos juntas.

—No —dijo tajante la madre de Kai—. Espera aquí. Es muy peligroso para una extranjera. —Se giró hacia el guardia y añadió—: Vuelvo enseguida.

El hombre asintió y entornó las hojas del portalón.

Darlene había ido hasta allí para comprobar que Mingyue estaba segura y no sufría abusos y, sin embargo, la estaba exponiendo al hacerla salir de su lugar de trabajo cuando había tanta tensión entre los trabajadores que se acomodaban a las reglas de los extranjeros y los que presionaban para conseguir mejoras. Había leído que a algunos les tiraban piedras a la salida de sus turnos y los llamaban traidores. Para Mingyue tampoco era seguro salir sola, así que Darlene se asomó por los portones entreabiertos y siguió a la mujer a poca distancia.

No había caminado ni trescientos metros cuando tres hombres se cruzaron en el camino de Mingyue y le impidieron el paso. Darlene se apresuró a reunirse con ella; antes de alcanzarla logró distinguir la cara de uno de los sujetos y lo reconoció al instante. La recorrió un escalofrío. Lo había visto en la boda de su madre, así como la noche en que invitó a Mingyue al teatro. Esta también pareció reconocerlo, porque la escuchó decir:

—Tú.

—Vaya, veo que me recuerdas.

—Sigues siendo el mismo gordo malcriado y perverso de siempre.

—No, te equivocas, furcia. Soy aún peor —dijo, y la agarró del pelo. Darlene corrió hasta él.

—¡Pang Tao, suéltela inmediatamente o lo denunciaré a la policía!

La sorpresa de oír una voz extranjera pronunciar su nombre hizo que él reaccionara. Soltó a Mingyue, pero al identificar a la joven esbozó una siniestra sonrisa.

—Pero qué sorpresa, señorita Long. Consiguió librarse las dos últimas veces. Me ha ahorrado un tiempo precioso. Y yo que estaba elaborando un complejo plan para que la próxima vez todo saliese como debía... Voy a poder matar dos pájaros de un tiro, aunque me surge una duda, ¿de qué conoce a la puta que engendró a mi hermanastro?

¿De qué veces hablaba? ¿Ese hombre había intentado hacerle daño? ¿Qué tenía contra ella? ¿Era por su relación con Kai? Darlene también se dio cuenta de que, la noche del teatro, ninguno, salvo Kai y su padre, había reconocido a Mingyue. ¿Cómo hacerlo si parecía una gran dama?

—¡Cómo se atreve a faltarle al respeto! Usted no es digno ni de limpiarle los zapatos. Y no es de su incumbencia de qué nos conocemos.

—Tienes razón. Para mí es suficiente saber que vas a pagar por lo que hizo tu hermano.

¿De qué hablaba ese tarado? ¿Qué problema tenía con Gillian? ¿Qué había hecho su mellizo para tener a ese energúmeno como enemigo? Recordó la escena en la boda de su madre, algo había sucedido entre ellos, en aquel entonces lo intuyó, pero lo había olvidado. A Darlene no le pasó por alto que había empezado a tutearla, y se estremeció.

Pang hizo un gesto con la cabeza y sus dos matones empezaron a forcejear con las mujeres para arrastrarlas hasta un automóvil negro que estaba estacionado unos metros más allá mientras ellas gritaban pidiendo auxilio. De repente se escucharon unos disparos y los hombres las soltaron y salieron corriendo a campo través sin siquiera detenerse a ver quién los atacaba. Pang sacó su pistola y se parapetó tras el automóvil al tiempo que ellas echaban a correr en dirección a los portones de la fábrica, pero el guardia echó el candado para evitar que quien atacaba entrara.

Aunque le gritaron que las dejara pasar y aporrearon con desesperación, él no abrió.

Las mujeres se ovillaron muy juntas y se cubrieron la cabeza con los brazos para protegerse de los disparos que sonaban a su alrededor. Darlene miró a su espalda y divisó a Falgu, que disparaba hacia el vehículo desde donde Pang respondía. Finalmente, el sij se quedó sin munición, y el mafioso salió de su escondrijo y le apuntó con una sonrisa torcida mientras se acercaba a él. Con rapidez, Falgu le pegó una patada y la pistola salió volando. Al verse desarmado, Pang corrió de vuelta al automóvil, que puso en marcha. Con un derrape, desapareció. Por un momento a Darlene le pareció que era un vehículo parecido al que casi atropelló a Nina.

El indio recogió la pistola de Pang y se la guardó.

—¡Gracias a Dios, Falgu! ¿Cómo sabías dónde estaba?

—¿No se habrá creído que podía darme esquinazo tan fácilmente? Conozco todos sus movimientos, señorita Long.

—No creo que todos —dijo ella pensando en la buhardilla.

—Todos. —La miró fijamente ocultando una sonrisa bajo el espeso bigote.

—Mingyue, después de lo que ha pasado, tienes que venir conmigo. Debemos contárselo a Kai.

—No. Al hermanastro de Kai lo conozco bien, es un cobarde, no va a regresar. Y mi hijo es capaz de matarlo. Tienes que prometerme que no le vas a decir nada. En la fábrica tengo todo lo que necesito. Además, sabiendo que esa sabandija anda cerca, no me expondré.

—¿Y si vuelve?, ¿y si espera hasta que estés sola y te hace daño? Kai no me perdonará si descubre que le he ocultado lo sucedido.

—Por eso ninguna de las dos se lo va a contar nunca. Tenemos que evitar una tragedia. Tenemos que protegerlo. Tal vez es eso lo que busca ese ser inmundo, provocarlo para que cometa un error fatal.

—No lo sé.

—Por favor. Te lo pido por él, por su seguridad, pero también por mí. Por una vez en mi vida, me siento útil. Te suplico que no se lo cuentes. Prometo que tendré mucho cuidado.

Darlene no estaba nada convencida, pero no podía soportar que esa buena mujer suplicara.

—Está bien.

Esta vez, fue Falgu quien aporreó el portalón y ordenó al guardia que abriese. Este, al verlo por la rendija, tardó escasos segundos en responder a la instrucción. Los soldados sijes de los ingleses tenían fama en la ciudad y nadie osaba contradecirlos.

—Vuelve al interior. Y ten mucho cuidado, por favor —se despidió la joven.

—Vámonos ya, señorita Long. Tendrá que compensarme por el riesgo en el que nos ha puesto a los dos. Y, a partir de ahora, vamos a negociar cada una de sus escapadas. Y le aseguro que no van a salirle baratas.

Darlene se alegró por primera vez de contar con la protección de Falgu. Esperaba no tener que sufrir ningún ataque más a manos de ese miserable.

37

Según fueron pasando las semanas, las huelgas y los conflictos en la industria se intensificaron. A mediados de mayo el estado de crispación de los obreros había llegado a tal extremo que un grupo había asaltado a los capataces de su fábrica cuando terminaban su turno y había asesinado a uno de ellos y herido gravemente al resto. El representante japonés en el consejo municipal había pedido incrementar la seguridad, y se había aprobado que los supervisores portaran armas de fuego durante el servicio.

Las cosas estaban saliendo según lo planeado, pero la mecha aún no había prendido del todo. La banda de Pang había propiciado eventos aislados, aquí y allá, y tal como habían esperado, los comunistas aprovechaban la coyuntura que les estaban sirviendo para arengar a las masas y ganar adeptos. Sin embargo, hasta la fecha las protestas habían sido fácilmente controladas por las autoridades y, después de las escaramuzas, la calma regresaba hasta el siguiente conflicto sin que las cosas cambiaran demasiado.

Su jefe empezaba a impacientarse con él, e incluso había llegado a decir que no estaba respondiendo como él esperaba. «Maldito viejo», masculló Pang. Sin embargo, esa noche tenía algo especial preparado, un golpe más, pero esa llama desataría un gran incendio. Él mismo se había encargado de tener todos los detalles bajo control. Ella tampoco escaparía esta vez.

Amparados por la oscuridad de la calle, esperó junto a sus hombres a que llegaran los trabajadores del turno de noche. El día anterior, un conato de protesta había llevado a los administradores a decretar el cierre de la fábrica para mantener la producción a salvo y a los trabajadores disciplinados y obedientes en sus puestos de trabajo.

Pang vio aproximarse a un grupo de obreros, el cual creció según se sucedían los minutos y la hora de entrada a la fábrica se acercaba. Cuando sonó la alarma del cambio de turno, los portones permanecieron cerrados. Decenas de operarios esperaban para acceder. Los más jóvenes y osados empezaron a aporrear los portones metálicos y provocaron un gran estruendo, pero nadie respondió al llamamiento. Entonces, Pang y sus hombres, vestidos como obreros, se infiltraron entre el numeroso grupo para soflamar con sus comentarios.

—¡Nos han dejado fuera!

—¡Tenemos familias que alimentar!

—¡Es nuestro trabajo, no pueden impedirnos la entrada!

—¡No nos van a pagar! ¡¿De qué vamos a comer?!

—¡Los del turno de mañana se quedan con nuestro dinero!

—¡Abajo los malditos extranjeros!

—¡China, de los chinos!

Y a medida que se encendían los ánimos, el tono se volvía cada vez más agresivo, hasta que ya no se entendía nada, eran todo gritos y proclamas, unas encima de otras.

El momento culminante había llegado.

—¡Tiremos los portones abajo! —exclamó Pang mientras zarandeaba las gruesas puertas de metal.

La masa, arrebatada, se unió a él. Algunos empezaron a escalar los muros, ayudándose unos a otros. Los embistes eran cada vez más fuertes, pero los portones resistían, así que los hombres de Pang repartieron barras de hierro con las que golpear el cierre. Con unas enormes tenazas, cortaron la cadena. Finalmente, los goznes cedieron y los portones se derrumbaron. Los trabajadores, envalentonados por la hazaña, irrumpieron a gritos en la fábrica.

—Si nosotros no trabajamos, ellos tampoco —exclamó Pang.

—¡Sí, eso! Si nosotros no trabajamos, ellos tampoco —secundaron sus hombres.

—¡Destruyamos todo!

Como un río desbordado, los operarios entraron en tromba en los almacenes, derribaron cajas, sacos y patearon y desbarataron todo a su paso. Después, invadieron las salas de hilatura y los telares y se liaron a golpes con lo que encontraron. Los trabajadores que manejaban las máquinas en ese momento, y que habían permanecido en la fábrica para cubrir el turno de los que habían quedado excluidos, se enfrentaron a ellos, y en pocos minutos se lio una batalla campal entre ambos grupos.

Una cuadrilla de hombres entró en la sala donde trabajaban Mingyue y sus compañeras. Las mujeres intentaron proteger los tejidos. Mingyue se plantó frente a uno de los asaltantes y este respondió propinándole en el pómulo un puñetazo que la empujó hacia atrás. Asustada por la violencia que desplegaban quienes el día anterior habían sido sus compañeros de fatigas, Mingyue se escondió, junto con algunas compañeras, detrás de una de las máquinas. Otras corrieron a ocultarse en sus dormitorios y se encerraron bajo llave, temerosas de que las atacaran también.

Agazapada, Mingyue descubrió con horror que entre los atacantes se encontraba el hermanastro de su hijo. Pasó cerca de ella con un grupo de hombres, entre los que creyó reconocer a quienes la habían agredido días atrás. Dedujo que el ataque no había sido casual, ese hombre perverso se había propuesto destruirla. Y, si la encontraba, esta vez ella no saldría con vida. Apretó los párpados y deseó con todas sus fuerzas librarse de esa sabandija para siempre.

Alertados por el ruido y el aviso de los trabajadores, los supervisores llegaron a la carrera. Eran varias docenas de hombres, armados y entrenados. El líder gritó, a través del megáfono de metal que usaban para las competiciones, que se detuvieran o dispararían.

—¡Matémoslos a todos! —bramó Pang como respuesta, y los asaltantes se lanzaron a por ellos. Sonaron disparos y todo se llenó de gritos y pólvora.

Esa madrugada murió Ku Cheng-Hung, uno de los jóvenes asaltantes, aunque podría haber sido cualquiera. Un muerto accidental más en los enfrentamientos de los últimos meses entre trabajadores y gestores de las fábricas textiles. Sin embargo, su nombre sería de los pocos que se recordasen, porque lo convirtieron en el mártir que necesitaban para que el incendio se propagase.

Kai estaba esa noche en casa. No se vería con Darlene. Tal y como estaba la situación en la ciudad, prefería que no se aventurara sola y de noche por la tienda de jaulas, ya que, debido al rechazo general hacia los japoneses por el malestar en las fábricas, había dejado de ser una zona segura. Además, desde que su jefe lo había ascendido a abogado asociado terminaba más tarde y no era una hora prudente para encontrarse con Ojos de Jade.

Él había insistido con vehemencia para que Mingyue dejara su trabajo y regresara al cuartucho, pero ella se había negado en redondo. Había hecho amigas entre las trabajadoras de la fábrica y, los días de descanso en los que él la había visto, se había mostrado contenta y parloteaba sobre anécdotas de sus compañeras. Incluso había empezado a hablar del pasado, pero no del que él conocía, sino de su infancia. Frente a los ojos de Kai surgía una mujer nueva y, por mucha que fuera su preocupación, él no había querido imponerse. En el fondo sabía que esa nueva mujer no aceptaría ninguna de sus pataletas, con o sin razón.

Su madrastra jugaba al *mahjong* con sus amigas habituales; bebían té, comían frutos secos, apostaban y cotilleaban. Era lo único que hacían para llenar las horas ociosas e inservibles de sus acomodadas existencias. Las más audaces no cesaban de invitarlo a sumarse al juego en las escasas ocasiones en que se cruzaba con ellas. A Kai no se le escapaban las miradas de lujuria que le lanzaban. Esa noche, como siempre, también había rechazado la invitación.

Pang llevaba varios días sin aparecer, y agradecía no tener que lidiar con él. Se sentó en un sillón y leyó mientras escuchaba a medias las conversaciones femeninas, por si mencionaban algo que le interesase reportar más tarde. Su padre llegó al rato, saludó a las damas, respondió a sus comentarios y después se acomodó en otra butaca cerca de él. Y, como cada noche, antes de la cena, el criado llegó con una bandeja del más fino té verde y la colocó en la mesita auxiliar. Xixi y sus amigas terminaron la partida y se dispusieron a marcharse hasta el día siguiente. Mientras Xixi las despedía en la puerta, Wenzhao intentó conversar con Kai, pero desistió tras recibir el tercer monosílabo y lo dejó en paz con su lectura. Sonó el teléfono a lo lejos, desde el despacho de su padre, donde tenía instalada una línea privada para asuntos importantes. Él se levantó para atender la llamada. Kai fue detrás y se aseguró de que no lo veía. Su madrastra seguía parloteando en la puerta principal. Escuchó las respuestas entrecortadas de su padre y, sin haber entendido de qué se trataba, regresó con premura a su sofá antes de que él entrase al salón.

Xixi daba a los sirvientes instrucciones para la cena cuando Wenzhao regresó. Lucía un gesto serio y anunció que debía salir. Kai se levantó y fue hasta él.

—¿Qué pasa? ¿Por qué tiene que irse si acaba de volver?

No solía preguntarle nada, más bien lo ignoraba por completo y aguantaba estoicamente su presencia para hacerle saber sin palabras lo mucho que lo despreciaba. Por eso, tuvo la certeza de que su padre respondería con sinceridad.

—Han asaltado una fábrica. Hay muchos heridos, quizá incluso muertos, y numerosos daños materiales.

—¿En qué fábrica ha sido?

—No lo he preguntado; en verdad da igual en cuál. Lo que importa es cómo vamos a usar el suceso en nuestro favor. —Malinterpretando el interés de Kai por el asunto añadió—: Ya va siendo hora de que ocupes el lugar que te corresponde. Acompáñame, quiero enseñarte cómo me he convertido en el hombre al que llaman en primer lugar.

—Me asquean sus trapicheos políticos, no quiero tener nada que ver con ellos.

Kai echó a correr y alcanzó a oír el grito de indignación de Xixi. Se dijo que tenía que ser mucha coincidencia que el suceso se hubiera producido justo en la fábrica de Mingyue, pero una angustia terrible le presionaba el corazón. Debía llegar allí lo antes posible. Pensó con rapidez. Al cruzarse con el chófer de su padre, le dijo que este lo llamaba, que subiera a la casa de inmediato. En cuanto el empleado se alejó del vehículo, él se sentó al volante y arrancó. Sonrió al imaginarse la cara de Wenzhao al descubrir que le había robado el automóvil.

Le costó varios giros erróneos orientarse bien y llegar al área industrial junto al arroyo Soochow, pero enseguida identificó el lugar donde trabajaba su madre y la angustia le trepó hasta la garganta. Las inmediaciones estaban llenas de policía y de curiosos. Dejó el automóvil abandonado, sin preocuparse de aparcarlo bien, y salió corriendo. Consiguió aproximarse sin que le impidiesen el paso mientras sacaban a los heridos.

—¿A dónde los llevan? —preguntó a uno de los paramédicos que cargaba una camilla.

—A los más graves, al hospital del distrito.

—¿Y al resto?

—Están en sus dormitorios. Hay mucha confusión y la policía quiere interrogarlos.

Kai entró al recinto pisando por encima de los dos enormes portones vencidos. Junto al muro exterior, sentados en el suelo y con las esposas puestas, había una docena de hombres; algunos sangraban por la nariz o la ceja, otros tenían la ropa desgarrada por distintas partes. Varios policías los vigilaban. Mantenían la cabeza baja, de modo que no pudo mirarlos a los ojos. Experimentó una rabia inmensa y deseó que recibieran su merecido, pero al observarlos con detenimiento se dijo que en realidad eran unas pobres víctimas del juego político y de sus propias penurias. Y su rabia y angustia se tiñeron de compasión y pesar por su suerte.

Preguntó por el dormitorio de las mujeres y le indicaron la dirección. Se apresuró y, cuando estuvo cerca, empezó a llamar a gritos a su madre, desesperado por encontrarla.

—¿Busca a Mingyue?

—¿La conoce?

—Es una de mis compañeras de sala.

—¿Dónde está?

—Venga, le llevo.

Cuando Kai entró al galpón lleno de camas vio a su madre al fondo. Corrió hasta ella. Tenía un pómulo morado y abultado por un golpe. Se arrodilló a su lado y la abrazó.

—¿Qué te han hecho?, ¿qué te han hecho? ¿Estás herida en alguna otra parte? —preguntó al tiempo que la revisaba.

—No, estoy bien, solo fue un puñetazo.

—Voy a despellejar a esos miserables.

—Ten compasión. Los han usado.

—¿Cómo lo sabes?

Ella calló.

—Madre, ¿cómo lo sabes? —repitió con la voz incendiada de ira.

—Vi a Pang. Estaba entre los asaltantes.

La expresión de Kai adquirió una mueca feroz.

—¡¿A dónde vas, Kai?! ¡No vayas, hijo! ¡No vayas! —gritó a su espalda mientras lo veía alejarse a grandes trancos con los puños cerrados—. ¡Estoy segura de que es una encerrona! ¡Quédate!

Pero él iba a acabar con Pang de una vez por todas. Sin embargo, no se mancharía las manos como su hermanastro esperaba que hiciera.

Se arrepentiría de haberse metido con Mingyue. Y los agitadores que jaleaban a esos pobres diablos también pagarían por lo que habían hecho. Porque estaba claro que Pang no tenía relación con los comunistas; Kai sabía a ciencia cierta que los odiaba tanto como a él, puede que incluso más, luego su presencia en esa fábrica tenía que deberse a que había descubierto que ella trabajaba ahí, y había aprovechado la circunstancia del ataque de los obreros para dañarla. Nunca lo sabría con certeza. De lo que sí estaba seguro era de que su hermanastro tenía las horas contadas.

Kai condujo hasta la universidad, donde se suponía que estudiaba Lu, aunque, por el clima que reinaba en la ciudad, más que estudiar, su amigo pasaba el día planeando la revolución. Tenía que conseguir controlar sus emociones porque en ese momento en vez de reconstruir su amistad con Lu lo que tenía ganas de hacer era molerlo a palos. De camino, sopesó cómo convencerlo de que quería unirse a la causa. La última vez que lo había visto, en la escuela de aprendices de comunista, su despedida había sido tensa. De hecho, Kai había roto la relación con él y se había prometido no volver a verlo. Pero si quería parar esa situación demencial era perentorio que ahora Lu lo creyera y aceptara que se uniera a los suyos.

Aparcó donde pudo y corrió en dirección al campus. Probó primero en la tetería donde solían debatir largo y tendido, pero cuando entró comprobó que a esas horas tardías los estudiantes ya se habían ido. Estaba casi vacía, a excepción de un par de solitarios alumnos que repasaban sus apuntes.

Preguntó al camarero, por si este era capaz de identificar a su amigo de entre todos los clientes que frecuentaban el local, pero le fue imposible averiguar si Lu había pasado por allí o no o si acudiría con su grupúsculo de radicales más tarde. No le quedaba otra que recorrer el campus. Si no lo encontraba, se acercaría al antiguo templo, por si esa noche estaba adoctrinando a algún grupo de obreros.

Cuando salía de la tetería, uno de los estudiantes lo llamó.

—Eh, tú.

Kai se giró.

—¿Nos conocemos?

—Te he visto antes, eres amigo de Lu, ¿verdad? Te he escuchado preguntarle por él al camarero.

A Kai le sonaba la cara, pero no estaba seguro.

—¿Lo andas buscando?

—Sí. ¿Sabes dónde puedo encontrarlo?

—No sé dónde está ahora, pero han convocado una reunión a medianoche. Yo no puedo ir.

—¿Dónde?

—Si no lo sabes, no puedo decírtelo.

—Sabes que soy su amigo, me ha invitado infinidad de veces a vuestras reuniones. Es muy importante que lo vea, es cuestión de vida o muerte —añadió para meterle más presión.

El muchacho dudó. Se midieron con los ojos y, al final, terminó cediendo. En un cuaderno apuntó la dirección y, después de arrancar el pedazo de papel, se lo tendió.

—Gracias, y suerte con los exámenes —se despidió Kai.

Como faltaban algunas horas para la medianoche, decidió conducir a la central telefónica y hacer la llamada que tenía planeada. Esperaba, con lo que tenía para ofrecerle a su contacto, recibir una buena compensación con la que cerrar de una vez por todas el trato que había entre ellos. Con su nuevo salario de abogado asociado y esa última transacción, podría permitirse alquilar un pequeño apartamento en una buena zona para él y Mingyue.

Solía comunicarse con su contacto mediante los mensajes que Kai le dejaba en el club, y reunirse en algún lugar público y discreto de la ciudad, por lo que al otro le extrañó recibir noticias suyas tan intempestivamente. Cuando el joven le explicó el tipo de información que podía suministrarle, Nariz Grande lo citó en una nueva dirección a primera hora de la mañana siguiente. Después, Kai buscó algún lugar donde cenar algo e hizo tiempo hasta la hora acordada para la reunión de su amigo. Estaba nervioso.

El punto de encuentro era una vivienda en una bocacalle estrecha y secundaria en plena concesión francesa, no muy lejos del Cercle Sportif. Aparcó a unas manzanas de allí y caminó hasta el número de la calle indicado en el trozo de papel. Faltaban unos cuarenta minutos para la medianoche; creyó que tendría que esperar, pero al llegar vio a Lu fumando con otros tres jóvenes.

—¿Qué haces aquí? —Su tono fue duro y cortante. Lu hizo un gesto a sus compañeros y estos se retiraron un poco hacia el lado izquierdo de la casa.

—He ido a buscarte a la universidad.

—¿Cómo has sabido dónde encontrarnos?

—Mi padre lo sabe, y si él lo sabe... —mintió.

—¿Van a hacernos otra redada? No puedo desconvocar la reunión, no daría tiempo a avisarlos a todos. Además, es demasiado importante.

—Que alguno vigile los extremos de la calle, y aposta a un par más en el exterior. Si ven aproximarse a alguien, que avisen. Esta vez os dará tiempo a escapar —dijo continuando con la mentira.

—Está bien. Gracias. Ya puedes irte.

—No, me quedo. En verdad, no he venido a advertirte, sino a unirme a vosotros, a vuestra causa. —Los ojos de Lu lo miraban con desconfianza. Permanecía con los brazos cruzados en actitud defensiva—. Esta noche, mi madre ha recibido una paliza de su supervisor —mintió—. Está en el hospital, en estado grave; ni siquiera he podido verla. —Pudo notar como las palabras impactaban en su amigo—. Me ha hecho abrir los ojos sobre los abusos. No podemos seguir consintiendo que traten así a nuestro pueblo. Hermano, siento haber tardado tanto en darme cuenta de que solo lo conseguiremos por la fuerza.

Los ojos de Lu se iluminaron.

—No sabes cuánto me alegra oír eso. Lamento mucho lo de tu madre, pero si ha valido para que abras los ojos... —Kai asintió muy serio—. Sé bienvenido a la lucha, camarada. —Lu le dio un abrazo y fuertes palmadas en la espalda.

—Gracias —dijo él, y forzó una sonrisa.

38

Gillian se había informado de las rutas marítimas que llegaban al sur de Francia desde Shanghái, el puerto de atraque era Marsella. Y allí había recalado después de pasar unas semanas en Newcastle y tras haberse reunido con Lord Mildway, quien se mostró muy generoso y agradecido por la información sobre ese supuesto pariente lejano que pretendía destruirlo. Eric y Ronald habían viajado en su descapotable hasta allí el fin de semana siguiente a su precipitada partida. Según sus amigos, Locktrom había preguntado por él y le habían dicho que estaba en Londres visitando a un pariente que había llegado de América por sorpresa. Aunque les quedó claro que no se tragó la mentira, no había mencionado el incendio que, gracias a la lluvia y a la rápida intervención del guardia, no se extendió más allá del despacho de su tutor, y que achacaron a una colilla mal apagada, pero sí dijo que por una vez no iba a reportar el viaje de Gillian a su padrastro siempre y cuando regresase pronto y no volviese a marcharse sin avisar.

Gillian estaba convencido de que a Locktrom no le interesaba contarle a Digby que él había desaparecido ni que había perdido el dinero y los documentos en un incendio. Mantendría las apariencias y así seguiría recibiendo puntualmente una generosa contraprestación por sus servicios. Esperaba que Digby solo descubriera la verdad cuando Gillian tuviera la oportunidad de enfrentarse a él cara a cara, pero mientras tanto el barón se encargaría de arruinarlo.

Cuando estaba listo para marchase a Liverpool y embarcar de regreso a casa recibió el telegrama de Darlene. Nina estaba en Francia y él tenía un nuevo rumbo.

En Marsella, tras semanas de espera y de visitar las oficinas de las Messageries Maritimes cada día, había conseguido localizar en la lista de pasajeros del vapor Chambord a madame y mademoiselle Allaire. Con el dinero que le había quitado a Locktrom y el generoso pago que había recibido del barón, había alquilado una habitación en uno de los hoteles cerca del puerto y se pasaba los días esperando la llegada del barco y planeando cómo iba a presentarse ante ella y qué le diría. Tras el primer telegrama, y una vez asentado en la ciudad francesa, Gillian había recuperado la comunicación fluida con su hermana y por ella sabía que Nina no se había enterado aún de por qué él no había contestado a la noticia de su embarazo. Para ella y su familia, Gillian era un desalmado que la había seducido y luego se había largado a la universidad, y que incluso estaba dispuesto a que su mejor amigo asumiera las consecuencias de su fechoría.

Darlene también le contó que tiempo atrás Tim había recibido un telegrama suyo donde anunciaba que había conocido a alguien, y entendiendo que era una mujer, su amigo se había sentido más confiado para proponerle matrimonio a Nina. Esa rata miserable de Digby se las iba a pagar todas juntas, pues no solo había ordenado a Locktrom esconderle la correspondencia, también había mandado un telegrama falso en su nombre, cosa que aclaró con Darlene a vuelta de correo después de que esta le pidiese explicaciones y preguntase quién era aquella joven.

El día de la llegada del vapor la gente había empezado a congregarse a primera hora de la mañana, ansiosa, como él, por recibir a sus seres queridos. Gillian se había vestido con esmero con un traje claro y había comprado un sombrero nuevo. Combatía la impaciencia fumando un cigarrillo tras otro. Creyó que, al ver a Nina de nuevo, no sería capaz de contener las ansias de tomarla entre sus brazos y borrar con un apasionado beso los meses de separación.

Cuando la vio descender por la pasarela tras los pasos de su madre, se le desgarró el corazón y no pudo acercarse a ella. Apenas reconoció a la frágil y demacrada muchacha en quien se había convertido. Desde donde estaba podía ver el dolor que marcaba la expresión apagada de su rostro. Se mantuvo a distancia y la siguió entre la muchedumbre que recibía a los recién llegados. Caminaba cabizbaja como si no le interesase lo que pasaba a su alrededor. Un automóvil las esperaba. Gillian lo siguió a cierta distancia en su descapotable hasta una casa señorial a orillas del mar en un pueblo a varias millas de distancia de la ciudad. Ese día buscó una posada en un pueblo cercano y abandonó el hotel en Marsella. Esperó el momento adecuado para abordarla.

Los primeros días Nina no salió de casa, al tercer día lo hizo del brazo de su madre y otra señora entrada en carnes, de seguro su tía. Dieron un paseo por la playa y regresaron a casa. La rutina se repitió durante unos días y, cuando Gillian empezaba a desesperar una tarde mientras admiraba el atardecer sentado sobre unas rocas, apareció Nina.

—Mi madre me dijo que le había parecido verte en el puerto. Creyó que estaba teniendo alucinaciones provocadas por el odio. Yo también lo pensé hasta que vi tu descapotable rojo aparcado junto al pinar. Llevo días viéndote desde mi ventana —dijo al tiempo que se sentaba sobre otra roca a cierta distancia de él y sin mirarlo. A Gillian casi se le paró el corazón por la sorpresa. Se estremeció por los nervios de tenerla tan cerca. La observó con detenimiento y se percató de que iba descalza y solo llevaba un ligero camisón puesto, el pelo suelto y sin adornos.

—Estaba buscando el mejor momento para presentarme ante ti. Siento mucho todo lo que has sufrido. —Gillian no podía apartar los ojos de ella.

—Has llegado demasiado tarde. Soñé con este momento desde que te marchaste y durante una eternidad de noches. Ahora que te tengo delante el dolor es tan intenso que sé que no me recuperaré, tengo el corazón roto. —Miró al océano espumoso y las lágrimas empezaron a correr por sus mejillas. Él quiso abrazarla, pero le dio miedo su rechazo—. Lo quería tanto, Gillian, era lo único que me quedaba de ti. Me acariciaba el vientre y hablaba con él, le contaba cosas sobre nosotros... —Se le quebró la voz y cubrió el sollozo con la mano, Gillian pudo ver el esfuerzo que hacía por contenerse. Él tenía la congoja atascada en la garganta y no conseguía decir nada—. Solo siento dolor. He querido morirme, estuve tentada de tirarme al mar durante el viaje.

Gillian no aguantó más verla en ese estado, se arrodilló sobre la arena y le tomó las manos entre las suyas.

—Te habrías perdido saber cuánto te quiero. —Nina ancló su mirada en la de él—. Tendría que haber matado a ese miserable cuando amenazó con hacer daño a Darlene. Fui un cobarde. Creí que al marcharme y hacer lo que él quería la protegía, pero os dejé expuestas a las tres. Todo ha sido por mi culpa, no debí irme. Te amo igual que el primer día. Me ocultaron las cartas y los telegramas, no supe lo que estaba pasando, y cuando lo averigüé era demasiado tarde. ¿Crees que podrás darme otra oportunidad?

—Mi padre te odia, ¿sabes? No aceptará nuestra relación.

—Reconquistaré a tu madre, si ella me acepta, monsieur Allaire terminará cediendo.

Nina se puso en pie y comenzó a caminar por la arena. Gillian fue detrás y le tomó la mano, ella no se apartó. Estuvieron un rato sin decir nada, llenos del sonido del viento y del oleaje.

—¿Crees que volveremos a ser los jóvenes despreocupados que fuimos?

—Podemos ser lo que deseemos, *petite*.

—No puedo prometerte nada, no sé si seré capaz de sentir algo más que no sea este enorme dolor.

—Esperaré, no pienso marcharme a ninguna parte.

Siguieron caminando sin prisa hasta que las estrellas en el firmamento empezaron a brillar y la luna redonda y nacarada les dibujó sobre la arena de plata un nuevo camino.

A pesar de que la primavera se extendía ya sobre la ciudad, la temperatura era templada y el aire bailaba cálido y cargado de fragancias florales, Darlene regresó a su alcoba temblando. Pidió a Mimi que encendiera la chimenea, arrastró una butaca hacia el fuego y se desplomó sobre ella. La sirvienta, que intuía su estado anímico, salió de la estancia y la dejó en soledad.

Al llegar a casa, Theodore la había avisado de que la buscaba su padrastro. Darlene había llegado tarde; se le habían pasado las horas sin darse cuenta encerrada en el cuarto oscuro y se había saltado la cena. Había creído que Digby querría reclamarle por faltar a la rutina de la casa. Cada vez estaba más cansada de la farsa que representaba; si tuviera libertad e independencia para vivir a su aire... Ese había sido su último pensamiento antes de golpear la puerta de doble hoja de la biblioteca.

Él estaba fumando en su pipa, rodeado de los libros de su querido padre.

—Cierra la puerta —le había ordenado.

Ella había dudado, temerosa de quedarse a solas con él. No conseguía quitarse de encima la viscosa sensación que le producía su padrastro.

—Cierra —repitió—. No quiero que los sirvientes se enteren de los trapos sucios de la familia.

Darlene había sentido un nudo en la garganta. Cerró, como le había indicado, y se quedó junto a la puerta, muy tiesa.

La perorata de Digby había durado pocos minutos, pero había dejado en ella una honda impresión. La frialdad que emanaba de los ojos azules de su padrastro se le había infiltrado hasta los huesos y le había congelado el corazón. Le había dicho cosas horribles. Darlene no quería pensar en ellas; deseaba borrar esas palabras cargadas de veneno porque, tal vez, así podría dejar siquiera de contemplar la posibilidad de que fueran reales. Pero no podía dejar de escucharlas contra sus tímpanos, una y otra vez. Se tapó los oídos con las manos y dijo en voz alta:

—No es verdad, no es verdad. Miente, solo quiere hacerme daño.

No podía ser cierto. Mentía, tenía que mentir.

Digby le había asegurado que no había sido Falgu, pero, si no había sido el guardia sij, ¿cómo se había enterado de su relación con Kai?

Sentada frente a la lumbre, luchó durante toda la noche contra las dudas que el inglés había sembrado en ella, rememorando y buscando todas las razones por las que no podía ser cierto. La oscuridad se había diluido tras la ventana hasta que las luces de la aurora anunciaron el nuevo día y en la chimenea solo quedaron las cenizas de la batalla que Darlene había librado contra el monstruo de la duda.

Con el cuerpo entumecido y agotada de pelear se arrojó sobre la cama y se abrazó a la almohada.

En pocas horas debía acompañar al marido de su madre a la que había sido la oficina de Henry Long. Un castigo más, un dolor más. ¿Qué se proponía? Desde que Chester Digby se había apropiado de la fortuna de los Long, no la había hecho partícipe de ninguna de sus decisiones. ¿Por qué quería que lo acompañase justo esa mañana? Se quedó dormida sin encontrar una respuesta.

Escuchó unos tímidos golpes en la puerta y se desperezó de súbito. Mimi asomó la cabeza instantes después.

—Milord la espera. Tiene que apurarse.

Los nervios se le agarraron al estómago.

La sirvienta portaba una bandeja con su desayuno. Por lo menos, Theodore se había asegurado de ajustar la oferta culinaria de la casa más a sus gustos, y traía unos *croissants* con café y un zumo de naranja. Mimi lo dejó sobre la mesita en el rincón de los sofás azules.

—No tiene mucho tiempo, missis. Coma algo mientras yo le preparo la ropa —dijo.

A pesar del malestar por la noche en blanco y la horrible sensación en la boca del estómago por tener que acompañar a ese hombre, Darlene se obligó a comer. Le dio un buen mordisco al bollo y se bebió el zumo de tres tragos. Después, sorbió el oloroso café despacio mientras sentía como el líquido caliente entraba en su cuerpo y le reconfortaba el alma.

Mimi se apresuró a peinarla y la ayudó a enfundarse el vestido, que le abotonó a la espalda. Sentada al tocador, la muchacha la maquilló ligeramente, aplicándole un poco de color en las mejillas. Sonrió a través del espejo cuando la vio lista.

—Está muy guapa.

—Gracias. —Mimi intentaba ganarse su aprobación con su disposición y buen hacer, pero ¿cómo iba a poder nunca reemplazar a su querida Amah?

Darlene se levantó de la butaca del tocador y se encaminó a la puerta de su dormitorio. Aspiró profundo en un intento por controlar la angustia mientras bajaba los ruidosos escalones, que no dejaban de crujir siniestramente. Pasó por delante del retrato de Louisa Digby y lo miró de reojo; sentía que esa señora la observaba con una sonrisa cínica en los labios. ¿Había llegado a saber el tipo de hombre en el que se había convertido su hijo Chester?

Theodore la esperaba al pie de la escalera.

—Voy a avisar a milord.

—¿Sabe si mi madre vendrá con nosotros, Theodore?

—Milady se encuentra indispuesta, no ha bajado a desayunar.

Los nervios de Darlene se tensaron un poco más. Miró hacia el piso superior y calculó si le daría tiempo a subir para ver cómo se sentía Clarisse. Entonces, escuchó la voz de Digby:

—Ya era hora. Vamos. —Pasó por delante de ella sin siquiera mirarla. En el vestíbulo, Theodore le entregó su sombrero y le abrió la puerta.

—Que tenga un buen día, milord.

—Va a ser excelente, Theodore, te lo aseguro.

El mayordomo asintió con su acostumbrada seriedad.

Darlene no supo por qué, pero intuyó que la respuesta de su padrastro estaba, de alguna forma, relacionada con su visita al despacho de su padre.

Cada uno se sentó junto a una de las ventanillas del Rolls-Royce. La joven se concentró en las escenas callejeras hasta que Chao paró frente al edificio donde se localizaban las oficinas de la empresa de Henry Long.

De soslayo, vio que Digby sacaba su reloj de leontina del bolsillo del chaleco y lo abría.

—Llegamos a tiempo.

La joven prefirió no preguntar. ¿A tiempo para qué?

Hasta la muerte de su padre, Darlene había ido infinidad de veces a visitar su oficina, muchas de ellas a buscarlo, junto con Clarisse y Gillian, para que los acompañara a almorzar. Y cuando eran pequeños, algunos domingos en los que Henry tenía que trabajar, se llevaba a los mellizos con él y los dejaba corretear por los espacios, vacíos de empleados, y jugar al escondite en los cuartos de archivo. Incluso de adolescentes, a los hermanos les había encantado perseguirse por los largos corredores.

Ese día, Darlene creyó que vería a algunas de las personas que habían pasado tantos años al lado de Henry Long, pero mientras recorría los pasillos, unos pasos por detrás de Chester Digby, no reconoció ningún rostro, y los que se cruzaron con ella durante el trayecto tampoco parecían conocerla, porque solo compusieron un gesto de saludo desprovisto de toda emoción. La apenó enormemente. Pensó que Mildred, la secretaria que había trabajado con su padre casi desde la llegada de este a Shanghái, seguro que no podía haberse olvidado de ella en esos meses.

La secretaria, al ver entrar a Digby, se levantó a recibir su sombrero. Y Darlene comprobó, con una creciente tristeza en el corazón, que su padrastro se había encargado de borrar por completo a cualquiera que recordara al hacedor de la exitosa empresa. Lo odió con vehemencia.

—Buenos días, señor.

—Mi té, Lora.

—Ya está sobre su escritorio.

—Bien.

A Darlene se le echaron todos los recuerdos encima como lluvia torrencial nada más poner un pie dentro del despacho de su padre. Las paredes paneladas en madera de pino aún olían a él.

—¿Por qué me ha traído aquí? ¿Qué quiere enseñarme que no pueda explicarme en su casa?

Chester la ignoró y abrió la estrecha puerta en la pared, justo detrás del que había sido el grandioso escritorio de su padre.

—Entra —dijo, y la invitó a acceder al cuarto de archivo de documentos, donde Henry había guardado en el pasado todos los contratos con sus clientes y otros ficheros importantes. Digby introdujo una silla en el angosto espacio—. Siéntate aquí. Quiero que escuches, y tal vez descubras algo que no sabías.

Darlene estaba cada vez más intrigada, pero no se sentó. Digby apagó la luz del cuarto y dejó la puerta entreabierta para que pudiera escuchar, como le había indicado. Y ella quedó sumida en la penumbra. ¿De qué iba todo eso? ¿Y por qué tenía que esconderse?, se preguntó.

Pasaron los minutos, no supo exactamente cuántos. Treinta, cuarenta tal vez. Olía a humedad y a papel añejo. Paseó los dedos por las carpetas de cartón alineadas una al lado de otra, y trató de leer los títulos de esbeltas letras doradas. En ese pequeño espacio se concentraban todos los años de duro trabajo de Henry Long. ¡A qué poco había quedado reducida su vida! Creyó escuchar una pluma que rasgaba el papel; su padrastro debía de estar escribiendo algo.

A través de la abertura, escuchó los golpes en la puerta del despacho y, a continuación, la voz de la secretaria.

—Su visita ha llegado.

—Hazla pasar —ordenó su padrastro.

Con sumo sigilo, Darlene se acercó a la rendija y entonces lo vio.

Kai mantuvo la vista al frente hasta que la secretaria lo anunció y pudo acceder a la estancia. Era la primera vez que se veían en un lugar tan público, lleno de extranjeros y de empleados chinos, alguno de los cuales podía reconocerlo, y aunque ese día esperaba dar el golpe de gracia y romper definitivamente con ese hombre, con Wenzhao Tao y con su entorno, le inquietaba que Nariz Grande hubiera decidido darle cita en ese preciso lugar.

—¿No había un sitio menos discreto para vernos? —dijo Kai con ironía nada más entrar, intentando disimular la tensión de su voz.

—Me parecía un excelente lugar para nuestra última transacción y para dar por terminado nuestro acuerdo. Sabes dónde estás, ¿verdad?

—He leído el nombre en la placa de la entrada.

—Entonces convendrás conmigo en que, gracias a cómo se han dado las circunstancias, tú has conseguido lo que querías y yo también. Y Henry Long, cuyo cuerpo devoran los gusanos, sin saberlo, ha facilitado los objetivos de ambos y nos ha provisto de, digamos, cierta diversión.

Kai apretó los puños a los lados del cuerpo. Se veía saltando por encima del macizo escritorio que los separaba y estampando su puño en la odiosa faz de ese depravado. Se dio unos segundos para calmarse mientras Nariz Grande se servía de una botella. Le ofreció una copa con un gesto y Kai rehusó sin pronunciar palabra.

—Si ha terminado su discurso, aquí tiene lo que le prometí anoche.

El otro revisó con el dedo el documento y, con un acento penoso, nombró en voz alta a todos los cabecillas del movimiento estudiantil contra el imperialismo extranjero, hasta que leyó el nombre de Pang Tao.

Digby alzó los ojos y los clavó en el rostro anguloso y cansado de Kai.

—Vaya, vaya. Pobre Wenzhao. Cría cuervos y te sacarán los ojos, ¿conoces ese dicho?

—No. Y yo no definiría a mi hermanastro como un cuervo, sino más bien como una plaga. Pang es uno de los principales incitadores, y es el más peligroso porque, además, tiene conexiones con la Banda Verde y usa la información privilegiada de mi... del señor Tao para sus fechorías. El resto son los cabecillas del movimiento estudiantil. Sin ellos jaleando, se desinflarán las revueltas.

—Sin duda, es una valiosa información. —Abrió un cajón de su escritorio y lanzó el grueso sobre encima de la mesa—. Aquí tienes lo acordado y una pequeña paga extra por los servicios prestados. Cumplimos aniversario. Hace un año que empezaste a pasarme información.

—No lo recuerdo, pero a mí me parece que ha sido una eternidad. —Kai contó los billetes para asegurarse de que recibía lo acordado.

—Yo recuerdo bien nuestro primer encuentro. Fue en una fiesta en el Astor, me explicaste quién eras y lo que estabas dispuesto a hacer por dinero. Tener un informante en la misma casa de uno de los hombres más influyentes de la política china era sin duda interesante, aunque no fui capaz de ver en ese momento cuánto odiabas a Wenzhao ni lo que eras capaz de hacer por dinero. En fin, una pena que no recuerdes ese precioso momento, estoy seguro de que el día de hoy no lo olvidarás porque te tengo otro regalo de despedida. —Kai alzó la cabeza. Le sorprendió la expresión que adquirió el rostro del inglés; sus ojos más fríos que de costumbre y una sonrisa torcida bajo el bigote. Se estremeció al oírlo decir—: Ya puedes salir, querida.

Nariz Grande se acercó entonces a la puerta entrecerrada que había a su espalda, y de la que Kai no se había percatado hasta ese momento, y la abrió del todo.

Al escuchar el intercambio entre los dos, las palabras que Darlene había pasado la noche combatiendo regresaron, igual que olas poderosas en mitad de una tormenta, para percutir contra sus oídos.

—Te dije con claridad que no quería que te acercaras a los Tao, a ninguno de los dos. Me has desobedecido, y no me gusta que se salten mis órdenes.

—No sé lo que Falgu le ha contado.

—¿Falgu? No habrás creído que no tengo otra forma de enterarme de tus correrías que a través del sij. Aunque el indio tiene claro quién es su amo, lo has encandilado con esos ojos verdes, y sé que oculta más de lo que cuenta.

»Ya que no escuchaste las razones que te di, no me queda más remedio que ser mucho más explícito: Kai Tao trabaja para mí. Es mi informante. La única razón por la que ha querido estar cerca de ti es para asegurarse de que yo cumplo mi parte, para tener una carta con la que negociar. Solo te ha usado.

—No le creo.

—Pregúntaselo tú misma mirándolo a los ojos y sabrás que digo la verdad.

Y eso pensaba hacer, pero Digby no quería que le quedara ninguna duda y por ese motivo la había hecho presenciar la transacción.

—Ah, también fue él quien me contó que Henry había comprado un caballo nuevo y que iba a apostar fuerte por él. Por supuesto, le agradecí el dato con una buena paga, para que ayude a la mujer a la que mantiene en los arrabales.

Darlene dio unos pasos al frente, salió de la oscuridad del cuarto y apareció frente al hombre a quien había entregado todo su ser.

Kai la miró sin mover ni un solo músculo de la cara. A ella le temblaba la barbilla y estaba a punto de quebrarse, pero se tragó las lágrimas y sacó de lo más hondo de sí la poca dignidad que le quedaba.

—Así que todo lo que ha contado mi padrastro es cierto.

—Ojos de Jade..., yo...

—Tú fuiste el responsable de la muerte de mi padre.

—No sé qué te ha contado, pero yo no tuve nada que ver con eso. Solo hice un comentario, nada más.

—En defensa del muchacho he de decir que nadie podía prever que Henry ocuparía el lugar del *jockey*, es lo más estúpido que he visto nunca. Me aseguré de que estuviera indispuesto y no pudiera correr. Había apostado por Wheatcroft, el caballo de Jack Liddel. Era el favorito y había ganado las dos últimas carreras. Sin embargo, cuando vi que Zafiro era un digno contrincante tuve mis dudas, había apostado fuerte y tenía que asegurarme de neutralizarlo. Henry solo tenía que perder la apuesta, pero de ahí a partirse el cuello en la carrera..., eso fue exclusivamente culpa del obtuso de tu padre.

Darlene ahogó un grito al escuchar la confesión completa de Digby. La miraba con ojos de hielo y en ese instante tuvo por seguro que ese hombre no se detendría ante nada ni ante nadie para conseguir lo que quería. Pero tarde o temprano pagaría por sus fechorías.

—Os dejo para que os despidáis. Tengo una importante reunión del consejo municipal a la que asistir. Hay que atrapar a las ratas rojas antes de que extiendan su ponzoña por toda la ciudad. Los dos sabéis ya dónde está la salida. Y a ti, querida, más te vale no llegar tarde a la cena de esta noche —dijo mientras la señalaba y a continuación salió del despacho con un potente portazo.

—¡¿Cómo has podido hacer tratos con ese miserable?! —estalló Darlene.

—Fue antes de lo nuestro.

—¿Y después? Sabías todo el daño que ese hombre le estaba haciendo a mi familia y has seguido trapicheando con él. Digby miente al decir que no sabía que mi padre iba a correr, sabía cuánto dinero estaba en juego y que no se dejaría ganar así como así, era un Long, un dragón del oeste. Lo conocía lo suficiente para saber lo orgulloso que era. Pero tú..., pensé que eras sincero, pensé...

—Tenía que ayudar a Mingyue, tenía que sacarla de ese agujero infecto. No quería hacerte ningún daño. —Bajó los ojos y añadió con voz queda—: Necesitaba el dinero.

—¿Y qué hay de mí? No pensaste en el precio que yo tendría que pagar. ¿Soy acaso la culpable de la situación de tu madre? ¿Merecía ser la moneda de cambio en vuestras transacciones comerciales?

—No, claro que no.

—¡Qué más daba si una niña rica y mimada, hija de un demonio extranjero, sufría, ¿verdad?! ¡¡¡No quiero volver a verte jamás!!! —chilló con todas sus fuerzas.

Darlene corrió sin sentir las piernas, con los ojos arrasados de lágrimas y el alma rota en mil pedazos. Alcanzó la calle cuando estaba a punto de desmayarse y se desvaneció en los brazos de Falgu.

Kai quiso correr tras ella, quiso envolverla en sus brazos y decirle tantas cosas que no se había atrevido a confesar aún, pero no consiguió moverse.

Solo cuando la secretaria apareció a su espalda y le dijo que lo acompañaba a la salida, Kai recuperó su capacidad motriz. Salió de allí tras chocar contra ella y echó a correr sin darle respuesta. Se tropezó con un oficinista que cargaba una montaña de documentos, los cuales, con el ímpetu del encontronazo, quedaron desparramados por el suelo. Pero Kai no se detuvo; saltó sobre ellos y siguió a la carrera a pesar de los gritos del hombre hasta alcanzar la calle. Darlene ya había desaparecido.

No solo le había roto el corazón a la persona más noble y auténtica que había conocido nunca, sino que además acababa de otorgarle al diablo la herramienta que necesitaba para destruir a unos jóvenes ardientes y comprometidos con su propia patria. Se sintió un miserable porque, aunque no comulgaba con la ideología comunista y le desagradaba enormemente el adoctrinamiento de los ignorantes, todos ellos, incluido su amigo Lu, tenían algo de lo que él carecía: la apasionada determinación de acabar con los abusos y dar voz a los más desfavorecidos. Él, sin embargo, solo vivía para sus propósitos: una ciega venganza y para expiar su sentido de culpa hacia Mingyue protegiéndola, aunque ella le hubiese demostrado con creces que podía cuidar de sí misma. ¿Cómo podía haber sido tan estúpido?

Tenía que hallar la forma de reparar el daño que le había causado a Darlene, pero en ese momento lo más urgente era poner sobre aviso al grupo de estudiantes que la noche anterior había asistido a la reunión, antes de que fueran a por ellos.

Echó a correr, parando solo para recuperar el aliento cuando no le daba más la respiración. En su carrera, esquivaba transeúntes y vendedores que, desde la acera, promocionaban las bondades de sus productos. Tenía que avisar a Lu antes de que fuera demasiado tarde. Aún era temprano para el almuerzo, por lo que puso rumbo al campus de su universidad. De camino, se encaramó en uno de los tranvías que se dirigían a esa zona de la ciudad y vigiló las calles desde el vagón, pendiente de la presencia de policías o militares, algo que denotara que iban a llevarse a cabo detenciones masivas.

Cuando entró al campus, se dirigió al tumulto que se veía a lo lejos, hacia el clamor de voces. Como parte del plan trazado la noche anterior, los líderes estudiantiles harían un llamamiento a todos los alumnos para que abandonaran las aulas y se sumaran a las protestas. Ese debía de ser el mitin que habían convocado.

No tardó en distinguir a su amigo subido encima de una tarima improvisada con varios pupitres que habían sacado del edificio y colocado en una doble hilera. Lu arengaba a sus compañeros con la consigna de que había llegado la hora de movilizarse, tomar las calles de la ciudad y protestar por la muerte del camarada Ku Cheng-Hung bajo las balas disparadas por los capataces japoneses en la fábrica textil. Un mártir, un héroe, un patriota.

Kai se abrió paso entre el gentío, que escuchaba y lanzaba vítores a cada exclamación de su amigo, hasta que llegó a su altura. Le tiró del pantalón para hacerse notar. Lu miró hacia él y sonrió al verlo, pero siguió hablando. Kai lo sacudió aún más fuerte, de modo que Lu se desestabilizó y a punto estuvo de caer de bruces. Sin embargo, pareció entender que quería decirle algo con urgencia, ya que le entregó el megáfono de metal a su compañero, quien retomó el discurso, y saltó al suelo.

—¡Has venido! ¡Has cumplido tu promesa! —dijo, y le dio un abrazo.

—Vienen a por vosotros. Tenéis que esconderos.

—¡Esta vez es la buena! ¡No van a pararnos!

—¡No me estás escuchando! —Kai lo agarró por los brazos—. Lu, si os detienen, os van a fusilar. No es un juego.

—¡Entonces será un honor morir por la patria!

—Deja de decir sandeces. Venid conmigo; en mi casa estaréis a salvo.

Pero los ojos de Lu, febriles, llameaban con una fiera resolución. Se alzó de nuevo sobre la tarima y ofreció la mano a Kai para que subiera a su lado. Este bufó exasperado y contempló la mano tendida de su amigo. Después de lo que había hecho, al menos le debía acompañarlo en esa locura y que todo lo demás se fuera al diablo. Asió su palma con fuerza y se dejó impulsar.

Continuaron los clamores, los aplausos y los cánticos, hasta que el ruido de silbatos y gritos en inglés se mezcló con la algarabía de los estudiantes.

—¡Ya están aquí! Tenemos que irnos —exclamó Kai, y señaló la mancha azul oscuro que empezaba a extenderse por todas partes.

—¡Camaradas! ¡Esta es nuestra universidad, nuestra ciudad y nuestra patria! ¡Defendámosla de los usurpadores! —Lu también apuntó en dirección a los numerosos policías del cuerpo municipal que corrían hacia ellos.

La masa de estudiantes se dividió entre aquellos que escapaban y los que se enfrentaban a la policía. Kai siguió a Lu y a los otros líderes al enfrentamiento directo con las fuerzas del orden. Pronto se vio rodeado, y aunque intentó zafarse del agarre de un robusto policía americano, llegaron otros tres y entre todos lo redujeron en el suelo, le pusieron las esposas y, a trompicones, lo arrastraron hasta el exterior del campus. A él y a unos cuantos más, entre los que no divisó a Lu, los encerraron en un furgón policial. Magullados, y con las camisas hechas jirones, los estudiantes sonreían y taconeaban en el suelo de metal haciendo un ruido espantoso mientras gritaban insultos y proclamas. En su inconsciencia, no estaban preocupados por su suerte, pero Kai sí temía por ellos. A él le bastaba con una llamada a su padre para librarse del problema, pero para esos miserables podía significar el fin.

Al menos, Lu había conseguido escapar.

Y él, estaba seguro, no haría esa llamada. Se merecía su misma suerte.

39

Darlene despertó por el traqueteo del *rickshaw*. Falgu, a su lado, apenas le dejaba espacio para moverse. Aunque estaba aún aturdida, se daba cuenta del enorme esfuerzo que hacía el culi para tirar de los dos, especialmente del sij.

—¡Para, para! —le gritó al hombre, y el *rickshaw* frenó en seco.

—Menos mal que ha despertado, señorita Long. Pero mejor la llevo a casa. Siga, siga —ordenó Falgu al culi agitando su enorme mano tostada.

—Necesito caminar, y ya estoy mejor. Dile que pare.

Falgu la miró de reojo, pero, acostumbrado a obedecer instrucciones de sus superiores, asintió y le dio la orden al conductor. Se bajaron del *rickshaw* cuando quedaban unas pocas manzanas para llegar a la casa. Darlene echó a andar a paso rápido, cada vez más, aunque a Falgu no le resultaba difícil seguirla.

Quería estar sola, quería llorar hasta que no le quedara más dolor dentro, quería arrancarse el corazón para dejar de sentir.

Darlene entró en casa como un vendaval que ni siquiera Theodore, con su flema británica, pudo contener. Fue directa al mueble bar del salón, agarró una botella de brandy de la colección que tenía su padrastro y, después de correr escaleras arriba, se encerró con ella en su alcoba.

Quería olvidar, borrar todas las imágenes de Kai que había atesorado a lo largo de los meses: sus manos delgadas y ásperas, sus cejas, sus ojos negros, su espalda fibrosa y esbelta, sus hoyuelos cuando ella lo hacía sonreír... Necesitaba liberarse del dolor. Se sentó en una butaca y le dio un buen sorbo a la botella. Tosió al notar el ardor en la garganta. Dio otro; esta vez no picó tanto. Bebió de nuevo, pequeños tragos a cortos intervalos, hasta que sintió la cabeza más liviana y la tristeza más espesa.

Pensó en su padre. El perverso de Digby lo había planeado todo para que ella sintiera que Henry, de alguna forma, había sido testigo de lo que había hecho, de su indecencia. Allí, en el lugar donde él había invertido tantas horas de esfuerzo, su padrastro había querido romper la relación entre ellos erigiéndose en el lugar de su progenitor y desgarrándola por dentro con dolores intensos: la ausencia de su padre, la mentira de su amante y la confesión de ese desgraciado sobre la trampa durante la carrera que acabó con la familia Long al completo. ¿Habría Henry Long roto su relación con Kai de ese modo de haber seguido con vida? No, no así. Su padre la quería y la habría guiado, aconsejado y apoyado. Aunque recordaba bien sus palabras, siempre existirían dos bandos, «somos nosotros y ellos». Ahora Darlene lo comprendía. Qué ingenua había sido. Chinos y extranjeros tenían que convivir en el mismo lugar; los extranjeros se afanaban en hacerles entender su concepción del bien y del mal, su cultura, sus tradiciones, su fe y su visión del mundo, y de frente se topaban con la resistencia feroz de los chinos a la marea arrolladora del progreso y la innovación, de la abundancia y las oportunidades, de la que se beneficiaban mientras los odiaban con enfermiza vehemencia.

—Solo somos buenos por nuestro dinero. Y dinero es lo único que buscaba Kai al acercarse a mí, garantizar que le pagaban lo debido —dijo en voz alta, y levantó la botella para darle un largo sorbo.

Darlene había creído que los chinos los admiraban por el predicamento de sus industrias y por el éxito de sus empresas, pero en el fondo los despreciaban mientras se aprovechaban de las oportunidades que les brindaban. Odiaban necesitarlos, odiaban que hubieran convertido un lodazal en una ciudad próspera y grandiosa, algo que ellos ni siquiera habían sido capaces de soñar. A ojos de los chinos, los shanghailanders siempre serían unos usurpadores, y ella, una forastera en la tierra en la que había nacido y crecido, en su ciudad, en su propio hogar. Pensó en Gillian, tan lejos; al menos, se había ahorrado convivir con ese monstruo, se dijo Darlene. Si le hubieran hecho caso cuando, a la muerte de su padre, les propuso dejarlo todo y marcharse juntos a Francia o a Estados Unidos, rehacer su vida lejos de Shanghái y en sus patrias de pasaporte…

—Tenías razón, Gillian. Nada de esto habría sucedido si nos hubiéramos marchado. No lo supe ver. Perdóname, hermano. —Y rompió a llorar.

Gillian tal vez no podría recuperar a su novia, los dos habían perdido a su bebé y Darlene se había quedado sola y con el corazón roto mientras Clarisse había entregado todos los años de esfuerzo de su padre al desalmado de Chester Digby. Y ahora, las dos eran rehenes de sus maldades.

Ni siquiera Kai había sabido ver que ella era tan solo una mujer amando a un hombre, y no una extranjera amando a un chino. Para Kai Tao, los suyos eran más importantes; Mingyue y todos los demás siempre serían lo primero. Ella nunca formaría parte de ellos. Su color de piel, el tamaño de sus ojos y su origen siempre constituirían una diferencia insalvable. Un recordatorio de la usurpación.

Eso fue lo último que pensó antes de que la botella vacía se le escurriera de la mano y los recuerdos se desvanecieran por completo en el olvido del alcohol.

El sol que despuntaba le dio en la cara. Tenía la boca pastosa, y se descubrió con la mejilla pegada a la alfombra. El estómago le dio un vuelco, así que corrió al aseo y vomitó en la bañera de estaño. Darlene se quedó ahí, de rodillas, con la barbilla apoyada en la frialdad del metal, hasta que dejó de sentir náuseas. Fue entonces cuando el dolor emergió desde lo más hondo de su ser y le reveló de nuevo la herida abierta por donde se le iban las ganas de vivir. Tambaleándose, caminó hasta la cama y se dejó caer, se ovilló hacia un lado y se hundió de nuevo en el olvido.

Mimi la zarandeó despacio. Darlene no quería despertar, quería permanecer inconsciente en un mundo de sueños que resultaban más agradables que la realidad. La sirvienta la sacudió con más fuerza, y esta vez la joven gruñó.

—No hagas eso, vas a hacerme vomitar.

—Lleva durmiendo desde que llegó ayer, me tenía muy preocupada. Pensé que estaba muerta hasta que vi la bañera; aún huele un poco, pero lo he limpiado y he ventilado el dormitorio. Podía habermc llamado si se encontraba indispuesta.

—Bebí demasiado, solo eso.

Estaba tan cansada que no tenía ganas ni de llorar, pero de pronto sintió un hambre voraz. Su estómago rugió. Mimi también debió de oírlo porque sugirió:

—Ayer el señor la esperaba para cenar, pero missis prefirió que no la despertara. ¿Quiere que le suba algo de comer? Milord y milady ya han desayunado.

—No tienes que llamarlos así, no son de la aristocracia, ¿sabes? —La sirvienta la miró con extrañeza—. Da igual. Ayúdame.

Darlene se alegró de haber desafiado a su padrastro gracias a su inconsciencia etílica, le importaban un bledo sus reglas y sus imposiciones. Después de adecentar su aspecto, Mimi la acompañó, del brazo, escaleras abajo, pero Darlene no quiso quedarse dentro de la angustiosa casa. Las paredes empapeladas destilaban el perfume empalagoso de ese hombre y, mirase donde mirase, todo le recordaba su mirada fría y su desagradable sonrisa de suficiencia. Se instaló en el jardín, en la veranda, y allí pasó varias horas mirando al cielo, reflexionando y llorando en silencio. Picoteó un poco de la comida que Mimi le sirvió y bebió varias jarras de café aromático e intenso.

Su padrastro la encontró en la misma posición cuando regresó a casa para el almuerzo.

—Aquí estás. ¿No te dije ayer que no podías llegar tarde a cenar?

Darlene no contestó nada. Digby se situó delante de ella y le tapó el horizonte y el verdor del jardín. Ella bajó los ojos molesta; no tenía nada que hablar con ese tipo. Pero él no parecía de acuerdo.

—Voy a pasarlo por alto esta vez por la decepción que has sufrido a manos del amarillo. Te gustará saber que hemos detenido a todos los cabecillas de las protestas, y ese embaucador que te engañó se cuenta entre ellos. Los ejecutaremos para sembrar ejemplo.

Reaccionó a sus palabras no con el agotamiento emocional de las últimas horas, sino con un torbellino de preocupación.

—¿Dónde los tienen?

—En la comisaría de Louza. De allí no van a salir vivos.

—¿Por qué han detenido a Kai? No tuvo nada que ver con las revueltas, y usted lo sabe mejor que nadie, ya que él ha sido su informante durante más de un año.

—También recabé datos sobre él por otras vías; estamos acostumbrados a lidiar con sabandijas que se acercan a nosotros y nos prometen información a cambio de dinero para financiar, con esos mismos fondos, sus ataques a los intereses extranjeros. De esta no se van a librar, ni él ni sus compinches.

Darlene se puso en pie y lo miró a los ojos. Entonces un recuerdo que había olvidado emergió en su mente, el inglés llamaba a Kai en el vestíbulo del Astor, esa primera noche en la que ella se estrenaba en sociedad y descubría la identidad del conductor del *rickshaw*. Fue Digby quien había buscado su colaboración y no al revés. Entonces entendió que lo había planeado todo, había usado a Kai, su desesperación por ayudar a Mingyue, su odio hacia su padre y ahora, como el demonio que era, se libraba de él. Había sabido de su relación con Kai desde hacía tiempo y sin embargo era ahora cuando había decidido destapar su acuerdo para dañarla, para dejarla aislada como había intentado hacer con Gillian. Ella amaba a Kai, y además en ese momento se dio cuenta de que, a pesar de todo, lo conocía bien, y no aceptaría la manipulación de su padrastro.

—Kai Tao solo hizo tratos con usted porque necesitaba el

dinero para ayudar a su madre, no tiene ningún interés político. Es honrado y trabajador.

—¡¿Honrado?! ¡Ja! No me hagas reír. Los chinos pueden ser cualquier cosa menos honrados; son unos tramposos oportunistas. ¿Y tú lo defiendes cuando has sido un juguete en sus manos, alguien a quien usó para presionarme y mantenerse al corriente de mis movimientos?

—Que me haya usado para asegurarse de que usted cumplía su parte no lo convierte en un criminal. Además, su padre es un hombre importante, no pueden detenerlo.

—Contra Wenzhao también tenemos pruebas, y nos las ha proporcionado su propio hijo. Aparentemente, y por alguna razón, lo odia —dijo Digby.

—Ya entiendo. Usted lo ha usado a él para sus propios fines, ahora lo veo claro.

—Sigues defendiéndolo. O eres más estúpida de lo que yo creía o era muy bueno.

—¿El qué era muy bueno?

—El sexo con ese amarillo.

Darlene palideció y, después, sus mejillas se tiñeron de golpe de un tono escarlata. La forma despectiva en que lo dijo la hizo sentir sucia.

—Es usted un hombre repugnante.

—Al menos, no te ha dejado preñada, que sepamos. Pero por si acaso, y para evitar un escándalo, este fin de semana vas a casarte con Ferries. Ha pedido tu mano y se la he concedido.

—¡No puede obligarme! Es más viejo que usted.

—Claro que puedo, soy tu tutor legal.

—¡Es un miserable! ¡Lo odio! —Trató de echar a correr, pero él le dio una bofetada que la empujó hacia atrás y la devolvió a la silla de mimbre. A continuación la agarró por el cabello y la alzó en vilo. Darlene gritó de dolor y llamó a Clarisse:

—*Maman! Maman!* ¡Ayuda!

Digby la arrastró al interior de la casa. Con los gritos, Clarisse salió de su habitación y bajó presurosa las escaleras. Al ver la escena, soltó un quejido ahogado.

—¡Chester, por favor, te lo suplico! ¡Mi hija no! ¡Me lo prometiste!

—No te entrometas o sabes lo que te espera.

Las lágrimas resbalaron por su pálido rostro mientras veía cómo su marido arrastraba a Darlene hacia el cuarto de las escobas. A pesar del dolor, la joven se revolvía e intentaba zafarse, al tiempo que gritaba con todas sus fuerzas, lo insultaba, le propinaba patadas y llevaba las manos hacia su cara para arañarlo.

Los criados aparecieron con el alboroto, incluido Theodore. A pesar de su pose estirada y su gesto impenetrable, hasta él pareció afectado por la violencia de la escena. Sin embargo, ninguno osó inmiscuirse.

—Eres una fiera. Mejor para Ferries; él sabrá domarte. Deja de gritar, maldita sea —dijo, y tiró de ella con más fuerza. La empujó al interior del cuartucho y cerró con llave—. Al primero que se acerque a esa puerta, le descerrajo un tiro y lanzo su cuerpo al Whampoa.

Darlene golpeó la madera con todo su empeño y gritó pidiendo ayuda hasta que no le dio más la garganta y los puños se le adormecieron. Entonces, rompió a llorar contra la puerta, sumida en la más absoluta oscuridad.

No supo cuánto tiempo pasó encerrada en el cuarto de las escobas bajo la escalera. Pudieron ser unos minutos o varias horas. De vez en cuando escuchaba algún crujido sobre su cabeza, pero no le llegaba ninguna voz ni otro ruido. La habían dejado sola. Y Clarisse, una vez más, se plegaba a las órdenes de su marido y la abandonaba a su suerte.

La joven se había sentado contra la estrecha puerta, abrazada a sus rodillas, y daba vueltas a sus opciones. Había sido una pésima idea enfrentarse abiertamente a ese monstruo. Tenía que ser más astuta y escapar como fuera antes de su enlace con Ferries. Le desesperaba pensar que mientras ella estaba ahí encerrada, las vidas de Kai y de los otros jóvenes detenidos pendían de un hilo. Si pudiera comunicarse con Narek y Nicolai, pedirles ayuda de alguna manera... «Louza, están en la comisaría de Louza», se repitió varias veces para no olvidarlo.

Escuchó pasos que se acercaban y, después, un tímido tintineo. Se levantó con premura al tiempo que la puerta se abría. Encontró a Amah frente a ella. Se frotó los ojos y pensó que era una alucinación producto del alcohol que seguramente aún persistía en su cuerpo y de la repentina luminosidad. Pero, cuando Amah la abrazó y Darlene reconoció su olor, supo que era real. Por el sol alto que entraba por la ventana la joven calculó que habían pasado una o dos horas desde que ese hombre la encerró.

—Amah, has venido a rescatarme —dijo, y se echó a llorar.

—Chao *avisar.* Yo siempre *cuidar* de Lin. Ese malvado... —Escupió al suelo y Darlene rompió a reír.

—Sí, malvado —dijo la joven y escupió a su vez.

Detrás de Amah, Clarisse temblaba y se apretaba las manos. Tenía los ojos hinchados de llorar y un aspecto horrible, despeinada y con el maquillaje corrido. Se abalanzó sobre su hija y la abrazó con fuerza.

—*Ma petite fille!* Perdóname, por favor, perdóname. Todo es por mi culpa; si no me hubiera casado con él, si hubiera sido más valiente... Me prometió que, si hacía lo que me pedía, sería bueno contigo. ¿Cómo pude dejarme engañar? Perdóname, *chérie* —suplicó.

—Mejor *marchar* rápido —dijo Amah.

—Amah tiene razón. Debemos irnos a donde ese miserable no nos encuentre. *Maman*, coge todas tus joyas y cosas de valor. Solo un bolso; tenemos que ir ligeras.

Las dos corrieron al piso de arriba, cada una a su dormitorio. Darlene comprobó con alivio que el dinero que le habían pagado por sus fotos en la revista seguía intacto en su escondite. No se llevó nada de aquella casa ni del pasado salvo su cámara y las fotos que había hecho y que metió en un pequeño bolso de viaje, y el pañuelo de su padre que siempre llevaba con ella.

Madre e hija se encontraron pocos minutos después en la escalera. Bajaron corriendo; al pasar frente al retrato de la madre de Digby, Clarisse lo descolgó y lo golpeó repetidas veces contra la barandilla de madera con toda la rabia que había acumulado, hasta que el marco se partió y el lienzo se desgarró; luego lo tiró escaleras abajo. Soltó una carcajada al imaginar la cara de Chester tras descubrir lo que le había pasado a su querida *mother*. Darlene sonrió, esa era la madre que ella conocía.

Amah y Chao las esperaban en el vestíbulo. Cuando estaban a punto de alcanzar la puerta principal, Theodore se interpuso. Se retaron con la mirada unos segundos. Darlene pensó que les impediría salir, pero el mayordomo las sorprendió entregándoles una cartera de cuero.

—Está todo lo que milord guardaba en la caja fuerte, los documentos legales de los Long y parte del dinero que consiguió con la venta de su casa. Llévenselo. Y, milady, lamento muchísimo no haber podido impedir su calvario. Espero que pueda perdonarme.

Clarisse se acercó a él y le dio un beso en la mejilla.

—Gracias, Theodore. A pesar de ser inglés, eres un buen hombre.

Madre e hija se acomodaron junto a Amah dentro del Rolls-Royce y valoraron sus opciones.

—Lo mejor es ir al consulado francés, allí Digby no puede tocarnos. Nos ayudarán a salir sanas y salvas de Shanghái. Además, la sede de las Messageries Maritimes queda justo al lado, y podemos conseguir pasajes para el próximo vapor a Francia. Pero hay que avisar a Gillian, temo lo que Digby pueda hacerle a través de sus contactos en Inglaterra.

—No te preocupes por Gillian, no te he contado algunas cosas. A la rue du Consulat, Chao —pidió. En el trayecto hasta el consulado Darlene le narró a Clarisse lo que había pasado con su hermano. Mirando el lado positivo de tanto infortunio, pronto podrían reencontrarse con él.

El consulado estaba enclavado en la ribera del Whampoa, pasado el Bund; donde empezaba la parte controlada por los franceses, la avenida dejaba de llamarse así para denominarse Oua de France y, más allá, Oua Mallon. Chao abrió la portezuela a Clarisse al llegar. Ella se encargaría de arreglar su partida de Shanghái granjeándose el apoyo de las autoridades de su país y de adquirir los pasajes en la *ligne d'Extrême-Orient* de la compañía marítima francesa. Darlene prometió reunirse con ella en breve. Aunque Clarisse intentó persuadirla de que se quedara con ella, ya que lo más seguro era que, al enterarse su padrastro de la huida y ver la caja fuerte vacía, las denunciara por robo y mandara a la policía municipal tras ellas, Darlene necesitaba ver a Kai una última vez y hacer lo que estuviera en su mano para impedir que lo ajusticiaran. Tenía que conseguirlo como fuera. Aunque no fue eso lo que le dijo a su madre.

—Necesito despedirme de alguien muy importante —manifestó.

Clarisse comprendió sin más explicaciones. Vio a los tres partir y después se encaminó aprisa hacia el imponente edificio colonial.

Chao condujo hasta la comisaría de Louza, emplazada a poca distancia de Nanking Road, antes de llegar al hipódromo, en la intersección de las Tientsin y Kweichow Street. Era bastante conocida, por lo que Chao no tuvo problemas en localizarla. La ciudad parecía la misma de siempre: caótica, ruidosa y llena de vida, y Darlene lo observaba todo mientras intentaba retener cada pequeño detalle que la hacía única, sentía anticipadamente una ola de nostalgia que amenazaba con ahogarla en unas imperiosas ganas de llorar.

Las inmediaciones de la comisaría estaban tranquilas, pero aun así le pidió a Chao que estacionara un poco más lejos para acercarse caminando.

—Yo *esperar*, missis.

—No, Chao, ya has hecho bastante. No quiero comprometeros más.

—¿Qué *hacer* con auto, missis? ¿*Llevar* de vuelta a casa del *masta inglish*?

—No, este coche era de mi padre. Busca un lugar seguro para venderlo y reparte las ganancias entre los empleados de toda la vida, tú sabes quiénes son. ¿Podrás hacerlo?

—Oh, sí, Chao *poder. Xièxie*, missis.

—Gracias a ti por todos los años de trabajo y cariño.

Se despidió de Amah con un abrazo.

—Para Amah, siempre *ser* jade precioso —dijo esta con lágrimas en los ojos—. Ahora vete, rápido.

—*Wŏ ài nĭ*, Amah. Lin te quiere y nunca te olvidará.

—Yo sé. —Sonrió con sus ojos chiquitos y llenos de arrugas.

Darlene se giró a mirarlos un par de veces mientras avanzaba; ahí seguían, observándola. Amah agitó la mano y ella le devolvió el gesto. A paso firme, caminó hasta la entrada de la comisaría. Temía que ni siquiera la dejaran verlo. Se santiguó y murmuró un avemaría; llevaba tanto tiempo sin rezar... Necesitaría un milagro si quería sacar a Kai de ese lugar.

40

La noche había sido larga para los estudiantes encerrados en los calabozos de la comisaría de Louza.

Mientras Darlene se anestesiaba con alcohol para olvidar el profundo dolor de su corazón, Kai se alegraba de que los policías, durante el interrogatorio, hubiesen empleado intensos métodos de persuasión para hacerlo confesar su participación como líder de los ataques a las fábricas y los atentados al orden social de la concesión internacional. Necesitaba ese dolor físico: los puñetazos y las bofetadas consolaban el sentimiento de repugnancia que experimentaba hacia sí mismo. Había fallado a todos los que alguna vez confiaron en él y lo aceptaron tal como era. Darlene, *le père* Julian, el abogado que lo había contratado en el despacho, incluso Lu, todos ellos habían aceptado sus sombras y habían iluminado una posibilidad diferente para su vida. Le habían mostrado afecto y confianza cuando era un ser solitario y encerrado en una cápsula de odio. Los había defraudado a todos en su obsesión por destruir a su padre y a Pang.

Aún tenía clavados en los oídos los alaridos de su hermanastro, primero cuando gritaba que le dejaran llamar a su padre, luego cuando amenazaba con entregarlos a la Banda Verde de la que era miembro destacado y después cuando lo torturaban y aullaba de dolor. Siempre había creído que así era como quería verlo, suplicando clemencia, llorando y defecándose encima debido al miedo y, sin embargo, solo había sentido amargura al escucharlo, y un profundo sentido de culpa y vergüenza por su propia maldad. Pang sufría, y su padre lo haría también cuando recibiera la llamada en su línea privada informándolo de que sus dos hijos habían sido ejecutados. Por alguna razón el nombre de Wenzhao Tao, que él no pronunció en ningún momento, no libró a su hermanastro de su tormento. Por primera vez en su vida, Kai se reconocía hijo de aquel hombre, que era de lo único de lo que llevaba huyendo desde que lo habían separado de Mingyue. No era diferente a ninguno de los dos. La misma sangre, la misma capacidad de destrucción y de infligir sufrimiento.

Kai fue el único que no habló, que no respondió a ninguna de las preguntas, pero no se debió a ningún sentimiento noble ni espíritu de sacrificio, ni tampoco por firmeza o fidelidad a la causa, como los policías habían creído mientras aumentaban los golpes. Fue pura cobardía, porque deseaba que acabaran con él. Solo ansiaba que lo mataran a golpes para ahorrarle tener que seguir viviendo consigo mismo y con el recuerdo de la mirada de desilusión de Darlene. Además, en esas horas de dolor y reflexión había llegado a la conclusión de que en cierta forma él era el responsable de la muerte de Henry Long. Era irónico que unos meses atrás él hubiera intercedido para ayudar a los amigos de Lu a salir de esas mismas celdas y él hubiese terminado en el mismo lugar.

La joven, en ese momento, atravesaba a paso vivo el patio central, en dirección al arco principal del mastodóntico edificio de estilo gótico veneciano, de ladrillo rojo y preciosas balaustradas, que no solo albergaba la comisaría, sino también las barracas del cuerpo de policía municipal. Desde fuera, parecía más un palacio que una central de policía. A Darlene, el lugar le imponía sobremanera y el miedo le trepaba por el cuerpo. Sabía que se estaba metiendo ella sola en la boca del lobo. Si Digby había descubierto ya su fuga y dado orden de detenerlas, se estaba sirviendo a sí misma en bandeja, y ni siquiera tendría forma de alertar a su madre. Respiró hondo. Sus tacones resonaron en el suelo de terrazo, caminaba con una confianza que no sentía. Avanzó por el pasillo interior de la planta baja hasta la sala de guardia.

—Vengo a visitar a uno de los prisioneros —le dijo a un agente, sentado a una mesa pequeña.

—¿De quién se trata?

—De uno de los estudiantes a los que detuvieron ayer.

—No estoy autorizado a dejarla pasar.

—¿Sabe quién soy?

—No estoy...

—¡Ya lo ha dicho! No se repita. Me envía el consejo municipal. Quiero hablar con su superior de inmediato.

El policía se la quedó mirando fijamente.

—Debo hacer una llamada.

—Llame a quien tenga que llamar, pero no pienso irme de aquí sin verlo. —Darlene se cruzó de brazos para dar más énfasis a sus palabras.

La actitud del guardia pareció suavizarse y su voz dejó de sonar tan marcial.

—¿Me permite su nombre, por favor?

—Long, Darlene Long.

El guardia habló por el pesado teléfono anclado a la pared. Explicó la situación y, tras escuchar la respuesta, que ella no oyó, contestó con un «sí, inspector».

—Mi superior viene ahora mismo.

Darlene tragó saliva. ¿Cómo iba a ser tan fácil acceder a la comisaría sin un permiso legal y dando explicaciones tan vagas? Su estrategia de mostrarse arrogante y segura no había funcionado. El oficial que estaba a punto de llegar descubriría fácilmente que mentía y se metería en serios problemas.

Para matar el tiempo, observó el trasiego en el patio delantero.

—Señorita Long. —Escuchó una voz profunda a su espalda y se giró hacia el hombre—. Soy el capitán Wilson. Conocí a su padre; jugábamos al polo en el hipódromo. Y me invitó a cenar a su casa el pasado verano, semanas antes del trágico accidente. Tal vez no me recuerde, pero quería saludarla personalmente.

—Capitán Wilson, sí, le recuerdo. Dio unos consejos muy buenos a mi hermano Gillian cuando se unió al cuerpo de voluntarios. Me alegro de encontrarlo aquí.

—¿Y dice que conoce a uno de los muchachos detenidos?

—Por desgracia, sí. Era un muchacho estudioso y cabal, pero las malas compañías..., ya sabe. El caso es que es hijo de un socio de mi padre, que en paz descanse, y quisiera hablar con él para ver si puedo convencerlo de que enmiende su error y colabore antes de que sea demasiado tarde.

—¿De quién se trata?

Dudó si dar o no el apellido. Prefirió omitirlo; tal vez con el nombre lo identificaran sin problemas.

—Se llama Kai.

—Ya sé quién es. Es el más duro de todos. Vamos a ver si sus dotes de persuasión consiguen más que la contundencia de mis hombres, pues no ha pronunciado palabra desde que lo trajeron ayer. Yo me ocupo —dijo dirigiéndose al policía—. Pase por aquí, señorita Long, yo mismo la acompañaré. Pero solo unos minutos. No es lugar para una joven como usted.

—Se lo agradezco, capitán.

Mientras Darlene se adentraba en la zona más siniestra de la comisaría, el subsuelo, donde se ubicaban las viejas celdas, a poca distancia de Louza cientos de estudiantes, convocados por los cabecillas del movimiento estudiantil que habían conseguido escapar de la redada del día anterior, empezaban a marchar e inundaban de gritos, proclamas y cánticos Nanking Road. La noche también había sido larga para los revolucionarios, habían empapelado la ciudad, repartido cuartillas desde primeras horas de la madrugada, así como sacado de sus camas a profesores y a alumnos de varios centros. También se habían reunido con periódicos y estaciones de radio locales para buscar su apoyo en la protesta contra los abusos de los demonios extranjeros, por el asesinato del joven Cheng-Hung y por la detención de sus camaradas estudiantes, que solo defendían los derechos de los desfavorecidos.

Lu observaba emocionado cómo, desde cada pequeña calle,

se sumaban más y más personas al ya caudaloso flujo central. Portaban banderas, carteles y el espíritu encendido. Comprobó extasiado que no solo eran jóvenes: los mismos transeúntes, hombres de negocios, oficinistas y vendedores ambulantes, al escuchar las consignas, sintieron latir el orgullo patriótico y se unieron espontáneamente a la marea de manifestantes.

—Solo unos minutos, señorita Long —repitió el capitán Wilson mientras abría la celda.

Ella asintió. Cuando entró, él cerró de nuevo. Se despidió de la joven, y Darlene escuchó sus pasos alejarse y dar la orden al policía que vigilaba a los detenidos de que la sacara de allí en exactamente tres minutos.

Kai yacía boca arriba sobre el camastro. Ella se acercó despacio, temerosa de que estuviese muerto. Tenía la cara magullada y pegotes de sangre en la piel. Se agachó para ponerse a su altura y lo meció suavemente. Él emitió un gruñido.

—Estás vivo —dijo más para sí misma, pero, al escuchar su voz, Kai abrió los ojos.

—Darlene, ¿eres tú? —Intentó incorporarse y soltó una maldición por culpa del dolor. Ella lo ayudó—. ¿De verdad eres tú?

—Sí, soy yo. ¡Oh, Dios mío, ¿qué te han hecho?!

—Nada comparado con lo que yo te he hecho a ti. Perdóname, por favor. —Kai rompió a llorar. Darlene lo abrazó y lo acunó.

—Shh, shh, no llores.

Se quedaron un rato en silencio abrazados. Darlene lo sentía temblar entre sus brazos.

—Nos van a matar... —dijo Kai mientras se separaba de ella y le tomaba las manos.

—No digas eso —lo interrumpió.

—Déjame hablar, por favor. —Ella asintió con un nudo en la garganta y las lágrimas pujando por derramarse—. Nos van a matar, pero ahora puedo morir tranquilo sabiendo que te he visto una última vez. No merezco tu compasión. Yo maté a tu padre, si no le hubiera mencionado la carrera a Digby o que Henry había comprado un caballo nuevo... Tenía que haberte prevenido, debería haber ido a hablar con tu padre, haberle puesto sobre aviso acerca del interés enfermizo de ese desgraciado por su vida y tu familia. Fui un egoísta; desde el principio intuí que iba a enamorarme de ti sin remedio y traté de resistir; era lo peor que me podía pasar. Sabía que trastocarías toda mi vida, mi pensamiento, mis ideales, y lo hiciste, día a día, poco a poco, hasta que ya no pude concebir mi existencia y este mundo caótico y cruel sin ti. Digby solo era una fuente de dinero fácil; me urgía ayudar a mi madre y vengarme de Wenzhao y Pang. Como diría mi profesor, *le père* Julian, el que hace tratos con el diablo siempre pierde el alma por el camino. Mi alma eras tú, y te he perdido. Sé que nunca podrás perdonarme, yo nunca podré perdonarme.

Kai se sacudió en fuertes sollozos. Darlene lo abrazó con el corazón abrasado de sentimientos.

—No me has perdido.

—Lo peor de todo es que he conseguido lo que me proponía, destruirlos, pero el precio ha sido demasiado alto. Todo está perdido, Darlene. Tienes que irte. —Se puso en pie con dificultad. Ella lo sostuvo los pocos pasos que los separaban de los barrotes de hierro, a los que Kai se agarró como si fueran su salvación.

En ese instante, apareció un policía en el pasillo.

—El capitán Wilson me ha pedido que la acompañe de vuelta.

—Haré lo que pueda para sacarte de aquí —dijo Darlene a modo de despedida al tiempo que salía de la celda.

El policía cerró de nuevo y ella se quedó unos segundos observando a Kai, con las manos sobre los dedos de él, asidos a los barrotes. El llanto le bañaba las mejillas.

—Adiós, Ojos de Jade. —Le dedicó una sonrisa triste.

Ella no pudo responder. Se mordió el labio para aguantar el dolor que la sobrevino al tener que dejarlo ahí encerrado. Se alejó en la penumbra hacia la verja de entrada a las celdas, con la pena más atroz atorada en la garganta. Allí recibió las indicaciones del policía para retornar a la planta superior.

Por el pasillo, se cruzó con varios oficiales que corrían y

llamaban a gritos a sus compañeros. La tranquilidad que reinaba cuando ella entró se había diluido, y mientras cavilaba sobre lo que podía estar pasando, escuchó un bramido sostenido por miles de voces. A pasos raudos, alcanzó el arco de entrada. Creyó que era un espejismo cuando vio a Narek y a Nicolai cruzar también el patio. Corrió hasta ellos.

—¡¿Qué hacéis aquí?!

—Han pedido refuerzos y estábamos patrullando cerca. Las cosas se están poniendo feas. Tienes que irte a casa, ahora. —Narek la arrastró hacia las rejas de forja.

El capitán Wilson apareció por un lateral y avanzó hacia ellos.

—Señorita Long, debe marcharse. Cientos de manifestantes vienen hacia aquí.

—Yo me encargo, capitán —dijo Narek.

—Usted —Wilson se dirigió a Nicolai—, venga conmigo.

—Ten mucho cuidado, Darlene —le recomendó el príncipe ruso mientras se alejaba con su superior.

—Kai Tao está encerrado y lo van a matar. Tenéis que hacer algo, Narek.

—El consejo ha declarado hace una hora la ley marcial; la concesión se está militarizando de nuevo, es cuestión de horas. Han movilizado a miles de soldados. Acaba de desembarcar una unidad de soldados holandeses del SS Sumatra. Ya no se están matando entre ellos, ahora vienen a por nosotros, Darlene. Te marchas a casa.

—¡No me estás escuchando! —gritó—. Narek, tienes que sacar a Kai de la celda. Déjalo escapar. No lo abandones ahí dentro, te lo suplico.

—¿Por qué te importa tanto lo que le suceda? Es un revolucionario comunista.

—Es una larga historia, y él no tiene nada que ver con las revueltas. Todo ha sido una estratagema de mi padrastro. Yo... lo amo —confesó con lágrimas en los ojos.

Narek la miró y, en vez de reprocharle su insensatez, asintió con seriedad. Darlene comprendió que él sabía lo que ella sentía; vio en sus ojos reconocimiento y no censura. Le vino a la cabeza la muchacha china con la que había acudido a la fiesta de compromiso de Nina. Ahora sí estaba segura de que Narek se había enamorado.

—Ve a casa, te busco allí.

—No, allí no. Digby se ha vuelto loco, maltrata a mi madre y a mí me encerró en el cuarto de las escobas porque me opuse a que me case con un viejo depravado como él. Clarisse lo ha abandonado. Nos marchamos a Francia. Pero no nos iremos sin Kai. Tienes que ayudarme.

—Ve al hotel de Olive. Haré lo que pueda, pero no te prometo nada.

—Nicolai y tú sois nuestra única esperanza.

—¡Vete ya! ¡Corre! —gritó Narek, y la empujó.

Darlene partió a la carrera en dirección contraria a los miles de voces que clamaban por la liberación de los estudiantes, aunque ella de los gritos solo entendía palabras sueltas. Los vio aparecer por el extremo opuesto de Kweicho Street. Temió por sus amigos, temió por Kai.

Los manifestantes estaban cada vez más cerca de la comisaría.

—¡Vienen a liberar a los líderes! —exclamó uno de los policías.

—¡Órdenes, capitán!

—Ustedes dos, saquen a los prisioneros al patio trasero y ejecútenlos. Muerto el perro, se acaba la rabia —exigió Wilson con fiereza. Los policías se apresuraron a cumplir las órdenes—. ¡Los demás, cierren las verjas! ¡Rápido!

Narek y Nicolai ayudaron en la tarea. Eran apenas una decena de hombres para contener a la marea de manifestantes. Los refuerzos no habían llegado aún. El inspector los hizo formar frente al acceso principal a la comisaría. En pocos minutos, la masa iracunda había tomado toda la extensión de la verja y, mientras muchos empujaban y se aferraban a los barrotes como si quisieran arrancarlos, otros empezaban a trepar por ella. El inspector chillaba que se detuvieran u ordenaría disparar.

Mientras, los oficiales se replegaban poco a poco hacia la galería de arcos.

—Acompáñame —le pidió Narek a Nicolai por encima del clamor.

Corrieron hacia el patio posterior. Vieron a lo lejos a los prisioneros arrodillados. Sonó un disparo y el primero de la fila se desplomó con un tiro en la nuca.

Pang lloraba con la cabeza contra el suelo. A su lado, Kai permanecía erguido y con la mirada al frente.

—Afróntalo como un hombre, hermano —le dijo Kai.

Pang se incorporó y lo miró.

—Perdóname. Mi odio nunca me dejó verte como hermano. Siempre te he admirado y envidiado; me habría gustado ser como tú —confesó su hermanastro.

Pang sintió el metal del cañón en su cabeza y, aunque quiso ser tan valiente como su hermano pequeño, se meó encima.

—Te perdono, *gege*.

La absolución de Kai a su hermano mayor fue lo último que escuchó antes de que sonara el disparo. El cuerpo de Pang cayó hacia delante. Kai permitió que las lágrimas limpiaran su conciencia. Él era el siguiente en la fila, y merecía la misma suerte. Apretó los dientes.

—¡Ey! ¡Vosotros! —gritó Narek mientras corría hasta los oficiales.

—¡Os llama el capitán! ¡Están a punto de asaltar la comisaría, corred a la entrada! —los informó Nicolai.

—¿Qué hacemos con los que quedan?

—Nosotros nos encargamos.

—Apunta bien, voluntario, no vayas a dispararte en el pie —se burló el policía.

Al otro lado del complejo policial, el capitán Wilson y sus hombres a duras penas conseguían mantener a raya a los manifestantes, quienes los insultaban a gritos, y cuyo cerco era cada vez más estrecho.

—¡Disparen! —gritó Wilson cuando la muchedumbre se abalanzó sobre ellos.

Los uniformados descargaron sus armas contra la multitud. Al oír los tiros, los manifestantes se dispersaron en todas direcciones, en una avalancha desordenada, mientras los policías seguían disparando hasta agotar los cartuchos. Numerosos cuerpos quedaron tendidos sobre el pavimento; la sangre formó charcos magenta sobre la piedra gris del suelo.

Narek y Nicolai, incapaces de disparar por la espalda a hombres indefensos, quitaron las esposas a los detenidos y los dejaron escapar. Después cargaron con Kai, quien apenas podía sostenerse, entre los dos. Envueltos en pólvora y gritos, se escabulleron por uno de los arcos laterales y, de ahí, al exterior.

41

Darlene alcanzó la sede de la *Far Eastern Review* con la lengua fuera. Estaba a pocas cuadras de distancia de Louza y le pareció el lugar más cercano para refugiarse momentáneamente. Como ella, numerosos extranjeros huían de las protestas. Además, se dijo que no podía marcharse de Shanghái sin despedirse de Geo y los ingenieros.

La sala de redacción estaba vacía, pero el editor en jefe se hallaba en su oficina acristalada. Hablaba por teléfono, sostenía el sólido auricular negro entre la oreja y el cuello mientras escribía en su libreta. Le hizo una seña al verla para que entrara. Colgó y le dedicó toda su atención.

—Darlene, ¿qué haces aquí hoy?

—Solo quería despedirme. Mi madre y yo nos marchamos de Shanghái. Regresamos a Francia.

—Tal y como están las cosas de revueltas últimamente, creo que es lo mejor, pero lamento perderte.

—Quería agradecerle la oportunidad que me brindó. La redacción —miró a su alrededor— ha sido un lugar único en el que he aprendido mucho.

—Espero que sigas captando la realidad con tu objetivo y contando historias. Gracias por pasar a despedirte. —Le tendió la mano y Darlene se la estrechó.

—Siento haber interrumpido su llamada.

—Era mi amigo del *North China Herald*. Los reporteros

han salido disparados hacia Nanking Road. Han asaltado la comisaría.

—¿Le han dicho qué ha pasado con los estudiantes detenidos? —preguntó con el miedo latiéndole en la boca del estómago.

—No, pero hay varios muertos. Es una situación muy grave.

—Tengo que irme. Despídame de los muchachos, dígales que no los olvidaré.

¡Kai! Era lo único en lo que podía pensar.

—Espera, te acompaño abajo. Mi chófer te llevará a donde desees ir. No es seguro que andes por la calle sola.

Minutos después Darlene entraba al hotel de su amiga. Atravesó la recepción a la carrera, le pidió a Benoît que avisara a Olive de su llegada y se fue directa al cuarto oscuro. Debía recoger las fotografías que estaban colgadas. El resto de sus cosas, decidió en ese mismo instante, se las regalaría a Olive y la animaría a que ella también probara con la fotografía. Se había pasado infinidad de días ayudándola, por lo que sabría hacerlo sola.

Descolgó las láminas una a una mientras sentía dolorosas punzadas en el pecho, una por cada escena de su querida ciudad que ya no volvería a ver en Dios sabía cuánto tiempo, si es que regresaba. Cuando hubo recogido lo que se quería llevar, contempló la pequeña estancia con agradecimiento y tristeza. Había sido un refugio donde evadirse de sus amarguras y soportar la nostalgia de los días sin Kai.

La silueta de Olive se recortó contra la luz que entraba por la puerta.

—¿Qué haces?

—Recoger algunas cosas; el resto es tuyo.

Olive abrió mucho los ojos.

—¿Has encontrado otro sitio donde revelar tus fotos?

—No es eso; no podría haber encontrado un lugar mejor. Con todas las horas que has pasado ayudándome, creo que estás lista para revelar tus propias fotos, ¿no crees?

—¿De verdad lo piensas? —A Olive le brillaban las pupilas. Darlene asintió.

—Ven, vayamos a tu dormitorio. Necesito contarte algo muy importante y no tenemos mucho tiempo. —Darlene salió con premura del cuarto oscuro.

Las dos amigas cruzaron el jardín lateral y accedieron a la vivienda de las Travers. Subieron al dormitorio de Olive y Darlene se apresuró a asomarse al ventanal de lectura para vigilar la calle. Esperaba que sus amigos hubieran podido poner a Kai a salvo antes del asalto a la comisaría, o que incluso los propios manifestantes hubiesen conseguido liberarlo, junto con los demás estudiantes detenidos, antes de que pasara lo peor. Los nervios le roían las entrañas, aunque intentaba mantenerse serena; en nada ayudaba dejarse llevar por la desesperación. Un milagro, tenía que suceder un milagro.

—¿Qué miramos? —preguntó Olive a su lado.

Darlene exhaló un profundo suspiro y se lanzó a contarle lo que había sucedido con su padrastro. También tuvo que confesarle que ella había mantenido una relación secreta durante varios meses. Y, finalmente, le habló de la detención de Kai.

—Estoy segura de que fue Falgu, mi escolta sij, quien me delató. Era el único que lo sabía. —Y justo al decirlo, un recuerdo afloró en la mente de Darlene. Un recuerdo en esa misma alcoba. Miró a Olive, quien no había pronunciado una sola palabra mientras ella narraba lo acontecido en las últimas horas. Estaba pálida y mantenía la vista baja—. ¿Olive? —preguntó en apenas un susurro.

—No fue él —afirmó la francesa, no alzó la mirada, parecía temerosa de enfrentar la reacción de Darlene.

—¿Cómo lo sabes? —cuestionó Darlene, aunque ya sabía la respuesta.

—Lo sé porque fui yo. —Lágrimas de vergüenza le corrían por las mejillas cuando levantó el rostro para encarar la mirada de su amiga—. Fue hace varios meses, y no fue premeditado, te lo juro. Coincidí con los Digby en una fiesta. Tu padrastro me reconoció como una de tus amigas y me sacó a bailar. Es un hombre siniestro; me puse nerviosa y terminé admitiendo que te veías con alguien a escondidas, aunque no sabía quién era. No sé por qué lo hice, tal vez porque, en el fondo, aún no te había perdonado. Quise olvidar que Nicolai te hubiera preferido a ti, pero no supe. Te traicioné, y lo siento muchísimo. Nunca creí que ese hombre fuera capaz de hacerte algo así. No te merecías mi deslealtad. Fueron mis estúpidos celos.

Darlene estaba muy dolida. Las consecuencias habían sido muy graves: su ruptura con Kai y el intenso sufrimiento de ambos, pero la mortificación de Olive parecía sincera y, en esos momentos, ella no podía asumir un conflicto más. Estaba al límite de su capacidad.

—No vas a traicionarme ahora, ¿verdad? —se limitó a preguntar.

—No, claro que no. Voy a ayudarte en todo lo que pueda. ¡Créeme!

Darlene asintió. Las dos amigas se quedaron en silencio mirando a través del ventanal la avenida durante un largo rato.

—¡Ahí está Narek, y no viene solo! —exclamó Olive, los vieron salir de un taxi negro. Darlene corrió escaleras abajo con su amiga detrás.

Ayudaron a Narek a cargar a Kai hasta el segundo piso y lo tumbaron en la cama de Olive.

—Ha perdido el conocimiento en el trayecto —informó el armenio.

—Te has ganado el cielo, Narek —afirmó Darlene con lágrimas en los ojos—. Nunca lo olvidaré.

Sobre el colchón, Kai gemía inconsciente y se sacudía en temblores. Darlene lo abrazó para contenerlo y lloró contra su cuerpo magullado. Olive se apresuró a llevar una palangana con agua tibia y una toalla para limpiarle las heridas.

—Nicolai ha tenido que regresar al cuartel; la situación es muy complicada. Hay retenes por todas partes. Además, te están buscando, a ti y a tu madre. Digby os ha denunciado por robo. Tenemos que irnos cuanto antes, Darlene —afirmó con la voz transida de preocupación.

—Nuestra única posibilidad de escapar de mi padrastro es llegar al consulado francés. Mi madre nos espera allí —explicó ella.

Mientras la joven le limpiaba las magulladuras a Kai, Olive buscaba ropa de repuesto, ya que la de él estaba rota y muy sucia.

—Daos prisa, tenemos que irnos ya. —Narek, angustiado, vigilaba la calle.

Las chicas le quitaron la ropa al herido, pero al moverlo, Kai despertó.

—Ojos de Jade, ¿eres tú?

—Sí, aquí estoy —dijo, y se acercó a su cara—. Estás a salvo. Todo va a salir bien, pero tenemos que irnos de Shanghái. —Le tomó una mano y se la besó.

Kai asintió con los ojos entrecerrados por tantos golpes; apenas podía mover los párpados de lo hinchados que estaban.

—Mingyue —dijo con un hilo de voz.

—Es su madre, no podemos irnos sin ella —explicó Darlene.

—¡No hay tiempo! —El grito de Narek las sobresaltó a las dos. Era la primera vez que lo escuchaban alzar la voz.

Darlene fue hasta el ventanal y lo agarró por el brazo.

—Narek, por favor. Mingyue ha sufrido muchísimo y, si la vinculan con él, la detendrán. Te lo suplico. Eres nuestra única esperanza. No podemos marcharnos sin ella. Sé que te estoy pidiendo mucho…

Narek tomó una inhalación profunda.

—Voy a buscarla. Espero que sepas a lo que os estáis arriesgando. —Soltó el aire con pesadumbre.

Darlene se lanzó a darle un abrazo con los ojos llorosos.

—¡Muchas gracias! Espera, te escribo la dirección. Es en la zona industrial de Mokangsan Road, junto al arroyo Soochow. ¿Sabes dónde queda?

—Sí, se han producido disturbios en la zona. Ayer me tocó patrullar por ahí. Espero encontrarla.

—No tardes. Cada minuto cuenta.

Se despidió con un saludo marcial que hizo sonreír a las chicas de puros nervios.

—Narek, nuestro chófer puede llevarte y traerte de vuelta junto con ella. Es más seguro que el taxi —ofreció Olive.

La francesa salió con él para avisar al conductor. Darlene escuchó sus pasos veloces por la escalera y finalmente lo vio salir a la calle. A los pocos segundos, llegó el automóvil de las Travers; Narek montó y el coche desapareció avenida abajo.

Kai entraba y salía de la inconsciencia y, aunque allí dentro el clima era agradable, seguía temblando. Lo taparon con las frazadas. Darlene se sentó a su lado y le acarició la frente y el cabello.

Cada vez que se oía un motor, Darlene corría a asomarse al ventanal. Olive había bajado un momento a poner al día a su madre de lo que sucedía, y Agnès había aparecido con unos tazones de café y unos bocaditos de nata para amenizar la espera.

Había pasado casi una hora cuando por fin vieron el coche de las Travers enfilar la avenida.

—Por favor, que la haya encontrado —suplicó Darlene en un murmullo quedo cuando el chófer abrió la portezuela posterior. Asomó la falda de una mujer y, acto seguido, Mingyue desmontó—. ¡Gracias a Dios! ¡Es ella! —exclamó Darlene. Corrió junto a Kai y lo zarandeó despacio—. Mingyue ya llega. Tenemos que irnos —dijo tratando de incorporarlo.

Olive la ayudó a sostenerlo y sentarlo en la cama. La mujer entró justo en ese momento en el dormitorio y, al ver a Kai con el rostro hinchado y amoratado, soltó un grito. Al menos, el muchacho vestía ahora decentemente, con una camisa azul claro, un chaleco beis y pantalones de vestir a juego. Darlene le explicó que estaba bien, que Narek lo había rescatado; lo habían golpeado en la comisaría, pero sobreviviría. Eso era lo que ella deseaba creer con todas sus fuerzas, porque lo cierto era que, hasta que no lo revisara un médico, solo podían confiar en que los golpes no hubieran dañado ningún órgano. Sus palabras fueron reafirmadas con soltura en su idioma por Narek.

Mingyue le besó las manos al armenio y le hizo una reverencia hasta quedar arrodillada a sus pies.

Narek la obligó a levantarse.

—Ahora sí tenemos que irnos —dijo el aprendiz de policía.

—Ayúdanos a cargarlo —pidió Darlene—. Pesa mucho.

Entre todos lo sostuvieron. Mingyue insistió en que quería cargarlo ella misma junto con Narek, y Darlene le cedió su lugar. Había llegado la hora de despedirse de su amiga. La joven le dio un abrazo fuerte a Olive y volvió a animarla a comprar una cámara y usar el espacio con todos sus utensilios y químicos. Le pidió que la despidiera de Hazel, Tim y Nicolai, y prometió escribirles. Después bajó a la carrera las escaleras y entró en el automóvil.

Muchas calles estaban cortadas, por lo que el chófer tenía que desviarse continuamente, zigzagueando por la ciudad mientras Narek, a su lado, le daba instrucciones de por dónde seguir. Resultaba esencial que no saliesen de la concesión francesa para así evitar la jurisdicción de la policía municipal internacional y el peligro de que Darlene fuera detenida. En varias ocasiones, Narek tuvo que dar explicaciones a los voluntarios de la Sûreté, que vigilaban puntos estratégicos de la concesión para evitar que se extendieran los disturbios a su zona de control. Los obligaron a torcer en una calle secundaria y desembocaron en la avenue Edward VII.

—¡Maldición! —exclamó Narek.

—¿Qué pasa? —Darlene se agitó.

—Hemos entrado en la concesión internacional. Pero estamos cerca.

Ahora no tenían más remedio que seguir hasta el Bund, en la ribera del río, y girar a la derecha para retornar a la concesión francesa a la altura de la Oua de France. Allí ya estarían prácticamente a salvo, pues el consulado quedaba a poca distancia.

Kai descansaba entre las dos mujeres con el cuerpo vencido hacia atrás. A Darlene se le estaba haciendo eterno el trayecto, y eso que solo los separaban cuatro o cinco kilómetros del destino donde los esperaba Clarisse. Las calles se habían quedado vacías y la presencia de compañías nacionales de soldados había aumentado. Parecía que, por miedo a los disturbios, la gente se había recogido en sus casas y también muchos comercios habían echado el cierre.

Alcanzaron el final de la avenue Edward VII, arteria principal de la concesión internacional y donde se alzaba la grandiosa estatua del Ángel de la Victoria, y en ese punto exacto el automóvil que circulaba por delante de ellos frenó en seco. El chófer de las Travers asomó la cabeza por la ventanilla e informó de que más adelante, en la intersección con el boulevard del Bund, había un retén de policías sijes, y que estaban registrando los maleteros y a los ocupantes de cada vehículo. Los automóviles avanzaban ahora con extrema lentitud y la tensión dentro del suyo era cada vez más palpable. Solo tenían dos coches delante cuando Mingyue dijo en chino:

—A ese *hongtou asan* lo conozco. —Y señaló a uno de los guardias de turbante rojo que inspeccionaba a los ocupantes del vehículo anterior al suyo.

—Imposible distinguirlos. Son todos iguales —comentó el chófer en su mismo idioma.

Darlene, sentada junto a la ventanilla opuesta, no veía nada. Se inclinó hacia delante y escudriñó por la luna delantera para ver a quién se refería Mingyue. Entonces lo identificó.

—¡Es Falgu! ¡Nos va a reconocer! —dijo, y se escondió detrás del asiento de Narek, sentado delante de ella—. ¿Qué hacemos?

El armenio le pidió al chófer que, en cuanto el automóvil delantero se pusiera en marcha, apretara el acelerador y siguiera de largo sin detenerse, así tuviera que arrollar al *hongtou asan*, al demonio negro de cabeza roja que intentaría interceptarlos.

Rugió el motor mientras el chófer se preparaba para seguir las instrucciones. Fueron ganando velocidad hasta que, de repente, frenó en seco.

—¡Hay una valla metálica que impide el paso! —gritó el chófer.

En efecto, un poco más allá un sij arrastraba la verja móvil para cortar el tránsito. Otro guardia les dio el alto y se plantó frente a ellos, y un tercero se aproximó con autoridad a la ventanilla del conductor.

Falgu se asomó al interior del vehículo. Darlene quiso desvanecerse, pero, por el contrario, no pudo apartar sus ojos, llenos de miedo y súplica, de los de él. El indio la miró durante unos segundos que se le antojaron interminables; después deslizó la vista por el resto de los viajeros y regresó a ella.

—¿Pasa algo? —escucharon que le preguntaba su compañero.

Falgu se incorporó. Todos contuvieron el aliento.

—No, todo en orden. Circule —le ordenó al chófer.

Darlene rompió a llorar a causa de la tensión. Apretó la mano de Kai y el hombro de Narek, sentado delante de ella. Miró a Falgu por la luna trasera y lo vio sonreír bajo el denso bigote. Sus ojos la siguieron hasta que se desviaron.

Tras unos minutos infinitos, alcanzaron el edificio clásico del consulado francés. Darlene nunca se había sentido tan dichosa de ver la bandera tricolor enarbolando sobre el cielo de Shanghái los principios que representaba: «Libertad, Igualdad, Fraternidad».

Durante los siguientes días, la ciudad se sumía en un caos de huelgas y boicots a los productos foráneos. Las potencias extranjeras enviaron refuerzos y el consejo municipal amenazó con retirar licencias de actividad a comercios simpatizantes con los comunistas y con clausurar periódicos que dañaban la reputación de la comunidad internacional. El representante francés había asistido a numerosas reuniones y los mantenía al tanto de la evolución de la situación. Además, los periódicos de la ciudad narraban con vívidos detalles las tensiones entre unos y otros. También se habían hecho eco de una noticia que dejó una honda impresión en Darlene y que, por el momento, prefirió ocultar a Kai y a Mingyue: Wenzhao Tao se había descerrajado un tiro en la sien. La prensa especulaba que el suicidio se debía a la ejecución de sus hijos como cabecillas del movimiento estudiantil.

En el oasis de seguridad del consulado francés, Darlene y Clarisse hablaron por primera vez, madre frente a hija, mujer frente a mujer. A pesar de las difíciles circunstancias que estaban atravesando, la joven sentía que por fin había conectado con su madre; había descubierto lo que ambas tenían en común, y estaban dispuestas a construir un futuro que fuera de las dos. Clarisse le relató la tormentosa relación que había mantenido con su nuevo marido, quien se tornó en un hombre posesivo y violento en cuanto regresaron del viaje de novios, y con quien había hecho el pacto de que, a cambio de mantener las apariencias con Gillian y Darlene y nunca agredirlos, ella se sometería a sus requerimientos. La joven pudo por fin entender la actitud que había mantenido durante los meses que duró su unión con Chester Digby. Clarisse había cometido demasiados errores y las consecuencias habían sido nefastas. Le costaría tiempo sanar las heridas y por fin enfrentarse al duelo por Henry y a todo lo que habían perdido.

A Kai lo revisó el médico que trataba a los empleados del consulado y confirmó que tenía varias costillas rotas. Se recuperaba de los golpes rodeado de las atenciones de las mujeres mientras esperaban la partida del vapor. Para que el consulado pudiera tramitar los documentos de viaje de Kai y de Mingyue, había una última decisión que tomar. Y Darlene la tomó convencida, contemplando su reflejo en la profundidad de unos ojos negros inundados de lágrimas. Y así, en una luminosa mañana de principios de junio, en el despacho del cónsul francés, Kai y ella contrajeron matrimonio, con sus madres como testigos. Era una suerte que los franceses no prohibieran el matrimonio interracial como sí hacían los anglosajones.

Dos días después, sobre la cubierta del vapor SS Le Sphinx, abrazada al cuerpo cálido y nudoso de Kai, Darlene vio desdibujarse los contornos de su querida ciudad mientras la neblina se espesaba y el barco navegaba sobre el Whampoa en dirección a su desembocadura en el Yangtsé y al mar de China Oriental.

Clarisse y Mingyue se habían refugiado en sus respectivos camarotes; preferían no despedirse del escenario donde tantos sinsabores habían vivido.

Darlene se preguntaba si alguna vez volvería a ver su ciudad, a sus amigos, si volvería a verlos a todos ellos.

Como si leyera su mente, Kai la apretó en su abrazo y le susurró al oído en su lengua:

—Regresaremos.

Ella alzó los ojos y se ancló a su mirada. Pudo leer en sus iris negros que mentía, que mentía para poder soportarlo. Los dos sabían que el futuro era incierto, pero al menos era suyo.

Epílogo

París, un año después

Esa noche las mujeres Long celebraban dos acontecimientos importantes. El primero, que Clarisse había conseguido, gracias a sus hábiles abogados, Palmer & Palmer, y a su propia fuerza de voluntad, que Chester Digby le concediera el divorcio. Lo habían persuadido gracias a una copia del escrito que Clarisse tuvo a bien enviarle, que amenazaba con hacer público si insistía en mantenerla atada legalmente a él, y el cual arruinaría para siempre su reputación tanto en Shanghái como en su querida patria, ya que en sus párrafos se narraban, con colorido lenguaje, todos los detalles sórdidos de su breve matrimonio. Por los periódicos locales que los amigos de Darlene les hacían llegar cada mes, habían sabido que Chester Digby no había sido renovado en su cargo en el consejo municipal, ya que a raíz de las revueltas que acabaron en el verano, después de varios meses de huelgas, manifestaciones y boicots, el órgano rector de la concesión internacional aceptó dar dos puestos en el consejo a representantes locales de entre la élite económica china para que dieran voz y voto a los intereses de los chinos que vivían en el territorio concesionado. A Clarisse le habría encantado verle la cara cuando no salió reelegido en la votación y su asiento fue ocupado por un chino. También supieron por Steve Palmer que, sin los contactos y relaciones de Henry, la empresa estaba atravesando serias dificultades económicas y Digby sufría de liquidez. Ni siquiera había podido pagar a sus abogados.

Ahora que por fin era una mujer libre, Clarisse planeaba, junto a Mingyue, abrir una *boutique* de moda inspirada en sus años en «la perla de Oriente». Las mujeres habían descubierto su pasión compartida por los vestidos y los accesorios de belleza femeninos, y se esforzaban por entenderse en una mezcla de lenguas.

El segundo suceso era que esa noche se inauguraba la primera exposición de fotografía de Darlene Long, fotógrafa independiente, que llevaba varios meses colaborando con numerosas publicaciones en la capital francesa e ilustrando con sus artísticas instantáneas los artículos más diversos. A pesar de la honda nostalgia de su ciudad natal, la joven había descubierto que París se parecía bastante a Shanghái, o viceversa. Los bulevares llenos de árboles, las mansiones, el río de aguas marrones... y muchas similitudes más. Aunque faltaba lo mejor: su gente, el caos, los gritos de los vendedores, los olores... Kai y ella hablaban cada día de la posibilidad de regresar.

Esa noche, la joven repasaba todos los detalles del evento junto con su madre y la dueña de la galería, madame Sylvie. Se esperaban numerosos asistentes a la inauguración, puesto que las revistas con las que colaboraba Darlene se habían hecho eco del evento y llevaban semanas promocionándolo. Muchos parisinos albergaban curiosidad por conocer de primera mano qué había sucedido en Shanghái, sin contar con los nostálgicos retornados del paraíso de los aventureros, ávidos por reconectar con el lugar al que una vez llamaron hogar. Clarisse se había encargado de concretar la mayor parte de los detalles del evento, y esa noche volvería a brillar como la perfecta anfitriona, descargando a Darlene de esa tarea que aún le resultaba penosa.

Quedaban pocos minutos para que abrieran las puertas y ya empezaba a formarse una cola de visitantes en la acera contigua a la galería. La silueta de un hombre se recortó contra los ventanales del establecimiento. Caía una fina llovizna primaveral y las gotas empañaban los cristales, por lo que las mujeres no se percataron de su presencia.

—Son las siete en punto. Abrimos. ¿Preparada? —preguntó madame Sylvie.

Darlene asintió.

El torrente de público inundó la galería; según entraban, recibían el saludo de la artista, así como el de dos elegantes señoras, una francesa y otra china, y el de la dueña del local, y después se adentraban en el mundo en blanco y negro de la ciudad a orillas del Whampoa. Enseguida Darlene fue reclamada para que explicara la historia de una de las fotografías centrales de la exposición, y así fue moviéndose de círculo en círculo mientras hilaba recuerdos y compartía anécdotas.

La campanilla de la puerta anunció un nuevo visitante y Darlene sintió una energía que le erizó la piel. Se giró despacio y vio entrar a la otra mitad de su alma. Dio un grito de alegría y se lanzó a los brazos extendidos de su hermano.

—¡Gillian!

Se fundieron en un estrecho abrazo. Su mellizo la alzó y giró con ella, lo que atrajo múltiples miradas.

—No creerías que me lo iba a perder, ¿verdad? *Maman* me escribió hace semanas. *Daddy* estaría muy orgulloso de ti, Lin —dijo haciéndola llorar.

—¿No le vas a dar un abrazo a tu madre? —Clarisse se abrió hueco entre ellos. Aunque Darlene no quería despegarse de él, su madre la obligó.

—Señora Long, ha recuperado la belleza de antaño —se burló su hijo mientras la abrazaba—. Me alegro de que te hayas librado del chupasangre inglés.

La sala estaba llena de personas que charlaban frente a las fotografías, bebían champán y disfrutaban del *catering* que había contratado Clarisse. Darlene fue reclamada de nuevo y tuvo que atender a sus visitantes, pero en esa ocasión la acompañó Gillian, dichoso de estar rodeado del barullo de la comunidad francesa.

Después de dos horas sobre los tacones, sin parar de hablar

y sonreír, Darlene se refugió en un rincón más tranquilo, donde descansar un rato de los invitados. Dejó que Gillian, con su carisma y encanto natural, ocupara su puesto y describiera cada detalle de la ciudad que ella había retratado y que tanto extrañaba. Paseó despacio y observó las instantáneas que había tomado rememorando cada momento capturado con su cámara, hasta que llegó a las de la graduación. Todavía podía sentir el remolino de emoción en el estómago, oler los perfumes florales de las mujeres y el olor a vainilla y madera de los puros de los señores. Sus ojos se llenaron de los colores de los vestidos de sus amigas y sus oídos de las melodías que hacían palpitar a los jóvenes que bailaban gozando de su juventud y del bello horizonte abierto ante ellos. Se paró frente a la foto de sus tres amigas que había tomado en el balcón del club francés y no consiguió evitar que los ojos se le llenaran de lágrimas.

—Esa noche Nina estaba muy guapa —dijo Gillian a su espalda. Se puso a su lado y se quedaron un rato en silencio contemplándolas—. Fue la noche más feliz de mi vida. Me sentía invencible. Todo parecía posible. —La voz de Gillian transida de nostalgia. Era tanto lo que habían perdido desde aquella noche… Pero aún había esperanza.

—Me alegro de que Nina esté mejor. Me gustaría verla.

—Aunque aún no se siente ella misma e insista en que no quiere ver a nadie, creo que le haría mucho bien tenerte cerca. Aunque no lo diga, sé que echa de menos a sus amigas.

—Lo planeamos cuando me digas. Kai y yo estamos pensando en volver. No será enseguida, vamos a esperar a que el negocio de las madres esté consolidado. Me gusta París, pero Shanghái siempre será mi hogar.

—Lo entiendo, Lin. Mi lugar es junto a Nina y me gusta el sur. Además la exportación de automóviles va cada vez mejor. En unas semanas, Nina y yo, con mis antiguos compañeros de universidad, Eric y Ronald, nos vamos a Italia, a ver fábricas.

—¡Cuánto me alegro, Gillian!

—Voy a salir a fumar, hermanita —dijo, le dio un beso en la mejilla y se encaminó al exterior.

Darlene contempló la espalda de su hermano mientras encaraba la puerta de la galería. Kai aún no había vuelto de sus clases en la universidad, y lo echaba de menos; ojeó su reloj de pulsera y calculó que estaría al llegar. Gracias a la mediación de los jesuitas de l'Aurore, había conseguido un puesto de profesor adjunto en París mientras colaboraba a distancia con *le père* Julian en varias líneas de investigación. Darlene siguió paseando y observando las fotografías y se detuvo frente a la primera que había tomado de él; de su espalda, en verdad. La espalda del falso culi. Ella había insistido con vehemencia en que debía estar entre las seleccionadas para la exposición, aunque nadie más fuera capaz de apreciar su belleza y su significado. De hecho, los invitados desfilaban frente a la imagen sin hacer comentarios porque no entendían bien lo que representaba.

Darlene sonreía al recordar aquella noche en la que un *rickshaw* había dado un vuelco a su destino cuando notó su calor a la espalda.

—Bonito título para una exposición. Me pregunto quién te lo habrá inspirado, Ojos de Jade —le dijo Kai al oído.

Su suave voz la estremeció con la misma fuerza de los comienzos. Darlene se dio la vuelta y se encontró con su mirada oscura y provocadora, y una preciosa sonrisa con hoyuelos. Lo miró un largo rato, bebiendo de sus ojos.

Había querido que esa exposición fuera un testimonio de amor a Shanghái, su ciudad natal, pero también un testimonio de amor hacia el hombre que le había dado un lugar al que pertenecer.

Y, sí, él había inspirado el nombre.

—«Mi oriente eres tú» —susurró junto a su boca antes de que se fundieran en un beso.

Nota de la autora

El movimiento del 30 de mayo de 1925 provocó la manifestación antiextranjeros más numerosa y beligerante que China había conocido desde la rebelión de los bóxers. El Partido Comunista Chino se benefició enormemente del sentimiento antimperialista, y el número de miembros del partido aumentó en esa primavera de unos pocos cientos a más de veinte mil. Sin embargo, su crecimiento fue cercenado de raíz cuando, dos años después, en 1927, el Kuomintang (KMT), su socio político en la lucha contra el usurpador extranjero, perpetró una masacre en la que asesinó a miles de jóvenes afiliados, en una purga brutal liderada por el general Chiang Kai-shek, nuevo líder del Partido Nacionalista.

Los ataques a los intereses comerciales de los japoneses y a sus fábricas durante el movimiento del 30 de mayo no serían olvidados por estos. Doce años después de que tuvieran lugar, el imperio nipón invadió Shanghái e inició una atroz represión contra la caótica República China que duraría hasta el final de la Segunda Guerra Mundial.

Esa es otra historia.

Agradecimientos

Hasta que él me lo sugirió, no se me había pasado por la cabeza que yo pudiera escribir y contar historias. Nunca escribí un diario ni garabateé pensamientos. Lo único que hacía de niña era coleccionar nombres: tenía una lista interminable y según leía y descubría personajes nuevos añadía sus nombres a la lista, separados por género y ordenados alfabéticamente. Fue en 2014 cuando mi marido, con su intuición innata, lo sugirió e iluminó dentro de mí algo que no conocía, mi parte creativa. Y en esa primera conversación me animó a escribir sobre el Shanghái de las concesiones, cuyo impresionante legado está diseminado por toda la ciudad. Como buena esposa, he tardado nueve años y siete novelas en hacerle caso. Así que ahora sí, te agradezco, amor mío, la idea que me diste.

No habría llegado hasta aquí sin la compañía, el cariño y la profesionalidad de Érika Gael. No solo tiene un corazón de oro y es un ejemplo de fortaleza y tesón, además es una gran escritora y ha nutrido de esperanza con sus sabios consejos cientos de horas de soledad. Le agradezco enormemente su generosidad y que haya querido guiarme inmersa en un dolor enorme. Érika, espero que encuentres un poco de consuelo en esta historia que también es tuya.

Tengo que agradecer la confianza y el entusiasmo de Chavi, «coach» como lo conocen sus alumnos, un exitoso español quien lleva años entrenando la pasión y las habilidades de los jóvenes chinos para el deporte. El encuentro con él supuso un momento de «sincronicidad» inesperado, una coincidencia impensable que ha hecho posible todo lo demás.

A María Terrén por aceptar hablar con una desconocida en apuros noveleros. Por enamorarse de la historia y apostar por ella. Mi eterno agradecimiento. Al equipo editorial de Penguin por su exquisito trabajo y por cuidar cada detalle de la novela.

A pesar de llevar casi dos décadas viviendo en Shanghái, durante el proceso de documentación he aprendido muchísimo y he descubierto rincones escondidos y auténticas joyas literarias gracias a mis amigos de la Royal Asiatic Society. Mi cariño y admiración a Julie Chun, Katherine Song, Sven Serrano, Robert Martin, Rachel Rapaport, Parul Rewal, Helen Yang y Gabor Holch. Mi agradecimiento también para Wen, el mejor guía de la ciudad, por revelarme muchos secretos del pasado y responder a todas mis preguntas.

La novela está dedicada a mis hijos, quienes forman parte de una nueva generación de shanghailanders, aquellos que viven con naturalidad una identidad multicultural y nos enseñan, a los que tenemos la patria muy arraigada en el corazón, a aceptar y convivir con algunas concepciones un tanto peculiares de la «perla de Oriente» y sus habitantes. Ellos son los herederos reales de la protagonista de esta historia.

ESTE LIBRO
SE TERMINÓ DE IMPRIMIR
EN EL MES
DE OCTUBRE DE 2023